躁郁症少年 上
一九六九年夏的梦中江湖

[德]弗兰克·维策尔 著

付天海 刘颖 译

人民文学出版社

Frank Witzel
Die Erfindung der Roten Armee Fraktion durch einen manisch-depressiven Teenager im Sommer 1969
© 2015 MSB Matthes & Seitz Berlin Verlagsgesellschaft mbH
All rights reserved and controlled through MSB Matthes & Seitz Berlin
Chinese translation Copyright © People's Literature Publishing House, Beijing 2024

图书在版编目(CIP)数据

躁郁症少年一九六九年夏的梦中江湖:上下 / (德) 弗兰克·维策尔著;付天海,刘颖译.--北京:人民文学出版社,2024

ISBN 978-7-02-018264-0

Ⅰ.①躁… Ⅱ.①弗…②付…③刘… Ⅲ.①长篇小说-德国-现代 Ⅳ.①I516.45

中国国家版本馆CIP数据核字(2023)第177324号

责任编辑	欧阳韬
装帧设计	黄云香
责任印制	张 娜

出版发行	人民文学出版社
社　　址	北京市朝内大街166号
邮政编码	100705

| 印　　刷 | 三河市中晟雅豪印务有限公司 |
| 经　　销 | 全国新华书店等 |

字　　数	701千字
开　　本	890毫米×1290毫米　1/32
印　　张	30.5　插页6
印　　数	1—5000
版　　次	2024年3月北京第1版
印　　次	2024年3月第1次印刷

| 书　　号 | 978-7-02-018264-0 |
| 定　　价 | 138.00元(全二册) |

如有印装质量问题,请与本社图书销售中心调换。电话:010-65233595

从书名可以明显看出，本书中所有出现的人物形象皆由叙述者虚构而成。名字上的相似纯属巧合。

谨以此书献给阿希姆、亚历克斯、贝尔恩德、克劳迪娅和赖讷

一个人能否有所体验，最终是要取决于他以怎样的方式忘却。

——特奥多尔·W.阿多诺

我辈皆为罪人之日，亦即民主到来之时。

——阿尔贝·加缪

我们只有把存在看作一个唯美的客观事实，才能承受它及其中的一切可怕。

——理查德·罗蒂

愤怒地回顾过去也是一种对当下的辩护。

——皮耶·布迪厄

旧有的尘埃不会以其他方式落定。在新的尘土找不到归宿的地方，它会不断被重新吹起。因此不该在最高贵的理智本应感到惊讶的场所，用往往相当蹩脚的判断力进行仅为讥讽目的的言说。就纳粹书写厚厚的书卷，但在阅读之后"影响了数百万人的东西究竟为何物"这一问题却比先前更加难以回答，这种情况也是不应该的。

——恩斯特·布洛赫

这个隐蔽的德国是一个巨大的、储藏过往历史的沸腾的容器；它从乡村向城市倾泻，针对无产阶级"同时"也朝着银行资本倾注，它适宜于银行资本所需的所有恐怖。已成为神话的土生土长性不仅制造了错误的意识，而且还通过潜意识和真正的暗流增强了这种意识。

——恩斯特·布洛赫

我们不知道人的命运的推动者是谁，甚至不清楚饥饿和经济的推手为何人，就像之前"文化"的主体和所有的欺骗一样，也包括一种在合适和不当之间来回摆动、隐藏本真意识的华丽外表。存在的心灵经常以最精确的方式在细微中升腾；这一点从那边那只笛子可能摆放的形态中就可略见一斑：但是只有极度的惊讶，即便是最后和最高程度的惊讶，才能使自己镇静下来。在没有概念明灯的指引下，存在的主体总的说来会完全陷入迷雾。

——恩斯特·布洛赫

人们自己创造自己的历史，但是他们并不是随心所欲地创造，并不是在他们自己选定的条件下创造，而是在直接碰到的、既定的、从过去承继下来的条件下创造。一切已死的先辈们的传统，像梦魇一样纠缠着活人的头脑。当人们好像只是在忙于改造自己和周围的事物并创造前所未闻的事物时，恰好在这种革命危机时代，他们战战兢兢地请出亡灵来给他们以帮助，借用它们的名字、战斗口号和衣服，以便穿着这种久受崇敬的服装，用这种借来的语言，演出世界历史的新场面。

——卡尔·马克思

我们大家都确实在通过自己处事的方式，去选择给自己呈现一个什么样的自处空间。

——威廉·詹姆斯

夏娃之子，你的信仰。

我做了一个梦：梦见七十年代已经结束。

——卢克·海恩斯

目 录

1 克劳迪娅和贝尔恩德不让自己被抓获 ………………… 001
2 毛刷堆放间和圣像 ……………………………………… 022
3 借助于三个被咬过的桃子成功地向象征意义转移 …… 026
4 年表1：那些年剩下些什么 …………………………… 030
5 询问圣母怜子图和圣心耶稣教堂 ……………………… 037
6 从战后使用的去污剂到犹大的历史形象的结合 ……… 044
7 为了发现罪孽的原理，那名青少年撰写了他个人的自白书 … 050
8 世界是一座迷宫，我们被困在一只伏虎里 …………… 053
9 调查问卷（二元选择） ………………………………… 060
10 内衣哲学 ………………………………………………… 062
11 患者必须认识到，他的跌落好像是不允许被赦免的 … 065
12 格尔妮卡回忆不起来那个已提到的秋日傍晚 ………… 070
13 大斋节周六纸炮的味道 ………………………………… 074
14 询问被驱使的人和不幸的灵魂 ………………………… 077
15 浓郁醉人的苹果、包装油纸和皮革的味道 …………… 084
16 缸砖建筑和一种无家可归的感觉 ……………………… 093
17 在汉堡红军派代表大会期间私事再度超越了政事 …… 096

18	踪迹把人们引向溪流小巷：一部共分十八章的施耐德青年读物	127
19	恩滕豪森上空的寂静	156
20	克劳迪娅和贝尔恩德把明爱会那位女士引渡给国家人民军	161
21	迈尔克林医生和弗莱施曼教士争夺那名少年的灵魂	169
22	格尔妮卡得知，那个浅绿色的亚麻布面的盒子有何意义	221
23	汉堡的虚伪和嘲讽	226
24	再次闻到烧煳的可可豆味道	230
25	克劳迪娅和贝尔恩德索要赎金	235
26	患者在自己身上诊断出一种联想夸大狂情结	241
27	仿佛有必要克服一道新的进化障碍	245
28	对一些所选动物的形态学和行为生物学所作的评论	250
29	星期天提供杂烩会使神经病患者平静下来	254
30	掺入鸦片的印度大麻和嘴里插着一把匕首的米克·贾格尔	257
31	庆祝活动结束后在加贝斯波尔纳/沃尔克大街的拐角处发生了什么	262
32	当然纳粹对一切都负有责任	272
33	年表2：一辆高举起重臂的吊车投下的阴影无声地掠过岁月	296
34	在多场次循环放映电影院里那名少年得知，为何火车机车的名称被数字所取代	300
35	人们在包里携带了些什么	303
36	克劳迪娅和贝尔恩德在思考假名	307
37	递菜窗和成年礼	313
38	这名少年1969年5月9号的历史作业	317

39	唯一令人感兴趣的就是，某人是怎样死亡的	321
40	询问红十字信件	329
41	疯子笑话和掩护性回忆	332
42	联想涌入虚无	335
43	摘自对高年级学生的观察记录	340
44	为了让人们知道哪儿是前面哪儿是后面	362
45	不一样的青春期1：小马克斯·雷格	365
46	询问自杀这个话题	371
47	不一样的青春期2：克里斯托夫·冈斯塔勒	375
48	询问空位这个话题	382
49	不一样的青春期3：埃坦·龙德科恩	387
50	询问交错配列这一概念及其应用	406
51	不一样的青春期4：米盖尔·加西亚·巴尔德斯又称费利普	410
52	询问被白白浪费的存在主义的可能性	425
53	坐在攀缘架上抽烟	430
54	虚构的友好1：摘自形而上学小词典	433
55	克劳迪娅和贝尔恩德以及来自沙尔阿基先生的问候	464
56	工厂主的嗜好	467
57	一封克劳迪娅的来信	473
58	志愿者汉斯-君特拓展他的诠注能力	476
59	询问类比推理这个话题	508
60	格列高利·纳齐安的辩解	515
61	格尔妮卡认为以过去为导向是一个错误	521
62	一名未满六岁的儿童尝试对世界做出解释，并解释神灵是	

	怎样进到袋子里的	525
63	虚构的友好2：关于自然之美	537
64	一切都被嫁祸于克劳迪娅和贝尔恩德	544
65	关于腹语和腹语术的插入说明	547
66	工厂主的委员会	553
67	论真正的罪孽	559
68	迫害和谋杀成年青少年	561
69	精神病和乌多·于尔根斯	580
70	由此可见都是幻梦	583
71	询问青少年十字军东征运动	592
72	工厂主的童年时代	602
73	询问克劳迪娅和贝尔恩德	627
74	虚构的友好3：悲叹帝国	632
75	工厂主被迫执行命令的苦衷	644
76	克劳迪娅和贝尔恩德在东西区界限的这边和那边	659
77	上帝受到魔鬼的挑战	667
78	反对国民财富	674
79	红军派成员简短的圣徒传记	680
80	工厂主的桥梁	686
81	1951年秋天一名患精神分裂妄想狂症的闹事少年创立了纳粹	689
82	摘自理论家们的观察记录	724
83	对谋杀的回忆不是梦幻	732
84	询问譬喻	734

85	成年青少年从埃彭多夫大学附属医院人格障碍专科门诊部主楼居高临下的演讲	740
86	克劳迪娅和贝尔恩德回家	775
87	询问解释和澄清的区别	779
88	克劳迪娅或者历史的敏感性	784
89	工厂主的游戏	840
90	L 教授访谈录	846
91	为何字母表能够被写进话语并篡改话语的意义	873
92	虚构的友好第四和最后部分的自传体前言	879
93	虚构的友好 4：从平缓本体论到心跳停止本体论	885
94	1969 年 7 月 3 日夜里真正发生了什么	924
95	论远处的噪音	938
96	格尔妮卡朗诵卡尔·迈的作品	949
97	我的身体，这纸，这火	954
98	被询问者劝阻对方重新开始	959

致　谢 ……………………………………………… 964

1
克劳迪娅和贝尔恩德不让自己被抓获

那是一月份大雪纷飞的一天。我站在一处被大雪覆盖的狭长山丘上，望着山下熟睡的、同样埋在雪中的一个村庄，尝试回忆当时的情景，那时我在山下村里一间几乎没有家具和供暖的住房里度过了两个半月时光，所住的房子更像是一个仓库，它紧邻一条溪流，一半河面在许多年前类似于今冬的严寒天气里都冻住了。我站在山丘上，目送自己一呼出便凝结的气息，目光一直延伸到那只松鸦身上，它刚刚还蹲在一根堆满积雪的树枝上，转眼间便飞向灰色的苍穹，消失在下一个山顶后面。

那条乡间公路就像一幅儿童画所描绘的那样，从灰白色的地平线一直蜿蜒到我脚下的原野。这时公路上已经有一辆汽车驶近。它不是法拉利250高性能跑车（12缸4冲程发动机，汽缸容积2953立方厘米，功率240马力，最大速度230千米/小时），甚至连保时捷501也算不上（6缸4冲程发动机，汽缸容积1995立方厘米，功率120马力，最大速度200千米/小时），而仅仅是一辆NSU王子（2缸4冲程发动机，汽缸容积578立方厘米，30马力），它正以每小时120千米的速度驶出被大雪覆盖的村庄，在这个路段顺风上坡行驶。而此时我连轻型摩

001

托车驾照也没有,克劳迪娅和贝尔恩德在车上大喊大叫,让我继续保持靠右行驶,以便躲过转弯处警察们的视线。但是这根本就不是一件容易的事情,因为我们的 NSU 王子的两个后轮轮胎几乎都瘪了,以至于我几乎无法使车体保持平衡。尽管如此我们还是领先了一大截。塞满警察的大众 T2 型公务用车在我们身后追赶,车里的警察开始噼噼啪啪地开枪射击。子弹射入雪堆,从沥青路面上弹起,敲击着汽车挡泥板柠檬色的油漆。克劳迪娅在杂物箱里翻寻到一把手枪。它没有装子弹,我说道。什么,没有装弹?里面没有水。水?这是我的水枪。天哪,你发疯了?贝尔恩德喊道。豌豆枪到底在哪儿?不记得了,但是这把水枪的性能真不错,它前面有一个环圈,这样你就可以向拐角处射击了。你们都是些胡说八道的家伙,地地道道的胡思乱想者,我心里想,你们本想向阿希姆借气枪。他不在家,只有他祖母在场,而她不愿把气枪交出来。小心!我的身体向左侧倾斜,差一点儿我们就翻车了,但是克劳迪娅和贝尔恩德机智果断地把自己甩向车厢另一侧,这样我只是暂时脱离了行车道。积雪高高扬起,飞溅到挡风玻璃上。雨刷疯狂地刷个不停。或许我们应该干脆掉头,克劳迪娅喊道,他们做梦也不会料到我们会这样做。对,贝尔恩德也喊道,然后我们就从他们旁边飞速驶过,在他们意识到情况有变之前我们早已逃之夭夭了。不,别胡闹了,这纯属无稽之谈,我们必须赶到下一个地方,它离这儿不太远了,此外前方就已经开始下坡了。是的,没错,我已经看到几栋房子了。我们必须甩掉他们。我驾驶汽车毫不减速、发狂般地驶进居民点,顺着白坪大街往下开,然后向右拐入池塘巷,从出售裹有巧克力糖衣的香蕉切块的福尔面包店旁边驶过,沿途又经过施帕尔丁卫生用品店、布赖登巴赫食品店、毛厄尔杂志和烟草店、勒尔食品店和歌咏协会,在快到道姆面包店门口的地方我停了下来。快点儿,我喊道,警察们还没赶到。我们下了车,跑到对面的院落门口,穿过院门来到后院。我们必须翻过院墙,那边就是校园,从那里我们可以继续跑向凯尔伯绿地。我们跳到垃圾桶上。你们在那儿干嘛呢?一个声音从后排房屋的一扇窗户里喊道。马上站住!我认识你们!马上站住别动!否则的话我去找你们父母!我很快转过身去。一名扎着长围裙的妇女从三楼的走廊窗户里探出身来,手里晃着鸡毛掸子在威胁我们。此时警车刚刚从敞开的院门口疾驰而过。他们没有看到我们,我说道,他们肯定开往高处的格雷泽尔贝格了。要是这样我们最好往反方向逃跑,贝尔恩德说道。赶紧。我们又从垃圾桶上跳了下来,飞奔穿过门廊。站住!那名妇女又大声吼道。我们小心翼翼地窥探外面的大街。街上看不到警察的一丝踪影。开溜,动作快点儿!我们向左沿着池塘巷一路飞奔下去,向右转入费尔德大街,跑到铁路路基处又向右朝韦德曼废品站方向继续飞奔。我们必须分开,克劳迪娅说道。对,我附和说,如果我7点钟还没有到家,无论如何都会惹麻烦的。我8点钟到家就行,贝尔恩德说。最好我们好几天都不见面。我们点头称是。如果警察到谁家登门的话,他要立即电话通知其他人。但是我们应当说些什么呢?干脆就说事由是周一的数学家庭作业。周一的数学家庭作业,就这么定了。然后每个人都知道是怎么回事了。不出意外周六4点在洛赫碾磨厂会合。周六我必须去教堂忏悔,此外在爵士音乐俱乐部碰面不行吗?那就说好5点半,可以了吧?

晚上8点20当我穿着睡衣、在放电视的房门口道晚安的时候,我尝试很快捕捉一下荧光屏上的画面,看到了在湿滑的马路上飞奔的男子们的模糊录像,心里感觉又紧张起来。不,那不是我们。但是他们好像并未放弃搜寻。一张罪犯的模拟像被公示出来，它是用铅笔画成的，但幸运的是画像上嫌犯的头发要长得多，因为我上周才刚刚去剪完头，现在头发连耳朵都没有盖住。但是前突的下颚，这一点可能会像我。然后又是下一张画像，这一次是女的。不，她也不是克劳迪娅。克劳迪娅长的完全是另外一个样子，画像上的女人一点儿也不像她，她有着完全不一样的眼睛，嘴唇也没有那么薄。

然后电视上又讲了一些跟一封招供信有关的事情，但是我们什么也没有供认。从未有过，此前也没有。曾经有一次我们共同写了一些东西，但并未把信寄出，而且马上就把它烧掉了。当时的经过是这样的，我把信带在身上，在穿过亨克尔公园回家时路上正好没人，我就点着了信，把它扔到砾石路上，在信彻底烧毁之后我又把剩余的纸灰踩碎。但是奇怪的是，那些人说出了我们的名字，也就是说我们组织的名字"红军派"，尽管这个名字还根本未被确定，原本我们想再表决一次，因为克劳迪娅觉得这样命名不太好，只是她也想不出其他建议，只好说或许我们根本不需要命名，毕竟我们不是要成立一家俱乐部的孩子，她这话也有道理，尽管最好还是给组织起个名字，特别是如果以后还有其他人加入的话。尽管如此我在心里自问，播报新闻的那些人是从哪儿知道这事的，因为我们没有向任何人说起过此事，我没说过，就连阿希姆也不会。

克劳迪娅肯定会守口如瓶的，因为她也属于基层组织，这样成员们商谈的事情是绝对不允许向外泄露的。贝尔恩德反正没有问题，因为他的故弄玄虚有时已经够让人心情烦躁的了。但是米夏埃尔·雷泽就不好说了，他总是可疑地待在我们附近，因为他想"偶然"听到我们都在谈论些什么，了解到我们认为什么是好的，以便他可以仿效。

但是恰恰因为我们知道这一点,而且也因为他的模仿让人神经紧张,所以我们特别提防他,在学校里我们对这样的事情闭口不谈,这是我们事先商定好的,在课间休息时也不谈论。如果有事要商量,我们干脆就说今天中午在洛赫碾磨厂或者随便其他地方,如果情况紧急,就在回家路上的操场上,但是即使是在那儿我们也总是格外小心,因为有时会有老师在操场。但是雷泽真让人猜不透,贝尔恩德也认为,这家伙或许在我们背后刺探了很多情况,当我们课间在地下自行车车棚里匆匆地吸一支烟的时候,他会溜回教室乱翻我们的书包,因此我们从不在班级里放任何可疑的东西,而是始终把一切都装在外套里。雷泽也看《士兵》连载小说,是班上唯一借助润发油把头发向后梳的人。这种发型使他看上去非常市侩,当他在体育课上被汗水湿透的时候,头发就会向前散落,长长的盖住他的整张脸。然后在一次午间休息的时候,我们只是相互比画着各种拳击动作,在快要击打到对方脸部时就立即收手,而他却直接打到了贝尔恩德的鼻子上,声称他是不小心失手才这样的。但是或许当时他就是故意的,或许他真的跟在我们后面想报复,因为我们总开他的玩笑,原因是每当一支笔掉在地上、他弯腰捡起笔之后,总会很快变得满脸通红,看样子仿佛是简单的弯腰都会使血液涌入他的头部。当然这样做很卑鄙,因此我偶尔也会同情雷泽,有一次甚至中午跟他约定见面,尽管贝尔恩德认为雷泽这个人不值得人们同情,所以我没有告诉贝尔恩德任何我和雷泽约会的事情,在那之后也没有。不管怎样这件事挺难为情的,我必须专程坐6路车出城去往卡斯特尔,因为我不希望他到我这儿来,然后我就坐在雷泽的房间里,但是他根本没有任何单曲唱片,甚至连收音机都没有,他只有《士兵》连载小说和铅质小兵,他用这些小兵在一个自制的沙盘上模拟各种战役，沙盘上有山包、一条河流以及我们也有的法勒铁路模型的撒草粉。小兵模型分量都很沉，大约有火柴盒那么大。雷泽把其他人物称作平民，他们必须全部丧命，或者在逃亡途中淹死在河里，这些人物模型却要小得多，因为它们也来自法勒模型公司，这些人其实都属于火车站乘客，因此他们中的大多数也提着箱包，某些甚至挥动着手帕，我觉得这样挺傻的，因为这与沙盘场景一点儿都不匹配。然而雷泽却认为，那些提箱子的是在逃难途中，挥手帕的是想要投降，因为人们在投降时会挥动一条白手帕。在游戏中我总是扮演那些法勒平民，提着箱子试图跨越河流登上山丘，但是雷泽的士兵已经站在那儿恭候了，于是我就把手里挥动手帕的派到前面，但是雷泽索性把他们也一块儿射杀，这样一来我也不再打心眼里同情他了，特别是当他全神贯注的时候，总是把舌头怪怪地向外翻转。他在暴怒的时候也是这副模样，当我让一个法勒公司造的小人模型干脆从一名士兵双腿间溜掉时，他随即生气地说道：这不公平，这样做是不对的。但是我对这种蠢傻的游戏不再感兴趣了，想最好马上就走，见我这样雷泽让步了，给我看了一个大约有橡胶小球那么大的银色圆球，问我知不知道这是什么，当我回答不知道时他说：这是真正的火车机车所用的轴承里的一颗滚珠。我说：搞错了，因为我尝试想象火车机车的滚珠轴承得有多大，因为我只熟悉挂有小珠子的细链。然后我们又闲坐了一会儿，雷泽问我觉得阿妮塔这个人怎么样，我回答说挺好的。然后我说我现在必须要走了，这也算是一半的理由吧。于是雷泽说道：好吧，兄弟。这让我觉得有点儿怪，因为我们班级没有人这么说过，我在思考还有谁说过"兄弟"这样的字眼，因为我曾经听到过有人这么说，但就是想不起是谁了。

现在他们在电视上展示那辆黄色的NSU王子,以及我们画在厚纸板上的车辆牌照。我觉得NSU这个名字很好,因为它是英国"奶油乐队"(Cream)唱的一支歌。"开着我的汽车,抽着我的雪茄,唯一让我快乐的时光,就是弹起我的吉他,啊哈哈哈哈,啊哈。"此外那辆NSU停在那里,车门未锁,车上还插着钥匙。现在他们开始展示我的水枪,当时我们把它忘在车上的杂物箱里了,我心里在想:真让人恼火,因为这把水枪很独特,也因为它肯定不再有售了。这时母亲问道:哎,你不是也有一把这样的水枪吗?我答道:不,我的跟这个完全不一样。这把枪不也能转向射击吗?是的,但是外观不一样。你的在哪儿?我把它借给阿希姆了。

我还在想:如果他们在水枪上找到指纹,然后去学校采集我们所有人的指纹,那该如何是好?我曾经读到过,有人专门为此把指尖磨平,但是这也无济于事,因为指尖总是马上就重新长出,而且带有相同的纹路。即便水枪上有我的指纹,也不足以说明那辆NSU就是我偷的。毕竟我可能真的把枪借给别人了。我也确实把水枪借给过别人,尽管不是这把,因为它是我最珍贵的,那一把是用透明塑料制成的浅绿色,人们总能看出枪把里还剩多少水。我可能会说我把枪借给了雷泽,然后他们将会驱车去雷泽家搜查他的房间,会在那儿找到所有的《士兵》连载小说和铅质小兵,还有那颗铁珠,他们或许会认为它是一颗用来装填武器的子弹,任由雷泽怎么解释它来自火车机车上的滚珠轴承,他们也不会信他的。他是怎么得到火车机车上的滚珠轴承的呢?

我还特别想知道,电视上那些用模拟像搜寻嫌犯的人都做了些什么,但是母亲打发我下楼回自己房间了。那里一直还摆放着我的骑士城堡，尽管我早已过了玩这种玩具的年龄了。去年我用我的"威望"模型的边角余料对它进行了改装，但是人们一直还能看出，它在改装前是一座骑士城堡。安德烈亚斯·巴德尔①是我最珍贵的骑士，因为他身着一套乌黑锃亮的甲胄，现在他正忙于锯开吊桥，古德龙·恩斯林②正把白人骑士中的一员推进城堡壕沟。古德龙·恩斯林是一个用棕色塑料做成的印第安女人模型，其实我不是特别喜欢她，因为她一点儿详细背景也没有，但是她是众多人物模型中唯一的女性。我是有一次通过抽奖在一个魔术袋里赢到了她，当时她正躺在一堆爆米花里。

不知道为什么，我禁不住一下子想起了去年复活节我得到的那个肥皂兔。当时人们必须把它从包装里取出放到洗手盆边缘。第二天它就长出了一层特别柔软的绒毛。当然人们不准用它来洗手，然后绒毛不见了，也没有再次长出。我从未用它洗过手，但是我的小弟弟肯定用他沾水的手指抓过它，因为一天早晨它身上的绒毛褪得干干净净。接下来我又等了几天，看那绒毛是否再生，在确定不会再发生这种情况之后，我也开始用它来洗手了。我今年又希望自己能有一个这样的肥皂兔，但是并未如愿得到。可能是因为我年龄太大了，不适合获赠这样的东西，而我弟弟还年纪太小。我之所以想起那只兔子，或许是因为我在考虑我们怎样才能伪装自己，考虑可能在哪儿搞到一副假发。虽然我从克尔伯那儿得到了一副披头士乐队假发，但是它只不过是一种简单的塑料头盔，而且对我来说也太大了。戴这样的假发会立即引起别人注意，此外我根本不喜欢当时的发型，就像老师们所说的"蘑菇头"，而是喜欢甲壳虫乐队自演唱 Help（"救命"）以来所风靡的那种头型。长长的头发反倒更引人注意。盖尔就总是遭到别人的辱骂，被问及是男孩还是女孩。

我把藏在柜子后面的那个标准 A4 笔记本拽出，本子上写着所有与红军派有关的事项。比如里面写着，谁是我们组织的成员，我们什么时候碰面，谁带来了哪些单曲唱片，还有我们的标志，尽管它还没有被完全设计好。起初我尝试把它设计成类似于体操协会的标志那样。比伯里希体操协会的缩写是 TVB，这正好也是三个字母。在一个七角形的红色的骑士盾牌里，首先自上而下写着一个长长的字母 T，在 T 的纵向笔画上写着小一些的 V，V 下面又是字母 B。然后标志上还写着该协会成立的年份数字：1846。在字母 T 的纵向笔画的左侧是 18，右侧写着 46。于是我用透明纸描印了这家协会的徽章，自上而下分别把 T、V、B 改画成 R、A 和 F，其中 A 跟原先的 V 一样要小一些，然后把左、右两侧的年份数字分别换成 19 和 69。我觉得这种设计看上去很漂亮，但是克劳迪娅不喜欢。她认为这样的标志太庸俗了，毕竟我们不是体操协会。她的话有道理。我也很久没有去过体操协会了。每次都必须穿黑色的体操裤和滑稽的汗衫，首先这一点我就觉得很无聊。而且我们谁都不允许穿毛巾布袜。

但是不管怎样我觉得这个数字（1969）还是挺好的，我也建议不要在标志上写上我们俱乐部成立的真实年份，而是干脆写上一个更为久远的年份，就像我也在组织名单上罗列了一些根本不属于我们的成员一样，因为每一家协会都有自己的名誉会员，他们并不真正参与体操训练或者在体操馆出现，但尽管如此也是协会的一员。在我们组织约翰·列侬、斯蒂夫·马里奥特、金格尔·贝克还有其他几个人都是名誉会员。因此我们也需另想一个成立日期。不一定非要是 1846 年，但是可以久远一些。所以我收集了关于野孩帮、新护卫队，也包括圣星唱派的所有可能性历史。在收集到的资料中我碰到了小马克斯·雷格尔这个人。他于1913年3月19日出生在威斯巴登。我觉得1913是一个不错的日期，因为我十三岁，准确地说是十三岁半，也因为对许多人来说十三是一个不吉利的数字。这个小马克斯·雷格尔虽然没有直接成立过团体、帮派或者俱乐部，但是我们也不是真正意义上的俱乐部，而更像是一群单独的斗士，正如克劳迪娅所说的图帕马罗城市游击队员。这些乌拉圭游击队员的标志是一颗恒星，跟比伯里希体操协会的标志一样，恒星上自上而下也印有三个字母：M、L和N。令我不解的是图案上根本没有出现字母T，要是这样TVB也可以叫作比伯里希图帕马罗城市游击队，或许我们干脆就应当这样命名。贝尔恩德也许会赞同，但是克劳迪娅不会，因为她觉得"比伯里希"太俗气，在这一点上她也是有道理的。我也认为"红军派"这个名字要更好。

确切地说小马克斯·雷格尔是一名刑事犯，就跟于尔根·巴尔奇或者蒂莫·林内尔特的劫持者一样，而且他还虐待过男孩，所以我从圣星唱派那儿无法得到他的历史，因为那里讲述的都是些做善事的男孩，比如给一名垂死的妇女送去一块圣饼，就像当时罗马人当中的那名男孩一样，那个时候基督徒们还在遭受迫害。那个男孩在某一个地下墓穴里从一名教士那儿得到了圣饼，必须非常小心地把圣饼带给那名妇女，因为它是我主上帝的圣体。男孩也照吩咐做了，尽管没有说他是把圣饼装在圣体匣中、圣餐杯里还是其他器皿里，或许最好都不是，因为这样会更惹人注意，但是他也不可能把圣饼握在手里，所以我认为他是把圣饼放在一个盒子里，如果当时还没有盒子的话，也可能是把它裹在一块布里。天色已晚，原本男孩早就应该到家了，当时的街道没有路灯，就跟鹰徽后面的阿道夫小巷一样昏暗，但是整个城市哪儿都一样。当男孩揣着圣饼拐进一条街道的时候，老远就看见一帮非基督教罗马青少年在那里闲荡，就跟福德贝格人一样，因此他也马上知道，无论他说些什么都会有麻烦的。但是他也不能索性掉头，因为那帮人已经看到了他，那样他们就会立即跟在他身后。因此他把圣饼藏在外袍下面，这让我回想起另外一个我们在拉丁语课本中读到的故事，只不过故事的主人公是一名斯巴达人，他在一名富有的古罗马贵族那儿偷了一只活的狐狸，狐狸是主人当作某种宠物来饲养的，在接受一名卫兵检查的时候，他也把狐狸藏在外袍下面。整个检查期间他都装出一副若无其事的样子，尽管狐狸用利爪把他的整个胸脯都抓破了。斯巴达人非常顽强和坚韧，而罗马人则显得有些娇弱，因此一方面我更愿意接收斯巴达人加入我们组织，另一方面荣格博士总说，我们的长头发令我们缺乏阳刚之气，可我的头发甚至连耳朵都没有真正盖住，因为我根本不允许留长发。如果披头士乐队，甚至滚石乐队或者更像斯巴达人的谁人乐队也因为他们的长发而显得女里女气的话，那我也情愿跟他们一样。不管怎样那些非基督教罗马青少年非要查看一下，这个基督教男孩在他的衬衣底下到底藏着什么。当然他不想把圣饼交出来，因为它是我主上帝的圣体，因为他清楚地知道，他们只想玷污圣饼，以此讥讽和诽谤整个基督教。所以他们把他撞来撞去，开始往他身上投掷石块，直到他的头部被严重击伤他们也不停手，最终男孩倒地死亡。但在临死前他把圣餐施舍给了自己，虽然他还未满十岁，也就是说还根本没有参加过第一次圣餐仪式。尽管如此在这种情况下他这么做不算罪孽，因为通过此举他保护了我主上帝的圣体不被诋毁，他甚至会被敕封为圣徒，因为他像一名殉难者一样牺牲了自己的生命。类似的情况也发生在那个小男孩身上，他在米勒同志的指引下做出自我牺牲，那个男孩1937年出生，据说1943年就实施了一起暗杀行动，尽管那年他还不到六岁，甚至连写字都不会。人们不清楚他后来怎样了，不知道他还活着还是在那次暗杀中丧命，或许他在1957年才被射杀的小马克斯·雷格尔之前就已经死了，那一年我们大家才刚刚出生没几年，我指的是我、克劳迪娅和贝尔恩德。

生活中当然我们永远也不会让别人抓获。或者也不会像小马克斯·雷格尔那样在被人跟踪时逃往东区。至少我不会那样做。克劳迪娅说，人们在那边更容易搞到武器，因为还在十四岁的时候人们就必须每天中午放学后去参加军事训练。训练中可以用旧式俄制机枪来回扫射。此外人们对东区的孩子们有着完全不同的期许。他们可以携带刀具、弹弓和气枪，可以检举或者暗中监视自己的父母。或者也可能是老师。如果发现比如像荣格博士那样只会讲述斯大林格勒的老纳粹，那么孩子们可以告发他，允许自行在地下司炉间审讯他并扇他耳光。如果在这之后他竟然被允许继续留在学校任职，那么学生们可以自己决定他们的家庭作业。但是在东区人们不许留长头发，也不许听音乐，只能听国际歌和进行曲。而且饭菜也不好，比我们战时的伙食还要更差。他们没有铁路和有轨电车，因为他们必须把一切都拆掉运往俄罗斯。每一枚生锈的螺丝他们都必须运往俄罗斯，但是为此他们却得到了机枪。他们也没见过口香糖或者糖果之类的东西。巧克力在东区就是撒上可可粉的陈面包。可可粉他们有的是，因为可以从古巴那儿得到，但是尽管如此他们也做不出巧克力，因为他们缺乏相应的机器。一旦机器坏了就没有备件，所有的问题他们必须自己解决，就像当初我们去罗滕堡郊游的时候，那名来自全德汽车俱乐部的男子用明爱会③那位女士的紧身连裤袜替换了破损的三角皮带，而我总是禁不住在想，现在那位明爱会女士在她的裙子下面可是什么都没穿呀，这让我觉得很恶心，因此我宁愿要一份拿在手里吃的冰激凌，尽管它在分量上比坐在桌边吃的那种要小得多，但是我就是不想跟那帮人坐在一起，而是走到前面的露台上，仿佛想再仔细观赏一下外面的城堡，其实我对城堡一点儿兴趣也没有。现在那位明爱会女士裙子下面什么也没穿，对此我父亲没有丝毫的介意。他可以挨着她坐着吃他的蛋糕。而我弟弟反正年纪还太小。在东区人们也可以告发那位明爱会女士，因为她没有穿紧身连裤袜。假如她说那是不得已的情况，她也是不情愿才在灌木丛后面脱掉连裤袜，把它交给那名来自全德汽车俱乐部的男子的，那么人们可以说她在撒谎。也就是说在当时那种情况下人们不会做出这样的举动，但是除此之外，除此之外她也总在说谎。人们终于可以利用这次机会来指控她，因为不穿连裤袜来回乱跑，这在东区是被禁止的。总而言之不穿制服来回乱跑都是不允许的。要是在东区我就不只有一把塑料三刃尖刀和一把橡胶匕首了，还会有一把真正的带角柄和血槽的旅行刀，用这把刀我就可以在她脸前挥舞了。但是如果我们去东区，那位明爱会女士对我一点儿用处也没有，因为这样的女人只在我们这儿才有。如果在这里我告发她不穿连裤袜到处乱跑，那么他们只会耸耸肩表示无可奈何，因为他们肯定在想这里反正所有的人都在半裸着身子到处乱跑，仅仅是因为我们不必穿校服，不必放学之后去参加军事训练。但是我可以说她是一名帮助逃跑的胁从犯，她用自己的欧宝大尉车从东德拐骗年轻的姑娘，紧接着让她们在西德这边不必穿连裤袜而到处乱跑。这样的话他们就会真的感到愤怒，或许我会接到任务去劫持那位明爱会女士，然后把她送往东德。为此人们不仅会给我一把旅行刀，还会向我提供其他武器和一部美乐时相机，这样我就能够偷偷拍摄任何东德可能感兴趣的建筑或者人物的照片了。一部美乐时相机要比我的柯达傻瓜相机好上千倍，后者只能拍正方形的照片，要想取大的景物就必须斜着拿相机拍照，因为这样才能照到更多的景物，如此拍出的照片就像一个菱形方块，尽管它在相册里看上去很傻，此外也相当占地方。另外美乐时相机的体形要小得多，比一个火柴盒大不了多少，只是要稍微长一些，颜色是银色的。阿希姆希望过生日的时候从他祖母那儿得到一部这样的相机，或许我可以把相机借给他用，然后我们就不必去东区了，因为他们在那边除了武器根本什么也没有，就连玩具都没有，尽管我其实对玩具不再感兴趣了。但是也没有唱片和收音机，就算有收音机，里面播放的也只有广播通知和国歌，而且就像我们音乐老师伯恩哈德所说的，那首国歌还是由一个名叫汉斯－阿尔贝斯－施拉格的人抄袭的。电视他们那儿也没有，因为人们不应当知道在其他地方有很多糖果出售，不该知道人们甚至在房管员施文克那儿就能买到巧克力王子、韦伯蛋糕和膨化食品，也不该知道巧克力和撒上可可粉的陈面包事实上完全不一样。

　　有人在敲门。我很快把标准 A4 纸笔记本塞到枕头底下。敲门的是那位明爱会女士。你还没睡吗？她问道并站到门框里。不，我说道。她穿着一件装饰有花朵图案的浴衣。这就意味着她又在这里过夜了。你母亲也已经上床睡觉了。我点了点头，把脚从拖鞋里拔出。是这样的，明爱会这位女士说道，我刚才在电视里看到，一些二流子或者无政府主义者想来这里把比伯里希镇的百货商店炸掉，他们（警察）正在搜寻这些家伙。在电视上他们展示了那辆逃跑用的汽车以及他们在汽车杂物箱里找到的武器，此外还有一种类似炸药的东西，它的形状一点儿也不大，而是装在一个黄色的鸡蛋里，我觉得这样的东西我在你这儿也曾经见到过。橡皮泥，我说道。是的，可能就是这个。它到底是什么东西呢？那是塑像用的黏土。那它有什么特点呢？它可以像橡胶球一样蹦跳，人们可以把它拉得很长，可以把它撕开，也可以用它从报纸上印制图片。怎样印制呢？如果人们把橡皮泥放到一张报刊图片上狠压的话，照片就会被印在塑像黏土上了。那样的话那帮家伙可能使用了橡皮泥来印制传单？不，这不可能，要是那样人们将需要上百块橡皮泥，要知道橡皮泥很贵，每一块都要花费将近五马克。给我看一下你的？我把它借给阿希姆了。是吗？那好吧，反正这事也不太重要。如果阿希姆把橡皮泥还给你了，你再让我看一下吧。行。那就晚安。晚安。

　　明爱会那位女士预感到些什么，但具体是什么我不知道。当然把橡皮泥带在身上并把它遗忘在汽车杂物箱里，这也是非常愚蠢的。我也不知道自己为何要这么做。我所有珍贵的东西现在都没了。但尽管如此这些也不足以构成证据，因为百货商店里至少有十把那样的水枪，橡皮泥在赫尔提百货公司也能买到。这时又有人敲门了。我很快躺到床上把被子盖好。还是我，明爱会那位女士边说边把头探进门来。现在她浴衣的上端一下子敞开了，我可以看到她的胸罩。我还有一些事情忘记说了。他们在电视上还谈到了一种蜂鸣器，那也是他们在车里找到的。它难道不是那种你曾经给我看过的小型装置吗？人们给它上好发条，把它藏在手里，当你把手递给我的时候，它就开始转动起来，我着实被吓了一跳，还以为自己过电了呢。没错，是那玩意儿。你能让我再看一下吗？它好像还真挺危险的。她往屋里又迈了一步，身子也往前倾了倾，以至于我看到了整个胸罩以及胸罩下面的一块肚皮。蜂鸣器我也借给阿希姆了。什么？把它也借给阿希姆了？是的，我把整个宝物盒都借给他了。但是你的宝物盒却在那边的架子上放着。我指的不是宝物盒本身，而是里面装的所有东西。橡皮泥、蜂鸣器、不能用来饮酒的白兰地酒杯、魔术肥皂、冰水，还有那把能够转向射击的水枪。啊，水枪也借给他了？是的，也借出去了。你最后一次见到阿希姆是什么时候？昨天在学校里。不是在今天中午吗？不，今天中午没有。阿希姆可是留着长头发，不是吗？嗯，大概半长吧，盖过了耳朵。他也有女朋友吗？不，我觉得没有。好吧，如果他把那些东西还给你，你要都给我看一下。

如果那位明爱会女士现在怀疑上阿希姆，或许还会给他母亲打电话，这种情况当然令人很不愉快。不管怎样我们必须阻止这种情况的发生。她总是提一些令人讨厌的问题。当初在我们尝试用打火机在高处白坪大街的口香糖自动售货机上烧一个洞，或者当糖果自动售货机坏了的时候（因为我们同时按下了所有四个电钮），她也是这么做的。同时按下所有电钮会出来很多糖果，这是沙普尔告诉我们的。但是最终我们连投完币本应出来的那块糖果也没得到。再比如当我们把那栋空置房屋的窗玻璃打碎的时候，那位明爱会女士又一次古怪地向我提了"是否到那儿去过"之类的问题。我必须跟克劳迪娅和贝尔恩德讨论一下这种情况。本来我就讨厌那位明爱会女士。如果我们绑架她，把她关在一间地下室里，我就可以强迫她脱掉上装，也包括胸罩，当然是在其他人不在场的情况下。我们也可以戴上面具，这样她就不知道是我了，因为我会用一种很高的嗓音说话，就好比我是一名美国人，然后我就能看一看是否自己真觉得那样很恶心，因为胸罩已经让我感到恶心，但或许胸脯不是。

　　我起身重又把那本标准A4纸笔记本塞到柜子后面。明天我会继续编写有关红军派的故事。在小马克斯·雷格尔和米勒同志之后登场的是埃坦·龙德科恩。他正好在那一年出生，当年那个男孩就是在米勒同志的建议下实施了暗杀行动并可能也已死亡。他是美国人，大概十二或者十三岁。然后是来自南美的米盖尔·加西亚·巴尔德斯，但都被称作费利普。他年纪要大一些，因为他已经上大学了。更多的人物我们也不需要，这些对于一个组织的故事来说就足够了，就像人们在真实的故事里也能看到的那样：埃及人、希腊人、罗马人，然后是我们。至少是类似于那样，因为说到底故事描述的是我们自己，描述的是红军派。我坐回到床上，跟每晚睡前一样从钱包里取出那张约翰和小野的照片。这张照片是我偷偷剪下来的。

　　照片上的约翰·列侬脖子上戴着镶有狐狸脸的项圈，旁边站的是小野洋子。亚历克斯说，小野和约翰全身赤裸的原因仅仅是为了让所有人都将目光投向小野的胸脯，而不去注意约翰脖子上镶有狐狸脸的项圈以及他具有魔力的双眼。但是我注意到了这些，相信自己也因此患上了病。古多说，在与统治力量的强硬斗争中我们也须牺牲紧挨在我们身边的，即我们爱上的那个姑娘。我们绝不允许出卖组织，约翰也没有出卖组织，这一点人们从他脖子上戴的狐狸项圈就能看出。因为如果定睛细瞧，人们会看到那两只白色的眼睛变得生气勃勃。我还听不到它们在说些什么。我还看不到它们给我指的路通往何方。

　　弗莱施曼教士说，我应当登上飞机，将尽可能多的人击毙。我应当站到一只带窟窿的水桶下面淋浴。我应当在思想上预见并接受我同伴们的死亡，因为所有的先知、圣徒、殉难者和使徒终究都会死去，就连那位复活者也不例外。虽然复活之后在我们当中附体，但却不能留在尘世，这与死亡并无二致，尽管这听起来有些亵渎神明。被钉上十字架而死是真正的死亡，如果人们在床上、疗养院或者学生宿舍往脖子上套上了些什么并用力拉紧，那么这样的死算不上真正的死亡。第一人们无法使自己窒息而死，因为上帝在人的体内安装了机关，使得人们在自缢之前先变得昏厥，失去对自己双手的控制而不得不松开双手，因此尝试以这种方式追随上帝是毫无意义的，人们必须想出其他办法，也须重新分析和解释约翰脖子上套的狐狸项圈。第二，不用衣物裹住身子，而是赤裸裸地展示上帝的身体，确切地说是展示上帝给予他人的身体，这样做是一种罪孽，只有上帝才知道人赤裸着身子看上去是怎样的，这是千真万确的，除上帝之外谁也做不到这一点。鉴于所有其他人都视衣物为人不可或缺的东西，比如摇摆裤、毛巾袜、毛绒套衫、运动衫裤和松紧带，因此人们必须注意恰恰不穿所有这一切，因为这些把人的注意力从真正的灵魂上引走，而人们必须向世界展示的真正灵魂虽然不是赤裸的，但也因此不能是随意伪装的。所以他（弗莱施曼教士）穿的是一件不分散人注意力的法衣，就像每一个向上帝做出承诺的人只穿一件朴素的法衣漫步在尘世那样，法衣通过它的遮盖使人注意到的是纯粹的赤裸，即虚拟裸露，而摇摆裤、毛巾袜、毛绒套衫、运动衫裤和松紧带则使人注意到犯罪裸露，因为人们打扮自己并使自己个性化，正如只有个性化的身体才会产生性刺激效果，而总是按照相同和由梵蒂冈确定的规则描绘出的圣母玛利亚的乳房却不会那样。因此无信仰者经常把神圣因其千篇一律感受为单调乏味，相反却因为被打扮出的个性化以及形态各异的妖魔鬼怪而认为邪恶是刺激和有趣的，是否神圣使人感到无聊，邪恶使人感到刺激，这在考察良知方面能够提供帮助。只有这样人们也才能理解制服的功用了。或者因衣，那种带条纹的，因为大自然不识条纹，之所以带条纹是因为人们要以此说明囚犯被分成两半，他失去了完整性，不再只属于自己。

迈尔克林博士就狐狸项圈向我做了如下解释：他说尽管我还是个孩子，我也必须回忆自己的童年。我必须把我现在所处的时刻回忆成一些逝去的时刻，这样做就好比是我从将来回顾现在的我，因为只有这样我才能察觉，是什么卡住了我的喉咙，为何我总想谈起那位明爱会女士，但却不说出她的名字，而不是谈论我的母亲。为什么和为何？我能辨别这两个疑问代词的区别吗？"为什么"不在"为何"之后提问，反之亦然，我能认识到这一点吗？这种情况也适用于套在脖子上的带有两只白色眼睛的狐狸项圈。其中一只眼睛在问为什么。另一只在问为何。我能分辨出两者的差别吗？

您好，迈尔克林博士，在我进屋时我用尽可能低的声音说道。它听起来像一句普通的问候，实际上意思却是"颂扬耶稣基督"，这是我在进入弗莱施曼教士的房间、在踏进忏悔室时所说的。然后弗莱施曼教士会说：这不必要，尽管我喜欢你这么说，因为这向我证明了你是个正派的小伙子，因为我知道你以后会有出息的，你之所以干出所有这些恶作剧，是因为有人唆使了你。但是现在你坐过来，把你回想起的简单讲出来吧。在迈尔克林博士那儿我也应当简单讲出我回忆起的事情，但是在他那儿我回忆起的总是另外一些事情，因为他对我说的话跟弗莱施曼教士说的不一样。现在比如我在想，弗莱施曼教士所说的"整个恶作剧"可能是什么意思，他说"只是有人唆使了我"又是什么意思。这些情况他是从谁那儿获悉的？谁跟他谈起了这些事情？他所说的"自由讲述"是什么意思？我应该告诉他是谁唆使的我吗？他想说的是多肉植物？抑或贝尔林格夫人？他指的是蜂鸣器和水枪？橡皮泥？他暗示的是那包塔林牌香烟？

为了简便起见，我套用弗莱施曼教士的语句说道，是的，有人唆使了我。是的，我太软弱了。是的，我屈服了。他们对我说他们是殉难者和圣徒，他们给我看了他们的伤口和鞭痕，其中一人甚至瞎了一只眼睛，另一人只有三根手指，我不知道这些是酞胺呱啶酮所致，所以我就相信了他们，当他们在自行车地下车棚里问我，我能否为他们做些事情，能否参与他们的活动，夜里从家里偷偷溜出来，经过明爱会那位女士和我母亲的房门，从我父亲的书房门口溜过，穿过庭院，当月亮正好处在工厂烟囱的上方，就像以前我已经两次夜里从家里溜走的那样，为了跟阿希姆和亚历克斯在贝尔林格夫妇的房子四周游荡，然后躺在那里的草坪上，在那儿我也不小心使自己受了伤。

弗莱施曼教士在慢慢点头。这种情形就好比一次忏悔过程，只是我在看着他，只是我没有按照第一、第二、第三的顺序把摩西十诫逐条诵读一遍，然后想出自己犯下的罪孽，把想出的罪孽整理成短句，为了不必对真正的罪孽进行忏悔。与此相反，我在虚构一个前后关联的故事，它解释了我为什么来这里的原因，但尽管如此我也没有像沙普尔那样完全堕落，他是个无可挽救的坏家伙，偷窃别人东西，骑着轻型摩托车到处闲荡，逃学旷课，不再去教堂忏悔。弗莱施曼教士清楚，不被诱惑是多么困难的一件事情，因为人们经常无法分辨谁好谁坏，在耶稣重现之前会出现一些先知，他们都说自己是耶稣，但实际上不是，这也是耶稣重现的一个征兆。那么人们该怎样区分这种情况呢，如果他突然自己成了耶稣，而不久前其他人也同样声称如此？

注 释：

① 安德烈亚斯·巴德尔（Berndt Andreas Baader,1943—1977），联邦德国左翼军事组织"红军派"的领导人。

② 古德龙·恩斯林（Gudrun Eusslin,1940—1977），"红军派"创始人之一。

③ 明爱会，一个天主教组织。

2
毛刷堆放间和圣像

八月

持续降雨。身穿训练服的男孩周日中午在红色的沙石场地上。农庄前面侧视图里的霉菌。在挖好的沟渠旁边摆放着一些管道。一小片杉树林被圈了起来。

取消承诺

没有人经过。在走廊尽头打开淋浴。他穿着防弹背心跑步穿过住宅区。途经公共汽车站。这个时候他为何不在学校？

交通线路

坐在最后排绿色的皮垫上。车票被卷成一团握在手里。两脚之间放着装有保温瓶和餐具的旅行背包。

一个奇迹

出现在我眼前的砂石天使们站在空荡荡的摇篮旁边，用早期哥特式手势指向窗帘的蓝色。两脚之间有一股涓涓细流,左手握着一块面包,右手攥着一块木楔。人们肯定也会迷失方向。然后是位于橡树和槭树之间的孤寂的花园桌椅布置,它的周围一片昏暗。

前夜

装有三个啤酒瓶的购物网线袋。在一块小木板上放着一块香肠面包。他用脚把带有血迹的套头毛衫推到抽屉柜底下。在浴缸里烧毁了一份剪报。在殴打她之前他把收音机的音量调大。抽着烟躺在沙发上。把零钱整理成几小堆。不抽她费尽周折给他弄到的带过滤嘴的香烟。(听到了。)

钳子

他向扫帚间的天花板上望去。他父亲保存在棚顶挂钩上的那些工具在晃动的手电筒光线里闪着亮光。他不准在扫帚间里玩耍,因为锥子、螺丝刀、丝锥、钳子、锤子和带尖头的铁锯都是头朝下悬挂的,因为一个不小心的动作,比如不经意间碰了壁架一下,这些工具就会从夹具里脱落坠下。(听人讲述的。)

圣像 1

圣徒们伸出的手上放的是自己的内脏,在涂成白色的木板上印着深裂开来的血淋淋的伤口。过来看一下这个蜥蜴人。耶稣受难像上的这句话在一天下午让人联想起那张受伤人的图片,那是他在母亲的医疗参考书上看到的,当时他在书里翻寻裸体女人的照片,做好了充分的思想准备,可能只会找到处于乳腺炎状态或者梅毒变异期的乳房,然后他又会通过模糊的端详刻意不去考虑这样的图片。受伤人连带那些使他受到大量损伤的刀、剑、木棒、戟和长矛，俨然殉难者的化身，对自己遭受的痛苦他显出一副无所谓的神情，公然展示自己的伤口，为了能够让他人查看，以帮助他们实现精神上的解脱。这样看来受伤人要强于尼克、福尔克、蒂伯或者西格德，他们只知道通过巧妙的格斗动作避免自己受伤，而受伤人则在身体的损伤当中保持自己不被伤害。（抄写别人的话。）

色彩学 1

橄榄色：美国佬的手电筒带有可折叠的弹簧钩，电池盒下面有用以发送信号的色板。紫色：今天参加了清晨祈祷，然后明天过复活节之夜直到弥撒颂歌，之后是白色。

拜访

汉斯-于尔根：还在人们踏进带有总是刷着深褐色油漆的护壁镶板的狭长走廊之前，房门背后紧接着映入人们眼帘的是一个圣水盆。房子里所有的屋门都紧闭着。（亲眼所见。）父母卧室里经过装饰的、挂有流苏和缨穗的织物华盖是天国的象征。儿童房间天花板上刻着拉丁铭文"小心！上帝看得到"。铭文下面画着一只眼睛，它从一个三角形里向四周放射光芒。（听人讲述的。）

一条狗死了

三月初又下了一场雪。雪花通过走廊里狭窄的折叠窗落进来，沿过道留下了一条细细筛过的雪带，它从厨房一直通向带浴缸的浴房。

早晨他还在天棚灯的灯光下躺在浴房的浴缸里。饱含雨雪的云朵不断从房子和花园上空飘过，像是给天空安装了一道拱顶，这样的拱顶在夏天又会消失不见。不多的几只鸟儿就像在鸟舍里一样，在穹顶下面滑翔而过，不敢完全展开它们的翅膀。在我入睡之前一只手向我伸了过来。它顺着一条腿的小腿肚抚摸我，掠过我的脖颈，轻轻拍了拍我的头：这是一场梦境开始的信号。那个穿黑色大衣的老妇人从外面关上院门，一动不动地在小巷里站了一会儿。害怕走小桥旁边的那条路，因为当那三个男人从我旁边走过的时候，他们没有看我一眼，也没有挡住他们的脸，就像人们通常当着陌生人的面所做的那样。城市发生了变化，仿佛城市内部的一些东西正在设法暴露它们的平面图。某些商店的橱窗空荡荡的，仅仅是为了伪装才矗立在那儿。人们不需要特别的展望，只需不加选择地观望，如同呈螺旋形缓慢前行的脚步那样。一切都已经被安排在鸟笼里。我兄弟在其中一只鸟笼里，我母亲在另一只里。父亲被装在一个木箱里。我几乎一直都在不由自主地等候着小山丘上空再次透出绿光，就跟父亲把那条被射杀的野狗从树林里扛回来的那一天一样。当时野狗的一只爪子悬在麻袋外面，父亲把麻袋扔在柴堆旁边。我兄弟紧紧抓住父亲的胳膊去踢野狗的胫骨，而我则转过身去走开了。夜里我们的房子在狭长的山谷里显得更加孤寂。我从羽绒被上拽下被套，头朝前钻了进去。风拂过野狗的那只爪子。月光在它利爪的死皮上按压了一幅模糊的彩印画。花园大门旁边那两棵梧桐在跳动的阳台油灯灯光面前向夜色中后退了一小步，灌木丛的圆锥花序和细枝在野狗的毛皮呼出的最后一口热气中垂下了头，与此同时野狗的毛皮也瘫软松陷了下去。至少在动物们死亡的时候，它们应该能够开口说话，作为对它们长期沉默的补偿。（抄写别人的话。）

3
借助于三个被咬过的桃子成功地向象征意义转移

在服务窗口对面是物品保管柜。我随身带了三个桃子，事先我最好把它们统统吃完才对。就好比当人们不会使用打字机，但是却尝试去使用，尝试跟会用打字机的人一样以相同的速度敲击键盘，这样写出的单词在字母顺序上就会乱七八糟。当我说话的时候，字词自己会变得无法辨认，句子相互混杂，行列来回颠倒，直到我说着说着就连自己也不再清楚到底想说什么。

我把每个桃子都咬上一口，然后把它们放到我保管柜旁边的存放架上。在寄存之前还要办这么多麻烦的事情，我说道，为了给自己的迟疑辩解。尽管是周四，窗口前已经有很多人在排队。寄存处工作人员忙得不可开交。他们接过外套，把它们挂到衣帽间里。他们把寄存衣物的号码牌连同登记表当面交给顾客。他们解答应当怎样填写登记表之类的问题。他们发放圆珠笔，带有一家医疗保险公司印刷字样的蓝色圆珠笔，这家医保公司在此期间已经不复存在。偏偏在周四快要下班的时候到这里来，这或许不是一个好主意。或许我们在其他时间来就好了，我说这话是希望我们干脆离开这里。

是否存在一种理论，来说明在什么位置字母、确切地说是音节，其次是单词正好相互混淆？这种情况是否跟舌头、咽腔和喉咙有关，还是在之前从思想到言语的转换过程中就已开始？我禁不住笑了起来，因为一个身穿粉红色浴衣、头发凌乱的女人倒退着从我身旁跑了过去。人们想象中的疯子就是这样的，我说道。但紧接着我想起自己没有穿浴衣，甚至连一件浴衣也没有带，因为我也没有带睡衣，因为我连一件睡衣也没有。当人们必须去医院或者紧急寄存处的时候，人们应当拥有一件睡衣，最好人们像临产期的孕妇那样在浴室门口备放一个装有各种应急用品的提包。我觉得人们太长时间对什么都感到无所谓。人们坐在电视机前，总是听到女人们往一个提包里装了各种应急用品，因为她们有了身孕，或者听到他们给自己的丈夫往拘留所里送了一个装有必需品的提包，但是人们就是觉得这跟自己无关。人们感觉跟自己有关的事情太少了。其实人们既不知道日期也不知道时间。

三个桃子不属于必需品，这一点就连我也清楚。它们首先粘住双手，然后是我保管柜旁边的存放架。纸巾属于必需品。我在考虑说些什么，如果被问及是否随身带了一个装有必需品的提包。我不想做错事。格尔妮卡抚摸了一下我的头：我真的可以撇下你一个人吗？她问道。我点了点头，因为我不想说错话。格尔妮卡站起身来注视着我。

真的就这样定了？

我第二次点了点头。

你是不是还有一些难言之隐？

我犹豫不决。

有什么就直说吧。

明天就是周五了。

还有什么？

我嘴里异常干涩。我的目光移向那三个被咬过的桃子。它们现在正是我需要的。但是我不敢迈出这两步。

说吧。

我从未告诉过你，但是我周五7点总要帮着做晨祷。

什么？

我一直还是辅弥撒者。

每个星期五都去？

是的，每周五都要做。

但是，这样有多久了？

已经五十四年了。

这样看来你是现有人员当中年龄最大的辅弥撒者了。

我点了点头。

缺了你晨祷肯定也能进行。

是的，一名修女将会帮助神父分配水和葡萄酒，并回答弥撒经文。

以前有过那样的时刻，那时候感觉不断滋生，一切都还是混沌无序，人们不打针不吃药，也没有相应的设施，而是一切都显得荒凉和空旷，个人恋爱也才在形成阶段，对上帝的信仰还相对较新，还没有被考虑完整并被细致入微地解读，而是显得不明确并被错误观点所危及，因此人们紧紧抓住最近旁的东西，把全部剩余的希望都寄托在它上面，在有疑惑的情况下放在保管柜旁边存放架上的那三个被咬过的桃子也能够充当这样的东西，然后它们成功地从实物转化成象征。因为人们还没等自己稍稍平静下来，就在想数字"3"可能意味着什么，被咬过的桃子和桃子作为桃子本身又会是什么意思，桃子的存在在这一刻好像指向超越其自身存在以外的东西，因为人们在这一刻变得更加平静和几近和睦,当人们于忙乱中和在最后紧急时刻向那边看过去、发现在保管柜旁边存放架上的那三个被咬过的桃子的时候。

　　我明白了,三位一体肯定是在一个这样的时刻里产生的,并且我有这种感觉,即三个漫不经心地被咬过和被放在一旁的桃子会从自身出发生发一种意义,这种意义甚至会令咬过它们并把它们放在一旁的那个人感到吃惊,更有甚者,这种意义会安慰把它们漫不经心和毫不必要地带到紧急存放处、在那里咬了它们并把它们放在一旁的那个人,向他传达他自己在几秒钟之前还一无所知的信息。奇迹恰恰就在于,一些事情一下子会变得完全不一样了。因为从现在开始在没有想到这一刻的情况下,我再也不会看到一个被咬过的桃子。这样一来桃子成了象征和我个人形象的标志。其他人手里握着的是人们用以砍去他们头颅的宝剑,或者是他们创办的教堂,或者是他们抢劫的银行,或者是他们用来把自己吊死的窗棂中的十字梃架,跟他们一样我将把三个咬过的桃子握在手里,类似于上帝的魔术师唐博斯科所做的那样,他在《上帝喜欢的人》一书的扉页画上使四个小球在左手的手指间保持平衡。

　　具有象征意义的东西自我发展并导致死亡。我们并非死于生命,而是死于象征意义。谁若是不懂象征意义,他就会变得长生不死。寿命是根据占象征意义的比例计算出来的。比如说机器因为对自己的象征值一无所知,所以它们活得比人长久。被人类置入象征领域的东西也会相应地被人类所谋害(植物、动物、其他人)。

4
年表1：那些年剩下些什么

1957年

我父亲决定修缮工厂左侧的厂房。一名工人在拆除一座高炉的时候丧生。我母亲在前一天夜里做了个梦，预先梦到了这起不幸的发生。二月份宫殿花园里的一棵橡树倾倒在结冰的池塘上，砸伤了正在那里滑冰的一对儿兄妹。在通向克内藤布莱希废纸收购站的小街上一栋房屋的阁楼失火了，一个家庭里熟睡的父亲在这起火灾中丧命。洪水今年并未如期发生。

1958年

在夏季的三个月里，一位心理学家在不来宁克梅杰尔商场门口为进进出出的顾客进行免费治疗，方法是他让他们讲述一段童年的经历，让他们解释涂鸦图片。圣心耶稣教堂的神父为自己堂区牧民的灵魂得救而担心，但是并不公开或者在布道坛上对这一话题表态，因为据称那位心理学家来自美国，或者至少是由美国人花钱雇用的。其他人认为他是商场的一名员工，认为所有这一切都是一种广告宣传理念。八月份，尽管是假期，商场门口还是聚集了蜂拥的人群，人们叫来警察才把人群驱散。人们跟商场管理层达成一致，让那位心理学家每周只在两天下午给顾客治疗。在随后几周里商场顾客反正也对这种新的吸引力失去了兴趣，因此人们终止了和那位心理学家的合同。与此相反人们在商场门口设置了一个玻璃箱，里面是一个由玩具猴组成的乐队，如果人们投入十芬尼硬币，它们就开始演奏音乐。

1959 年

为纪念工厂新建侧翼厂房的落成典礼，我父亲想给位于工厂附近的圣心耶稣教区捐赠一件具有宗教内涵的艺术品，我们家也属于这个教区，艺术品应当被陈列在教堂的圣堂里。艺术家可以不按规定自行设计，但是他的作品里必须包含"镜子"这一主题，如有可能要把一面镜子设计在作品中，以此指涉我父亲的工厂生产的主要产品之一。因为镜子作为虚荣的象征在教堂里名声不好，我父亲就在仓库楼梯旁被称作"茅舍"的小房间里安顿了一名神学系学生。在膳宿全免的情况下这名神学院学员必须在两周之内从《圣经》里找出所有的段落，相比人们唯一熟悉的来自《哥林多前书》里的记载，这些段落要更加积极，尤其是更为清晰地对镜子做出解释。《哥林多前书》里是这样说的：我们现在透过一面镜子看到的是一句昏暗的话；但是然后就和镜中的自我面面相觑了。那名神学系学生给自己挣得了我父亲为成功找到相应记载而悬赏的五百马克，他查明智慧（sapientia）[①]能够被描绘成女性，她左手执一面镜子（speculum[②] sapientiae），右手握着一条蛇。蛇援引的是《马太福音》中的记载，里面这样说道：你们要像蛇一样聪明，而按照神学系学生的解释，镜子则让人回忆起《哥林多后书》里的话：现在我主的明净映照在我们所有人心里。一名来自美因茨的艺术家用两年前倾倒的橡树的木料雕刻了一座与真人一样大小的智慧女神像。智慧女神左手执的那面镜子是由我父亲工厂的专业人员生产的。但是智慧女神右手里握的那条蛇却被一个圆规所取代，它是有远见规划的象征，跟通常对圣母玛利亚童贞女受孕的描绘一样，蛇则被踩在智慧女神的右脚底下。这样的设计考虑了很久以来人们对三十公里开外的施朗根巴德③表现出的对抗心理，这种考虑应该让许多教区成员对蛇的地位的上升感到诧异才对。值此艺术品完成十周年之际，我们后来在艺术课上拿烙铁用聚苯乙烯泡沫塑料仿制了智慧女神雕像。

1960 年

我母亲生了个小弟弟或是小妹妹，但是他（她）刚出生没多久就在医院夭折了。紧接着母亲被送往波罗的海地区疗养六个星期。一名年轻的、被我父亲称作"姑娘"的工厂职工搬进小屋里，料理家务并照管我。当母亲疗养结束返回的时候，她依然跟我们住在一起，为了给母亲打打下手。

1961 年

据说又有一个男孩在施朗根巴德因为被蛇咬了一口而丧命。因为被蛇咬的全都是来自其他城镇的儿童，因此这样的谣传持续了很久，说那些咬人的动物都是被训练过的，为了阻止游客的涌入。施朗根巴德当地人则拒绝接受此类指控，他们的理由是作为疗养浴场当地丝毫没有把游客吓退的兴趣。最后一条野生蛇是 50 年代初在疗养地的疗养大楼前被看到的，此外"施朗根巴德"这个名字并非涉及可能生活在那里的蛇，而是源于"施林根巴德"这一名称（名称中带有"缠绕"的意思），该名称是要让人们注意那些通往施朗根巴德的弯弯曲曲的盘陀路，令人遗憾的是这些盘道于1941年被帝国交通部改直，并被那条一般叫作"鳗鱼坡"的连接主干线的路所取代。

1962 年

我弟弟出生了。当一天下午我父母不在家、那个女孩也在去采购的路上时，我把他关到厨房和餐厅之间的递菜窗里，在炉子里烧掉了他的尿布。他撞开去厨房的门，在那里跌落到地上，面无血色地在地上躺着。我从递菜窗旁吧台上的玻璃瓶里倒出白兰地，喂了他一小口。喝完后他睡着了。我们为出发前往伯特利整理衣物。在暑假前来了一名传教士。人们在教堂堂厅里陈列了一个巨大的木质十字架，上面摆放着平板巧克力。谁要是连续一周每天早晨都参加晨祷礼拜仪式，他在最后一次弥撒结束时就可以拿走半板巧克力。

1963 年

无事。

1964 年

我在自己的生殖器上发现了两个特征。一个是我的阴囊上有一小块瓢虫大小的、无法被去除的黑色凸起。它的样子就仿佛一只甲壳虫像吸血扁虱那样紧紧地咬在那里。我不断尝试用手指甲清除掉这个东西，但却没有成功。第二个我注意到的特征是我阴茎底面上有一道长长的疤痕。它呈红色，样子跟我膝盖上的伤疤很像。然而当我回忆膝盖上的伤疤是怎样留下的时候（我绊了个跟跄，摔倒在厕所地板木条垫上突起的那块铁片上），我肯定是不小心伤到了自己的阴茎，当时我年纪比现在要小得多。或许我从生下来开始就已经带有这道疤痕。

1965 年

那只甲壳虫不见了。我已经把它忘了好几个星期，直到我意识到它不再长在那里了。我养的仓鼠死了，这种情况我也是在第二天才注意到。然后发生了那起事故，从此我母亲无法再开口说话。一位明爱会女士定期来家里探视。但她并不住在那个小屋里，而是晚上总要坐车回家。

1966 年

我父亲给奇幻公园捐赠了一座桥。那是一座横跨一条深谷的吊桥，模仿的正是在巴特·泽格贝格举行的卡尔·麦音乐节期间演出《在巴尔干大峡谷中》所使用的那种吊桥。为庆祝吊桥竣工我应该穿着印第安人服装从桥上走过，并演唱雷巴娜的歌曲。尽管我们在前一天晚上把这首歌曲练习了两遍，而且我不用扶栏杆就能从摇摇晃晃的桥上走过，一个委员会还是在表演即将开始的时候取消了我的登场。我父亲大为光火，而我则不仅有些失望，而且也感到心情放松，因为我在记歌词方面总有困难，总记不清跟在"我在你的眼神里看到了悲伤"这句歌词后面的是什么。相反我总是想起那句"一颗小星星把她引向约旦河滩"，它出自彼得·科尼利厄斯的歌曲，我在三王来朝节那一天在教堂里唱过这首歌。

1967 年

我看到了我的第一个死者。此外我有两次夜里从家里偷偷溜出去，在外面到处闲荡。我有过不知羞耻的想法。独自以及和其他人一道。我躲在花园篱笆后面，企图偷看贝尔林格夫人穿着泳衣的样子，但是她在这天中午并未从房子里出来。而且在另外三天中午她也没有出来。我把赖讷的堂兄弟借给我读的一段文字抄写了下来，文中一个女人在讲述，她是怎样等候丈夫的归来并且在连衣裙下面什么也没有穿，然后她丈夫是怎样从她的肚脐里喝香槟酒的。我们把一根针刺进手指，让鲜血滴到一杯水里，把这杯水分喝掉，通过这歃血之盟我们结拜为兄弟。

1968 年

我尝试伸出手去拨弄溪流中的那株多肉植物，为了看一下是否它在什么地方被绊住了，是否它或许还真是一颗头颅。两个男人出现在桥上，他们在注视着我的举动。他们倚靠在桥栏上，但是一句话也不说。傍晚的黑云浮现在他们身后的房屋上空和修剪过的梧桐树枝之间。两天之后在傍晚时分我发烧了。尽管我身上发烫，但我一直还有双手在冷水里漂浮的感觉。一个裸露的膝盖。一颗甘蓝叶球。我弟弟在半明半暗的房间里给我看一匹红色的小塑料马，我骑着它朝着望不到尽头的沉睡疾驰而去。

1969 年

暑假前我进了一家疗养院。我留级了，截止到秋季一直在上寄宿学校。

1970 年

我站在一处相对平坦的地形前面,背景是大黄种植地段,左前方有一条布满尘土的田间小路。一匹马在拖拽它的挽具。一只鸟儿飞起,往我放在双腿间的书包上投下了它的影子。在栽有两棵椴树的围墙后面出现了一些小点,那是手里握着三角彩旗的幼儿园的孩子们。

注 释:

① 拉丁文:智慧。

② 拉丁文:镜子。

③ 施朗根巴德(Schlangenbad)在德语中直译为"蛇浴场"。

5
询问圣母怜子图和圣心耶稣教堂

您曾经是比伯里希圣心耶稣教堂的辅弥撒者,并且准确地说是在女恐怖分子比尔吉特·霍格费尔德从1969年到1973年上过管风琴课的那家圣心耶稣教堂,是真的吗?

我不知道……

请您用"是"或者"不是"来回答。

是的,也许吧。

霍格费尔德女士生于1956年7月,过去和现在都比您小将近一岁,是真的吗?

如果她确定是1956年7月出生的,那么这种情况是正确的。

尽管比尔吉特·霍格费尔德过去和现在都比您小将近一岁,但是她是红军派的成员,而您据说不是。对此您能给出任何一种解释吗?

一种解释?我……

太胆小了,您是想这样说吗?

胆小?对,肯定也是。但是当时,当红军派……

您说的是第一代红军派?

是的。没错,我总是只谈及第一代。也就是说,在他们当时开始,更有甚者,当他们后来在施塔姆海姆坐牢的时候,我不知道该怎么说……

您就干脆直说吧,当时您被自己一种常见的青春期冲动所侵袭,带着这样的多愁善感您直到今天一直在使自己的整个人生复杂化。您把一张关于霍尔格·麦恩斯死讯的海报挂在房间里,海报上写着"一位同志牺牲了",挂在它旁边的是一幅"谁人"乐队的招贴画,当时该乐队早已过了它的巅峰期,但毕竟也曾经有过年纪轻轻就死去的想法。乐队成员当中只有一人做到了这一点,但是您当然不会真正与这些来自伦敦郊区的面孔达成共鸣,而霍尔格·麦恩斯,就像他当时被捕时只穿了一条黑色的内裤那样,这让您立即回想起在客西马尼园里的拘捕情况……

据我所知当时耶稣浑身上下穿得很严实。

您知道我指的是什么,当然后来,在绝食之后,整个圣像学之于基督的葬仪才起了作用。

当时有关霍尔格·麦恩斯的照片令我回想起两幅绘画作品,一幅是荷尔拜因创作的《墓中基督》,严格地讲,不管怎样它也是一幅渎神的画作,画中那绝望和受到惊吓的身体被囚禁在一个狭窄的箱盒里,关在里面是不可能逃出去的,那情形就是被活活埋葬,仿佛荷尔拜因想用这幅画否定耶稣的复活。另一幅当然是曼特尼亚创作的《哀悼基督》,当这幅画被尸体剖验处公开的时候,它也同样从透视技法来看显得太短和扭曲变形。

所有恐怖分子的脑浆都会被取出,所有的恐怖分子都是没有脑浆被埋葬的,这一点您知道吗?

您说这话是什么意思?

没什么，随便问一下而已。

就是通常纳粹所干的勾当：测量脑浆，为了从中断定无价值的生命。

那是为了搞神经塑化研究。

当时？

当时还没有。因此所有的脑浆都被保存这么长时间。

因为人们想证明当时还无法证明的事情？

我们最好再回到"瞧这个人"①的象征意义上来，这一象征使您对恐怖主义产生了如此深的印象，因为您实际上好像没有任何过渡就又重新找回了基督教教育的圣像语言，而当初您是尝试（当然是徒劳的）去反对这种语言的。

这些也都是令人难忘的图画，正是在这个层面上人们可以与我交谈，它恰恰是美学层面。

美学？

是的。

一个涉及恐怖主义的奇特概念，您不觉得吗？

您这样认为吗？

我们还是回到比尔吉特·霍格费尔德的话题上吧。鉴于您也频繁地在教堂周围闲荡过，您不会向我讲述您从未遇见过比尔吉特·霍格费尔德吧。例如当她在去教堂上管风琴课的路上，或者在上完管风琴课返回的路上。

我回忆不起来。

难道没有这种可能吗，即您作为年长者给比尔吉特·霍格费尔德塞了一张小纸条，我根本不愿把这种情况称之为囚犯间的秘密通信，或者从我来说也会亲自和她交谈，为了和她站在位于教堂侧门入口旁边的圣母玛利亚哀痛地抱着基督尸体的画像前面，人们上完管风琴课之后都会向右绕过教堂，或许为了在那儿亲吻她，向她灌输在此期间在您的头脑中逐渐形成的、尚未完全成熟的思想。因为那个姑娘绝不会自己产生这样的思想，她更愿意弹奏巴赫的赋格曲。即便是后来在单人牢房里，当人们给了她一支竖笛而不是管风琴的时候，她说起的也是巴赫赋格曲中她的悲痛……

演奏管风琴是一些不寻常的事情，这一点没错。

乐器中的女王……

我不是这个意思。但是和自己进行多声部演奏，用双脚和双手，用两个手键盘，这确实是一些特别的事情，它总能使我的头脑冷静下来，因为演奏过程占去了我全部精力，这种情况在我的一生当中也没有几次。

您也弹奏过管风琴？

很晚以后才弹。很多年里我都无法忍受它的音调。

因为这种音调让您想起了比尔吉特·霍格费尔德？

不，因为我禁不住会想起那么多星期天，什么叫想起，因为我在听到第一声管风琴音调的时候就又意识到了那种星期天的感觉，那种焚香和面条汤的气味。

这么说比尔吉特·霍格费尔德就是这个克劳迪娅了？

不，不，根本不是。您怎么会有这样的想法？此外克劳迪娅年纪要大一些。

年纪大一些，年纪小一些，所有这些人们都可以相应地虚构。

不，在这方面您完全想错了。

那么那则故事呢？涉及池塘巷道姆面包店斜对面的庭院入口的那则？

有什么问题吗？

在庭院入口、确切地说是在那栋房子里有一位女士被杀害了，您知道这个吗？

我觉得您把一些事情搞错了。在那栋房子里住的是那位被害女士的母亲。那位女士本人已经结婚，和她的丈夫搬到了格雷泽尔贝格，然后这个男人有一天杀害了她。您误以为住在那栋房子里的是被害者，后来她的母亲对我母亲说，她也不想再见到那个男人的父母了，尽管两家父母此前相处得很融洽，而且也已经有了孙子孙女。但是如她所言，她不愿和杀人犯们有任何来往。

相反我不得不断定，您倒是乐意和"杀人犯们"有瓜葛，如果不是和一起甚至多起谋杀事件有牵连的话。否则您为何要提到那栋房子呢？

不，这完全是一派胡言。

那您为什么要提到那栋房子呢？

随便说说，没有原因。

在您身上发生的任何事情都不是没有原因的。

您这么认为？

我是这么认为的，好了，您就如实说吧。

我们有一次往庭院入口处扔了爆竹。

当时，1969年？

是的，然后从院子里出来一个女人，开始破口大骂，于是我们就跑了，但是后来几个男人截住了我们，说我们应当赔礼道歉，当我们随他们进入房屋走廊的时候，他们抓住我们并报了警，声称我们用一把刀威胁了那个女人。

你们那样做了吗？

当然没有。

那么那个女人是怎么想到这一点的？

不知道。我们身上带了一把刀，是一把随身带的小折刀，因为人们必须把小爆竹从一根引线上割断，但是我们没有威胁她。

然后呢？

然后警察来了，开车把我们每个人都送回了家。

事情就这么结束了？

不，第二天我们必须去派出所，在那里做笔录，当然人们不相信我们。

为什么不相信？

那您相信我吗？

这要看具体情况了。

正是这样。当时人们也不相信我们，因为男孩子普遍撒谎，而穿长罩围裙的女人一般讲的都是实话。但是人们想迁就我们，于是那名警官说道，我们干脆就往笔录里这么写：我一时冲动感情用事。

这挺有意思的。那您是那样做的？

做什么？

感情用事？

我根本就不清楚什么叫"感情用事"。但是那名警官坚持认为，这样说能够起到减轻处分的效果。

是的，这一点您应该始终牢记，有一些事情确实能够起到减刑的效果。

但是我们什么也没有做呀。我们是无辜的。

即使是无辜的，人们也总能用得上一些有助于减刑的事由。

如果您这么认为的话。

那件事就这么结束了？

不，我们上了法庭。审理在上午进行，我们不得不对学校说：我们必须出庭。我刚刚才意识到，这其实挺奇怪的，即法庭审理、预约看病，还有诸如……

您指的是审讯？

是的，也包括这个，所有这些总是在上午进行，仿佛人们同时应当被公开曝光，因为人们必须总要额外向单位和学校请假。

因为您没有从事固定的工作，这件事对您也不会再有其他影响。

是的，只是在当时有影响，但是无所谓了。不管怎样我们被判处五马克罚金，这笔钱我们必须支付给红十字会。

在宣判的时候是您一个人吗？

我和阿希姆，因为我们俩是唯一年满十四岁的。

我指的是您的父母？

不，他们不在场。

这似乎就是红军派的诞生时刻了？

注 释：

① "瞧这个人"，彼拉多看到戴荆棘冠冕的耶稣，对众人所说的话。出自《新约·约翰福音》第19章第5节。

6
从战后使用的去污剂到犹大的历史形象的结合

人们必须对战后使用的去污剂写点什么。例如 K_2R 去污剂,这个名字完全沿用了纳粹的用词风格,不仅是因为名字里也隐含了"集中营"的发音。此外它还让人联想起一种炸弹,就像纳粹的秘密武器 V_2 型导弹那样的,尽管这种去污剂的软管本身显得并无危害,尽管人们在给它起名的时候据说是想到了 Kappa Due 牌家用清洁剂。但是必须像征服一座山一样战胜污渍,这也是一种特别的想象。污渍和它的清除在战后德国有一种特殊的意义。人们怎样才能清除墨水、烟炱、红酒污渍等等,这方面的说明应有尽有。污渍是从不受监控的工作过程到不断发展的官僚主义的最后一道交通连接。此外它还令人回忆起过去,当时为了剔除很大一部分民众,人们就往他们的衣服上弄上污渍。因为身上一旦有了污点就无法再被取消,所以人们尝试至少让自己尽可能不被玷污。通过无玷始胎①使整个新建联邦共和国受孕,没有历史,也没有原罪。人们相互开具贝西尔(洗衣粉)许可证,使化学洗衣法趋于完美,把所有人们能回忆起的否认罪责的行为都纳入化学洗衣法的范畴。但是人们并未意识到,对犹太人的系统化根除其实也能被描述为化学洗涤,甚至可能已经这样描述了。于是在城市的任何地方都出现了作为无意识回忆场所的化学洗衣店,为了忏悔人们每周都要去这些地方朝圣。这就是我的理论。一方面。

如果我不是从社会视角,而是从宗教层面加以观测的话,那么我的理论的另一方面是,去污剂应当有助于对抗经常是非常残暴的奴役人的天意,人即使尽最大努力也无法逃脱这种天意。自愿似乎是一个骗人的幽灵,因为即使我尝试用一条餐巾并带着格外的谨慎保护自己免受天意的支配,可还是无法成功地做到这一点。相反,我一而再、再而三地弄脏和玷污自己。如果仔细审视一下个别人的传记,人们会发现他们的生平好像都是按照一种内部模式在运行,而当事人自己却对此一无所知,他们盲目地依循这种模式,但却无法对它进行任何改变。跟由人想出的那么多洗涤剂和技术设备一样,去污剂也应当把这种宿命论从我们身上洗刷掉,因此它不断被继续完善,最终也包括洗涤方法自身,也就是说去污剂的应用,它的应用包含了一种宗教仪式的作用。但是溅上污渍是必要的,因为罪孽而被事先确定的玷污的象征,虽然玷污看似象征了某个人的罪过和责任,但尽管如此它对于历史的进程也是必要的,因此罪人总在通过毫无意义的努力尝试不去犯罪。他希望通过这种努力能够逃脱即将到来的惩罚,但这是绝对不可能的。到了生命的尽头他才认识到,他犯下的罪行构成个人存在和他人存在不可或缺的一部分。此外他还认识到,他的努力和忧伤都是徒劳的,因为既然他的罪孽是世界进程的必要组成部分,那么通常意义上的罪责也就无从谈起了。

因为我们的人生之路跟犹大的没什么区别,他是来自耶路撒冷的西蒙的儿子,但他却不使用父亲的名字。相反他是根据伊莎里奥特这个地方被取名的,在那里他在自己用灯芯草编织的篮子里被冲到岸边,他父母在犹大出生后不久就把他丢弃在地中海的芦苇丛里，因为母亲还在怀孕期间就梦见，这个孩子将会给家庭带来巨大的不幸。从表面上看不幸是被祛除了，但是伊莎里奥特岛的女王在海岸边散步的时候发现了小犹大，长期以来她一直都希望自己有一个孩子，于是她把犹大偷偷带回家，让人暗地里把他养大，同时她自己假装怀孕的样子，为了在以后让他冒充自己的孩子。也是为了遮盖骗局，女王的孕戏演得如此投入，以至于她没过多久真的生了自己的儿子，并把他和犹大一起抚养长大。但是还在当时犹大就已经是个坏孩子了，并恶意戏弄女王的亲生儿子，他这么做也是因为他觉察到弟弟比他更受宠爱。女王毫不留情地惩罚他的过失，因为其实这时候犹大已经变得多余了，令她天天回想起自己不仅对丈夫，而且也对全体民众撒下的谎言。终于有一次她愤怒地告诉犹大，他只是一个被冲到岸边的弃婴而已，于是他在绝望之中掐死了弟弟并逃往耶路撒冷，在那里他投靠了彼拉多，后者恰好在寻找一名伶俐的年轻人给自己当助手。

犹大和彼拉多之所以相处得那么好，是因为彼拉多也杀害了自己的异母兄弟。彼拉多的父亲是泰鲁斯国王，他与一名普通磨坊工人的女儿有男女关系。磨坊工人叫阿图斯，他女儿叫彼拉，因此为了简单起见国王就把他的私生子称作彼拉多。彼拉多起初在母亲身边成长。三岁时他来到国王的宫廷，在那儿和国王的儿子一块儿接受教育。因为他的异母兄弟在各方面都比他强，满腔羡慕和嫉妒的彼拉多最终杀害了他。但他并没有像犹大那样逃走，而是被他父亲作为纳贡而非人质派往罗马，在那儿他和另一名人质、一名来自法国的年轻人相遇。两人结为好友，但即使在这里彼拉多也又开始嫉妒同伴的品性，最终也杀害了他。于是人们把他打发到本都岛上，因为那里有一个野蛮民族，经常杀死罗马总督，不能容忍别人的统治。但是彼拉多如此机敏，也因为他比这帮坏人和野蛮人更坏更野蛮，以至于他把他们置于自己的暴力统治之下，因此从那个时候开始人们就称他为本都·彼拉多。他的名气这么大，乃至于希律把他请到耶路撒冷与自己共谋，并委托他担任总督一职。也就是在那里谋害自己兄弟的两名杀人犯犹大·伊莎里奥特和本都·彼拉多碰面了。

但是犹大不知道，他的很多弯路和恶行只是听从命运安排，重又回到自己的出生地。一天本都·彼拉多从他的行宫向外张望，看到在一个园子里一棵树上结着精美的苹果。一直以来就饱受羡慕、嫉妒和贪婪的折磨，他认为自己没有这些苹果就活不下去，于是派犹大去把那些苹果给他取来。犹大遵命照办。但是还没等他摘几个苹果，房子的主人从里面出来了，他不是别人，正是犹大的亲生父亲西蒙。为了能够把苹果带给彼拉多，犹大砸死了他的父亲，出于感激彼拉多把西蒙的田产赠送给犹大，让西蒙的遗孀（她可是犹大自己的母亲啊）做他的妻子。当她有一天向他抱怨自己的苦楚，讲述她以前丢弃了她的孩子，现在又失去了她的丈夫，这时候犹大才认识到自己的所作所为，然后他跑到耶稣那儿，为了开始一段新的生活。耶稣接纳了他，很快犹大就成为他最喜爱的门徒，耶稣非常信任他，把所有的财务事项都交由他来管理。可是犹大总是欺骗他的主人，从他管理的钱箱里私吞钱财。到最后他少了三十枚银币，为这他出卖了耶稣，以便重新弥补赤字。当他认识到自己行径的荒唐和残忍时，他走向一片田野，在一棵树上上吊自尽。但是就连这种死亡方式也是事先给他安排好的，因为他通过自缢表明了，他既不属于天上的天使也不属于地球上的人类，而是作为撒旦的牺牲品悬在两者之间。正如约翰所言，撒旦最终进入他的体内,当耶稣在最后的晚餐上把一小口面包浸入葡萄酒里并递给他,因为圣餐仪式不仅能够使人摆脱罪孽,如果天意希望的话也能够招致邪恶,这要视每个人的具体情况而定了,因为任何行为都不是作为一目了然的行为出现的,而是只在各自的关联中才得以实现。就如同摩西以跟犹大相同的方式在一个用灯芯草编成的篮子里被丢弃在尼罗河的芦苇丛里,就像犹大被丢弃在地中海的芦苇丛里一样,但却带着相似的命运成长为一个完全不同的人。当犹大上吊身亡的时候,他被上帝赐予的灵魂却无法通过他用以犯罪的咽喉逸出,因为他是用他的话语出卖了上帝,因此犹大被从中间撕成两半,而向外掉落的不是他的灵魂而是他的内脏,因为出卖上帝的想法在他体内是从这些内脏开始向上升腾的。

但是当时,当犹大·伊莎里奥特出卖了耶稣,本都·彼拉多判处他死刑的时候,罗马皇帝提比略身患重病。医生们都帮不了他,但他听说在耶路撒冷有一位医生,他仅凭话语就能治愈疾病。于是他派出随从去寻找这名医生。当随从得知这名医生就是耶稣本人,得知耶稣已经被本都·彼拉多判刑和处死,他吓得不得了,不知道该如何是好。幸亏他遇到了圣徒薇罗尼卡,在她的汗巾上印有耶稣的画像。随从请求薇罗尼卡陪他去见提比略皇帝,情况果真如此:皇帝一见到耶稣的画像就恢复了健康。但是当皇帝现在获悉,本都·彼拉多判处了耶稣死刑,他勃然大怒,让人去把总督叫来,为了惩处他这种罪恶的行为。然而当本都·彼拉多穿着耶稣没有缝制的外套出现在提比略面前时,皇帝已经不再感到生气了,而是变得非常温和,又让本都·彼拉多走了。还没等他走远,皇帝又变得愤怒起来,再次派人去叫他回来,以便这一次真正惩罚他。可是彼拉多又穿着我主上帝的外套出现,而提比略又一次对他无可奈何。就这样反反复复了三次，直到皇帝突发灵感，命令彼拉多脱去外套。现在提比略终于也能够在彼拉多在场的情况下感觉到对他的愤怒了。他让人把他打入地牢，然后和他的法官们商议，对他来说最不体面的惩罚是什么。但是本都·彼拉多通过刺死自己逃脱了审判。现在人们取了他的尸体，在上面捆了一块磨石，把它沉入台伯河。但是因为彼拉多完全属于撒旦，所以撒旦跟死者玩起了游戏，让他连带磨石从河里飞向空中，制造了一种无比喧闹的场面，直到人们把死尸又拽了出来，把它送到罗马城门前面。但是在那儿情况也没什么两样。人们探寻了三个不同的地方，直到最后把本都·彼拉多扔到一处偏僻的山谷凹地里，在那里他今天还和捆在一起的磨石一道被魔鬼在空中旋绕。

但是犹大不仅因为他的背叛而显得有意思和非同寻常，因为在他身上再次汇聚了从偷食禁果的原罪到该隐杀弟再到乱伦的全部邪恶，而且也因为他在《圣经》题材领域里犯下了唯一的弑父罪。圣经里没有关于弑父的记载，它记述的都是父亲杀死儿子或者父子相互残杀的故事。但是去污剂和化学洗衣法属于父辈一代的产物，他们尝试用这些东西去掩饰他们明显的行为缺陷，同时却让儿子们首先相互攻讦，最后畏罪自杀。

注 释：

① 原文为拉丁文，又译"圣母无原罪始胎"。

7
为了发现罪孽的原理，那名青少年撰写了他个人的自白书

我把我主的名字塞进一栋用纸板做成的小房子里，用彩笔在房子上画了门和窗，仿佛他可以随时进出并照管这个世界，而事实上他却被关押在最深度的黑暗当中。此外纸板是潮湿的，闻起来有一股特别的味道。

我用啤酒杯垫添加了三位一体，相应地用圆珠笔画的线条代表啤酒，用圆珠笔画的圆圈代表小杯烈酒，或者让来自高年级的其他人对它们做相应解释。

我用圣徒和殉难者的名字来命名小型塑料制品，然后一气之下胡乱使用这些制品。

我用一把蓝色的塑料铲讥讽了表现为一座沙垒的上帝的创造，因为我想象自己在这件粗劣的作品里居住和统治，穿过狭窄、原本是为弹子设计的隧道和水渠追赶所有令我不快的人，直到他们喘不过气——而且是永远。

我不小心把内裤穿反了，但是当我意识到这一点时，我并未更正这样的疏忽，而是从一时疏忽当中产生了不知羞耻的想法，这样做就

仿佛我是个女孩，因为女孩子的内裤上是没有洞口的，现在我就可以自我渴求并把自己用作淫秽想象的模型了。

我从树上扯下树枝，用这些树枝不停地抽打折磨其他树木，直到从树皮里冒出树脂，即使这样我也不通情达理。

我抵制住了夹心巧克力糖、周末和《新周刊》里那些裸体女孩的诱惑，但却对阿希姆的母亲和贝尔林格夫人有了不知羞耻的念头，而我事实上仅有唯一的一次去过游泳池，但是那一次我在年龄比我大的男孩们的唆使下，跟其他人一道在浅水区向女孩子扑去，并尝试去抓她们的胸脯。

我把人们不应该含在嘴里的东西放入口中，比如弹子和我动物园里的塑料动物，也把像豌豆和半圆形石子之类的东西塞进其他身体穴孔，即耳朵和鼻子，但是下体的除外，紧接着我用灰色的黏土塑成一副伤员器具，它有一个十字架和一个配有三只小碟的托盘，我把盐、水和橄榄油倒进小碟，在自己身上试验了这种患者涂油。

我把自己也不太明白的事情悄悄讲给其他人听，比如一位农夫，他想把一头活猪装在一个袋子里运到市场上去，结果袋子扯裂了，再比如一种药物，女生使用之后会脖子僵硬，因为它其实是为男士准备的。

我用不计其数的谎言背叛和污辱了上帝的创造，因为我编造了那么多谎言，仿佛我自己和造物神很像，能够为了自己低微的目的而使上帝的意愿和我主的深刻意旨失效，同时我跟他完全一样在他创造的世界旁边也创造了一个世界，从而使自己表现得就像他的替身一样，在我创造的世界里家庭作业被完成，二十芬尼丢失了，而不是事实上被用来买巧克力王子了，祈祷既不被停止也不会废话连篇，矛盾被调解而不是被挑起，体操用品包被窃，而不是早晨在去上学的路上自己把它扔到灌木丛后面，等等等等。

我朝拜了偶像，和着她的音乐跳了舞（夹子布鲁斯舞曲）。

我在弥撒期间和别人互换了恐怖图片，偷偷看了不良照片，在化体之后的那段时间里一直都在脑子里背诵流行歌曲排行榜，在"感谢上帝"部分时心里在想：感谢上帝。教堂仪式结束了，我翻开赞美诗集，把第517首指给我的邻座看，因为作者叫劳伦修斯·封·施努菲斯，并嘲笑了这个名字。

通过给我的仓鼠戴上一顶纸做的主教冠冕，我讥讽了神圣的权力象征物，仓鼠戴着主教冠冕在笼子里瞎跑了将近半分钟，之后才得以抖落主教冠冕，接着在夜里把它啃坏，因此没过多久仓鼠就死了，我感觉对它无辜的生命负有责任。

在作为辅弥撒者乘出租车去参加一个葬礼期间，我从香炉里取出焚香，把它塞进嘴里并咽了下去。

我在弥撒即将开始前还偷吃了巧克力，因此我的嘴巴和我的身体是不纯净的，但我仍然参加了圣餐仪式，接受了圣饼并由此侮辱了它。

即使是在忏悔的时候我也撒了谎，因此每一次忏悔都是无效的，每一次赦免都是无效的，每一次宽恕都是没有价值的，这完全归咎于我自己，因为我滥用了上帝的无限善意，没有认识到善良的价值，尽管如此周六傍晚使自己得到暂时的解脱，感觉自己得到了净化，而这跟所有其他事情一样也同样是一个谎言。

8
世界是一座迷宫,我们被困在一只伏虎里

米勒同志坐到我身边,摊开图纸,向我透露秘密,尽管我才刚刚算是个小男孩。

"这让您很吃惊?"他问道。他是唯一用"您"来称呼我这个孩子的人,而且毫无嘲讽的意思。他面带微笑把我的汽水推到一边,把它放到图纸的右侧边缘上,这样图纸就不会再卷起来了,同时他在另一侧上放了个烟灰缸。

"您往这儿看!"他说道。我屈膝蹲坐到长椅上,把两肘支起来,第一次见到了迷宫。

"一座迷宫。"我说道。米勒同志赞许地笑了笑,打开他旅行刀手柄四周的保险扣环。我用伸出的食指探寻迷宫的路径,但却找不到起点或者终点。米勒同志吹掉老板娘放在他柠檬汽水旁边的灰色吸管上的纸片。一小片云沿着大街飞渡,先是反射在黑色的汽车上,然后又映在雨后潮湿的石块路面上。

"最高保密等级。"米勒同志在我的左耳边悄悄说。

"最高保密等级。"我重复了一遍。米勒同志拔出匕首,先在他自己的、接着又在我的食指上划了一个小十字形。一滴血向上涌出,停

留在指尖。我们相继把手指浸入剩余的柠檬汽水里,每个人都喝了一口饮料和血的混合物,父母在家里坐在收音机前,倘若人们还有父母的话,他们在听带有轻快音乐的广播,这些音乐是由一个饭店酒吧转播的。战争在城外和河流的另一侧激烈地进行着。一艘汽船驶过,船上有人在跳舞。投弹对他们来说就是一场烟火。

"成年人的世界究竟是什么?"米勒同志问道,目光从我身边扫过,投向挤满了人的餐馆。我尝试提醒他我还不会正确地书写,甚至连自己的名字都还写不对,一旦我应当在什么上面签字的话。我把书包推到弯曲的双腿下面,为了能够用胳膊够到桌子。原本我只是在等我妹妹。后屋的门被撞开,有人抽着雪茄吞云吐雾地冲了出来,摔倒在酒吧间的地板上。因为他用两只手提着解开的裤腰,所以他在摔倒时无法用手支撑身体,结果首先下巴撞到了地板上。在一只手风琴上快速奏出的几声活泼放纵的和弦与人们的哄堂大笑交汇在一起。门再次荡开,在关上之前它又一次把躺在地上的那个人撞到一边。

"人们想放声大笑和轻松愉快。他们不希望战争。他们需要命令和规定,否则一切对他们来说都会变成一座唯一的迷宫。他们想乘坐汽船航行、跳舞娱乐,他们所有人、他们全都不想死去,因此他们转得越来越快,叫喊声越来越大,站到板条箱上去,在向下跳的时候还尝试用脚去踩踏身边人的脑袋。宁肯进监狱,宁肯上前线也不回家,这是唯一的理由,您明白吗?"我摇了摇头。他笑了起来,用手掠了一下我的头发。"您对我来说已经算一个了。不,我是当真的。"他朝着我弯下身子,以至于我能够闻到他呼出的柠檬汽水味道,"您没有问题。我们需要像您这样的男人。迷宫只是一种隐喻,至少在某一层面上。从另一个层面上讲它的内涵要大于真正的迷宫。但是只有极少数人能够悟出这个道理。它具有一些超验的东西，几乎跟死亡一样。既然已经在谈论没收财产这个话题，那么首先必须要断定的是，人们剥夺了我们死亡的权利。太久以来我们的死亡一直都是其他人的死亡，这一点甚至被称颂为我们的哲学认识。死亡不属于垂死者个人，据说他根本无法应对死亡。垂死者就那么死去了，他再次猛然直起身来或者半睡半醒、结结巴巴和大声喊叫，但是无论他说些什么，他对自己的死亡都一无所知。连一丁点儿都不知道。因为人们想象垂死者对自己的死亡一无所知，所以死亡成为一种对哲学提出的挑战。在思想上深入探究死亡的根源，揭露它的秘密，这成为一门科学所要解决的任务，这门科学迄今为止只关心初始元素是由水还是由火组成的。尽管所有的努力，那些前额布满皱纹的思想家们最终只想到交易这一伟大的主意。不是把死亡归还给我们，现在的说法是作为对自己死亡的回报我们将得到很多其他人的死亡。一种折扣优待券系统。原因是：只有在其他人的死亡中我们才能够理解死亡等等。在此期间不断有人死去，生命在一种剥夺死亡权利的状态中被丢掉，通过在战场上死亡、为祖国阵亡的方式，当然我们从不把它称作阵亡（我们还能怎么做呢？），而是叫作倒毙，因为当我们在城外、在村庄、在河边、在跳舞娱乐和乘汽船航行中呼吸最后一口气时，我们就像牲畜那样倒毙了。我们是那些使这种乘汽船航行和跳舞娱乐成为可能并得以保留的人，说心里话它们是一种相当可疑的文化财富。但是无所谓了。"就跟他先前抓住我的后脑勺相类似，现在他也抓住他自己的头后部，闭上双眼把它向前按，仿佛他想要回忆起什么似的。

"迷宫的道理就在于此。如果您曾经、就像我或者我的同志们一样，连续好几个夜晚四处瞎荡，穿过的树林如此茂密，以至于在里面永远都不会有白天，如果您在四周看到了沾满血的双手、被擦伤的面孔和开裂的制服，那么，只有这样您才会突然和一下子明白，这种其他现实、即死亡的现实是什么意思了。根本不用浪费思想，您就理解了迷宫的原理。您不再怀疑由人和公牛所生的杂种，相反，恰恰相反。您知道，而这一点儿也不让人放心，您知道一切由人想出的东西在现实中都会拥有一种反响，这种反响通过思想才得以产生。粗树枝像受伤的动物一样吼叫，当它们被割断的时候，细枝条奋起反抗，撞击它们的胸口和腹部。不，在那外边人们不再知道哪儿是前面、哪儿是后面，人们不再知道向何方运动，寻找谁，保护谁，更不用说对抗谁了。我在那外边跟自己做斗争，除此之外不与任何人为敌。但是将在我们坟墓上跳舞的却是孩子们。"他开始笑了起来，让右手的食指和中指像玩具小娃娃的双腿一样从迷宫图纸上走过。

"你们也应该跳舞，否则为何会有那些坟墓呢？请您不要让别人把自己搞糊涂，无论人们向您报道什么。所有的事情都仅仅是为了转移注意力，整个围绕死亡的小题大做，勋章，庆典，所有这些都应当夺去死亡与生命的联系，这就是死亡的超验，如果您能明白的话。那边是死者，那边是生者，位于他们之间的是坟墓，一道沟渠就是坟墓，两者之间不允许有联系，人们没完没了地在喷洒圣水和发表演说，这一切都是为了反对超验。"

通向后屋的门又开了片刻。在成团的烟雾之间我看到一个半裸的女人躺在其中一张桌子上。米勒同志从他的旅行刀上拭去细微的血迹，把它插回到别在腰带上的皮鞘里。"亲爱的朋友，迷宫的意义可要远大于一个简单的隐喻，它是一种内在的现实。这种现实我们必须承载在我们心中。那边是公牛和人生出的杂种，我们对他一点儿也不了解，他就像是来自童话世界的一个幻象。但是为什么会产生这样的幻象呢？他们被另一个大的幻象即上帝强加给我们。如果存在上帝，也就会有一种索要祭品的、由公牛和人组成的混合物。但是上帝之所以存在，仅仅是因为我们，我和您以及所有其他人一起，必须在小房间里长大，和那些到处惊吓我们的人一道。但是我跑题了。"米勒同志中断了一会儿，从他的左侧裤兜里取出一条白手绢，用它把嘴唇擦干净。我感到疲倦了。夜晚在灰色的单行道上和自己玩起捉迷藏。

"幽殿或者迷宫，如您习惯于正确表述的那样，"米勒同志重新开始说道，"和我们一起成长。如果人们相信能够走出这个迷宫，那这是一个谎言。我把它称作父辈的谎言。他们把不能用的工具交到我们手里，以此欺骗我们说有逃出迷宫的可能性。但是这应当是哪种可能呢？不，这与我们想要的太多、飞得太高毫无关系，这些都是父辈科学的谎言，散布这些谎言是为了让他们成为有理的一方。从我们让人把翅膀捆住那一刻起，我们的死亡就被事先确定了。到底是谁设计和让人建造了迷宫，并把自己锁在里面呢？这里涉及的是社会理论，但就跟所有的理论一样它也是一种极其不顶用的工具。"他突然抓住我的手腕，穿过饭馆把我拽到外面，那里正从运河方向沿街道吹来一阵微风。他把头垂了片刻，然后又镇静下来继续说道："人们应当让世界远离我们。这是父辈们、准确地说是那位父亲的思想，因为他，伟大的上帝，开始在我们面前掩饰世界，开始用话语、解释、阐明、理论和论点来包裹世界，我们在这些东西里长大，但却没有意识到它们。在无法满足的对于死亡的渴望面前，我们想起的没有别的，只有设计新的理论。瞧这儿！"他弯下身子，用右手食指从开裂的铺路石块中间抠出一些黏土。"泥土。再看那儿。"他向前迈了一步，再次弯下身子，用张开的手拍打一个小水坑，"水。还有空气。"他深吸了一口气。然后他挥动左手示意。一辆黑色的汽车未开车灯，从两棵榆树之间的夹空里驶出，一直开到我们跟前。后门开启，米勒同志拽着我和他一道进入车内。

"我妹妹……"我说道。

"是一个轻浮的少女。"米勒说。我们沿运河行驶，轮胎在铺石路面上发出轻轻的摩擦声。我感觉饿了。我们朝市政广场方向驶去。我在考虑今天那儿是否有跟往常一样的集会，在这样的集会上他们用焰火射击天上的星星，我们的父母会发出一片"哇、啊"的惊呼声，会短暂地重温当年热恋的感觉，会预感到一种反对成堆的啤酒箱和发出尖叫声的麦克风、反抗上帝的迷宫学说的欲望，为了紧接着用不断大声喊出的"我们追随！我们追随！"来赞同这种学说。

"炸弹存放在一个伏虎里，"米勒同志向我解释说，"但是我们在起爆方面还有困难。为此我们需要您。您必须待在舞台附近。当他赞赏那些连成环形的身体，并且就像他迄今为止每天晚上、仅仅在今年就已经做过二百三十次那样，身子前倾做出一种和蔼的问候时，您就将操作起爆装置，与丧失人性地被关锁起来的他儿子的身体一道，他、领袖、理论之父将会被撕成碎片。"他把一个正方形的小盒子塞到我手里，盒子上一只红色的小灯在不定时地一闪一闪。灯下面安装了一个摇杆开关。"您只需使开关一直朝上，您要做的就是这些。"

"我会死吗？"我问道。

"也许。"米勒同志抓住我的手，表情严肃地握了握它。

"我们将会以您的名字命名我们在集体活动中制作的轮船模型。"他说道。

如果他仅仅是眼瞎了，就像童话里的那样，并且只会摸索你的话，那么我就索性穿上你的长睡衣，你穿上我的。她笑着站到我身旁。我几乎和你一般高了。我点了点头。仿佛我们是双胞胎。然后呢？我会咬他。你会咬他，我坐在塔楼里，当我回到家时，发现你死了，鲜血从你的嘴里淌出，然后他会打我，尽管我压根儿什么也没有做。我们可以尝试一下。树木把婆婆的树影通过厨房窗户投射到瓷砖上。我脱掉衬衫。你看上去比我更裸露。来吧！我不喜欢。只脱掉衬衣就行。我不喜欢。我知道你身上的斑痕。尽管如此。两颗、三颗纽扣，就好比我们跑过草地，手里还拿着刚刚沾上血的布巾。你穿着我的剪开的睡裤站在工具棚棚顶下面。雨水从檐沟经由你的前额滴进脖子里。一次，她弯下身子，为了把头躲起来，我把一切都缝拢了。也是一个主意。他撕扯缝合处，在此过程中他的一片手指甲折断了。她忘记了母亲的针线盒，每当她缝上一颗纽扣时，她都跪在他面前，手里拿着小剪子和线。事后我在腹部和腿上数了十八道刮痕。剪刀破损了。为此我没有吃晚饭。给我看一下刮痕。已经没有了。你的头发跟我的一样短，他什么也不会注意到的。变味的鸡蛋汤从他的嘴里淌出。我从工具棚里取来锤子。锤子仅仅是用木头做的。无所谓了。我们把他拖到湖边。不去湖边。那么进地下室。无所谓。我们让他躺着。你为何哭了？你太愚蠢了。他会注意到的。他会注意到一切。我不傻。我从塔楼跑回家，能多快就多快。我竭尽全力地奔跑。什么也拦不住，什么都不。她撕破衬衣，一件和我的一样的汗衫，只是有鼓起的地方。我这么认为，这个，这一点他注意到了，这一点他马上就注意到了，在你能够踏步之前，在你终究能够思考之前，还在很久以前。

9
调查问卷（二元选择）

1. 有时候雨下得太大了，以至于推迟暗杀是合适的做法。

正确☐ 错误☐

2. 石块路面在四周餐馆的灯光照射下会引起虚幻的妄想状态，这种状态导致人们对世界采取一种可疑的非理性态度。

正确☐ 错误☐

3. 一个被遗忘的书包在取证过程中被允许作为物证，一般情况下它都会导致判决。

正确☐ 错误☐

4. 历史的脚注不为不充足的当代的眉批辩解。

正确☐ 错误☐

5. 损坏一个公共伏虎会导致无法补偿的国民经济损失。

正确☐ 错误☐

6. 对于十岁以下的儿童来说，他们的判断能力如此欠缺，以至于他们绝不应当敢于去干预政治事件。

正确☐ 错误☐

7. 谁要是不会比例法则运算，他就应当谨防使用炸药包。

正确□ 错误□

8. 指环譬喻把世界描述为不可逆转的一个循环，人们最好使自己加入这样的循环。

正确□ 错误□

9. 三角帽强调的是统治者尖尖的脑袋形状。

正确□ 错误□

10. 孩子听命于父母，夜里不在集会广场上四处游荡。

正确□ 错误□

10
内衣哲学

还在学校关闭和我们被解散到特别空虚的日子里之前,这样的日子既不像假期或者节假日那样有限,也不像患病期间那样无限,生病时人们并未丧失一切正常的感觉,尽管人们的身体状况处在正常范畴之外,还在这之前那则谣言就一直在流传,我不知道是谁首先把它讲给我听的,甚至回忆不起来是否真的有人给我讲过,谣言说我们的家具即椅子和斜面桌,也包括学校提供的学习用品如直尺、铅笔和计算尺都是用棺材木制成的。棺材木是一个特殊的概念。虽然在我头脑里会立刻出现成堆木材的画面,用这些木材人们制作了棺材,但是我再怎么仔细思考也无法说出,棺材木和普通木料的区别在哪儿。难道是预先被规定用来生产棺材的木料,但是然后,可能是因为没有足够多的人死亡,或者是因为死亡的人买不起棺材,又被用于生产其他器具了?如果那样棺材木这个名字就是一个带有纯粹意向的名字,它很难为在我们身上几乎是条件反射般产生的那种厌恶感辩解。或许它是那种木料,人们原先已经用它制成了棺材,因为墓地上的空间变得狭小了,尸体反正也腐烂和消解了,那些棺材现在又被挖出,得到了新的用途?据说有提示和得当的检验方法,为了确定一种木料是否为棺材木。如果人们把手指弄湿，用湿手指沿桌面或者椅子被摩擦，倘若是棺材木就会有小的颗粒脱落。那是腐蚀到木材里的死人灰。如果人们坐在一张用棺材木制成的椅子上，那么无论人们穿着什么以及外面正好是什么样的气温，他都会感到身上发冷，此外他的屁股也会麻木。使用棺材木材质的直尺人们设计不出任何角度，此外人们在把玩这样的直尺时不允许把它们推到袖子里，因为否则的话胳膊会疲乏和坏死。如果人们定睛细瞧，会发现木头里有小的空隙和窟窿。那是所谓的死人眼睛，因为死者的眼睛是最先腐烂的，在消解过程中会在木头里留下痕迹。死者越年轻，他的眼睛就越深陷，通过这样的眼睛据说人们在夜里能够看到一切。

如果说围绕棺材木的谣言很久以来就为人们所熟知的话，那么在学校关闭前不久其他推想开始增多了。比如学生练习本的纸张是用少女亚麻做的。在这一点上我也不敢肯定，这种东西是指少女的头发，还是仅仅涉及叫这个名字的一种材料而已。但是装订练习本所用的线是由老鼠尾巴构成的。粉笔是用牙骨做的，黑板不是用页岩，而是用颅骨片制成的。狭长的走廊里闻起来都是地板蜡的味道，它是用洒过香水的猪血做成的，我们书包的原料是充过气的狗胃。自来水笔取材于空心骨，我们往笔里灌注的墨水是一些如此令人恶心的东西，以至于谁也不敢说出它到底是什么。与此相适应，我的各种猜测和推想也是混乱的，从未产生过一个值得一提的结果，因为我想不出任何足够可怕的事情，来为这种仅为预想的感觉辩解。我们的教学楼夜里也被用作秘密会议和聚会的场所。总而言之，在我们真的被解散之前，我们感觉自己只是一个被死亡象征所确定、濒临死亡的环境里的客人。

内衣哲学是唯一将会继续存在的哲学。它在自己的肉体上被感受它浸透在汗水里。随汗水从两肋排出。它不是体操鞋的学说，不是橡皮垫的学说，甚至连伏虎的学说也算不上，后者永远为领袖旋转，作为其完美的象征。一切都在它里面汇聚。内衣是纯粹的系统。它的内涵要大于化体仪式。比后者要大得多。仅仅是它的外形、裁剪式样和简化后的无袖款，就不禁让我们问道：它原本的意义何在？是什么在支撑着它？它隐藏了什么？它有能力做什么？这就是男士内衣的悖论，在它里面所有的形式好像都变得更加女性化了。

为了提前说出自己的观点：内衣就是无意识。它具有雌雄两性和排他性特征。身体在它里面表达自己。它把自己印入内衣。内衣不允许被看到，但我们还是看得到它。它自愿使自己居于从属地位。它接受另一个名字，即它所处地方的名字。它在衬衣底下。它的名字由此而来。它通过使主体服从于地方，尝试解决主体与主体所处地方之间的矛盾。变色龙做的是同样的事情。每一个民族主义者做的都是同样的事情。这就是内衣。为了证明这一点，我们体操队穿着内衣让人给我们拍照。内衣不会区分性别。在它的设计中体现的出人意料的坚固不是因为克虏伯钢铁的硬度，而是源于双面织物的褶皱。内衣作为信号旗在哲学前面飘扬，向人们指出知识的进步，如果我们将来抛弃束缚我们的灵魂概念，把在我们头脑里不能被理解的东西改名为下体。

11
患者必须认识到，他的跌落好像是不允许被赦免的

患者说：您认为，人们无法简单地做出让自己发疯的决定。但是我必须这么决定，这对我来说别无选择，原因很简单，因为不这样的话我会变得精神错乱。

患者说：我尝试通过克尔凯郭尔，也就是说通过阅读克尔凯郭尔的作品来理解在我自己身上产生的恐惧，也就是说找到一种真正解决这种恐惧感的方案，但却没有成功，一点儿也没有成功。我极度失望。我甚至哭了，因为我在他描写的作品里没能感觉到恐惧。

患者说：我知道，您把我看作只是假装精神错乱的人。他所做的一切都仅仅是装出来的。但是我请求您，我只能不断地重复这一点，您说的或许是对的，我根本不想反驳您，但是请您不要把这一诊断当作是把我排除在治疗之外的理由，请您不要再一次对我说，我抢走了其他人的治疗名额，他们比我更加急需治疗。我请求您的就是这些。还有谁比只是假装发疯的人更需要治疗的吗？还是您想说这种情况很正常？

患者说：我知道，我使您陷入一种迫不得已的境况。它是一种走

投无路的境况。您还能够使什么变得了不起呢？您必须对我做出诊断，如果您把我诊断为装病者，那么这就自动意味着，我来这里是不恰当的。但是事情真的就这么简单吗？生病或者装病，难道只有这些可能吗？不，假装生病不是疾病的症状，它本身就是疾病。

患者说：但是之所以这样，是因为我无法信任您，因为我知道您将会说些什么，知道您将会怎样反应，因此我才不得不使自己变成治疗医师，给人的印象是仿佛我要对自己进行治疗。仅仅是出于这个原因。就跟我的装病不是欺骗一样，我的治疗也不是狂妄，这两种情况都是同一种疾病的组成部分，这种疾病没有得到您的察觉，因此也就不被认可。

患者说：臆造这个概念对您来说意味着一些轻松容易的事情，但是再没有比必须臆造疾病、疗法、生活也就是说臆造一切更加痛苦的过程了。您无法想象这种努力。我也更愿意过一种不是被臆造出来的生活，更愿意像您一样处理日常生活事务，而不用去考虑这些事务的含义，不考虑人们究竟是怎样发现它们的含义的，以及为什么我就是无法成功地做到同样去发现它们的含义。

患者说：因此更令我感兴趣的是我的伙伴们以前的关系，而不是我自己跟这些伙伴的关系，我和他们的关系其实并不存在，这种不存在引发了一种额外的屈辱，尽管我必须把这种屈辱完全归咎于我自己。我想知道和我的伙伴们来往过的那些人的情况，为了最终理解人们怎样过我无法过的生活。但是在这方面有这么多的误解，因为他们不理解，无法理解。

患者说：我知道，我也想到了，我精神错乱的原因可能在于，认为自己的精神错乱从未被当真和重视。这对我来说也无所谓，也就是说我并不是不在乎，我只是认为，我不坚持任何事情，我认为您在所有的事情上都是对的，也包括这件事，在我看来。

患者说：当时的情形就好比是坐在长餐桌旁，面前摆放着主人提供的面包，而我却不知道应当怎样切第一片面包。为了终于能够详尽讨论黑板这个问题，您必须这么想象，我不知道怎样握住粉笔，当我站在黑板前面的时候。这只是一个人们能够理解的例子，我不知道怎样握住粉笔，因此那个被问到的公式问题根本就没有被提给我。我一直还在跟所有其他那些问题打交道，它们对所有其他人来说是不言而喻和早已被回答过的。您明白吗？

患者说：糟糕的，在这一点上您说得完全对，不是这一事实，即您或者其他人（无论病友、医生、家属还是朋友们）认为我在装病，而是我自己这么认为。

患者说：或许您说的有道理，嗯，是这样的，您没有这么说，没有直说，但是我认为您是这么想的，也就是说，或许很简单我的问题就在于，我把简单的问题……但是这样当然不行，这是不可能的，我应该从哪儿开始呢，在这一点上您说得对，它是不可能的，一个美妙的思想，但也仅此而已。

患者说：人们可能会认为，如果我通过这样的陈述接近主题、我的主题的话，那么就必须形成一个解决方案，无论以这样还是那样的方式。人们可以这么认为。但是我的情况一直都是，我会失去所有的感觉，如果我就跟现在一样较长时间地致力于这个主题。我什么也感受不到了。我对我自己都无所谓和不感兴趣了，然后，如早已承认的那样，痛苦也减轻了，也就是说通常使我的生活变得不可能或者至少限制我生活的那种痛苦，一切都只是令我感到难堪了。

患者说：这太乏味了，所有这些。请您把这些删去吧。

患者说：我真的也感觉好多了。您现在完全可以把我支走，也就是说让我出院，真的。一切正常。

患者说：我想向您道歉。您说的当然是对的。我也不知道我为什么那么激动。请您原谅我。这件事令人不快，让我觉得很难堪。我羞愧得恨不得钻到地底下去。

患者说：我知道，这也只是我通常的反应之一，它属于常见的表现形式，因此什么也没有发生变化，而是一切仍按老样子在继续发展。我觉得非常难堪。但是我也没有其他办法。事情不会有变化。我感到很抱歉。

患者说：我觉得，完全有意识发疯的人在数量上比人们设想的要多得多。这种情况肯定不适用于某些精神错乱类型，但是有些形式具有缓慢的过渡，在此过程中人们能够做出这样的决定。

患者说：您无法想象，真正发疯的人还能以其他疯子为导向，为了以这种方式使他的精神错乱变得可信。对您来说这样的人是装病者和江湖骗子，但是您认为这肯定是对的吗？请您想象一下有这样一个人，他站在深渊前面，只有两种可能性，要么他让自己不受控制地跌落，要么他目标明确地往下跳。他站在悬崖边，这是前提条件。有这样一些人，他们没有注意到那边是悬崖，就索性跳了下去，还有一些人，他们不知道什么是悬崖，就索性纵身跳下，又有一些人，他们把悬崖不看作是悬崖，等等。但是他站在那儿，看到这些人跌落，那些人跳下。因为他在那儿站着，所以一开始他认为，他也会反对让自己跌落或者跳下，但这是个错误，这是一个重大错误。一段时间里他安慰自己说，他不属于那些跌落者之列，这样做仿佛他有掉头折返的可能性，有把脊背朝向深渊的机会。就这样他反复徘徊了一阵子，直到他认识到自己没有折回的可能性。人们能责怪他还想抓住最后一次自由选择的机会吗？但是这种选择的自由也不是什么自由，因为他能做的只有往下跳，他的跌落早就不允许被赦免，通过他的中断，通过他对深渊有意识的凝视。这时候他意识到，他之所以开始这种凝视，仅仅是因为他缺乏往下跳的能力。

患者说：他意识到，他的停住，他的中断，他的注视和反省，这些根本就不是一个有意识的决定。这一切都仅仅是一种推迟，因为他缺乏往下跳的能力，因为跌落不允许被赦免。由此产生出他的症状，同时这种症状一直以来就蕴含在他体内，只是在觉察过程中才清楚地形成。因此您应当理解，所有的疗法不可避免注定要失败，因为所有的疗法都只是要求人们有意识地去做一些事情，而他的疾病恰恰是在这种意识过程中自己产生的。但是意识过程是不能够被翻转的。人们不能有意识地使一些事情变得无意识。医学把这种对绝对无选择性的认识状态、正好是这种状态称作装病。

12

格尔妮卡回忆不起来那个已提到的秋日傍晚

格尔妮卡?

是的,怎么了?

你不是真的在那儿,不是吗?

不,不是真的。为什么要问?

没什么。只是随便问一下。我不禁在想,我们从前怎样一起……

那不是我。

不,当然是了。此外你根本就不知道,我……

我对这个也不感兴趣。

但是,我只是想……

你干脆自己留着受用吧。你不可能再用那些鸡毛蒜皮的琐事来对待我了,我上的当已经够多的了。

上当,这样听起来很别扭。

是吗?那应该听起来怎样呢?

其实我只是想……

再给我演示一下你用我的名字命名的这种想象的一个示例。

我不知道,为什么你……

是的，这一点我相信你，你从不知道到底出什么事了，从不知道围绕着你都发生了什么，为何人们会突然逮捕你，拿走你的房门钥匙，把你送到精神病院，最好不想再跟你有任何关系。

送到精神病院，这听起来真滑稽。上一次可是你自己把我送去的。

当你又一次跟往常一样精神崩溃时，你半夜三更打电话把我叫出来，我不那样做难道还有其他办法吗？

非常抱歉。

这样对我也不会起任何作用。或许你干脆给自己另寻他人，或者出于调剂你也可以自己照顾自己。这样一旦出了什么差错，人们就不会简单地把责任推卸给其他人了。

我根本就不知道，你到底一下子怎么了。

一下子？在阿斯特露台街、中央路和新乌鸦大街之间的三角形草坪上究竟发生了什么？

对此我也感到非常抱歉。

重要的不是这个。

我不知道，我简直绝望了。

你一般都是这种情况。

不是一般。这不是真的。

可以这么说：大部分时间。

是那次无聊的会议。还有那次失败的专家论坛，在论坛上他们对我喝了倒彩。这一切真让人生气。

那为什么你也去参加了呢？

人们邀请了我。

这个理由就足够了？

我觉得，这些活动可能会很有意思。

你觉得？第十万次谈论红军派。

他们给我支付了住酒店和乘坐火车的费用。

没有报酬？

没有，他们没有钱。此外我认为，我们可以见面。

我们也的确见面了。

是的，我知道。我也为此感到抱歉。

我是专门从伦敦赶来的。

我知道。我真的很抱歉。

就为了在上臂落下紫斑……

不好意思。我不想把你抓得那么紧。

这不是最糟糕的，这一点我已经告诉过你一千遍了。

够糟糕的了。

不要自我同情。

我不是在自我同情。

你一直都在自我同情。

但是你注意到，你听起来是怎样的吗，现在？

我不是真的在那儿。这一切都只是你在你的想象中表演出来的。

但是这一点无论怎样我不能全信。

问题恰恰就在于此。

为什么我应该幻想出一些折磨我自己的东西呢？

是的，如果我是你我也会这么问的。解决你全部问题的答案或许就在这个问题里。

使自己从所有的事情里抽身而退，你这样做是不是有点儿太容易了？

我等了太久才这样做的。

怎样做？

抽身而退呀。当我想起那么多被浪费的时间……

但是，也有这种情况，我的意思是，当时，我正想给你讲述什么，我正好想起什么，当我们……

就像已经说过的那样：请你还是自己留着受用吧。

我只简短地说一下：那是在一个秋天的傍晚，我觉得是一个周日，当时天气出奇地热，像真正的夏季一样，我们穿过市郊的小菜园，炎热再次从傍晚的园子里升腾起来，然后我们来到一块草地旁边，当时空气已经变得潮湿和凉爽了，一些男孩子在草地上踢足球，尽管草长得太高了，然后我们走进那处住宅区，它的车库和房屋立面跟五十年前的完全一样，空气里有火味儿，但是闻起来不像是烧烤，而是地道的烧土豆的味道，那条狭窄的街道上空无一人，只有你……

那不是我。

不，是你，我非常肯定。

这就是问题所在。

什么问题？

你总是很肯定。但事实上你可是什么都不明白。

好吧，就算是吧。我感到抱歉。

不要总说你感到抱歉。

但是我是感到抱歉。

我不再相信你这么说了。

抱歉。

13
大斋节周六纸炮的味道

在大斋节周六,当空气中弥漫着纸炮的味道时,我从那片高层住宅区的后面走过。在两堆汽车残骸中间,一个在带衬里的滑雪衫底下穿了一件紧身连衣裙的女孩和一个脸上画着髭须、高举的手里握着一把左轮手枪的男孩在绕着自己转圈。在水洼表面和农田犁沟里还结着一些冰。天空犹豫不定地裂开了口子。新陈代谢病是对精神病的一种委婉表达,这种精神病有时会出人意料地在退休前侵袭处于市民家庭环境的这个或者那个人。孩子们是多么孤独,他们现在站在周六下午的空气里。或者仅仅是我孤独?我独自一人沿着道路朝小树林方向走去,在复活节前后的一个周日我和格尔妮卡曾经在那里散步。当时我们是从另一个方向来的,天气也比现在更暖和。现在年长的人都是骑轻型摩托车或者也开着车来到这里,他们飞快地驶过场地,扬起一片尘土。而且他们也是孤零零一个人,当他们把车窗摇下来时,为了让所有的人都听得到低音炮的隆隆声。孤独的儿童钦佩孤独的青少年,而孤独的青少年仇视孤独的父母,没有看到我在溪流另一侧光秃秃的榆树后面。空中飘来纸炮的气味以及甜面团和覆盆子果酱的味道。周六的下午似乎那么长,然后到了大斋节的时候又那么短。喝着苹果汁,吃着撒有盐粒的棒状糕点，听着歌曲《让我更强，金凤花》（Build Me Up Buttercup），在5点钟天还没有黑的时候，再去一趟乡镇公所。这样做是因为担心会错过一些事情。年龄稍大的男孩子在排练室，他们的演奏听起来就跟收音机里播放的一样。或许像帝王乐队的演奏。在他们吸烟休息的时候，我可以摸一下吉他和放大器。将来我也要弹奏吉他，在乡镇公所这里和其他人一道排练，不用再给自己化装。为什么不再化装？为什么不再用手指擦划纸炮？因为演习用的空包弹要更好？那两个孩子，那个在带衬里的滑雪衫底下穿了一件紧身连衣裙的女孩和那个脸上画着髭须和鬓发的男孩，我很想随便给他们点什么或者至少对他们说点什么。告诉他们不必担心会错过一些事情，因为人们反正在不断并且肯定会错过所有的事情。告诉他们应该在这里转圈，能转多久就转多久，除此之外什么也不做。什么也不想。不要去听父母、电视机里和其他青少年所说的话，他们全都一无所知。但是这不是那个男孩手枪里装的火柴，因为这是一把激光手枪，它能发出特别好听的声响，这也不是那个女孩穿的紧身连衣裙，而是德国下一代超级模特穿的一套服装。但是这也无所谓。因为道路也根本不是我和格尔妮卡在复活节前后的一个周日走过的那条路，尽管是从另一个方向，当时我们步行穿过这个小地方的街道，看到了那个贴有旧的辅弥撒安排的玻璃橱窗。在星期天：我和亚历克斯帮助做祭坛礼拜仪式。在圣灰星期三：我让圣灰十字圣号留在前额上，直到它自行消失，还是在上学之前把它拭去？圣灰对圣灰，泥土对泥土，纸炮对纸炮，紧身连衣裙对紧身连衣裙。这片高层住宅区，这片天空，这些光秃秃的榆树，这条通向小树林的道路。我可以对孩子们讲什么真话呢？或许告诉他们，人们最好不要给事物命名，不要把疾病称作癌症，走路不是散步，在两堆汽车残骸之间的旋转不是游戏，格尔妮卡不是格尔妮卡，爱情不是爱情，未来不是规划，过去不是回忆，隐藏不是隐藏，追随不是追随，意义不是形式，形式不是意义，意义也不是意义，形式也不是形式。只有纸炮的气味。只有具有独特氛围的星期六下午，这种氛围源于犹豫不定地裂开了口子的天空，源于因雨水冲刷而褪色的高楼，而且就是因为它是星期六，这个在所有的日子里最犹豫不定的一天，在这个于所有的世界中最犹豫不定的世界上。

14

询问被驱使的人和不幸的灵魂

这么说您参加了汉堡红军派代表大会,该会议的缩写形式为HaRaTa?

是的。

您是以何种职务在那儿出席会议的?

我被邀请参加一个专家论坛。

以何种职务?

您这话是什么意思?

以何种职务?您肯定是以某种身份被邀请去那儿参会的?

就是作为普通的与会代表。

不是作为专家?

作为专家?我不知道。我不是专家。此外人们向我喝了倒彩,这已经表明我不是什么专家。

专家也能够被喝倒彩。

有这种可能,但是一般情况下在这样的论坛上人们的意见是一致的。

啊哈,挺有趣的。

您什么意思?

没什么。也就是说您是作为专家在那儿参会的?

不,就像已经说过的,就是作为普通的代表,人们邀请了我。坦白地说具体我也不清楚为什么。

但是您在那儿只是作为客人,不是比如说作为协办方?

您怎么会想到这个?谁给您讲述的这件事?不,天哪。通常情况下我从不参加这样的会议。

但是您去过那里?

是的,我是去过那里。并且我对此很后悔,这一点您可以相信我。这种活动,整个会议……

发生什么事了?

整个过程都疯疯癫癫的。

疯疯癫癫?

是的,疯疯癫癫。

您被邀请去那儿开会,不会是因为您是红军派的创建成员吧?

创建成员?这话怎么讲?

您没有创建红军派?

创建?不,当然没有。

您不反对我把您连接到一台测谎仪上吧?

当然反对。此外这在德国根本是不允许的。这在庭审中是不能被使用的,您自己知道这种情况。

但是这可以开脱您的罪责。

对此我表示怀疑。

为什么?您有什么要隐瞒的吗?

我不是这个意思。

那上臂上的紫斑是怎么回事？

我不知道您指的是什么。

您很明白我说的话。

不，很遗憾。

我指的是您的女伴上臂上的紫斑。

女伴，这听起来多奇怪啊，您这么说，就好比是犯罪中的同伙一样。

怎么了？这样说不对吗？

您不要把格尔妮卡牵扯进去。她真的跟这件事毫无关系。

但是她也在场。

因为我们想见面。

也就是说，您一直还未把暴力问题单独搞清楚，而只是把它去政治化、从某种程度上也可以说是私有化了。这完全符合我们时代的潮流。

您到底想听什么？

我不知道。

是的，没错。我也不知道。

这些照片上的人您认识吗？

这有什么用呢？

请您直截了当地回答我的问题：这些照片上的人您认识吗？

可能认识吧。

能具体一些吗？

您为什么想知道这个？

请回答。

左边那张不是照片，而是一幅红铅笔画，画的可能是小马克斯·雷格尔。

也就是说您在这张被您称作红铅笔画的图片上辨认出某个叫小马克斯·雷格尔的人？

是的，这个人可能是他。这张图片，我的意思是，当时我在《野孩帮》里见过这张图片。

野孩帮，这是另外一个恐怖主义协会？

这是在五六十年代发行的一种青年杂志。

借助这样的杂志青年人应当被洗脑？

这个我不知道。可能是吧。在有疑惑的情况下美国佬当时支付了一切费用。

那就是说这个小马克斯·雷格尔是红军派的创始人之一了。

不，这是在胡说八道。

胡说八道？

这是一个被别人驱使的人。一个不幸的灵魂。

尽管如此您也很钦佩他？

钦佩，这听起来有些夸张。就我来说是的，但不像您认为的那样。

我是怎样认为的呢？

其实我钦佩每一个信守自己变态的人。

变态？

您想怎么称就怎么称它吧。

既然您这么钦佩他，您没有以他为榜样、按照他的模式来筹办红军派？

这完全是胡说八道。我从未以他为榜样。

您钦佩他，刚刚您这么说过。

钦佩，人们只是这么说说而已。如果人们自己在某个方面有欠缺，那么他就会钦佩那个他认为没有这种欠缺的人。

这与那种反精神病学运动有关系吗，您自己也感到对这种运动负有义务？

反精神病？这又从何而来呢？

美丽的疯子，您能回忆起来吗？

我能回忆起来，但是您的目的是什么呢？所有这些都仅仅是些疯子？对我来说情况可能是这样的……

您想把他们判为对自己行为不能负责的人？

对自己行为不能负责？宣判？

其他的呢？

什么？

其他照片。

第二张照片上的人，这是克里斯托夫·冈斯塔勒。

又名克里斯？

又名克里斯。

也是您们的一名成员？

胡说，他跟我们从未有任何联系。

下一个呢？

埃坦·龙德科恩。

美国人？

是的，美国人。

旁边那个呢？

米盖尔·加西亚·巴尔德斯。

又名费利普。

又名费利普。

阿根廷人？

这我不知道。他来自南美。

继续，第五张照片呢？

弗兰克·维策尔。

德国人？

是的。

您知道他死了？

是的。

您知道吗，我们在一间由一名土耳其公民租住的住房里找到了他的尸体，这名土耳其人被怀疑与伊斯兰教圈子有关系？

这个我不知道。

这令您感到惊奇吗？

坦白地说是的。

现在来看一下最后一张照片。在这儿，请看。

这是克劳迪娅。

其他情况呢？

我不知道。

也就是说她是克劳迪娅。

是的，这一切反正您都知道了。

谁是米勒同志？

米勒同志？我不知道。

您从未听说过这个名字？

我记不起来了。

您再仔细想一想。

想不起来，这会是谁呢？听起来像是一名纳粹。

您与纳粹组织有联系？

您肯定已经做出决断了：我创立了红军派还是我是一名纳粹？

对我们来说两者之间不存在本质上的区别。

15
浓郁醉人的苹果、包装油纸和皮革的味道

学校就像一座黑色的塔楼位于两棵高大的橡树之间。校园因为雨水的冲洗宛若一面光滑的镜子。今天她的石膏绷带可以拆掉了。肯定会天晴出太阳。我必须赶在父亲之前到家。距离湖边还有太远的路程。你坐到自行车后座上。来吧。你也可以穿着我的睡裤不必脱掉。她把一条更苍白和更纤细的腿伸进水里,两条鱼儿游了过来,阳光透过细雨照进五颜六色的彩纸里。把衣服脱掉吧。不,只露腿就行了。我知道她的后背上有紫斑,胳膊上也有紫斑,还带有一些淤青。颜料一个接一个地从我的颜料盒里消失,直到只剩下白色,她皮肤的白色。我不想再看着她早晨在水槽边洗漱,在此期间母亲把咖啡放到他的肚子上,还有就着咖啡吃的角形小面包和香肠。我让自己从单杠上掉下来,但是一点儿也没有摔伤。他的公务用车雾气腾腾、气喘吁吁地停在房子前面。我用刀去捅右前轮胎,但是刀刃拿实心橡胶一点儿办法也没有。这时他出现了,让我来驾驶汽车。我装出很傻的样子,想开车撞到树上去。他给了我一记耳光,用靴子狠狠地踩到刹车上,在靴子和刹车之间还夹着我的脚。在城里的某一个地方,他把我连同我的书包扔到大街上。她的腿一直那么纤细和苍白。见的光太少了。她坐在房

管员儿子的摩托车跨斗里被送往集市广场。一次我看到她和所有其他人一同喊叫，然后晚上她就不想再出门了。

　　黎明从打着哈欠的树林空隙里缓慢爬出，越过橙色的喷水池跃进路面铺有石块的小巷。书包的皮革上带有裂纹。人们扯拽我们的头发和耳朵，就连下颚也不放过。还没有到学校，我们能够感受到的身体部分就只有人们扯拽过的部位。练习本被装订在彩色的塑料封皮里。黄色的是上宗教课用的。书本被包在蓝色透明的薄膜里。读本里撕破的页码被粘上了透明胶带。图画簿里的纸页因为擦刮而起了褶皱。在带有金色拉链的绿文件夹里装着空的有弹性的笔座，旁边是自来水笔和一支折断的铅笔。每当检查书包里被忘在家里的作业本时，里面都会散发出浓郁醉人的苹果、皮革和包装油纸的味道。改作业，小包裹，应用题，听写。一只被砸死的小动物的颌骨在班级座位间被传看。被踩坏的地毡上反射着棚顶灯光。一只白色的瓶子里装着汽水，瓶口上套了一个蓝色的杯子充当瓶盖。小画册被藏在黑色布料玩具狗的纤维质的肚子里。它的车轮是用刷有红漆的木头制成的。当人们按它侧面的时候，它不再发出吱吱的尖叫声。从盛装可可粉的袋子上刮掉的石蜡残留在指甲盖下面。被固定在夹座上的地图在空气的对流中轻微摇晃。船只从陆地旁边驶过。在每一块大陆上都站着三个人：一个男人，一个女人和一个孩子。他们在招手示意，仿佛那些船只也应当把他们捎上，而不是只装载黄金、热带水果和咖啡。一辆自制木车在围着那棵老橡树兜圈子。空中悬浮着一个侧面被钻了窟窿的鞋盒。它在身后拖拽着一根绑有三角旗的绳线。

　　曾经有过根本性的变革期。街道看上去好像都被掘开了一样，房屋无人居住，墙面满是窟窿，房顶被重物压坏。家具都堆在后院。煤尘从敞开的地下室里涌出。拍毯机放着未用，工具棚里空荡荡的。如果我需要一件干净的衬衣，我必须很早就要下楼，在堆叠的椅子和沙发之间用力把镶有镜子的柜门推开一道缝，为了从用纸缠绕和用蓝色的复写铅笔题字的包裹堆里抽出一个。但是然后，可能是因为冬季来临，钱花光了或者是因为人们更愿意每晚都在集市广场上聚集，为了仰着通红的面庞观看讲演者们是怎样在摇晃不稳的讲台上对着尖锐刺耳的麦克风大声喊叫，然后就业开始不景气，窗户被应急性地用木板钉死，梯子上的板条被抽去，家具又被挪进房间，摆到遮篷和水桶之间，路面上的坑坑洼洼也被盖上了厚木板。晚上成年人按照性别划分去开各种会议，这样在两个小时的时间里房间就属于我们了。

在漫长、孤独的夜晚，当会议在后屋、大厅、帐篷和地下室里持续进行的时候，我们沉浸在一种自由当中，这种自由好像只有通过一场灾难才能被加强。如果我们的母亲正忙于缝制制服和旗帜，我们的父亲正想开着坦克和吉普车轰隆隆地从原野上驶过，那么生活就是一场唯一的游戏，一种在空旷的街道和房间里的飘荡而去，夹带着裂开口子的密封大口瓶和涂抹了果酱的双层面包。我们渴望夜晚的到来，那时候房屋、小巷和庭院就将属于我们。我们在牲口棚碰面，吸烟，生火，大呼小叫地侵入住宅区，在那里我们长时间地把垃圾桶踢来踢去，在拍毯机上荡来荡去，直到我们因为疲倦在走廊里堆放的杂物中间打起了瞌睡。

我和米勒同志开着他那辆涂着黑色油漆的公务车穿过夜色。从远处我们就看到了人们在集市广场四周悬挂的灯光链。街道上变得更热闹了。夫妻们胳膊挽着胳膊就像是去参加民间节日一样，人群里还有成群的青年男子和一排排的姑娘们。我放在引爆装置上的手出汗了。

人们能责怪米勒同志想把世界压缩为是/非、开启/关闭原则吗？生命中有一次要把一个意义重大的开关扳倒。米勒同志在含笑注视着我。"我们马上就到了。"他说道。街道现在被照得通亮。车辆拐进一条狭窄的小街，在那里驶进一个位于生锈的集装箱之间的院子里。米勒同志从他制服夹克的内兜里掏出一个扁平的烧酒瓶，拧开瓶盖喝了一口，然后把酒瓶递给我。我不敢用手去擦拭瓶口，而是马上就把酒瓶伸到嘴边。烧酒就像在我的嗓子里燃烧一样，辣得我直流眼泪。

"对表。"米勒同志说道。

"我没有表，因为我还没有参加过圣餐仪式。"我说道。

"也好，"他点了点头，"您自己会看到。我们的人在他体操服的右侧戴着一根黑色的条杠。当他推着他的伏虎从领袖身旁经过的时候，您就扳倒引爆装置上的开关。明白了吗？"我点了点头。"祝您一切顺利。"他从我旁边探过身子，打开车门，轻轻地把我往车外推。外面闻起来有一股炒杏仁的味道。空气热得令人吃惊。我手里捧着小盒子，在深色的天空下站了一会儿，看着米勒同志的车辆是怎样消失不见的。他沿着狭窄的铺石路面行驶，然后向左转弯，仿佛他想开回到酒馆。或许他在那儿忘了点什么。周围静悄悄的，我担心他们在错误的地方让我下了车，离集市广场还远得很，但是还没等我穿过一条小街，我就已经听到了不间断的嘈杂声，直到我最后又穿过两条交叉路，被吸进列队前行人群的旋涡当中。

"什么也没有。"第一次在忏悔中进入到我的意识层面。当我周六下午在教堂逐条对照那些清规戒律，看我是否在从周一到周五的时间里违反了它们中的一条时，我会从第一条一直说到第十条，然后是所对应的罪孽，或者当我认为自己没有触犯那些戒律时，我就说"什么也没有"。这种"什么也没有"从一开始就有两层意思,其一是谎言,其二是真相。这种"什么也没有"是值得去做的,因为在每一条戒律之后说"什么也没有"就意味着,让自己从罪孽中解脱出来。同时这样做又显得不可信,因为谁能没有罪孽呢?所以除了上帝,谁能够保证自己一点儿罪孽都没有呢?这种"什么也没有"已经隐含在了十诫当中,只是被他创造出来而已。戒律先于"什么也没有"而形成,"什么也没有"在戒律中才能得以发展。也就是说戒律超越了"什么也没有"。在忏悔临近结束、当我说出这个词语的时候,我听到了轻微的嘶嘶声,同时又感到紧张——无论我在说谎还是自认为在说实话——,神父心里更清楚,可以随时用一种可怕的内涵来填补这种"什么也没有"。"什么也没有"是复活和生命,它超然于所有矛盾之外,令人无法置信。这样一来"什么也没有"在许多忏悔过程中成为我对下述问题的回答:我想了些什么,感觉到什么或者做了些什么。对于罪孽的恐惧是这种"什么也没有"的对立面。任何存在都是罪孽。但是戒律是数字的循环,它不依赖于我自己的时间观念,总是围绕着我的生命循环往复。怎样逃脱这种循环呢?在我心中不断增强的不是某一个念头,而是一种确信:这种情况只有通过一种行为才能发生。它必须是一种行为,一种唯一冲破这种循环的行为。一种不可原谅、令人难忘、无法得到忏悔、不能被抵赎和宽恕的行为。只有当宽恕终止的时候,罪孽才得以停止。只有当我拒绝上帝该死的善良、这种永恒和无法估量的善良、拒绝我主万能的束缚时,宽恕才会终止。

我的脸庞通红,当我们夜里碰面、蹑手蹑脚地穿过亨克尔公园的时候,为了一头扎进灌木丛,让荆棘划破我们的脸和胳膊。然后我们一路奔跑,冲上长满矮树林的山丘,让树枝迎着我们的脸庞扎刺。我们扯拽自己的头发,彼此紧紧抓住对方的胳膊,以至于我们不再知道哪只手是谁的。在这种紧张之下暂时产生了摆脱戒律循环的自由,那种"什么也没有"真真切切地涌入我的脑海,它不太一样,与在忏悔室里的感觉完全不一样。对于一种行为的渴望被唤醒,它将使我掠过那些我必须每天路过的灰色的、被精确测量过的街道和路途,掠过那些无异于挑战的相遇,这样的挑战要求人们去犯罪,牺牲和放弃神圣的虚无,为了存在,存在一次,仅仅是存在。有时候我对着夜空大声喊叫,令其他人大吃一惊,他们着实惊恐地看着我,吓得一动也不敢动。我们抓住自己人当中的一个,让他站到一边并殴打他,把他和一只猫一道关到一个箱子里,直到两个生命几乎窒息而亡。这样的折磨持续的时间必须越来越长,我也越来越可怕地重新掉回到戒律的循环之中。最后我们搞到刀具,用刀切割树身,然后又割划自己的皮肤,互相用鲜血涂抹对方的脸,赤裸着上身、胳膊上带着刺痛的划伤在凉夜里奔跑,直到上气不接下气地不得不呕吐为止。归途变得更加吃力。周六在忏悔室里所说的"什么也没有"只能是撒谎了。但确实什么也没有发生,尽管从周一到周五戒律充满了不漏过任何事情的存在,没有违法,没有罪孽。忏悔结束之后我坐在教堂暗处的长椅上,无法祷告"你好,玛利亚"和"我只信仰天主教教会",而是只向玻璃窗那边瞅,窗外的夜幕面无表情。窗前摆放着圣饼。没错,是圣饼。把事情颠倒过来,被钉上十字架而死,这种情况只成功过唯一的一次。全体殉难者都割伤了自己,他们无法通过死亡逃脱循环,只有他能够做到这一点。周六下午我不再回家。我从院子门口跑过。我沿着街道跑出市区。我跑向原野,想要死亡。

房屋没有紧锁,就连宾馆的大门也是敞开的,接待大厅里空无一人。空荡荡的还有火车站和餐馆。孩子们找到许多由警卫人员和穿蓝色上衣、头发向后扎的女士们播撒的星章。那个男人想去港口,但是港口被封锁了。装载货物的船只在远处的海湾抛锚停泊。到处都是彩带和横幅标语。今天是胜利日。远处水手们越过甲板把木箱扔到船外。他们肚子很饿,但却不能上岸。先行派出的一名水手被人们逮捕了。木箱裂开,里面的木棉和铁钉被冲上海滩。广场上人群在轻声哼唱。有人在通过麦克风演讲。星章对于我们的手来说太大了。我父亲先是飞行员,后来死了。那片原始森林围在他的尸体四周。我母亲只剩下她的厨房、那边的灶台和我在上面用粉笔画圈的瓷砖。星期天她把切好的鸡块放进汤里。穿西服的男人们庄重地从我们房子前面经过。他们中的一人住在我们家客厅。他抽着雪茄烟,官派十足地在审讯那些水手。母亲把蛋花汤盛在一个瓷杯里端给他,他没有在沙发椅上直起身来,而是把汤放在自己的肚子上。报纸从他的手里滑落。我父亲的照片被从相框里取了出来,散落在床垫弹簧和床褥之间。夜里从那里传来咯吱咯吱的声音,母亲稍晚才躺到炉边长凳的另一侧上。在广场上所有的人都手拉着手,并把手高高地举向空中。空中一架飞机呼啸而过,为了向轮船上投掷炸弹,瞄准蒸汽船和那列极其缓慢沿山坡向上行驶的火车射击。我只闻到了书包、黄油面包和在皮革上蹭来蹭去的苹果的味道,还有你放在我面颊上的手。

被染成褐色的秋叶像旋绕的花环一般在城市上空飞舞。它们掉落在狭小的水洼里,朝港口方向又慢慢滚动了几米,然后被汽车轮胎挤压碾碎在人行道的边沿。米勒同志坐在那辆黑色汽车的后座上吸烟,车辆在距离集会广场大约五十米远的地方穿过狭窄的小街向北移动。他闭上双眼,只感觉到车辆向旁侧的摇晃和减震器猛烈的撞击,当轮胎从铺石路面的坑洼里跳跃而出的时候。两三家还在营业的小酒馆里闪烁着稀疏的灯光，光线透过涂色的车窗玻璃以奇形怪状的光斑照在他的脸上，也照在他旁边好像在睡觉的那个姑娘垂摆的白皙手臂上。仿佛是不想叫醒她，他面对姑娘的左侧身子一动不动，而只用右手在他的制服兜里寻找一包药粉。他们一直还没有开到城市环路上。小街在一面未抹灰泥的围墙前面向左转弯，因此米勒同志几乎在担心司机会朝广场方向驶去，而实际上司机是在沿着一段坡路向东绕过广场，为了重新驶向最初的方向。半高的栗子树现在立在街道和私人地产刷有不同颜色油漆的篱笆之间。尽管车窗紧闭，而且米勒同志已经让第三支香烟在他的手指间渐渐熄灭，他还是自认为能够明显地感到车内的空气变得更好了。街道照明变得黯淡了，最后完全没有了路灯。铺石街面变成了一条林间道路的平整的柏油路面。在睁开眼睛之前，米勒同志慢慢地数到五十。然后他把姑娘的胳膊从自己身上推开并且转过身去。人们能够看到学校的两座塔楼像麻木的宣誓指一样黑咕隆咚地矗立在夜空里。最终树林也延伸到了尽头。"停车！"他命令道。司机在刹车过程中不由自主地向右急打方向盘，以至于车辆碾过侧方的小斜坡，斜冲着被前几天的雨水冲刷过的、已经被收割完毕的甜菜田的犁沟停了下来。发动机还在继续轰鸣。米勒把手从姑娘身上探过去，打开侧方车门。然后他下到车外，绕着车辆转了一圈，把姑娘毫无生气的身体靠在自己肩膀上拖出车外，放在湿漉漉的地面上。天空浮现出一片白色椭圆形的云朵。姑娘穿着一件白色的衬衣和一条男式睡裤，裤腰处因为做工马虎而缺了一块。裤腿插在沉甸甸的黑靴子里。米勒同志在她身旁蹲了下来。从正在冷却的发动机那儿人们可以听到短促、清脆的噼里啪啦声。按照先前交代的一项命令，司机把手放在膝间坐在方向盘后面。四周一片沉寂。

一件粗呢大衣，我说道，一件大衣，它能够使人看不见你。否则就干脆把眼睛闭紧。外面门口是真实的表现主义，青肿变形的嘴巴，布满血丝的眼睛，被拖上舞台、当着民众的面被宰杀的猪崽。电影日日夜夜都在放映，这样我就能知道，谁是朋友谁是老鼠。

一群狗精疲力竭地站在广场上并急促地喘息。它们中的每一只尽管疼痛和抽搐的肌肉都尽可能表现得很安静，因为最细小的动作都会促使其他对手重新开始搏斗。

爆炸的压力迫使我紧贴在纸板盒子的内壁上，在我四周的这些纸板盒子好像要折叠起来一样。我猛地扭过头去向后看。广场上人群的惊呼声听起来就像是从厨房排水管道里发出的汩汩声。那个鞋盒飞向空中，沿纵向裂开。我看见下面舞台铺的厚木板上被炸出了一个洞，洞口上端倒塌的帐篷顶在来回飘动。洞口前面空无一人的伏虎还在旋转。民众好像缩着头跪在原地。爆炸冲击波渗入我的口腔和肺里。广告柱上的两个孩子用手指向天空，因为他们认为终于又看到了失踪的父亲驾驶的银白色的飞机。他们挥舞着红布，作为识别记号我把那个狭长的带起爆装置的金属盒扔了下去。一阵狂风卷起纸板盒子，好几次把我吹过相邻房屋的屋顶，然后吹进一条小街，吹过一个拐角处，在那儿我掉落到一条溪流里。因为前几天下了雨，溪水里的浊流立即把我拖往大海的方向。大海。

16
缸砖建筑和一种无家可归的感觉

周六下午，在人满为患的湖边，在人海当中，仿佛我已经感觉到自己患了夏季发热病，以奇特的方式被隔离，让其他人接触不到，稍晚我独自一人、在还摆放着床的清理后的住房里陷入不眠之夜，在这样的夜晚湖泊一再显得没有睡意，同样无眠的还有波浪，湖水吞没了我，躺在游泳圈上的身体在我身边漂浮，一个皮球穿过天空掉落，肩膀擦过下垂的树枝，长有苔藓的木板小桥摇晃不稳，白色的天空在我身下渗透，在我上面伸展着海藻，在阳光之间透过一阵带有秋意的微风，被折断的黑颜色的塑料天鹅，在老旧的、过于老旧的缸砖建筑物里淋浴，一栋儿时破旧的缸砖建筑，内置的信箱有邮政专用信箱那么大，上面有浇注的商标，即两个字母及其上方的黑鹭，那是对我来说毫无意义的大写花体字母，我不由得想起了你，想起你黑色的泳衣，它在一个秋千上放着晾干，而我则以独特的不被接触的方式站在赤裸的孩子们和他们拿着杯装冰激凌的父母中间，在那儿站着并想起花园和花园大门，它在放学之后被漫不经心地撞开，想起树木和道路，仿佛那是你的童年，仿佛你正穿着针织背心从米拉别里李子树旁边走过，而不是脖子上挂着胸口钱袋的我，你在拉紧的窗帘前面脱去衣服，窗帘后面的房顶上覆盖着第一场积雪,街道上是刚刚轧过的轮胎印记,你背朝着我,地面供暖的地方热烘烘的,从浴室里透出灯光,床在晃动,紧闭的双眼,以后每当我和你睡觉的时候,我总能看到雪落在窗帘后面的房顶上,小心翼翼的雪花,房子的入口处,几天之前在后院、楼梯上、街道上、有轨电车和咖啡馆里的拘谨,然后当你站在我面前,赤裸着后背朝着我站在圆桌上摆放有用巧克力制成的天使的狭小房间里时,你的保暖腕套是灰色的,你的束发带是红色的,雪花,窗帘,房间,你的呼吸,你的呼吸,总是空荡荡地通向电梯的走廊,我周围全是雪花,即使是夏天在缸砖建筑前面,为那些赤裸的孩子以及成群的女孩和扔皮球的男孩们所围绕,而我站在他们中间,却让其他人接触不到,就像在那个不眠之夜里,在清理后的住房里躺在未铺被褥的床上,外面的炎热渐渐冷却下来,屋里头晕目眩还在继续,从凌晨三点开始风一阵阵地通过敞开的窗户吹进屋里,书页被吹得犹豫不定地来回翻动,阵风巡视了一番被清理过的住房之后又消失了,在炎热的夏季周日再次来临之前天下了一些雨,空气就跟你的呼吸一样轻柔,我因为发热而在床上翻滚,仿佛你先是伏在我身上,然后躺在我旁边睡着了,手还放在我的腰上,就像我们站在狭窄的木桥上,注视着桥下溪边沿着石块间隙奔跑的那条狗,我们沿着墓地围墙穿行在低垂的树木枝条之间,我们来到两栋房子前面,山丘位于它们身后,从这里开始再不通行了,一个男孩朝我们走来,右手高高举起,为了让手里握着的一些长长的黑色的东西不至于拖到地上,在走近时我们才看清他手里握的是鳗鱼,它还活着并且一直在动,尽管几乎让人觉察不到,我们看到的动物首先是狗和鳗鱼,然后在宾馆咖啡馆的露台上,当一只大山雀出乎意料地在夕阳中撞到其中一扇窗户上、躺在其中一张未刷油漆的桌子上一动不动时，我把它张着嘴急促喘息的小身子放到面包筐里红色的餐巾上，从你的杯子里一滴一滴地喂它水喝，把它举向去往火车站的方向，直到它在建于六十年代的行列式住宅前面（在半开的栅栏后面栽着浓密的冷杉）从我的手里向上飞到一根树枝上，在枝叶的半掩下一直蹲坐在那里，与此同时夜幕逐渐降临，清晨复又黄昏。风、雪、鳗鱼、狗、山雀，还有总会出现的白色，当记忆断裂的时候，当我醒来时不再发烧的时候，精疲力竭和内心空虚，在湖边能够让人碰撞到，不再无老年迹象，仿佛我可以一直不衰老地站在你面前，或许明年，正如我想象的那样，明年没有你就不会再有夏日，但是我今年站在湖边的时候还是没有你，尽管炎热但天是灰蒙蒙的，一个男人站在那栋老旧的缸砖建筑前面，在用胶皮管喷洒路面，我已经看到人们为秋季准备的脚手架，为了拆毁这栋老旧的缸砖建筑，或者更为糟糕的是，对它进行修缮和翻修，你现在或许见不到这栋建筑了，新的事物对我来说如此可疑，变革对我来说如此不可信，我更愿意带着夏季发热病躺在床上一夜不眠，然后在两天的时间里身体虚弱，这没什么特别的，只是一种病情的发作，为了让自己得到休息，为了再一次一幅画面接一幅画面、一块石头接一块石头地在我心里把那栋缸砖建筑重新盖起来，让它像博物馆一样，并且把我的通道建进去，这样我光着脚在四十年前，不，很快就是在五十年前，光着脚独自一人走进黑暗，从地面砖上走过，赤裸着双腿和胸膛，对你的情况一无所知，就跟现在一样。

17
在汉堡红军派代表大会期间私事再度超越了政事

因为我事后为自己感到遗憾，我对我自己，正如格尔妮卡一语中的那样，不是其他事情或者她，而总是我对自己感到遗憾，所以我并没有同样启程，而是在格尔妮卡出发后按计划又坚持多待了一天，尽管我必须更换房间，无法凝视她在我身旁躺了一夜所用过的枕头和被子，无法凝视她放衣服的椅子，无法凝视她从柜子里挂到外面的那个空衣架，也无法凝视她拉紧的窗帘等等。相反我坐在躺在一个与我的心情更加匹配的阁楼间里，只是房费便宜不到哪儿去，但却带有独立楼梯（不是电梯）和镜子破损的浴室，确切地说是位于楼梯顶上的淋浴房。

可能跟所有的宾馆客人一样，此前我对独立楼梯一无所知，这样的楼梯令我回忆起许多梦境，在这些梦里我返回父母家，就在那幢挨着工厂的郊外寓所里，只是为了在那儿惊异地并且跟在这儿非常相似发现第二道楼梯。有时候这条走廊会通到地下室，并继续通往其他地下通道，但是大多数情况下我会沿着楼梯上楼，一直在寻找一条过道通向正确的楼梯间，这样就能找到我父母的住房。第二个楼梯间里堆满了家具和旧货，上下楼的人群不停地从它们旁边挤过。这些人很穷，或者说得更恰当一些，他们就像是电影里被描述的那些穷人，二十或者三十年代的穷人，他们一方面吃得胖胖的，但是又在不断地淌汗，仿佛天气很热，而其实天气一点儿也不热。男人们穿着汗衫，女人们穿着褪色的晨服，孩子们用吃完东西尚未擦干净的嘴在哭闹纠缠。他们不停地上上下下，但却从未消失在任意一扇屋门背后，这些屋门或许只是摆样子而已，难怪我无法找到通往正确楼梯间的通道。这种不断的上下楼好像是他们真正的工作，同时也好像是他们徒劳和绝望的象征，因为当我在他们中间寻找一个出口的时候，他们早已放弃了这样的寻找。

可是在宾馆这儿的第二个楼梯间里我从未遇到过任何人，尽管在每一层楼都有许多屋门和通道。带有深褐色菱形图案的壁纸保存得非常完好，与楼梯平行向上悬挂的图片都已失去了光泽。尽管如此用水彩颜料画的面具画仍会产生咄咄逼人的效果，看到那些深陷的眼窝我禁不住再次想起格尔妮卡当着我的面所声称的虚无，这种虚无存在于我们之间，是由我一人导致的，现在我不得不跟它做斗争。为了使这种斗争具有具体的形式，但是或许也仅仅是出于通常那种极度的自我同情，我打算在我们本想共同度过的这么一个第二天外出散步，散步过程中我想把那些地方再巡视一遍，它们是我们在专家论坛结束后的晚上和昨天在她启程前的几个小时里共同走过的地方，这样做可能是为了使我回忆起我无法再回想起来的事情，可能是为了经历我不曾经历过的事情，因为我太激动而不能自已，只注意到了街上的管道入孔盖和井盖而没有关注格尔妮卡，其实这件事也可以变得很愉快，因为她专程从伦敦赶来，肯定是不无理由而来的，但绝对不是为了被抓住，或许是为了被抓住，但无论如何不是以这样的方式，不是在阿斯特露台街、中央路和新乌鸦大街之间的锐角三角形草坪上,因此我必须正好在这个地方重新开始,最好必须重新开始巡视所有的地点,以便彻底探究这件事情的原因,把所有的构成因素都考虑进去,比如说考虑给那个鄙陋的停车场起名的人到底是谁,该停车场是以"韦德尔斯"的名字被命名的,韦德尔斯这个人先是作为犹太人接受洗礼,然后又更名为"韦德尔斯",它读起来比原名"韦德勒斯"要糟糕得多,这样做仅仅是为了让他的基督教兄弟们后来能够以他的名字命名一个鄙陋的停车场,不仅仅是因为这个缘故,但是也有这个原因,所以我乘车去了奥尔斯多夫墓地,以前我和格尔妮卡曾经到那儿去过一次,当时她还叫格妮卡、奥尔妮卡或是阿尔妮卡,我必须查看一下,或许我在日记里记过她的名字,尽管我不写日记,不写狭义上的日记,但是有时候我会在日历上记一些事情,有时候我会在一张纸上写一些东西,有时候我会想起一些跟一张照片有关的事情,因为当时我尝试让格尔妮卡站在"告别大厅"的题字字样旁边给她拍照,结果照片上只有"告别"字样能够被看到,以及她在这两个字前面低着头、头发散落在额前的样子,她在伦敦的一位理发师那儿剪了一个新发型,或者她当时根本就没有去过伦敦,而是那位斯图加特的理发师,在我看来他每次都给她把头发剪得太短,尽管这种"太短"事后又显得很合适,如果我从侧面和从某一特定的角度来观察她的话,但是接着她又不再相信我的判断了,她已经满足于人们永远也不可能把事情办得合我心意,尽管她不是因为我才去理发师那儿,但也确是因为我,就跟我也是为了她的缘故才乘车去奥尔斯多夫墓地一样,在那里我尝试回忆,是否每次当我来汉堡的时候,她都特地从伦敦旅行到此,仅仅是因为两地的距离显得那么近,当然这是胡说了,但尽管如此人们也把它当成理由，为了在一个中立的或者至少一开始非常中立的地方碰面。

不，每次她并非专程从伦敦赶来，但是一年半当中总共有三次，这也算是比较频繁的了。当时在奥尔斯多夫墓地我们没有吵架，至少我回忆不起来有这么一次争吵，但不管怎样当时也发生了一些事情，否则我不可能尝试在"告别"字样旁边给她拍照，因此我甚至可以相当肯定地认为，我们之间又闹了点儿别扭。这只是众多琐碎动因当中的一个，每次我只能模糊地回忆起这些动因，尽管它们好像在蜂拥般纠缠着我，人们只需随便暗示些什么，随便谈及一个话题，就能重新激活我的回忆。就这一话题而言，我也不能使自己退回到一种神经错乱的状态中去，尽管有时候我倒是想这样，但是真正神经错乱的人会感觉不一样，真正神经错乱的人在谈吐方面也完全不一样，尤其是在行为举止方面完全不一样。当然真正神经错乱的人也具有攻击性和容易激动，然后他们会把刚刚买来的水瓶到处乱扔，或者把门踹开，或者把短外套撕破，或者把电视机弄翻，但反正跟常人不一样，他们不那么半心半意，至少我这么想，另一方面他们的举动又不那么突然，因为他们在此之前，即使是他们尚未把任何东西乱扔或者把门踹开或者把东西弄翻，也已经出现过某种方式的精神紊乱，这并不意味着我此前没有过精神紊乱，但是至少我这么想，人们或许更能觉察到那些真正神经错乱的人，因此人们可以做好相应的准备工作，例如不谈及某些话题，或者不打听用药情况，或者干脆悄悄地掌握主动权，不引人注目地指挥那些真正神经错乱的人，以使他们根本就没有理由去乱扔东西、把门踹开或者把东西弄翻，尽管人们当然也可以毫无理由地去乱扔东西、把门踹开或者把东西弄翻，因此这样想或许是一个错误结论，也是构成我精神紊乱的一部分，即认为真正神经错乱对我来说不失为一个解决方案，因为这样一来在我的生活中至少有一条路线，即精神紊乱的发展路线。

下意识的，有时也是直接的，我时不时地呼吁格尔妮卡以不引人注目的方式来指挥我，当然这很荒诞，当然这恰恰行不通，它之所以无法奏效，是因为我想这样，因为这更像是我并非真正神经错乱的标志，尽管我当然也可能是真正神经错乱，而且我的精神紊乱恰恰表现在我不感到自己是真正的神经错乱。也只有真正的神经错乱和不引人注目、在我看来也可以是完全直接和显眼的指挥才能把我从这种疑难问题中解脱出来，我是这么想象的。

当时和格尔妮卡在奥尔斯多夫墓地的时候，天气如夏天般舒适，比她从伦敦出发时要暖和得多，因此她穿着靴子，而我身上没带水瓶，尽管临近两点时天气甚至变得相当炎热，但是当时我也从未向她身上扔过水瓶，更不用说在墓地上了，尽管这说起来很容易，因为我当然也总在声称，通常情况下从未在阿斯特露台街、中央街和新乌鸦大街之间的三角形草坪上向她或者其他人身上扔过水瓶，但其实我还是那样做了。当时我们有些漫无目标地在墓穴中间、在高高的大树底下走着，难怪我们，或者确切地说是我，没有注意到西格弗里德·韦德尔斯的墓碑，尽管它紧挨着无法被忽视的水塔，水塔就位于道边，这条路在这个地方叫科尔德斯林荫路，它是以景观设计师科尔德斯的名字命名的，科尔德斯先是设计了墓地，继而作为经理管理墓地，为了紧接着在自己设计和管理的墓地上被埋葬。就跟在内城一切都是按照阿斯特的名字被命名一样，在墓地这里一切都是以科尔德斯的名字被命名：科尔德斯殿、科尔德斯泉、科尔德斯林荫路、科尔德斯区域、科尔德斯纪念碑，这一方面显得和蔼可亲，但是另一方面也有些缺少创见，或者至少被过度渲染和策划，而没有注意到由此一来它跟那个鄙陋的西格弗里德·韦德尔斯停车场之间的落差变得更大了，对韦德尔斯的隐瞒显得更加清楚，更不用提数以千计的其他被隐瞒者了。

在过去几十年里，韦德尔斯的墓碑被野草遮没，遭受了塌陷的命运，几年前人们才对它进行了再次修复。墓壁不是很小，也就是说我们应该看得到它才对，也可以说是我们偶然发现了它，因为在墓壁前半躺，安息在一种石棺或者衣冠冢上的那个女人跟格尔妮卡有些像，特别是下巴和嘴巴部分，但是也包括体形、双手，尤其是手指：纤细修长的手指握着两个杯子，其中一个在两膝之间，勉强保持着平衡，另一个已经在背后倾倒，使得水从杯里流出，弄湿了整个右手，因为一切都从手里流出，一切又都流回到手里，如同死亡和生命，人的痛苦与快乐，就像墓碑下面所雕凿的铭文所言。我在想，或许那些被忘却的名字也同样如此，在过了一百年之后，它们又像水一样流回来，想被再次提及，既然这样人们也应当正确地使用它们，而不是急匆匆地给一个鄙陋的停车场更名，因为这样的更名还不到十年的光景，不是像我出于天真而认为的那样发生在另外一个时期，今天的很多地方都是从那个时期发展而来的，相反人们非常有意识地挑选了这个鄙陋的停车场，给它取名叫西格弗里德-韦德尔斯广场，就像韦德尔斯本人在二十三岁的时候在圣彼得教堂接受洗礼那样，在此期间基督教科学家们在斜对面的一栋俗气的建于五十年代的办公楼（包括位于幻想十字架上方的标准钟）里创立了一个理想组织作为与圣彼得教堂鲜明的对照，1977年8月27日，就在施莱尔劫持事件发生的前一周，汉堡人汉斯·约阿希姆·博尔曼在圣彼得教堂里用硫酸腐蚀了汉堡画家戈特里德·利巴尔特创作的《神圣家庭》，就跟他三天前在杜塞尔多夫艺术博物馆里用硫酸腐蚀了鲁本斯的《阿尔布莱希特大公爵画像》一样，在前一周即1977年8月16日，他又在汉诺威国家博物馆里用硫酸腐蚀了卢卡斯·克拉纳赫创作的马丁·路德和妻子凯瑟琳·封·波娜的画像以及巴特尔·布鲁因绘制的一名三十九岁男子的肖像，博尔曼在这个时候还是三十九岁，一个月之后他才四十岁，此前他还用硫酸腐蚀了画作《两匹马，牝马和马驹》，在这之前他在波鸿圣彼得和保罗教堂用硫酸腐蚀了弗兰茨·伊藤巴赫的《戴十字架念珠的玛利亚》，在吕贝克圣阿吉迪教堂用硫酸腐蚀了《浪子归乡》，在多座教堂里纵火，在数百块犹太人墓碑上涂抹了纳粹标志十字钩，用纳粹标志十字钩划坏了数百块橱窗玻璃，在卡塞尔的一家教堂里点燃了一座圣母雕像之后，他又于1977年10月7日在卡塞尔威廉山宫殿里腐蚀了伦勃朗的《雅各的赐福》和伦勃朗的一幅自画像，他还腐蚀了伦勃朗的学生威廉·德罗斯特创作的《不要触摸我》以及伦勃朗的学生尼古拉斯·梅斯创作的《使徒托马斯》，之后他返回汉堡，于七点半抵达那里，买了一袋李子，坐到圣彼得教堂里，在那儿他六个星期前曾用硫酸腐蚀了《神圣家庭》，他在圣彼得教堂里坐着吃李子，然后才回到家里，观看侦缉节目《若干未侦破的案件》，一直等到十点半的时候有人敲门并将他逮捕，因为他在卡塞尔宾馆是用真实姓名办理入住登记的，所以他在作案十七次之后也真的被抓获了，并被判处五年监禁，这十七次系列作案始于1977年3月27日他在汉堡艺术馆破坏弗兰茨·拉齐维尔的画作《易北河畔的百合石》和保罗·克利的《金鱼》，西格弗里德·韦德尔斯的艺术品收藏就被"融入"这家汉堡艺术馆，就跟由马丁·哈勒尔设计建造的韦德尔斯别墅被汉斯默克保险集团"一体化"一样，该集团用其办公区域包围了韦德尔斯别墅，为了以这种方式紧接着将别墅出租用以举办重大活动，尽管西格弗里德·韦德尔斯在他的遗嘱里只注明了唯一的愿望，那就是他的艺术品收藏应当被完整保存在他的别墅里并向公众开放，汉堡州政府对此并不感兴趣，它延续了纳粹的传统做法，蔑视了艺术创始人的愿望，让韦德尔斯别墅被汉斯默克保险集团"一体化"，而这幢别墅原本是应当面向公众开放的，公众在被一体化的别墅面前现在可以穿过一个名叫韦德尔斯的鄙陋的停车场，能够在汉堡艺术馆看到部分韦德尔斯的艺术品收藏，这些艺术品没有被汉堡州政府卖掉，就像人们又能看到原先被硫酸破坏、后来经过修复的克利的《金鱼》一样，就像一切又重新恢复了秩序一样，红军派的恐怖，汉斯·约阿希姆·博尔曼的恐怖，纳粹和汉堡州政府的恐怖，我的微型恐怖，一切都过去了，被雅利安化，被制度化，被充公，被调控，都结束了，只剩下回忆和灵魂，它们有时候在呼喊："我没有死。"它们在呼喊："我没有死，我只是换了空间。"它们在呼喊："我没有死，我只是换了空间。我活在你们当中，穿行在你们的梦里。"就像后几排的一块墓碑上所写的那样。韦德尔斯像幽灵一般出没在行政区长官和保险公司职员的梦魇里，向他们出示手里拿的洗礼证明书，他像幽灵一般出没在汉堡艺术馆里，手里还拿着他的遗嘱，他与汉斯·约阿希姆·博尔曼结伴同行，博尔曼在被捕和监禁之后一再、临死前还在用酸剂破坏绘画作品，为了再次破坏绘画作品他向精神病院请假，为了破坏绘画作品他从精神病院里逃出，在拘禁期间他仍在破坏绘画作品，破坏了五十一幅绘画作品，因为他对象征性的东西感到愤怒并精神失常，他精神失常，因为他对象征性的东西感到愤怒，因为每一次愤怒都是精神失常，特别是对象征性事物的愤怒，因为不疯狂的东西也不会怒吼，而是有计划地摧毁，使自己隐没在历史当中，甚至连空间都不换，甚至连名字都不换，有时会更名一个鄙陋的停车场，除此之外都会保持不变，保持不变。

在奥尔斯多夫墓地我故意走相同但还是不一样的路径，作为他精神病发作之后的第一次行动，汉斯·约阿希姆·博尔曼在这里拧掉水龙头，为了导致一场洪水泛滥，我从又重新完好无损的水龙头旁边走过，为了不断遇到我和格尔妮卡已经去过的地方，因为活着或许就意味着，在相同的空间里遇到总是同样的东西，因为活着就意味着，其他人穿行在我的梦里，其他人穿行在我的思想里，属于我的只有空间，除此之外什么也没有，只有我无法更换的空间，因为我无法更换空间，所以它成了我的囚室，在这个无法被更换的空间里个人存在变成了囚室，我至少，如果我无法再离开这个囚室，至少有那么一次想穿行在别人的梦里和思想里，想拥有一次空间和时间，不想再被囚禁在我的牢房里，不想被遣返回我感受到亲密的地方，不想怒吼，不想无意义地对囚室愤怒，而是想从上面，即便只是从舞台上方升降布景的梁格结构上俯视其他狱友，他们跟我一块儿被囚禁，跟我一样正不停地来回奔走和反复思考，他们安定不下来，不愿去想他们必须要想的事情，往往来来，来来往往，为了给你谋求幸福，只有这一点我没有想到，即你对我来说可能会死去。

是的，没错，格尔妮卡说得对，在所有多愁善感之余我总是忘却了时间性和暂时性，尽管恰恰是这种暂时性不断地把我抛回到一种忧郁当中，尽管恰恰是我总是做出这样的举动，仿佛恰恰我才是那个唯一克服了存在遗忘症的人，是那个在生活中随时意识到包围感的人，而不像所有其他人那样磨洋工和混日子，我对此感到扬扬自得，而事实上我总是忘记一切，忘记格尔妮卡和我自己，仅仅是因为我无法忘却某一个句子、某一句评论和某一个鄙陋的停车场,另一方面我又像瘫痪了似的,就如现在站在那个蹲伏的女人的墓碑前不能动弹一样,她微笑着注视着自己手里的玫瑰,人们能够看到雕凿在玫瑰下面的那句漫不经心的话语。

这是奇林费彦家族的墓碑,是卡尔·奇林费彦和他父母的墓碑。卡尔·奇林费彦1949年和马克斯·赫尔茨共同创办了奇堡新鲜烘焙咖啡公司,"奇堡"这个名称源于奇林费彦名字的第一个音节和"豆类"这个单词的第一个音节,尽管奇林费彦不久之后就从奇堡公司的成功史里消失了,因为他"不善经营",马克斯·赫尔茨就"买下了"他的股份,为了以这种方式帮助他,但是这样做一点儿作用也没有,最终还是未能保护他这个亚美尼亚人免于破产,结果"他的甜食没有销路",而赫尔茨的情况却大不一样,他早在第三帝国之前就开始做咖啡生意,因为纳粹者们"限制"了咖啡进口,为了"存活下来"他在第三帝国统治期间不得不转而尝试"赌博",因此他在第三帝国期间花五万马克买下了一家汉堡分类博彩公司的分部,它使他获得了足够多的盈利,以至于战争刚一结束他就和卡尔·奇林费彦共同创办了奇堡公司,尽管他"并非真的需要"奇林费彦,而只是需要一个"稻草人",只是需要某人能够在他的仓库里安置烘焙机器,只是需要某人,为了能够从受限制和被分配的进口中搞到更多的份额,因为正如1962年10月17号的《明镜周刊》所继续描述的那样,赫尔茨"办事灵活""严酷无情""总是扮演领导者的角色""对规定不加理睬",而奇林费彦在这篇《明镜周刊》文章里仅仅被称作"亚美尼亚人",这名亚美尼亚人"从他的先辈身上继承了太少的商人血统",他先是作为一名有用的代理人,后来成为一个"令人厌烦的稻草人",作为"令人厌烦的稻草人"他"被人抛弃",而赫尔茨无须从他的企业身上动用一分钱,仅靠他自第三帝国以来一直运行的"博彩业"就能谋生,在令人厌烦的亚美尼亚人"被抛弃"之后,他才在上巴伐利亚地区买了一处庄园,它的面积有五百摩尔干那么大,还养了六十头奶牛,因为他"再也不想挨饿",就跟所有的德国人再也不想挨饿一样,因此人们必须处于"领导职位",必须"办事灵活",必须"严酷无情",必须"抛弃""令人厌烦的稻草人",即那个"亚美尼亚人",他名义上继续存活,赫尔茨保留了他,就连赫尔茨的妻子英格博格也容忍了他,他把她称作奇堡丽娜,因为称呼这个名字不是为了回忆,而相反是为了忘却,就像韦德尔斯应当在命名中被忘却那样,就跟他最后的愿望、他遗嘱里的唯一愿望应当未加满足地被忘却一样,因为"单身汉"韦德尔斯没有后代,没有可以依照格言"能忍受苦难的人是值得赞扬的"来教育的儿子,就像赫尔茨按照这条格言来教育他的儿子们那样,与此同时赫尔茨购进了一个"种马场",让人给自己在波罗的海岸边建造了一处"沙滩堡垒",后来这座堡垒对他来说"俨然是帝国首相官邸",他在"昔日的德国-东非殖民地"拥有一处咖啡种植园,但尽管如此他"仍对非洲发展中国家抱有一颗同情心",对中美洲国家也是如此,因此他当上了"里里普特国(小人国)萨尔瓦多"的领事,为了让奇堡-座右铭得到践行,奇堡公司的座右铭是"在人们生活的每一个地方都必须有奇堡商店",从这样的奇堡-座右铭里命名人奇林费彦已经无法预知任何事情,找不到自己的任何痕迹,从这样的座右铭里赫尔茨很快也将找不到自己的一丝影子,因为他在那篇《明镜周刊》报道之后仅活了三年,便于六十岁时去世,给他妻子留下了一笔财富,这笔财富使她在接下来的四十年里成为德国最富有的女人之一,使他受过严格教育的儿子们成为德国最富有的儿子们,他们买下越来越多的公司,接着又转手卖出,对此他们的父亲已无从知晓,《明镜周刊》对此也一无所知,通过1962年10月17号的那篇未加粉饰的殖民主义—种族主义文章,借助于那篇遗忘过去的父权制文章,那种对过去、纳粹时期、殖民统治和种族屠杀的绝对否认,《明镜周刊》让我理解了,一下子又让我理解了,为什么会有人向绘画作品泼洒酸剂,或者突然产生点燃一家商场的念头。

当我晚上回到宾馆的时候,发现接待处有一个给我的没有寄件人姓名地址的大信封。我希望它是格尔妮卡寄来的,但这怎么可能呢?我撕开信封,但是发现里面只有一封信和我的材料,材料是我在两个月前寄给汉堡红军派代表大会(HaRaTa)专家论坛举办者的,现在他们又毫无必要地把材料投递给我,或许是为了明确断绝和我的任何联系。我朝早餐室方向走去,然后向右转向厨房方向,为了在快到厨房的时候向左上楼回我的房间,这期间我在心里问自己,举办方是从哪儿知道我一直还在汉堡的,是否人们给宾馆打来电话进行了探询,因为否则的话很难解释为什么他们毫无必要地把我的材料寄到了这里——我注意看了看信封,发现信封上没有贴邮票——,也就是说送到了这里,但这反过来又意味着,人们一直还在关注着我,这对我来说显得非同寻常、令人诧异和有些特别,仿佛人们不想把这件事情搁置一边,但给人的印象好像是人们想把它搁置一边,具体的做法是人们把我的材料寄了回来,为了恰恰相反不断让这件事情得到发酵,当然对于整个此次内容空洞的事件而言,这种情况又会让我觉得很有代表性,此次事件总是不断地在围绕自身发展,对每一个不受欢迎的人喝倒彩并把他扔出去,当然不是真的把他扔出去,但也是相应地粗暴对待之。

这些材料虽然是我两个月前亲自打印并寄出去的，但它们现在突然感觉不太一样，仿佛它们在此期间又被装载了一种附加意义。特别是我的个人简历，它也是由我本人作为个人简历加了标题的，但却唤起了我的这一印象，即其他人把它持于我面前，充满责备地把它退了回来，为了用我自己的话向我证明，伴随我生平的那些数据是多么的可笑。一个可笑生平当中的可笑数据，这样的生平在他们看来已经永远停顿了下来，无论我现在是否真的、没有器官的、麻木的、对自己感到愤怒的、对其他人感到愤怒的继续活着，也无论我是否作为液态躯壳还在一个臆想的时光束上做上这样和那样的记号。无关紧要。无所谓。

我在汉堡红军派代表大会专家论坛期间所提出的批评，即去往"某些历史发生地点"的所谓城市环游实际上是革命旅游，在这封信里同样被提及并遭到了以下声称的驳斥，即认为这样的城市环游更确切地说是对"城市问题"的调查，从中完全可以产生出"对地缘政治权力结构的公开"，属于此列的或许也包括，人们一直还在打字机上敲写书信，这反过来又让我很感动，因此我在很短的一瞬间，也就是上两三节台阶的工夫，感受到了对他或者她的同情，不管他或者她到底是谁，因为我想象她或者他（首先是他）在一间充满"红汉德"烟味、塞满宣传册和传单的办公室里，这样的想象或许是不正确的，尽管相反的带有干净阁楼的设想也不可能正确，因为否则的话打字机就不再显得合适了，那些脏兮兮的、在字行上不均匀地跳来跳去的机器型号，为了再次感受这种美学，人们今天通常必须用相应的程序在计算机上费劲地仿制它，这种美学现在被免费给我送上了门，跟一些细微的手写更正一道,因为修正液现在可能根本就不存在了,所以他或者她不得不把打错的字划掉,再用圆珠笔在上面复写。

我觉得这是一场唯一的悲剧,一切都是一场唯一的悲剧,特别是我可以说是让那些人把我的生命交还给我,可以说是让他人对我的生命进行估价,使我的生命失去原有的价值,使它贬值。我注意看了下叫人无法辨认的签名,看了下签名下面卷曲的字母 A,在想它们即卷曲的字母 A、像回形针一样的信文和红军派的缩写 RAF 是否相配在一起,无论如何都是派别,无论如何都是军队,无论如何都是红色而不是黑色的。尽管我曾是红军派代表大会的参会者,我还是把我排除在自己提出的批评之外,"为了设计出一种对抗,这种对抗仅仅有利于阶级敌人……",在此我对过时和脱离现实的事物以及对在梦中度过的自负的感动又转变成了愤怒,差一点儿我就要坐下来,为了用清晰的话语重新表述当初未加考虑和冲动之下、因此模糊不清冲口而出的话,最好是用自来水笔,为了使话语失去美学效果,最好是在漂亮的信纸上用自来水笔书写,但是相反,可能也是为了使自己再次意识到整个事情的荒唐,我又一次开始描述这种"地缘政治的公开",也就是通常所说的城市环游,至少是描述折叠传单的下半部分,因为在专家论坛期间我一直在紧张地把传单的上一半折来折去,最终把它折下,不知道丢在什么地方了。

"……我们就在罗腾堡姆公路上的广播角咖啡馆里停留吧,"我读道,"在那儿,"我又读道,"在那个地方乌尔丽克·麦因霍夫,"我接着往下读,"1958 年遇到了马塞尔·赖希 - 拉尼基,询问了有关华沙犹太人居住区的情况。那儿能够推荐给大家的是热奶油糕饼,可惜在这个季节我们无法再在宽敞的露台上享用它了。在我们通过丰盛的饮食恢复了体力之后，我们会朝巴伦菲尔德方向继续我们的远足，在那儿我们要参观位于和平大街39号的那栋房子，1970年9月斯特凡·奥斯特因为胆小而通过后院从这栋房子里偷偷溜掉了，当安德烈亚斯和霍斯特在外面按门铃的时候。从那里我们接着去只隔了几个住宅区远的斯特雷泽曼大街，1971年7月15日霍普和舍尔姆两名同志在那儿突破了一道街垒，然后我们继续去往位于附近的巴伦菲尔德教堂路，舍尔姆同志就是在那儿被处决的。我们乘车途经阿尔托那人民公园驶往施泰林根墓地，那是霍格被埋葬的地方。在那儿我们有机会瞻仰那幅著名的鲁迪举起拳头、预示继续斗争的照片。紧接着我们要前往东南方向的埃姆斯比特尔，为了探访霍格的故居。从那里我们一直向北行驶，在短暂的车程之后我们在哈威斯坦呼特下车。在这里我们有足够的时间步行勘察这个区域，参观所有的二十二个地方，在这些地方从1999年到2003年'纪念乌尔丽克·麦因霍夫自治组织'发动了他们的恐怖袭击。大约半小时之后我们继续乘车前往温特呼特市场，在那儿的格罗肯药店里1978年1月21日11点15分库比同志（女）与两名警察陷入交火并被击毙，当她想要兑现一个假药方的时候。令人遗憾的是这家迄今仍然存在的药店已经更名为温特呼特集市广场药店。我们计划在这里稍做停留，这样我们就能穿过市场闲逛，享用当地人提供的产品。然后我们经过大学区返回到内城，截止到1972年3月格拉斯豪夫和格伦德曼就在该区域海姆呼特大街82号的一套住房里策划他们的阴谋活动。在少女堤步行街我们可以看到那栋楼房，2004年之前里内特时装店还设在这里，1972年6月7日古德龙逃进这家时装店，因为她认为被一名出租车司机识破了身份。在她挑寻新款服装期间，一名女售货员在她脱下的皮夹克里发现了一把手枪并报了警,因此在安德烈亚斯、霍格和詹-卡尔被捕不到一周之后,古德龙也落入了警方的罗网。在威廉皇帝大街20号的斯普林格出版社大楼前我们将结束此次环游,1972年5月19日在这幢大楼里有三颗炸弹爆炸。(参观出版社大楼未在计划之内。)"

　　在这期间我躺在宾馆床上在想:格拉斯豪夫和格伦德曼,这听起来像是北德意志广播电台的一期名人访谈节目,仿佛这种幼稚的讥讽不管怎样会继续给予我帮助。当然有关奶油糕饼、通过饮食恢复体力和穿过温特呼特市场闲逛的情节,就连在施泰林根墓地瞻仰杜契克的照片也都是我另外想象的,或许这也正是为什么人们前天对我喝倒彩的原因,因为我不能始终实事求是,必须总要凭空想象些什么,必须总要谈到另外一些事情,必须总要把其他人区分对待的事物关联起来,必须总要冷嘲热讽,其实即便是没有我肤浅的讽刺想法也有足够多的事情可被指摘的,这其中当然包括对措辞的选择和对被射杀官员的隐瞒不说,为什么在城市环游期间偏偏是位于波彭比特儿城区的黑格巴尔克13号被排除在计划之外?在汉内斯·瓦德尔不知情的情况下,红军派在他的住房里建立了一个武器库,在黑格巴尔克前面诺伯特·施密德被开枪打死,从那儿到阿斯特塔尔购物中心只有几步之遥,诺伯特·施密德是红军派制造的第一位死难者,汉堡城以他的名字命名了一个广场,虽然这个广场并不直接就是他被射杀的那个广场,因为这个广场位于阿斯特塔尔购物中心前面,人们在阿斯特塔尔购物中心前面给它更名时的确在事件和名字、在地点和名字之间建立了一种联系,但无论如何人们在同一个城区,不是直接在相同的城区,但却在邻接的城区,仅仅隔了几条街道,以诺伯特·施密德的名字命名了一个广场,在这个广场上矗立着一个体现象征手法的带有绿锈的铁质人像,一个从侧面看具有象征意义的人,他的一只胳膊向前伸展,另一只胳膊高高举起,看样子可能是他正在栽倒,正在倒下,正在死亡。在他身后又是同一个人作为剪影,它是用一面生锈的铁壁铣出来的,这面生锈的铁壁可能代表了他的一生,现在他从生命中被剪切出来,仅仅作为空洞的形式还存在着,作为一只胳膊向前伸展、另一只胳膊高高举起的摆臂动作中的空缺,在栽倒的那一刻被捕捉了下来,通过这一刻、这一毫无意义的瞬间永远从整体中被省掉了,同时这一瞬间又通过具有象征意义的造型和铁壁上的空洞形式意味深长地被定格了下来,如果不是地滚球的象征,它吸引人们在诺伯特-施密德广场上进行地滚球游戏,游戏场面也是在带有空洞人物形式的铁壁上被铣出来的,被掷的是球而不是诺伯特·施密德,他在相隔几条街远的地方被开枪打死,在玛格蕾特·席勒在场的情况下被射杀,二十年后她在古巴生下了一对双胞胎,给女孩取名乌尔丽克,给男孩取名叫霍尔格,原本她是想让男孩叫安德烈亚斯,但是因为"这个名字在那里是女孩名",故而另选了"霍尔格"这个名字,因为她认为赋予孩子们"一段她的历史"是正确的,因为她想让孩子们特别记住那些"在这场斗争中被杀害的人",因为这"在全世界都是一个古老的传统",她"认为这样的传统很好",但她并不给自己的儿子取名叫诺伯特,并把女儿唤作乌尔丽克,因为这样做并不在于那个古老的传统,不在于对名字的回忆,名字是随便起的,也被随便忘却,因为历史通过同时的取名和隐瞒来表现自己,命名经常也意味着隐瞒,因为每一个被称呼的名字都隐瞒了一个未被称呼的名字,遗产通过取名和隐瞒两次被继续传递,孩子们必须承载阵亡士兵的名字,孩子们必须承载他们母亲的名字,必须承受和容忍他们的母亲,这也是诸多不良习惯中的一种,那些习惯使格尔妮卡在我这儿心情如此烦躁，以至于我无法放过任何背后说母亲们坏话的机会，当然我很少会错过这样的机会，但是我在心里问自己，使我如此恼火的为何总是或者往往恰恰是那些无关紧要的琐事？玛格蕾特·席勒在对古巴胡说八道以及在讲述安德烈亚斯这个名字的时候为什么会使我激动？为什么我脑子里总想着这样的荒唐事情？为什么我在这里躺在宾馆房间的天花板下面，在思考一个对我来说完全陌生的女人的假想动机？为什么我尝试去想象，她为何要瞎扯这样的事情，而我只是又一次变得生气，如此生气，以至于我，不，不是对格尔妮卡生气，也不是为水瓶、把手、击打、女式衬衣和门框而恼火，我保证不是这样，但是这种愤怒，总是当它必要的时候它就隐遁，总是在它不必要的时候它就现身，就像现在这样，我难道不是自己最了解自己吗？以至于我能够理解，这种愤怒，这种无力的愤怒，无论它产生于何种琐碎和平庸，这种愤怒，为了结束并不再感受到它，这种源于无能、在强势面前表现出来的愤怒，鉴于人们用其他办法控制不了它，人们应当继续培养和激励这种愤怒，为了终于用一种盲目的行为，终于使自己从退化中甩出去、弹射出去，为了终于，终于，为了至少一次，为了，为了然后，为了终于……结束一切。够了。结束了。向袋子里呼吸。吐气。吸气。吸入。吐出。电视机。打开。关闭。呼吸。吸入。呼出。电视机。袋子。吐气。吸气。电视机。打开。关闭。打开。关闭。打开。关闭。换节目。切换到一些无害的节目上。儿童节目。退化。有关武尔姆的节目。

武尔姆就是蠕虫的故事。武尔姆生活在汉堡，身份是恐怖分子。即使是在红军派解散多年之后的今天依然如此。他的名字叫武尔姆，因为有这么多事情令他恼火。但是"武尔姆"（Wurm）这个名字也意味着蠕虫，因为他潜入敌人的内脏，从那里开始破坏它们。《武尔姆》是一部克内特－斯陶普特里克影片公司制作的动画片，适合所有年龄段的人观看。我们从影片里经历到的是武尔姆在部长和总统们的肠子里的冒险行为。但是今天武尔姆必须经受一次特别的冒险：因为他要一直爬行到伦敦去找他的女友维尔姆（"维尔姆"这个名字不是按照巴伐利亚境内的一条河流或者相应的亚冰期而起的，而是以Yes乐队的一首歌曲命名的，准确地说是按照《星河战队》（Starship Trooper）第三器乐部分，按照《生命探索者》（Life Seeker）和《幻灭》（Disillusion），这是一首武尔姆因其有些生硬的混杂而从未真正喜欢过的歌曲，在Yes乐队专辑里这种混杂在结尾处被附加了韦克曼的单调哼唱，因而听起来更加糟糕，但是维尔姆需要这个，反正她也不了解Yes乐队，甚至对它一无所知）。武尔姆想请求维尔姆的原谅。因此他带了一件礼物给她：它是一管深蓝色的眼睑膏，与维尔姆上臂上深蓝色的斑痕很相配。维尔姆一方面对武尔姆所送的礼物感到很高兴，更让她高兴的是武尔姆腹部着地（不这样又能怎样呢？），一直爬行到了伦敦，即使是在渡船上也一直继续爬行，但是她无法再做到让自己原谅武尔姆。武尔姆不知道向维尔姆发了多少遍誓要改进自己，但是每一次他都又变得失去控制，把所有的事情搞砸。武尔姆能成功地再次使维尔姆回心转意吗？能够让维尔姆转变想法，这样做真的那么值得期待吗？武尔姆不应当学会更好地对待自己的侵略性吗？而不是一方面否认和诅咒这种侵略性，另一方面又转而不加控制地尽情享受这种侵略性。他不应当像娜奥米·坎贝尔那样去参加一期反侵略训练课程吗？在他再次接近维尔姆、请求她的原谅之前，他不应该先参加一期新的专家论坛吗？随便一种新的周年纪念日肯定会来到的。我们祝愿武尔姆成功。我们对维尔姆的坚定持赞同态度。维尔姆把那管深蓝色的眼睑膏又塞回到武尔姆手里，慢慢把武尔姆推出自己的房间。可怜的武尔姆。但是或许这会使他惊醒。或许武尔姆现在会停止虚伪的道歉，使自己振作起来。另外武尔姆，你恐怕忘记了这一点，有一次你也在愤怒之下撞翻了维尔姆的电视机，在荧光屏上留下了一道裂纹。你能回想起这件事吗？武尔姆点了点头。他正在去乘渡船的路上。也就是说他首先去乘火车，然后去坐渡船，然后去拜访一位罗腾堡姆公路上的女治疗医师，就在离位于阿斯特露台街、中央路和新乌鸦大街之间的三角形草坪很近的地方。勇敢的武尔姆。但是不要马上又变得目空一切。这才仅仅是开始。你最好先不要拜访维尔姆，在你坚持参加完一次有关红军派主题的专家论坛之前，而没有被喝倒彩，没有提前离开讲台，也没有不停地四处埋怨，即便是在玛格蕾特·席勒在场的情况下。是的，我很遗憾，武尔姆，即便如此。你在之前就考虑到这些就好了。此外医保公司在你这种情况下是不支付治疗费的，武尔姆。但是你可以使自己有一些创收，如果你附着在阿斯特河畔那些不间断的钓鱼者的鱼钩上，他们在下雨的时候也喜欢站在市府行政大桥底下，从泛白的市内水道里钓鱼，当然这仅仅是建议而已。你会成功的。如果不是和维尔姆一道，那么你自己也会胜任这的。作为蠕虫在不得已的时候你可以把自己分割开来。为了不再感到孤单，你不必像体形更大的生物比如人那样去听声音。你可以很容易地从一个剃须刀片上面爬过去，马上你就会两个人在一块儿了。只是这么出一个主意罢了。因为不管怎样维尔姆已经另有他人了。另外那个人有一份高薪工作，看上去长得也相应不错，没有蠕虫的任何特征，具有良好的社交举止，而不是与发怒交替出现的恐惧感，因此仅从这一点来看从刀片上爬过去的建议也应当被推荐给你。

我一直还躺在床上,半明半暗中我注意到紧挨着衣柜旁边有一扇门,先前我还没有见到过它。或许穿过我的房间有一条通道直接通到宾馆的主楼?我起身下地。尽管窗户是关着的,但不知从哪儿过来一股穿堂风。此外它闻起来也很特别,有股说不出的气味。不是不好闻。它闻起来像是厨房蒸汽,但是也有焚香的味道。我原本估计门是锁着的,没想到它很容易就被打开了。令我放心的是它没有直接通进另一个房间,而是通向一条狭窄的没有窗户的过道,过道里时而闪烁着零星的应急照明灯光。过道的地面是用石块铺成的,墙上没有抹灰泥,因此当我摸索着穿过通道的时候,我感觉身上有些湿冷。过道尽头的门对我来说显得比通进我房间的门要大得多,几乎是一道大门,门上一片折叠的铁质橡树叶充当了把手,我握着把手把门的右扇朝我怀里拉开。如果说原本我期待会在门后发现另一条走廊或者宾馆的一个房间,那么现在相反,我处在一座甚至不算小的小教堂里,里面有十几排长椅和一个简陋的祭坛。透过富铅玻璃窗照进来一束奇特的漫射光线。光线并未染成缤纷的彩色,而是保持着灰色基调,向祭坛上投下一条阴影,在祭坛右侧类似挑楼的凸出部位我辨认出一座圣母雕像。我穿过教堂中跨的长椅走到前面,匆匆做了一个下蹲动作,直接跪在雕像前面。我见到过许多圣母雕像,但还从未看见像这样的。她的头部不是雕像的固定组成部分,而是松动地被安装在上面,就像用黑色金属或者塑料制成的、手里捧着募捐箱的黑人儿童的脑袋那样,他们立在教堂的出口处,当有人往募捐箱里投入一枚硬币时就会点头。眼前的这座圣母雕像也会这么点头。"圣母玛利亚,"我不由自主地说道,"圣母玛利亚,上帝的母亲。"玛利亚的头点得更加猛烈,她的微笑变得越发温柔。"圣母玛利亚，上帝的母亲。"我有些愚笨地重复着这句话，因为我实在是想不起其他的表述，因为我被过去几天搞得身心疲惫，当我跪在那儿的时候，我才第一次真正感受到了这种精疲力竭。回忆在我脑海里升腾，它们源自我作为辅弥撒者的那段时光，然后我又想到了格尔妮卡，想到了从前的一切。第三次不由自主地，我呼唤出了上帝母亲的名字，在我低下头期间，我听到她的声音在对我诉说："我叫玛格蕾特·玛利亚·马格达莱纳，又名玛玛马。我诞生了救世主和拯救者，想给他一些我的历史，把他称作耶稣。但是'耶稣'在古巴是一个女名，因此我无法把他称作耶稣，因此与耶稣钉死于十字架、当然也与救世有关的整个历史可惜都要取消，因为我儿子现在叫奇堡，这是一个由'奇林费彦'这个名字的第一个音节和'豆类'这个单词的第一个音节组成的名字，因为令我们感兴趣的是亚美尼亚民族的命运和对亚美尼亚人的种族屠杀，而不是咖啡豆。""但是，如果没有最后解决的话，"我轻声说道，"那么我将怎么办呢？"我充满期待地抬头向上看，圣母雕像的头部只是在无声地晃动，但却什么也不说了。没错，为了关心其他人的命运，我确是很少想到亚美尼亚人，过多地专注于自身的纠结。我亲吻圣母雕像衣服上的贴边，并在胸前画十字。没有耶稣，就没有拯救。我说的是"拯救"还是"最后解决"，就在刚才？我再一次向不停点头的玛利亚看去，仿佛想从她的面容看出一种答案。"当然我指的是拯救，"我轻声说道，"如果没有拯救，我指的是如果没有拯救，而不是最后解决，尽管我会信守自己曾经说过的话，没有随随便便就会发生的口误，更不用说在这种情况下了，这也没什么大惊小怪的，就跟奇迹（Wunder）和创伤（Wunde）在发音上非常相近一样，拯救（Erlösung）和最后解决（Endlösung）听起来很相近，在意思上也有一些相似之处,当初纳粹们就已经故意想出了这一点。"

我站起身来,慢慢朝小教堂的出口处走去。没有耶稣。很奇怪这件事竟然对我造成如此大的触动。不再相信人们曾经相信过的拯救者和救世主,恰恰从拯救者和救世主的母亲那儿听到没有他这个人,甚至他根本不曾存在过,或许这两者本身就是有差别的,也就是说人们不曾相信过的东西已不复存在,因为在这一刻很清楚,无信仰也是一种信仰,不仅因为无意识不会否定,而且也因为无信仰必须指向它不相信的东西,这样一来无信仰者与他不相信的对象之间的联系经常要比信徒与他信仰的对象之间的联系紧密得多,信徒不必过多地考虑怎样(形式)和为什么(原因),因为他凭借自己的信仰就已解决和办妥了这些事情。我感觉非常不舒服,继而又感到眩晕。在此期间我走到了小教堂的出口处,考虑了片刻是否我最好应当折回去,干脆在一张长椅上坐下来,但如果那样或许我就再也站不起来了,因为过去几天的劳累而在那儿虚脱,然后我就躺在那儿,躺在这座小教堂里,没有人会来这里,谁也不会发现我,一想到这些所有的一切就开始更加猛烈地围绕着我旋转起来。我必须索性走完剩余的几步路到达走廊,然后下楼去宾馆接待处,对工作人员说我想去埃彭多夫大学附属医院的性格紊乱特殊门诊部,这是一家知名的医疗机构,能够让人产生信任感,在那儿人们已经治愈了完全其他类型的精神病患者。那里的医生只会嘲笑我,当然不是公开也不是暗地里嘲笑,但是他们会想,一切没那么糟糕,再大一点儿的侏儒我们也都见过了,是的,他们会有类似这样的想法,给我开两副阿普唑仑(抗焦虑药),然后又把我打发回家,或者可能让我在医院待一夜,如果我告诉他们我住在宾馆,身边没有其他人,这听起来多奇怪:我身边没有其他人,但是也只有当人们问我是否我身边有其他人时，我才会这么说的，因为一般情况下人们会被问及，是否身边有其他人能够照顾他，在这些情况下我总会回答"是的"，因为回答"没有"会让我很难为情，在这件事上我觉得说身边有其他人简直很滑稽，因为我根本无法想象会这么去说，会这么去感受，而事实上我可能很乐意就这么说或者感受，但是这也无所谓了，至少现在无所谓，关键是我能去埃彭多夫，在那儿他们也对博尔曼进行了治疗，那是1974年，还有两天就过圣诞节了，当时他们建议博尔曼接受一次立体定向脑白质切除手术，或许他们也会建议我接受一些治疗，但不是一次立体定向脑白质切除手术，这样的治疗不再特别时兴，在我这种情况下完全没有必要，可以说是过于夸张，这在一定程度上就好比是人们想用大炮来轰麻雀，大概是这样的情形，但是对博尔曼而言情况却不一样，他的痛苦程度完全不一样，手术过程是这样的，人们要在他的颅骨上钻两个窟窿并导入探子，为了使先前被精确计算、对他的神经错乱负责的大脑部分得到萎缩，因为最终他也应当过上正常生活，不再遭受苦难，丢掉他的恐惧症和强迫性精神紊乱，他不应当再有那些自孩提时代起就折磨他的恐惧感，然后他也就不必再实施强迫行为了，以便遏制那些恐惧感，比如对水龙头的恐惧，他根本就见不得水龙头，因此他也请求那位女编辑，当时是1974年，距圣诞节还有两天，请求她坐到水龙头前面，当她和他一道在等候做手术的时候，女编辑满足了他的愿望，坐到水龙头前面，因为博尔曼平时也都会给她留下一种安静和镇定的印象，尽管这次手术不像看上去那么容易，她在为德国电视二台健康专题节目"实践"所撰写的报道中也描述了这一点，因为这件事涉及的不是博尔曼，1974年还没有人认识他，它涉及的甚至连立体定向脑白质切除手术都不是，而是仅仅涉及患者启蒙这一主题，因为当时人们开始在手术前向患者说明这样一种手术的可能性危险，那位女编辑为健康专题节目"实践"拍摄了这一场面，她拍摄了医生是怎样向博尔曼列举可能性并发症的情景，医生向博尔曼讲述了可能会出现出血、记忆力丧失、运动机能紊乱或者循环系统问题，把这一切都详细地解释给他，但却不知这一切正合博尔曼的心意，不知他就算死掉也觉得这一切很合适，不知他之所以显得这么镇静，是因为他已经做好了一切准备，因为他的痛苦程度如此之大，恐惧感如此强烈，以至于即便通过强迫行为也无法再被阻止，而且在此期间这些强迫行为自身也变得极为强势，因此博尔曼在进入手术室时显得非常镇定，因为他终于想摆脱从孩提时代起就开始纠缠他的那个东西，其实那个东西一直以来就在纠缠着他，其实它在他两岁时掉入一个粪坑时就开始纠缠他了，当时他母亲什么也没有觉察到，要不是一位女邻居把他拽了出来，他几乎就已经溺亡了。所有这些当然我在宾馆接待处是不会说的，在接待处我根本不会多说一句话，或许只说我感觉不舒服，我想去埃彭多夫大学附属医院的性格紊乱特殊门诊部，不是因为一次立体定向脑白质切除手术，而仅仅是为了和能使我平静的人说话，因为我不认识这个人，他给了我两片阿普唑仑又开了一种药，他根本不必向我解释为何我总是为无关紧要的琐事而激动，为那些人们随口说出的话而生气，除了我没有人会对那些话当真，因为那些话总是继续在我头脑里四处闪现，正因为如此我才想去埃彭多夫大学附属医院的性格紊乱特殊门诊部，在楼下的宾馆接待处我也会这么说的，是否人们可以给我，不，不是要救护车，而是简单地只叫一辆出租车就行了，这样最终会更快，因为一辆救护车只能使我更加激动，因为那样的话我就会自己认为我什么地方出了问题，尽管一方面人们在用救护车送我去医院的路上就能给我服用些什么，就能使我平静下来，但是另一方面人们永远也不知道他会遇上谁，永远不知道来接他的是谁，不知道谁会做出哪些误诊，不是因为他们能力不济，而是因为他们必须很快做出一种诊断，因为对他们来说做出诊断经常只是几秒钟的事情，而他们却无法知道我的病情可不是几秒钟就能诊断的，此外恰恰现在在我这种状态下，我将很难跟那种粗野的方式打交道，那种救护车司机必然惯有的粗野方式，那种粗野方式在话语上的表现形式比如有"首先是我们""到底怎么了？"以及"毛病在哪儿？"这可不是我现在正需要的，当然在这件事上人们也可能会遇上纠缠不休的出租车司机，他们把收音机开得很大而不会把音量拧小，他们随意跟乘客交谈，不熟悉交通路况，不停地问路，想知道性格紊乱特殊门诊部是否真的在埃彭多夫，仿佛我知道这个，仿佛我必须知道这个，仅仅是因为我想去那儿，然后他们把我送到任何其他一个地方，因为他们认为这样更好或者更近，因为他们认为，或许把我交给目的地附近的某家医院要更好一些，或许他们这样做也是有道理的，因为圣乔治阿斯科勒匹奥斯医院就在隔了几条街远的地方，那里的医生肯定也精通本行，但是这些医院被私有化了，这从医院的名字就能看出，医生们都来自美国，这从医院的名字就能看出，因为以前它们在这儿都简单地被称作埃斯库拉普医院，尽管这听起来可能有些古怪，尽管阿斯科勒匹奥斯听起来也不怎么特别，前者听起来像是一匹老瘦马，人们把它领到剥兽皮工人那儿去，"剥兽皮工人"是一个奇怪的名字，因为人们也可以给马身上覆盖些什么，"覆盖"和"剥皮"之间的区别根本就不像表面上那么大，但是"剥皮"作为委婉语也是不错的，它要好于"剥皮者"或者"冷面屠夫"或者

"过放荡生活的人"，然而"草坪师傅"这个名字要更好一些，因为是他导致了动物的死亡，在这方面"阿斯科勒匹奥斯"也不真的就更好，因为他的名字，"阿斯科勒匹奥斯"这个名字暗示着希腊神话中的医神阿斯克雷比亚的出生，因为阿斯克雷比亚是从他母亲腹中被剪切出来的，所以人们可以认为，阿斯科勒匹奥斯医院的医生们更希望把我体内的一些东西剪切出来，也可能想让它萎缩，不管怎样相比在埃彭多夫大学附属医院的性格紊乱特殊门诊部，他们会更快地想到用切除这种治疗方法，尽管在埃彭多夫医生们给博尔曼实施了切除手术，但是紧接着不得不断定这样一来一切都只是变得更为糟糕了，至少对博尔曼的周边环境而言，因为在手术前只是博尔曼本人的状况很糟糕，但在手术之后情况也变得对他的周边环境不利了，可能对他来说不像在手术前那么糟糕，但也算是足够糟糕的了，或许人们必须考虑到这一点，即情况只是对他个人而言不利，为此那些艺术品却得以完好无损，相反如果他个人情况有所好转，他就会失去控制地四处游荡，像掉队的士兵一样到处抢劫，但是这一点人们事先或许考虑不到，因为否则的话人们就会考虑到它了，因此准确地说我要去哪儿可能是无所谓的事情，我只需下楼去宾馆接待处，他们就会给某个人打电话，最好是叫一辆出租车来，毕竟我已经来到了楼梯间，我自己的独立楼梯间，在此期间我对它已经很熟悉了，尽管它显得有些奇特，因为我是从我的房间穿过一条通道来到小教堂里的，现在我不必再穿过通道、一下子就从小教堂里出来了，至少不必再穿过那条闪烁着应急照明灯光的狭窄通道，而是只需穿过一个小的门厅，如果人们可以把它称作门厅的话，因为它又小又暗，不像韦德尔斯让人在他的别墅里布置的那种门厅，而更像是在到达楼梯之前的一条昏暗的过道，我现在就在慢慢地一步一步、一个台阶一个台阶地沿着这道楼梯往下走，让自己以他们整齐地挂在墙上的那些图画为导向，那些画一直还整齐地挂在那里，尽管它们看上去不知怎的跟以前不太一样，但这只是因为我感觉不舒服，此外因为我刚从昏暗的小教堂里出来，因为我两天来没有吃任何东西，或者几乎什么也没吃，因为我也不感到饿，这种情况在我身上也根本不足为奇，而且在我身上出现得比以前更频繁了，但是这种情况已经使得我周围的一切都在嗡嗡颤鸣，也包括这些图画，它们描述的不再是面具，而更像是相当僵硬地盯着我看的面孔，可能我此前从未注意到，现在我突然在上面楼梯平台的墙上看到了一块牌子，并尝试看懂牌子上都写了些什么，因为我本来也在心里问自己，墙上挂的都是些什么样的图画，因此我把手从楼梯扶手上移开了一会儿，向墙边走了一步，为了看清牌子上写的是什么，这样我就会终于知道，那些面孔都意味着什么，以及谁拼凑了那些面孔（如果可以这么说的话），因此我把身子从楼梯扶手边撑开了一些，但是只撑开那么远，以至于我总能退回到扶手处，我把身子向前撑，看清牌子上写的是：十七幅被切除脑白质的强迫性重复行为患者的肖像，看完后我又向后倚靠在楼梯扶手上，心里在想：这也是一句不可思议的话语，可惜它已经完全过时了，它听起来让人觉得很不舒服，就像是一个不能言语、嘴张不开的人说的一样，他说话的时候好像在吞咽一个土豆，总是重复毫无意义的音节，重复幼稚型音节，像受到强迫一样重复音节，他指向一些东西，看似在结结巴巴地说出某些音节，但是谁也听不懂他的话，护理员听不懂，医生也听不懂：嗯，你指的到底是什么呢？啊，是那边的箱子？好吧，你想要那个箱子？你想用那个箱子做什么呢？他就这样一直在继续结结巴巴地说，因为当人们脑子里在考虑太多事情的时候,当人们为无关紧要的琐事而激动、而不是更应该让自己平静下来的时候,人们就经常会结结巴巴地说话,因为人们最后根本不会被当真,因为所有的人都认为,只要他还能够考虑医院的事情,只要他还能够区分埃彭多夫大学附属医院的性格紊乱特殊门诊部和圣乔治阿斯科勒匹奥斯医院,他的情况可能就没那么糟糕,只要他还在思考阿斯科勒匹奥斯,思考阿斯科勒匹奥斯是被赫尔墨斯从自己母亲的身体里剪切出来的,当他母亲已经躺在干柴堆上应该被焚烧的时候,因为她类似于圣塞巴斯蒂安,被阿尔忒弥斯用整整一箭筒的箭射死,因为阿波罗向阿尔忒弥斯抱怨阿斯科勒匹奥斯的母亲,说他是多么嫉妒阿斯科勒匹奥斯的母亲与另一名男子有染,尽管她怀的可是他(阿波罗)的孩子,正如乌鸦偷偷告诉他的那样,阿波罗派乌鸦盯住阿斯科勒匹奥斯的母亲,命令它如果发现她有可能的行为过失就毫不迟疑地啄出她的双眼,但是当时还长着一身闪亮白色羽毛的乌鸦拒绝执行命令,因此它遭到了阿波罗的诅咒和惩罚,从此带着一身黑色的羽毛飞来飞去,作为它道德完美无疵和自我意愿的象征,作为它智慧的象征,因此我觉得它也总显得有些孤独,觉得它显得令人惊奇的孤独,即使是成群结伙时不知怎的也总显得形单影只和闷闷不乐,就仿佛乌鸦们想得太多,仿佛它们因此无法像其他动物一样平平淡淡地生活,像其他鸟儿那样简简单单地四处蹦跳和飞来飞去,而是必须总要若有所思和面容悲伤地在圣乔治阿斯科勒匹奥斯医院前面的犬类游乐区僵硬地走来走去,就我来说人们也可以把我送入这家医院,在此期间我对这个也无所谓了,因为我真的感觉很不舒服,不仅是眩晕,还有心跳加速,喘气也很困难,然后还有那些被切除脑白质的强迫性重复行为患者的面孔,它们用锐利的目光盯着我,算不上是被画得特别好，也就是说没有运用那些画技窍门，比如让画中的眼睛到处追随着人们，或者人们突然看到的一位老妇人转而又变成了一名年轻女子，或者两张面孔构成了一个花瓶造型，或者一群人摆出了一个颅骨形状，如果人们精通自己的技艺，那么在这方面的确有无限的可能性，但是这些被切除脑白质的强迫性重复行为患者的肖像却显得极其平淡、单调，总是大同小异，但是相似得又不令人叫好，不像亚夫伦斯基的肖像画那样相近，也就是亚夫伦斯基的冥想画，它们也总是很相像，但恰恰是通过这种相似性而变得越来越细腻，通过那些细微的不起眼的变化，这些肖像我几乎每周都观赏一次，以前在威斯巴登州立博物馆，那个时候门票还是免费的，那个时候博物馆还没有被改造，还根本未被改造，就连一次改造也没有，而是一切都还很阴沉、昏暗，并被镶了木板，就跟这里的走廊一样也被镶了木板，这一点我刚刚注意到，其实它是一条非常漂亮的走廊，一条让人感到亲切的走廊，尽管那些挂在墙上的肖像，因为，我刚刚就是这么想的，或者我说我整个一段时间都是这么想的，因为我在经历它的时候好像已经使自己置身于过去，这样的事情我经常做，我在心里讲述一些事情，尽管我才刚刚经历它，但是我讲述的方式仿佛是我已经经历过这样的事情，因为这样一来它就不再显得那么危险了，因为由此它就不再显得那么有威胁性了，因为我无法反思我刚刚经历的事情，无法思考这条让人感到亲切的走廊里的那些脑白质被切除的强迫性重复行为患者的肖像，我刚刚感到如此不舒服，现在不开玩笑，这种头脑里的压力，我也不知道为何我没有早就下楼去宾馆接待处，因为这家宾馆根本就没有那么多楼层，通常我根本不必向下走那么多台阶，尽管它没有电梯，甚至连自动电梯都没有，甚至连一首《圣母悼歌》都没有，啊，现在听到了一首《圣母悼歌》，维瓦尔第的《圣母悼歌》，但不是由玛玛马演唱的，不是由玛格蕾特·玛利亚·马格达莱纳，而是由一名男子，现在是由安德烈亚斯·绍尔演唱维瓦尔第的《圣母悼歌》，"耶稣不是因别人的罪恶，而是因我的罪恶而死的"，在十字架上被切除了脑白质，尽管是我自己，但我只能，这确实挺奇怪的，只能通过别人的痛苦、通过玛利亚的痛苦来感受自己的痛苦，只能通过别人的欲望，也就是通过格尔妮卡而不是我所追求的，来感受自己的欲望，我刚刚想的就是这些，我想象看到了她，看到她站着，看到了圣母，她就站在那儿，"哦，她看上去如此美丽，哦，她看上去如此优雅，她的名字叫，她的名字叫，她的名字叫斯－塔－巴－特，斯塔阿巴特，斯－塔－巴－特，斯塔阿巴特，斯塔阿阿阿巴特，斯塔巴特斯塔巴特斯塔巴特斯塔巴特母亲斯塔巴特母亲斯塔巴特母亲伤痛她的伤痛她的伤痛她的母亲伤痛你们伤痛你们母亲我有一种疯狂的感觉感觉我是耐卡尔曼耐卡尔曼耐卡尔曼耐卡尔曼耐卡尔曼耐卡尔曼耐卡尔曼"。

18

踪迹把人们引向溪流小巷：
一部共分十八章的施耐德青年读物

第1章：阿希姆的母亲赤身裸体

阿希姆的母亲赤身裸体。不是像新歌舞剧或者周末画报中的女人那样呈黑白色调。也不像《他》画册扉页画上的女人那样在蓝色的背景前面，阿希姆有时从火车总站买来这样的图片，把它们藏在写字桌的左侧抽屉里，塞到《米老鼠》和《费克斯和福克西》后面。阿希姆的母亲赤身裸体。当我逐条对照《忏悔镜》[①]上的罪过录时，我没有任何愿望，没有任何思想，回忆不起任何事情。因为，忏悔我当然必须还是要做的。阿希姆的母亲赤身裸体。这样的事情人们是不能说的。更不能把它写到日记里。顶多是写完之后再撕掉。和后面的一页一块儿撕掉，因为圆珠笔有挤压写过的痕迹。然后把扯下的纸张撕碎，紧接着把纸片烧掉，并把纸灰倒进马桶里用水冲走。仅仅是这个句子就已经让我很难堪了。不仅是难堪，它干脆就不正确。如果我说：我想看到阿希姆的母亲赤身裸体，这样说根本就不对。但是不这么说我又做不到。有一些事情是不正确的，当人们说起它们的时候。因为它们不是从中选择的问题。这跟三位一体是同一个道理。但是它也是不正确的,当人们说起它的时候。因为人们总是只能谈及其中之一,而绝无可能同时涵盖所有三个。每次人们只能说起圣灵或者圣父或者圣子。人们也总是只能想到圣灵或者圣父或者圣子。但是人们可以尝试,在不说话的情况下去思考。如果人们紧闭双眼,一言不发地在大脑最后面思考,那么在两眼之间的前方就会产生一种奇怪的感觉。这就是信仰。这就是信仰的秘密。但是涉及阿希姆母亲的这件事当然和信仰毫无关系。有那么一些思想,它们产生于前额后面的大脑最前部。对于这样的思想人们不必有片刻的考虑。约翰、保罗、乔治和林戈。如果有人在列举这四个人的名字时先提到的是保罗或者乔治,那么人们就已经知道了:他什么也不懂。即使他把所有四个名字都说全了。女孩子们总是首先提到她们爱慕的那个人。排在第一位的是保罗,然后是乔治和林戈。约翰她们不喜欢。女孩子们要么喜欢长得漂亮的,要么喜欢她们同情的。对于滚石乐队来说女孩子们爱慕的是布莱恩·琼斯。这很简单,因为他是唯一长得可爱的乐队成员。对于滚石乐队成员的排名顺序我不清楚。首先是米克·贾格尔和基恩·理查兹,但是然后呢?或许是布莱恩·琼斯、比尔·怀曼、查理·瓦茨。但是这对我来说也无所谓。尽管如此滚石乐队仍位于我大脑的最前部。大约处在头脑中部的是那些人们也很熟悉,但又能很快忘却的事情。摩洛哥的首都是拉巴特。这个我知道,因为当初作为惩罚性作业我必须要制作北非哑图。"最大限度地承受"。这句话我能记住,因为它听起来不错。但是暑假过后我就已经把它又忘记了。人们自己也不太清楚头脑最后面的思想是什么。比如弥撒仪式上的献礼经。这个我干脆记不住。我总是大声说道"愿主接受",然后喃喃自语些什么,再大声地用"神圣的主"

结束经文。没有人能够准确地背诵献礼经。亚历克斯曾经学过经文，但是后来也忘记了。看到阿希姆的母亲赤身裸体，这一思想甚至连在大脑后部都不曾有过。事实上我从未真正有过这样的想法。就算是紧闭双眼也没有想过。但尽管如此这一思想就在某个地方。

第2章：阿希姆得了严重的热带病

或许这也只是个玩笑。但是阿希姆不知什么时候说起过，他经常看到自己的母亲赤身裸体。他甚至说过：看到的次数太多了，他觉得那样令人恶心。我在想如果我是阿希姆，我会觉得那样很棒，根本就不令人恶心。我可以直接在我面前看到一个赤身裸体的女人。当然我不知道，是否这样或许真令人恶心，因为我从未真正见过一个赤身裸体的女人。有可能那样会让人感到恶心。特别是对阿希姆而言，因为那可是他的母亲。如果我是阿希姆，阿希姆的母亲就是我的母亲，那么那种情景也会让我感到恶心的。或许正因为如此，我甚至在头脑最后部都没有思考过这个思想。否则我也应该想象出任意一些情景才对。比如阿希姆可能会病得很严重。或者像蒂莫·林内尔特一样被绑架。但是当人们找到他的时候发现他已经死了。此外警察登门来找阿希姆的母亲。阿希姆的祖母和其他人都将在场，以便安慰阿希姆的母亲。这样的话阿希姆的母亲或许不大可能赤裸着身子到处乱跑。但是阿希姆比如可能会得一种严重的热带病。得了这样的一种疾病人们必须要被隔离检疫。谁也不允许去探视他，因为否则的话所有的人都会被传染，疾病也会不断继续扩散。在这种情况下阿希姆必须住院，他的母亲则一个人待在家里。阿希姆的母亲会很伤心。她不再去上班，只是穿着长罩围裙在家里四处乱跑。然后我会给她打电话，说我应当去取阿希姆的教材。所有的教材都必须在学年结束时被交还。只有《迪尔克世界地图集》除外。阿希姆的母亲可以保留它不用还。甚至那些连续两次留级、必须退学的学生都可以保留它不用还。我和阿希姆的母亲会走进阿希姆的房间，一块儿搜寻阿希姆的教材。阿希姆的母亲会变得越来越伤心。我不像阿希姆那样一头金黄色的头发，个子也没他那么高。我的头发不像他的那样，甚至连耳朵都没有盖住，因为我总是在头发盖住耳朵之前就必须去理发。尽管如此我会让阿希姆的母亲在看到我时回忆起阿希姆。对于成年人来说所有的孩子看上去都很像。如果她们自己曾经有过孩子，而孩子现在又死去了，就像报刊店的毛厄夫人所遭遇的那样，或者如果她们跟贝尔林格夫人一样生不了孩子，那么对她们来说所有的孩子看上去就更一样了，因为当她们看到某个孩子的时候，她们总会想象她们自己的孩子。阿希姆的母亲也正好会这样看我。她会叹息并请求我为她做点儿什么。"你能帮我一个忙吗？"她会这么问，并把我带进卧室。在那儿她会说："把鞋脱掉躺到床上去。"因为当阿希姆生病的时候，他是允许躺在她的床上的。卧室就在厨房后面。这样阿希姆的母亲就在附近，如果他需要点儿什么的话。阿希姆的母亲假装我就是阿希姆，假装阿希姆没有患严重的热带病，因为这种疾病他必须被隔离一年以上的时间，而仅仅是简单的肚子痛。她会脱掉衣服，为了在厨房的水槽边冲洗餐具。我从床上可以看到她在厨房里赤身裸体。紧接着她会做饭。做饭的时候她也赤裸着身子，或者穿着那件阿希姆给我看过的无袖短睡衣。那件无袖短睡衣在厨房椅子背上挂着。阿希姆把它高高地举起来说道："我母亲穿这样的睡衣。真恶心。"我问道，她什么时候穿它，是否它是一件短上衣。"不，夜里，"阿希姆说，并把那件无袖短睡衣举到胸前。"下面呢？"我问道，因为那件无袖短睡衣只到他的腰部。"就这么长。"阿希姆回答说，"真恶心。"我不知道人们为何要穿这样一件无袖短睡衣，因为我更愿意下面穿点什么而上面什么也不穿。因为我更容易下身感到冷而不是上身。但或许这对女人们来说是不一样的。尽管我更喜欢看到阿希姆母亲的胸部而不是屁股。不，也喜欢看到后面。以及前面。然后阿希姆的母亲心情会好一些，并且说："下次再来。"然后我放学之后就可以总去拜访她了。不知什么时候我和她就像阿希姆和她一样变得如此亲密了。这样她赤裸着身子在我面前走来走去就显得很正常了。

第3章：我对热带和热带病所了解的情况

热带存在于非洲、南美洲和亚洲。生活在热带地区的人们必须要跟很大的空气湿度做斗争。即使天不下雨，空气湿度也会很大，以至于汽车和厨房用具纷纷生锈，两周之后就会报废。因为食品放久了会发霉，所以热带地区的人们总是立即吃完所有的东西。他们主要吃的是热带水果。热带地区的人们不坐在椅子上，而是蹲在地上。他们没有床，而是睡在吊床上。因为气候如此单一，人们在热带主要是向天气神祷告，人们用热带木材雕刻了他们的造型。每一种气候都由一位神来负责，但是地位最高的神是雨神，根据他让天下雨还是不下，他能够淹没土地或者使之干涸。雨神的儿子是锈神。人们朝拜他，这样他至少能够让大砍刀完好无损，为了在热带丛林里给自己开辟出一条路，人们在热带地区需要这样的大砍刀。在基督教传教士所到的热带地区，雨神由基督、锈神被玛利亚以其"站着的悲悼圣母"形象所取代，因为土著人和海岛居民把圣像上象征玛利亚七大痛苦的那七把锃亮发光的宝剑看作是圣母统治铁锈的证明。以此传教士们也能够向土著人解释有关玛利亚贞洁的秘密，因为人们在热带地区认为，一个来月经的女人如果触碰了金属会使之生锈，因此月经期的女人只允许使用木质工具。她们必须用钝的木刀给甘薯削皮，用一把木剪给自己剪发，这经常会令她们感到很疼痛。这一信念源于铁锈和干燥后的血迹之间的相似性。对于铁锈和血液土著人只知道一句话。他们会说：某人在生锈，当他流血的时候，或者反过来：金属在流血。如果女人在月经期间用木刀切肉，在热带地区数量众多且无处不在的许多吸虫和蛔虫就会安然无恙，它们在人们的饮食过程中能够穿透胃壁，附着在生命攸关的器官如肝、肾或者脾上，为了在那里变得越来越大并破坏人的身体。某些蠕虫也会向心脏方向游移，它们完全将心脏缠裹起来，最终使之窒息而死。德国医生特奥多尔·比尔哈茨发现，人们可以用一种电鲇的触须除掉这些在人体内快速繁衍的蠕虫。电鲇通过触须发射出 350 伏的电流脉冲，即使触须与电鲇的身体分离，它们也能将这种电子效应保留至一个星期。在这一周里触须必须通过皮肤被导入受到蠕虫攻击的身体区域。电鲇的触须立刻使自己与有害的蠕虫相连，并通过一种过程毁灭蠕虫，比尔哈茨把这一过程描述为焊接，也就是说蠕虫通过电压与触须融合在一起，几天之后和触须一道被从体内排出。生活在热带的画家高更给人们留下了多幅土著人的画像，他们都遭受过血吸虫的侵害。人们首先从略呈黄色的、发磷光的肤色和深陷的眼窝能够看出受害者的特征。高更本人曾遭受过梅毒的侵袭，因为他和不同的、年龄从未超过十三岁半的土著女孩在一起生活过。他服用砷自杀，请求土著人把他的死尸钉到一个十字架上，让它作为反抗愈演愈烈的欧洲化的标志在太平洋上漂流。此外他们应当把他的有着不正派名字的小屋烧毁，在它原先的地方建立一座小教堂。这两个愿望都未得到满足。

第4章：但是我当然不希望阿希姆得了一种严重的热带病

但是我当然不希望，阿希姆得了一种严重的热带病或者被绑架。反正阿希姆很少生病。跟我不一样，他甚至每年冬天连咽峡炎都不得。相反有时候他也允许待在家里，如果他说他感觉不舒服的话。尽管如此中午他也能出来。他从祖母那儿得到权限。当阿希姆的母亲去上班的时候，都是阿希姆的祖母在照看他。阿希姆的祖母给了他两马克。我们下楼去了施雷贝尔女士开的文具店。因为《米老鼠》和《费克斯和福克西》图册他已经有了，所以这一次阿希姆买的是《贝茜》图册。我觉得《贝茜》图册很无聊。"为什么你不买《喝彩》图册？"阿希姆对此不感兴趣。他觉得《贝茜》图册不错。贝茜是一只类似于《灵犬莱西》图册中的长毛大牧羊犬，它经历了某些我不感兴趣的事情。我也觉得《灵犬莱西》图册很无聊。我更喜欢看《弗瑞》图册。但是阿希姆也喜欢从米奇视觉绘制的《米歇尔·瓦容》画册。米歇尔·瓦容是一名赛车手。我无法区分画册中不同的人物形象，因为他们全都长得一模一样。"人们可以从前额上的一小撮卷发看出谁是米歇尔·瓦容。"阿希姆说道。我们又回到楼上。阿希姆浏览《贝茜》图册，我看《费利克斯》复活节特别画册。我们边看边喝可乐。在我们家只有黄色的汽水。每周一次人们送一箱汽水，每两周送一箱麦芽啤酒。阿希姆的祖母在厨房里坐着。我们下楼到院子里。院门今天没锁。我们可以从后面出去到溪流小巷。我们站在栏杆边，看着溪流是怎样在隧道里消失的。阿希姆说，人们可以沿着与溪流平行的方向，从火车站大街、铁轨和埃培尔林荫路下面穿过去，一直走到宫殿花园。当然人们必须弯下身子。但是当人们到达另一端的时候，人们就走不出去了。那儿有一道生锈的栅栏。在生锈的栅栏上挂着零碎布片、旧报纸和女人们夜里扔到溪流里的绷带。女人们把绷带扔进溪流，如果她们没有汽车，或者没有人开车捎带她们，以使她们能够把绷带从敞开的车窗扔到大街上。女人们戴绷带，因为她们会月经出血。男人则分泌水分。因此栅栏边也会居住着老鼠。老鼠用栅栏边的垃圾给自己建了窝穴。然后它们用尾巴把自己挂在栅栏上，张嘴去咬在溪流上被冲过来的所有东西。有时候它们的尾巴在栅栏上缠成了结，这使得它们无法再摆脱栅栏。然后人们就听到一片尖细的叫声穿过隧道，因为它们也彼此害怕对方。我和阿希姆只往下跨道里爬了几米。爬到里面黑暗的地方为止。阿希姆把装口香糖的纸袋从中间撕开。我可以看到，当他今天早晨不必去上学的时候，他在道姆面包店都买了些什么。我首先取了两根扁平的OK牌条形口香糖，把它们剥开，完整地塞进嘴里，用舌头把它们折弯。然后我就开始嚼起来，一直嚼到它们几乎不再有味道为止。紧接着我又取了一块泡泡糖和两块泡泡胶。在中线处我把它们折断，把它们放在大腿上用手搋了一会儿。现在它们看上去就像半支口香糖卷烟一样。然后是那些在自动售货机上也有出售的圆形彩色口香糖。我把舌头从嘴里伸出来，舌头上放的是嚼过的面团，并在上面放了一颗弹子。在嘴里我把弹子完全缠裹起来并把它咬碎。我们就这样坐了一阵子，嘴里嚼个不停。阿希姆在仔细观赏泡泡糖漫画。我把左前臂上的糖分唾沫舔干净，用OK牌口香糖在上面压了一个花纹。

花纹图案是带有披头士发型的一条蛇,它蜿蜒盘绕在吉他颈上。阿希姆撞了我一下,用手指向隧道远处在溪流另一侧的一些东西。它看上去像一个脑壳。但它也可能是一株多肉植物。原先长着鼻子、眼窝和嘴巴的地方现在是一个大洞。因为它们首先被叼吃掉了。阿希姆把兜里还剩的一马克二十芬尼掏了出来。"如果你把那个脑壳取回来,这些钱就归你了。"他说道。

第5章:凶手和失踪的孩子

有时候孩子们晚上玩完之后并没有回家,而是永远失踪了。他们并不总是遭到了绑架或者谋害。如果人们在这下面跌倒,摔断了腿并且无法再继续行走,外面谁也听不到这里发生的一切。从这里路过的人们会认为,那又是老鼠在细声尖叫。对于埋伏守候孩子们的凶手来说,这条隧道也是一个很好的藏身之处。但是为了不暴露自己,他不能用火柴来制造光亮。因此他在其中一块松动的石板上绊了一下跌倒了。他的腿摔断了。不是像我以前胳膊骨折那样,而是真正折断了。他倒在那儿不能动弹。就连爬行几米到出口他也做不到。现在他感到害怕了。他听见外面有脚步声,但是不敢喊"救命",因为来人可能是正在巡查的看守农田的人。如果那样农田看守者会立即逮捕他并把他带走。对方是不会宽恕他的,因为他(农田看守者)非常熟悉凶手的特征。因为农田看守者的兄弟本人就是一名杀人犯。他是人们在战后处决的最后一名凶手。农田看守者的兄弟在宫殿花园用斧头杀死了一名妇女。他在没有路灯的夜莺路上的一片灌木丛后面埋伏守候那名妇女,尽管天下雨,那个女人打着一把伞,他也没有改变计划,而是用斧头击穿雨伞把她的头劈成两半。或许这名断腿的凶手甚至认识另一名凶手，也就是认识农田看守者的兄弟。或许他告诉他，人们在宫殿花园周围很容易找到牺牲品。但是现在这名凶手自己躺在那儿，听着那些尾巴相互纠缠在一起的老鼠从生锈的栅栏那边传来的细声尖叫，感觉到昆虫和蜗牛等小动物通过向外凸出的骨头碎片向上朝他的嘴巴方向爬动。凶手的胳膊因为支撑身体而麻醉了。他把头摇来摇去，为了摆脱小动物的纠缠。但是不知什么时候他再也坚持不下去了。他的脑袋倒在松动的石头上。其中一条胳膊滑落到溪流里。现在在他的胳膊上挂着报纸、绷带和零碎布片。凶手死了，尸体开始腐烂。肉从他的骨架上剥离之后掉进溪流里，漂向栅栏处的老鼠那里，对此老鼠们当然会很高兴。最后剩下的只有脑壳。就是看上去像一株多肉植物的那个脑壳。

第6章：多肉植物

我用伸展开的手指抓住那株多肉植物。尽管如此它还是感觉松软令人恶心。软得就像婴儿脑袋一样。跟睡在摇篮里的我弟弟的脑袋一样。他的头还如此柔软，以至于当他把头枕在橡皮长颈鹿上睡着的时候，橡皮长颈鹿会在他耳朵上方的脑壳上压出一道深深的凹痕。那株多肉植物闻起来也几乎跟我弟弟脑袋的味道一样，一股乳臭和潮湿的味道。并且和他的脑袋完全一样，多肉植物的顶端也结了痂。每当我把他的脑袋捧在手里，我都会担心会把手指摁进他的头里。我担心我的手指会陷在他柔软的脑袋里，在他头颅里的某个地方卡住，这样我就无法再将手指拽出来了，就像我有时候出于开玩笑把一根手指插进瓶颈，然后手指就出不来了，那位明爱会女士尝试用皂液给我解围，迄今为止这种方法也一直奏效。万不得已时人们也可以把瓶子打碎。但是如果我的指尖卡在我弟弟的头颅里，情况就不一样了，那样的话人们无法使用皂液，因此我必须用力猛拽，最后不得不牺牲我的指尖。这种情况就好比发生在潜水员身上，他的胳膊钩住了一处珊瑚暗礁，满满的氧气也快要耗尽了。为了能够重新及时浮出水面，他也必须下决心用刀把胳膊截掉。或者就像那位医生一样，他在热带原始森林里得了盲肠炎，必须自己给自己做手术。情况对我来说也完全如此，我没有别的办法，只得牺牲自己的指尖。这也是迫不得已的做法。紧接着我无法再正确地按住竖笛的笛孔，也不必再去上大提琴课了。我根本不必再做任何事情了。我只需抬起手来，让别人看到指尖的缺失，所有的人立刻就会明白为何我没有做家庭作业。他们会明白为何我来得太晚。为何我要在礼拜仪式期间闲聊。为何我会不知羞愧，无论是单独一人还是和其他人一块儿，或者不听父母的话。为何我疏于祈祷或者只是满嘴废话。为何我要偷吃东西、训斥、谩骂、动手打人，为何我会发怒、忌妒、仇视、虚荣、骄傲和懒惰。所有这些人们都将明白，会像原谅那个来自七年级的患前列腺炎的男孩或者那个来自九年级的得了脑积水的小矮个一样原谅我。其他人会愚弄我，对此我不在乎。为了学我的样子，他们会用取自百利金颜料盒里的绯红色涂抹指尖。但是这对我来说无所谓。我也不在乎课间我必须和那个患前列腺炎的男孩以及那个得了脑积水的小矮个站在校园教师休息室门口的角落里，必须眼睁睁看着他们的母亲给他们往面包上都抹了些什么：下面垫有黄油的瘦肉香肠或者肝肠，血肠以及那种我叫不上名字、里面带软骨块的香肠。除此之外在其他方面我还是很正常的。就是除了指尖，它们现在什么都不能碰。因此我会像那个因服用酞胺哌啶酮而导致胳膊畸形的学生一样灵巧，我不知道他来自哪个年级，他年龄比我们都大，可能也是九年级的。我会完全像他那样用胳膊肘从包装纸里取出我的间食，用胳膊肘夹住它并把它吃掉。而我并不知道间食上抹的是什么，因为我无法用胳膊肘把它掰开。没有人再会跟我玩耍，因为被擦掉表皮的指尖看上去很恶心。但是在课堂上我也不必边听边记录了。我将只是坐在教室里向窗外张望。我会将胳膊交叉抱于胸前，这样谁也不必看到指尖处的裸肉。只有当一位不认识我的实习老师给我们代课的时候，我才会很快地亮一下我的手指。这样他在整个上课期间就不会再提问我了。这样我就可以看窗外的白杨树了，而其他人则在写数学作业。如果老师在行列间走动，为了检查是否有人在抄袭或者使用夹带的小纸条，那么他的目光只会从我的头顶掠过。女孩子们会思慕我，因为我令她们感到惋惜。她们会给我写纸条，上面写着：我觉得你很可爱。她们会在我的座位上放上一块韦伯蛋糕。蛋糕已经拆开了，这样我就能用胳膊肘夹住它把它吃掉。她们会借给我唱片《麦当娜女士》(Lady Madonna)以供录制，还有《来自地下世界》(From The Underworld)。

第7章：半信半疑者的恐惧

我跟跟跄跄地向前走。在跌倒的过程中我把那株多肉植物紧紧贴在身上。历史作业我还没有做。我甚至不知道我们历史课正好上到哪儿了。明天我们到底有没有历史课？今天星期几？周二吗？周二不是放映《从云端跳跃》吗？我的手指下垂穿过多肉植物的结痂。水现在是黑颜色的。水面上浮动着小的光圈。我穿着风雨夹克靠在一处墙面的挑出部分上。多肉植物体内的蠕虫在我的指尖四周爬行。那边是装有口香糖包装纸的纸袋。阿希姆离开了。他肯定已经回到了家里。或许是他的母亲喊他,而我仅仅是没有听见而已。我跳到溪流的另一侧。然后继续沿右侧栏赶往斜坡上走。坡面很滑。隧道上面的路灯没有打开。灯光从火车站大街照进溪流小巷。但是我不想在前面转来转去。我不想再一次从施蕾贝尔夫人的文具店和英国石油公司加油站门口经过。我从外面晃动院门,但是门已经关上了。7点钟的时候后院的门也被锁上了。阿希姆肯定已经坐在餐桌前吃晚饭了。有时他也允许喝半杯啤酒。不是麦芽啤酒,而是真正意义上的啤酒。如果电视里正在播放《从云端跳跃》,那么他允许观看这样的节目。说好的一马克二十芬尼呢?这笔钱我明天肯定会得到。难道他想让我把这株多肉植物带到学校?作为证据?我顺着溪流小巷往下跑,向左拐进池塘小街。沿途从白坪大街、行政区小巷和原野大街旁边跑过。然后穿过教堂的墓地。如果这个时候钟楼还开着的话,我可以把多肉植物放在这里。门打开了。可能教堂司事正好在上面给钟上发条。或者他还没来。他来的时候人们能听到他的动静,因为他总是不停地吹着口哨。我钻到黑色的铁质楼梯下面,把多肉植物塞到第一个台阶下面的角落里。然后我很快走到外面。天现在已经黑了,玻璃橱窗里的灯点亮了。我可以查看一下,是否星期天我必须要帮助做弥撒仪式。但是我更愿意很快回家。我穿着不清洁的衣服、带着不纯净的思想、怀里抱着一株多肉植物迈进了教堂。因为我只想着自己,想着自己的恐惧。半信半疑者的恐惧。但是看啊,我主将多肉植物变成了一名凶手的脑袋,它直勾勾地盯着我,目光不再从我身上移走,尽管它根本就没有眼睛。因此我在入睡的时候也让灯继续点着。我这样做也是因为害怕劫匪。如果我把灯关掉，绑架蒂莫·林内尔特的那个劫匪也会出现。他会先杀死我的父母，然后杀害我弟弟，然后把我带走。他把我拖进一个山洞，在那里他脱去我的衣服，在我的脊背上刻一些东西。他在我的背上刻的是"拉赫·巴尔奇"这个名字，就像我在下面市政厅里的照片上所看到的那样。

第8章：逃跑计划

其实我有一个通道里的房间还是非常有利的，因为劫匪会首先继续前行，为了查看还有谁在过道后面的房间里睡觉。我弟弟年龄还太小，不值得被绑架，因此劫匪就把他杀害了。或许劫匪扼死了他，也可能是我弟弟因为惊吓而死亡，当他突然看到劫匪的脸出现在自己的小床上面的时候。在我听到楼梯上或者走廊里有动静时，我屏住了呼吸。我装作非常安静。尽管人们在睡觉时也要呼吸。但是我不想被觉察到。劫匪应当首先悄无声息地穿过我的房间，当他在我弟弟的小床上面俯身弯腰时，我就从房间里跑出去下楼。起初我考虑是否应当往楼上跑，以便藏到存放东西用的屋顶室里，或者我也可以跑到已经被劫匪刺死的父母的卧室里，在那儿躺到床底下去，但是劫匪可能会再次回来，因为他想带走点什么。比如我母亲的木制音乐闹钟或者她的轮椅。这样的轮椅劫匪正用得上。他绑架了某人之后无须亲自去扛着他，而是可以把他放在轮椅上推着走。如果人们走上前来，他们会认为轮椅上的男孩已经睡了，因为时间已经是夜里了，他们想不到他是被麻醉了。因此我沿着楼梯下楼，从房子里跑了出去。我最愿意向左朝车间大厅方向跑去,因为那里有灯光,但是向后出城朝原野方向跑去可能更好,因为那儿一片昏暗。我可以躲到木匠的工具棚里,或者藏到高速公路的下跨道里,或者最好继续跑向凯尔伯草坪,沿着溪流一直跑到最后面,跑到路尽头和大黄种植区开始的地方。那儿也是年轻情侣幽会的地方。但是在那里我必须注意不被人看到,否则他们会认为我想偷看他们,然后男方就会过来把我揍得半死。这样我就会昏迷不醒。随后劫匪还是会找到我的。然后我会从昏厥中醒来,发现自己躺在他的山洞里。这就跟在扁桃体手术之后的情形一样,当时我在想一切都已结束了,我又可以躺在床上了,但是相反我仍然坐在手术椅上,面前的小桌上摆放着手术刀和两个血淋淋的扁桃腺。

第9章:论绑架儿童的不同形式

对我的逃跑计划我不是特别肯定,因为有不同的绑架儿童的形式。肯定不是每一个劫匪都好说话。如果他好说话,也就是说属于那些好商量的劫匪之列,那么我应当做出怎样的选择呢?我最好说些什么呢?我是该恳求、乞怜、保持冷静客观、转移注意力,甚至以暗示的方式相威胁吗?即使我对劫匪的任何可能性性格特征都有所准备,但我还是没有把握,自己是否能够了解闯入我们家的那名劫匪的品性。了解那名劫匪的品性究竟能否对我有所帮助,这一点也不得而知,因为我最害怕的是那种震惊,它在于劫匪杀害了我的父母,起初我还隐约预感到他们倒在血泊中,但随后就真的看到他们躺在血泊里,与此同时劫匪拖拽着穿着睡衣的我从半开的父母卧室门口经过。我只能料到一种逃跑的机会,那就是他穿过我的房间直奔我弟弟的房间,为了把他也一同杀害。也就是说我不允许警告我弟弟提防危险，我必须牺牲他，因为在劫匪杀害我弟弟期间，我就能够一跃而起冲出房间，闭着眼睛从我父母半开的卧室门口经过跑到外面，到外面后大声叫喊，扯着嗓子叫喊，声嘶力竭地叫喊，以至于住在前面小房子里的房管员能够听到，打电话报警，并且亲自拿着手电筒跑过来相助。那两名睡在后面库房里的辅助工也会赶来，因为他们答应过要拯救老板的儿子，因为他们还不知道，他们的老板和他的妻子躺在楼上，咽喉已被人割断。他们也不会害怕劫匪，劫匪只有在刺死熟睡中的人或者绑架儿童的时候才显得强大。他们将跑到楼上逮住劫匪，而我将会奖赏他们，因为现在我是他们的老板，至少是纸面上的。当然通常情况下我会有一名监护人，多年之后我才会得知，雇佣劫匪行凶的原来正是这名监护人。

第10章：对凶手和劫匪特征的简要说明

凶手会在不安全的地方停留。比如在夜莺路灌木丛后面的宫殿花园里，或者在阿道夫小巷里的房门入口处，或者在阿德勒电影院后门出口旁边。或者在下面位于莱茵河河畔的科隆－杜塞尔多夫医疗保险公司门口，晚上8点之后，当保险公司已经关门的时候。或者在高处伊丽莎白大街宫殿附近，就在邻里活动中心后身的地块上，明爱会那位女士总是把车停在那儿，当她来业余演奏小组接我的时候，因为那个地方没有路灯，或者只有从邻里活动中心的窗户里照射到外面的光线。但是除了在地下室里上的烹饪课之外，当所有的课程都已结束时，外面已经一片漆黑，人们无法辨别，在后面的古墙边或者对面木门附近的壁龛里是否有人站着。行人或者车辆也很少从那里经过，因为路面上的坑洼太深了，里面甚至都有了积水。

凶手往往用一把刀来行凶。他们也可以使用一支左轮手枪，但是用刀第一动静更小，第二也更直接。凶手想感受杀死某人是怎样的感觉。他想感觉到，他的刀是怎样刺进受害者的胸腔或者脖子里的，想感受对方的身体是怎样直接在他面前瘫倒和死亡的。有时凶手也会扼死某人，或者他们用一根绳索或者一条围巾勒死某人。劫匪最终也会杀害某人，但是他们首先将他绑架，把他拖到一个山洞里，在那儿他被链子拴住，必须躺在一张行军床上。人们不知道劫匪到底想要什么。他们都是些丧心病狂、从艾希贝格越狱逃跑的囚犯，他们经常自己也不清楚想做什么。他们邮寄信件，信中他们索要钱财。他们从一份报纸上剪下写信所需的字母，把这些字母粘贴到一张纸上。后来人们也能够据此证明他们的罪责，因为人们在废纸篓里发现了那份缺少字母的报纸。但是这些都早已太晚，被绑架的那个孩子已经死了。劫匪们是这样想的：我先把孩子带到我的山洞里，然后再看下一步怎么办。如果孩子又哭又闹，他们就会发怒并杀死他。如果孩子不哭不闹，他们也会发怒，因为他们希望得到一些娱乐，所以也会杀死他。然后他们想要钱，然后又不想要了。他们就是一些疯子。无论人们怎么做都是错的。一切都在挑衅精神错乱的劫匪。人们无法讨好劫匪。一旦劫匪把某人带到他的山洞里，所有的努力都将是徒劳的。人们必须事先就要留意。例如当劫匪跟某人搭讪，给他一块"二宝"果汁糖的时候。幸亏我不喜欢吃"二宝"果汁糖。"二宝"果汁糖的味道就像儿童锌钙片＋多种维生素咀嚼片一样，这样的钙片我也不喜欢吃。但是或许劫匪会向我提供橡皮鬼怪造型。他会把一袋只装有红色橡皮鬼怪造型的玩具递给我。带有黑色脑袋的红色造型。里面也会有两个绿色的。然后我会伸出手去,没有意识到他是用这袋玩具一点儿也让人觉察不到地把我引诱到一个院子里,在那儿把我麻醉。劫匪会向女孩子提供用巧克力做的瓢虫。他会给她们讲述他是魔术师,她们应当到树林里去找他。女孩子们当然很愚蠢,她们会真的到树林里去。那些用巧克力做的瓢虫尝起来一点儿味道也没有。特别是在夏天,当它们的表面已经有了灰白色的斑痕。至于魔术师,那都是逗孩子们玩的。但是在我母亲过生日的时候,当所有的人都还在楼下的客厅里喝咖啡的时候,我在楼上的电视里看到了这样的场景。这令人感到不安,整个一周我的睡眠都很糟糕,因为我的眼前总是浮现出那个又高又胖的劫匪。你接不接受巧克力瓢虫也无所谓,反正他都会绑架你。

劫匪们都会事先物色他们的牺牲品。他们刚一从艾希贝格越狱,就已经开始给自己随意挑选一个牺牲品了。他们偶尔看到一个孩子放学回家,于是便跟踪这个孩子。然后他们看到这个孩子住在什么地方,随即藏到对面的一个仓库里。他们一直等到天黑。当父母比如说晚上外出,去参加学生家长晚会或者去听音乐会,他们就会从藏身之处出来,把孩子绑走。如果父母晚上不外出,劫匪就等到所有的人都上床睡觉为止。然后劫匪首先杀害父母和兄弟姊妹,接着再把那个孩子绑架走。

第 11 章:焚林开垦

我拧下胶皮软管,在车库旁边的水龙头处洗手。我的头发都粘在了前额上。月光洒在冷杉上。冷杉的阴影落在房子前面那块部分光秃的草坪上，在地里烧出了一个黑色的窟窿，就跟洛赫碾磨厂后面耕地上的窟窿一样，阿希姆在摆弄手里的打火机，我们坐在那儿抽"丰收23"牌香烟。我担心雷贝因会从园圃里出来或者报警，但是我什么也不能说，因为其他人已经收集好了枝叶，为了把火点得更旺。最后他们开始拔拽大黄，这些大黄肯定已经属于园圃所有，在拔拽过程中他们大声叫喊，并用树叶遮住下身。亚历克斯高喊"焚林开垦"，因为他在地理课上刚刚讲过这个。我禁不住在想，我们是怎样打碎高处火车站大街那栋老房子里的窗玻璃的，因为那栋房子应当被拆除，然后报纸上就会写道"一群小流氓拆毁了住宅"。现在这里的这些，这些肯定属于某人所有。

第12章：冷杉树荫和眼窝

我看见火光下面的黑色地面如同一个深洞，就像贝尔林格家房子后面花园里的冷杉树荫一样，也像是凶手头颅上空洞的眼窝，头颅从教堂的钟楼里跟着我爬了过来，想一直纠缠着我不放。这种情形也类似于那条牧羊犬，在施朗根巴德的时候它就一直跟在我和阿希姆后面。我们起了同情之心，到公共汽车站对面的肉铺给它买了一根肉肠。在喂它吃完肉肠之后，我们沿大街向上走了一段距离，为了能够把它甩掉。但是那条牧羊犬并没有走开，而是一直继续跟在我们后面。没办法我们掉头返回，又给它买了一根肉肠。现在更多的是出于害怕，因为我们担心如果不给它吃的它会把我们赶进一个胡同，然后在那里撕咬我们。可能是看到了外面狗跟着我们的情景，肉铺师傅说道："它会一直大吃大嚼下去。只要人们给一条狗一些吃的东西，它就再也不会停止吞食。"现在我们既害怕又同情它。同时害怕和同情是最让人讨厌的,因为人们什么也做不了。人们简直无法抵抗。这就好比在我母亲或者在和我们一块儿上德语课的布斯那儿一样。其他人人们可以进行划分：赖兴瑙厄、拉特维茨、普尔波和克劳斯哈尔让人害怕,伯恩哈德、施梅丽、豪斯和舍沃令人同情。但是布斯既让人害怕又令人同情,就像上帝是害怕和同情的合体一样,圣父让人害怕,圣子令人同情,圣灵是随便一些我无法与之打交道的东西,因为我不知道何谓灵魂,我把这样的东西想象成元素周期系统上的缩写符号,除右侧序列那些彼此相连的稀有气体之外,这样的符号我也记不下来。圣灵和稀有气体,但是这和害怕与同情毫无关系。害怕主修专业,同情辅修专业,之所以害怕是因为上帝把一切都看在眼里,之所以同情是因为他必须在十字架上死亡,而门徒们则在熟睡,让他一个人孤零零的,即使是圣父也让他一个人在十字架上受难,尽管被撇下不管是一件极好的事情,因为人们终于可以想做什么就做什么,只是撇下某人不管的那个人会为此感到遗憾,所以我们最后进了一家商店,为了在那里东游西逛,直到那条牧羊犬最终走开或者跟在别人后面。因为我们在商店里闲站着,人们会认为我们打算偷点什么。当我们出去的时候,那条牧羊犬真的不见了,我们穿过马路朝公共汽车走去,我对阿希姆说：那些人肯定认为我们想偷东西。阿希姆笑了起来,从夹克衫里掏出一瓶蛋黄利口酒：唉、唉、唉,各种各样的蛋黄利口酒,他说道。我祖母喝这种东西,我说,因为我不想承认,我现在害怕商店里的女售货员会跟踪我们,因为她还是有所觉察,或者将会报警,阿希姆走进公共汽车站后面的小树林,把酒瓶迎着一棵树扔了过去。这比我想象的要更糟,当瓶子破裂里面几乎没有液体流出的时候,他这样说道,一下子我嘴里又充满了肉肠的味道,还有蛋黄利口酒和多肉植物上乳痂的味道,于是我笨拙地转过身去,滑倒在水龙头下面湿滑的地面上,地上被拧下的胶皮软管里的水已经流空了,滑倒时我的身子向前压在了右胳膊上,它就像林中矮树里的一根小树枝发出咔嚓声,就像我们踩到枝条上所发出的那种声音,当我们从背面悄悄接近老贝尔林格的别墅时,因为当月亮升起时他妻子会赤身裸体地躺在别墅里的躺椅上。但是躺椅上空无一人。于是我们就等着。阿希姆、戈特弗里德、格拉尔德和我。我们一边抽着一马克便宜包装的"塔林"牌香烟一边等着。戈特弗里德在晾衣架旁边发现了一件浴衣。格拉尔德看见卧室里有灯光。我们来得太晚了,现在他们已经在做事了。阿希姆点了点头。月光洒在橡树上,那棵橡树还是老贝尔林格的父亲亲自栽下的,橡树树荫把空无一人的躺椅按照精确测量的比例深埋在草坪里,橡子落在阳台的雨篷上。我知道什么是死亡了:转动轮在夜里停止发出刺耳的咯吱声,早晨仓鼠伸展着粉红色的小爪子躺在草垫上。我知道什么是岳母了:一支填塞得很蹩脚的香烟,它的前端只能燃烧到一半。但是我不知道格拉尔德指的是什么意思,因为他没有说他们——老贝尔林格和他年轻的妻子——在做些什么,因此当月亮渐亏、悬钩子灌木开出近于白色的小花时,我独自一人又去了一趟贝尔林格家的别墅。躺椅被折叠了起来立在仓库门口。一片雨云挂在状如镰刀的云朵上,一道楔形光线从阳台后面的房间里斜落在地面砖上。金属丝网篱在位于灌木丛之间的地方能够很容易向下压开,因为这里的支柱比较少。尽管如此我的裤子还是挂在了上面,一时间我就像溪边铁锈栅栏上的老鼠那样无法动弹,我用力扯拽,终于把裤腿挣开,只是现在金属丝扎进了我的小腿肚,无论我把腿朝哪个方向转动,它(金属丝)都不依不饶。

最后我倒向一侧，把腿蜷曲起来，用手掌边缘擦掉血迹，把袜子向上拽盖住伤口，为了不让裤子沾上血污，然后转过身去，就在这一刻我看到了年轻的贝尔林格夫人，看到了她的一部分腰身和腹部，在她转过身去从阳台走回到屋里之前。

第13章：阿希姆没什么好说的

　　阿希姆的父亲大多数时间都外出搞装配工作。有时他周末在家，那样的话他就穿着汗衫坐在客厅里，听一张播放水手歌的唱片，抽"加长总督"牌香烟。阿希姆说，这种香烟对他来说太柔了：抽这样的烟你也可以马上把自己挂在火炉上方。赖讷的父亲抽"塔林"牌香烟。赖讷的母亲在一家肉铺工作。他哥哥在欧宝公司学徒，他抽的也是"塔林"牌香烟。戈特弗里德的父亲有一辆手推车，他推着这辆车收集报纸和木材。戈特弗里德的母亲已经死了。戈特弗里德和他的父亲以及兄弟姊妹住在艾希瑙厄废纸收购站旁边一间狭窄的阁楼间里。我父亲是一家工厂厂长。虽然他在那边有自己的办公室，但他也经常在家里的写字桌前办公。有时他会开车离开一两天，为了去拜访供货商或者客户。除此之外他一直都在家。阿希姆的母亲是牙医助手。厕所在走廊里。父母的卧室位于厨房后面。橱柜上躺着宠物"周末"。客厅录音资料柜旁边堆放着录有水手歌的唱片。"沿海而下，去往西瓜生长的地方"。在阿希姆书桌的左侧抽屉里放着他用祖母给的钱买来的画册：《费利克斯》《贝茜》《米奇动画》《卢波现代》《费克斯和福克西复活节画册》，有时也有从火车总站买来的《他和路易》。一次阿希姆给我朗读他母亲在他父亲的物件里找到的信件。那些都是他父亲在外出搞装配工作时认识的女人写给他的信。其中一个女人写道，她如此惦念他，因此今年甚至都没有去庆祝狂欢节。在信的后半段她接着写道，她在狂欢节那天生病发烧了。读罢我们哈哈大笑，在脑子里想象这个女人和其他女人。然后阿希姆的父亲就失踪了。奶奶说，他带着他轻浮的少女私奔了。我们坐在裴斯泰洛齐学校对面的攀缘架上吸烟。几个星期之后阿希姆的父亲又回来了。他穿着汗衫坐在客厅的沙发上听水手歌。对他我没什么好说的了，阿希姆说道。

第14章：一局小型高尔夫球

在打完小型高尔夫球之后，我们坐在书报亭前面的圆桌边，边吃带咸味的长条点心边喝苹果汁。阳光透过橡树枝叶照射过来。一辆白色的欧宝车在猎区围篱后面沿碎石路面行驶，停在自行车停放处的旁边。一台手提收音机正在播放。先是歌曲《昨夜在索霍》(Last Night in Soho)的尾声，然后是新闻。老贝尔林格和他妻子下了车。老贝尔林格根本没那么老。但是他妻子很年轻，这一点不假。她可以当我们学校的候补教师。她不像豪斯女士，豪斯女士也还年轻，但却脸庞宽阔、胸脯很大，这让她显得比实际年龄要更老成，只是有时她上衣的一个扣子会敞开或者裙子没有穿正。她更像是身材修长的赫尔梅斯女士，赫尔梅斯女士只有一次在上地理课期间坐在我们后面，并且边听边记些什么。但是赫尔梅斯女士的头发是棕色的，一绺一绺长长地垂在她的肩膀上。贝尔林格夫人长着金光色的头发，头型跟阿希姆母亲的头型一样，前额上有一绺鬈发。在休息日阿希姆的母亲有时会穿着晨服坐在厨房餐桌边，让宠物"周末"躺在她面前的油纸上。贝尔林格夫人穿着一件浅蓝色的毛巾布裙,裙子刚刚盖住她的臀部。当她从我们身边走过的时候,我母亲碰了我父亲一下。我父亲不知道我母亲是什么意思。我母亲把头稍稍向贝尔林格夫妇走去的方向动了动。我父亲耸了耸肩。这一对恋人真是令人无法置信,我母亲说道。是吗?我父亲说。贝尔林格夫人的双腿修长,阿希姆母亲的双腿却比较粗,但是我说不出来谁的腿我觉得更美。阿希姆的母亲必须经常站着工作,因为她在一家诊所做牙医助手。那位牙医上了岁数,有时给患者钻孔时会弄伤其面颊。这样阿希姆的母亲必须擦干血迹,往患者的嘴里塞棉花球,直到止住流血。直到伤口长住,阿希姆说道。老贝尔林格往正在抽一支香烟的HB烟草公司的广告卡通人物手里的支付托盘上放了一枚五马克的硬币,随即得到两副小型高尔夫球杆、两个高尔夫球、两张卡片和一个铅笔头。贝尔林格夫人笑了起来,摆出一副仿佛想要骑在高尔夫球杆上的样子,就像骑在一把扫帚上的女巫那样。我母亲摇了摇头。现在你再看看这个,她说。但是我父亲只是又一次耸了耸肩。我们想观看吗?他问道。我还没有喝完呢,我边说边指了指我杯子里剩余的苹果汁。马上,我母亲说道。她也想观看贝尔林格夫人打球,后者现在正尝试沿直线把第一个球打进球洞。老贝尔林格走到她身后,手把手教她。在教她的时候他把卡片咬在牙齿之间。贝尔林格夫人哈哈大笑起来。这个男人是在出自己的洋相,我母亲说。他到底是做什么的?我母亲问道。他开了一家运输企业。赖讷的父亲就在他手下做事,不是吗?我点了点头:赖讷的父亲是长途货车司机。贝尔林格夫人一辈子也学不会打偏左弧线飞球。在打偏左弧线飞球的时候人们不能轻轻推球,而是必须真正用力击打。但是这反正也无所谓。她可以想尝试多少次就尝试多少次,最后贝尔林格先生在卡片上只记了5分。

第 15 章：和兰芹烈性甜酒和糖果巧克力

暑假期间阿希姆住在弗里茨-卡勒大街他祖母家里。雨水落在地下室入口旁边垃圾桶上面的黄色波纹铁皮棚顶上。我们站在院子大门进口处分一盒"塔林"牌香烟。卡车在石块路面上颠簸行驶。我们跑到圣玛利亚教堂对面的面包店去。我给自己买了一块长条薄饼干和一块糖果巧克力，阿希姆给他自己买了一杯和兰芹烈性甜酒和一块糖果巧克力。我们在教堂前面那棵橡树底下的长椅上坐了下来。谁是这里的神甫，对此我一点儿也不知道。我只认识神甫助手鲍施。神甫助手鲍施很晚才被委以教会辅助工作，他有一份非常普通的职业，为了成为神甫，他还得首先学拉丁语。阿希姆信仰新教。仅仅是因为能得到手表他才去参加坚信礼仪式的，尽管他现在已经有了一块外面带环圈的防水手表，用这些环圈人们可以校准水深。我的"荣汉斯"手表甚至连日期显示都没有，但是它也已经被使用三年多了。上个月我给自己买了这根宽羚羊皮表带。阿希姆的手表上是一根带弹簧搭扣的金属表带，每当我被允许试戴他的手表时，搭扣都会夹住我的皮肤。比如在阿希姆跟两个女孩攀谈的室内游泳池，她们在游完泳后会在外面的吹发机那儿等我们。阿希姆给她们分发一袋辣味薯片，我们在室内游泳池游完泳后总吃这个，就着五颗鬼脸橡皮糖一块儿吃。我们登上 8 路公共汽车，站到汽车中间的平台上，平台在转弯处会旋转，这样女孩们就被挤在我们身上，因为她们一只手里拿着泳衣，另一只手里拿着辣味薯片。她们俩都住在格雷泽尔贝格。怎么样？在女孩们下了车之后，阿希姆问道，你们约会了吗？我摇了摇头。你们呢？那还用说，就在明天。我可以打听你的那位叫什么，以及她住在哪儿。

第16章：第一次约会

　　时间是周六下午三点刚过。我坐在恩斯特－罗伊特大街旁边的小型儿童游乐场上。一座沙箱、一道滑梯、两个秋千、一副跷跷板。游乐场四周是高高的女贞树篱。我在等那个叫卡琳的女孩。卡琳是阿尼塔的女友，阿尼塔和阿希姆周四就已经在一起拥抱狂吻了。阿尼塔说过，卡琳的父母极其严厉。因此她不被允许做任何事情。阿希姆说，我应当索性登门，按门铃，然后结束。卡琳住在儿童游乐场的拐角处。她父亲开了门，喊她过来，卡琳说我应当在儿童游乐场等她。半小时之后她来了。她说她没有时间。然后她又走了。我一直在游乐场上坐着。天空就像是一个灰色的烫衣板。我没带香烟，身上也没有马克可往自动售烟机里投币。明天我必须去上拉丁文补习课。去完教堂之后直接就去，因为周一我们要写最后一次作业。埃里希在上高年级阶段。他会得到五马克零花钱。我对我父母说的是六马克。用多出的一马克我在去上学的路上给自己买了一小包"塔林"牌香烟。我穿过果园，途经大黄种植田，在那儿我可以不受干扰地边走边抽。在埃里希家里我也可以抽烟。有时我们也听平克·弗洛伊德摇滚乐队的歌曲。但是明天我们必须要做点什么。阿希姆和阿尼塔来了。阿希姆搂着阿尼塔的肩膀。她没有时间，我说道。你别介意，阿尼塔说，她（卡琳）反正不被允许做任何事情，而且晚上8点必须在家。阿希姆笑了起来。阿尼塔不明白他为什么笑。但是我知道他为何发笑，因为我也必须晚上8点在家，有时甚至提前到7点。两对小情侣，这真是太好了，阿希姆说。我要回家,我说道。别胡说,我们要坐车进城。我没带钱,我说。这无所谓,阿希姆边说边掏出一小包"万宝路"香烟。阿尼塔也抽烟。阿希姆吸了一下香烟,亲吻阿尼塔,然后吐出烟圈。阿尼塔一边吸烟一边嚼口香糖。口香糖和香烟,这根本就不配,阿希姆说,这样我还不如买薄荷脑香烟。它们配在一起很好啊,阿尼塔说道。真变态,阿希姆说。他们俩笑了起来,相互亲吻。我姑姑就吸薄荷脑香烟。或者抽"基姆"牌薄荷香烟。她和第一个丈夫离婚了,现在跟一名报业代理相识。自从她离婚之后,她就不再像以前那样频繁地来看望我母亲了。人们不可能在离婚之后还继续参加教堂仪式,我母亲说道。一次那名报业代理送来了一个配有磁铁箭矢的靶盘。靶盘上印有他所代理的所有报纸。磁箭吸附得很牢,但立在三条木腿上的靶盘却总是倾倒。

第17章:没有带红烧牛肉汁的炸薯条

因为赫尔特商场已经关门了,我们总在那儿吃带红烧牛肉汁的炸薯条,所以阿希姆、阿尼塔和我去了拐角处的一家酒馆。阿希姆点了两杯啤酒。我想要一杯可乐。阿尼塔穿了一条短款的百褶裙。她的嘴唇和眼睑都化了妆,并用祛痘膏盖住了丘疹。阿希姆和阿尼塔在衣帽间旁边的弹球游戏机上玩阿拉斯加游戏,她站在右边,他站在左侧。阿尼塔不会玩弹球,但是这对阿希姆来说无所谓,就跟老贝尔林格不在乎年轻的贝尔林格夫人不会打小型高尔夫球一样。阿希姆吸他的"万宝路"香烟,喝了一口啤酒,亲吻阿尼塔,然后才把烟圈吐出。6点钟的时候他们想去看《英格兰空战》那部影片。这部电影时间超长,在阿尼塔上厕所期间,阿希姆这样说道,那样的话我们就可以尽情地长时间拥抱狂吻了。我又陪他们走到电影院，然后向左转向朝公共汽车方向走去。

第18章：返回到阿希姆的母亲那里

阿希姆的母亲所效力的那位牙医外出度假了，因此我们可以在周六一起到他的花园里去，那里有一个游泳池。阿尼塔也来，阿希姆说。你被允许这么做吗？当然了，我母亲在这件事上一点儿也不反对。阿尼塔穿了一件米色的比基尼泳装，用水把阿希姆身上溅湿。阿希姆的母亲在给花浇水。她穿了一件大开领的泳衣。她铺开一张桌布，在中间放上一碗带小香肠的土豆沙拉。尽管阿希姆在抽烟，我也不敢学他的样子，因为我担心阿希姆的母亲会在家长会上向我父母讲起这件事。她向前弯下身子，给我往一个纸杯里倒橙汁。阿希姆和阿尼塔在游泳池里拥抱亲吻。我必须起身上厕所，赤脚从别墅里的瓷砖地面上走过，别墅里的百叶窗是向下拉着的，照明的保险装置也是向外拔出的，因此人们无法开灯，只能靠从通往花园的门那里透过的亮光。我查看地面上的血迹，但是它们早已被拭去了。阿希姆把可乐瓶盖里的那张三维立体图片转手给了我。可能是因为他每天都能喝到可乐，也可能是因为三维立体图片现在对他来说显得太幼稚了。在阿希姆吃土豆沙拉期间，阿尼塔在我对面的草地上坐了下来并注视着我。或许她为我感到遗憾，因为我没有女朋友，必须总要很早回家。克里斯蒂安妮和玛里昂在班级旅行途中觉得我挺讨人喜欢的，可能是因为我帮克里斯蒂安妮提了箱子，或者因为我像她注视高年级男生那样看了她，因为我有时在吃晚饭前骑自行车去狄尔泰大街，希望她或许还要出门买点儿什么。但是我在那儿只碰巧遇到过一次加比,她刚刚从克里斯蒂安妮家里出来,正走在回家的路上。加比用左手的两根手指提着一些东西。其实那也没什么显眼的。其实那些东西只是通过她的目光才引起了人们的注意。或许就像她挨着克里斯蒂安妮和玛里昂站立的样子。当她看到我的时候,她心里很清楚,我不仅仅是偶然才出现在那里的。这令我很难为情。唉,你上完生物课了吗?我说道,因为我想不起别的话。是的,刚刚和克里斯蒂安妮一道。然后我掉头返回,途经主教堂和穿过铁路与公路的交叉道口,想象克里斯蒂安妮的房间看上去会是怎样的。但是我无法准确地想象。床上挂着一张布莱恩·琼斯的招贴画。或许她的床跟我的一样也是那种可以抽拉的。还有一台电唱机。但是更多的我也干脆想象不出了。

注　释:

① 《忏悔镜》,即忏悔问答表。

19
恩滕豪森上空的寂静

夏季的天空被云朵遮盖了一会儿,四周静悄悄的。这样的一种氛围就像是来自很远、很远时代的一段回忆。当时还没有死亡,只有暑假?不,时间还要更早。房屋和街道没有变化。一切都停滞了,要一直这么存在下去。这就是我的恩滕豪森,那里有一位总是坐在同一张沙发椅上的叔叔,和一个位于二层的房间,我总要返回到那个房间,在两个彩色版和两个黑白版之间交替进行的冒险经历之后。

把椅子往桌边挪一挪。把床单叠好。把枕头抖搂干净。用刀把羊皮纸上的黄油残渣刮去。厨房门在户枢里无声地摆动。在用石块铺设的院子里有送货小卡车留下的冻得硬邦邦的黏土轮印,线材和大方木料堆成了一堆,背景处是篱笆,篱笆后面是教堂的钟楼、树木和细木工场。

我沿着升挂小旗的桦树林荫道行走,它从工厂厂区旁边经过,一直通向城外。从冲压成形的窗洞里戴着红色便帽的丑角形象在挥手示意。一辆自制木车在围着那棵老橡树兜圈子。空中悬浮着一只鞋盒,它的侧面被钻了许多洞,从这些洞口里伸出滑稽的面孔在看着我。

五月初一个男人躺在我们家门口。他没有喝醉,而是患了糖尿病。

明爱会那位女士打电话叫了一辆救护车。那个男人说道：我还可以。他站了起来。他跟跟跄跄。他穿过花园大门，沿着昏暗的路径向下走去。我心里在想：他不会再来了。永远不会再来。

所有出乎意料涌现的事物好像都在宣告一种永远也不会真正发生的变化。米老鼠的两个黑白版指向的是过去，相反两个彩色版指向的是想象世界吗？无所谓我想让自己进入何种梦境，这是因为现实既不是无色的也不是被涂上颜色的？惯性在小房子里和狭窄的街道上占了上风，在那些狭窄街道上行驶的是像信号灯那样红色的、带有可抽出临时加座的双开门轿车。克瓦马·维斯塔，文明的最后基地，和洪都里卡一样只存在于一张卡片上，这张卡片存放于达戈贝特叔叔可以行走的保险箱里。只有他才能获取进入世界的通道，在这个世界里他的邮政飞机坠毁了，他的工厂和铁路股票受到了威胁，爆炸性制动装置和黄瓜蠕虫之间的战斗正在激烈进行。因此他也只有一种过去：作为生活在旧世界的苏格兰人，作为生活在新世界的挖掘状如花生的金块的人，或者作为最后一批把茶叶从中国运往英国的快速帆船上的见习水手。他因为偶然回忆起了这一过去，或者在催眠医师的帮助下让自己有选择地置身于过去，但是这一过去通常情况下赶上的并不是他，而是他的侄子和侄子的侄子。他们必须去往他为他们创造的外部世界，他仍在继续创造这一世界，当他用一万亿买到了一个钋球，但却不知到底可以用它来做什么。这种东西必须低温存放，俄罗斯人想要它，对于这种橙色的圆球没有更多的信息。通过偶然因素他的侄子们发现，人们可以在圆球上舔舐，为了看似无休止地总能品尝出冰激凌新的口味。这样一来他们就把叔叔创造的世界揭露为欺骗性假象，基于儿时的渴望他构建了这种假象，尽管我们万能的和经常超越我们自身的想象，儿时的渴望总是让我们继续充满希望，但却永远不必离开父母世界狭小的起居室，就好比是我们下午三点半能够站在儿童游乐场前面，让冰袋在我们手里转个不停，为了体验地球所有的味道。

这种情况就跟在海因茨·哈贝儿教授那儿一样，他凭借小型模型，在一间狭小的灰白色调的工作室里，展示了宇宙不可估量的广袤，并用一支书写时发出尖锐刺耳声音的彩笔在一张纸上画下了各种复杂的计算，或者跟在格雷兹梅克博士那儿一样，当他向人们讲述非洲时，他让来自远方大陆的动物蹲坐在自己的肩头和写字桌上。在我出生前不久他把第一只霍加狓带到了德国，它是一头名叫埃普鲁的雄性野兽。四年之后他又带来了雌性霍加狓萨法丽。在我弟弟出生的那一年，德国本土的第一只霍加狓基乌也来到了世上，它是以刚刚获得独立的刚果的一个地区被命名的。人们给那只从刚果被劫持来的动物起了殖民者外出掳掠的名字，而在德国出生的那只被起了它父母故乡的名字，它自己不知道也永远不会认识这个故乡。一只戴着手套、穿着靴子的小北极熊笑着把一个带槽纹的黄色铝质小碗递给我。小碗里盛的是冰茶点。冰茶点由椰子油和可可粉组成。那种冰冷的感觉通过口腔里的热量损耗而产生，因为为了使冰茶点融化，人们必须耗费能量。海因茨·哈贝儿教授会那样描述，我们也相信他说的话。

在这个由汉斯·于尔根·普雷斯所描绘的世界里，人们能够使鸡蛋悬浮，使金属游泳，人们可以造火柴电梯和压缩空气导弹，用土豆和堆叠的硬币发电，穿过一张明信片上车，把一支香烟打成结。人们只需用铅笔把画报页面上纷乱的数字连接起来，马上就会产生一匹马和两个男人，他们把一架钢琴抬过马路。比以前的魔方更令人印象深刻的是那些本子，为了让一幅画产生，人们必须用铅笔给本子的空白页画上阴影线，对此人们永远也不是特别肯定，是否这些要归功于个人的能力。骗子和无赖把他们的赃物藏在房间、阁楼间和仓库里，而只装备了一个手电筒、一节4.5伏电池和一台自行车发电机的孩子们则要揭发欺骗行为，这些欺骗行为涉及一个被调包的皮箱、被伪造的邮票或者一个被偷窃的小提琴盒，它们必须凭借一张被撕开的影城的电影票或者不小心被扔掉的一块方糖的包装来加以破译。那些在破案之后才被召集过来的警察作为一种外部秩序的代表而出现，这种外部秩序借助精心打磨的程序和官僚主义规章，尝试在孩子们面前掩饰混乱，但是却不能真正取得任何成效，因为那些流氓已经在下一则故事里重新开始他们的胡作非为，以此一直对孩子们的嗅觉和求知欲构成了挑战，直到他们的嗅觉和求知欲被耗尽，他们长大成人，成为掩饰社会的一部分。这一逐渐消逝的世界仅仅是通过钥匙孔、篱笆缝隙、围墙裂缝和小心翼翼地被抬起的老虎窗或者后备厢盖，部分地把自己呈现了出来，就连这一片段也重又潜入黑暗，仅仅是一道细长的楔形光线划破了黑暗，光线穿过院子，透过窗玻璃上的一道缝隙，正好落在被找寻的东西旁边。物质性好像不断被穿孔，这种经验作为恐惧转移到了自己身上，身体遭到了一些东西的威胁，这些东西被称为头脑中的空洞，看似无法被想象，直到人们自己一次在跌倒之后拥有了这种东西。但是正如在魔术袋里被物化或客观化的那样，这样的魔术袋在年集上和面包店里有售，奇妙的东西不是靠小型玩具和爆米花来实现的，而是表现在对相信一种真正魔法的无限希望，这种魔法的力量在尚未拆封的袋子从柜台上被递过来的那一刻达到了顶峰，即使在袋子被打开时也不会失去魅力。袋子里盛装内容的奇妙之处更多的是转移到了袋子身上，一段时间之后再由袋子继续传导给传递行为，直到历经多年的成熟之后最终仅仅是一种愿望，它好像不再指向任何事物，除了指向在夜色降临的黄昏时分面包店里漫射的光线，面包店里的柜台已经清理干净，柜台后面的门是敞开的，它可以让视线进入一个幽暗的过道，人们能够隐约感觉到过道尽头从烘焙房里照射出来的楔形光线。

20
克劳迪娅和贝尔恩德把明爱会那位女士引渡给国家人民军

在上物理课期间我们被副校长从班级里叫了出来，并被带到了棋牌室。克劳迪娅也已经在那儿了，坐在暖气旁边的一张椅子上。两名穿灰色长大衣的男子站在男像柱桌子后面。桌子上放着一台根德23型收录机，已经调到了"录音"和"暂停"位置，这一点我从发出绿光的电眼就能看出。收录机旁边是一个麦克风。这是来自刑事警察科的两位先生，他们要向你们提几个问题，副校长一边说一边站到装有各种标本的柜子旁边。是的，两个男人中个头稍高的那个说道，只提几个问题，说着他按下录音键，让磁带开始转动。然后他指向一张小茶几，茶几上摆放着我的水枪、黄色的塑料蛋、橡皮泥和蜂鸣器。你们熟悉这些东西吗？克劳迪娅站起身来，和我们一块儿走到茶几前面。不，她马上说道。不，贝尔恩德也说道。是的，我说。克劳迪娅和贝尔恩德把目光朝向我。我禁不住想起了关于那位牧师的故事，他在化体仪式之后举起圣餐杯，为了饮用里面盛装的东西，这时他看到正好有一只毒蜘蛛爬进杯子里。但是因为现在杯子里装的不是葡萄酒，而是我主上帝的血液，因此他没有考虑太久，就端起圣餐杯连带蜘蛛一饮而尽。他做好了死亡的准备，但是上帝的血液使蜘蛛的毒性变得无害，把蜘蛛在牧师的肚子里变成一只美妙的蝴蝶，它在牧师做最后的祈神赐福时从他的嘴里飞出，振翅向上飞向耶稣受难像，在那儿它落到受难者的荆冠上，从那个时刻开始每个星期天它都会在那里出现，参加弥撒仪式。

是吗？两个男人中更为敦实的那个说道。这就有意思了。这么说来你是熟悉这些东西了。是的，我重复说道。我也曾经有这么一把水枪，水枪旁边的是橡皮泥，但是另一样东西我就不认识了。按顺序一个一个来，较为敦实的那个男人说，也就是说你也曾经有这么一把水枪？那你就再仔细看一看，或许这就是你的那把。不，我说道，我的意思是，我也有这么一把水枪，只是现在它正好不在我手里，因为我把它借给了罗兰·格特勒。我之所以说借给了罗兰·格特勒，是因为他已经病了一个多星期，因为他的父母年纪太大了，以至于人们无论如何也不会怀疑到他身上。啊，罗兰·格特勒，他也在你们班级？副校长点了点头。那么橡皮泥呢？是的，我刚好认识这个，我见过这样的东西。过复活节的时候我希望能有这样的礼物，但却没有得到。我只得到了一块仿制的橡皮泥，但它不是装在一个鸡蛋里，而是在一个塑料靴子里，这很让人讨厌，因为它总是卡在里面，此外它也不像真正的橡皮泥那样管用。你到底是从哪儿知道这些的呢？有人告诉过我这些。啊哈，那么那边的第三样东西呢？我不知道那是什么。较为敦实的男人走向茶几，拿起蜂鸣器，然后他把脊背转向我们，但是我听到他是怎样在给蜂鸣器上发条的。当他转过身来的时候，他把右手局促不安地向我伸了过来。来，把手递给我吧，他说道，我们还根本没有正式问候过呢。我装出对他的伎俩一无所知的样子，向前迈了一步，鞠躬并把手递给他。因为他没有按正确的方法给蜂鸣器上发条，因此它只振动了一小下。尽管如此我装作吓得要命，"哎哟"大叫了一声。然后我开始揉起右手。这是电吗？我问道。不，不用害怕，这只是一种非常简单的机械装置，就跟要上发条的玩具汽车一样。但是尽管如此你还是受到了惊吓，难道不是吗？简直害怕极了！

较为敦实的男人仔细打量贝尔恩德、克劳迪娅和我。克劳迪娅肯定什么也没说。我也只说了水枪的原委，因为我不知道，是否明爱会那位女士在幕后策划。人们看到了你们，较为敦实的男人说道。我们面面相觑。这前面有人在弹奏音乐，个头稍高的男人说。是的，人们看见你们怎样尝试在一个后院里爬上一道围墙。我们三个人都一句话不说。怎么了？对此你们没什么要说的吗？不允许这么做吗？克劳迪娅问道。这要看人们怎么想了。你们当时处在他人的地产上，这可以被评判为非法进入他人住宅。但是我们仅仅是在玩耍，贝尔恩德说。是的，我说，我们必须翻墙逃走，因为我们被人跟踪。有意思，较为敦实的男人说，被人跟踪？究竟被谁呢？被福德贝格人。对，没错，贝尔恩德说，是被福德贝格人跟踪。我意识到他觉得这个主意很好，就连克劳迪娅也说：是的，是福德贝格人。这件事跟福德贝格人扯在一起听起来还是可信的，因为福德贝格人真的会跟踪某人。当人们随便在某个地方坐着或者玩耍，或者比如说在亨克尔公园滑雪，这时一下子就会过来一个小男孩，他甚至连七岁都不到。他过来找碴儿，谩骂某人，或者用脚踢雪橇，或者向人们身上扔雪球。通常情况下人们会干脆捉住他，往他身上涂擦雪球，但这正是福德贝格人的诡计，因为他们总是派出一个小孩，一旦你对小孩有所动作，他们一帮人就会全都过来揍你。因此你不能对小孩有任何举动。但即便如此，福德贝格人当然也会找借口过来揍你。所以当小孩过来的时候，你必须马上逃走，不允许太过高傲，因为福德贝格人的确很残忍，他们会直接打人的脸。

个头稍高的男人转向副校长。福德贝格人，这是些什么人呢？他们是来自净水厂旁边铁路定线附近无家可归者居民点里的儿童和青少年，战争期间东部劳工就被安顿在那里。啊，这么说你们是为了躲避这些福德贝格人而逃跑的？是的，我们一起说道。但是你们根本就不是真正逃跑，而是又折返了回去。为什么会这样，如果我可以问一下的话？因为……，贝尔恩德说，因为我们意识到，他们根本就不再跟在我们后面了，是这样的，因为我们是沿着菲尔德大街往下跑，当时他们还跟在我们后面，然后就看不到他们了，那么他们肯定是在高处转悠，如果继续跑下去我们可能会跟他们撞个正着，因此我们又折返了回去。有意思，你们什么也没有注意到吗？注意到什么？比如注意到一辆黄色的NSU王子停在那里。但是那个地方总是停有汽车呀。那辆车停在哪儿呢？就在你们跑进去的那个院子对面。不，我们没有看到那辆车。我们一直都只在留意福德贝格人，看他们是否从某个地方过来。那些福德贝格人，他们年龄已经很大了吗？是的，他们年龄比我们大，尽管他们身边总要带一个小孩，让他挑起争端。他们当中也有一个女孩吗？我们三人都考虑了一会儿。通常情况下福德贝格人是从不带女孩外出的，但是因为他们也在找一个女孩，所以肯定的回答一定会更好。是的，我们说，他们当中也有一个女孩。那么你们过来一下，较为敦实的男人说道，仔细看一看这个。他从一个棕色的皮包里取出一个文件夹，并把它打开。在玻璃纸袋里塞着一些铅笔画，这些画我在电视里也已经见过了。你们仔细看一下这些图片，告诉我是否你们觉得某个人面熟。最好的方式就是现在干脆说，是的，我们认识这些人，他们就是福德贝格人，那个女孩也属于他们之列。但是这样做不行，因为如果福德贝格人打听出是我们干的，他们就会置我们于死地。于是我们都说：不，我们不认识这些人。当较为敦实的男人说：你们再仔细看看。真的不认识吗？这时我说道：其中一个人看上去有点儿像洪堡学校的某人。我这么说是因为我想把他们引向错误的途径。

只有那些在普通高级文理中学学习跟不上以及家境富有的学生，他们才去上洪堡学校。要是我再留级的话，我不会去上无聊的洪堡学校，而是去上寄宿学校。这个主意是明爱会那位女士出的，然后她又煽动了我父母。虽然她总对我说，寄宿学校根本没那么糟糕，但是当她恼怒的时候，她也会把寄宿学校称作教养院，并说我就适合去那样的地方。然后她会在周日，当我父亲有空的时候，和他开车去奥登瓦尔德，为了给我在那儿打探寄宿学校的情况，她肯定会只挑选那些带高墙和禁闭室的寄宿学校。他们会随身带一些广告单回来，然后再去吃冰激凌，那些广告单就放在我们家客厅里，这样做的目的是为了让我感到害怕，因为我不想上寄宿学校，因为我在那儿谁也不认识，必须总要待在学校里，中午无法再出校外。人们也不允许听音乐，要把头发剃光，必须穿校服，在这种情况下我更愿意去东区，因为在那儿我至少会得到一把旅行刀和一架美乐时相机，能够检举老师、父母和明爱会那位女士，或者把她（那位女士）引诱到东区，为了在地下锅炉房里对她进行审讯。我将这么说，我吞下了一颗樱桃核，现在在盲肠处感到无比疼痛，害怕盲肠穿孔，因为如果盲肠穿孔，人们就会立即死掉，因此盲肠部位的疼痛不能耽搁。如果明爱会那位女士问道，我哪个部位感到疼痛，我就会这样说：下面的任何地方都疼，因为有时候盲肠部位的疼痛也能够转移，恰恰就在盲肠快要穿孔之际，它有时会让人在完全另一个地方感到疼痛，也就是说是在下面，但是不仅仅只在侧面，而且也在腹部。我是从赖讷那儿知道的这些，他的堂兄弟差一点儿就死了，因为他在一个月里三次由于疏忽吞下了一块口香糖，然后他的盲肠发炎了，还在他住院之前盲肠就已穿孔。但是赖讷的堂兄弟很走运，他并没有死，因为他所吞下的都是泡沫，泡沫在肚子里膨胀，将脓截获，因为否则的话脓会进入血液并使血液中毒，然后血液就会从毛孔里渗出，因此人们说有人出的不是汗水而是血液，实际上他是死于盲肠穿孔。随后明爱会那位女士将会搡着我，送我上她的欧宝舰长车，因为我当然要等候片刻，当我父亲不在家、工厂的医务室也已经下班的时候。贝尔恩德和克劳迪娅已经藏在汽车的后座上，然后我们会沿着林荫路向北行驶，在其中一条并行的马路从别墅区旁边经过的地方，我会事先说自己感到很恶心，必须下车呕吐，问她能否驶进那边的小街，在她停车的时候我们就抓住她，捆住她的手脚，用东西堵住她的嘴，把她塞进后备厢里，因为在此期间天可能已经黑了，然后我们就驾车经过火车站，朝北驶向老酿酒厂。

那么我们就尝试一些别的吧，较为敦实的男人说道，他再次把手伸进公文包，又取出一个文件夹来。但是这个文件夹不仅仅只在中间有两个环，就像一个普通的利市档案夹那样，而是至少有十个环。总有一块纸板被固定在两个环上，人们能够翻转那些纸板，为了以此编排出不同的面孔。上面是头发，然后依次是眼睛、鼻子、嘴巴和下巴，人们可以单独变换其中任一部分。现在我们应当说出，福德贝格人的头发和嘴巴是怎样的等等，我们的做法总是这样的，我们中有一个人说些什么，然后其他两个都点头称是，或者也表示赞同，但是要勉强一些，就这样我们鼓捣了几分钟，直到我们说，这个人看上去大致是这样的，另一个人大致是那样的，以及那个女孩大致长什么模样。这种情形就类似于那种巧克力所遭遇到的情况，它被塞进一个栅栏里，栅栏外面被画上一些人物形象，人们可以移动这些人物形象的腿和上身，这样就能够改变人物形象，比如让一个女人穿上一件燕尾服，此外再长出两条鸭子腿，但是其实我的年龄对于这样的东西来说已经太大了，这仅仅是一些适合我弟弟的东西，尽管那种巧克力尝起来味道非常不错。

然后飞来一架直升机，它看上去跟一架非常普通的直升机没什么两样，人们可以乘坐它环程飞行，从空中俯视莱茵高地区，但这只不过是一种伪装，因为它事实上是国家人民军的直升机，它将用搜寻探照灯在老酿酒厂旁边发现我们，然后紧挨着我们降落，士兵们将会从直升机里跳出来，抓住明爱会那位女士，因为他们会认为她是协助逃跑的人，那时我会对她说：现在轮到你上寄宿学校了，贝尔恩德和克劳迪娅会哈哈大笑，现在人们可以把一切都说给她听，因为她再也不可能从东德逃出来了，然后我还要对她说，我觉得她穿浴衣不穿紧身连袜裤很令人讨厌，她在那里进监狱的时候肯定得把紧身连袜裤上交，因为东区的人们根本就不认识这样的尼龙丝紧身连袜裤，她们只穿厚厚的连袜裤，这样所有的监狱女看守们当然都要争抢这种紧身连袜裤，然后她们就更不能理解，为什么明爱会那位女士不穿长筒袜，甚至连厚厚的针织长筒袜都不穿，而穿尼龙丝紧身连袜裤，然后她们就会殴打明爱会那位女士，甚至可能会枪杀她。但是在枪杀这件事上他们会做得非常巧妙，他们会索性对她说：好了，您又可以回西区去了。然后他们开车把明爱会那位女士送到离柏林墙很近的地方，并对她说：

快点儿，您就下车跑吧，在我们改变主意之前。在她开始跑的时候，人们从后面开枪把她打死，因为人们可以说她想逃跑。我们会从同样乘直升机前来的穿便服的男子那儿得到一笔奖赏和一瓶伏特加，然后我们会干脆把那辆欧宝舰长车撇在那儿，但是事先仔细查看一下，以保证我们这一次真的什么也没有遗忘在汽车杂物箱里或者后座上，然后我们步行回家，在火车站的下跨道里把那瓶伏特加卖给一名流浪汉，换得了他在当日乞讨来的所有钱财，钱肯定不多，但足够买一小包"塔林"牌香烟和炸薯条，然后我们还要在赖辛格安兰根闲荡一会儿，因为现在明爱会那位女士已经不在这儿了，我也不必非要准时回家了。但尽管如此恰恰在那天晚上我还得准时到家，因为否则会引起注意，否则人们会认为我知道一些情况，因此我们又要很快出发。如果我母亲问道，我是否知道明爱会那位女士现在何处，我就会这样说：不知道。为什么问这个？因为她在傍晚时分开车走了，到现在一直还没有回来。她会回来的。

21

迈尔克林医生和弗莱施曼教士争夺那名少年的灵魂

六月十八日早晨六点半我起床了。我从一个浅蓝色的梯形小盒里撒了一些干粉香波在我油腻的头发上,让它浸润了一会儿。然后我用梳子把头发里的粉末刷掉。我步行朝养老院方向走去,途经修道院入口处。里面闻起来有一股咖啡和未经通风的走廊的味道。在小教堂的更衣室里我穿上红色的法衣,外面再套上刚刚上浆的唱诗班成员所穿的白长袍,最后再戴上领子。"我要走向天主的祭台。天主赐予我年轻的喜悦。"这是天主教梯级祈祷的开场语。在诵读《悔罪经》时,白色的干粉香波残渣从我的头发里纷纷扬扬地落在赞美诗集上。早晨的空气中弥漫着略带酸味的葡萄酒的气味。耳际响起风琴的乐声。我们仅仅是人间的过客。

在水槽和冰箱之间有一道空隙。新买的炉灶周五送到。我父亲手里碰巧拿着一只他刚刚换下的旧白炽灯泡。他用力把灯泡扔到水槽和冰箱之间空隙的地面上。明爱会那位女士从水槽下面取出带柄小刷和铲子,把地面上的碎片清扫干净。我站在窗边。天又下雨了。时间又是上午。收音机被关掉了。送我去疗养院的不是救护车,而是一辆棕色的出租车。把后座间隔开来的扶手无法被收起。我蜷缩在后座的右半部分上,身上盖着一条带黄色方格的羊毛毯。车里闻起来有皮革和香烟的味道。出租车的计价表发出嘀嗒的声音。房屋和树木从我头顶斜上方驶过。在它们中间露出一块天空。我父亲和明爱会那位女士必须在诊疗室门口等候。我坐在检查卧榻上,它的表面有粒结,就跟体操馆里的蓝色垫子一样。我在做完转盘之后就躺在垫子上,而其他人则在搭建鞍马和跳箱。高高的天花板下面悬挂着吊环。在一旁的墙边安放着攀缘架,它们都是些很长的金属杆。透过用带槽沟的保险玻璃制成的天窗照射进来一些橙色的太阳光。

　　我待在医院里以供观察。生平第一次我穿上了一件长睡衣。我赤脚走过石板地面去上卫生间。洗手盆上面没有镜子。我用手感觉是否自己的头发变得油腻。我摸索自己的脸部看它是否长出了丘疹。我在大腿的内侧感受到穿堂风。我在小便时不用手去碰阴茎,而是将髋部向前挺向小便池方向。还在将包皮向后褪的时候,我的龟头就会感到疼痛。那是一种隐隐的说不清楚的疼痛。每次都会有那种感觉。又回到病房里。其他人都在睡觉。他们的头上和胳膊上缠着绷带。在床头柜上放着一个碗,有时他们会往里面吐一些血。有人把那条带黄色方格的羊毛毯放在我床上。窗户前面没有安装护栏。窗户的把手被拆除了。床架上的白色油漆在某些地方已经剥落了,我用食指滑过这些表面粗糙的地方。一个男孩在睡眠中呻吟了起来。外面的走廊上有人走过。为了能够入睡,我想起家里我书架上的那些书籍:《凯不射杀大象》《阴森森的箱子的秘密》。它们都是带有白色亚麻布书脊的蓝色精装本。书的封皮上都有一幅插图。插在书籍之间的是一个写有魔术戏法的小本子。那是给男孩子看的小册子。从我父母的书架里我想起了席勒的诗集与叙事谣曲集，以及陀思妥耶夫斯基的《罪与罚》。那本黑色精装书籍夜里必须从我的房间里被拿走，放在门口的熨衣机上。房间里的气味很独特。我无法入睡。看一下当铺女老板的房间吧。她给拉斯柯尔尼科夫的钱又太少了。这本书（陀思妥耶夫斯基的《罪与罚》）我只能看懂一半。书里的很多名字我都记不住。夜里当铺女老板的房间就跟我们家的电视房一样。左边是我母亲的沙发椅，右边是我父亲的。摆在两把沙发椅之间的是低矮的玻璃桌。桌子后面的墙上贴着壁纸，上面印有按照透视原理向内倾斜的菱形图案。从高处悬挂着三盏灯，样子像是被颠倒过来的香槟酒杯。沙发椅前面是放腿的凳子。凳子上分别放着一条毯子。带黄色方格的毯子是我父亲沙发椅前面凳子上的。他不说"毯子"，而说"毛毯"。"毛毯"听起来像是拉斯柯尔尼科夫的口吻。物品经常有两个名字。人也是如此。拉斯柯尔尼科夫遇见一个女孩。就在河边。我和父母在下雪天里开车去埃普施泰因。我们要横渡一条溪流，沿着山路向上开。我有些发烧。两天之前在看望完祖父母之后，我就已经生病了。跟以往一样我坐在壁橱前面的皮套子上，随手翻阅《电视收视节目》。我们家只有电视节目指南"Gong"。在每一档节目下面都注明了适宜收看人群的年龄。我喝白色的柠檬汽水。在我们家这种汽水只有黄色的。就着汽水我吃爆米花。幽默杂志的漫画家泽普·阿尔内曼出了一本书，人们可以订购这本书，它的价格是19.80马克。我往前翻页。一张两个孩子的照片。一名男子的一张照片。一张有铁路线的照片。父亲无法再营救正在玩耍的两个孩子。我们也在铁轨旁边玩耍过，就在阿希姆家对面。一次阿希姆亲眼看到，一条狗是怎样被火车轧死的。就在这之前它还刚刚对着一根广告柱小便过。我们往铁轨上放了一些二芬尼的硬币。被轧扁之后人们一直还能够识别硬币上的数字。这些硬币是椭圆形的，就像嵌有圣母画像的椭圆形框子。在玛利亚·拉赫修道院里摆放着一台铸币机。花二十芬尼人们就可以往一块铁片上刻铸圣母的画像。我看到了那两个孩子。我看见了火车。然后我感到眩晕。我醒了过来，又重新入睡。我出了一身汗。那列火车。那两个孩子。终于到了第二天早晨。我想起床。务必要起床。不想再把眼睛闭上。不想再睡着。测量体温。把温度计夹在腋下。小腿肚湿敷包带。连穿两件套头毛衫。蜷缩在汽车后座上。随父母朝埃普施泰因方向驶去。溪流边有一间扁窄的房屋。可能是一家碾磨厂。拉斯柯尔尼科夫在干完坏事之后也会发烧。他无法从房间里出去。他会产生各种幻觉。我只能幻想《罪与罚》套封的味道和赞美诗集的气味：像是焚香的味道。那两个孩子。他们被碾碎的肢体。去往埃普施泰因的坡路很陡。我闭上双眼。我感到眩晕。我们的汽车向后翻了过去。

死亡。在铁轨上死去的两个孩子。拉尔夫喝醉酒的父亲，在夜里用一把刀追着他穿过吉布。他逃到教堂法衣室旁边寻求庇护。《体操运动员报》上报道的那个男孩，他在上厕所的时候昏倒了。不断有人在上厕所的时候昏倒死去。那个狭窄的厕所位于通往商业区的过道旁边，在出了一系列事故之后我不再使用那个厕所，因为我不想被女秘书们或者工人们找到。亚历克斯班里有一个男孩，在班级郊游的时候他就已经亲吻了一个女孩。或许他还吻过更多的女孩。突然血液从他所有的毛孔里渗透出来。他无法再被救活了。我们在细木工场的院子里玩耍。格拉尔德取了一根长梁，围着自己挥舞了起来。我们绕着圈跑，尝试避开长梁。我绊了个踉跄。格拉尔德无法立即停止挥舞。长梁击中了我的头部。天空。铁栅栏后面是教堂钟楼的尖顶。养老院的屋顶。

高速公路的隆隆声。一条隧道。黑色。探照灯。又苏醒了过来。伤口不流血了。我头晕目眩。其他人站在我周围。他们一动不动。一句话也不说。埃里希-奥伦豪尔大街。在这些新建住宅里住着霍斯特·莱希。他的父母年事已高。他在学校食用的面包上的干硬表皮被切下。克赖茨大街，就在牧师住宅对面。沃尔夫冈的皮肤上长有夏季雀斑。他还从未揍过我。铁栅栏。那棵高大的松树。拍打地毯的竹竿。回到家坐在长椅上。一直还感到眩晕。一句话也没说。进入我的房间。《体操运动员报》上报道的那个男孩。被镶上黑边的照片。通向体操馆的走廊。向左去往餐馆。右边是卫生间。乘坐4路车回家。文具店在对面的支路上。那儿全年都有卖爆竹的。普遍害怕上厕所。厕所不再被锁上。或许只在锁上厕所门的时候人们才会死掉。因为他们找不到某人的踪影。因为他们无法进入。圣灵降临节营地被雨水糟蹋了。所有的东西都被淋湿了。总是只能待在帐篷里。就连做饭也是在圆顶帐篷里。周一晚上返回。我父亲不理会我。他在屋里走来走去。给某人打电话。等候对方回电。我母亲躺在床上。明爱会那位女士把那块大的浴巾递给我。把热水器调到第二挡。给我涂抹了一块面包。我坐在走廊里。第二天早上我父亲站在楼梯平台上。他往裤兜里塞了一块新洗的手绢。他拦住我。今天说话声音小一些，爷爷去世了。

养老院院子里挨着狗舍的地方是那栋狭小的小房子。死者被安放在那里的灵床上。暑假里的一天清晨，停尸间的门敞开了一次。我们在对面的大门入口处。一名修女背对着我们。她手里拿着一只碗和一块海绵。在她面前死者赤裸着双腿。我当时七岁，也可能八岁。两年前我还没有上学，那个时候我坐在我们家花园里。一个男人越过围墙向里张望。天空乌云密布。一片黑云把它的阴影投射到花园里那棵莱茵克洛德李子树上。我非常惊恐。那个男人走开了。过了一会儿许多人都沿这条路朝克尔伯草坪方向跑去。一个男孩淹死了。那条溪流的水并不深。人们能够站在里面。或许他是在拦河坝那个地方溺亡的。在溪流于地下消失之前,那道栅栏就叫拦河坝。栅栏后面的水要更深一些。看上去黑黝黝的。我不知道那个男孩叫什么名字。我只和他玩过一次。一天上午。在幼儿园里。然后他就再没来过。他只是短暂来访。他母亲生病了。不知道他去哪里了。他信仰新教,不跟我们一块儿祈祷。他继续在一边玩耍,不知道什么是祈祷。那个男人。对了,是那个越过篱笆向花园里我这边张望的那个男人,是他谋害了那个男孩。他把男孩从桥上扔进溪流。就在流水在栅栏前开始淤积的地方。一块儿被扔进水里的还有树枝和垃圾。男孩躺在那道栅栏上。栅栏刺穿了他的身体。那个男人先前在物色一名男孩。随便一名都行。他没有把我带走。取代我的是那个男孩。可能是因为他信仰新教。

目光扫过被掘开的教堂墓地,场地上有沙丘和成堆的新地面石板。教堂司事手执黑色的浇灌园地的长橡皮管,在给绣球花浇水。还有那具圣母玛利亚哀痛地抱着基督尸体的雕像,雕像上圣子耶稣略微弯曲的右手少了两根手指。这只手正准备放松伸展,摆脱痛苦并安详死去。这一愿望实现了。雕像前面是两盏套在红色塑料灯罩里的长明灯。钟楼里的楼梯很陡。光线从洋槐树枝中间透过,照在客厅的窗帘上。院子里一名工人在用皂液清洗那辆深棕色的欧宝车。

晚上7点。晚饭时间。可可豆。黄油面包。夹巧克力薄片面包。钟声响了。教堂司事去给钟上发条。他是从移民区来的,边吹口哨边从我们家房子旁边走过。我们的房子没有安装避雷针。工厂的烟囱已经足够高了。在雷雨天气里我们就躲进储藏室。在黄色的五斗橱旁边摆放着配有明信片和乐高积木的汉高乐鼓。梯子。从客厅里搬来的旧地毡膜。那是带有黄色正方形和红色圆圈的黑色地毡膜。已经被撕破了。光线从洋槐树枝中间透过,照在踩坏的厚木板上。院子里一名工人在用皂液清洗那辆黑色的奔驰车。

两条纵向街道与铁路线平行伸展:火车站大街和池塘小街。五条横向街道:泉水小街、溪流小街、行政区小街、菲尔德大街和胡贝图斯大街。一所以瑞士教育学家裴斯泰洛齐的名字命名的公立学校,一座以圣心基督命名的教堂,一家附属幼儿园和一家养老院。除此之外还有四家食品店、三家面包店、同等数量的肉铺、理发店和文具店、五六家餐馆以及一家卫生用品商店。还有我们家的工厂。我父亲的工厂。就在铁路路堤后面。

阿明·达尔站在新开业的商场楼顶。人们在林荫路上空拉了一根钢丝绳。它从范·蒂格伦咖啡馆一直延伸到商场。阿明·达尔就这样做平衡动作表演,从钢丝绳上走了过去。现在他笑着站在令人头晕目眩的高处,向底下挥手示意。从高处那个地方他能够看到我的儿科女医生住的那栋房子。也包括我的牙医的诊所。许多气球升空。两名男孩从一辆手推车上偷了一棵多肉植物,然后朝里尔学校方向跑去。在一座桥梁底下他们用打火机在那棵块根植物上烧来烧去。他们用随身带的小折刀在多肉植物上刻上眼睛和嘴巴。然后他们把嚼得不再有味道的口香糖粘在眼睛上。他们把现在看似头颅的多肉植物扔到溪流里。阿明·达尔现在借助一根绳索从空中向下滑落,在人群中间悬浮着。他胳膊上抱着一个装有抽签纸条的大桶。桶里盛装着被折叠起来的淡紫色的小纸条,纸条上写的都是欧洲各国首都的名称。如果没有空签的话。罗马对应的是一把螺丝刀。伦敦是一个发出颤音的哨子。巴黎是一副钥匙垂饰。钥匙垂饰是用透明塑料制成的，呈椭圆形，中间嵌有一位年轻女人的照片。我尝试用随身带的小折刀的刀尖，打开钥匙垂饰的背面。在钥匙垂饰的正面被冲压的椭圆形向外弹了一下。或许根本就不应该有其他照片被嵌入垂饰。或许那位年轻女人是一位流行歌星或者电影演员，只是我不认识她而已。一只探测用的系留气球从我的儿科女医生所住的房子后面升起，向上翩翩起舞。阿明·达尔伸手抓住从高空放下来的绳梯，在空中摆动摇荡。他向远处滑翔，飘过山丘，直到位于内城的保险公司大楼，在那里我母亲一直工作到她举行婚礼为止。

路易斯·特伦克尔站在一间农舍里。他穿着一件短上衣。他年纪大了，讲巴伐利亚方言。他想登上山巅。一场暴风雨将要来临。他吃苹果核以增强体质。阿明·达尔穿过一间布置得很现代的客厅的玻璃门在蹦蹦跳跳地跑。他站在家用酒橱旁边。他很年轻，讲汉堡方言。人们永远也不知道他接下来会做些什么。他沿着房屋立面往高处攀爬，悬挂在直升机的起落架上。他周边的一切都像周日下午那样明媚。不像周五晚上那么阴暗，当在一座光线昏暗的剧场的舞台上笼罩着体育比赛般的紧张氛围时。

我坐在屋门口。左边是工厂的院落。右边是被雷电击中过的莱茵克洛德李子树。那棵米拉别里李子树。那两棵洋李树。一只猫越过围墙走了过来。两名修女推着一辆婴儿车经过院门口去往教堂，车上坐的是科妮莉亚。她们在威斯特瓦尔德的一家孤儿院发现了科妮莉亚。她在那里和最小的孩子玩耍，尽管她已经三十岁了。她的个头比我还小，说话时声音时而高亢，时而低沉。她在谈起自己时从不说"我"，而只说"科妮莉亚"。此外还有弗里德尔和那个驾着两侧有栅栏的马车的男人。弗里德尔站在毛厄文具店旁边的大门入口处。以前他是农庄的长工，后来他继承了整个农庄。当我们从马路另一侧走过的时候，他在后面向我们喊些什么。那个驾着两侧有栅栏的马车的男人曾经是大学教授。在战争中一发炮弹擦着他的头皮飞过，之后他就变得精神失常了。宫殿花园里的那名农田看护者只有一只胳膊。他的兄弟是战后被处决的最后一名犯人。他在宫殿花园里用斧头砍死了一名妇女。就在夜莺路上。夜莺路沿着右侧围墙一直通向莱茵河。路上光线昏暗，为生长繁茂的植物所遮没。那里是情侣们约会的场所。

我母亲必须住进医院。为期两天。然后我们开车去接她。我在汽车后座上等候。出来时我母亲胳膊上抱着一个婴儿。她没有坐到车前副驾驶座上，而是跟我一起坐到后座上。那个婴儿就是我弟弟。现在那只猫不能再进到我们的花园里来了。猫会杀害婴幼儿。它们会躺在婴幼儿的脸上，使他们窒息而亡。如果那只猫过来，我们就必须把它赶走。但是它不再来了。我从高速公路桥上走过。桥下躺着一只被碾死的猫。我无法辨认是否它就是我们家的那只。房屋被改建。我们有了燃油取暖设备。

我站在小摇篮前面。我母亲在大声喊叫。正在安装新暖气管道的工人们闻声跑进厨房。我也跟在后面跑了过去。我母亲站在厨房用桌的前面，在盯着她的右手。一些黄色的东西顺着她的头和脸往下淌。那是一种从天花板上滴落的黏稠的液体。学徒被打发上去探个究竟。桌子上放着敞开的新搅拌器。里面还有剩余的煎饼面糊。面糊向上喷溅到天花板上。我母亲没能按紧搅拌器的盖子。突然她的右手不再有力气了。手沿着侧身垂了下来，在那儿无力地晃来晃去。工人们都笑了起来。学徒把污物擦拭干净。人们必须重新给天花板抹灰泥。第二天我母亲连右腿也无法再活动了。她躺在客厅里。工人们在她周围走来走去。她用左手往腿上涂抹解痛剂。我们家里安装了新的屋门。在厨房和客厅之间要布置一道递菜窗。晚上我母亲对我父亲说，她不再想要递菜窗了。但是说这话已经晚了。墙里已经被钻好洞了。第二天明爱会那位女士来了。她背了一个大包，把它放在厨房里。我母亲又躺在沙发上。工人们运来了与递菜窗连接的柜子。明爱会那位女士往我母亲的腿上盖了一条被子。她给我抹了一片面包。她做了豌豆汤。我觉得豌豆汤不好喝。豌豆都还很硬。医生来了。工人们必须从房间里出去。我也不例外。明爱会那位女士则可以待在房间里。工人们在厨房里安装给递菜窗配的门。医生和明爱会那位女士站在走廊里交谈。工人们又允许回到客厅里。他们把递菜窗推移进墙上的洞里。在客厅里递菜窗看上去就像一面柜子。在厨房里它倒像是递菜窗。明爱会那位女士把婴儿放到我母亲的左胳膊上。她检查了一下靠在婴儿腮帮子上的奶瓶。她把奶瓶递到我母亲的左手里。我母亲尝试用左手拿奶瓶给婴儿喂奶。她弯下手掌，但是还是够不到奶瓶。婴儿在哭喊。明爱会那位女士抱起婴儿。她挨着我母亲坐到沙发上，把奶瓶塞进婴儿嘴里。

　　明爱会那位女士晚饭时给大家煮可可粉。她没有用巧克力牛奶，而是使用真正的可可粉。真正的可可粉会在表面结一层奶皮。明爱会那位女士并未用调羹把我杯里表面的奶皮舀去，而是说道：奶皮的味道尝起来很好。奶皮是最好的。我对奶皮感到恶心。尽管我父亲不喝可可粉，而是喝啤酒，但他也对奶皮感到恶心。他不得不扼住咽喉，做出一副想要呕吐的样子走进浴室。明爱会那位女士见状直摇头。我用调羹把奶皮赶到杯子的内侧。明爱会那位女士把一片抹好的面包放到我眼前。面包上抹的是肝肠，下面还有一层黄油。这个也使我感到恶心。我拿起盘子站了起来。我说我想陪在母亲身旁吃饭。我走进客厅。

我母亲睡着了。她的右胳膊毫无生气地向下垂着。

工人们在二楼铺设管道。那里是我和我弟弟的房间。我踩着满是灰尘的楼梯上楼。明爱会那位女士背对着我站在房间门口的走廊里。她面前站着一名工人。工人右手夹着一支香烟。他用左手把明爱会那位女士的百褶裙向上撩起了一块。他正用手摸她的屁股。明爱会那位女士没有穿紧身连袜裤。我赶紧向楼梯下面退了一步，为了不至于让他们看到我。

星期天明爱会那位女士和我们一道在教堂做弥撒。她坐在右侧，就在修女们的身后。在末尾的祈神赐福仪式中她并未站起身来，而是一直跪着。她把脸埋在撑起的手里。某些成年人会做出这样的举动。他们参加完圣餐仪式回来，还会长时间保持跪坐的状态。他们遭遇了一种特殊的厄运。上帝考验了他们，但是现在他要帮助他们。他们祈祷得非常投入，而我从来就不十分清楚，我在圣餐仪式之后的时间里应当做些什么，作为尚未遭遇厄运的孩子，应当把手放在面前多长时间。如果在化体仪式之后根本没有发生任何事情，那么情况就更为糟糕了。现在人们至少会走向受圣餐者坐的长凳，然后再折返回来。人们可以看到，所有的人是怎样尝试在口中积攒尽可能多的唾沫，以免圣饼粘在腭部。

在母亲节那一天我们和明爱会那位女士玩汽车四重奏纸牌游戏和排七，直到我父亲回来。他去修剪丁香花枝了。纸牌是魔鬼的祈祷书，我母亲从沙发那儿说道。我们去歌唱家协会吃饭。服务员忘记了给我母亲点的肉排。尽管是母亲节，我母亲也必须等候。在其他餐桌就座的也都是母亲们。她们面前摆放着鲜花。当给母亲点的肉排终于上来的时候，我们其他人都已经吃完了。我父亲给我母亲把肉排切成小块，就像不久前她还为我把硬的面包末端切成小块那样。她用左手握叉。右手在她膝间放着。我父亲往自动赌博机里投了一枚十芬尼的硬币。吃钱机，我母亲说道。自动赌博机在一闪一闪的。数字开始不停地滚动。我可以按键了。我们开车去谢尔施泰因给天鹅喂食。我母亲坐在一张长椅上。我父亲把装有干面包的袋子递给我。通常情况下我母亲会把这些干面包制成面包粉，为了把它们裹在肉排上油炸。回到家之后看电视。蒂尔是住在隔壁的男孩。他父亲是作家。晚上蒂尔会在他父亲的房门上敲五下。一次长敲，两次短敲，再两次长敲。他父亲用自来水笔在写字台灯上击打两下。这就是他父亲的回答。蒂尔把门打开。可以进来吗，父亲大人？他问道。可以，可以，父亲回答说。洞穴儿童令我毛骨悚然。他们独立生活在山洞里，身边没有父母。《特勒梅克尔和特勒敏辛》太幼稚了。我喜欢《施托弗尔和沃尔夫冈》里的客厅。从周一到周五播出的节目有：《长途货车司机》《水下冒险》《沙农破案》《水上警察局》《伊莎尔十二岁》。在二台播出的节目有：《54号车请报到》《联邦调查局不负责的案件》《塔米，房船上的女孩》《你听见南风了吗？它在向你耳语》。如果有人做错了事情，我们不再对他说"笨蛋"，而说"戴比·沃森"。他们都是来自示罗牧场的牧民。牧场位于蓝山脚下。我特别喜欢其中一名牛仔的声音。就是牛仔头领的声音。它和福里父亲的声音是一样的。只是在没有祈祷的时候，我才可以看《伯南扎的牛仔》。我最喜欢亚当。亚当很快就不再和我们一块儿玩了。他和他的家人闹翻了，现在在某个地方独自生活。相比他我更为其他三个人感到遗憾。

在临近4点半的时候我尝试，第一次仔细辨别院子里的各种嘈杂声。从厨房里传来的声响具有独特的节奏，那时我在入住青年旅舍、膳宿公寓和宾馆时已经熟悉的声音，去年夏天我们在那家宾馆住了半周的时间。一种由盘子和其他餐具的碰撞声组成的混合音，其间夹杂着玻璃杯的叮当声，这些声响不断地起起伏伏，但却保持恒定的节奏，就像是一支管弦乐队在为合奏调音。光线变暗了，从内院慢慢升腾起灰黑的夜色，它看上去就像是我几分钟以来越来越明显地闻到的煎肉汁和甘菊茶的颜色，之后在傍晚时分，昏暗的走廊里弥漫着软膏和消毒剂的气味。

那一天肯定是星期四，如果不是我因睡过头而多耽误了一天的话。好事是我不必去音乐小组练习合奏，坏事则是我错过了流行歌曲交易会。

有时候我从医院厨房里听到一台收音机在播放。它的声音在院子里回荡。音量很小。可能是《深红的三叶草》（Crimson and Clover）那首歌。我今天甚至错过了流行歌曲交易会上的新曲介绍。我错过了所有的事情。

精神病院里有一名牧师和一名心理医师。牧师名叫弗莱施曼教士。心理医师名叫迈尔克林医生。周二我必须去弗莱施曼教士那儿，去迈尔克林医生那儿是在周四。见面的时间总是在上午九点半。两人给我讲述的都是相同的内容。他们谈起一块圆盘。至少我是这么想象的。一张纸片，一面平板，一块板材，一些光滑的东西，一些打磨过的东西。最好是厚木板，就是在圣诞节从仓库里取出修建铁路的那种。紧接着我应当介绍自己的生平。很快就十四岁了。人生的第十四个驿站。我禁不住想起了《蓝色力量》（Bluespower）专辑的那张白色唱片。马上我就为这种突发的奇想感到羞愧了。我身处一家疗养院，不是在贝托尔德或者齐默尔曼的庆祝会上。当其他人坐在班级里上课的时候，我却整个上午蹲坐在床上，尝试想象一些有别于《蓝色力量》专辑的白色唱片的东西作为我生活的基础。我感到害怕，而且我的害怕是有道理的，因为我觉得事情不只停留在那面平板、那块圆盘、那块光滑的板材上。一旦我的情况有所好转，各种补充和限制就会随之而来。弗莱施曼教士第二天就已判定我的状况有了好转。他在谈话中提到了原罪。他说每个人都受到了原罪的侵袭。就连他、弗莱施曼教士也不例外。同时我们又从原罪中解脱了出来。因为上帝为我们奔赴了死难。但是只有当我们接受他的建议，我们才算是真正解脱。我感觉仿佛自己从未听到过"建议"这个词。或许我也从未听到过它。不是真的听到过。不是从坐在我对面的那个人那里听到过。"解脱"这个词我倒是经常听到。

我坐在弗莱施曼教士面前的一个高凳上。高凳有一个圆形，但并不平整的坐面。坐面上的漆都已经剥落了。这个高凳经常孤零零地立在弗莱施曼教士的房间里。它很少被使用。来这里的其他孩子都真正像是有病的样子，他们缠着绷带，往往压根儿下不了床。我也经常患咽峡炎。但我并非因此才来这里的。高凳就跟教堂法衣室里的长凳一样在这里立着。没有人把它从阳光下挪开。因为很少有人进入这个房间。教堂司事在工作日只是短暂地去一下法衣室。他在那里检查一下是否一切正常。他检查放在祭坛室出口旁边柜子上的那面锣。他检查锣槌上绑的毡布，目的是不让它发出太大的声音，在我们从祭坛室向外走之前他就要敲这面锣。管风琴弹奏开始了。全体教徒起立。我们必须撩起身上穿的法衣，为了不至于在台阶处把自己绊个踉跄。他检查门旁边的那个柜子。它是一个狭窄的柜子，里面只有电钮和保险装置。它们是给教堂钟楼的钟准备的。为了给钟上发条你必须登上钟楼。你得顺着梯子向上爬，一直爬到钟罩处。然后你得给齿轮上发条。大齿轮、中间的齿轮和小齿轮。教堂司事必须注意，当钟敲响的时候他正好不在上面。他从未镶玻璃的窗户向下面的教堂墓地望去。贴有辅弥撒者工作安排表的玻璃橱窗。修女们在修剪低矮的苹果树。落日余晖里的洋槐树枝。左眼下方裂开的伤口里的切屑。

我不停地从钥匙垂饰的双环上旋下那两把钥匙，其中一把是配我的日记本的，另一把是开我的小钱箱的。我仔细端详垂饰上我不认识的那个女人的照片。痉挛、疼痛、那两根缺失的手指，这一切或许在最后才会慢慢减弱。它并不像麦克林火车模型那样绕圈，而是朝着一个终点运行。无论有无原罪。原罪就好比唱片上的一道划痕。人们不再愿意取出有刮痕的唱片播放。因为人们已经知道，这样的唱片马上又会弹回原处，或者卡住不动。人们必须从头播放。这就是原罪。唱针会陷入其中一个凹槽里出不来。在一个周五，当阿希姆在他祖母家的时候，我骑自行车沿街而下去找他。五点钟我们去阿德勒影院看电影。那里上映一部黑白片。它是一部侦探片，十六岁以下禁看。但是在阿德勒影院人们不询问观影者的年龄。在正片之前没有电影新闻周报。也不播放动画片。也没有科教片。只加演一个小故事，讲的是一个总通过锁眼偷窥的男人。观众只能看到他所看见的东西。图像经常模糊不清，半遮半掩。一条裸露的腿。一只胳膊。没什么特别的。甚至还没有我和赖讷从贝尔林格夫人那儿偷窥到的多。但是这种感觉跟当时的很相似，当时赖讷的堂兄弟也在场，我们在一起抄写纸条上那段文字。然后侦探片开始放映了。一名死者躺在一间酒店房间的床边。五斗橱上摆放着一台电唱机。唱针卡在一个凹槽里。因此外面才会有其他房客敲门。其实人们只能看到死者的双脚。尽管如此我知道那个人死了。当然他也可能是在睡觉。但是谁要是躺在床边的地上，那他不是在睡觉。他是死了。唱片上有刮痕。他已经死了。这不再会对他造成任何干扰。如果我死了，明爱会那位女士就会找到那本被藏起来的标准 A4 笔记本。或许赖讷会问，他能否拥有我的单曲唱片。他们会把带推拉床的柜子和玻璃板下面压着披头士拼图的写字桌收起保存好，以供将来我弟弟长大时再用。录制在白色唱片上的《蓝色力量》专辑。唱片被划坏了。唱片套子上有烛蜡。上面刻有我的名字。在参加聚会前很快在唱片上写上名字，以免有人带来同一张唱片把它们搞混。

我不由自主地觉得为他人而死是那么的轻松，如此轻松容易的事情是值得去追求的。为他人奉献自己的生命总是非常有意义的。同时这样做又把人们从那种闻所未闻的强制中解脱了出来，人们不必去看到一些东西，却又无法对之提问。厨房地面上的血迹。落日余晖里的洋槐树枝。一直包含在愈合伤口的表皮下面的切屑。

我反复端详我钥匙垂饰上的那个陌生女人的照片。或许那个女人只比我大五六岁。尽管如此我还是觉得她既让人入迷又令人感到陌生。仿佛她来自另一个世界。但是即使是克里斯蒂安妮和玛里昂也令我着迷和感到陌生。原罪真的就像是唱片上的一道刮痕吗？正因为如此万物才会循环往复吗？即便是在疗养院这个地方？生命始于带有一道划痕的白色唱片。我主死去了，他是为了把我从划痕中拯救出来。我自己不能死。不能为他人，不能为我自己。我一直活到整张唱片都被划坏为止，活到白色唱片变成了黑色，活到我躺在床边的地上，而不再躺在床上。

阿明·达尔是耶稣还是基督之敌？我钦佩他是一种罪孽吗？我感到被他吸引是一种罪过吗？他会把我引向何方呢？我将通过圆盘跳跃，从桥上向下跳到行驶的火车上？我将逃离万有引力和班级记录簿里的过错记录？阿明·达尔把装有折叠好的淡紫色小纸条的签罐递到我跟前，我把手伸进去，抽出一个纸签，赢得了这个嵌有无名女人照片的钥匙垂饰。钥匙垂饰是一件稀罕东西。我的钥匙垂饰在背面有一道裂缝。原罪也是一道裂缝。

迈尔克林医生说，他作为精神病科医生无法直接为我开脱罪责，更谈不上为我开脱原罪了。迈尔克林医生很和蔼，但却不善于跟孩子们打交道。他说话时使用的是一种我听不懂的语言。这样的一种语言自从上幼儿园以来我就再没有听到过。他跟我讲话时的措辞，仿佛我还在上四年制公立小学。好像是为了让自己能喘口气，他在谈话中间会用另外一种声区插入一些同样令我费解的短句。"强迫症"这个词留在了我的记忆当中。还有"反复"这个词。我觉得"神经病"这个词是我听错了。那些推动我想象力的东西都让我感到非常可疑。白色唱片，红色玫瑰。床边地上的死者。厨房地面上的血迹。在我们的就诊时间结束之后迈尔克林医生向他的女秘书口授了一篇报告。相反弗莱施曼教士只对上帝负责。同一名速记员只是把计时单递给他，然后他在上面不情愿地签上名字。反正他所挣的工资不是来自这个世界，更不是来自这家医院。那名女秘书名叫法尔勒。

迈尔克林医生想知道我是怎样想象时间的，比如当我想到下一周的时候，是否我把这一周看作是摆在我面前的小包裹，或者更确切地说是把它看成被划分成七个线段的一条直线，如果我想象的是这样的图景，是否我对月份和年份也有类似的想象，以及过去和将来在我的想象中占据何种位置。对所有这些问题此前我从未思考过，尽管如此我还是能够不假思索地回答迈尔克林医生说，星期都是圆形的，准确地说是略微椭圆形，其中星期天位于椭圆形的右侧，紧随其后的是呈逆时针方向排列的其他工作日。相反过去和将来位于一段笔直的路程上。过去在我身后，将来在我前方。整个路程合计需要走大约一百年的时间。迄今已走完了十三年半，它们已经在我身后了，剩余的在我前方，尽管我能够顶多清晰地预见五至六年的时间。空旷的田野就像在玩蹦跳游戏时那样向远处延伸。之后眼前的景象就变得模糊了。我出生之前的过去，也就是说之前的历史因其数千年的涵盖广度，以缩小后的比例被加以描述。如果仔细观察的话，从现在至公元前三千年的这一间距不比我已经生活过的十三年半这一间距大多少。我们所生活的这个世纪在历史长河中要稍微清晰一些。基督出生前后的那段时间也清晰地显现出来，而在我们这个世纪和基督出生前后的那段时间之间则有许多模糊和空缺。

　　我注意到，我根本就没有看到将来在我前方，过去在我身后，而是从高处看到了中间的我自己，就像是棋盘上的一粒"哎呀—别—生气—了"棋子。但是如果我自己是下面棋盘上摆放的那粒棋子的话，那么谁又会从上面向下看着我呢？如果我是从上面向下看的那个人，摆在棋盘上充当那粒棋子的又会是谁呢？我问迈尔克林医生，其他健康的人是怎样想象时间的，以及总体说来哪一种对于时间的想象是最好的，但是他只是说，现在我们的第一次就诊时间结束了，我们在治疗初期就已经彼此非常熟悉了。

　　6点32分：我梦见自己骑着我那辆破旧的自行车骑到了湖里，但却能够凭借自身的力量从湖水里爬上一座浮码头。当我后来想要把这一经历讲给一个男人听的时候，他和他的朋友就住在那个湖边，我却无法再找到那座浮码头，因此他不相信我说的话。

　　6点37分：有人在走廊里叫喊，他称自己看到了一只睡鼠。我不知道什么是睡鼠，不知道在外面叫喊的那个人是病人还是职员。

6点41分：从后院传来餐具的碰撞声。窗户被打开又被关上。

6点53分：我又睡着了一会儿，感觉自己跟父母住在艾弗尔山的膳宿公寓里，就跟去年一样，当时整个夏天都阴雨连绵，我坐在带有坡屋顶的公寓房间的床上，尝试用手提收音机收听卢森堡广播电台的节目。

6点57分：麦芽咖啡和茶的味道。

7点02分：即使是在家里现在这个时候我也要起床了，因为那儿没有人现在这个时候起床，所以我为所有的人感到惋惜。我为我的空房间感到惋惜，为从我的房间里看到的外面的景象感到惋惜，为厨房感到惋惜，为从厨房里看到的仓库前面和天空下宽阔的院子里的那两棵洋槐树感到惋惜，当然也为我父母和明爱会那位女士感到惋惜。他们让我感到非常遗憾，以至于我想很快恢复健康。我想照人们所说的一切去做。我想做所有的事情。我也为阿希姆感到遗憾，他现在必须独自一人走在上学的路上，那条上学经过的路，我的自行车，课间休息时的校园，教室，我的座位，黑板，从我的座位眺望外面的景色，尽管我什么也看不到，因为我们的教室一直还被安排在教师停车场后面的亭子厅里。

7点06分：克里斯蒂安妮·韦根

7点09分：我必须给克里斯蒂安妮写一张明信片。我不会告诉她我在哪里，而是给她一种印象，仿佛我独自在某个地方度假。或许在这儿有那样的卡片，它们在正面上印的不是疗养院，或者里面印的也不是饭厅或者诊疗室或者长长的走廊。或许人们在卡片上看到的是花园。但是在花园的后面就会印有疗养院的名字，这会令人很难堪。如果明爱会那位女士来看我，我可以请求她给我捎一张我的披头士明信片来。或许还是不要披头士的明信片吧，因为她喜欢上了滚石乐队。

7点15分：洗漱。

7点28分：穿衣。我穿和昨天一样的衣服。我不是站着穿衣，就跟昨晚脱衣一样，而是坐在床沿上，这样做有点儿费力。如果我坐在左边的床沿上，我的对面就不会有人。这样我就能看到带有壁柜的那面墙壁。或许以后我们可以把我们的东西放到那里面。现在每个人都还是把自己的箱子放在床底下。我在想，我身后的其他人也在朝同一个方向看，因为这样他们只能看到我的后背，看不到任何其他东西。当所有的人向前方看去的时候，他们总是只能看到一个后背，除了我和那个男孩，他在我左侧坐在他的床沿上。他可能刚刚十二岁，让我感到遗憾，因为他在翻腾自己的箱子时是那样的笨拙，手在穿汗衫时会被卡住，仿佛汗衫太小或者有太多缝隙。或许他的妈妈还要帮他穿衣。在脱衣时也要帮他。有时在晚上脱衣时我会耐心等待，看能否听到外面明爱会那位女士的声音，她有时候会来照看我一下。赤裸地站在只点着写字台灯的房间里，等候明爱会那位女士再次把门打开，以便查看一下我的情况，这是一种让人激动兴奋的感觉。但是每次当我那样站着等候的时候，她都没有来。而在我穿好睡衣，或者甚至已经入睡的时候，她才会来。

7点32分：房间里一下子变得非常安静。只有衣服的簌簌作响声能够被听到。有时箱子盖被翻开又被合上。它跟游泳或者做体操时更衣室里的情况不一样。许多人面色苍白，根本不能说话。在感到疼痛时他们甚至无法呻吟。他们的眼睛如此异样，仿佛它们在朝里看而不是向外看。在我穿袜子期间，我尝试让眼睛朝里看。它们做到了。我感觉眼睛好像在抽吸一些东西。然后我看到了我的自行车,看到它是怎样在湖上漂着。我还看到自己穿着短裤站在湖边。我浑身湿透,在那儿哭泣。天空变得黑暗了。

7点40分:早餐。一块果酱面包(草莓酱),一杯麦芽咖啡。

我必须服药。药片不允许被嚼碎,必须完整囫囵地下咽。药片卡在嗓子里很痛。我随后往喉咙里灌水,但是水的压力太弱。圣饼同样不允许被嚼碎。一旦圣饼被放在舌头上,人们就必须让它绕着自己旋转一圈,并用唾液把它弄湿,为了不让它向上滑移并粘在腭部。如果圣饼粘在腭部,人们只能费力地用舌头使之脱落。粘在腭部的圣饼就好比卡在肉里的刺一样。那样的话人们会不得安宁。在这种情况下人们不是去祈祷,而是尝试把手挡在脸前,用舌头使圣饼从腭部脱落。在艾弗尔山度假的时候当地就有厚厚的圣饼。它们不是白色的,而是具有范·蒂格伦咖啡馆里提供的薄饼的颜色,但是没有巧克力坚果馅。艾弗尔山地区的人们咀嚼薄饼。他们咀嚼圣餐饼。我把手挡在脸前,等着厚厚的圣饼在我嘴里溶化瓦解,为了最终能够把它咽下去。圣饼没有粘在腭部,而是固着在舌头上。

如果我闭上眼睛,阿明·达尔的北德语调就会和加略人犹大的沙哑的声音混合在一起,来自教士乡镇代表大会的舒尔茨先生在耶稣受难节那一天于三点钟在教堂里所说的就是这种混合音。教士和辅弥撒者赤脚从法衣室里出来,腹部朝下拜倒在祭坛前面冰冷的大理石地面上。手摇铃铛被木质拨浪鼓所取代。管风琴的响声停止了。钟声飞向了罗马。一束光线透过饰有鹈鹕的窗户,鹈鹕用喙把自己的胸脯剖开,为了能够给它的幼鸟一些喝的。黑色的雨云朝铁路轨道方向漂浮。人们纷纷躲避到下跨道里。在马路对面的海姆德霍赫咖啡馆里,挂在通往后屋门前的珍珠门帘扯断了。布勒宁克迈尔商场玻璃柜里的陈列商品沉默无声。摆放在埃内舍音像制品店门旁边、插在透明薄膜里的单曲唱片封套在一扇摇头窗的穿堂风里晃动。对面是魏斯面包店,再往下是库恩自行车店,以及赛尔贝格食品店。

阿明·达尔站在房顶上,让我往很深的下面看。证明一下你的神圣,纵身跳下去吧。他怎么会有这样的想法?我从未说起过"神圣"二字。我只是违犯过教规。我的最后一次忏悔是在四周前。我之所以连续一个星期每天早晨在上学前都要去布道教士那儿做弥撒,是因为我也想得到一些教堂中跨里平放的木质大十字架上摆放的板状巧克力。在那种场合我并不理解他为何想向我们传教,我们已经相信自己并不是生活在位于德国北部的少数派宗教教徒聚居区,那里只有沼泽,没有工业和商场。那是阿明·达尔的故乡。阿明·达尔摆脱了离心力。他克服了疼痛感。他穿过玻璃门跳跃。穿过窗户。跳到火车上。他一直在运动。生活就是一场赌博。他在欧洲所有的首都都感到像在自己家里一样。相反别人的目光却沉重地压在我身上。压在我身上的不仅有弗莱施曼教士和迈尔克林医生的目光,而且还有我父母、我的老师、我的同班同学的目光,就连嵌在我钥匙垂饰上的那名我不认识的流行女歌手的目光、医院护士的目光以及其他患者的目光也全都压在我身上,那些患者还全是孩子,穿着睡衣和毛巾浴衣的胆怯的孩子们。

在星期天三点到四点之间的医院探望时间里,我和其他几名患者在走廊里闲荡,因为有人来探望我们会令我们很难为情。因为我们其实不愿意有人来探望。我们极力给人一种印象,仿佛我们不属于那些孩子之列,他们的胳膊骨折,患扁桃腺炎和盲肠炎。我们站在走廊里,希望不会有人来。同时我们又希望,还是有人来探望我们。如果有人来，那么我们希望他不要抚摩我们的头，不要把我们的头发弄得蓬乱，不要给我们带来任何让人难堪的东西，比如随便一本青少年读物或者一个印第安人造型。尽管有时候我很想把我的宝藏箱或者由棕色的塑料动物组成的小动物园搬到这里。我根本不会再玩那些动物，只是偶尔看看它们，或者为食肉类动物搭建通道，想象当老虎和狮子在通道里穿行，而人们就站在离它们很近的地方时会是怎样的情形，因为我反正从未真正透过狭窄的带栅栏的通道感受过那些塑料动物。我们在走廊里玩汽车四重奏纸牌游戏，与此同时陌生的父母、祖父母和兄弟姐妹们从我们身边走过，寻找他们要探视的房间。

我想到了星期天晚祈祷结束之后的游戏。有时候我母亲坐在附近，我父亲必须为她掷色子，就像明爱会那位女士替我小弟弟掷色子那样，我弟弟甚至连棋子也无法继续挪动。电唱机上正在播放一张威利·施耐德（Willy Schneider）的唱片，有时也会是我母亲喜欢的佩里·科莫（Perry Como）的唱片。像小矮人一样的棋子在一张德国地图上移动。当其他人掷色子的时候，我在仔细观看纸板盒上的那幅图片，一个湖泊，湖的前景是芦苇，对岸是我不认识的一座城市。我父亲在喝一杯葡萄酒，他先是向明爱会那位女士，然后再向我母亲举杯祝酒，我母亲身旁放着一杯甘菊茶，但是她因为胳膊坏了不能自己把杯子送到嘴边。其实我的年龄已经太大了，不适合再玩这种游戏。我弟弟的年龄还太小。但是这种游戏好像令明爱会那位女士感到很开心。她熟悉所有的城市，给我们讲述那些引人注目的商店和风景名胜，以及她肯定已经品尝过的地方名菜。她说也有一种游戏，在玩这种游戏的时候人们旅行穿过整个欧洲，还说我在圣诞节或者过生日时可以指望玩上这种游戏。我无法拒绝，因此干脆什么也不说，只管埋头掷色子，结果没有得到数字6，而又是数字2。我父亲问道，那种欧洲游戏到底有什么好处，听他这话我就知道，他对这个不感兴趣，他已不会给我们买礼物，而是由明爱会那位女士代劳，就跟以前我母亲一样，也就是说我将会在圣诞节或者过生日时得到那种欧洲游戏，尽管我的年龄对玩那样的游戏来说已经太大了，然后我必须在星期天晚祈祷结束之后和明爱会那位女士以及我父亲一起玩这种欧洲游戏，还有我的小弟弟，他从一开始就哭闹纠缠，想去找我母亲，但却被明爱会那位女士拦住，为了不让他过于迅猛地奔向我母亲，并尝试爬上她那条患病的腿。唱片上的威利·施耐德唱道："你如此精疲力竭，你并非一无所有，把忧虑倒进一小杯葡萄酒里，把你的忧伤也连带倒进去，仰起头来，鼓足勇气，把满满的一杯酒一口气喝干，这是聪明之举。"我想象有这么一杯葡萄酒，人们把他的忧虑就像镁粉一样倒入酒中。人们不是真的喝这杯葡萄酒。它就像一个魔术。它就像化学课上的一次实验。它就像是神圣的化体。水变成了葡萄酒。忧虑被倒进酒里。忧伤也连带被倒入。然后唱片上开始播放《所有的日子都不是星期天》那首歌，这也挺合适的，因为今天是星期天，明天才又要上学。所有的日子里都没有葡萄酒。但是最糟糕的是他下面的唱词："如果我以后死去，你应当思念我，也包括在晚上，在你入睡之前，但是你不许哭泣。"唱片上的威利·施耐德看上去就像我们的数学老师荣格博士，他在课上给我们讲述远征俄国的历史。为什么当有人死去的时候我不许哭泣呢？无论我觉得我父母有多讨厌，我都不希望他们死去。就我来说明爱会那位女士可以死去。并非我希望如此，但是这样也没什么大不了的。但是我母亲不能死。就连我父亲也不可以。我不知道如果那样的话，我在空旷的客厅里应该做些什么。然后女秘书们和工人们、坐办公室的先生们和教士就会前来，那个时候我就不知道给他们提供些什么，或者在正好有人死去的时候到底该不该提供些什么。在这种情况下他们会待到很晚，无论如何我都必须让人给他们做点儿什么，比如面包配黄瓜和奶酪，外面天会黑得吓人，我不得不和我弟弟单独过夜，树枝将会以非常奇特的方式敲打窗玻璃，我会感到特别伤心，因为我害怕，因为我不知道应该怎样独自生活，因为我宁愿在我父母之前先死，这样我就不必经历这一切，这样我就能够把一切都保留在记忆当中，就跟现在一样，即使德国旅行游戏对我来说太过幼稚，即使我其实不想在圣诞节或者过生日的时候得到欧洲旅行游戏，但是如果所有的人都能够存活于世，那么我也愿意在圣诞节或者过生日的时候得到欧洲旅行游戏，也愿意在星期天祈祷结束之后玩欧洲旅行游戏，听威利·施耐德或者可能更愿意听佩里·科莫的唱片，因为科莫更年轻，长得像给我们上德语课的候补教师布泽，因为科莫的音乐也没有那么悲伤，在听的时候我不必想到死亡，想到死亡和哭泣，但是我父亲不喜欢佩里·科莫，因此我们也只有一张佩里·科莫的单曲唱片，它插在我的儿童唱片专辑里，但是却有一张威利·施耐德的满转密纹唱片。我父亲说，威利·施耐德的歌也不是什么高品质的音乐，但用来消遣娱乐却正合适。这些我都无所谓，最主要的是在我父母死去的时候我不必看到他们，最主要的是我先于他们而死，因为我害怕看到他们断了气躺在那里。因为我不知道人们该做些什么，是否人们应该去吊唁或者最好不去，是否人们应该在胸前画十字还是先不那样做，是否人们应该哭泣还是不哭，或者人们究竟该做些什么。

我不知道是否弗莱施曼教士知道我是辅弥撒者。他不向我打听这个，他不问我是否去教堂做礼拜，根本不问我是否信仰天主教，但是或许他什么都知道。他给我讲述童话和童话里的数字，童话里的那些特殊数字也是对耶稣基督信仰里的特殊数字，不会阅读和写字的普通百姓能够以这种简单的方式记住圣经里的那些特殊数字。迷途和平庸的灵魂不知道，来自《上帝启示录》里的那七处创痕或者上帝的七个精灵是什么意思，因此他们编造了《七只小山羊》或者《七个小矮人》的故事，为了让自己回忆起那些数字，并记住它们的含义。因此我不必感到羞愧，如果我想从疗养院图书馆里借阅童话书的话，因为我在书里总能重新找到一些我们的信仰。这时候他就会注视着我，我不知道我是否应当把那本童话书借出来，因为我自己觉得那本书挺幼稚和无聊的，就跟在星期天晚上玩的德国游戏一样。

主教堂里没有圣母玛利亚哀痛地抱着基督尸体的雕像。它甚至在尖塔上连一个十字架都没有。它之所以叫主教堂，是因为它是这个地方最古老的教堂。如此古老，以至于它以前曾经是天主教教堂。教堂前面站着穿超短裙的女孩们，她们向我喊道，我应该出钱请她们每人喝一杯。我骑着自行车回到家，坐在我的房间里，透过洋槐树枝看到外面附属建筑上淡红色的墙砖和黑色的石板。谁要是信仰新教，他就不必去进行忏悔。他也不必星期天去教堂做礼拜。他不可能是辅弥撒者，因为那儿没有辅弥撒者。大多数人仅仅是在行坚信礼之前信仰新教。之后他们就会退出宗教课的学习。阿希姆得到了一只防水手表，表壳四周有可调节的环圈。我们俩都不清楚，这些环圈是用来做什么的。据说在潜水的时候人们可以在那个地方校准水深。同时人们为我举行了坚信礼仪式。我给自己选择了格奥尔格作为教名。施洗者约翰内斯，使徒保罗，屠龙者格奥尔格和鼓手林戈·斯塔尔。除了林戈，披头士乐队成员都信仰天主教。滚石乐队成员都信仰新教。普洛考·哈勒姆摇滚乐队：天主教。奇想乐队：天主教。小脸乐队：新教。很遗憾。谁人乐队：也信仰新教。很遗憾。冬青树乐队：天主教。门基乐队：美国教派。

为什么我父母每隔六个星期就要开车去另一个牧区忏悔？我父母犯下了什么罪孽？是因为他们阅读了《茉莉花》《两人生活》和连页未被截开的《性爱百科全书》？我看了《地下》，先于我父母把这些书册藏到衣柜后面。我父母先于我把他们看的书册藏在衣柜里的床上用品下面。我究竟是怎样想出到那里去翻寻的主意的？我要搜寻什么呢？搜寻我父母的罪行？在化体仪式期间和在那之后的那段无比漫长的时间里，我随手翻阅赞美诗集，往前翻到供成年基督徒忏悔前反省用的《忏悔镜》章节处。我不熟悉这个世界。它对我来说很陌生。它不是人们作为孩子可以习惯的世界，而是一个完全异样的、遥远的和无法企及的世界。这个世界就跟我的第一本读物里的世界一样陌生。这本读物名叫《我的世界》。但是它也不是我的世界。我不知道它是一个什么样的世界，但它不是我的世界。它是一个充满农家少年的世界，还有头和手都特别大、把金黄色的头发向两边分开梳的农家少女。他（她）们穿着短上衣和民族女装跑过一幅幅插图，观看农夫播种和铁匠给马上马蹄铁。他（她）们的母亲穿着一直拖到脚踝的长裙。长裙上系着一条围裙。

某一名纳粹画了上述这些图片，美国军管政府教育和宗教事务办公室于1949年2月1日对外公布了这些图片。或许人们认为，除纳粹的审美之外，人们起初无法用其他审美来苛求德国儿童。就跟图片上那些举着胳膊、围着沙箱蹦来蹦去、嘴里喊着"小声苏茜小声"的大脑袋大手的孩子们一样，成年人也必须借助于他的忏悔镜向自己发问：我轻率地（或者恶意地）吻过他人吗？——触摸过他人吗？——让别人触摸过或者吻过我吗？——我滥用了婚姻吗？——我通过不知羞耻的目光犯下罪行了吗？如果人们轻率地或者恶意地吻了某人，那会是怎样的情形呢？在福尔克马尔·齐默尔曼父母家的地下室举行的聚会上，人们在拧开酒瓶时的接吻或许是轻率之举。或许那是人们一生当中唯一的一次相互亲吻，但在当时却无任何感受。既没有兴致也不感到恶心。既无好感也无反感。为了给其他人留下深刻印象，人们必须长时间接吻，因此这种行为也不是短暂的感受。我感觉到那个女孩的舌头。感觉到她的嘴唇。感觉到她的鼻子。舌头对着舌头。嘴唇贴着嘴唇。一切都必须是这样的。埃米尔、米娅、里奥、丽洛，所有的人都是这样或那样的。法西斯主义儿童。沉湎于不纯洁的想象和欲望的成年人。我们在地下室聚会上站在他们中间。天棚下方悬挂着彩带。有人偷偷往甜食里掺入了带芥末馅的夹心巧克力糖。

我们辅弥撒者站在祭坛室的右侧，紧挨着通往法衣室的门，能够看到专供女性就座的长椅，它们同样摆放在教堂的右侧。前两排是修女们的专座。坐在她们身后的是孩子们，从第六排开始坐的是年轻的姑娘们，在她们后面就座的是单身女性。在弥撒临近结束的时候人们排起了长队去往受圣餐者坐的长凳。如果女士们在那里下跪，那么她们仅仅是通过几级台阶与我们分隔开来。我们必须从眼角斜视，这会令我们感到费力。缓慢地朝受圣餐者坐的长凳迈步，在受圣餐者坐的长凳旁边下跪，双手合十在那儿等候，最后把头后仰，闭上双眼，吐出舌头，为了接受圣饼，女孩或者妇女们能够使用所有上述行为举止以表现自我，对此我不理解，在当时1969年夏天不理解，但是后来也不理解。修女们以不一样的方式接受圣餐，我把这种情况归结为她们更为丰富的实践经验,因为她们每天都要去参加圣餐仪式,已经把自己的生命完全奉献给了天主。我从未思考过她们也有父母和朋友,甚至连这个问题也不曾让我考虑过,即是否她们只是把头发藏在了帽子下面,或者是否人们剪去了她们的头发。这些年轻女士们脸上的痛苦表情吸引了我,在她们垂下目光之后,她们小心翼翼、迟疑不决地张开嘴,她们头部的运动就像是在刽子手面前所做出的那样,只是朝着另一个方向而已,她们的目光迷失在教堂半圆形后殿。

我躺在医院病床上,在给克里斯蒂安妮·韦根写一张明信片。一个雨没完没了下个不停的夏季,我都在蹑手蹑脚地围着她家的房子转悠,在位于高楼之间的那块正方形的挤满了人的游乐场上闲荡。我的右胳膊上了石膏。它让我感到发痒。绷带闻起来有霉味,但不算令人讨厌。玛里昂用一支紫色的彩笔在绷带上画了一颗心,并在下面写道:保持微笑。托马斯画了一个基尔罗伊形象,加比在旁边写了"米克·贾格尔"字样。米克·贾格尔这个名字虽然只是写在边上,因此我在把胳膊稍微向内转动的时候没有看到它,但尽管如此这个名字还是使我卷入了一场冲突。现在我无法再写上披头士乐队或者约翰·列侬的名字了。这使整个世界颠倒了过来。披头士乐队曾经是排名第一的乐队。然后才是所有其他乐队。它们是上下级关系。这种情况就跟天使的等级一样。所有的乐队都知道自己的归宿在哪儿,它们在榜单上时而名次上升,时而名次下降,但是总是保持在它们固定的世界秩序里。米克·贾格尔想要更多的东西。米克·贾格尔就是魔鬼。米克·贾格尔想像上帝一样伟大。甚至可能更伟大。因此布莱恩·琼斯在四天前淹死了。对此克里斯蒂安妮或者玛里昂可能会说些什么呢?或许现在滚石乐队的其他成员都感到害怕了。或许现在他们明白了,他们正在走向何方。米克·贾格尔就如同马丁·路德。他分裂了统一和秩序。加比把这个名字写在了我的石膏上。我带着这个名字走过了整个阴雨连绵的夏季，与此同时披头士乐队在录制他们最后的歌曲。为什么我没有反对加比的举动呢？为什么我表现得那么软弱？我背叛了一切对我来说是神圣的东西。为了一个我甚至都没有爱上的女孩。我爱上了克里斯蒂安妮·韦根。加比仅仅是克里斯蒂安妮的女友。

汉斯-于尔根来医院探视我半个钟头。他给我带来了一本书。它是埃内斯托·切·格瓦拉写的《玻利维亚日记》。他现在有一辆小型摩托车，只不过不是"克莱德勒"牌的。阿希姆有一辆"克莱德勒"牌摩托车。使用说明书里这样写道：如果两个骑"克莱德勒"摩托车的人在街上相遇，他们会打一下近光灯信号相互问候。当弗莱施曼教士看到我喜欢阅读时，他也给我带来了一本书。书的名字是《上帝喜欢的人》。他自己在看《每日祈祷书》和《黄金传说》。迈尔克林医生在我们的中午会谈结束之后，把我领到一条与他的诊疗室分开的昏暗的走廊里。那里立着两个狭长的书架。他打开天花板上的灯，说我可以在这里给自己挑选一本书。在市立图书馆人们禁止我进入成人阅览区，尽管我已读完了所有的青年读物。在州立图书馆人们甚至连借阅证都不想给我办理。牧区图书馆里有埃查德·沙普尔、赛珍珠、格特鲁德·封·勒富特、伊芙琳·沃、西格里德·温塞特、切斯特顿和格雷厄姆·格林的书。赛珍珠是一名传教士的女儿。其余的全都是改变宗教信仰的作家，我母亲这么说道，人们无法相信他们，因为他们企图比教皇更教皇。从扫罗到保罗。即使在晚年人们也能够皈依天主教，这对我来说一方面是很自然的事情，另一方面又很奇怪，因为人们是以怎样的方式活到那个时候的呢？作为有罪的人？圣马林医院的教士是一个很晚才从事教会工作的人。很晚才从事教会工作的人不需要学希腊语，因为否则的话在他们结束学习之前还要持续更长的时间。夏天在我们医院的教士要回他在韦斯特林山的家乡两个星期的时候，高级牧师就会作为代理来顶替他。高级牧师是一个小矮人，他曾经当过海军随军牧师。在一个星期天下午他来拜访我父母。我母亲烤了草莓蛋糕。我们坐在花园里。我和我弟弟在玩一个画有彩色条纹的新的可充气皮球。高级牧师特别喜欢那个皮球，于是我父亲从我们手里拿走皮球，把它送给了牧师。父亲答应说我们应当在周一得到一个新的皮球。但是到了周一那种皮球买不到了，我们得到的是其他一些东西。当我祖父在玩猎兔球戏时面临要输的危险时，他会把整个棋盘掀翻。我父母会说：老年人有时候跟小孩一样。在玩猎兔球戏时人们必须用一个6点骰子去射杀动物。

在切·格瓦拉《日记》的前言里菲德尔·卡斯特罗这样写道：切把自己的死亡看作是顺理成章的事情，在游击战过程中视死亡为可能的事情。他把自己看成是革命战士，丝毫不为自己的生命而担忧。我担心自己的生命吗？我不考虑自己的生命。过去已不再重要。未来有效的只有直接因素。什么时候我会再次获准出院？什么时候吻了第一个女孩？吻了谁？是克里斯蒂安妮·韦根吗？不久之后我确实被她吻过。在参加完一次庆祝活动之后，我们站在加贝斯波尔纳大街和沃尔克大街交汇处的拐角。当时刚好10点钟。她被一个朋友接走了。他是高年级的一个男孩。是开车接走的。天气很冷。庆典期间我们没有一块儿跳过舞。在开酒瓶的时候她也没有帮忙。她随便问了一些关于英语或者数学方面的问题。然后那辆接她的汽车就来了。我说了声"再见"，就在刚想离去时她吻了我。是用紧闭的双唇。轻轻吻了一下。

接着又吻了一下。汽车停了下来。克里斯蒂安妮上了车。为了理解这样的场景，人们会问自己，个人生命的价值是什么，以及是否人们最好蔑视构成其生命的尘土，转而献身于革命或者信仰。拯救一些事物。最好是拯救整个世界。通过变成人身。从前我就是人身。开始部分已经完成了。当我穿过寒冷的黑夜沿着加贝斯波尔纳大街向下走的时候，我感觉克里斯蒂安妮·韦根的双唇贴在我的嘴唇上，同时我也知道情况有些不对。我不能简单地去享受那些亲吻，无法独享那些亲吻。但我还是不知道为什么。克里斯蒂安妮年纪不比我大。可为何她比我更熟悉人情世故呢？我知道犹大之吻的含义。我知道，人们用一个吻也能出卖某人。但是克里斯蒂安妮的那两次亲吻要更为复杂。那些亲吻不是简单地表达它们原本应当象征的事物的反面，即背叛而非爱情，而是指向另一方向。指向另外两个方向。克里斯蒂安妮向开车接她的来自高年级的司机表明，生活中存在这样的场景，在这些场景里她是有经验的一方。她也向我表明，她能够吻我并在同一时间离开我。为了另外一个人。她那样吻我，就如同加比在我的石膏胳膊上写下"米克·贾格尔"字样。

费克斯和福克西在为优帕冰激凌做广告，如果他们特别喜欢某物，他们就会在故事里使用"优帕费达贝尔"这个词。优帕冰激凌的味道几乎跟和路雪的一样。道姆面包店里有优帕冰激凌出售，再往前走两个拐角会看到福尔面包店，那里卖的是和路雪冰激凌。我母亲在暑假外出购物时，有时会捎带买一份家庭包装的鲍克勒侯爵冰激凌回来作为正餐后的甜点。冰激凌盒包在报纸里，回家后被放入冰箱。我在吃的时候总要注意，把草莓、香草和巧克力一块儿舀在勺子里。我母亲取出茶匙，茶匙的前端是扁平的，就跟在冷饮店里的一样。有时候我也会就着冰激凌吃华夫饼干。面包师道姆的妻子不知什么时候离开了他。然后有一天她又站在柜台后面，向我们出售模拟香烟，人们不允许吸这样的模拟香烟，而是必须向里面吹气，这样香烟前端就会冒出一团烟雾，它看上去跟真正的卷烟冒出的烟一样。后来我母亲无法再自己购物。明爱会那位女士从不捎一份家庭包装的鲍克勒侯爵冰激凌回来。有时我们会得到零用钱，以便给自己买一根冰棍。

在弗莱施曼教士送我的《上帝喜欢的人》那本书里，我读到了圣徒维尔讷这个人，他作为长工在一个农庄干活，是那里唯一的基督徒。当他在复活节想去教堂参加圣餐仪式的时候，其他长工对他说，他不应该自己把圣饼吞下去，而是应当偷偷把圣饼吐在一块手绢里给他们带回来。圣徒维尔讷当然没有这样做，因此其他长工把他头朝下绑在一根木桩上，让他在木桩上悬挂了三天，因为他们希望，这样可以让他把吃进肚里的圣饼吐出来。但是这种情况并未发生，于是他们把圣徒维尔讷的血管切开，让他流血致死。但是即使圣徒维尔讷早已死亡，从他的血管里一直还有鲜血流出。长工们现在尝试，把切开的血管重新堵上，但他们没有成功。他们站在已经没过脚踝的血液里，鲜血一直在不断流淌，最后所有的人都溺亡在血液里，农庄在血液中沉陷，人们根本看不出那里曾经有人生活过，因为它现在看上去像一个湖泊，鲜红的血液变成了蓝色，就像清澈的湖水一样。只是在每年的圣徒维尔讷纪念日，湖水才重新染成红色。

圣徒赫尔曼·约瑟夫以前是一个极度贫穷的男孩，他不得不总是饿着肚子去上学。一次人们赠送他一个外观漂亮的苹果，但是他没有吃掉苹果，而是把它送到教堂里的圣母雕像面前，把苹果递给了襁褓里的耶稣，圣婴伸出手来接过了苹果。还有一次是在冬天，圣徒赫尔曼·约瑟夫在去学校之前又来到教堂里的圣母雕像面前。这时候圣母看到他没有穿鞋。她问他为何在严寒中赤脚行走，圣徒赫尔曼·约瑟夫回答说，他父母没有钱给他买鞋，于是圣母指给他看教堂里的一处地方，那里有一块石头松动了。圣徒赫尔曼·约瑟夫发现石头下面有那么多钱，他终于能够用这些钱给自己买鞋穿了。但是我如果是他的话我不会接受那些钱的，因为如果人们带着钱从教堂里出来，那么这就意味着人们撬开了教堂里的柱形捐献箱，或者从别人忘在那儿的钱包里取了些钱财。父母也会问人们从哪儿弄到的这笔钱，并说他们当然不会用这笔钱买鞋，而是人们应当立刻把钱送回去，就像当初阿希姆过完生日之后，他把他的旧表送给了我，而我还在当天晚上就必须把表还回去。但是或许人们从这件事可以看出，是否某人是神圣的还是不是，是否他干脆接受钱财还是宁愿分文不取。

当迈尔克林医生把污渍画摆到我面前的时候，起初我不理解我应当在画里看到些什么。但是我预感到我不能简单地拒绝，不能说我索性什么也辨别不出来。随便想出一些东西，仅仅是为了让自己不被打扰，这么做肯定也一样是错误的。迈尔克林医生会立即识破这一点，然后他会很生气，那样的话我就必须在这家疗养院里待更长时间了。因此我在考虑最好的做法是什么。这时我想起了鲍迈斯特明信片。原本我在舍费尔艺术品店总是只为我的艺术明信片收藏找寻超现实主义画家的作品。只是店里出售的此类明信片太少。迄今为止我只找到了四张达利的、两张马克斯·恩斯特的、两张德·基里科的和唯一一张坦吉的明信片。最多的是维利·鲍迈斯特的，因此如果实在没有其他的选择，我也总会捎带一张他的明信片，尽管我不是真正喜欢他的画作。但是现在我第一次明白了，抽象派绘画艺术的内涵到底是什么。

我明白了鲍迈斯特其实什么也不想描述，明白了标题就是简单的标题，绘画就是简单的绘画，第一次我想念自己的房间和那两个插有明信片的纪念册。纪念册里有这么一张图片，它的名字叫《跳跃者》，它看上去很像迈尔克林医生递到我面前的第一张卡片。我经常不知道究竟该怎样在纪念册里放置鲍迈斯特的作品，我把一张阿尔普的图片在纪念册里颠倒过来粘贴了好几个月。迈尔克林医生好像对此无所谓，因为他说我完全可以转动卡片，但我不会那么做，因为这或许仅是对我的一次考验。同时我也不能干脆什么也不说。因此我用手指着第一张卡片说道：跳跃者。跳跃者？迈尔克林医生反问道。跳跃者，我又说了一遍。迈尔克林医生取出下一张卡片，把它放在我面前的桌子上。我想起了《热闹的山坡》，它是鲍迈斯特另一幅作品的名称。但是我不能这么说，因为它听起来很怪。于是我说道：一处有很多人的山坡。一处山坡？迈尔克林医生问道。是的，一处山坡，这是……我知道什么是山坡，迈尔克林医生打断我，把下一张卡片摆到我眼前。《焦虑》，我说道。虽然这是康定斯基作品的名称，但或许迈尔克林医生更看重内心感受。可惜的是他总共只有十张卡片，我只需在脑子里把我的两个纪念册过一遍，就能给他列举出大约二十多个名称。《未来之梦》，这又是鲍迈斯特的作品。相反我却说：下一个梦。然后是《分手——童年》，我把它转述成"儿童的分手"，它又是康定斯基的作品。很晚之后我才想起了克利的作品：《高架桥的起义》《叽叽喳喳的机器》，但或许这样也好，克利作品的标题太显眼了，迈尔克林医生肯定也知道它们。因此我决定在面对最后一张图片时自己想出些什么。这张图片比先前所有的图片都更加色彩斑斓，图片上挤满了小动物和怪兽。但是这些怪兽不是恐怖画上的那种，而是看上去不太一样，它们身躯肥胖，长有很多条腿，几乎显得更加危险，尽管它们很快又会变回赋予它们形象的颜料渍。在图的上端我辨认出两只蓝色的螃蟹，它们分别握着一把绿色的大剪刀，剪向两个手执蜡烛或者导弹或者柱子的黑色精灵，而在画的下端，两个小矮人一左一右在挤压一个奇怪的红色形状，形状的中间被一些看似髋骨的东西固定着。如果人们不把那些红色形状看作腿，而是当作背景，相反把红色之间的白色看成是形状，那么就会产生一个身体，它系着一条蓝色的腰带，有一根阴茎，不，它更像是一个卵巢，因为有两条输卵管向内部伸展，此外一个半圆形也暗示出阴道口。这个身体叉开双腿，现在我也辨认出作为大开领的三角形，就是人们在两个乳房中间所看到的那种，那两个黑色精灵把图片上女人的头围了起来，把一个注射器从头顶插进她的颅骨，那两只螃蟹不再用剪刀去抓他们，而是兴高采烈，用它们众多的蟹腿鼓起掌来。我为那个女人感到遗憾，她张开双腿躺在那里，使一个孩子降临人世，一些绿色的东西顺着大腿从她的阴道里涌出，变成两只孔雀很快跑过一块草坪。我根本无法使自己从这张图片里挣脱出来，想一直不停地看下去。它要比鲍迈斯特或者克利的画作更好，或许不是更好，但跟他们的不一样。产褥期里的女人，最后我这么说，尽管我根本不清楚这是什么意思：产褥期，是否人们在产褥期才生孩子还是已经生了，因为人们其实是在医院的产房里生下的孩子，或许这里描述的也是一次流产，就像我的小弟弟或者小妹妹那样，他（她）先于我弟弟两年出生，然后在医院里死去了。

每隔十四天，往往是在一个星期二，我都要乘4路车去火车站大街的"魔术国王"商店，观赏橱窗里新摆放的那些供人寻开心的小玩意儿。

霍夫巴尔特比我小一岁。他父母因工作调动来到我们这座城市任职。霍夫巴尔特一家住在位于富尔克大街的一栋大房子里。他家的房子不比我们家的大，但总感觉要更气派一些。那是一幢别墅。在霍夫巴尔特家可以喝到酸奶。霍夫巴尔特有两个姐姐，她们都已经上大学了。此前霍夫巴尔特上的是寄宿学校。他的头发可以想留多长就留多长。他父亲几乎跟我祖父一般老。他很少在家，因为他要领导一家工厂。我父亲也领导一家工厂，但是他的工厂规模要小得多。因此他也几乎总在家和我们共进午餐。我父亲的工厂属于他个人所有，而霍夫巴尔特的父亲只是领导那家工厂，并且总是被调动工作。一次周六上午放学之后，我不必立即回家，就跟着霍夫巴尔特去了他家，当时客厅里坐着一个男人，客厅与阳台之间隔着巨大的玻璃立面。霍夫巴尔特上楼去他的房间里取皮球。那个男人招手示意我到他身边。他喝着法国白兰地。在长沙发茶几上放着一本书。书的名字叫《作证》。书名上方印着著者的名字"霍夫巴尔特"。你读书吗？那个男人问我。我点了点头。你想要一本吗？我不知道该怎样回答，但是不想显得没有礼貌，于是就又点了点头。他从茶几上拿起样书，起身走向他的写字柜，站着拧开自来水笔的笔帽，在衬页上写下他的名字。人们在学校里教你们的都不对，当他把书给我时他这么说道。霍夫巴尔特拿着皮球从楼上下来。我把书塞进书包里。回到家里我把它给了我父母。他们把书摆到书架里。周五我想去接霍夫巴尔特出去玩，但是他的课外补习老师还在家里没走。他母亲想领我一块儿去厨房，但是他父亲又坐在客厅里，招手让我过去。那本书你看了吗？我点了点头。情况的确如此。我翻看了那本书，但没看懂它讲的是什么。我阅读了书的目录，但是目录也没看懂。怎么样？他问道。我觉得对我来说它有些太难了。霍夫巴尔特点了点头。当然太难了，他说。但是我想给你讲述一些事情。到这边来。我来到组合长沙发跟前，坐在他指给我的那个沙发椅的边缘上。人们经常揪住阿道夫不放，霍夫巴尔特说道。但是对他的指责只在一定程度上是正确的。美国人解放了我们的说法也并不是完全正确的。然后霍夫巴尔特的父亲给我讲述了战争中发生的事情，对这些事情我只能听懂一半。美国人当初开着坦克沿格拉德巴赫的主干道冲了下来。吉普车远远地跟在后面。他们显得特别害怕，对每一种声响都格外小心。走在最前面的总是黑人。在一个牲口棚里一头母牛撞上了厩门，于是他们纷纷跳进沟渠里隐蔽起来。当从铁路巡道工破旧的小房子里传出一声动静时，他们用机枪对准小房子不停地扫射，直到房子被子弹打得全是窟窿为止。事实证明那仅仅是一只猫闹出的动静而已。而那只猫还活着，没有受到任何伤害。它欢快地朝铁路路堤方向跑去，那里一直还停放着运输鞋子的火车车厢。然后美国佬们向孩子们分发口香糖和巧克力，向女人们分发咖啡。

在我坐在教堂旁边的围墙上嚼口香糖的时候，一位妇女问我是否我是一名美国佬。迈克来到我们班上二年级。他是一名美国兵的儿子。他母亲是德国人。她在一起车祸中丧生。因此他跟他母亲的父母住在一起。他至少比我大两岁，但是因为他德语讲得不好，人们把他下放到了我们班级。他有我没见过的连环画册，我过生日的时候他会捎来从营区贩卖部买来的巧克力和冰激凌。

亲爱的切·格瓦拉：

请原谅我潦草的字体，但是我是在一张从算术本里撕下来的纸上写的这封信，并且是钻在被窝里写的，因为在这个时间我原本必须要睡觉了。其他人都已经睡了，但是我还醒着。我不想再待在这里了。但是我也不想回家，因为那样的话我又要上学，可我不愿意再去学校。我倒是乐意见到其他人，但是一想到克尼尔施的化学课或者舍沃的生物课，我就会感到很不舒服。但我不知道该做些什么。反正我都要留级，这一点很清楚。在这方面人们什么也做不了。你也无能为力。然后我会去另一个班级，和全都像我一样留级的孩子们在一起。他们当时还把我父亲征召入伍，那个时候他不比我现在大多少。当然我对武器一窍不通，甚至都不曾像阿希姆那样拥有过一支气枪，但是我认为，人们可以学会所有的事情。但我不能对准人开枪。或者向动物开枪。我一直都想自己有一只动物。我曾经养过一只仓鼠，但它不是真正意义上的动物。后来养过一只投奔我们的流浪猫。但是在我弟弟出生之后它必须离开，因为猫会坐在小孩的脸上，使他们窒息而亡。我不知道为何它不再到我们家的花园里来，尽管我一直还继续给它把牛奶放在那个地方。然后有一次我从去往格雷泽尔贝格方向的高速公路桥上走过，看到桥下躺着一只被车碾死的猫。我相信它就是总是到我们家来的那只猫。我不相信我父母特地把它从桥上扔了下去。或许它只想穿过马路。我从书上读到，你们也过圣诞节。我根本就不知道没有父母人们怎样过圣诞节。在分发完礼品之后牧师来到我们家做客，我们则在一旁摆弄礼品。然后我父母去参加天主教圣诞子夜弥撒。客厅还没有被清理干净，我梦想能得到新的玩具。第二天早上去完教堂之后我就又马上能够玩我的玩具了。我最喜欢的是骑士盔甲和宝剑。当我夜里和赖讷想离开的时候，我把宝剑也打包装好。一个人行走在空旷的针叶林房屋大街上，那种感觉会很奇怪。当时的情景叫人感到阴森森的，就跟在野营地值夜一样。我还想说的是：我加入了童子军。但是我们没有学会怎样生火的正确方法,也就是说用石块和类似的东西生火。但是我知道了蒙古包是什么,能够在小溪边洗漱。

迈尔克林医生对我的出生感兴趣。我向他讲述,我是晚了将近三个星期才来到世上的,出生时皮肤黑得像烧炭一样,听到这里他给我讲了一个南美印第安男孩的传奇故事。因为担心母亲可能会堕胎,在他身体的四肢几乎还没有长出来的时候,这个男孩就作为胎儿把包裹他的子宫膜刮破,把鲜血收集在他张开的小嘴里,为了每月一次在好几天里把血液再吐出来,以便以这种方式蒙蔽他的母亲,让她相信自己每月都有正常的例假。迈尔克林医生带着某种享受在讲这个故事,就跟弗莱施曼教士讲述殉难者的献身一样,只不过弗莱施曼教士紧接着会问我是否愿意死亡,而迈尔克林医生则想知道我拒绝出生的理由。我不明白他的提问。我有能力拒绝出生吗?我心里在想。我会吗?弗莱施曼教士的思想要离我更近一些。既然人们无法回避死亡,人们也可以有意识地将死亡运用于某一件事上。比如就像切·格瓦拉所做的那样。但是事情好像不那么简单。弗莱施曼教士截获了我写给切·格瓦拉的信件。这是对神明的亵渎,他说道,因为人们只可给唯一的一位死者写信,这位死者已经复活成为天主。尽管如此他还是觉察到了我初露端倪的良好意愿。他认为我是一个理想主义者。而这总体上不是什么坏事。关键在于人们怎样继续发展。然后弗莱施曼教士谈起了圣徒麦考瑞斯,他作为隐居者归隐沙漠。一天他难以抑制去往罗马的愿望,为了在当地医院里护理久病衰弱的患者。弗莱施曼教士停顿了片刻。我注视着他。那么,你认为这个主意怎样?我感到愧疚,因为我从未有过类似的想法。我只想着自己。我想从疗养院里出去,不想再回到学校,也不想再回到家里。我思考了片刻,或许我也可以去往另一个城市，为了在那里护理久病不愈的人，但是做这样的事情我年龄太小，也没有经验。此外我还有上学的义务。这个主意是他神圣的一个标志，我回答说。弗莱施曼教士摇了摇头。不，恰恰相反，这是自私和高傲的一个圈套，它是魔鬼撒旦促使他想出的主意。他神圣的标志在于，他能够看穿这一诡计。他把自己捆在门梁上，此外又用两个装满石块的麻袋压在自己身上。带走我吧，如果你有能力的话！他朝撒旦喊道。这样的姿势他保持了三天三夜。埃及的苍蝇就跟我们这儿的蜜蜂一样大，它们用叮咬来折磨他，这样的虫叮比我们这里蜜蜂的蜇人要更加危险。最后他浑身布满了血迹和肿块。当另一位隐居者问他，他为何这般折磨自己，他给出的回答是：我折磨的是折磨我的人。我犯下了如此大的错误，这让我非常惊恐。我毫不犹豫地就把撒旦的灵感看作是一种神圣的行为。如果照顾其他人不一定是善举，那么反过来杀害其他人或许也不一定就是恶行？

迈尔克林医生想知道，在我生命当中我最先回忆起的是什么。起初我在想，他的意思可能还是在指那个印第安男孩的故事，这样我就应该让我的回忆尽可能回到孕育在子宫里的情形，但是然后他又解释性地补充说，人们根本不可能回忆起出生后的头几年，如果人们真回忆起来了，那么它所涉及的仅仅是所谓的掩护性回忆。我喜欢"掩护性回忆"这个词。它令我回想起捉迷藏游戏。掩护性回忆是那样的地方，对于这个地方而言有相应的词，但我不知道怎样拼写它们。乌普或者霍拉。在这个地方人们不会被击退。我陷入思考。我想起了那个溺亡的信仰新教的男孩的故事，以及那个在这之前越过花园围墙向我这边张望的男人的故事。但是在这之前还有一些事情。我的自行车。我眼前浮现出我的蓝色的带有支撑轮的小自行车。它靠着原先洗衣间的门停着，门被人用砖砌住了。那是在复活节前后。水仙花都已经开了。我手握三张明信片站在我们家花园里的那棵莱茵克洛德李子树旁边。那些明信片对我来说非常珍贵。明信片上画的是米老鼠和唐老鸭，颜色鲜艳，很有立体感。突然我禁不住要呕吐。我也不知道自己到底怎么了，就吐到了手里的卡片上。我母亲从房子里跑出来，拿着一粒几乎像手心那么大的淡绿色的药片，她把药片从包装薄膜里挤出来，把它塞进我嘴里。药片看上去就像是泡腾片，我父亲有时用它来洗脚。没错，迈尔克林医生说道，这是一种典型的掩护性回忆。这话怎讲？我问道。这就是说，这个故事，就像你刚才给我讲的那样，从未那样发生过。这种情况就好比是，成年人问人们一些事情，仅仅是为了紧接着说人们所说的都不对。人们应当忏悔，承认所有的罪过，但是教士仍然继续追问，是否还有更多的罪孽，只是人们将它们略去未说而已。即便人们想起曾经犯下一宗可怕的罪过，人们也无论如何不能将之吐露出来，如果在这一刻屈服的话，下一次教士就会更加刨根问底，最后人们只得供认那些从未做过，甚至连想都没想过的事情。人们必须保持坚定，否认自己有罪。跟教士们打交道我有经验，但是迈尔克林医生想从我这儿知道的却令我茫然困惑。您这话什么意思？我再一次问道。发生过其他一些事情，对那些事情你不能或者不愿意去回忆。那些其他事情对你来说或许是不愉快的。因此你让自己回想一个对你来说显得更加愉快的场景。但是呕吐是一件令人不快的事情。是的，肯定令人不快。但或许其他事情会更令人难受。或许那样的回忆来自你还不会说话的时期，或许来自你被断奶的时期。断奶？也就是说当你母亲不再给你喂奶了。我不知道自己到底被哺乳过没有。你瞧，我指的就是这个。你不知道这件事。这很正常。但是你头脑里的一些东西对一切都非常清楚。哪怕是对过去很久的事情。

原则上迈尔克林医生和弗莱施曼教士两个人非常相似。弗莱施曼教士手头有那本书，我所做过的一切在书里都有记载。在迈尔克林医生那儿也有这样的东西，只是它存在于我的脑海里罢了。赖讷的父亲必须为他驾驶的卡车写行驶日志。一切都必须记得极其仔细，不能与事实有半点儿出入。迈尔克林医生指的就是类似这样的情况。那个药片，迈尔克林医生说道，那个药片是圆形的，类似于一枚5马克的硬币那样的形状，不是吗？是的，可能还要再大一些。没错。还有什么东西这么大这么圆呢？我什么也想不起来。这么大这么圆？我不明白他的提问。这就跟那些我从未搞懂过的应用题一样。为什么他不直接问他想知道些什么？我耸耸肩表示不知道。比如说是一位正在给婴儿哺乳的母亲的乳头。我的脸红了起来。我想起了那份折叠起来的剪报上小野洋子的乳头。没错，它们就这么大。但是她哺乳吗？她有孩子吗？或许女人的乳头总是这么大。约翰·列侬的乳头跟我的一样小。我不了解女人的乳头。但是药片是绿色的，我说道。不知怎么的我的声音听起来有些固执，尽管我刚刚还感觉不舒服。没错：药片是绿色的。因此我们也称之为掩护性回忆。为了不使人们回想起乳头，药片必须是完全另外一种颜色才行。但是如果它是完全另外一种颜色的药片，迈尔克林医生怎么会想到乳头呢？正如圣徒麦考瑞斯所意识到的那样，是撒旦的主意让他去罗马，并在那里护理久病不愈的人。但是我怎样才能知道，什么是正确和错误的呢？什么是真正的回忆、什么是一种掩护性回忆呢？谁是圣徒、谁又不是呢？什么是一种神圣的行为、什么不是呢？我想起了溪流边的那棵垂杨柳，我总躲在树上看那些小册子，它们是我偷偷从毛厄夫人的食品店对面的那位瘫痪的文具商贩那儿买来的,我把它们藏在衬衣下面,偷偷带到后面的旷野上来。我不知道,为何我禁不住正好想起了这个。法尔克、西古尔德、蒂博尔、阿基姆。

在我们的下一次会谈中迈尔克林医生问我,为什么我表现得如此不自信,对此是否有一个解释的原因。我不清楚他问这话是什么意思,但是我回答说,过去几天里这个问题总是在困扰着我,即人们怎样才能搞清楚一些话的真正含义,想了解某人情况的是魔鬼还是上帝。迈尔克林医生眯起眼睛看着我。这样下去人们无法生活,他说道。这样的问题人们必须交给哲学家们去思考,因为人们自己只会通过此类问题而得病,不知什么时候人们就会感觉受到迫害,揣测在任何事情背后都隐藏着一个陷阱,人们把这种疾病称作妄想症,妄想症不容轻视,因为许多害了这种病的人最后都变得非常粗暴。虽然他们是出于绝望,但尽管如此还是充满暴力,因此谋杀案件就不是什么特例了。此外会发生一些奇怪的事情,因为现在病人真的会遭受迫害,这恰好证实了他对于世界的观点。治愈妄想症几乎是不可能的,因此对我来说不再继续思考这样的问题显得非常重要。但是弗莱施曼教士总是问我,一名圣徒所做的这样或那样的事迹到底是上帝所愿还是撒旦所致,当我说起这个的时候,迈尔克林医生摇了摇头说,他会请求教士参加一次我们共同的会谈。

第二天下午和弗莱施曼教士的会谈就开始了。会谈时法尔勒夫人也在场。或许她应当作为证人出现,或者最后应当由她来决定谁是会谈双方赢的一方。弗莱施曼教士径直朝我走来,抚摸着我的头,这样的举动他此前从未做出过。我听到了些什么?他用亲切友好的声音说道,可是这声音听起来仍然带有威胁的口吻。你绞尽脑汁地在思考,什么是正确的什么是错误的，什么是来自上帝的意愿什么是出自撒旦的主意？这是非常值得称赞的。但是……，这时候迈尔克林医生试图提出反对意见，但是弗莱施曼教士用一个手势迫使他不再说话。我知道，我知道，他不耐烦地说道，思考这样的问题是值得称赞的，恰恰是在你这个面临抉择的年龄。人们为你举行过坚信礼仪式吗？我点了点头。你给自己挑选的是哪个教名？格奥尔格。格奥尔格？就是那个屠龙者。这个名字很好。非常好。它也会帮助你去战胜疑惑和无知之龙。可是……，迈尔克林医生再次尝试插话，但是弗莱施曼教士又一次打手势表示拒绝。你必须知道，我的孩子，我们的信仰被打上了理性的烙印。人（也包括你自己在内）不是大自然的偶然产物。人是由上帝创造的，上帝给了他区分善恶的理性。理性不像许多人所认为的那样，是一些与我们的宗教信仰毫不相干，甚至与我们的信仰相对立的东西。恰恰相反，唯独在我们身上理性才会有家的感觉，因为我们知道，它被赋予了我们，因此我们能够完全信赖它，而正好是那些自我标榜理性的人，却总是不断地质疑理性，陷入彻底的不自信和无知。但是现在请允许我说两句，弗莱施曼教士，迈尔克林医生接过话茬，如果您的评论应当着眼于心理学方向的话，那么我想极其严厉地驳回您所说的话。我可能不大明白您的信仰，但是我担心，您应该也不大了解我所信仰的科学。听到这话弗莱施曼教士只是笑了笑，接着说道：一种相比我们的信仰几乎还要拥有更多信仰原则的科学：无意识、恋母情结、神经病、精神变态，在这种情况下我宁愿坚信我的造物主及其耶稣基督形象。但是够了，尊敬的迈尔克林医生，我们不想忘却聚集在一起的原因，也不愿对我们的小患者要求过分。我没有感到被苛求。相反，我第一次感到轻松和自由，跟通常一样，当成年人互相争吵的时候。这给了我一种平静和自信的感觉。对我们的小患者提出过分要求的是您,迈尔克林医生说道,是您让他感觉不自信,把他推入内心的矛盾。弗莱施曼教士把身子转向我:情况是这样的吗,我的孩子?我迟疑了片刻。我经常不知道自己到底怎么了。我想说的是,我不知道什么是好什么是坏,或者我认为想要去做的事情是撒旦的主意还是上帝的意愿。撒旦,迈尔克林医生说道,从我所听到的情况来看。您大概是想否定这个世上的邪恶吗?弗莱施曼教士问道。但是不能把邪恶汇聚到一个人身上,说他威胁和诱惑他人。而是?而是,而是……这是一个阐释问题。但是人们不能使这样的事情个性化。我们不是在中世纪。但是,弗莱施曼教士用一种突然非常甜美的声调说道,为了向一名年轻人、一名年轻的病人阐明,世上都有哪些危险在窥伺着他……这些危险当中的一种就是您!迈尔克林医生喊道。您跟撒旦的距离比他们想象的要更近。这……这样的言论……我绝不容忍这样的指责,弗莱施曼教士说道,让他迄今为止像保护伞一样在我头顶伸开的那只手垂了下来,然后冲出了房间。迈尔克林医生耸了耸肩。很遗憾。我应当知道这样的会谈不会有任何结果。

第一次有人把我描述为病人。于是我在思考,我可能得的是什么病。当我起床时我经常会感到眩晕。早晨我什么也吃不下。总之我很少会感到饿。在我入睡之前我常常会感受到一种奇怪的抽搐,那种感觉就像是穿透全身的触电一般。然后我醒着躺在床上,不知道自己是否睡过觉了,不知道那种电击只是幻想还是在自己身上真的体验到了它。此外我会做各种噩梦。我总是梦见自己在一处高高的山隘上,在一条长长的隧道前面,跪在马路中央,在玩一辆火柴盒小汽车。看样子我是不害怕突然会有一辆汽车从隧道里冲出来。炽热的太阳照在沥青路面上。突然我手里玩的玩具汽车滚向了一边，朝着路边的斜坡滚去。我跟在玩具汽车后面爬行。它越滚越快，一头栽下斜坡。我不敢向斜坡下面的深渊处探看，只是把手伸了出去。不知什么东西拖着我往下拽，就像是有一股吸力。我醒了过来。这样的梦我经常做，至少已做过十次了。此外我每年至少要患两次咽峡炎。原本扁桃体必须要被切除。我鼻子出血，后脑勺有一块去不掉的，但是人们看不到的结痂。我最希望的是人们不得不给我切除扁桃体。或许人们也只是在等候时机，因为如果扁桃体发炎的话，现在还不能做手术。但是目前我在吞咽时不再感到疼痛了。

你怎么会想到我们打算在这里给你摘除扁桃体？迈尔克林医生问我，当我在下一次接诊时间里向他讲述我的猜测时。我考虑过可能会发生什么情形，也就是说为什么我会在这里。因为我经常患咽峡炎……你知道这样的手术是怎样进行的吗？我的儿科医生克莱尔博士夫人说过，是通过全身麻醉的方法。不，在你这个年龄人们不太愿意这么做。你现在十四岁？我快十四岁了。你有过射精吗？迈尔克林医生总是提起一些通常情况下人们不谈论的事情。这让我感到难为情。但是这种难为情跟弗莱施曼教士问及第六戒律时的难堪不一样。我们在生物课上有过短暂的讲解，也就是说射精，我也清楚这种情况确实发生过。在辅弥撒者那儿有人曾经对我说过，到了某一特定的年龄女孩会出血，男孩会分泌水分。当时我充其量不过是无名小卒，甚至可能仅仅是屎壳郎而已。我从六岁就开始做辅弥撒者，一次当主教来我们这里参观并做弥撒时，他带着圣餐来看望辅弥撒者，也给我递了一块圣饼。但是我不想亵渎神灵，因为我还没有参加过圣餐仪式，所以我干脆摇了摇头，但紧接着我又害怕起来，担心主教会认为我犯过罪孽，将会充满罪恶地跪在祭坛前面。我担心他把圣饼递给我，是为了查明我是否无罪。我永远也不能完全确信自己无罪。给教堂司事做帮手的克莱门斯一次在更衣时取出两块圣饼，当着我们的面吃掉了它们。我们所有人都吓得要命。然后他说道，那两块圣饼没有被净化。尽管如此整个上午我一直都心有余悸。在圣餐课上教士谈起了那些在一起光着身子游泳的男孩，跟弗莱施曼教士一样他也问道，这样做有什么不妥。对此谁也不知道该怎样回答。想象男孩们在一起光着身子游泳，这让人感觉很奇怪。在野营的时候我们从未赤裸着身子。我们身上总要穿点儿什么。游泳裤。内裤。那肯定是些信仰新教的男孩子，我心里想道。但是这并没有回答教士的问题。最后这个话题也没有再继续下去。只是那些男孩在游泳时光着身子。但是这样做是不对的，这对我们来说显得太理所当然了，以至于它根本不必被提及。只不过我们不知道它是一种罪孽，但是我们猜到了这一点。关于第六戒律教士没有说更多的内容。剩余的我们在忏悔镜里读到过。我不太清楚，那名年龄稍大的辅弥撒者所说的"分泌水分"指的是什么意思。他指的不可能是一般的小便。我等到最后，以便观察一下自己。然后我在厕所里第一次仔细地端详了自己的阴茎。在阴茎底面伸展着一道细微的红色疤痕。疤痕从睾丸一直向上延伸到包皮顶端，我没有把包皮向后拉，因为这样会令我感到疼痛。或许在我比现在年纪小的时候，人们在那个地方给我做了手术，只是我把这事给忘了。我无法再回忆起那么多事情。那道疤痕让我感到害怕。可能因此在我身上不分泌水分。我小心翼翼地触碰了一下伤疤。它不再使我感到疼痛，就跟我膝盖上的那道伤疤一样。在包皮的前端处有一种舒适的感觉。我拿起阴茎，小心地用一件套头毛衫的袖子去摩擦龟头，毛衫挂在洗衣机上面以便晾干。那种感觉就跟抚摸一样，只是要更为强烈。然后我就有一种非常奇异的感觉。我感到眩晕，但却很舒服。之后会有一点儿疼痛感。生物课上老师给我们讲述了在夜里发生的射精现象。这一点人们从睡裤上的污斑将会觉察到。但是我的睡裤上没有污斑。然后在来自九年制中学五年级的一名男孩死去之后，我们的体操老师跟我们坐到一起，给我们讲述了一些我听不大懂的事情。在此期间我知道了什么是手淫，即就是说用一件套头毛衫来摩擦包皮。但是我并不理解，为什么那样人们会死亡。但是那个男孩就是在手淫时死去的，哈根博伊默尔先生说道。因为他往头上套了一个塑料袋。但是为何他要往头上套一个塑料袋呢？这就跟不穿游泳裤游泳一样奇怪。迈尔克林医生一直还在等我的回答。不，我说道，我还没有射精过。我在心里问自己，他究竟为什么想知道这个。或许这又是一次测验。但是我知道，女孩会出血，男孩会分泌水分，因此我又这么补充说。你说些什么？迈尔克林医生问道。出血？分泌水分？这难道又是一个弗莱施曼教士讲的故事吗？不，这是一个年龄大点儿的男孩对我说的。啊哈，那么你明白他指的是什么意思吗？不是很明白。好了，这也没那么重要。血和水。最后几句话他更多的是说给他自己的。但是他说的有道理。这听起来就像是《圣经》故事里的话。在圣徒勃拉修斯的女人那儿血变成了牛奶，耶稣把水转化成了葡萄酒，为什么不能让血也变成水或者水变成血呢？当罗马军团士兵朗基努斯用一支长矛挑开了在十字架上死去的耶稣的侧腹时，血和水从耶稣体内流了出来。这里涉及的也是一种奇迹，对此人们应当做出证明。但是我从未明白，这种奇迹到底何在。或许奇迹在于，在耶稣身上水和血这两样东西都存在，他扮演了男人和女人两个角色，他集两种性别于一身，而在我们身上只有水，在女人身上只有血。

要是我知道会出血的话,我就不会再在一件套头帽衫的袖子上摩擦我的阴茎了。我会更害怕去触碰我的阴茎了。我很想因为那道疤痕询问迈尔克林医生,但是我没有勇气。我害怕那或许根本就不是伤疤,而是一种疾病,那样的话人们就必须要给我做手术了。我把这种情况想象得比切除扁桃体还要更糟。你知道扁桃体是什么样子的吗?迈尔克林医生问道。我摇了摇头。就像剥皮的鸡蛋那样。但是它们是肉做的,显得血淋淋的。它们看上去就跟睾丸一样。我们学过男人有两个睾丸,但是我可不愿去碰它们,可实际上它们看上去更像是一个睾丸,又小又圆,但是或许它在里面分成两半,就像果核那样,然后它就成了两个睾丸。给处于青春期阶段的男孩切除扁桃体,这是不负责任的做法。这跟象征性的睾丸切除术没什么两样。简直太残暴了。我不太清楚迈尔克林医生是什么意思。您的扁桃体还在吗?我问道。是的,谢天谢地。克莱尔博士夫人总说,摘除扁桃体根本就没那么糟糕。但是她也是一个女人。可能对女孩来说情况没那么糟。阉割术指的是人们被切下阴茎。这样人们的声音就会变得很高。我们总是模仿这种情况,当我们的睾丸被皮球砸中,或者当平日里有人不小心踢到了我们的睾丸。起初人们会感觉很不舒服。那是一种非常令人讨厌的疼痛。但是睾丸处一点儿也不疼,真正的疼痛更像是在头部。人们会感到眩晕,感觉上不来气。人们需要几分钟的时间。之后人们就会模仿那种高亢的声音。

在共同会谈之后的第一次约谈时间里弗莱施曼教士来到房间里,仿佛什么也没有发生过一样。我原本担心他会生我的气,但是他只是说道:我们今天想把那个问题再深入交谈一下,即人们怎样才能查明,那件事涉及的是上帝的意愿还是撒旦的灵感。他抽出三张纸递给我。纸上描述的是来自布尔戈斯的圣徒约翰娜·罗德里格兹的故事。现在你把这个故事通读一遍，紧接着我给你提几个问题。这三页纸用打字机密密麻麻地敲满了字。我可以在字句下面画线吗？我问道。是的，当然可以，弗莱施曼教士回答说，并给了我一支黑色的记号笔。故事很无聊。一个六岁的女孩把自己关在一座小教堂里，让自己扮演修女的角色。在表演过程中所有可能的圣人都显现在她面前。然后还有圣母玛利亚，最后是耶稣本人。耶稣问她：你喜欢我吗？在这里我第一次用笔做了画线标记。这样的问题可能会是一个圈套。我从不敢向某人提这个问题，更不用说向克里斯蒂安妮·韦根了。但是上帝却提了这么一个问题？为什么呢？他可是无所不知的。这样看来它肯定是一次考验了。圣徒约翰娜回答得很巧妙。她说道：我不知道什么是爱或者什么是喜爱，但是如果要我喜欢上谁的话，那他将是耶稣基督，即在这座小教堂里的那个小男孩。这样的回答我永远也想不到。现在都想不到，更不用说在六岁的时候了。六岁那年，当时我连学都还没上，但是我已经是辅弥撒者了。然后圣母玛利亚来到女孩身边，问她是否想嫁给耶稣。这也可能是撒旦设下的陷阱。人们能和耶稣结婚吗？修女们都是基督的新娘，但是她们也和他结过婚吗？这一次约翰娜的回答又很巧妙：我一无所有，没有任何价值，这个漂亮的小孩不会喜欢我的，她说道。我觉得回答此类问题的窍门在于，首先什么也不想，就像人们所祈祷的那样：天主，我不配让你来到我的屋檐下面，但是请你只说一句话，我的灵魂就会变得健康。

迈尔克林医生问我，我对什么感到厌恶。我回答说：表皮。什么样的表皮呢？他想知道。可可饮料表面的薄层。他仔细地看着我。我父亲也对此感到恶心，我说道。甚至比我更厌恶。每次看到这样的东西他都禁不住要作呕。很有意思，迈尔克林医生说道。你知道"包皮"

这个词吗？当然知道。你对包皮也感到厌恶吗？为什么呢？我这是问你。当我把包皮向后拉的时候，它会让我有疼痛感。但是我不会这么说的。我害怕人们也会发现那道疤痕，这样我就必须做手术了。在生物课上普尔波先生说，我们应当把包皮向后拉，并把它清洗干净。我试着那样去做，但却感到疼痛。因为包皮收缩霍夫巴尔特必须上医院。之后人们给他做了包皮环割手术。总归这样做更好，他说道。霍夫巴尔特的包皮少得可怜，阿希姆说道。那样你什么也感觉不到了。他在火车站售货亭买了《他》杂志。向弗莱施曼教士打听一下什么是圣包皮吧，迈尔克林医生说道。我试着记住这些话。

这个江湖医生，弗莱施曼教士说道，当我把迈尔克林医生的话告诉他的时候，总是煽动年轻人。他用审视的目光打量着我。我们谈到的是神圣的道德。那是天主的结婚戒指。但是你不应当用这些东西来折磨你年轻的头脑。这些都是事关信仰的秘密的宗教仪式。对你来说还有更重要的事情。你必须找到正确的路径。

迈尔克林医生问我，我对幸福是怎样想象的。对这个问题我不知道该怎么回答。我应当索性说出我的想法。幸福就是内疚，我说道，因为我首先想到的就是这个。但是为何会这样想呢？我不知道，不知怎的幸福就意味着有人不幸福。或者我很快就不再感到幸福，不知什么事情就会发生在我身上。这让我感到害怕。也就是说，你也不会去渴望一些东西？不，渴望是有的，当然有了。但是？我说不清楚，幸福是一个蠢傻的字眼。我不大明白它应当意味着什么。那么你更愿意不幸福了？不知道，可能是吧。因为这样你就不会出任何事情了？是的，至少我不会感觉那么不自信了。

22
格尔妮卡得知，那个浅绿色的亚麻布面的盒子有何意义

我有一种印象，你更愿意让自己不幸福。

格尔妮卡？

怎么了？

你不是真的去过那里，不是吗？

不，不是真的。为何这么问？

随便问问而已。但是你是怎么想到这个的？

想到什么？

想到我据称更愿意让自己不幸福。

我是怎么想到这个的？仔细看看你自己就知道了。

我指的是，你这话是什么意思？

你的举止。所有的事情都是一样的悲情和可怕。尽管如此你好像在整个戏剧性事件中感觉挺舒适的。一旦随便某种情况在一定程度上自行发生，你就会马上害怕起来。

你这么认为？我不知道。

不，不，你知道的。

可能是我太多愁善感了，总是沉湎于不复存在的事情。

或者事先就已为此悲伤，因为它将不再存在。

可能吧。

原来如此。

但是之所以会这样，原因仅仅是我一点儿也不相信自己。我简直太漫不经心了。因为粗心大意我已经丢掉或者舍弃了所有的东西……比如那个装有拉威尔全套钢琴作品的浅绿色的盒子，作品全部由莫妮克·哈斯（Monique Haas）演奏。那是一个亚麻布面的盒子，盒子正面上有一幅特意贴上的卢梭画作的复制品，画是斜着剪切下来的，颜色浅淡，甚至不太清楚，如果我没记错的话，画面上是一条河流的风光，尽管我当时不是特别喜欢卢梭，不知怎的我还是把那幅画和音乐联系在了一起，小船、树木、天上的云彩，仿佛曲子就是为此而谱写的。莫妮克·哈斯弹奏 G 大调钢琴协奏曲第二乐章的方式是多么独特啊，演奏前十八个节拍时很少使用踏板，然后使用频率稍微加大，尽管有时候我也在想，一开始弹奏技艺不怎么对路只是特殊情况而已，因此乐音听起来那么压抑和苍白无力，就像卢梭画作的复制品那样褪了色，就像那个盒子的亚麻布面一样呈淡绿色，人们在轻声部位也会听到这种情况，就像弦乐器演奏者在拉动弦弓一样，这一切都合而为一，包括屋顶下的那个房间，在那儿我第一次听到这支协奏曲，总而言之第一次听拉威尔的作品，然后不知在什么时候我竟然把那张唱片给了别人，在某个地方为了区区几个马克，如果情况确实如此的话，因为我正好听了更多柯川（John coltrane）的音乐或者是其他原因，这样的事情会发生在我身上，这样的事情不断发生在我身上，而且我自己意识不到，只是事后才意识到，这干脆让我感到不自信，让我在面对整个人生时缺乏自信,就仿佛我在关键时刻总在跟自己较劲一样。

行了,不要夸大其词了。反正人们也无法保留所有的东西。

是的,不是所有的东西都能保存下来,但是如此重要的东西还是应当保留的。为什么轻易就把它们给人了呢?

但是在此期间你肯定有录制好的激光唱片了?

是的,但是那个盒子,那张唱片,和弦乐器演奏者拉动弦弓的声音混在一起的咔嚓声,连带失去光泽的卢梭印画,当时的冬天……

确切地说此事涉及的不就是这个吗?

涉及哪个?

涉及当时的冬天。因为你无法留住冬天,你就紧紧抓住这么一张愚蠢的唱片,反正你也不会持续地欣赏或者聆听它。这样的唱片总归只会在你的书架上闲放着。

是的,也许你说得对。但是人们必须要有所寄托才行啊。

现在问题又针对我了。

不,真的不是。不。或者也许吧。我也说不清楚。

你当然说不清楚了。

我该说些什么呢?

你什么也不应该说。但是或许你应该问一下自己,为何你一方面极度多愁善感,另一方面又总是显得不满。

我根本就没有表示不满意。至少没有总是不满。

但你对我确实不满。

我不知道:是不满吗?

你想怎么说就怎么说吧。为那样的一张唱片你可以流出眼泪……

你认为我从未因为你……

不，不，天哪，当然你会的，因为你受尽了我的折磨。

不，我根本不会那么做的。

当然你会那么做。

不，真的……

况且那张唱片，那个浅绿色的、正面上贴有褪了色的卢梭画作的亚麻布面盒子，里面装的是拉威尔的钢琴作品，灌唱片的根本不是莫妮克·哈斯，而是弗拉多·佩勒米泰（Vlado Perlemuter）和霍伦斯坦（Horenstein）。在莫妮克·哈斯录制的唱片的正面有一张拙劣的图片，图片上是一个被逆光照亮的喷泉，喷泉笼罩在一片黄色的光线之下，这喷泉让你回忆起当时疗养大楼前面的那些喷泉，让你回想起那些常见的俗气不堪的明信片，因此你总是把唱片套子背面朝上地随便放着。根本就不存在失去光泽的河流风光和法国。因为那个盒子你是在很晚之后才在某个地方买的。那是过了很多年之后了。此外佩勒米泰一开始演奏时也很少使用踏板，在这方面他甚至比莫妮克·哈斯还要更坚决。五十年代的法国乐派就是这种风格。人们当时就是这样演奏印象派艺术家的作品的。

是的，你说得对。

在哪方面说得对？

其实人们可以对一切不再拥有的东西感到高兴。

突然这样？

是的，因为这些东西在记忆中能够更好地组合在一起。要相配得多。

主要是更俗气。更伤感。

就我来说是的。你说出了这些话太好了。

为什么？

因为我现在知道，我在这件事上也一点儿不自信了。

哪件事？

在回忆方面。

那又怎样？这很不幸吗？

不，正好相反，这让我感到轻松了。这真的让我感到非常轻松。

23

汉堡的虚伪和嘲讽

韦德尔斯几乎还未接受洗礼，就陷入了改变宗教信仰者的困境，这样的人受以下错误思想的欺骗，即认为通过接受其他信仰能够改善自己的生活境况。或许人们会憎恨信仰不同的人，但是改变宗教信仰者肯定会遭到人们的鄙视，因为他愿意放弃自己的信仰，这样他就总是受到嫌疑，也能随时背叛他新加入的宗教团体，或者只是出于卑劣的动机混入了新的教团。但是韦德尔斯错误地解读了这些符号，他认为自己做得还不够，皈依得还不够，未能足够远远地把原先的生活甩到自己身后，因此他四十二岁的时候又额外改了名字。他认为通过这一举措能够消除人们对他的最后责备，但事实上他却使自己受到怀疑，最终成为人们鄙视和嘲讽的对象，因为人们指责犹太人的不恰好是这种反复无常和机会主义吗？使他们改变信仰仅仅是托词，是一只为了迷惑人而伸出的手，其目的仅仅在于为现有的拒绝辩解，因为这样的说法并非没有道理，即在耶稣受难节替背信弃义的犹太人祈祷时是不应当下跪的，这与通常代人祈祷时的做法不一样。对此给出的理由却是，犹太人在基督面前是下跪了，但是这样做仅仅是为了讥讽他。为什么这是一个让自己不下跪的理由，显得不是很有说服力，相反却揭示了真实的反犹太主义背景，也就是说把犹太人的信仰标识为虚伪和讥讽，最终标识为无信仰（背信弃义）。韦德尔斯踏进了这一陷阱，他无法通过捐赠、注册转让、遗产，简直无法通过任何手段把自己从陷阱里解救出来。于是在 21 世纪初，就像是对韦德尔斯更名和洗礼的讽刺性模仿，那个鄙陋的停车场也被他名义上的基督教兄弟们重新命名，为了即使是在一百年之后也要向他表明，给一些东西重新命名和改名是多么的鄙陋，而且它们看上去确实多么鄙陋。因为那个韦德尔斯除了把他的财产、他的别墅、他的艺术品收藏和他的基金遗赠给汉堡人之外，他还为他们做了些什么？他是犹太人，一名被同化的、接受洗礼的、更过名的犹太人，此外他还是单身汉，一生未婚，对艺术有着敏锐的鉴赏力，因此可能有同性恋关系，除了这些他对汉堡人做了些什么？作为唯一的回报他对汉堡州政府提出过什么要求？要求他的艺术品收藏要保存完整，并在他的别墅里对公众开放。但是即便是他的这一要求也遭到了拒绝。部分收藏品被出售，别墅被用作交际场所。然而即使是在 1936 年，当公立学校教师和汉堡州政府委员卡尔·尤里乌斯·威特（他在任职的前两年里解雇了六百多名不受纳粹欢迎的教师）在韦德尔斯的别墅里庆祝他的"社交文艺晚会"时，那幢别墅一直还叫"韦德尔斯别墅"。后来汉堡印刷工人和纳粹党同志弗兰兹·希尔佩特在给汉堡州政府的一份呈文里才使人注意到，"所谓的韦德尔住宅据说最初是以犹太人韦德尔或者韦德勒斯的名字命名的，这栋房子尚未被更名"。因为人们反正正在解散犹太人基金会，所以那幢别墅在"取消犹太街名的进程中"被更名为新乌鸦大街 31 号住宅，同年又完全不再对公众开放，这样威特就能够更加不受干扰地在那里庆祝他的"社交文艺晚会"了，为了以此从他的工作中恢复过来，他的工作除安排解雇事宜之外还在于，使汉堡各学校普遍走上纳粹尤其是反犹太主义路线，因此他从1949年开始领到了职业学校首席教师的退休金，两年之后又在一起诉讼中给自己争取到了教育局长的退休金，这样的退休金他一直领到1969年去世为止，因为正如他在诉讼审理中一再申明的那样，他"在内心不是纳粹者"，而仅仅是在外观、仅仅是在话语和工作方面是纳粹，在思想上不是，人们得到退休金安全是因为思想的自由，因为如果按照话语、工作和"社交文艺晚会"来评判人们的话，那么结果看上去就会很阴郁，因此人们更愿意按照思想或者良知来进行评判，尽管这种良知只能再次以话语形式来被表述，然后这些话语又与其他话语相矛盾，但是人们不要对此太过认真，因为最终还是真理获胜，卡尔·尤里乌斯·威特肯定"在内心不是纳粹者"，因为他1922年就已经是民族反犹太主义教师协会巴尔德尔的会长，两年后又代表德意志民族自由党（德意志人民党的"极端分支"）被选进汉堡州政府，在那儿他主要是发表反犹太言论，是黑—白—红阵线和黑色德国国防军的成员，1933年5月1日才参加德国纳粹工人党，因为当时是德国纳粹工人党掌权执政，所以在他1969年10月19日去世之前，他拿到的理所当然一直是教育局长的退休金，在1969年10月19日星期天，当纳粹者库尔特·格奥尔格·基辛格作为联邦总理倒数第二天在位时，当商场纵火犯巴德尔、恩斯林、普罗尔和索恩莱恩等待对他们判决的复审时，当西格弗里德·韦德尔斯的艺术品收藏早已被拆散，因为早在1952年西格弗里德·韦德尔斯艺术收藏中的"主要作品"就"出于文物保管方面的原因"被"转运"到汉堡艺术馆，出于"文物保管方面的原因"，就像人们把犹太人押往集中营那样，出于文物保管方面的原因，正如人们出于"德意志民族的考虑"将韦德尔斯的别墅重新命名并解散了他的基金会,正如人们后来出于"记忆文化的原因"以他的名字重新命名一个鄙陋的停车场,在那幢别墅被汉斯默克保险集团"一体化"之后,汉堡市先是摧毁了人们对韦德尔斯的纪念,最后再把那个鄙陋的停车场白白送给了他,反正那个鄙陋的停车场已经存在,对其重新命名不会花费任何代价,这一更名以极其玩世不恭的命名方式在一百年之后彻底毁灭了犹太人韦德尔斯,人们用了一百年的时间使其雅利安化和去除同性恋倾向,现在他只剩下一个可供人们安心纪念的名字,因为没有任何东西能够跟他联系在一起了。但是一切现象都是没有自我和空洞的,不是生来就被创造的,它们没有持续的存在,没有终点,没有来去,它们无法用言语描述,显得无关紧要,它们就像肥皂泡,就像灯火的交织,就像水蒸气,影像,反射,一个梦,无法触及的放射物,水桶里的月亮,院子里的水桶,场地后面的院子,棋盘上邮票大小的分格,男孩房间里放在可抽拉床上的棋盘,房间的墙上贴着奇想乐队和谁人乐队的招贴画,房间作为一滴水里的反射倒影,水珠从一罐可乐里滴落,让所有的大海都漫过海岸。

24
再次闻到烧煳的可可豆味道

弥漫在行政巷上空的味道闻起来像是烧煳的可可豆。味道是从骨粉厂那边传过来的。街上现在一个人也没有。维尔贝克商店的院门被锁上了，冯克商店的卷帘门是放下的，邮局关门了，霍夫曼理发店里只有灰色窗帘前面那些套着假发的泡沫塑料脑袋，它们后面是三副空着的理发椅，角落里摆放着木质儿童座椅，这样的座椅我早就不必使用了，尽管红色的理发皮椅还太大了，以至于理发师不用额外撕下一张纸给我垫在头靠上。理个男士发型，我继续说道，因为不知什么时候我学会了这么说，希望他不要剪得太短，不要剃去鬓角，要干剪不要湿剪，但是有时候他甚至连这个也不问，然后我会飞奔回家，把头伸到水龙头下面，为了重新洗掉头上的臭味，看着镜中的发型我可能会号哭起来，尽管头发在我父亲和明爱会那位女士看来一直还太长了，而人们花钱理发就是为了把头发剪短，就仿佛我自己每个月都要请求理发师别那样做一样。

亚历克斯和戈特弗里德家陡峭的楼梯，狭窄的走廊，狭小的厨房，黑色的宫殿花园围墙，铁路路堤，带有广告柱的广场，下跨道，在马路另一侧是海默德霍赫咖啡馆，在晚上这个时候咖啡馆的门还是敞开的,尽管我不敢往里面看。对面是库恩自行车行,玻璃橱窗里陈列着新的自行车把手,那是白色的、配有长长的彩色塑料条带的把手,在哪儿也看不到车铃的踪影,这样的装置是被禁止的,所以只能在私下里销售了。阿希姆有一个车铃,但是它的声音令人心情烦躁,他这样说道。我们俩的都是向上转动的赛车把手。在我们骑车上学的路上,阿希姆给我讲述前一天晚上的电视节目,那样的节目我是不允许观看的。当他没有兴趣继续往下讲的时候,他就会说:剩下的你可以自己想象。我顶多可以在八点之后看"我是做什么的?"这样的节目。从不许看网球比赛和战争片,或者"伞、魅力和瓜皮帽"电视系列节目,就如阿希姆所言,尽管这些节目根本就不紧张刺激,而是幽默诙谐。

棕色的大众汽车。星期六下午。肥皂泡沫。绣球花。白色的。紫色的。淡蓝色的。那位先生伸出的断指的手。缺少的是中指和无名指。又闻到了从骨粉厂那边传来的味道。气味从我们家工厂上空飘过。火车从废料场旁边咔嗒咔嗒地驶过,朝莱茵高方向开去。穆斯小溪渗透在火车站大街下面。阳光洒在菲尔德大街上。行政区大街。溪流大街。池塘巷。白坪大街。黑暗中的教堂半圆形后殿。位于圣餐长凳和暖气栅栏之间的富铅玻璃窗反射出模糊的红光。耶稣基督的七处创痕配着柠檬汁放在略微烧焦的纸上。只有在圣烛的火苗上它们才能被辨认。星期六下午:电视连续剧《爵士俱乐部》。星期六下午:忏悔。可渗透修正笔。笔尖会被自身的毒素所腐蚀。谁要是用舌头舔一下,肯定就会死亡。舌头上有死亡的味道。莱茵胡特。迪克豪夫。卡勒。九点钟左右分发的课间可可粉。在大休息之前一直站在讲台上。讲桌旁边是装有钢笔水的墨水瓶。已经变得干涸了。自来水笔的墨水囊的后端被咬破了。蓝色的嘴唇。小书包里装的是充当圣人遗骨的珠子。带有备用墨水槽的自来水笔。透过可视窗可以检查墨水的容量。百利金钢笔：蓝色的。哥哈钢笔：绿色的。百利金钢笔：非常珍贵。哥哈钢笔：比较便宜。用手指甲刮去盛装可可粉袋子上的石蜡。装在白色纸套里的麦秆吸管。用白羊毛制成的短袖束腰内长袍。由教堂司事摆放好。做圣事用的圣带。披上之前牧师会亲吻它。摘掉之前会再次亲吻它。厨房橱柜上刷有粉红色和浅蓝色的油漆。橱柜是带推拉门的。厨房用桌前面摆放着两把椅子。那是给父亲和母亲的。设有长凳的屋角。蓝色的人造革。长凳的座部可以向上翻起。我弟弟的座位下面堆放着玩具。我的座位下面是换洗的脏衣服。电视报在两者之间的角落里。角落上方固定着罩有防滑膜的架板。架板上放着无线电收音机。那是一款狭长的没有长波的机型。喇叭口处没有布蒙。配有钢琴键钮。老款的收音机就归我了。根德牌磁带也归我所有了。TK 25 型录音带。双声道。播速为 4.75 和 9.5。可用摇杆开关进行调节。上端是电眼。左下端是可以按进去的压感按键。磁带的卷轴是巴斯夫公司生产的。磁带装在画有白色无线电波的红色纸板盒里。

升级是办不到了。放学之后穿过高速公路后身的草地。房车。开着房车四处卖艺的流动艺人。招募随同旅行的年轻人。为乘坐小车进入魔鬼宫铺设的轨道。啤酒瓶。香烟头。坐式双轮摩托车的金属板。旋转木马座椅和包上钢甲的靠背。山岭和山谷。丘陵沟壑。（Hully Gully）稍晚站在高处的履带上。谁人乐队演唱的《莉莉的照片》（Pictures of Lily）。我希望在过生日时得到一张披头士乐队的专辑。用塑料制成的披头士假发。1.75 马克一个。空心手掌里握着"塔林"牌香烟。三点钟刚过。还没有任何动静。不再有家庭作业了。反正对一切都无所谓。凉爽的高速公路下跨道。混凝土墙面上的乱涂乱写。偷来的学校粉笔。贝特霍尔德成功地升入高年级。施特凡反正没有问题。还包括克里斯蒂安妮和玛里昂。就连阿希姆也做到了。赖讷开始了一段学徒期。我们坐在坡屋顶下面的床沿上，仔细端详待售的披头士唱片的背面。

男孩房间里柜子和床箱的门没有上锁。相反使用的是磁铁。床上铺的是平整的泡沫塑料垫。晚上拉出来铺开，早上再推进床箱。床上用品都堆放在床箱里。家居打包运输工送货时家具是拆开的。柜门的内侧没有刷漆。司机不能中断他的行程。父母来学校接我和我弟弟。在回家的路上从弗里克尔海鲜店里买来了土豆沙拉和挂糊油炸鳕鱼。柜子各部件散放在院子里。天下着雨。应该把柜子组装好的那个男人站在一旁吸烟。上午晚些时候。父母表示歉意。雨水淌落的纹影留在抽屉的内侧。清漆的味道消散了。装床上用品的抽屉上的磁铁吸力太弱。当我夜里在床垫上翻身的时候，床箱的门经常会自动开启。

我母亲一直尚未真正恢复健康。当我放学回家时，她有时还躺在床上。有时候她正在接受医生治疗。然后她会又站在厨房里削土豆。摆放在设有长凳的屋角上方架子上的那台新的狭长的收音机会播放心仪的音乐会节目。厨房窗前的洋槐树枝在阳光里晃来晃去。我养的金仓鼠在它的笼子里挤进我祖父在一个雪茄烟盒上锯开的窟窿，让自己躺在烟盒里睡觉。闻起来有一股新鲜的草垫子的味道。轮子到了夜里才又发出刺耳的咯吱声。声音从不间断。一直响到黎明。离吃午饭的时间还有十分钟。我父亲坐在写字柜边，眼前放着那个绿色的小钱匣。他买了一个带有黑色封皮的正字本。他打开本子，取来直尺，把尺子放在页码中间，拧开自来水笔，用尺子比着画了一条垂直的直线，将页码分成相等的两栏。他在第一行里写下了当天的日期：1969年6月19日。再有两天就开始夏季了。左栏里登记的是我练习大提琴的时间。右栏里是我看电视所用的时间。福瑞，蕾西，蒂尔，隔壁的男孩，艾凡赫和阿明·达尔。

25

克劳迪娅和贝尔恩德索要赎金

尽管明爱会那位女士在这期间正在东德坐牢,但是麻烦还是一个接着一个。在晚上道晚安时我从电视里看到,他们在老酿酒厂旁边找到了那辆欧宝舰长汽车。人们知道,那辆汽车属于明爱会那位女士,而她却无影无踪地消失了。在沙地上人们发现了无法解释的大尺寸雪橇滑板的印痕。在欧宝舰长汽车的杂物箱里有一张地图,上面奥登瓦尔德周边的不同地方都用叉号被标识了出来,一小包已抽了几根的"里诺"牌薄荷烟,除此之外杂物箱里还有一把塑料三刃尖刀、两安瓿瓶冰水和一包魔术肥皂。我大吃一惊。这根本就不可能,我们专门又检查了一遍汽车杂物箱。但是那块魔术肥皂,我惦念它已经一个多星期了。如果人们用魔术肥皂洗手,手不会变得干净,而是完全变黑了。

我冲下楼梯跑进厨房,在那里我父亲的第二位女秘书正在撤去晚饭用的餐具。我问她是否有人去过我的房间,动了我的宝藏箱。这个我说不准,她说道,我是今天晚上才来这里的,晚上这段时间没有人来过。她才二十出头,不大懂怎样料理家务。一切事情都必须要我母亲来吩咐她,此外我母亲也不希望这么一个年轻的姑娘在我们家到处转悠。这只是暂时的安排,我父亲说道,直到明爱会那位女士重又回来为止。她到底在什么地方呢？我母亲问道。你干嘛问我？我父亲说，她可没有通知我不来了。但是这件事太奇怪了，就发生在老酿酒厂旁边。或许她被人劫持了，我说道。不要这么信口雌黄，我父亲说。不，我母亲反驳说，也许他说得对。也许那帮人想向你敲诈赎金。要是这样这件事就更离奇了。这时候电话铃响了。我父亲走进门厅拿起听筒。是的，是的，我听见他说道，然后他又说：稍等。找你的，一个叫克劳迪娅的。请告诉你的朋友们，让他们别再这么晚往家里打电话。好的，我说道。克劳迪娅显得非常激动。你听到那个消息了吗？她问道。听到了，我说，他们在汽车杂物箱里找到了魔术肥皂、两安瓿瓶冰水和我的塑料三刃尖刀。我指的不是这个。那是什么呢？我说的是那个流浪汉。哪个流浪汉？就是我们卖给他那瓶伏特加的那个流浪汉。他怎么了？他死了。被毒死了。毒死了？是的，是中毒而死的。但是这不可能呀，为什么会这样呢？天哪，你难道不明白，他们是想要毒死我们。他们是谁？看你说的，还能是谁？是人民军那帮家伙呗。但是这究竟是为什么呢？这个我不知道，但是如果我们喝了那瓶伏特加，我们现在就已经死了。他们还把魔术肥皂、冰水和我的塑料三刃尖刀放到汽车的杂物箱里？是的，很清楚，这样做是为了把怀疑引到我们身上。

电视里正在播报，有寄宿学校的地方都在汽车杂物箱里的那张地图上用叉号做了标识。但是这到底意味着什么，目前人们尚无法断言。我问道，我能否很快把明天的数学作业给克劳迪娅送去。什么？现在？现在都已经8点半了。破一次例吧，我马上就回来。我跑进自己的房间，往小背包里装了几样东西。然后我拿起粉红色的猪形塑料储蓄罐，里面装的是我为买电唱机省下的钱，转动了几下猪头，用随身带的小折刀的刀刃把储蓄罐的缝隙向里压进去一块，就这样一枚一枚地把积攒的全部硬币都取了出来。总共有 17.65 马克。我把这些钱塞进我的胸口钱袋里。

克劳迪娅和贝尔恩德已经坐在洛赫碾磨厂门口的长椅上。碾磨厂今天休息。我们必须逃走,克劳迪娅说道。但是往哪儿逃呢?贝尔恩德问道。肯定不去东区,我说。真滑稽,克劳迪娅说道。但是说正经的,他们会把那名流浪汉的死推卸到我们身上,说是我们毒害了他。但要是那样我们就必须索性把一切都讲述出来。我们可以这么说,我们就是简单地和明爱会那位女士开车出去兜风,突然来了一架直升机,几名士兵下来把她劫持走了。那名流浪汉呢?他们确实给了我们一瓶伏特加,我们把它送给了那名流浪汉。可这完全是胡说八道,此外人们绝对不会相信我们的。如果这件事闹得沸沸扬扬,他们就会从东区那边派人过来干掉我们。那我们就把这件事再推到福德贝格人身上,说这些都是他们干的。福德贝格人驾驶着一架直升机?瞎说,当然不是开直升机了,就跟平时一样,随便开了一辆锈迹斑斑的破车。那么雪橇滑板的印痕呢?它们之前就已经有了。但是这样我们就与福德贝格人为敌了,这样做也不行。那么我们就说是来自高年级的几个人干的,是来自佐尔坦班上的学生。但是你想怎样证明这一点呢?我在我们的"红军派"记事本里收集了一些关于他们的情况。但是那些都是胡诌的。我有个主意。我母亲认为,他们劫持了明爱会那位女士,目的是为了勒索我父亲的钱财。喔,那又怎样呢?你看,我们还是能够把这件事情搞定的。我们给人一种印象,仿佛明爱会那位女士还在我们手里,然后我们就索要赎金。这太好了。事成之后我们就有足够的钱可以逃走了。但是我们必须现在就逃走。这不行,如果明爱会那位女士不见了,而我们也失踪了,这就太显眼了。我们必须装作什么事也没有回到家里，明天上午在学校的时候，克劳迪娅谎称自己不舒服，然后她就去消费合作社门市部附近的电话亭，往我家里打电话，索要一万马克赎金。一万马克？

当我第二天从学校回家的时候，我们家里是一片混乱不堪的场面。客厅里坐着一些我不认识的男人，走廊里站着我父亲的司机，还有两名来自工厂的男子。我走进厨房。你听说了吗？那位年轻的女秘书问道，她一直还待着没走。什么？他们绑架了明爱会那位女士，现在想要十万马克赎金。十万马克？是的。或许她只是听错了。然后呢？你父亲愿意支付赎金。客厅里的那些男人是谁？他们是警察。我父亲报警了？劫匪专门叮嘱说……我的意思是，劫匪们难道没说他无论如何也不应当报警？这个我不知道。我来到母亲身边。你听说过了吗？她问道。我点了点头。一万马克，父亲有这么多钱吗？一万，你真会开玩笑，他们想要十万。真的吗？是的，千真万确。接下来呢？你父亲愿意支付赎金。我想去电话机旁边给克劳迪娅打电话，但是其中一名男子从客厅里出来，他来到门厅对我说：你现在不能打电话。于是我骑着自行车来到宫殿公园，走进售货亭旁边的那个电话亭。我呼叫克劳迪娅。我们说好的是一万马克，我说道。是的，我也是这么说的。但是他们说，你索要了十万马克的赎金。胡说，我说的是一万马克，让他们把钱放在穆斯城堡后面的垃圾桶里。另外警察也来了，这件事我们不可能做成功了。警察，我可是……是啊，但尽管如此我父亲还是报警了。

我们坐在"歌手之家"饭馆靠后的角落了，因为这是唯一有电视机的地方，电视在晚上播放，只不过没有声音。我们给了一个十岁的男孩两马克，为了让他去穆斯城堡后面的那个垃圾桶里查看一下，是否里面有一万马克。情况是这样的，我们先是给了一个小女孩五十芬尼，让她去对游乐场上的那个男孩说，他应该到宫殿公园围墙边的灌木丛来一趟。我藏在灌木丛里，这样谁也看不到我，当男孩站在灌木丛前面时，我模仿美国人用非常高的声音说，他应当去穆斯城堡后面的那个垃圾桶里查看一下，是否里面有一个信封，如果有的话，他应当取出信封送到这里，把它放在灌木丛前面，就放在那块松动的石板上。然后我又说道：你看到那块石板了吗，因为它让我回忆起圣徒赫尔曼·约瑟夫，在他说"看到了"之后我又说道，那你就看一下石板上放的是什么。那是给你的。然后男孩拿起那枚两马克的硬币，朝穆斯城堡方向跑去了，我从灌木丛里钻出来，去和另一侧的克劳迪娅和贝尔恩德会合，从那个地方人们能够很好地监视灌木丛，因为我们想谨慎行事，一旦那个男孩报警的话。

即便慢腾腾地走，去穆斯城堡最多也只需五分钟时间。半个小时之后男孩依旧没有返回，这时我们知道，他不会再来这里了。当然我们不太清楚为什么会这样，因为有很多种可能性：他可能是拿着那两个马克逃走了，或者连带赎金一道，或者当他想从垃圾桶里取出信封时警方截获了他。我对男孩说过了，我们会监视他并把他揍得青一块紫一块，如果他要带着信封逃走的话。就算是垃圾桶里没有信封他也应该折返回来，作为信号把那块松动的石板重新挪正。为安全起见我们又等了半个小时，然后首先沿着马路向下去了比伯里希，在埃内瑟尔音像店听了单曲唱片。这家音像店还播放简单节拍乐队的一张老迷你专辑，这张专辑已经很令人反感了，因为我们听到的总是这个，但是尽管如此音像店工作人员也没有把它从电唱机上换下来。此外我现在也无法再花钱买单曲唱片了，因为我已经为那两个孩子支付了2.50

马克，手头只剩下 15 马克，不，只剩 13.50 马克了，因为我们还吃了油炸薯条。

我们坐在"歌手之家"饭馆里，每人眼前摆着一瓶布鲁纳汽水。在新闻节目里他们又跟昨天一样播放了类似的画面。又是那辆欧宝舰长汽车，又是那两安瓿瓶冰水和那块魔术肥皂，但是紧接着画面上出现了一些新的东西，即明爱会那位女士。人们在电视里看到的不是照片，而是一部真正的影片。但是明爱会那位女士看上去跟以前完全不一样，因为她的头发不是散落的，而是向后扎成了一个发髻，此外她还穿着一件制服。那是一件国家人民军的制服。她挨着其他穿制服的人和着西装的男人站着，在对着一个麦克风讲话，画面下方是插入的字幕："东德"电视的贡献。真讨厌我们听不到明爱会那位女士在说些什么，因为她好像在为某些事情而感到愤怒，说话时嘴巴张得很大，边说边挥动双臂。然后影片演完了，荧光屏上淡入了三张照片。在第一张照片上人们看到的是克劳迪娅，第二张照片上是贝尔恩德，第三张照片上是我。恰恰是那张令人讨厌的照片，照片上我必须穿那件总是刺的人发痒的黄色的套头毛衫和白衬衣，因为当时是复活节，明爱会那位女士还用一把湿的梳子把我的头发向后梳理。

26
患者在自己身上诊断出一种联想夸大狂情结

我把自己的问题描述为神经错乱,说得简洁一些是发疯,说得客气一些是精神失常,这一问题主要在于,正如我在询问之下已经口头解释过的那样,我的行为举止很正常,因此我会阻止人们对我做出从外观看神经错乱的诊断。虽然从外观看不出来,但是这种错乱还是在我心里存在,所以无论过去还是现在,我都被迫凭自己去获取以下领域的必要知识,包括心理学、精神病学、精神分析、神经疾病及其治疗史、监狱的诞生、锁具的诞生、红军派的诞生、集中营的诞生、生食和熟食的诞生、我自己的诞生、对这种诞生的描述、对在出生时被使用的产钳的描述、对未被使用的吸钟的描述、一般工具的历史、对于恐吓出生的工具的展示史以及最终应用这些工具的历史。只有通过这种途径,我才能成功地对自己的神经疾病做出诊断并进行相应的治疗。

我在紧急收容所、后来在门诊住院部逗留期间人们向我提了一些相应的治疗建议,但是它们没有给我带来任何益处,相反却加重了我的神经错乱,因为我不得不又一次认识到,我真正的错乱是无法从外观被觉察到的。在这种无奈的情况下,感觉只能依赖自己,我决定采取上面提到的疗法,现在这一疗法又带来了这种麻烦,即一种神经错乱从外观好像能够看出，也就是说滥用职权的错乱，精神亢奋的错乱，亵渎神灵的错乱，庄重优美风度的错乱，这种麻烦是一种表面上的精神失常，我想把它归纳为"宏伟联想情结"这一概念，即一种联想夸大狂情结。为了再准确地总结一下：我真正的神经错乱从外观上是无法被他人所觉察的，而同时我所采取的行为举止从外观上又被解读为神经错乱，如早已承认的那样，这样的行为举止我是强制采取的，目的是为了治愈我真正的神经错乱。

当然这种联想夸大狂情结也确实具有精神失常的特征，但是这种精神失常是服务于治愈之目的的，或许它可以跟萨满教宗教仪式进行比较，或者为了局限于医学语言，它可以和一种药物做对比，这种药物呈现出相当大的副作用，但是人们还得忍受这样的副作用，因为换作其他药物治愈疾病看来是不可能的。

性行为：我的性生活仅仅发生在思想层面，仅仅发生在过去。就跟纳粹们的性生活一样，红军派的性生活也同样潜伏于暗处，不为人所觉察，因此红军派因缺乏对性行为的改变而失败了，这一点人们必须要加以说明。正因为人们认为，作为革命组织必须改变世界，那么以同样的方式掩饰自己的性生活并使之对所有周边的人而言神秘化，就像人们在市民世界已经做的那样，这就意味着继续顺从这样的市民世界。反之对性生活进行描述（红军派从未这样做过），但在描述时却剥夺了性生活的私密性，也就是说在一定程度上使性生活色情化，这样做也不会有任何成效，而是相反帮了反动势力的忙。很遗憾当涉及性欲这一话题时，我只能以这种可疑的革命公告似的语言来加以言说，但是我个人的性欲过于强烈地被打上了因革命而耽搁和社会约定的烙印，以至于我无法用其他方式来加以表达。公告式风格也总是一种寂寞、孤独和由孤独产生的自我毁灭愿望的风格。鉴于我的性欲无法把自己从既掩饰又炫耀同时还缺失了私密性的极点中解放出来，故而我只能强烈地在孤独中体验自己的性欲，并因此不断遭到自我毁灭愿望的威胁。

五种机器和三种饮料包装长时间地直接影响了我的思想。

作为机器我可以把它们命名为：

1. 康西达洗衣机

2. 阿尔派妮人工太阳灯

3. 配有玻璃套口的 KM31 型布朗搅拌器

4. 带有压感按键和电眼的 TK25 型根德录音机

5. SK4 型布朗电唱机

作为饮料包装我想指定的是：

1. 深色的调味汁瓶

2. 新奇士包装

3. 儿童复合维生素瓶

重新对性欲做一番说明：归纳起来人们可以这么说，有两种力量在患者体内肆虐并控制着他，其一是恐慌和瓦解的感觉，其二是情欲和性冲动，情欲仅仅是为了不至于使患者完全受沮丧的摆布，从而使得这种沮丧感还能尽可能长时间地在他体内起作用，因为如果患者完全受沮丧控制，并很快因其而死亡，那么这种沮丧感就不会再对他产生任何影响了。这样患者肯定会发觉，他在过去几年里唯一一次感受到了一种安宁、镇静、几乎是由心满意足而生发的幸福感，当他在一次梦境里和父母驱车去往一个偏僻的乡村，为了让他的父母留在那里的一家宾馆或者医院里，然后和格尔妮卡乘坐由她驾驶的汽车去一个射击场。他的父母非常担忧，他们去了一座装有彩色富铅玻璃窗的小教堂，而他则坐在自己女友的汽车后座上，多年之后第一次小心翼翼地提起结婚这个话题，对此她没有马上做出拒绝的回应，这足以让一股少有的幸福感流经他全身，于是他躬身向前，连带提及了要孩子的想法，这种可能性她同样没有排除。但是真正的幸福感却在于，他知道自己的行为既不受恐惧或者沮丧，也不受惶恐和性欲所决定，而是更多的是他能够接受提供给他的情况，能够充当自己年迈父母的角色，坐在一辆由格尔妮卡驾驶的汽车的后座上，驶往一个对他来说完全陌生的世界，直到他们在射击场停了下来，在那儿他从很远的地方用多发子弹把一个微小的靶子打得布满窟窿，其中好几次甚至命中靶心，而此前他生平从未摸过枪，从未仔细地从远处识别过靶子。但是幸福却是，为了最后一次对之加以描述，对他所遭遇到的和围绕他而发生的事情他自己并未参与过。这是他与其他人达成的默许。这是对他者的容纳和接受，无论这个他者是谁，这同时也是一种摈弃渴望、伤感、绝望、乡愁、悔恨、罪责、恐慌、疑惑或者无谓的情欲，生活在他者中的意愿。即便是患者梦醒时的勃起也是令人愉快的，而不是像平时那样经常会令人感到疼痛，因为他能够让勃起消逝，而不是使之转向一种惯常的骚动。

27
仿佛有必要克服一道新的进化障碍

舌头在感触隐隐作痛的牙齿。宇宙在按摩地球。风吹在树上一个尚未长成的苹果上，使它绕着自己的叶柄直转，最终把它抛在石子路上。雨已经持续下了多久？巴士颠簸地行驶在乡村道路上。我把裸露的双腿伸展开来，脱下被雨浇湿的凉鞋。世界是由各种药片、药丸和一处裂开的伤口的微笑构成的马赛克拼图，它用夹子把它们区分开来，再把它们推到显微镜底下。有人在抚摸我的头发。另一个人在把盛满雨水的碗倒空。密封大口瓶里的黄瓜布满了一层发霉的绿绒。一处为蛆的繁殖而生成的荒凉的凹陷地形。巴士司机尚未打开车灯。在一片小树林我们差点儿蹭到一辆停靠的轿车。巴士一个急转弯，把我横向甩过通道，甩到对面的座位上。

我把脸埋在风雪大衣的风帽下面，清点过道里的挂钩。蒸煮蔬菜和土豆的味道涌过地下室里的粗管。我父亲嘴里衔着手电筒，在草坪上朝狐穴方向爬行。我被从窗边拽了回来，被拖至房间中央。黑板上写着一个公式。在窗帘之间的背景处，夜色里的钢板在反射灯光的搜索下一动不动。大熊扑向小熊。一架飞机掉入一个金罐，在阳光的炙烤下受热沸腾。牺牲的英雄青年时的照片配着黑色的条带，横向挂在墙壁右下角上面。一阵黄色的沙云从公园上空吹过。它驱动着积水呈盘旋的波纹从水洼里涌出。树枝锤打着工具棚，长长的管道把小水塘和河流连接了起来，从管道里冒出一股焦油和融雪的味道。

我沿着经过雕凿的通向城里的主干道行走。在药店的玻璃橱窗里一个体态臃肿、面带微笑的塑料人在闪闪发光，他张开右手抚摸自己健康的胃部。在黄色和红色的小灯下人们可以密切注视他的肠翼。我停留了片刻。橱窗后面的药品出售区一片黑暗。通向邻室的门只是虚掩着。女药剂师躺在一张罩着绿色橡皮垫的治疗卧榻上。她穿着白大褂，没有脱鞋。闪烁的灯光发射在陈列柜的玻璃上。被捕捉的蛇。下意识地紧紧咬住受伤的外皮不放并渐渐死去的蠕虫。一个充当痰盂的狗的下颚。一只用作眼罩的猫耳。被拔掉的天鹅羽毛作为绷带。我叉开手指模仿一头雄鹿，它正呈螺旋状绕着供暖管道向上奔跑。

环绕河流的街道被封锁了。卡车停在临时搭建的帐篷之间。巴士到达终点，人们很快消失在狭窄的小巷里。为了这个特别的日子，咖啡店制作了狭长的、带有牛轧糖馅的小轮子形状的蛋糕和点心。巧克力融化了，糖馅开始流出。一个不祥之兆。临近中午的时候价格就下调了，后来人们把剩余的食品放进冰箱的冷冻柜里稍微冰冻一下，再把它们分发给今天因学校放假而闲逛路过的孩子们。封锁线被剪断了。旅行前来的人们肃穆地排起队伍，依次进入巨大的管道。行车道有两辆坦克那么宽。太阳照过水面，就像是一个小型磁球一样追逐着一道信号光线。游客靠在游轮的船舷上鼓掌。孩子们在比赛把印有河流流向图的扑克牌投向一栋房屋的墙面。如果人们小心翼翼地走上摇晃不稳的登岸栈桥，把耳朵贴在其中一块厚木板上，就能听到水下传来的人群的低沉嗡嗡声。女士们戴着滑稽的帽子，男士扎着印有日期的彩色围巾。在反压力的作用下水从居民区的污水沟里冒出。幼儿园的桌子上摆放着未被触碰的蓝色和红色的橡皮泥。午睡结束之后孩子们坐在桌前，用他们柔软的向内弯曲的手心把橡皮泥擀得越来越长。他们必须当心使橡皮泥不至于过细而断裂。

3点半的时候那个老男人又出现在大门口，此时孩子们正在用皮球掷击大门，通过栅栏他把奶糖糖块递给孩子们。下班之后女幼师们为她们的未婚夫拍摄护照照片。她们一个接一个地挤进火车站的自动摄影装置。最后她们做出一副鬼脸，以暗示的方式把上衣向上撩起一块。如果一切正常，男人们现在肯定已经在家了，在给自己擦去干活时落在背上的污物。所有的人都把过去几天的加班费凑在一起，为共同的花园购买了一副好莱坞秋千。过去几天里他们有时在夜里醒来，觉得自己一直还被关在管道里，感觉河流在自己头顶流淌。在登上楼梯往出口方向走的时候，据说每登上三个台阶就要咽一次唾沫。

德高望重者在食用递给他们的蛋糕和稍微附上些水汽的夹心巧克力糖，这些东西摆放在小餐饮车上，停在今天禁止车辆通行的马路边。产房的护士们提着新生儿的脚后跟把他们高高拎起，同时她们透过清新的空气朝隧道方向望去，在苍白的屋脊后面隧道当然是看不到的。象征性的横越和下移行为赋予城市居民一道奇妙的光环。老师们站在黑板前面，手上沾满了粉笔末，在这种情况下使他们的公式显出一种此前从未有过的优雅。课程结束时人们彼此握了握手，一言不发地向外走去。苹果被削了皮。果心被捅破了。孩子们把掏空的水果像望远镜一样举在眼前。

在库房里电话铃响个不停。通风出了问题。房屋地下室里的水已经没过脚踝，现在管道里的煤气也要被抽走。隧道侧旁挂着鸟笼，里面的金丝雀扑打着翅膀向上挣扎了一会儿,然后便昏死了过去。两名工程师被叫了过来,之前他们正带着小女儿在影院看下午场电影。人们示意他们通过边门进入一条支路。他们站在玻璃陈列柜旁边接受指示。零星的孩童手里摇着小旗飞奔而过。从毡幕之间青灰色的光隙里透出演员的声音。音乐声渐渐增强,接着又逐渐减弱。接下来响起的是电影新闻周报的播放声。

公共汽车短暂地停了一下,没有开启车门,紧接着又继续行驶。在一处建筑工地出现了交通拥堵。四周到处停着闪着蓝灯的警车。不断有个别司机被挥手示意通行。当轮到我们的时候,我看到他们正用吊车从挖开的坑里向上拖拽裹在麻袋里的尸体。我感觉到腹部的伤疤。我把手伸进兜里取出打火机,把它塞到套头毛衫下面,以使它稍微冷却一下疼痛的部位。

潜水员们准备就绪。他们光着身子站在刮着穿堂风的游轮上,在往自己身上涂油。游客被用救生艇送上了岸。他们站在岸上,把游轮餐厅里最后剩下的咸味长条糕点吃光。咸味长条糕点和苹果汁:对孩子们来说这些足以使他们的世界陶醉。在游客们朝市中心走去的时候,他们想好了在工作场合给别人讲述时的语言表达。"我大为吃惊"比如说就是其中一种表达。

鱼儿在临死之前被钻机向下作业时产生的压力波冲到岸上,在那儿它们觉得必须要克服一道新的进化障碍。但是进化过程停滞了。生物的运动可能性屈服于自然的限制。它们只能彼此交换那些少量的存在形式并使之完善。之后出现的便是单调和乏味。人们无趣地相互争斗,为筑巢、孵卵和放牧的地方而争吵不休。生命几乎不会再提供更多的东西。然后思想就被发明了,似乎是作为最后缤纷的花朵,连带产生的还有那些应当使思想忙碌的重大话题。晚上放置在酒吧间楼上房间角落的一台电视机正在播放"德里克"系列节目。这里所说的不是生命的进化，而仅仅是熟悉的事物。只有朝着熟悉的事物发展，运动才是有意义的。所有其他的都是无稽之谈。

管道里的人们听到了约定的信号声。身上涂油的潜水员在指定地点贴着老虎窗游动。当钻机开动的时候，城里的灯火都熄灭了。医院接通了备用发电机。又有一个孩子出生了。护士第一次把出生过程感受为是无法描述和奇特的。她把这种情况归之于漫射闪烁的灯光和出生时间的提前。她不像通常那样把孩子腹部朝下放在堆放测量仪的桌子上，而是把他举到窗户跟前，为了把城市指给他看。然后她合上了百叶窗。水像融化的牛轧糖一样流进隧道。

28
对一些所选动物的形态学和行为生物学所作的评论

但是人们不允许吞咽血液,因为胃承受不了血液,而是必须把它吐出来,但是吐的时候也不能让它沾染嘴唇。

在傍晚的山丘上从铺砌的石块上爬过的蜗牛也不是白色的,而是灰色的。我把其中一只蜗牛塞进小果酱瓶里,第二天早上它死了。尽管我给它往瓶里放入了一块石头,但不是山丘上的那种石头。

往一块山毛榉树皮上涂抹一层薄薄的黄油,注意不是人造黄油,这样能够不让蜘蛛靠近。蜘蛛就像是迷迷糊糊的,想立即朝其他方向跑去。即使这块树皮装在钩织的小包里,放在蜘蛛根本无法看到的围裙兜里。

夜里号哭和呻吟的不是风,而是一个男孩,他长得太快了,床不再能够装得下他。

叔叔的牙齿不多,尽管他比父亲年轻。长款红色皮革钱包藏在制作糕饼的模具和发酵粉小袋之间,母亲从钱包里取出钱给他,钱是用来买一副假牙的。

叔叔的女友躺在教堂前面。唇膏从她的手提包里滚了出来,落在展示牌下面两块随槭树树根连同挖出的石板之间,唇膏的盖子滑落了,口红鲜艳的红色横向涂抹在她的面颊上。

如果人们往死兔子的一只耳朵里塞上一根鞋带,它就会从另一只耳朵里钻出来。

溺亡者的嘴唇看上去就像是我洗过澡后的脚趾。他闻起来像是运输公司让人堆放在卸货台前面的送错了货的那些大纸壳箱。

只有在基督降临节期间那个带有黑色手柄的电钻才被从箱子里取出,人们用它为小动物的火柴腿在栗子上钻孔,这些小动物两个夜晚独自站在桌子边缘,对着下面的深渊沉思。然后它们被赠送给了养老院。

医生什么也没有发现,因为耳虫从里面用唾液糊住了鼓膜的缝隙。然后他们会把一盏小灯塞到你的耳朵里。往鼻子里也是这样。你必须屏住呼吸,紧闭双唇。然后一根软管会通进左鼻孔,另一根通进右鼻孔。你必须非常安静地坐在那里。有时要坐一个小时,有时更长。一台类似于鼓风机的机器通过软管向上往脑子里吹气。然后耳虫就开始飘荡。它一直在飞来飞去,从里面撞击你的脑袋。这会令你感到非常疼痛。但是如果你走运的话,耳虫会最终炸裂。然后你的鼻子里会流出一种液体。这种液体叫蠕虫汁。对耳虫来说这不是糟糕的死亡,因为它先前已经变得发疯了。因为通过软管被吹进你脑子里的空气能够让它漂浮起来,所以它认为自己是一只鸟。还在它为此感到高兴的时候,它就会炸裂或者心脏病突发。

当你躺在草地上或者树林里时,它就会爬进你的裤腿或袖子。起初你什么也意识不到。但是当它突然出现在你肚子上的时候,你就会因恐惧而死亡。你必须立即脱光衣服。然后它会从你身上掉落。但是你不能重新穿上衣服或者把衣服随身带走,因为它会在衣服里暗中埋伏。你必须赤裸着身子跑回家，而且要跑得非常快，否则它就会超过你。然后你会如此惊慌失措，以至于你从树林里跑到马路上，被过往的车辆轧死。其中一个男人硬生生地被汽车撕开。他的头留在原处，身子却不知跑到什么地方去了。接着警察来了。但是其中一名警察是那个被撕裂的男人的儿子。当他看到父亲的脑袋时，他也当场死亡了。他是被吓死的。来自平行班级的一名学生成功地跑回了家。浑身一丝不挂。但是之后他不再被允许去上学。也不再被允许出去玩。电视他也不能看了。因为他太紧张了。整个夏天他都必须躺在床上。然后他死了。他的父亲去到那片林子里，因为他想取回儿子的裤子。他只看到一条裤腿的一小片裤脚从一个树洞里探出头来。他发疯似的拽裤脚，但怎么也无法把裤子拽出来。

它有七根刺。在被三根刺扎过之后你就已经死了。一个年龄稍大的男孩曾经跟它搏斗过。他经受住了所有七根刺。然后它死了。但是他必须进医院，因为他身体的所有部位都在冒血。血液的颜色非常黑，因为那些刺都有毒，这样血液就会发霉。它坐到草莓蛋糕上，等着你去咬蛋糕。然后它会扎你的腭部和舌头。舌头肿胀并向后脱落。然后你就会窒息而死。医生用刀在你的脖子上挖一个洞。然后它会重新飞了出来。

它的咬伤是有毒的，因为它生活在排水沟里。它有两颗还在不断生长的大门牙。幼虫住在母虫的皮毛里，如果没有过往的孩子能让母虫紧紧咬住不放，幼虫们就开始吃掉母虫。它从后面咬穿衣柜，然后又咬穿鞋盒。在人们打开鞋盒盖子的时候，它就会跳到你的脸中央，紧紧固着在你的脸上。它也能使自己变得非常扁平，从你左脚胶鞋的鞋尖前面挤进去。只有在被碾压的情况下它才会死掉。在车轮下它会发出尖锐刺耳的声音，这时人们会看到它没有骨头。有时马路中央会有一些黑色的小弹子。那是老鼠的嘴巴，它们不会腐烂。它们在阳光下闪闪发光。但是人们不能跑过去捡起它们。否则人们也会被车碾压，而这正是它们所希望的。

在我房间的窗台上一直还放着医生从我胳膊里拽出的丝线，它们在慢慢地皱缩。

叔叔讲述说，他的女友在事故之后无法再动弹了。她躺在医院里看着天花板。有时候会有一只死苍蝇掉下来。然后他把死苍蝇放入瓷碗，瓷碗放在床头柜上，原本是供人们吐血用的。

29
星期天提供杂烩会使神经病患者平静下来

调查表明，与人们普遍认为的不同，神经疾病患者会对纳粹所涵盖的词汇做出完全不一样的理解和解读。通过特异反应性和不符合历史的分析，神经病患者会释放在这些词汇里已有的操纵力量。从诸多词汇中举一个例子：比如"杂烩"这个词。神经病患者会对分成好几样端上桌的菜感到不知所措。区分主菜、前餐和后食，这一要求会分散他的注意力，导致患者忙于这些概念本身及其分类，从而无助于增进食欲。分成好几样分别端上桌的菜经常又会被划分成肉类和配菜，以杂烩对抗之会使神经病患者平静下来。使这样的菜与某一工作日挂钩，同时专门在一个星期天提供杂烩，因为恰恰是在星期天菜往往会被分解成若干组成部分，并且通常是在做完礼拜仪式之后被食用，而圣餐仪式的礼拜式自身又再一次说明了进餐的复杂性和象征力，上述做法会额外给神经病患者一种方向感，这种方向感又会通过这样的规定得到加强，即把10月至来年3月期间每月的第二个周日定为杂烩星期天。通过允许三样杂烩菜（1.带有配料的调羹豌豆；2.牛肉面条汤；3.配有肉丁的炖菜），人们好像又搅乱了患者的方向感，这种可能性再次通过对杂烩菜的精确规定（作为调羹豌豆的配料或者是香肠、猪耳，或者是腌肉等等）得到了排除。海报上《食用杂烩使八千万人联合起来》的标题相反却显得模棱两可，因此根据神经病患者不同的精神状态，它或者增强其信念，或者使之迷惘，因为一方面把八千万人统一起来绝对能够让人感到抚慰，但是另一方面也同样会令人们不安，如果人们把这一数字同相应的盘子和摆放盘子的桌子等等一并想象的话。因此神经病患者将会选择这样的海报：《星期天与元首共进杂烩》，因为元首会给他明确的导向，也因为这样的海报会令他回想起"星期天我的甜心想和我去驾驶帆船"那首流行歌曲。

埃纳·霍恩：烹调书女作家，从1933年至1982年从事食谱创作，另外她推出了杂烩方面的经典作品（《杂烩——德国经济菜》，1933年），靠这部作品的帮助寒冬赈济组织实行了星期天提供杂烩的做法。如果说杂烩，特别是前文已经说明的杂烩理念能够对神经病患者产生镇静作用的话，那么对埃纳·霍恩出版的烹调书书名的阅读却会致使患者总体状况的恶化。举例如下：

1.《近代家务：一位高贵的元首视察布赫瑙实验用厨房的整个厨房和家务情况》，慕尼黑，1941年。在此同时有多个概念会令人思想混乱。首先是"近代"，其次是"高贵的元首"，特别是"布赫瑙实验用厨房"，因为布赫瑙很容易让人想起布痕瓦尔德，实验用厨房则令人回忆起那些纳粹也在神经病患者身上做过的实验。

2.《真让人高兴，新美极食谱》，位于美因河畔的法兰克福，1952年。神经病患者会错误地以为这是一本巫术书，就像他童年时所看的那些巫术书一样，与此相适应他会回到从前，让自己进入妄想世界。相反立在餐桌中央的深色调味汁瓶通过它特殊的外形、棕色的所含之物和黄色的标签，会令患者镇静下来。

3.《医生述说，母亲烹饪：医生指导下的创新及病人食谱》，肯普滕，1955年。灾难性的书名，因为它会诱使人们产生这样的想法，即医生和母亲狼狈为奸，针对神经病患者缔结联盟。在此神经病患者忽视了这一事实，即对他来说当然情况正好相反，也就是说是母亲在述说，而且据说是为他作为神经病患者着想，从这个意义上讲她是在为他指定和安排事项，而医生则在精神病院的实验用厨房里调制各种有毒的鸡尾酒。

4.《万能食谱，使用万能厨房助手，通过近四百种烹调法做出简单精美的菜肴》，斯图加特，1955年。这样的书名能够引发患者对机器，以及对由机器所接收的命令的想象。

5.《鲍克内希特食谱，使用鲍克内希特厨房多用机，通过近四百种烹调法做出简单精美的菜肴》，斯图加特，1957年：同上。

6.《冷食、花哨和美味，一部反映时代的现代烹饪教科书》，肯普滕，1966年。书名体现了神经病患者的社会环境，他把自己所处的社会环境感受为是拒绝的和冷漠的，感受为是吵闹的、花里胡哨的和过饱的，而他自己却饱受食欲不振之苦。同样的情况还有：

7.《家庭聚会冷盘，适合各种节假日》，汉堡，1963年；居特斯洛，1968年。在此神经病患者将会把冷盘和精神病院里相应的活动和设施联系起来，例如冷水浇注、冷水浴、冷水冲洗、直流电疗法用的铁板以及夜里出于固定之目的而扣在他身上的金属板，他将会感受到，他的痛苦不仅没有被关注，而且除此之外他的家人也会被误导，在他不在场的情况下庆祝节日。

30

掺入鸦片的印度大麻
和嘴里插着一把匕首的米克·贾格尔

可以设想，是一种"幻象"导致这名青少年在疗养院居留的。这名青少年在6月份的一个星期一于晚上7点出现在"歌手之家"饭馆，在那里他在桌子之间、在卫生间、后室和吧台区之间漫无目标地转悠了一刻钟。起初人们认为他喝了酒，并且开他的玩笑。但是当他开始战栗、继而开始哭泣、最后说出一些含混不清的句子、并最终蜷缩在饭馆的一个角落里时，在场的人这才彼此打听，看是否有人认识这个男孩，然后他被裹在一条被子里，由饭馆老板的一名伙计送回了家，因为几名在场的人辨认出他是工厂主的儿子。到家之后人们即刻给儿科女医生科瑞尔博士打了电话，她马上就指定他入院治疗。奇怪的是在疗养院居留期间，他在"歌手之家"饭馆所经历的幻象从未被谈论过。第一次记录是后来才有的，就在他被送入天主教寄宿学校前不久，在那里这名青少年继续致力于对所发生事件的详细分析，同时也就这一事件制作相应的、可惜已经下落不明的素描画。这次重要经历涉及的好像是第一次精神病冲动，从这次经历中找到一条出路，以使自己摆脱在学校、牧区和家庭遭遇的颇为棘手的孤立处境，在这种希望的驱使下，这名青少年以极大的热情前往他当时遇到的图画世界，为了依照自己的能力对之加以描述和分析。尽管他长期专注于这一事件，但是在任何场合他都没有再提起过这件事，无论在与迈尔克林医生或者弗莱施曼教士的交谈中，还是在天主教寄宿学校的记录或者聊天里。六年之后，在即将步入成年期的时候，他才对这件事又写下了几句话。值得注意的是，他在这次记录中尝试使整个事件大事化小。他决定从自己的生命里排除这一精神病经历，因为他旨在使这一事件一体化的尝试失败了，会是这种可能吗？

来自1975年的记载：因熬夜而疲惫，在铁路路堤吸了掺入鸦片的印度大麻，在头一天周日没有去参加恒久祷告，可能有一大堆理由最终导致了将近晚上7点钟时在"歌手之家"饭馆发生在我眼前的那种幻象。在这之前我还短暂地拜访了阿希姆，在他的房间我们一块儿看了一集《宾尼兔》动画系列节目。当时我就已经感觉不舒服，但是我不想承认这种情况，尝试装出一副兴高采烈的样子让自己强颜欢笑，但是整个事情都在朝着相反的方向发展。大麻里所含的鸦片成分简直太多了。在回家的路上我又途经那栋房子，当年七岁或者八岁时我透过窗户看到过那个穿着汗衫的男人站在桌边的电视机前，电视里正在播放《菲特·阿佩尔施努特》，至少在那一刻我又想起了这些，因为我几乎每天都要从这栋房子旁边走过，我尝试再透过窗户往里看，但是这一次房间里一片黑暗，就在那个时候我感受到了注射毒品后的瞬间快感，因为我在想，黑暗的房间里一个消瘦的男人非常安静地站在一个角落里，正是他杀害了当年给穿汗衫的男人把晚饭送到房间里的那个女人。我感到惊恐万分，如同患了吸食大麻者的妄想狂，因此我又一次返回，来到"歌手之家"饭馆，为了分散自己的注意力，也因为我实在忍受不了到家之后的那些烦人提问，以及明爱会姑姑的废话，人们总是问母亲怎么样了，尽管她的身体状况一直都还是老样子，然后我收拾书包，在屋里转悠了一会儿，坐在床上一直等到我弟弟睡觉，然后我自己也尝试睡觉，尽管我那个时候肯定还不感到困倦。因此我又去了一趟"歌手之家"饭馆，想看看杰拉尔德和戈特弗里德是否在那儿，虽然我不是特别喜欢他们俩，因为他们年龄稍大，总是摆出一副居高临下的架势，把你当小孩一样对待，但是为了分散注意力此刻对我来说什么都行。还没有到饭馆，我就突然感到极度不舒服。接下来具体发生了什么，我在那儿待了多久，这些我都不知道了。我唯一能回忆起来的，就是那幅死神和淡紫色圣带的画面，它首先在我的脑际里闪现，因此我也倾倒了，也就是说我躺在地上，情况也的确如此，一名穿着军人制服的男子递给我一杯汽水，同时通向后室的门开启，一名醉汉冲了出来倒在地上，而我则透过成团的烟雾看到一个年轻的女孩，她可能是克劳迪娅，正半裸躺在怪声大叫的男人们之间的桌子上。桌子前面就是那幅瞬间出现的死神画像，他就跟法衣室里的教士一样正在披上一条淡紫色的圣带，这一幕我是碰巧看到的，但其实这是不允许的，因为人们不允许看到死神，更不允许在他正准备把某人接走的时候，因此我在想，自己现在肯定也要死亡，在想他也是在黑暗的房间里被挤进门后角落里的那个人，人们或许有一次会让死神感到意外，但肯定不会有第二次，因此我于惊恐中跑下楼梯，为了寻找一个出口，最好是从后面出去到院子里，然后从那里开始越过铁路路堤，穿过溪流大街，沿白坪大街继续向上，去往高速公路下跨道和凯尔伯草坪，到那之后才在白杨树林处停住脚步，但是我找不到门，连一扇门也没有，只在墙上有一道窄缝，透过缝隙我可以看到院子，但是缝隙对我来说太过狭窄了，以至于我连手都插不进去，尽管如此我还是试了一下，因为我实在想不出其他办法，在尝试过程中我的胳膊卡住了，我就像钓钩上的鱼儿一样扑腾个不停，但是我不敢向后转身，因为我害怕那个瘦长干瘪的身形会突然站在我身后，不管有没有披着圣带。确切地说楼梯和墙上的缝隙我都是想象出来的，因为可能整个这段时间我都躺在饭馆的地面上。那个瘦长干瘪的形象或许源自我和阿希姆在他房间里一块儿看的那一集《宾尼兔》动画片。无论怎样，后来我不知怎的又回到我们家院子里。我记不清楚自己是怎么回家的。但我不认为是有人把我送回了家。然后我经过厨房、蹑手蹑脚地溜进自己的房间，因为我一直还没有真正下楼，进房间之后我和衣躺在床上，因为我一直还感到头晕目眩。每当我看到那张滚石乐队成员的招贴画时，它就挂在我床对面的衣柜上面，画上的人物就会动起来，准备走下画面朝柜子和我走来。我有一种内疚感，我之所以挂起那张招贴画，是因为一旦克里斯蒂安妮到我这儿来时能看到它，而其实我是不愿在屋里挂滚石乐队的招贴画的，因此就算是挂也把它挂到后面的衣柜上面，因为靠前挂在我写字桌上面的是披头士乐队、奇想乐队和小脸乐队的招贴画。那是一张非常流行的照片，它也贴在歌曲《跳动的闪电杰克》(Jumpin' Jack Flash) 宣传画的正面上，即便是没有吸食掺入鸦片的印度大麻，照片本身也已经够令人毛骨悚然的了，因为米克·贾格尔的嘴里插着一把匕首，布莱恩·琼斯手里握着一把三齿叉，比尔·怀曼左手拿着一副脸前挂着髭须、抽着一根大麻烟卷的粉红色面具，尽管他是惯用右手的人，可能他这样做是为了影射保尔，因为滚石乐队成员当中没有人是左撇子，而披头士乐队中却有两名左撇子，林戈也算是左撇子，尽管他是在专为惯用右手的人设计的打击乐器上演奏，或许是因为他必须要学会这么做，就跟我在公立学校也必须用右手写字一样，虽然我更愿意用左手书写。查理·瓦茨脸前裹着一条围巾，嘴里含着一只灯泡，凯斯·理查德兹穿着摩托服，涂着红色的指甲油，手里拿着一个望远镜，戴着一副我也在找寻但却未能找到的墨镜，因为在百货商场或者西雅衣家总归什么正经东西都没有，在威斯巴登总是所有的东西马上就卖完了。第二天我不必去上学。我也确实无法去上学，尽管我没有真正得病。我只是不断地觉得听到火车的声音，这种声音人们原本只有在"歌手之家"饭馆里才能听到，因为饭馆后面就紧临着铁路路堤。但那也可能是工厂院内卡车的声音。人们给我端来切成片的苹果和烤面包片，但是就连这些我也吃不下去，我感到不舒服极了。

31
庆祝活动结束后在加贝斯波尔纳/沃尔克大街的拐角处发生了什么

克劳迪娅不再站在桥上，让自己动手裁剪的木偶小衣裳穿过冬季灰色的空气飘落到车行小吃道上。她不再整天听着莫扎特整理厨房里的餐具：茶匙、餐后小吃用勺、食匙、汤匙，它们一动不动地慢慢从灶台朝水槽方向排起了长队，起初纵向延伸，然后像棺架一样并行排列，惨淡的灵魂之光如同冷却的蒸汽一般从这些状如棺架的餐具中逸出。她不再和陌生人的狗交谈，根本不再碰它们一下，不再拥抱它们，不再扯拽狗的颈圈，不再高声怒骂狗的主人，不再宣称比饲养者能更好地理解动物，当她和加比、玛里昂以及克里斯蒂安妮沿着老路线首先去大桥、继而朝水塔方向转悠的时候，她几乎什么话也不说了。她站住不动，数货车车厢，猜出里面装的是什么货物（母牛）。

她不再和我们一道坐在化学课堂上，因为她有自由支配的时间，她冲着我微笑，因为她知道我爱上了克里斯蒂安妮。当阳光洒在亭子上，当我推着自行车走出地下室时，她不再跟我攀谈。她不再说：我看到你们了，在沃尔克马尔附近的庆祝活动结束之后，就在加贝斯波尔纳高处的拐角处，克里斯蒂安妮在那儿等她的男朋友，你站在她身旁，在寒冷中耐心等待，尽管时间已过十点，而你十点左右必须到家，你总是把她说的一切都信以为真，不知道马上来接她的是否真的是她男朋友，不知道他是否真的是高年级学生，因为在我们学校你从未见过他，但是随后你认为他还是来到了古腾堡，同时希望那或许只是她的一个堂兄，或者是她父母的一位熟人，她只是想简单地以此来吹牛罢了，因为另一方面当轮到她在生物课上回答问题时，她竟然不知道男人的睾丸是长在外面的，而是回答说"里面"，对此全班哄堂大笑，所有的男孩都在笑，因为他们终于能够报复那些总把他们当小孩对待的女孩了，只有你没有笑，只是看着她有多难为情，事后她跟加比和玛里昂站在外面，非常大声地说道："下一次我必须把这个再仔细查看一下。"当你们从她们旁边走过时，情况并没有好转，相反却变得更为糟糕，因为其他男孩现在总在说："然后我必须把这个再仔细查看一下。"只有你除外，你不知道该做些什么，因为否则的话你会不遗余力，就像在加贝斯波尔纳高处的拐角处那样，你最喜欢永远跟她站在那里，她在吸烟的时候你就朝下看着你的牛仔裤，明爱会那位女士把你的旧吉他的带有黄色图案的背带作为镶边缝到了牛仔裤上，其实在这种场合你根本就不该穿牛仔裤，反正那是一次例外，或许是作为安慰，因为你母亲又住进了医院，明爱会那位女士理解这一点，因为她以前也总要把她的衬裙存放在一位女友家里，也正因为你母亲又住进了医院，你才可以站在加贝斯波尔纳高处的拐角处，尽管时间已过10点，因为你太紧张了，因为你把她说的一切都信以为真，所以你想不起任何可以跟她交谈的事情，无论如何你都不想和她谈论学校，也不想谈论音乐，因为在这方面她没有把握，只是一味地模仿玛里昂，玛里昂跟你匹配要好得多，虽然她对滚石乐队成员评价很好，因为她非常了解他们,她甚至还熟悉齐柏林飞艇乐队,但是你爱上的不是玛里昂,不是加比或者我,而是克里斯蒂安妮,在聚会开瓶时你一次也不接近她,因为她也不擅长搭讪,但她还是坐在那里,这对她来说是典型的,非常典型,而我只是坐在后面的长沙发上,看着你怎样和阿尼塔、继而又和玛吉特出去,阿尼塔认真地吻了你,用张开的嘴巴和舌头,而玛吉特在吻你时连嘴里的口香糖都没有取出来,但是你并不介意这一点,因为如果不是克里斯蒂安妮反正一切对你来说都无所谓,尽管当时搭讪比后来真的站在那里要更好,有所企盼要更好,因为这样的话人们就可以对愿望加以想象,虽说愿望与现实总是有出入的,然后你和她站在加贝斯波尔纳高处的拐角处,你只是希望那一刻终将过去,希望你又是一个人,这样你就又能希望再一次和她单独在一起,再次绽放你的想象力,而不必像现在这样考虑再三,甚至连点燃一根香烟的胆量都没有,因为你愿意做好一切准备,在那里一直坚持待到她被接走为止,当然你不是真的希望那一刻过去,但是如果事情结束了也没有关系,那样你就可以一个人从加贝斯波尔纳往下走,终于可以感受你现在无法感受的一切,然后你也能抽一支烟,再次渴望见到克里斯蒂安妮,这是一种就像你坐在自己的房间里听奇想乐队的歌曲一样的感觉,这种感觉只有在听奇想乐队演唱时才会出现,特别是听《见我的朋友》(See My Friends)和《我与众不同》(I'm Not Like Every body Else)这两首歌时,你于寒冷中在那个地方站的时间越长,你就越渴望回到自己的房间坐到播放的磁带前面,即使你在房间里不能吸烟,不知什么时候克里斯蒂安妮真的说道:他来了,边说边指向一辆浅蓝色的大众甲壳虫,它从森林大街拐过来,穿过桥洞朝我们驶来,现在你在越发紧张的同时也如释重负,你仿佛已经看到自己在从加贝斯波尔纳往下走,看到自己点燃一支香烟,但就在这时克里斯蒂安妮转过身来,当那辆浅蓝色的甲壳虫正在掉头准备停在你们这一侧时,她转过身来吻你,她吻了你的嘴唇,然后她又转回到甲壳虫方向,车里的灯光亮起,因为司机打开了朝你们一侧的副驾驶座车门,但是她没有马上上车,而是再一次朝你转过身来,再一次吻了你的嘴唇,之后她才上车拉上车门,甲壳虫朝它来时的方向驶去,而你(尽管这是不可能的)则尝试回忆是否见过司机的脸,而不是回忆那两次你刻意淡化的亲吻,因为你无法正确理解两次亲吻,仿佛司机的面孔对你来说非常重要,接下来你尝试对它进行建构,他可能是随便某一个人,但恰恰不是来自学校的学生,不是高年级学生中的一名,而可能是亨克尔公园里网球场上的某人,你有时候会路过那个网球场,紧接着你意识到这样的想法有多无聊,因为你又想起了那两次亲吻,然后你思考克里斯蒂安妮为什么吻了你,恰恰是当那个家伙已经在场的情况下,你思考她这样做意味着什么,是否她想向你表明她多么不在乎你,因为你还是个孩子,人们可以随便亲吻小孩,坐在浅蓝色甲壳虫里的那个家伙是绝对不会嫉妒小孩的,因为你的确还是个孩子,你就一直这么继续思考下去,然后你往相反的方向去想,即她想向坐在浅蓝色甲壳虫里的那个家伙证明些什么,但却想不通在那一刻发生的事情到底意味着什么,她只能在那一刻吻你,因为在吻你的同时那一刻就结束了,因为你不会在那一刻之后做出任何举动,当然你绝对不会让自己做出任何举动,而只是在那儿站着,即使她提前五分钟吻了你,当那辆浅蓝色的甲壳虫还没有闯入你的视线时,但是你不会想到这些,与此同时你没有从加贝斯波尔纳往下走,而是穿过下面市郊的小菜园,看到在溪边的草地上几片雾气是怎样升腾在凹陷的大黄叶片上的,你在想发生在女孩身上的一切总是多么的有戏剧性,她们一块儿上厕所,经常感到眩晕或者恶心,这一切你都无法理解,你现在点燃了最后一支"塔林"牌香烟,心想你必须挺过夏季到来之前的这几个星期,在这之后反正你要摆脱所有这一切,然后你降了一级,低年级的女孩都还是些孩子,如果你在校园里看到克里斯蒂安妮,你会干脆把目光移走,尽管如此真到了那个时候,施密特-埃瑞也会狠狠地扇你五记耳光,这样你也就不被允许参加补考了,最后几天和其他同学一道坐在班级里已经是一种奇特的感觉了,早晨走进教室,中午走出教室,总是带有这种感觉,即这一切很快就将永远结束。在暑假前透过窗玻璃照进来的光线里,白天变得异常不真实,授课时数已没有多大意义,站在讲桌和黑板之间的老师们轮流授课,他们站在那里讲一些你不再能听进去的东西,因为你只是在看那些光线,还有闪烁发光的洋槐树枝,当你下午回到家里,一个人坐在厨房里的时候,因为你母亲又去了医院,你父亲在办公室或者办事处,你弟弟由明爱会那位女士领着去了一个儿童游乐场,这正是你求之不得的,因为否则的话只会因成绩单、留级和无休止的听音乐而引发争吵,在闪烁的光线下你打开那两张纸条,它们是早上第一节课前放在你座位上的两张折叠起来的小纸条,纸条里面分别用不同的笔迹写着"你很惹人喜爱"和"可惜你留级了",而你不知道它们是谁写的,只知道不是克里斯蒂安妮写的,这一点你很肯定,也不是我写的,这么说不仅因为我和你根本不在一个班级,也因为我正好面临其他问题,而你是不知道这些的,因为你对我的了解仅限于,我跟古多一样在同一个基层工作小组,我和克里斯蒂安妮是好朋友,但我不会像古多那样谈论铅笔的事儿,也不会谈论有关克里斯蒂安妮的任何事情,当我们在回家的路上碰巧凑在一起、一块儿谈论奶油或者施莱默儿·舍沃的时候，你已经有两次借给我一马克用来买一小包"塔林"牌香烟，这也是你喜欢抽的牌子，我知道有一次，你自己的烟抽完了，而我的也只剩下一支，你问我是否我可以让你吸一口，因为你当时正好挨着我坐，于是我就干脆把嘴唇压到你的嘴唇上，把烟吹进你的嘴里，但是我这样做并非是要挑逗你，而是因为整个那几天我都特别紧张，因为劳动节文艺汇演，但是对此我当然无法和你交谈，因为，我该怎样向你讲述呢，因为他们想让我在演出时脱去衣服，这事我连加比、玛里昂或者克里斯蒂安妮都没有告诉过，因为导演简直就是一个傻瓜，但尽管如此我还不得不那么做，否则我就会被踢出去，我知道，尽管如此你还是为我感到遗憾，因为我看上去那么悲伤，虽然我一直在龇牙咧嘴地傻笑，一直在抬眼望天，在我向外吐烟的时候，你甚至思考了一会儿，为什么你竟然没有爱上我，因为这对你来说显得更加容易和合乎逻辑，因为你还是不了解我，但是幸亏不是这种情况，不然的话一切都变得非常简单，即使我不知道我们在一起会是怎样的情形，因为我面临着完全不同的问题，总体说来不仅是在剧团，不仅是在基层工作小组，不仅是在家里，因为我在哪儿都不想被踢出去，特别不想作为傻气的跑龙套角色被踢出去，如果你要摆脱充当小人物的想法，那么你就可以忘掉这件事了，我边想这些问题边坐在你身旁吸烟，知道你在想克里斯蒂安妮，或者在想你留级的事以及谁给你写了那两张纸条，我知道你并不在意我的胸，因为你的注意力不在这方面，因为对坠入爱河的人来说重要的是其他方面，但是那个导演、那个傻瓜当然注意到了我的胸，现在他想看它，仿佛这是必须要做的事情，他在剧中让其中一名演员扯下我的上衣，这样我就必须到处乱跑，直到这一场景结束，我勉强能够阻止在排练时也这么做，也就是说上衣里面什么也不穿，但是在预演时我就必须真的要赤裸上身了，而这样的预演又恰恰属于你们学生的预订专场，虽然你对此根本不感兴趣，可你偏偏去看了这出戏，因为你已经放弃了去看《天鹅湖》，你父亲生气地问道，他花钱给你预订学生专场究竟是为了什么，你母亲在医院里说，要是她身体状况有所好转，她是多想再去剧院看戏啊，于是你就进了剧场，我一眼就看到了你，而且还在二楼楼厅，幸亏是在另一侧，我不知道情况会更糟还是更好，无论如何不会更好，但是我又转念一想，这样我至少能够让你看到我的胸，虽说你平时不注意它，这比克里斯蒂安妮的两次亲吻价值要大得多，尽管你对此当然一无所知，但是然后我感到更加没有自信，几乎想要逃走，就在演出即将开始之前，随后导演看到了他所策划的剧情，尽管那也没什么大不了的，而且其他女人也这么说道，她们挡在我身前，其中一人还干脆把撕碎下垂的上衣又往我的胸上搭了一下，我自己可不敢这么做，我只有一次，也就是在我刚刚下定决心的时候，非常自信地朝你转过身来，但是紧接着我就羞愧得面红耳赤，以至于我差一点儿栽倒在地，因为紧张我感到如此眩晕，这种令人讨厌的紧张，那个该死的导演，演出结束后我只想离开，只想跑出去，我没有卸妆，什么也没有做，只披了件大衣就跑到外面的夜色中，你站在那里，可能仅仅是巧合，我们去到那边的喷泉柱廊，坐在那里的台阶上吸了支烟，过了一会儿我问你感觉如何，你只是耸了耸肩，因为你不知道该说些什么，因为你不知道我指的是什么，是戏剧还是我的胸，因此我只是说道：导演是一个傻瓜，然后我们看着那边开来了好多辆出租车，人们上车之后接着驶离，又过了一会儿我们起身前往公共汽车站，我又想起自己还没有卸妆，我指着自己的眼睛做了个鬼脸,你微笑起来,然后我干脆说道:现在你看到了我的胸,你声音非常大、语速非常快地否定了这一点,你说你当时坐在最后面,尽管你是坐在最前面,你说可惜你根本就没有看到我,我觉得你这样说挺可爱的,虽然"可爱"这个词我觉得很傻,而且我绝对不会给你写纸条,上面写着"我觉得你挺惹人喜爱的",这一次我尝试不做鬼脸,而只是索性看着你,与此同时你登上公共汽车,我还站在原处等8路车,你转过身来对我说"周一见",我也回了一句"周一见",尽管我知道周一我将不会出现在学校,你将会在课间找我,将会只看到加比、玛里昂和克里斯蒂安妮是怎样站在一起激动地交谈,但是你不敢问出什么事了,相反放学之后你骑着自行车向下去了古腾堡,在那儿等古多,问他是否知道我出什么事了,只得知我早在数周前就被赶出了基层工作小组,对此古多的用词是"开除",当你问他是何原因时,他只是单调机械地说"对暴力问题不明确表态",仿佛你能够对此做点儿什么,古多也意识到了这一点,因此他又补充说:她没有拥护基层工作小组的观点,你对他说:天哪,古多,我可知道你们到底在做些什么,古多又摆出他惯常的派头开始空话连篇:我们把革命过程理解为是持久的,革命不是到处噼噼啪啪地乱放几枪就能成功的,这是一项要求很多理论渗透的长期事务,因此我们也定期碰面,就连这一点他也抑制不住,也包括那种习以为常的要求:你就到我们这儿来一趟吧,对你来说很多问题都会澄清的。因为他不明白,恰恰是所有这些你都不感兴趣,你的问题在他们那儿是不会得到澄清的,因为他们不会告诉你该做些什么,如果你留级的话,或者如果某一该死的导演要求你脱去衣服的话,但是你不依不饶,继续问古多是否在那之后他又见过我,不,当然没有,这个马屁精可能甚至会朝另一个方向望去,如果他碰巧在毛里求斯广场遇见我的话。我们彼此也不是很熟,他又补充说,但是你想知道的是其他一些事情,你接着问道,为什么他们没有和我商量此事,为什么他们干脆把我排除在外,随便把某人排除在外,这就好比是,你在寻找一种合适的表达,可你只想到了"留级"这个词,这明显是不合适的,但是古多又开始胡说八道,他声称他们已经就所有的事情跟我讨论过,但是一旦违背了某些原则是不行的,于是你问他那是些什么样的原则,这样他就又把旧账翻了出来:在其他组织取得成员资格,我们是不能容忍这样做的,这是当然了,你点头称是,因为你和你的童子军成员们对基层工作小组的设想是一样的,因为你想起了天主教或者新教、迈尔克林或者弗莱施曼、披头士乐队或者滚石乐队、哥哈钢笔或者百利金钢笔,它(他)们也是相互排斥,人们也不能同时觉得它(他)们都好,然后你又骑着自行车上山,暂时分散了一下注意力而不再想我,因为你对基层工作小组的想象跟你的童子军成员们是一样的,这样的组织都有集会和宿营地,都配有一个写满任务的考核本,人们必须完成那些任务,为了能够晋级并在上衣胸前的左兜上缝上相应的纽扣,然后你想到了你特地修建的鸟舍,想到你必须了解你的命名日和德国圣格奥尔格童子军的四个部族,然后你思考在基层工作小组可能会有什么样的任务,但是你什么也想不起来,然后你忘掉基层工作小组和我,又在想克里斯蒂安妮,在想明爱会那位女士做的什么午饭,你不必再做家庭作业,只要闲坐着就行,晚上用磁带从收音机里录一些音乐,改天再仔细聆听一遍,这其实是很棒的一件事情。

　　鸟儿在木桥下面浑浊的小河里不为所动地啄食。克劳迪娅向前依靠在桥上,自认为辨认出一条鱼,她说道:下面那是一条什么样的鱼呢？你看，就在那儿，它看上去就像是一团被卷起来的报纸，从报纸里不是还伸出一块牛舌吗？一个装有淡红色沙子的沙钟立在餐桌上。时间刚过六点。最后一块蓝色的天也变成了灰色。烤箱的灯光照进半明半暗、堆放着许多小碟的厨房。窗前那段被侵蚀的围墙在黯淡的黄昏里变得模糊起来。克劳迪娅回忆起那件米色的连衣裙，她母亲当初在北海度假时就穿过它，当时她妹妹得了病毒感染，她父亲把她拖到那个可怕的医生那儿，然后画面暂时消失，她闻到的只有诊所的味道，直到从这股气味中浮现出一个椭圆形的玻璃杯，里面装有未包装的棒糖，所有的棒糖都彼此粘在一起，尽管她对此感到恶心，她也不得不取了一支并且说"谢谢"。然后她感觉手指上有一些潮湿的东西。可能是她不小心用手触到了嘴唇上一处开裂的地方。然后她产生了想用胳膊去拥抱一头母牛的感觉。她想拥抱的不是母牛的脖子或者头部，而是母牛的身体。她想让自己头朝下悬挂在母牛身上，在教堂塔楼的钟声中，与母牛一道穿过夜幕被赶进牛棚。只有这样才会使她平静下来，行进中母牛呈波纹状来回晃荡的肚子撞击着她的脸部，肚子里孕育了许多胃，它们受持续的咀嚼节奏所操纵。鸟儿飞去，只剩下轻微的波浪声能够被听到，波浪围着那节沉重的树桩泛起涟漪，树桩肯定是有人扔进溪流的。

32
当然纳粹对一切都负有责任

当然纳粹对一切都负有责任。他们把我母亲关进了劳改所,在我父亲缺席的情况下判处他死刑,派我们做校长韦普勒和数学老师荣格的上司。他们把德国划分成区镇边界和河谷低地,给每一个小村庄都套上了一个直角形的街道网,引入了溪流大街、菲尔德大街、行政区大街、白坪大街、火车站大街、加尔根雷德尔大街以及其他128个"只在设立路牌时才被使用的"街名,这些街名我们在任何中等大小的地方一直还能碰到,因为战后有比任命一个委员会令其想出新的街名更重要的事情要做。尽管处在废墟中的城市现在面临一次难得的时机,以修建新的街道并相应对街道重新命名。但是真正意义上的新的开始永远也谈不上,这是纳粹留下的真实遗产,也就是说他们所犯下的罪行简直无法停止超越他们自身的消亡而继续产生影响。

人们在历史上寻找一种真正的重新开始总归是徒劳的。在生活中这种找寻也是徒劳的。即使有时一种重新开始的感觉会侵袭人们,比如说在鼻梁骨断裂之后,或者对于每一个新买的写字本而言,当自来水笔在第一页上流畅地滑动,而有很多错误、墨渍、划掉的句子和撕去的页码的旧本子则永远消失在书包里。但是一旦第一页被翻过去,新的开始也就随即结束。书写垫片已经磨损了，笔尖吃力地蹭过彩带，彩带左右颠倒地从第一页微微透了过来。对于纳粹来说情况也是如此，他们的十字钩能够穿透一切，透过每一栋砖砌建筑、每一座高速公路桥、每一片杉树林、每一个目光、每一个手势、每一句话。生活在匮乏和混乱之中。闲荡，逃脱，5点半时路过照得通亮的操场，当升起的晚霞布满了石油色的天空时。

长裤汉①们实施了新的月份，每月三周，每周十天，每天以两个十小时计算，同时他们还重新命名了月份和路牌，给教堂钟楼扣上了便帽式顶罩，以使基督教象征物不再继续高傲地突出于公民的简陋住房之上。但是这一切都无济于事。致使其失败的原因用专业概念来说叫"预辩法"（预先提可能有的反对意见而加以辩驳）。虽然人们的初衷是好的，想借助历法原点重新开始一段历史，但在迫不得已时人们也须注明在这一原点之前事件发生的日期。如果不用预辩法注明日期，人们就必须说：1945年5月7日纳粹尚未投降，但是在0年1月1日他们已经投降。这样说会令人感到困惑，因为人们不清楚，是否0年1月1日这一日期直接跟在1945年5月7日之后。但是如果人们就像通常所做的那样用预辩法注明日期，那么人们就会按照错误的年代排列顺序谈及一段先于重新开始的时期。通过按历法排列日期，人们使起点不再具有"新"的特征，因为现在看上去似乎是起点之前的时间在为重新开始做准备，仿佛是历史的重新开始要归功于纳粹，最后甚至合乎纳粹的心意，正如从基督教的目的论视角来看所有的宗教都仅仅是基督教的预备阶段，在基督教中实现自我。如此看来重新开始成为一种可怕的精神负担，它从两侧按时间顺序被用水泥粘固起来，永远也不再允许真正的重新开始。

但是事实上1945年5月8日根本没有发生任何事情。没有重新确定日期，没有零点，什么也没有。当罗马人于公元708年从罗马建城开始把他们的日历系统调整为儒略历时，这种情况导致了所谓的混乱年，因为他们用了一年多的时间，直到一种日历系统被另一种日历系统所取代。在引入格里高利历时人们想避免这种混乱，于是就干脆确定了一个日期，从这一天开始儒略历不再生效，即从1582年10月4日开始。十天之后，也就是在1582年10月15日，格里高利历正式生效。虽然人们以此避免了混乱年的出现，但是却有十天对于历史学而言完全没有记载日期。而我们竟然什么也没有：没有零点，没有混乱年，甚至连未记载日期的几天都没有。至少人们明晰了这一点，即在纳粹和其后的时期之间存在一道沟渠，人们不能就这样继续生活下去，仿佛什么也没有发生。然后人们必须总要想着这道沟渠，不能简单地从1945年5月7日继续数到5月8日。这样人们至少可以把纳粹当作借口加以利用，就跟采取短于正常日历年的学年一样，然后人们说正是因为纳粹以及在纳粹统治和新的历史起点之间缺少的天数，才使得人们无法做家庭作业，或者老师们必须中断教学，包括后来夜校的停课。相反在班级郊游时人们必须假装去埃塞克斯郡，并做出从荷兰来的样子，因为否则的话英国人只会高喊"希特勒万岁"，这样理性的会话就不再是可能的了。

　　纳粹们倾向于用他们自己的名字来命名街道、学校和公共设施。为了至少与此划清界限，联邦共和国颁布了一部法律，据此只有那些已经死去的人的名字才被允许用来进行官方命名。只是这一点并不适用于在邮票和钱币上描绘政治家们。特奥多尔·豪斯就一再出现在所有面值及明暗色调的钱币和邮票上。总是相同的侧面像，总是相同的大小,无论是在克里斯蒂安妮·韦根从诺德尼岛寄来的明信片上,还是在我叔叔从曼海姆寄来的包裹上。相反来自蒙古的邮票是三角形的、菱形的或者竖起的,它们用刺眼的颜色展示了禽类和具有异国色彩的动物,而蒙古只是苏联的一个仆从国,在经济上肯定比年轻的联邦共和国更加拮据。德国的邮票如此缺乏创见,其原因或许根本不在于资金匮乏,而在于对新榜样人物的渴念。这种新榜样人物就是豪斯和阿登纳。因为他们俩都比希特勒和他的纳粹政权年长,所以人们感觉能够把纳粹作为一个偏离正道的时期加以克服,与上述两位刚正不阿的代表性人物一道,使自己与之前联邦总理和联邦总统所来自的那个时代联系起来。同时人们能够通过阿登纳驳倒唯一不是从司法角度、因此也是更为频繁地为希特勒独裁做出的辩护,即所谓的"速度辩护"("希特勒至少修建了高速公路"),因为作为他那个年代德国最年轻的市长,阿登纳早在1932年8月6日就为德国第一条高速公路(555号高速公路)举行了开通仪式。阿登纳和豪斯的祖父们以此又接续了基督教民主传统,其起源可以确定为十九世纪后二十五年的某个时候,也就是说"一战"前的帝国时期,当时的帝国正开始通过实施给男人的普遍选举权使自己民主化。人们想在新的共和国延续那时的民主化努力,因为相比一种新的独裁,人们更害怕魏玛共和国"过度的民主理解",父辈们的暴政政权正是源于这种理解。通过消除纳粹统治产生的历史原因,废除被纳粹描述为"凡尔赛耻辱和约"的和平条约,人们同时也象征性地与一种可能的权利转让保持了距离,因此能够在战后不久就提出必须与上代人遗留下的债务做一了断,能够把自己理解为战争受害者和普遍受害者。毕竟人们失去了自己的儿子,幸存下来的祖父们不得不照顾他们未成年的孙子,还有哪种命运比他们的命运更悲惨的呢?[②]

  这些孙子在新的共和国里作为孤儿站在教堂和学校门口，为母亲康复组织出售纸花。母亲康复组织取代了纳粹时期的冬季赈济组织，但却保留了母亲十字勋章上那幅象征性的母亲图片。如果在纳粹统治时期一名母亲生了四个、六个、八个或者更多德国血统、遗传健康和品行端正的孩子，她就能够获得三级、二级或者一级母亲十字勋章。勋章上在阿道夫·希特勒的名字（反正他的名字无处不在）旁边写着：孩子使母亲显得高贵。现在在生完孩子和清理完废墟之后，母亲们被卸下套具，必须被遣送到博尔库姆岛或者施皮克罗格。孩子们也要被遣送，特别是如果他们来自柏林的话。为此人们废除了母亲十字勋章，就连原先颁发的母亲十字勋章也不再被允许在公共场合佩戴。在所有的纳粹勋章中人们现在只允许披挂铁十字勋章。不过装饰有金橡叶、利剑和宝石的骑士十字勋章除外，但是这也不那么重要了，因为这种勋章只颁发过唯一的一次，并且是授予了战机飞行员汉斯－乌尔里希·鲁德尔。战后鲁德尔住在那些《禁止佩戴纳粹勋章法案》不生效的国家，即首先在独裁者庇隆治下的阿根廷，在其倒台后又去了独裁者斯特罗斯纳统治的巴拉圭，最后在阿连德遇害之后生活在尊严殖民地，从那里开始他头戴非常合适的巴拿马草帽，作为西门子和其他德国公司的贸易代表旅行考察南美。比上面提到的骑士十字勋章更为重要的是所谓的大十字勋章。这种大十字勋章也只授予过一次，即颁发给了赫尔曼·戈林，但是就在他自杀前不久，希特勒又剥夺了他的大十字勋章。

  尽管纳粹党在纽伦堡审判中被宣布为是一个犯罪组织，这样一来佩戴和展示十字钩就被纳入禁止使用违宪组织标志的范畴，但是人们不是十分肯定，应当怎样在公共区域对这种纳粹标志进行更为细腻的描述。1938年在乌克马克西北部策尔尼科夫附近的一片松树林里，人们按照十字钩的形状种植了一些落叶松，它们属于所谓的"听命于时令交替的"象征，因为落叶松虽然属于松科植物，但是与松树不同的是，它们在秋季变成淡黄色，松针脱落，以至于只有在这个时候和冬季人们才能从空中分辨出十字钩造型。因为东德严厉禁止飞机飞越其领空，故而这一标志为人们所遗忘，在两德重新统一十年之后才又被发现，最终人们砍伐了二十五棵树木才使得纳粹标志变得无法识别。

在某些城市除了方位编号（街道右侧用偶数，左侧用奇数）和马掌形编号（编号从街道右侧的第一栋房子开始，不间断地一直持续到街道末尾，从那里再沿街道左侧返回）之外，由纳粹实施的街道的十字钩编号也即刻被常用的锯齿形编号所取代。即使是在纳粹统治时期，十字钩编号也未真正得到贯彻执行，因为这种编号太不精确和太混乱了。德国公路总监弗里茨·托特乘坐的飞机于1942年2月8日就在狼穴附近莫名其妙地坠毁，托特在这起事故中遇难，之前他曾与希特勒发生过争执，争执的焦点也是围绕十字钩编号的，直到最后一刻托特还在明确反对这种做法，托特死后帝国邮政部临时接管了他的任务。一段时间以来帝国邮政部下属的科研机构已经不再致力于其原本的任务，相反却在一名班内茨博士的推动下，研究从核物理方面制造原子弹的可能性。为了转移公众和对口部门对这种泛滥的研究活动的注意力，人们于1942年4月20日颁布了一项试用规定，规定力求在德意志帝国全境"全面推行十字钩编号"，但是首先必须在被保护国波希米亚和摩拉维亚以及被占的波兰领土上加以实施。跟马掌形编号相类似，十字钩编号也是从街道的右侧开始的，然后正好在右侧街道的中间位置又调换到街道左侧，从那里继续沿原先的方向往下编号。在街道末尾编号又换回到街道右侧，从那里继续沿反方向朝街头延伸，到了中间位置编号再次调换到街道左侧，从那里同样继续沿反方向朝街头延伸。根据1944年5月22日颁布的信件分送修订细则，邮递员必须严格遵守上面提到的编号顺序，否则将会面临拘留处罚的威胁，这种情况导致了他们的工作时间翻番。

在帝国土地规划局把康拉德·阿登纳1932年为之举行过落成典礼的第555号高速公路从形式上降格为乡间公路之后，阿道夫·希特勒得以在1933年9月23日通过挖第一锹土，宣告帝国高速公路第一分段建设的开始。在听取了不同意见之后人们在当年夏天就一项计划达成了一致，根据此项计划德意志帝国应该被覆盖一张呈十字钩形状的高速公路网。这样一条轴线将会从吕贝克通向不来梅，从那里继续通向莱比锡，再从莱比锡向下通向纽伦堡，与此同时第二条轴线从杜伊斯堡通向法兰克福，从那里通往诺伊施特累利茨，最后再通向兰茨贝格。纳粹的宣传机器把高速公路的修建描述为"我们时代的大教堂建筑"，这一新时代的十字架也应当相应地把自己铭刻在这片土地上。

总而言之纳粹污染了我们全部的语言，因此我们不再可能表达矛盾的心理或者进行抽象思维。鲜血、土地、睾丸、奥登瓦尔德，这些仅仅是几个例子而已，但是归根结底就连"归根结底"这一表达和"例子"这个词也渗透了纳粹意识形态（同样是一个特别重要的纳粹用语）。美国麻省理工学院研制了一种刻度盘，用来计算纳粹用语在词汇、惯用语和概念中的剩余比例，它用十二个刻度来表明德语语言中所有那些不是特意在帝国人民启蒙和宣传部产生的词汇。属于在可评价范围之外的概念比如说是像"最后解决"和"最终胜利"这样的词汇以及带有目的论导向的概念，此外还有技术类造词如"合并""短路""一体化""高速公路""大众汽车""用毒气杀死""备用发电机"或者用仪器来描述某一组织机构，另外还有描写偏执狂式抵抗的概念如"人民力量和武装力量的瓦解""种族耻辱"或者"敌对宣传"，以及特殊的词语连接如"源自喜悦的力量""人力资源"或者"酸白菜排骨"。例如"阿尔卑斯山夕照"这个词的纳粹用语因子为10.3，它在划分成12个分度的刻度盘上位于高位区域。作为在1945年以后产生的概念，"阿尔卑斯山旅游业"以7.3的因子达到了最高值，但还是被"高山牧场风笛吹奏者"以10.7的因子超越，尽管这一造词同样源于战后旅游业，后来它被扣去1.3分的事实引起了人们的注意，否则"高山牧场风笛吹奏者"将会占据刻度盘的最高位，因为在上奥地利"风笛吹奏者"从1941年春季开始就是意指犹太人的暗语，因为"咿咿呀呀地吹奏风笛"被用作"反复用常声和假声的调子歌唱"的同义词，在反犹太主义的煽动中它被用来影射据称无法理解的犹太人的言语方式。③

整个固定词组构成了一大特点。例如"这真蹩脚"或者"将某人狠狠揍一顿"。如果无法通过每一个音节对纳粹的意识形态做出牺牲的话，那么人们（纳粹用语因子8.7）归根结底（纳粹用语因子6.3）什么也不（纳粹用语因子8.7）能（纳粹用语因子4.1）说（作为不带介词的基本形式，其纳粹用语因子为3.0，带相应的介词定位也相应会更高一些，如"陈述"的纳粹用语因子为10.1，"断念"的纳粹用语因子为10.3，"耳语"的纳粹用语因子为9.3）。

恰恰是在那些自认为摆脱了纳粹的地方④，德国人又再一次炫耀这些丧心病狂者的文化遗产。比如说关键词"意大利旅行"。这个据说是由歌德创造的词汇吸引着仿佛着了魔似的德国人去往其他法西斯国家，因为他们相信纳粹们在战争临近结束时自我编造的谣传，即德国特殊之路的错误仅仅在于过分强调了反犹太主义，因此德国法西斯难逃失败的命运，正如一份 1945 年 4 月 29 日从元首地下掩体开始迅速扩散的文件里所说的那样，失败的原因是人们在德国低估了"犹太世界统治的影响"。墨索里尼之所以下台（就在前一天即 4 月 28 日）并在梅泽格拉镇朱利诺村庄附近的一堵矮墙后面被枪杀，是因为他与德国结盟，而伪装成佛朗哥时期的西班牙法西斯主义则是在德国纳粹的帮助下用炸弹轰出了胜利，它肯定还将迎来数十年的丰硕期。

即使下着鹅毛大雪，人们对此的喜悦也卡在喉咙里说不出来。像"乘雪橇滑雪"（纳粹用语因子 8.8）这样的词语，与之相比有过之而无不及的同义词"乘雪橇行驶"（纳粹用语因子 8.7）及其具有威胁性的惯用语"对某人毫不留情"（纳粹用语因子 11.1），它们都让纯洁的白色蜕变为苍白的、罩在德国土地上的皮肤。诸如"宇宙飞行器"（纳粹用语因子 11.3）、"防滑物料"（纳粹用语因子 11.2）、"雪崩危险"（纳粹用语因子 7.7）、"雪地防滑链"（纳粹用语因子 8.3）或者"被风吹成的雪堆"（纳粹用语因子 7.9），这些词语至今仍余威未尽。下雪时在德国的高速公路（没有纳粹用语因子，因为本身就是真正的纳粹词汇）上直接出现的混乱，只有通过面对带有意识形态色彩的季节时的自我惩罚倾向才能被理解，这种自我惩罚倾向在千年帝国浇灌了混凝土的地面上留下了多车道水沟。总体说来好像有两种态度占主导地位：一种是肯定的态度，另一种不断地给自己开列贝西尔洗衣粉券，此外摆出一副若无其事的样子。年轻的共和国和新的民主制度有多么幼稚，这一点从以下事实就能看出，即恰恰是《基本法》第 131 条做出了对罪行较轻者、随大流者和无罪者重新录任公职（纳粹用语因子 11.7）

的规定,而盟军旨在去纳粹化的调查问卷正好包含了131个问题⑤。(关于数值131的象征意义也可参见:赫伯特·施彭德曼的论文《131名小黑人在体操协会抓住横梯双手交替向前移动。论100以上的质数的法西斯主义象征意义》,收录在《马克西拉尔科学研究参考资料》第7期,不来梅,1998年。)施彭德曼在一处脚注里指出,意大利黑手党继承光大了法西斯主义的、最初甚至源于意大利的质数象征,很长一段时间里他们从行驶的汽车里开枪射杀某人时只驾驶菲亚特131型汽车(后来也使用菲亚特127型和149型),这款车的名字"米拉费欧丽"在民间习语里被弄巧成拙地说成了"玛菲亚多丽"(Mafiadori)。

在基尔学派的实验室里人们在三十年代就已经开发了"叛国"(纳粹用语因子12.0)这一概念,以此为纳粹的外交和对内政策搭建了法律框架⑥。谈及与纳粹有关的偶然事件(纳粹用语因子10.8)、特殊情况(纳粹用语因子7.2)或者例外情况(纳粹用语因子7.5),这在战后德国的学校历史课本里经常发生,这些历史教材都带有脱离现实生活的书名如《生效和停留》《看与说》或者《洋流中的人群》,因此我十四岁时还在崇拜海因茨·吕曼,当一名与基层工作小组的成员们有来往的同学(纳粹用语因子11.6)向我指出,海因茨·吕曼曾经是一名纳粹,1941年在电影《煤气抄表员》里担任过主演,这会令我感到非常意外,影片讲述的当然是用毒气杀人的情节,只不过是以喜剧的形式,这让一切都变得更加糟糕。我吓得如五雷轰顶(纳粹用语因子10.8),连续两天吃不下任何东西,一个月之后才想到去核实同学说过的话。事实证明,《煤气抄表员》是一部电影喜剧,海因茨·吕曼在剧中扮演的是一名煤气公司的职员。整个影片与用毒气谋杀犹太人的史实毫无关系,尽管在开始部分里瓦尔特·施泰因贝克(据说一年后他在选帝侯大街剧场的一次舞台演出期间死于心脏病突发）穿着睡衣出现，想用自己贵达一万马克的睡衣换取煤气抄表员吕曼的西服，最终吕曼同意了这笔交易。剧情的象征意义当然是不容忽视的，施泰因贝克是犹太人，他把自己的全部财富装入囚衣，为了再一次逃脱煤气抄表员。就我个人的偏好而言，我从这一刻开始感到困惑了，简而言之，我对自己的欣赏品位产生了怀疑。比方说在《火钳酒》这部影片中有一位年轻的教师，他的口腔左上端的牙齿都已经脱落了，我不由自主地把他看作是纳粹的代表，从某种程度上可以说是吹过教室的新风尚的代表。然后我又获悉，这部影片的拍摄工作被人为推迟了，这样做是为了让演员和工作人员不再被征召入伍。于是情况又完全不一样了，我自认为从演员和导演身上觉察到一种抵抗运动，它当然也使煤气抄表员的象征意义变得更有说服力，因为戈培尔和他的宣传部恰恰在战争年月里尝试，避免娱乐制作中的任何政治社会关联。

还有几个人的名字必须要提一下：比如伯恩哈德·鲁斯特。戈培尔把他描述为"绝对没有头脑的人"（纳粹用语因子11.1），此外这也是在影射鲁斯特在第一次世界大战中遭受的头部重伤，这次受伤据说使他变得神志不正常。鲁斯特是帝国科学、教育和民众教育部部长，他尝试在最后一分钟阻止电影《火钳酒》的上映，因为这部影片损害了学校这一教育机构的声望。于是海因茨·吕曼1944年1月带着电影胶片驱车前往元首总部狼穴，为了亲自请求戈林和希特勒给这部影片解禁。他获准进入临时商议中心，也就是半年后刺杀希特勒未遂的地方，商议中心里设有两家赌场，他在其中一家赌场和舒适惬意的茶馆里度过了等候时间，最后得以在那里的一家设施齐全的影院里放映该片，并最终使影片获得解禁。

说到底纳粹对一切都无所谓,恰恰是在涉及语言的时候。因此脱离纳粹意识形态来理解我们的(纳粹用语因子 11.4)语言(纳粹用语因子 10.0)是不可能的。我所说的"无所谓"是指,纳粹自己也没有遵守他们迂腐的规定,就连神志不正常,但同时又热衷于工作的教育部长鲁斯特也没有什么其他打算,而是只想着组建一个新的雅利安种族,并且借助于旨在恢复职业公务员的法案首先辞退了近千名高校教师,鲁斯特致力于使整个组织方面的混乱多少恢复些秩序,改变机构设置过于臃肿的现状。1944 年帝国人民启蒙和宣传部公布了一份艺术家和文化工作者的名单,名单上的人虽然跟所有其他同行一样形式上也须履行服兵役义务,但是仅是出于文化宣传之目的才能被投入使用,也就是说人们免除了他们的前线勤务,就像之前所说的"因有其他重要任务而免服兵役"(纳粹用语因子 12.0)。尽管无神论在纳粹阵营中占主导地位,上述开列的名单还是被描述为上帝恩赐的名单(没有纳粹用语因子,因为它是真正的纳粹概念),这就跟让元首稍晚并按照自己的意愿死亡的天意(同样没有纳粹用语因子,原因同上)相类似。海因茨·吕曼的名字出现在这份上帝恩赐的名单里,同样在列的还有以鲜血和土地为创作素材的女诗人阿格娜丝·米格尔或者元首的女崇拜者伊娜·赛德尔,她的诗行登在我们的学校教材里,1966 年她还被授予德意志联邦共和国功劳十字勋章。1933 年 10 月 26 日她们俩都在最忠诚地追随阿道夫·希特勒的发誓书上签过字。

纳粹的外交政策在缺乏创见方面是无与伦比的。首先他们想偷走意大利人的都灵裹尸布,为了能够从中看出元首的面部,然后他们想把可可·香奈儿拉到自己一边,为了让女人们不必总穿着双面针织内衣或者民族服装跑来跑去,当这一切都无法获得真正成功时(可可·香奈儿的情况除外,她因为根深蒂固的机会主义倾向而喜爱纳粹,只可惜在她投奔纳粹时已经度过了自己的最佳创作期),他们想杀戮和毁灭所有其他的东西,为了给自己的缺乏创见赢得足够的空间,这种缺乏创见应当在全世界得到推广,它归根结底只依循一种思想,即为一个唯一的民族赢得更多的空间。遗憾的是人们没能使纳粹就像在一个他们自己的实验室里那样经受一种长期研究,因为很快人们就得出结论,纳粹唯一的思想就在于想要毁灭他者。如果目标是毁灭他者,那么按照逻辑人们最终也必须毁灭自己,因为着眼于他者的目光如此犀利,以至于人们最终在自己身上辨认出他者,最晚当所有其他东西不复存在时。结局也的确是这种情况。希特勒让人很快处决了爱娃·布劳恩的连襟,剥夺了希姆莱和戈林的继承权,与爱娃·布劳恩结婚,紧接着又自杀身亡。

当然尤其是纳粹的审美在缺乏创见方面是无与伦比的,其唯一显著的特征就在于,这种审美不加选择地利用了所有的文化和世界上所有的思想。如果说最初使基督教融入一种民族主义教派的尝试是为了消除《旧约全书》的话,那么后来纳粹也越来越多地使用一种当然是被彻底简化的犹太教神秘教义的数字象征,这种数字象征用数字取代了字母表中的字母。人们用数字1从字母A开始,一直数到I,然后插入数字0以取代字母J,为了用文字和语言来象征犹太人自身的灭亡,接着重新用数字1从字母K开始继续计数,这就导致了一种完全做作的多义解释,例如数字2既可以代表字母B,也可以代表字母L和V。德意志帝国的邮政编码也应当按照上述象征系统被分配,战后这样的计划在人们事先毫无所知的情况下被沿用,通过1962年,特别是1993年的邮政编码变更甚至得到了推广,因此今天乌尔姆的邮政专用信箱还在用数字序列 89021 拼写希特勒（Hitla）的名字，以容克大街为中心的新乌尔姆地区用数字序列 89321 拼写希姆莱（Himla）的名字，尼费尔恩－厄舍尔布龙用数字序列 75223 拼写戈培尔（Geblc）的名字，而位于图林根州的索内贝格则成功地反对使用邮政编码 96558（对应的人名为 Speer "斯佩尔"），相反得到的邮政编码是 96501（Speja）[⑦]。

1933 年纳粹尚未掌权，就悄悄地改变了所有的数据和度量衡说明，为了给后世留下他们真正的遗产。比如他们重新确定了莱茵河的长度，使之比实际长度延长了 90 公里。如果说此前所有的百科辞典给出的莱茵河的正确长度都是 1230 公里，那么在党部保护纳粹文献审核委员会设立的前一年，1933 年版的布罗克豪斯百科词典第一次给出了 1320 公里的长度。第 15 版布罗克豪斯百科词典出版于 1928 年至 1935 年间。为庆祝纳粹夺取政权，人们出版了第 15 版该百科辞典的第 15 分卷，除了新的莱茵河长度，这一分卷还包含了其他重要的纳粹概念如象征皇权的标记、品系繁育或者枉法[⑧]。

无论是来自英国广播公司二台、法国电视二台还是德国电视二台，在此期间人们就一种语言达成了一致，把这种语言理解为是文献纪实型的，并用它来处理纳粹时期的不同主题。经过具有煽动性的剪辑，再配以瓦格纳和李斯特的音乐或者特意相应创作的浮夸的言辞，此前已经确定的情感应当被烘托出来。归根结底一切都已经事先被固定下来了，这样一来这些纪实影片与纳粹的电影新闻周报没有任何区别。在客厅里放映的是完全另一种形式的对纳粹统治的否定，因为这些电视纪实节目甚至都不尝试去理解恐惧的本质。就跟戏剧表演中使用的人造血一样，它们机械地运用恐惧元素，没有考虑到通过播放纳粹拍摄和排演的犹太人居住区场景以及来自精神病院和疗养院的报道，它们会使罪犯的目光双倍出现在电视机荧光屏上，或者通过放映瘦骨嶙峋的大众和堆积如山的尸体，它们一再拒绝赋予受害者以个性，这是能够传递痛苦的唯一途径，与此同时它们反过来又不断迷失在罪犯的个性之中。希特勒周围的女人有温妮弗雷德·瓦格纳、格达·克里斯蒂安、和他年龄相差十七岁的侄女格丽、玛格达·戈培尔等等。爱娃·布劳恩穿着泳衣在贝格霍夫与爱犬们嬉闹玩耍，而同时则有数百万犹太人被谋杀，数百万士兵战死沙场，这样的场面应当会显得非常伤风败俗。爱娃·布劳恩和父母去乘豪华游船旅行，她和父母及两个姐妹在喝烈性酒，她活蹦乱跳地穿过花园，她在栏杆旁边荡秋千，如果她不是自己在蹦蹦跳跳，她就用装有爱克发彩色胶卷的 16 毫米相机给元首拍照。但是这些画面不会激起人的恐惧心理。它们不会引发恐惧，因为那不是令人毛骨悚然的画面，而是因为它们仅仅通过道德负担和相应的音乐压力而产生恐惧效应，这与好莱坞电影通过让摄影机在紧张情绪达到顶点时聚焦无关痛痒的东西、以此来增强恐惧感是如出一辙的。上述节目的虚伪之处在于，纪录片的制片人拒绝公开他们自己的矛盾心理，拒绝透露他们晚上在家也会蹦蹦跳跳，当他们在剪辑那些残暴的影片时，而另一方面在各大机场孩子们被打发回来，因为对腕关节的 X 线检查表明，他们已经超过二十岁了。

或许纳粹也对此负有责任，即我总是感受到一种强迫击打自己面部的冲动，有时我也无法阻止这种冲动，或者强迫自己用一个尖的东西挖出一只眼睛，这一点迄今为止我能够避免[9]。这样的一种遗传特征归根结底无法被准确界定和理解，当然它也可能是一种内生紊乱，或者是由环境条件或者任意一种有害物质引发的，用这种有害物质人们处理过我的睡床的板条格垫。这种发作呈周期性出现，有时会连续好几个月被忘却,然后又会突然因为最微不足道的诱因而再次出现,这当然是非常奇特的现象。其原因或许在于与权威的分裂关系,因为权威当然永远剥夺了自己所有的存在基础,并且一直还在朝着无底的深渊继续这种做法。

注 释:

① 长裤汉,法国大革命时期贵族对激进共和主义者的蔑称。

② 荷兰精神分析学家凯斯·范·东克在一篇论文中把五十年代末德国这一典型的初始状况描述为"跳马情结"。东克在文中写道:"因为担心自己被剥夺权力,神话里的父亲一般都会杀死他们的孩子。乌拉诺斯一再把他的后代推回到母亲腹中,直到他在这一过程中最终被克洛诺斯阉割。克洛诺斯重又吞吃自己的孩子,直到他被宙斯制服,宙斯的母亲用一块石头替换了他,以此免于他遭到父亲的迫害。但是在德国父亲们允许他们的儿子繁衍后代,在他们割去儿子的睾丸并重新获取统治权之前。儿子们的过错被用作剥夺其权力的借口。然而事实上无生育能力的父亲们从未真正把权力要求交给过儿子们。因此发生的并不是显性,而是一种隐性的遗传,也就是说祖父们的基因遗传特征在孙子们身上得到了再现,而以显性的方式遗传给儿子们的基因份额表面上看是跟儿子们一道被清除和消亡了,但实际上仅仅是被排挤掉了。"——本章以下注释,都是作者原注。

③ 理查德·瓦格纳1869年就对这个话题如是写道:"如果犹太人提升了他的言语方式,用这样的方式他只能让我们觉察到那种显得可笑的热情,但却从不会令我们体会到因同情而感动的激情,更不用说

对歌唱艺术的激情了，那么他对我们来说简直是不堪忍受的。"

④ 不同于在其他国家占主导地位的羞愧文化或者罪责文化，德国是一种典型的忌妒文化，这一点我们当然也要归功于纳粹。谁要是比如浏览一下《南德意志报》专栏，或者翻看一下以前的《时代周刊》或者《法兰克福汇报》专栏，或者阅读任意一种专栏，他会在每一页上和在每一段中发现，由纳粹首次采用的"妒忌"一词（纳粹用语因子3.2）占有多么重要的主导地位。（"妒忌"一词较低的纳粹用语因子产生于这一事实，即这一概念与一种始终为社会普遍认可的情感关联在一起。）当然仅仅是"专栏"（纳粹用语因子9.8）这一名称就预示着不祥之兆，但是在这里不便对此详尽。《南德意志报》专栏里会定期刊登名为《您现在什么也不说》的述评，文中人们首先被剥夺了使用语言的权利，紧接着被迫做各种鬼脸和扭曲肢体，为了以此回答采访者盘根究底的问题，这是一种来自纳粹刑讯室的实践做法，在那里其他一些折磨人的方式写在每天的议事日程（纳粹用语因子11.7）上，比如撕扯舌头或者打碎喉头。仿佛是出于讥讽之目的，这些刑讯场面每周都会按照里芬斯塔尔风格被拍摄成黑白照片并被公开展览。我们继续来思考《南德意志报》专栏吧：那里有一篇名为《良心问题》（纳粹用语因子10.4）的述评，文中一名获得双学位的记者（"博士"一词的缩写形式 *Dr.* 的纳粹用语因子为8.3，相反全称形式 *Doktor* 的纳粹用语因子只有7.2）回答了有关伦理（纳粹用语因子7.0）方面的问题。接着还有一篇名为《尊敬》（纳粹用语因子8.8）的述评，总之不同专栏探讨的都是不同的话题，在此以下情况丝毫不令人吃惊，即在随机抽取的2010年3月5日（纳粹数据因子8.8）的《南德意志报》专栏里，竟然同时有两篇文

章对鲜血—土地—忌妒意识形态表达了赞意，需要强调的是，这是在自称摆脱了纳粹65年之后发生的事情，尽管专栏都是由年轻（纳粹用语因子10.8）记者撰稿编辑的，他们自己在1968年尚未出生。这一特殊情况涉及的是"最大的伤害"（形容词最高级是纳粹语言的八大主要特征之一），是一个男人（纳粹用语因子11.3）或者一个女人（纳粹用语因子11.3）所能遭受的最大伤害。仅仅是"最大的"（纳粹用语因子11.8）这一夸张手法，再与"伤害"（纳粹用语因子7.7）这一词汇结合在一起，当然首先就是对大屠杀的一种阴险和下意识的否定，以及对所有其他人们每天对自己和彼此造成的事实伤害的否定。仅用颓废和心满意足对此做出道歉，这对于一家报社的专栏来说是远远不够的，该报高擎捍卫严肃新闻业的最后一面旗帜（纳粹用语因子11.8），但尽管如此或者正因为如此它没有注意到，所有那些已经被鄙弃和排斥的成分在经过高亮度抛光处理之后又在自家报纸的专栏里得到了重现。在此被称为"最大伤害"的伤害无异于是对自己虚荣心的伤害，它仅仅是取代了事实上的伤害而已，这是一种不同于以往的情况，这种"所有时代里最大的伤害"涉及的是一种种族遗传伤害，因为这种伤害的实质只在于，一个男人获悉他的孩子事实上并不是他自己的，而一个没有孩子的女人则得知，她丈夫和另一个女人有了一个孩子，也就是说在婚姻关系（纳粹用语因子10.6）、安全所（纳粹用语因子11.6）和家庭（纳粹用语因子11.5）之外。这一期专栏采纳了一篇冠以纳粹帝国主义标题《世界各地最优秀的》的述评（又是纳粹语言的最高级形式，与其后的词组"世界各地"一道，达到了10.6的纳粹用语因子，主要是因为引自环球电影股份公司的《电影周刊》或者福克斯《电影新闻周报》而闻名)。这一专栏的记者们预料到他们会继续传承纳粹遗产吗?可能是吧,因为即使是看似无害的纵横填字字谜(纳粹用语因子10.3)也被加上了《带有话语的十字架》这一辩护士标题。在1999年6月25日(纳粹数据因子10.8,千禧年恐惧因子10.3)这一具有双重重要意义的一天被终止的《法兰克福汇报》专栏,以调查问卷(纳粹用语因子11.0)的形式继续延伸一种先前的纳粹传统,即使人们认为这是盟军的去纳粹化调查问卷。此外人们提出这样的问题,一辈子都在填写纳粹的调查问卷或者盟军的去纳粹化调查问卷,还有什么是比这更大的对于纳粹影响的坦白,因为这两种做法指向的都是继续存在的纳粹主义。

⑤ 无独有偶,外交部在五十年代初新成立时,聘用的主要都是些长期服役的纳粹们,对每一个在威廉大街审判中针对恩斯特·封·魏茨泽克和其他纳粹外交部成员做证的人都统统加以拒绝,就连这些证人如弗里德里希·高斯或者保罗·卡尔·施密特,他们本身都曾是里宾特洛甫周围的高级纳粹,在《时代周刊》和《明镜周刊》上即刻用假名淡化了纳粹的罪行,原封不动地阐明了他们的世界观:《法兰克福汇报》是由那些记者参与创办的,他们把自己看作是历届政府的良知,因此之前他们在《民族观察家》(保罗·泽特)或者《帝国》(卡尔·科恩)上写道,为什么5月8日,正如另一位编写者埃里希·道姆布罗夫斯基1955年在"二战"结束十周年纪念日所写的那样,永远是"最深重耻辱"的一天,战胜国仅仅是从"精神的迷惘、仇恨和风头主义"中找到了它们的推动力。亚历山大·米切利希在其传记中揭示了被盖世太保拘捕和审讯的情景,当初纳粹之所以抓捕他,是因为他跟恩斯特·荣格尔或者保罗·安东·韦贝

尔一样属于恩斯特·尼基施的圈子,这样一来他比纳粹还要更加右倾,坚定的反民主人士尼基施指责纳粹自由散漫,特别是指责他们不像日耳曼人、过于循规蹈矩和过于信仰天主教。尼基施也想毁灭犹太人,但这只应是毁灭的开始,紧随犹太人之后的应当是基督徒们。对他来说重要的是一种"德国血统祛除罗马式遗传特征的自我净化",他梦想圣巴托罗缪之夜和西西里岛的晚祷。由此他延续了阿图·莫勒·范登布鲁克的思想,后者创造了"第三帝国"这一概念,但却认为希特勒过于没有教养。早在1925年他就在一次神经崩溃之后自杀身亡,而到了1939年纳粹才废除"第三帝国"这一概念。因为恩斯特·尼基施主张的法西斯主义是亲苏维埃的,并且他作为民族布尔什维克被纳粹关进了勃兰登堡监狱,因此在被苏联红军解放之后他能够加入德国社会主义统一党,得以成为东柏林洪堡大学的社会学教授。6月17日之后他放弃了所有的职务,去往西德并提起赔偿损失的诉讼,在打了八年的官司之后法院判给他1500马克的赔偿。直到去世前他都在关心新右翼党,它同时也曾经并一直是旧右翼党。所有这些人当然都被授予大量的勋章,成为荣誉公民和名誉教授等等。如果随便某一名德意志民族主义者不受纳粹的欢迎,他马上就会登上各种读本,跟那些并未使自己变得不受欢迎的德意志民族主义者一道。就连在联邦德国把自己标榜为自由主义的出版物也是以纳粹为基础的,例如《明星画刊》,它使库尔特·埃格儿领导下的党卫军分队南部之星连队的标志以接力赛跑的形式继续延伸到了战后德国,该画刊的发行人亨利·南恩就曾经在这个连队效力过。

⑥ 跟当时一样,今天一直还在用同样的天真来审视世界,这一点人们

是怎样做到的呢？原因仅仅在于我们一直还在使用的纳粹化语言吗？为什么人们不能至少摆脱那些纳粹用语因子在8以上或者至少10的词语？更不用提像"叛国"（纳粹用语因子12）这样真正的纳粹概念了，法庭今天仍在用这些概念轻松地对人们做出判决，仅仅是因为格奥尔格·达姆和他的基尔学派始终是用以培养年轻法学家的权威著作的编写者，这样一来他们始终决定着我们国家的法制观念，即使从2006年8月开始实行了新的正字法？对达姆而言归根结底每一种犯罪都是叛国，因为偷窃和谋杀首先是对服从元首这一纳粹理想的背叛，相比这一点它们对受害者造成的伤害要更小。相比法学权威著作，有多少危害真正来自那些往往把头发剃光、自诩为纳粹的人呢？这个问题的一个不容低估的方面在于将娱乐和知识割裂开来，这种做法曾经被实施过，并且一直被保留下来，它导致了（人们从《南德意志报》专栏的例子上已经看出这一点）其他新闻媒介也把其无意识作为娱乐栏目分离出去，让它（无意识）在那里不受控制地滋生蔓延，因为娱乐不无缘由地也被描述为"切断电流"，为了同时给其他人接通电流，也就是说支配和处理，也就是说能够强行使思想一体化。

⑦ 这一邮政编码的变更却无法阻止来自埃尔富特邻近地区的一群新纳粹，他们于2011年9月1日，也就是在阿尔伯特·斯佩尔三十周年忌日在索内贝格列队举行集会。虽然斯佩尔（Speer）这个名字的拼写方式没有被禁止，但是这群人数在三十人左右，主要以男性居多的示威者仍身穿黑色的T恤衫，上面印有索内贝格的邮政编码96501，数字上是拼写错误的斯佩尔的名字（Speja），他们打算以此把Speja这个名字确立为自己的口号。这场新纳粹游行属于个别情

况,尽管在第二年的9月1日一小群反示威者在被称作"熨斗"的建筑物前面列队,一年前新纳粹游行就是从这里开始的,因为他们错误地以为,这幢按照纽约熨斗大厦的风格在一定程度上被压缩设计的建筑是由阿尔伯特·斯佩尔负责建成的。迄今人们不是很清楚,为何那些反示威者全都裹着由宜家公司设计的游戏帐篷,帐篷上仅仅为眼睛预留了窟窿。但是一种可能的解释是,他们既想通过这种游戏帐篷的名字斯佩亚(Speja)嘲讽纳粹示威者,又想以此影射宜家创始人英格瓦·坎普拉德的法西斯主义历史,因为坎普拉德在四十年代是新瑞典运动的成员,这是一个极右翼的、民族主义和反犹太主义的帮派,它赞同的主要是墨索里尼的思想。鉴于斯佩亚(Speja)在瑞典语里意为"从事间谍活动"或者"窃听",因此在对"索内贝格的天线宝宝们"(媒体对那些反示威者们的蔑称)进行报道的过程中人们再次提出了这一问题,即在对于其他国家来说听起来具有异国风情的宜家产品名称的背后,是否也隐藏着公司总裁和创始人非常有针对性的口号,因为如果不是通过压制性和权威制儿童教育的共性,人们为何要把一种为儿童设计的游戏帐篷和窃听联系到一起呢?在此类教育模式下孩子们只是臆想可以不受监视地沉醉于自己的游戏之中,而事实上他们一直都在受游戏帐篷外面成年人的监控。哥本哈根大学政治交流与丹麦语教授克劳斯·克约勒在一项调查中发现,宜家通常用丹麦地名如克厄、辛达尔、罗斯基勒、贝林格、斯特里布、赫尔辛格或者尼瓦来命名脚垫和便宜的地毯,而价值更高的优质产品则是用瑞典名称来被命名的。克约勒不相信这种偶然会发生在像宜家这样在专业模式下运营的企业身上,他更相信这是瑞典帝国主义在作祟,并令人回忆起三百五十年前丹麦地

293

区如哈兰德、斯科讷和布莱金厄被瑞典吞并的史实。

⑧ 当七十七年之后科隆大学的一位不知情的生物学家偶然发现,这一伪造的事实一直蔓延到当代时,据说这种情况涉及的是一种简单的数字颠倒。奇怪的是这样的数字颠倒竟然被所有新版的百科辞典所录用,这些百科辞典在过去和现在又不断被出版发行。为了把其他针对被纳粹伪造的数据展开的调查扼杀于萌芽状态,以恰恰在这个时候被刑满释放的埃里希·楚德尔和正致力于第三篇报道的弗雷德·A. 洛伊希特(参见:《光线在大屠杀否定者的姓氏里的象征意义》)为核心的团体接受了数字颠倒理论,他们立刻宣称,在奥斯威辛被谋害的犹太人的数量也是一种数字颠倒,这一数字不是900000,而是确切地说是000009,这也解释了为何在集中营周边场地上找不到相应的烟囱,正如英国主教理查德·威廉森所补充说明的那样。

⑨ 当然就我个人而言,纳粹不负担任何罪责。这方面的责任完全由我一人来承担。如果说他们对一些事情负有责任,那么这充其量表现在,我能够把罪责分配给他们。在原先的电影新闻周报上看到那些兴奋的面孔,他们都是些年轻人,向一场无所不用其极的战争欢呼,愿意让自己在战场上做无谓牺牲,这一点显得令人无法理解。而我们在十岁时也成立了一家俱乐部,它应当超越我们个人层面的心理状态,虽然我们最后只是在阿希姆祖母家的地下室里聚会,在那里我们从一部手提电唱机上欣赏披头士乐队的单曲唱片。最晚在第一次真正把课堂作业做得一塌糊涂和第一次恋爱失败时,我们也很难再经受住战时动员的诱惑,那是一种能够让自己四处活动的希望,一种被普遍认可而非不断被误解、但是主要是超越个人的使命。我们俱乐部的标志是一只红色的手,这样它就是红军派标志的前身,

对此我们可从来没有想到过，因为我们对任何军国主义以及由武器所产生的男性沙文主义的感官刺激都感到非常陌生，因为我们不仅失去了父母，而且也是没有榜样、性别和导向的一代。

33
年表2：一辆高举起重臂的吊车投下的
阴影无声地掠过岁月

1968年12月

冰层下面的死鱼和布满深红色脉络的秋叶。在它们上面是冻住的枝丫。天空像土豆地的颜色一样灰蒙蒙的。一缕一缕又长又粗的雪花飘落。橄榄绿颜色的医院巴士载着病人驶往城市的另一端去就医。他们坐在车里独自发呆，而不是透过车窗玻璃看我们。我们跟在车边跑了一会儿。然后巴士转弯开走了。今年第一次没有开列愿望单。

1969年1月

我们用手捂住双眼，眯起眼睛透过指缝偷看抬着盖有蓝布尸架的搬运工。有人手里拿着梯子站在翻倒的大树旁边。一只黄色的手套冻得硬邦邦的，挂在一处开裂的根茎上。

1969年2月

雨就像是从浇灌园地的长橡皮管里喷出的浪花一样吹打在走廊的

落地窗上。沉重的椴树树枝在向外延伸的台阶上投下了一片稀疏钩织的带网眼的阴影。傍晚的暮色一再疲惫地在后院贴有瓷砖的墙壁上滑落。

1969 年 3 月

一辆高举起重臂的吊车投下的阴影,吊车正在城市的一处洼地为建造一栋高楼堆放板材。

1969 年 4 月

一个装有沙丘和一只蜥蜴的小型玻璃箱被放在一辆自行车后座上,从人们眼前摇摇晃晃地驶过。一名妇女在参加完教堂仪式之后拿起我的左手,用她的食指追踪我手心的纹路。闻起来像是医院伙食的味道。土豆泥配煎肉汁和煮得很嫩的绿豆。在这之间还有一股淡淡的麦芽咖啡的味道。

1969 年 5 月

星期天人非常拥挤。在砂石建筑前面圣烛的烛蜡滴到参加圣餐仪式的孩子们穿的漆皮皮鞋上。

1969 年 6 月

太阳变得苍白无色,就像是变戏法一样化为一片雨云。之后没有任何过渡天一下子就黑了下来。两个人在布满灰尘的场地上摔跤翻滚。人们在用手电筒照着他们。如果驶过一辆警察巡逻车,人们就暂时熄掉手电筒,场地上会恢复片刻的宁静。一个女人在扇坐在轮椅上的一名男子的耳光。热蒸汽从下水道的盖子里升起。

1969 年 7 月

有时我的腭部如此干燥，就像是在隆重的庆祝活动结束之后绿色橡胶盆里的橙色小海绵一样。

1969 年 8 月

一块漂木，看上去就像一只女人的手。工具间里的味道。平衡木、蓝色的垫子和透气的马革。

1969 年 9 月

我路过铁路路堤旁那栋孤零零的缸砖建筑物，看到从底层的一扇窗户里透出一束蓝光。我轻轻靠近窗户并向里张望。黑暗的房间里一台电视机正在播放节目。一个我此前从未见过的木偶在荧光屏上漫步穿过一片独特的景观。我听不到声音，只能看到木偶笨拙的脚步和屏幕上滑过的背景。然后房间里的灯被拧开了，一个女人走进来。她朝一个男人走过去，那个男人穿着内衣，背朝窗户坐在一张铺着油布的桌边。她取了一个未打开的啤酒瓶，让酒瓶在男人的脊背上滚动。我离开窗户继续向前赶路，在人们发现我之前。

1969 年 10 月

树木在花园里颤抖。草已经枯萎了。两名男子抬着一个灰色的木箱朝医院走去。一个女孩从校园的小水坑上面跳了过去，唯一的一片槭树叶在空中滑翔。

1969 年 11 月

一群孩子排着狭长的队伍从自助居民区里走出来。他们在身后拖着带滚轮的手风琴琴箱。乡公所的窗玻璃上贴着黑色的鸟类剪影和彩色的星星。一种浓重的黑色笼罩在莱茵河河面上。

1969 年 12 月

中断的线锯细工，钩织的端热锅用的厚布，再三用橡皮擦掉的句子。

1970 年 1 月

小街里深色的房屋让紧靠在一起的屋顶相互擦碰。在照片上这些被拍摄下来的人看上去都面无血色。他们紧握双手，仿佛手里藏着什么东西。仔细观察人们会看出，他们都不动声色地指向下面。我对此不感兴趣。我在短暂的课间休息时偷偷抽了一支"塔林"牌香烟。我厌倦了总要不停地理会这样的事情。

34
在多场次循环放映电影院里那名少年得知，为何火车机车的名称被数字所取代

　　一个会施催眠术的医师和魔法师正在毛里求斯广场表演自己的技艺，当我和父母从广场边走过时，他向我这边看了一眼，但是并没有中断他的演讲，也没有分散观众对他举起的右手里那只金质怀表的注意力。我听到了"共和国"这个词，看了一下我鞋底下的路面，又看了一下父母踩在我眼前一个浅水洼里的鞋尖，他们俩穿的都是黑鞋，母亲的鞋是尖头的，父亲的鞋是圆头的，然后我看到飘落的雨点，它只是在一瞬间强调了催眠师的最后一句话，之后便像挥洒的五彩纸屑一样消失不见了。仿佛我此前从未听到过"共和国"这个词，它好像一下子描述了所有的事物：狭窄的廊道，一直通向多场次循环放映电影院；平行街道，几年前我还在那里看到过一队拉着酒桶的马车；还有弯弯曲曲的小巷，人们在去往城市图书馆的路上可以拐到那里看看，其中一处房屋入口总是敞开着，里面站着许多女人。我父亲在多场次循环放映影院的售票处买了一张票，跟以往一样我独自一人穿过敞开的双道门，从在中间拉开、在两边用皮革镶边固定的毡幕中间走了进去。跟平时一样，我在第七排边上坐下来。正在放映的是给一种消毒

漱口水做的广告。有时在早晨我听到父亲漱口,但是我不知道人们为何要漱口。从被雨淋湿的廊道吹来的过堂风不断随新的观众涌入影院。总是有身影从观众席的某个地方站起离开放映厅。雨落在后排某处的一块屋顶上,在电影与电影之间会响起扬声器噼噼啪啪的声音。观众在银幕上能够看到兰德瓦萨动物卫生保健研究所,然后是通往哈格斯泰恩的公路,继而是一幅耶稣受难像,它让人回想起那次铁路事故。用粉笔在一扇门上写下的数字。杂乱堆砌的木板,就跟细木工场旁边工具棚里的情景一样。画面静止。一个年份数字。一个声音。事故现场。音乐。我自认为在画面后方辨认出一具死尸。另一幅画面。一辆侧翻在路边的机车。拿着铁锹的男人们。一截树梢。一座教堂。天又下起雨。一直还在下雨。我穿着短裤。那些拿铁锹的男人在埋葬一些东西。那是些爆裂的板条箱。灰烬。灰尘。过堂风。一名系着围巾的飞行员。在农田上人们用木板凑合搭建了一个台座。台座后面坐着没有穿圣衣的催眠师,他在听取那些被放至他眼前的垂死者的忏悔。我听到了成年人的各种罪孽。我看到了催眠师的猴子吹到空中的肥皂泡。在破裂之前这些肥皂泡是多么的苍白无色啊。男人们脖子上挂着一个装有常备药品的小瓶。从村子里跑过来一个疯子。没错,水是从岩石里流出来的。十七年里我父亲蹬着一辆借来的自行车每天两次沿一条田间小路骑行。空中还有轰炸机飞过,但是火车机车已经不再有名称了。事故发生之后名称被数字所取代,因为火车司机拒绝驾驶事故车辆。两名来自红十字组织的女士穿过出事地点,向遇难者家属分发黑色的袖章。孩子们必须站成两排。人们告诉他们是去修学旅行,而实际计划的却是一次儿童十字军东征,此次东征应当指引他们昏头昏脑地穿过黑暗,继续远行穿过不同的树林直到深谷,因为孤儿院早已人满为患。他们唱的是一首欢快的歌曲。年龄最小的孩子们一边歌唱一边鼓掌。一名高中生戴着镜片破损的眼镜走在队伍最前面。一架飞机空投了援外救济包，但是这些包裹几乎全都降落在仍在燃烧的火车车厢的残骸中。然而还是有一个包裹落到了旁边的草丛里。没有人注意到它。只有我看到它在右下角边缘处躺着。在跟地面撞击时包裹里肯定有一些东西破损了，因为慢慢地褐色的包装纸开始染成了微红色。那肯定只是一个装有蜜饯或者果酱的玻璃瓶。为了安慰孩子们，人们不可能把活着的动物装在援外救济包里空投。谁也不会想到这个主意。东征的孩子们几乎还没有淡出人们的视野，女人们就开始高声叫喊和抱怨起来。她们只是在孩子们面前保持了克制。直到现在这起事故的整个严重程度才变得清晰明了。现在人们也第一次看到了绽开的脸部和脱臼的胳膊。现在许多重伤员用最后的力气把自己拖向挖好的坟坑。因为神父一直尚未到场，催眠师再次出面顶替，给垂死者送上最后的祝福。他拿着那块金质怀表从一个坟坑走向另一个坟坑，让躺在坑里的伤员忘掉疼痛。活着现在变成了痛苦。尽管如此人们还是能够忘却痛苦。人们可以用喊叫声压过痛苦。或者用思想抗击痛苦。那个右下角的援外救济包在此期间已经完全被浸透了。无论里面装着什么，人们都不再能够识别它了。包裹旁边躺着一个皱巴巴的学生练习本。一阵狂风掀开了本子的页码，接着又把它合上。我从本子里辨认出一幅儿童素描画。画上一个男人坐在树上。他面带微笑，就跟儿童素描画上所有的人一样总在微笑。画上的男人缺了一只胳膊。在笑的时候他面临从树上掉下来的危险。树底下停着一辆坦克。坦克上坐着一名穿制服的男子。他也在微笑。然后画面黯淡了下来。

35
人们在包里携带了些什么

　　一名护士给那个少年往床头柜上放了一个小盒子,盒子里保存着他的贵重物品。只剩最后几项检查还须进行,然后他就可以被接走了。前面提到的贵重物品指的是一根银项链,项链的垂饰上镌刻着一只蝎子,一只荣汉斯手表①,配有特别宽的羚羊皮表带②,以及一个用表面起毛的红色皮革制成的长钱包,钱包上刻铸着印度装饰花纹,边缘处有白色的编结绸带,里面用圆珠笔题有布莱恩和克里斯蒂安妮的名字③。钱包里除了四马克十二芬尼的零钱之外还装着以下证件:一张州立图书馆借阅卡,一个城市图书馆借阅证,一张位于克莱斯特大街13号的沙洲茶馆(茶文化保护协会)④的会员证,凭这张会员证人们有资格从11点到23点在俱乐部活动室里逗留,一个国际知名艺术家学校⑤的学生证,一张三级行人证和一张酒鬼证⑥,一张被折了好几下并且在折叠处已经有裂缝的50旧德国马克,一张同样被折起来并且在折叠处有裂缝的报刊照片,它展示的是一对夫妇的正面站立裸照⑦,好几张怪物刺青,一张护照照片,照片上能看到一个十四岁左右、留着齐肩长发的男孩⑧,两张被折起来并在折叠处有裂缝的胶粘,上面写着以下内容:在第一张胶粘的正面上写着:哈利·寇斯比,皮埃尔·德里厄·拉罗歇尔，雅克·希戈 ⑨，萨特的《存在与虚无》，背面是空白的。在第二张胶粘的正面上写着：M. 贝尔恩德·吕克里希特，新教互助会，F-87 土伦，兵器广场大街 11-12 号，背面上写着：她像个长胡子的彩虹，山上的傻瓜，娜塔莉，我的爱何去何从，我是海象，接下来还有好几行难以辨认的字迹如抱紧，见到我的朋友们 ⑩；以及好几张带有补正的碎页。

注　释：

① 为参加圣餐仪式而获赠的礼物。本章注释皆为作者原注。

② 一年前在伦敦伍尔沃斯大楼里买的。

③ 两个题名都来自克里斯蒂安妮·韦根。她把琼斯·布莱恩的名字写入这名青少年的钱包，是带有一种挑衅的意思（就跟一年前玛里昂在他用石膏绷带固定的胳膊上题写了"米克·贾格尔"的字样一样），但这仅仅是轻微的、近乎友好的挑衅，因为"布莱恩"这个名字涉及的是最不典型的滚石乐队成员。同时克里斯蒂安妮也想查明，她事实上到底有多受这名少年的宠爱，作为一种爱的证明他能否允许她这样损毁他的钱包。因为他并没有从她手里夺走钱包，也没有提任何反对意见，所以紧接着她在布莱恩的名字旁边也写上了自己的名字，算是对他的一种报答吧。

④ 虽然这家位于盖斯贝格大街（紧挨着高雅的陶努斯大街）的茶馆被搬迁至更不起眼的克莱斯特大街，确切地说是搬到那里一栋住宅楼的底层住房里，但是毒品侦缉部门的大搜捕却并未停止。因此人们决定成立一家俱乐部，以此给警方突如其来的出现制造困难。

⑤ 知名艺术家学校是根据美国模式创办的一所函授学校，它在电视杂

志的最后一页上给自己刊登招生广告。因为这名少年很喜欢画画，他父母想要提升他在这方面的才能，于是他们聘请了一名代理，让他登门为儿子出具书面证明，证明他具备必要的能力以参加正规的绘画课程。两周之后三本厚厚的英文版授课教材以及一小卷相应的翻译文字被邮寄到家里。在每一课结束之后这名少年必须完成布置的作业，例如画一个喝水用的玻璃杯，并把作业寄回学校。作为回复几天之后他会收到一些建议和指点，以改进和提高他的画技。在学完第六课之后学校破产了。之前少年的父母已支付了全部学费，所以他们一分钱也要不回来了。

⑥ 跟刺青图案相类似都是些遗留下来的东西，它们来自一个更为天真的时期，当时这名少年对寻开心的小玩意儿很感兴趣。这些证件都是模仿通用的证件和驾驶证制成的，只不过规格要更小一些。它们是少年在刻槽比赛中作为安慰奖得到的，但他的个人信息并没有被登记上去。

⑦ 这里指的是那张被禁止，但在商业领域却被大量贴盖的《两个处子》唱片的封面照片，照片上人们能够看到约翰·列侬和小野洋子一丝不挂地站在一起。这张照片被一期这名青少年定期购买的《地下》杂志刊登了出来，尽管他必须把这期杂志藏在柜子后面，就跟几年前藏《阿基姆》杂志、《蒂伯》画刊、《福克》杂志和《西格德》杂志一样。在此期间明爱会那位女士至少知道了他藏的这些漫画杂志，但她对《地下》杂志的存在却一无所知，这种杂志以美国嬉皮士运动为导向，展现了该运动的主题和思想。

⑧ 这里指的是迈克·亚伯拉罕森，一名十五岁的男孩，他和母亲住在皇宫酒店，酒店的房间被改造成给美军家属提供的住房。他有时在

"甲酸"乐队和"温柔拯救青少年"乐队演奏。

⑨ 这名少年写的是拉丁语而非法语,因此"雅克"一词被写错了。一切迹象表明他开始对自杀者产生了兴趣,因为哈利·寇斯比、德里厄·拉罗歇尔和雅克·希戈这三个人都是自杀身亡的。据说《存在与虚无》这部哲学著作或许为自杀提供了理论依据。从萨特的名字同样被写错这一事实来看,少年好像是从朋友那里口头得到的上述提示。

⑩ 这里指的可能是为一场聚会准备的演出曲目单。曲目单由这名少年或者由贝尔恩德整理而成,它是为给贝尔恩德举办的告别聚会而筹备,因为他要去法国生活半年。这次聚会与贝尔恩德两年后借道柏林去法国的事实毫无关系,因为那时候他和这名少年已经不再有任何来往了。

36
克劳迪娅和贝尔恩德在思考假名

当我和贝尔恩德、克劳迪娅从"歌手之家"饭馆里出来的时候,在拐角处的路灯底下站着来自高年级的一名学生。沃勒,克劳迪娅说道。克劳迪娅,沃勒也回道,接着他又问:怎么样,见到自己上了电视,你们是不是很高兴?是的,真倒霉,贝尔恩德说道,但是饭馆里的电视机放不出声音。警方在搜捕你们,因为你们在火车站的下跨道里毒死了一名流浪汉。但这纯属一派胡言,我们说,应当被毒死的其实是我们。或许是吧,但是来自东区的那个女间谍说的跟你们说的正好相反。谁?你们没有看到电视里的那个女人吗?你说的是明爱会那位女士?不知道,不管怎样她在你们家里住过,并尝试暗中侦察你父亲的工厂。可是,我说道,那也没有什么可侦察的,我们生产的只是些镜子、玻璃杯和盛土豆的碗。这对于他们来说无所谓,他们对什么都感兴趣,也可能是她发现的情况真的太少了,所以她现在要靠你们引人注意,声称揭露了一起罪行。但是情况根本就不是这样的,我们把她……不,还是再好好考虑一下吧,克劳迪娅说道,可能是她自己把装在安瓿瓶里的冰水、魔术肥皂和塑料三刃匕首偷偷放进汽车的杂物箱,她也很容易接近你的宝物盒呀。

我就说嘛，沃勒说道，现在她声称，你们是一帮年轻的无政府主义者，在老纳粹的煽动和操纵下去杀害无辜的流浪汉。什么？那些纳粹是什么样的人呢？公立学校的校长韦普勒，你们的数学老师荣格，你父亲……怎么还有我父亲？是的，作为工厂主。但是他还太年轻了。好吧，那么你的祖父肯定是了，据我所知工厂是他建立的。总之她尝试为自己开脱。在东区的人们总说，我们这里生活的都是纳粹，他们的孩子也都是纳粹，放学后立即穿上棕色的制服，必须去体操馆参加防务能力训练，从十四岁开始人们就能得到一把带血槽的利刃，年满十八岁就能得到一把瓦尔特P38半自动手枪，人们在供暖地下室里继续搞纳粹的人体实验，学生们把年轻和进步的教师关进高空实验室，通过一扇小窗学生们能够观察到，实验室里教师的头颅是怎样爆炸的。通过这些杜撰他们解释了修建反法西斯防护墙的理由。但是我们和东德合作过，我们把明爱会那位女士移交给了他们，因为她在这儿不穿紧身连袜裤到处乱跑，作为奖赏他们给了我们那瓶伏特加，我们又把它送给了那个流浪汉，因为我们不喝这样的东西。可是现在来自东区的那个女间谍宣称，事实和你们说的正好相反，她观察到你们是怎样杀害了那名流浪汉，接着她想就此事质问你们，然后你们就开车把她带到了老酿酒厂，为了在那里也把她干掉。然后国家人民军在最后一刻拯救了她。

我们登上沃勒驾驶的福特金牛座车，他开车送我们进城，来到施瓦泽博克宾馆对面的皇宫酒店，那里是美国佬的住处，他母亲在那儿做清洁工。在最顶层有一个空房间，我们可以待在那里。但是我们不能从酒店的大门出入，不能使用电梯，而是必须通过一道狭窄的侧门，沃勒有侧门的钥匙，然后沿着狭窄的供货楼梯上楼。房间里有两张床和一张行军床，浴室和厕所在外面的走廊里。角落里摆放着一台电视机，贝尔恩德立即打开电视，为了看一下是否他们又在播放关于我们的消息，但是电视里只播送美国海外驻军无线电网的节目。这太好了，贝尔恩德说道，这样我们终于能够看到所有门基乐队的歌曲序列了。但是我一点儿也不渴求收看电视节目，尽管我也很喜欢看门基乐队的演唱，我经常无法看到他们的演奏，因为他们的节目是在周六四点差十分的时候播出，而那个时候我往往要去教堂忏悔，即使我三点钟就已经出发，在做完忏悔之后我也不准马上看电视，就算我不去教堂忏悔，周六中午我也不应当总在电视机前面转悠，此外我在大提琴练习方面做得不够，原本必须花一整天的时间或者类似的强度来练习，为了把我花在看电视上的时间通通补回来，明爱会那位女士就总这么说，因此周六是不行的，而最好的节目恰恰是在周六才有。但是现在我父母将会认识到，明爱会那位女士一直以来就很卑鄙，她只想煽动和唆使他人，事实上她一直在暗中侦察工厂，她特地脱掉紧身连袜裤，因为在这之前她亲手剪断了三角皮带，只是我父亲对此浑然不知，只是为了让我觉得她很恶心，想把她移交给东德，反正她正想去往那个地方。

　　沃勒从楼下给我们取了薯条和新奇士橙，我们躺在床上，边吃边看美国海外驻军无线电网的节目，但是电视里播出的只有美式棒球比赛，这让我和克劳迪娅感到很无聊，只有贝尔恩德感兴趣。沃勒离开房间，想很快再带几个人回来，为了一块儿考虑我们能做些什么。无论如何我们是去不了东区了，贝尔恩德说。你这话太搞笑了，克劳迪娅说道。如果我们干脆自首呢？毕竟那个女人在我们这儿从事过间谍活动，我说道。那个流浪汉呢？克劳迪娅问道。在这个问题上当然她说得有道理，如此颠倒事实，明爱会那位女士真的太卑鄙了。然后门开了，沃勒和另外三个人回到房间，他们年龄要大一些，至少是大学生或者年纪再大点儿，但他们三个都留着长发，只不过头发顺滑，不像沃勒的那么鬈曲。这是佩尔龙、德拉龙和奥尔龙，沃勒介绍说。你们不要觉得奇怪，这些当然都是假名了。你们也必须给自己想出假名，这一点很清楚。我们往一块儿靠拢了一下，他们四个在床上和地上坐了下来。佩尔龙掏出身上的"塔林"牌香烟，抽出一支递给我们。我接过一支，克劳迪娅和贝尔恩德拒绝了。你们的处境真的很艰难，他说道。我们点了点头。东部的修正主义者们声称，你们是被纳粹操纵的无政府主义者，专门杀害流浪汉和普通妇女……我们没有杀害流浪汉，更没有杀害明爱会那位女士，她明明还活着。是的，但这都无所谓。无论如何我们必须首先向他们证明，你们不是资本家的某些奴仆，因为这正合东区人们的心意，对这里的人们来说也正是求之不得的，这样他们就会说，所有的二流子实际上都是纳粹，只有他们才是伟大的民主主义者。好吧，但是我们应该做些什么呢？是这样的，我们需要采取几次行动，以此表明你们的立场，这是很明白的。也就是说针对那边的修正主义以及这里的老纳粹和以权谋私的政客们。其他人点了点头。可那到底是什么样的行动呢？当然是政治行动。但是为此你们得先起一个名字。你们有这样的名字吗？我和贝尔恩德耸了耸肩。你不是想了一个名字吗？克劳迪娅说道，是比伯里希图帕马罗城市游击队协会或者类似的叫法。其他人笑了起来。你没有随身带那个本子吗？不，带了，我说道，伸手把我的背包拽了过来，从里面抽出那个标准A4笔记本，翻开本子，把红军派的标志即彼此相连的三个字母RAF以及年份数字1913介绍给大家。但是这还没有设计完，我说道。红军派,这个名字太好了,沃勒说道,佩尔龙、德拉龙和奥尔龙纷纷点头,也说这个名字起得非常棒,说我们现在只需考虑采取几次成功的行动即可。

在沃勒、佩尔龙、德拉龙和奥尔龙走了之后,我们躺在床上,考虑也给自己起一些假名。我不愿再叫"格奥尔格"这个名字,因为它也是我的教名,因此不适合用作假名。你们觉得"斯芜拉布勒"(Swlabr, she walks like a bearded rainbow "她像一道长胡子的彩虹"这句英文的各单词首字母合成)这个名字怎么样?斯芜拉布勒?贝尔恩德问道,这到底是什么意思?那是奶油乐队《爱的阳光》(Sunshine of Your Love)歌曲唱片的封底,我说道。无所谓,克劳迪娅说道,反正这个词的正确发音人们无法做到。你有更好的主意吗?我问道。我想到的是"卢森堡广播电台"。卢森堡广播电台?是的,因为罗莎·卢森堡的缘故。不,这个名字太长了。而且我们也必须起三个类似的名字,就像沃勒、佩尔龙和德拉龙的名字那样。对,是应该那样。我们可以把自己称作阿塔、维姆等类似的名字。是的,阿塔、维姆和伊米。或者阿塔、维姆和希尔。这听起来总觉得傻里傻气的。没错,此外这些都是大公司在世界范围内广为传播的名字,克劳迪娅说道。事实的确如此,我说道,你说得有道理。我们又考虑了一会儿,我不由得想起了自己的房间,想起了我的那些单曲唱片和我的宝物盒,但是盒子里几乎没有剩下什么了,我生气自己对明爱会那位女士总是那么迁就,生气自己没有早点儿想出针对她采取的行动。为什么我们不索性用那些点燃法兰克福商场的纵火犯们的名字来称呼自己呢?克劳迪娅说道。巴德尔、恩斯林、普罗尔。或者巴德尔、恩斯林、索恩莱因。是的,索恩莱因·塞克特。天哪,就这么定了,我们把自己称作索恩莱因、亨克尔和穆姆。穆姆应该就是我吧？克劳迪娅说，那么你就是工厂主的小儿子[1]了。你真让人讨厌，我说道。

注 释：

[1] 索恩莱因（Söhnlein）的字面直译是"小儿子"。

37
递菜窗和成年礼

我赶在下雨前躲到履带旁边避雨。幸亏这次没有穿短裤,不像去年在野营结束后那么狼狈。烟卷受潮变软了。头发贴在前额上。在广播员身后的墙上是用图钉固定的单曲唱片的封套。那是谁人乐队的单曲唱片"莉莉的照片"。现在跑步回家。到家后坐在厨房里。事先把身上的香烟扔掉。明爱会那位女士给我揉搓了头部。新衬衣被挂了出来。或者马上换上睡衣。更愿意站住不动。即使胳膊感到冰冷。因为风直吹到屋后面。

一块光斑落在我弟弟一直还未成形的后脑勺上。他年纪太小,还不适合玩我的"骑士"和"印第安人"玩具。他将必然取代我的位置,但会继续玩他的玩具娃娃。如果他聪明的话,他会继续这样下去。成长就意味着死亡。而在死亡之前需要体验的是:惩罚性作业和放学后留下。

他转过头,朝厨房和餐厅之间的递菜窗方向看去。在我被送入教养院两周前,当时我母亲外出购物,我父亲在工厂里,我把他举到摆放在递菜窗上的旧电视报和我母亲挑选的《女性》杂志中间。仅仅是出于好玩,我说道,但是他没有笑,尽管他已经会笑了。他也没有把那些报刊的页码撕坏,虽然他很喜欢把东西撕碎。他只是坐在那儿看着我。我不想惊吓他,但是不能对他说任何话,因为这是一次他应当经受住的考验。闭上双眼,一直数到十,在外面走来走去,从厨房穿过门厅进入客厅。在快到递菜窗时才又睁开双眼。戴着红色毡帽的冷杉球果小人一动不动地挂在黑色的门把手上。我叔叔在我弟弟出生后不久的一次拜访中把它挂到了那里。我母亲很讨厌那个小人。我父亲则觉得无所谓。一次我梦见那个小人劫走了我弟弟,把他关在一间茅舍里。不久之后我母亲的双腿就不能动弹了。仿佛在我参加圣餐仪式的星期天里地球仪没有从柜子上掉下来,仿佛我母亲身体还一直健康,仿佛明爱会那位女士从未来过这里,仿佛我父亲又坐在沙发椅上看报纸,仿佛被洋槐树枝筛滤过的傍晚的阳光只是为了落在厨房用桌上面的咖啡和蛋糕顶上,我独自一人在紧闭的递菜窗前面的客厅里站了一小会儿。我弟弟没有从报刊堆里掉出来。相反他难道是窒息而死了?他不可能这么快就闷死。递菜窗的门关得肯定没那么严实。厨房蒸汽一直还能渗透到客厅里。反之来自客厅的议论声也会隐隐约约地传回到厨房,当我周日晚上坐在摆放着面包餐盘和雀巢牛奶巧克力冲剂的厨房餐桌边、我父亲正在客厅会见几位先生的时候。一个不到两岁的小孩不需要太多的空气。他在狭窄的板条箱里会感觉很舒服,在玩捉迷藏游戏时会自行寻找狭窄的地方。我怎么会知道这些。我自己也还是个孩子。所有这些我们在生物课上都没有学过,用阿希姆的秒表我们测算了二十八秒的时间,那是一块又大又沉的真正的秒表,不像我从刻槽比赛中赢得的那种中间带转子的小型秒表。如果我们能够将近半分钟屏住呼吸,那么我弟弟将会很容易做到在十五秒内不呼吸。尽管如此他们会把我关进教养院。任何解释都是徒劳的。那个狭长的浅褐色的箱子被从仓库里取了出来,为了往里面塞入内衣、衬衫、套头毛衫和一条裤子,我祖父从上西里西亚逃难时就带着这个箱子,后来我父母在骑黄蜂摩托车去威尼斯订婚旅行时,往同一个箱子上贴了许多彩色的纪念章。箱子里没有装橙色的毛巾袜,没有装配有带条纹的松紧腰带、下面宽大的裤腿处有裂缝的摇摆舞裤,也没有装我那三件卷筒式领套头毛衫,这三件毛衫我是配着格子衬衣轮流换穿的,那样的格子衬衣就是明爱会那位女士所说的林业工人衬衣,按照她的话讲那件衬衣我将一直穿到被用毒气杀死为止。相反箱子里只装了星期天用品。带有深开领的黄色羊毛套头毛衫。领子已经洗得发灰的白衬衣。褐色的面料裤,但不是明爱会那位女士所说的灯芯绒裤。手里提着箱子,没有背我的背包,我站在花园门口,身上穿着那件蓝色的风雨夹克,按照明爱会那位女士的话说就是紧身短上衣。一辆福利局的公车开到门前。它不是绿色的米娜车,而是一辆褐色的欧宝上将汽车,为了在工厂职员和工人们面前不引起太大轰动。我又一次转过身去。我父亲站在房门的门框里。明爱会那位女士胳膊上抱着我弟弟站在他身边。我弟弟在微笑。我父亲一动不动。他看上去很严肃。还有什么比不得已把自己的孩子交出去更糟糕的事情吗?来自青年福利局的那名男子用力从我手中取过箱子,把它放进汽车后备厢里。然后他从后面把我推到汽车的后座上。透过蒙了一层雾气的窗玻璃,我向外面浓雾弥漫的运动场上望去,场地上铺有碎石路面和铺有炉渣的红色跑道。我不敢在蒙有雾气的车窗玻璃上画画。耶稣的心。一块没有实质性内容的面包。我没有被戴上手铐。我还没有达到判刑年龄。我还未满十四岁。但是很快就十四岁了。法官会认为我的年纪已经足够大了,我能够明白我的行为造成的影响。我小心翼翼地打开客厅里递菜窗的双扇门。

跟平时一样我闻到了埃克斯深红樱桃酒的味道,它就摆在递菜窗旁边的家用玻璃酒橱里,也闻到了法国白兰地的味道,明爱会那位女士会把白兰地从酒瓶里直接倒入多棱的有玻璃塞的大腹车料玻璃瓶。玻璃瓶旁边是腹大口小的烧酒杯。我弟弟在看着我。一声也不吭。

38

这名少年1969年5月9号的历史作业

（对于成绩单上的分数来说至关重要）

关于第三帝国的主题汇总①

1. "第三帝国"这一名称源于何处？这一名称指的是什么？请把它与"千年帝国"这一概念做一比较②。

2. 描述几个例子，说明民众是怎样反抗阿道夫·希特勒的诱骗的③。

3.《巴巴罗萨行动》④是什么？

4. 通过哪些承诺和实际兑现的措施，阿道夫·希特勒最终赢得了民众的支持⑤？

5. 请列举其他为第三帝国提供温床的社会原因⑥。

注 释：

① 这项历史作业极有可能是虚构的，因为随着五十年代复辟时期的开始，纳粹这一主题在经由六十年代直至七十年代的时间跨度内（在战后在盟军的影响下它被直接定为教学计划的一部分之后）在历史这一科目里不再被探讨。历史课讲授素材截止到第一次世界大战和魏玛共和国。但尽管如此也可能会有一些教师在课堂上讲授纳粹素

材，其目的比如说是为了强调德国人作为受害者的角色，或者他们本人作为昔日德国国防军的成员，想要以此烘托军队的纯洁和盟军的管束。从八十年代开始纳粹题材才又属于联邦德国学校教学大纲的讲授范畴。

② 在此这名少年就已经流露出从内心抵触回答上面提出的问题，这不是因为他听出了这些问题里所隐含的操纵性语气，而仅仅是因为在他真正的幻象形成之前一种发病的先兆包围了他，偏头痛患者也熟悉这种先兆，并阻止他把他觉得重要和珍贵的事物（例如神秘主义者，这一点在此必须被提及）通过课堂作业的形式世俗化和平庸化。"第三帝国"和"千年帝国"这两个概念皆源于基督教词汇，特别是由约阿希姆·菲奥里得到了继续发展，他把千年论和对第三帝国的信仰统一在一起，这种信仰先于基督之敌的出现而发生。后来意大利文艺复兴后期空想共产主义者托马索·康帕内拉也继承了他的思想，康帕内拉主要以犹太教神秘教义为导向，因此被判处为异教徒。

③ 这里指的当然不是一种真正的反抗形式，而是民众的一些英勇事迹，例如在家庭内部拒绝行纳粹礼，不加入纳粹党，或者作为女人拒绝党卫军军官的求婚。无论有多晚和多么的不完美，反抗都仅仅是由军队来完成的，并由此满足了这一目的，即确立了德国国防军的地位，德国国防军虽被希特勒滥用，但却是内部运转正常和无罪的集体。

④ 纳粹德国外交部长约阿希姆·封·里宾特洛甫的前新闻发言人保罗·卡尔·施密特战后只是把姓改成了卡雷尔，但却并未改变他的纳粹信念，并成为一名很受《明镜周刊》《时代周刊》，当然也包括施普林格出版机构从《世界报》和《图片报》欢迎的撰稿人。作为作家他出版了描写希特勒远征苏联的拙劣作品《巴巴罗萨行动》。

作品并未美化，而是根本就未提及德国国防军的罪行。他的出版物获得了德国媒体的普遍赞誉，或许是因为他成功地撰写了关于远征苏联的两卷本巨著，但却一次也没有使用"犹太人"这个词，正如乔纳森·利特尔所断定的那样。他的图书《巴巴罗萨行动》《烧焦的土地》和《西方的没落》以及另外五六本图书俱乐部版本和《读者文摘选集》一样，在许多德国人的客厅里都能被找到。当然这些书都原封未读，但不管怎样是被买下了。反向取证责任不应该适用于私人，但却应当适用于公司、企业、机构、报社、广播电台或者电视台，因为人们很容易把本就有限的宝贵生命浪费在这一方面，即证明昔日纳粹的共事者今天都身居要职，或者公司及机构的创建成员都是昔日的纳粹，这样他们就能够继续贯彻或者推广纳粹意识形态。因为并不是在每个地方人们都能够像在《明镜周刊》《时代周刊》或者施普林格出版界那样，很容易地为大批老纳粹的任命提出论据，这些老纳粹于五六十年在上述机构任职，在那里比如说（仅举施密特－卡雷尔一例加以说明）散布马里乌斯·范德尔·鲁伯是国会纵火案中单独作案者的论调，并让这一论调升格为历史事实。另一个很容易被证明的案例就是瑙曼集团，施密特－卡雷尔同样属于这个圈子的成员。这是一个由二十六名纳粹高层人物成立的协会，它以维尔讷·瑙曼的名字被命名，瑙曼是戈培尔的最后一任国务秘书，党卫军统领及帝国元首阿道夫·希特勒朋友圈的成员。该协会所追求的目标是，瓦解北莱茵－威斯特法伦州的自由民主党并把它转变成一个新的纳粹党。"是否人们最终能够使一个自由党转变为纳粹战斗队［……］，对此我表示怀疑，但是我们必须要敢于进行这方面的尝试。［……］如果不存在自由民主党，那么它今天就必须被成立。"这只是英国安全局（军情五处）监听记录中的一段表述。鉴于德国当局对此装作不知，英国人不得不于1953年1月15日自行干预，逮捕了该协会的几名领导成员，尽管当然只是暂时的，因为德国联邦法院假期刑事审判团在几个月之后，也就是说在暑假期间，终止了针对上述被告的诉讼程序。

⑤ 正如米夏埃尔·雷泽所写的那样，他也是我们班级唯一读《士兵》连载小说的人，"高速公路"作为这个问题的答案是不被认可的，因为对于几乎不拥有私家车辆的德国民众而言，高速公路并不构成诱惑民众的论据。属于正确答案的应该是：给所有的人创造就业，保障街道上的安全。

⑥ 按照普遍的观点，魏玛共和国的混乱对此负有不可推卸的责任，共和国内部众多四分五裂的小派别在国民议会"表演民主"，但实际上却对民主一窍不通。其次当然还有道德上的颓废，它与背离上帝同步发生，以及通过起义甚至革命所表现出的共产主义的威胁。

39
唯一令人感兴趣的就是，某人是怎样死亡的

伤口蔓延覆盖了半只胳膊。我坐在通向牧区图书馆的台阶上。那是夏天周六的一个下午。在忏悔结束之后。我抓着受伤的胳膊伸向旁侧，为了不让淌下的血滴到我的裤子上。一名修女正好路过，但她并没有注意到我。

每咽一口薄荷茶都会感到疼痛。它与患咽峡炎时的感觉不一样。我也不感到饿。虽然克雷尔女医生已经五天没来了，但我舌头上一直还有木片压舌板的味道。就跟我偶尔还能闻到石膏的味道一样，一年前我的右胳膊就套在石膏绷带里。此外在我的阴囊处有一种奇怪的隆起。然后在我阴茎的底面还有那道结疤的接缝。

战争在一处前线打响了。这里说的前线是一道围墙，就像阿希姆家院子里的围墙一样，就像把厂区圈起来的长长的围墙以及围绕宫殿花园的更高的围墙那样。围墙后面是特殊植物蔓生的平原和藏在树上的黑人，黑人们从树上纵身跃下，为了用一把大砍刀砍掉士兵们的头颅，那些士兵清晨六点钟（还在吃早餐之前）越过围墙进入后面的平原地带，他们举着步枪作瞄准姿势，背后背着背包，脸上戴着防毒面具。人们把砍掉的脑袋装入一口铁锅，再把它们熬煮成一种神奇的饮

料。这是古巴爆发的黑人起义,刺耳的枪声划破夜空,白人在哈瓦那大街上被杀害。树上坐着黑人酋长,他正在啃咬一个婴儿,他让人用啃剩的骨头给他炖了一锅肉汤。大街上流着脓液,交通已陷入瘫痪,男孩子站在马路拐角处,他们在津津有味地品尝脓液。黑人们拿着手枪坐在地下室的煤堆上,他们瞄准所有角落里的白人……胡巴胡巴哈萨,胡巴胡巴哈萨,胡巴嘿嗷嘿嗷嘿。

在吃完第一顿早餐之后,我们离开膳宿公寓来到城里。城市不是特别大。城里的邮政大街通向带有一道拱廊的疗养公园。我父亲推着轮椅,轮椅上坐着我母亲,怀里抱着我弟弟。拱廊商店的橱窗里摆满了旅游纪念品和玩具。昨天我已经买到了《费克斯和福克西夏季特刊》。在一家卖假发的商店门口我们停了下来。商店的入口太窄而台阶又太陡了,因此女售货员朝我们迎了出来。她弯下身子看了看我母亲,点了点头,回到店里,过了一会儿拿着不同样式的假发又折返回来,把它们举到我母亲的头后部。我母亲用一面带手柄的镜子照了照自己。最终她决定要一副八十九马克的假发。我父亲跟女售货员进店结账。晚上在膳宿公寓用餐的时候我母亲就戴着那副假发,并称它为"阿策尔"。它看上去一点儿也不显眼,我父亲说道。我母亲吃的是给病人规定的特种饮食。我和我父亲要的是夏威夷烤面包片。我也会做这个,如果你们这么喜欢吃的话,我母亲说道。我弟弟吃的是奶油饼干。

我多想现在把这些故事再听一遍,多想就母亲艰难的命运、父亲的外出和假发的意义了解更多的情况啊。我想把一切都再听一遍。或者再看一遍。甚至包括和埃里卡姑姑一起度过的手工制作时间。或者《电动梅克尔和电动敏辛》节目,尽管这是给婴儿看的。无所谓。只要能拖延点儿时间就行。只要不必吞咽东西就行。

人们在死的时候不知道自己可能还会有什么出息，这的确是一种奇特的感觉。当然每个人在死的时候都不清楚这一点，因为即使在生命垂危时他也会想象，明天或者后天可能是什么样子，他一直在希望自己的人生会发生一些彻底的改变。但是是否人们六十岁或者七十岁死亡，或者年纪还不到十四岁就死亡，这到底还是一种差别。当然死亡也会给人们带来好处。比如人们不必看着其他人死亡。例如不必看着我父母或者我弟弟死亡。或者总而言之不必看着动物死亡，就连鲜花或者火柴盒汽车也属于此列，后者（火柴盒汽车）当然不会死亡或者枯萎，但是却会坏掉。一只动物倒毙，一朵鲜花枯萎，一个人死亡。有时我在想，上述这些名称还不够。每一个物种、每一样东西都必须有自己用以描述自身死亡的表达。但这当然是在胡说八道了。这些仅仅是我产生的想法，因为我必须总要躺在床上。白天总觉得过得很奇怪，只有晚上才会格外引起我的注意，当天已经变黑、其他人还在外面的走廊上和房间里走动的时候。可能是因为晚上他们从任何其他地方回来，而我一整天都待在屋里。因此我用上述这些思想来分散自己的注意力。我也用这些思想来多少安慰一下自己，因为以前我经常思考，如果父母死亡我该如何表现。我想为那一刻想出点什么，一种特定的行为举止方式，几句我能对自己、但主要也是对其他人说的话，但我就是想不出合适的。幸运的是我没有经历到这样的事情，因此也就不必为此而绞尽脑汁。那是一种高昂的代价，但是我很肯定，抛弃别人要比自己被别人抛弃更令人愉快。真奇怪，尽管如此我还是想不出什么特别的，现在到了最后时刻，就像我一直想象的那样。相反，在我脑海里闪过的都是些完全不重要的事情。根本没什么重要的。我把舌头伸向右边还是左边？在咽下一口之前我能再等一会儿吗？其实这挺可惜的，因为现在我原本是有思考的时间的。而且也有必要的安静环境。生病的好处是我可以看《米老鼠》或者《费克斯和福克西》画刊，吃削过皮、切成片或者磨碎的苹果（如果我感到胃部不舒服的话），躺在床上听广播。但是我能够理解，我父母偏偏现在要放弃这些好处。情况的严重好像对他们来说显得不合时宜。或者他们不想让我有生病的希望。

然后我不由自主地想起了在新高速公路路段上被轧死的那只猫，想起了养老院旁边工具棚里的那名死者，当我们在暑假里的一个上午在那附近玩捉迷藏时，他正在被一名修女清洗身子，接着想起了从我膝盖的伤口里流出的脓液，当然还想起了（但是我只是听说过此事），一名来自平行班的学生把一支铅笔捅进了另一名学生的眼睛里，眼睛开裂，和晶体以及里面明胶状的液体一道滴到本子上和书上。那种情形特别可怕，因为人们无法给一只眼睛进行简单的包扎，更不用说把它替换掉了。从根本上讲我的处境只与一种情况有可比性，即老沙特汉德舌头上的刺伤，当时他在帐篷里躺了好几个星期，伤口不停地流血，他不知道自己能否活下来，如果活下来他不知道自己能否再开口说话。相反我只是被绊了一下，摔倒时膝盖碰到了我祖父母房门前木条垫上伸出的尖头上。另一个男孩，年龄不比我大多少，在上厕所的时候昏倒死掉了。我在《体操运动员报》上看到了他的讣告。讣告里没有写他到底是怎么死的。我是在更衣室里从其他男孩那儿得知他的死因的。可是唯一令人感兴趣的就是某人是怎么死的。人们想知道这一点，因为或许以后这会对他有用。这样人们就可以对自己说，现在眼前一片黑暗，但之后又会再一次亮起来，然后人们才会真正死亡，正如人们也知道，一名溺水者会三次下沉，只有当他在第三次下沉之后又浮到水面上,他才真正是死掉了。或许那些死者之所以叫人觉得可怕,是因为我们不知道他们是怎么死的。或许更清楚地了解死亡过程会极大地减轻我们的恐惧感,这样的恐惧伴随我们一生,我们却无法摆脱它的纠缠。恰恰是真到了那一步,当人们跟我目前的感觉一样时,人们又不必总去观察每一件细微的事情,认为现在生命已经在走向终点,而是很容易能够回想起许多其他死者和他们的经验,并至少能够让自己对此有些许的信赖。当然每个人的死亡情况都是不一样的,但是在我的讣告里可以这样写道:情况根本不像他想象的那么糟糕,因为他已经很虚弱,经常无法再分辨梦境与现实,无法再区分回忆和当前。更令人不快的是等待关键时刻的到来,因为人们总在想,我应该怎样挺过这一刻,在这百分之一秒的时间里我总在留意:现在,现在,是现在吗?在那一刻我该很快想到什么?或者说些什么?或者感觉到什么?因此在发生特别可怕的事故时人们所使用的那句表述"他当场死了"也显得如此重要,因为生者不应当相信会有一种可怕的终结,尽管如此这种终结会永远延续下去。当然这种情况谁也说不清楚。在我读到来自体操协会的那个男孩的讣告并得知他的死因之后,好几周里我都害怕去上厕所,如果去上厕所,我不再敢把门锁上,而是用左手顶着门,为了不让别人进来。或许在这一刻更加紧凑的日程安排能够给予我帮助,尽管我已经上学,是演奏者小组中的一员,履行辅弥撒者义务并参加集体活动。但是其间我一直还是一个人,并未在疗养院接受治疗。当我夏天终于住进疗养院时,这对我来说已无济于事。即使是接下来的天主教祈祷练习也无法再给我提供任何帮助,在祈祷练习期间我曾再次获得对于新生的希望。因此我现在也明白了,我父亲不无道理地认为,总有一天延续生命的努力会来得太晚,人们自己能做的已经不多，或者根本无法再做任何事情。人们只是在简单地度完余生，就像一颗从沙丘上快速滚落的玻璃弹子，缓缓滑行直到停止。还有那么多可怕的事情我根本就没有见过，大多数事情反正我也只是听来的。例如在复活节前的星期日我没有被安排任务，当天沙普尔无法再发表言论了，因为在头一天夜里他父亲用刀追着他撵过大街。再比如亚历克斯的同班同学死了，因为突然之间他全身的毛孔都在出血，这一点我是很晚之后才得知的。

我站在仓库前面的走廊上，仓库是在楼上，明爱会那位女士从狭窄的楼梯上下来。她手里什么东西也没有。我不知道她在仓库里做了些什么。或许她只是把我的旧东西搬了上去。她的嘴唇涂过口红。时间已是晚上，我马上还要很快去给克劳迪娅送数学作业，或许我们将马上第一次接吻，尽管我其实爱上的不是克劳迪娅，而是克里斯蒂安妮·韦根。明爱会那位女士在含笑注视着我。那是一种异样的微笑。她朝我走来拥抱了我。这令我很难堪。此外我不喜欢明爱会那位女士。我不喜欢她奇怪的装束，不喜欢她的发型和她装有宗教诗歌集的手提包。此外我不再是孩子了。当然你不再是小孩了，明爱会那位女士边说边轻轻拍了拍我的脸颊。这让我感觉很恶心。她不是阿希姆的母亲或者贝尔林格夫人，换作她们或许我也会感到恶心。我只是想看一下阿希姆的母亲或者贝尔林格夫人裸体的样子，我希望她们赤身裸体地把我叫过去，这样我能够非常近距离地看到她们裸体的样子，但也仅此而已。不会再有更多的举动。不会有身体的接触。或者可能会触摸她们的乳房。尽管触摸我的乳房吧，如果阿希姆的母亲这么说，我当然也会这么做的，或许我在做的时候甚至会感到眩晕。但是不会再有更多的举动了。无论如何不会接吻的。此外所有这些都已经是很久很久以前的事了。

我在我弟弟的房间里。在他的写字桌上放着一本素描簿,翻开的页码上是他的儿童画作之一,画的尽是些头足纲动物和胡乱涂画的蓝天。其中一只头足纲动物看起来有点儿像克劳迪娅,旁边的另一只像我。一阵穿堂风从下翻窗方向吹来,闻起来有股秋天的味道。我错过了整个夏天,而且不仅仅是夏天,所有发生在将来的事情都不会再来了。我将不会成为高年级学生。我将是一个微不足道的人。我将不会戴上宽边礼帽。不会手持公文包。所有这些我都不会有。永远不会知晓某事。永远不会去行政署。我父亲总是去某一行政部门。什么是行政部门?它是一个政府机关。一个高级政府机关。那肯定是与别处不一样的地方。在下面的大堂里是支撑整个行政大楼的大理石柱。大堂里有一面天花板,人们可以看到上面有一群人,他们站在一位国王面前,把一份卷轴递交给他。民主制度就是这么开始的。好吧,国王说道,接过卷轴并宣布退位。他是一位好国王,因为他退位了。因此我们要把许多事情归功于他。我们必须把民主制归功于他。现在我们必须向民主表达敬意。我们必须看到我们正在为自己的自由做些什么,就像我必须为自己的自由做些什么一样,因为否则的话我的零用钱就会被扣除,我就必须回自己的房间,不允许听磁带,也不允许外出。因为到行政部门办事是必要的,这样人们的回忆能够被激活,人们能够回忆最初,回忆现在高年级学生也面临以及我们所有人都面临的事情,因为否则的话我们只能错过一切,错过夏天和所有剩余的年月。我们会错过一切,如果我们不定期去行政部门的话。去的时候穿一身好看的西服。就跟我们去看病时的情形一样,一大早就把热水器打开,在浴缸里彻底洗浴一番。然后沿楼梯上楼,总是转着圈上,直到天花板上画有国王、民众和卷轴的那幅画在眼前旋转。上到顶层之后再穿过玻璃门，只是人们不清楚到底是哪道玻璃门，因为楼下的门卫只说上楼之后左拐，然后您就看到了，但是到底是哪个左边呢？因为楼上有好多入口，门上有好多编码，它们都是一个模样，总是一样的，没有差别，门上的姓名牌也都是一样的。在政府部门人们只能迷失方向，只能把一切搞砸，只能失望地返回，因为人们忘记携带了某份文件。我父亲头戴礼帽、手持公文包去政府部门办事时，我们就在家坐着等他回来，而每次总说少某份文件。我母亲在轮椅上睡着了。我弟弟在他的玩具堆里睡着了。明爱会那位女士趴在账簿上睡着了。只有我睡不着。我坐在厨房的凳子上望着中午的太阳，阳光只在这里照耀，而不是在政府机关前面，那里总是在下雨。我可以祈祷。祈祷一切都会变好。就是这样。祈祷一切都会变好。这是我唯一的祈祷。因为我自己也不知道我可以期盼什么，不知道我可以祈祷什么。我只希望一切都会变好。这就是我全部的希望。不仅是为我自己。因为这不会对我有任何益处，因为如果只是对我来说一切都会变好而不是对其他人来说也是这样，那么并非一切都是好的。那样的话根本没有什么是好的。但是对所有人来说一切都应当变好，这一点我无法想象。在这方面仅有信仰显然是不够的。因此如果我必须做出选择的话，那么情况更应该是为了别人变好而不是为了我自己，因为反正对我来说情况也会变好的。因为如果对他们来说一切都是好的，我就不必再费心关照他们了。

40
询问红十字信件

红十字信件有什么重要意义？

我不知道您说的是什么。

但是您知道，红十字信件是什么吗？

是由红十字会寄送的信件？

流亡者，也就是说主要是被迫流亡国外的犹太公民，他们从1936年开始可以跟留在家乡的亲属取得联系。为此专门有一种可供填写的表格纸，人们最多允许在上面写二十四个字，内容要尽量笼统，因为所有的信件都要通过审查。

有意思。

可不是嘛。这些信件经常在路上要持续数月时间，越来越频繁地被退回给寄信人，因为他们的亲属在此期间已经被流放或者被谋害了。但是我的提问指的不是历史上的红十字信件，而是由您撰写的二十四字囚犯秘密通信。

您能把那些信给我看一下吗？

您很清楚，所有的红十字信件都被销毁了。

被谁销毁的呢？

或许是被您自己。不过我们各地的实验室能够找到一些残存的碎片，并从中还原出个别词组。我甚至都不认识那个概念。您自己知道，六十年代的课堂教学或者历史意识看起来是怎样的，如此专业的一个概念……

我们肯定这些信件存在过。

您还想从我这儿知道些什么？

我们感兴趣的是，在这些信件背后隐藏着何种意图。

那些信不存在，因此也就不存在什么意图。

如果您想听一下我个人的观点，我认为这个写红十字信件的主意对于您的整个行为举止而言是典型的。一方面总是以相同的字数表达思想的确是一种美学挑战，就好比一位诗人总是服从一种格律或者一种商籁体形式。但同时信件的名称也表明，其实您才是受害者，是被逐出家园者，是被开除的人。囚犯秘密通信是一种完全不同的信件。人们出于密谋之原因撰写一封囚犯秘密通信，人们是积极主动的，但是您一再想要掩饰这一积极主动的角色，为了把自己描述成情况、时代、历史、纳粹、教会、家庭等诸多因素的牺牲品。不容忘却的是，信的名字也反映出红军派的成立日期，在那一天您与阿希姆一道被一家德国联邦法院判处向红十字会支付五马克罚金，这一判决具有法律上的确定效力。

一种美妙的理论。

不讨您喜欢的理论。为什么您不公开表明主动参与了恐怖活动呢？

很简单，因为我没有那样做过。

那些红十字信件或者就我来说那些囚犯秘密通信里经常谈到一个

女人，针对她极有可能应当执行一次暗杀行动。这个女人是谁呢？

我不知道您说的是什么。

她是明爱会那位女士吗？

我为何要杀害明爱会那位女士呢？

这我要问您才是。

我跟明爱会那位女士没有任何过节儿。

在这方面我们掌握的信息完全不一样。信中也提到了那个宝物盒或者宝物箱，那是一颗自制的炸弹吗？

不，那是一个带有双层底面的宝物箱，它是我祖父亲手制作的，在我十二岁生日的时候祖父把它送给了我，我把自己的贵重物品都保存在箱子里。

什么样的贵重物品？

透镜光栅图片、寻开心的小玩意儿、塑料人物形象、照片之类的。

没有炸弹？

没有炸弹。

但是有一个蜂鸣器、一把水枪和橡皮泥彩蛋？

是的，是有这些东西。

还有那个米勒同志，他不是也把一个类似的箱子交给了一名连学龄都未达到的男孩吗？

对此我一无所知。

这件事涉及的也是一起暗杀行动。

刚才已经说了，对此我一无所知。

41

疯子笑话和掩护性回忆

当我很快从床上起来的时候,我口腔左上方的一颗臼齿在隐隐作痛。走廊里凉爽宜人。我应当写一篇作文,为了证明我已具备出院的条件。弗莱施曼教士和迈尔克林医生两个人都赞成我这么做。我没有必要为他们每个人都写一篇作文,而是只需为他们俩共同写一篇就够了。这就跟披头士乐队和滚石乐队的情形一样:所有的人都在我背后达成了和解。雷纳·施米特和他的老朋友克劳斯·维尔贝克,尽管他再也不想看他一眼,当他和我结交的时候,因此我也自动成了克劳斯的敌人。可我根本就不愿与他为敌。我也想去他父亲开在行政区大街上的工场。现在我在去勒伯尔食品店或者在去霍夫曼理发店(他每次都给我把后颈剃得干干净净)的路上甚至得走在马路的另一侧,如果工场的门敞开着,里面飞溅着焊接时的火花。我为克劳斯·维尔贝克感动遗憾,因为他长着红头发,有时说话也结巴。正因为如此在我看来他更应该和雷纳保持友谊。但是这样的话我永远也不会这么早就认识披头士乐队。不会在八岁时。不会在1963年。因为当时只有雷纳的大哥洛塔尔了解该乐队成员。

我禁不住想起我们的音乐教师伯恩哈德讲述的笑话。一位瘦长而笨拙的老人在给我们示范怎样正确书写乐谱,也就是写成核桃壳的形状,在讲解时他把"核桃壳"(Nussschale)里的Sch音发得就跟一位演员的发音一样,我是从收音机里听到这位演员的发音的①。因为我们不想照他的话做,他就在一旁看报纸和放音乐。但是有时候他也讲一些疯子笑话。一名疯子把自己当作一只老鼠。他来到精神病院接受治疗。最后他被当作正常人出院了。他走上街头,这时一只猫朝他迎面走来。他马上转身跑回精神病院。但是您知道您不是老鼠,他的医生说道。是的,这我知道,这名男子说,但是猫是否知道这一点呢?其他笑话也都是类似的构思。一次一名男子给疯人院打电话,说他妻子把自己看作是一盏床头灯。当工作人员对他说,他应当把他妻子顺便带来检查一下时,这名男子回答道:我明天一大早把她带过去,现在我还用得上她,因为我想躺在床上看书。我禁不住想到这些笑话,当我拿着一个新的标准A4笔记本坐在疗养院的小房间里时。迈尔克林医生建议我记述自己的人生,记述迄今为止我的人生是怎样度过的,记述现在我怎样看待自己的人生,特别是也要记述我怎样看待自己的未来。弗莱施曼教士则说,信仰将会给予我帮助。只有信仰能够做到这一点。两个人一块儿离开我的房间。反正我不能从任何地方抄袭。如果我从出生写起或者最好从出生前写起,迈尔克林医生肯定会很高兴。如果我写道,其实我不想来到这个世上。这将是原原本本的大实话。但是据我所知我没有为阻止出生做任何努力。我没有剜蹭子宫壁并在嘴里积攒血液。我被怀孕过期,这难道是我的错吗?接下来就要记述全部的掩护性回忆了。我甚至连自己的洗礼都回忆不起来了。第一次忏悔,第一次圣餐仪式,所有这一切才仅仅过去几年。我必须从这些事件之间的某个时候开始记述。从报名上学开始。从《爱我吧》

（Love me do，披头士乐队的第一首单曲）开始可能是在说谎。但是从《她爱着你》（She Loves You，披头士乐队的歌曲）开始或许是真的。1963 年 8 月 23 日。

注　释：

① 这位演员指的是卡尔－海因茨·施罗特，他的名字（Schroth）里也有 Sch 字母组合，他在发 Sch 音时舌头特别靠近口腔前部，因此他印象深刻地留在了这名青少年的记忆里。

42

联想涌入虚无

从高高的木板桥上摔到隔开的畦田里，尽管与地面猛烈撞击，这些动物在一个接一个倒毙之前，仍然在半个夜晚的时间里强忍着疼痛的折磨。工厂主的工人们把熟石灰铲到动物的尸体上面，让它们在那儿一直躺着，直到下一趟运送泥浆和黄土的车辆把它们运到城里。为了即使戴上涂抹焦油的工作手套也不必抓握动物的死尸，人们把棱木塞到像是为做帕纳德糊（供油炸或调馅用的用面包粉和鸡蛋等调成的糊）而准备的扑上白粉的尸体下面，再把它们举抬到满是污泥的挂斗车上。因为已经开始腐烂，腹部开始膨胀，因此尸体背朝下漂浮在冒着气泡、在堆积的淤泥中间积成的小水塘上，在车辆转弯的时候它们脱臼和折断的肢体就会撞击侧壁和驾驶室。工人们证实，那当然不是桥梁的设计错误，桥是工厂主根据相应的负荷精确设计的，而是一个有意识的决定，为了节省必要的花销和费用，从而不必用吊车和支架再把那些动物卸载到地面上，总归它们只是在一道栅栏后面的牧场上远远地站着度过了最后几年的光景。

委员会成员跟在两名女秘书身后，心情大好地上楼去来宾餐厅。工厂主肯定会随时到来，他在城郊的一处工地上还有些事情要处理。

那是一个地下水问题，对于这样的问题每一分钟都不能耽搁。来宾餐厅是在那个年代建成的，当时人们要定期接待其他企业的手球队来访，因此餐厅能够容纳将近一百五十人用餐。在临时镶嵌了木板的墙壁上，壁灯放射出一种柔和惬意的光线。窗边的一张桌子已经被摆好了。委员会成员几乎还未就座，摆放着各式前餐的手推车就被推了过来。一名侍者往杯子里倒了利口酒。其中一名女秘书清了清嗓子说道，工厂主让她代为转达，人们不用等他回来用餐了。透过窗户人们可以看到在工厂车队和私家车库之间修建的花园。一处旧的大理石基座立在载有花坛的山丘上。

  在上床睡觉时这个孩子想起了明信片上的主题，用这些明信片他在下午还搭建了一座塔楼。人们几乎有这样的感觉，仿佛大脑在使用一种单独给这个孩子设计的象征语言，为了把原本尚无法理解的经验传授给他。在那个地方成年人或许想到的是威尼斯城市图的下方文字，并连带回忆起一幅历史题材版画，相反这个孩子看到的却是树下一只蜷缩的小动物，或者他听到一支曲子，或者感受到胸脯里一股促使人笑出声来的愉快的压力。但尽管如此孩子和成年人想到的并没有什么两样。在梦里对事物的两种话语方式，即经验的话语方式和理性的话语方式，会重叠在一起。在醒来时我们会问自己，为何在梦里一张城市图会令我们充满忧伤，让我们回想起动物脖颈上的毛发，还在我们回忆期间，那些画面就又分开了，联想也随即走向空洞。后来在注射吗啡后产生的近于蓝色的烟雾中，患者认出了儿时的画面，半麻木的大脑给他把这些画面解释为抚摸动物皮毛和闻嗅油布的味道。然后这些画面从中间分开，仿佛它们像衣服那样有一道线缝。

  这个孩子看着云彩在连通主要马路的街道上从一个小水坑跳向另

一个小水坑。它们（云彩）作为缝纫线团从天上呈对角线坠落，把小水坑里的积水用力撞开。孩子使水里的云彩与他的滑轮车交叉，让它们钻进他的套头毛衫，掠过他的头发。饭菜的味道像动植物体内分泌出来的芳香物质一样从住家窗户里涌出。在地平线上工厂主作为侧面剪影像在察看来宾餐厅的窗户。从这里看上去那种情形就像是一出皮影戏。幻灯机的灯光在缠绕的手指上亮着。孩提时代所有皮影戏的开场白都是："不要转身！"在开市议会大会之前工厂主的时间很紧，但他至少想向客人们表示欢迎，想给他们介绍一下那座小型凉亭，客人们可以在亭子里放松休息，消除舟车劳顿之苦。

这个孩子在等新的明信片用以搭建他的塔楼。那些已经寄来的数量不多的明信片会首先在配菜柜的玻璃窗后面存放一阵儿。中午的时光显得没完没了，不可想象的是一天的时长或者还有更多的事情。太阳在低矮的城市上空瓦解成微小的微生物。骑车油腻的身影像灌了铅的灌木丛一样一推一撞地朝马路尽头移动。一只挂钟的嘀嘀嗒嗒走个不停的秒针是由一个孩子臆想出来的，因为对他来说时间就是这样流逝的。因为他不会看表，他就总是听到一二、一二的节奏，就像一个木偶原地踏步的脚步声一样。与此相应的还有儿童游戏：山上的公牛，一头、两头、三头。当这个孩子转过身来的时候，一切好像都还是原地不动的样子。他不断透过窗户朝外面的公共汽车站望去，等车的人们一动不动地站在那里。然后他们一下子又都不见了。

山上的公牛是人体内部的动物象征，将来人会把这种动物浇铸成青铜像，雕刻成大理石像，为了把驱除的安宁重新归还给它。突然面对一种人们不认识的生物，而且它与其他生物又没有相似性，以至于人们可能会给它起一个名字。在这一刻人通过动物的眼睛看到了自己，他知道动物不会这样看他，不会按照概念和名字对他进行分类，而是仅仅按照体形，动物会考虑是否躲避这种体形还是应当战胜它。

在持续的逃亡过程中动物会丈量土地，从陆、海、空三个维度。通过长毛被固定在地面上，对于人来说各种神就产生了，他们是为了向人类揭露，冰冻的土壤里蕴藏着什么，无边无际的大海里隐藏着什么，弥漫着大雾的天空拐走了什么。在环绕地球运行一圈并征服了世界之后，神灵们应当宣布，在他们自己的颅骨里能够找到些什么，在肌腱之间以及在脸部的孔洞里能够找到些什么。为什么我们认为，把东西推来推去会决定其意义和我们的意义？为什么一条曲线对我们来说就像是一道依循它的命令、一座山就像是登上它的要求？为什么神灵出现的目的就是为了紧接着又消失不见？为什么他们能够抛弃我们而不是我们抛弃他们？为什么我们总是向越来越远的高处望去，尽管我们相信每次原因都不一样，而其实我们只是想知道明天下不下雨？我们甚至连东西都无法抛弃。可能这就是东西身上的神性和我们身上的人性吧。还有其他非物质生物，我们不无道理地把它们看作神灵，为了像对待所有神灵一样首先崇拜继而杀死它们，为什么它们（也就是动物）什么也不需要，能够征服世界，即使是死也拒绝向我们妥协，因此我们盛怒之下把它们切碎劈碎，不让它们安宁，直到它们从我们的肠胃里穿过？或许我们会强使它们在痛苦中看我们一眼，但是只有当它令我们回忆起自己、而非一只动物的时候，这道目光才会触及我们。如果我们回想不起自己的所作所为，尽管如此也无法逃脱惩罚的话，那么我们至少不应当有判决权、有宣告判决的权利吗？

一旦这个孩子会数数了，他就开始清点数量。他不是随便清点数量，而是像那名患者一样数数，他（患者）在痛苦中只是简单地把数字彼此串起来。这个孩子尝试给自己设定一个目标，但是自己也不知道他能够数到多少，因此他尝试把数字范围设定到中断为止。中断就是他预先确定的目标。他希望下一次能够冲破中断的阻碍，以此使他的愿望得以实现。但是他想不起去清点池塘里的鸭子。它们反正一直在那儿，不需要具体的数量。东西需要计数，这是学年讲授中令人感到吃力的课程内容之一，它堪比同样费了很大力气讲授的被动态和主动态的区别。

43
摘自对高年级学生的观察记录

在这些高年级学生十四天没来上课之后,一天早上他们突然站在学校公共休息室门口,好像什么也没有发生似的。他们在谈论转学事宜。他们自称搭便车游历了英国,遭遇了爱情的挫折,在树林里瞎跑了好几天。他们的确看上去眼窝深陷、面颊凹陷。在大休息期间人们看到他们站在学校礼堂的平屋顶上。他们跳进运动场的红沙里,扭伤了一只脚的踝骨。

这些高年级学生在抽小雪茄,而不是在教室里做课堂作业。在下最后一堂课之后他们在教师停车场碰面,脚下胡乱踢着碰得坑坑洼洼的易拉罐。其中一只易拉罐飞起撞向副校长的欧宝车,在右挡泥板上留下了一处凹陷。穿着蓝大褂的房管员出现了,他揪出其中一名高年级学生,把他的鬓角捻搓在一起。然后房管员用勾曲的手指敲他的头顶,并给他灌了一杯白兰地。在灌白兰地时他的鼻尖一直被用力挤压,直到眼睛里流出泪水。其他人无动于衷地看着。这就是殉难思想的诞生时刻。

这些高年级学生用滚烫的烛蜡来锻炼自己的胳膊。他们穿着新的镶钉牛仔裤进入注有冷水的浴缸,为了让裤子变成他们的第二层皮肤。

从十二岁开始他们在头痛时就拒绝服用父母提供的去痛片，因为他们想弄清楚自己能够忍受多大的疼痛。他们吸食被刨成薄片的注射了滴滴涕的香蕉皮，不是把圣饼而是把小片的吸墨水纸放到自己舌头上。他们在旅行时照镜子，看到自己的终点是在两条铁轨之间。如果在一次庆祝活动期间在几乎没有灯光照明的角落里双腿好像开始肿胀，他们就互相夺走对方身上的刀具。然后他们又会跳进暖坝景观公园旁边的池塘里，因为他们认为，一块从他们眼前漂过的木头是他们的食指。

这些高年级学生去上资本教育课程和黑格尔专题讨论课。他们封锁比尔和韦贝尔舞蹈学校，尽管这些学校跟随时代精神，顺应新一代人的需求。每周二和周五八点半这些高年级学生都站在楼下的学校门口，挨着穿卷筒领套头毛衫和运动衫裤的人骑的轻型摩托车，对女孩们大声说些什么。女孩们的脸变得通红，因为她们不能完全理解这些人的叫喊，她们站在那儿窃窃私语。

这些高年级学生让人找不到班级记录簿。他们用肥皂擦黑板，把一大瓶所谓的冰水倒在教师座椅上。当他们一个月之后在火车站大街打算向魔术王购买补给时，对方告诉他们说，冰水现在被从市场上收回并禁止出售了。因此他们把手头最后一大瓶冰水供奉起来，小心翼翼地加以保存。当数月之后他们又想起那瓶冰水并去装贵重物品的小箱子里查看时，发现瓶里的水已经变干了。可能去往非法性的通道仅仅是由偶然因素决定的。

这些高年级学生像湿麻袋一样挂在单杠上。他们没有穿体操裤，而是穿着剪短的牛仔裤。他们就像风景画上立着的问号。如果他们在宗教课上打哈欠，教士就会说道："哈巴谷书 1.13：在不信神的人吞食比他更有正义感的那个人时，为什么你在一旁观望呢？"虽然记号笔和活页本都被禁用，但是这两样东西这些高年级学生都在使用。他们背着懒汉书包，因为在变换颜色之间他们不是首先把画笔蘸到水里清洗一下，因此他们的百利金文具盒看上去也是相应的乱七八糟。人们究竟还应该告诉他们多少遍呢？首先人们画的是背景，只有在背景画完全晾干之后，人们才能画前景。他们把绘画本放在暖气上烘干，并利用去往司炉间的通道搞一次短暂的会晤。不过事后绘画本的纸张都被烤成了波浪形。

这些高年级学生散布谣言，说他们患了肺结核，他们把它缩写为TB，有时还给它附加了"开放性"这一定语。他们戴着长围巾，把从魔术王那儿弄来的德古拉（吸血鬼）血咳到手绢里，那些手绢是缺乏创见的姑姨们每年圣诞节都以十二条一套的包装送给他们的。有时手绢上还被绣上交织字母。

这些高年级学生沿莱茵大街往下走，在一家卖卫生用品的商店旁边拐进一个后院。在后排房屋的地下室里他们试穿几条黑色的裤子。他们站在一面镜子前面，检查这些瘦裤腿裤子的宽窄。从一个扬声器里播放着《让我更强，金凤花》这首歌。

在市政厅大街布勒宁克迈尔商场的入口处，这些高年级学生看到一个由玩具猴组成的管弦乐队站在一个玻璃箱里，在投入十芬尼硬币之后那些玩具猴就开始击铙钹、打鼓和吹号。这些都是为了取乐孩子们而设计的，这些高年级学生从中识别出一种被异化的人的象征。尽管如此他们也投入格罗申（十芬尼）硬币，就像他们用硬币尝试从自动售口香糖机器里拽出透镜光栅图片或者小折刀那样。在这方面他们研发出不同的关于硬币的旋转运动和降落速度的理论。同样投入十芬尼人们可以在安格勒海姆酒店的前厅里让4711型香水喷洒在自己的胸口。即使香水的气味令这些高年级学生回忆起他们的祖母,他们也无法抗拒自动售货机的诱惑。

这些高年级学生收到了城市图书馆的提醒还书通知。他们乘巴士去谢尔施泰因,在港口租了一艘能划半小时的划艇。橡树叶落在撑在摩托车顶上的橡胶护罩上。一个冰激凌球卖十芬尼。一块汽水味糖果卖一芬尼。一袋汽水粉卖二芬尼。一小袋水果棒棒糖卖五芬尼。一方盒水果棒棒糖卖五芬尼。这些高年级学生不喜欢香车叶草口味的。周二提供面条,配有番茄汁和一个煮老的鸡蛋。那件连帽上衣今年还能穿吗?雪花的白色边棱能否从其乐公司生产的皮鞋里渗出?房间里一片黑暗,而窗外第一场雪在飘飘飞舞。披头士乐队的拼图在写字桌的玻璃板下面闪烁发光。装有用来买电唱机的马克硬币的粉红色猪形塑料储蓄罐在面无表情地冷笑着。

这些高年级学生认识古多同志,他是共产主义青年团的成员。他把一支铅笔从中间掰断,然后把一捆绑在一起的十支铅笔递给他们并说道:"现在你们试着掰断这些铅笔。"周三他们跟古多一道去参加一个聚会。这些高年级学生得知,人们错误地嘲笑扎伊尔的那些黑人同志们,因为他们缺乏像"自由"这样的抽象概念。"当人们往他们手里塞一块石头时,他们立即就明白了那是什么意思。"工作部负责人如是说道。一段时间里他们(这些高年级学生)定期参加这样的聚会,然后他们就因为过高估计自己和逃避现实被排除在外了。

今年夏天这些高年级学生在想什么呢?在想他们要逃脱命运的摆布?在想他们能免除苦难?在想生活会像恩典他们的同龄人那样赐予他们无忧无虑,再后来会赐予他们一个目标,为了这个目标人们值得去努力工作?他们抽了两天时间坐车去斯特拉斯堡,在那里品尝了法式热三明治和牛排薯条。太阳就像是一个咧嘴狞笑的荷包蛋一样照在小公园上空,他们正在公园里打羽毛球。他们的语言知识还不足以令他们看懂房屋墙面上的那些标语口号。在某些下午滴进伊尔河的雨水不再令他们感到悲伤。他们用旅行社的折叠广告单做成各种小船,把它们从桥上扔进河里。白天也穿体操鞋是此前从未有过的,这能给人一种轻飘的感觉。他们回想起克里斯蒂安妮·韦根并给她写了一张卡片,卡片带来的结果比他们原本打算的还要更加严重。他们带了两条高卢金丝烟回家。他们的母亲们原来预计他们要晚一天到家。现在这些高年级学生也知道了这种情况。离婚早已被公开谈论。温暖的夏雨落在印第安人帐篷上,不知什么原因帐篷被从地下室清理到外面的花园里。可能是为了把它送给别人。这些高年级学生已到了一定的年龄,他们不再需要这样的东西了。画架到底该怎么处理呢?这也不过只是一个特殊的时期而已。这些高年级学生还知道当时的情况是多么紧急吗?然后呢?他们究竟在画架上画过几次?但是这些高年级学生不是一直以来就没有父亲吗?他(父亲)现在把米色的皮箱放入浅蓝色福特全顺的后备厢里,然后开车扬长而去,这又有什么关系呢?

  这些高年级学生在去上学的路上吸烟,他们在笔记本里写下最初的诗歌。带有砸炮板气味的狂欢节期显得很奇特,它馈赠给周边地区的人们一种少见的自由,就连这些高年级学生也觉得它过去得太快。

  暑假过后这些高年级学生明白了,一切都是一个巨大的错误,不可能再这么继续下去了。其他人是怎么做的呢?他们心里在想,但是却没有问任何人。他们沉默寡言,很少启齿说话。在此期间他们的名声早已传了出去。如果他们只是想很快凑到一群人当中,那么这群人就会马上散开,因为人们担心会受到严厉的盘问。他们和女孩子的交往也是困难重重：那些对他们感兴趣的女孩想要寻求禁令的刺激，当这些高年级学生眼神里流露出一种奇特的感伤表达时，她们会对此表示不解。很晚归来的卡车的灯光在地平线上杂乱交错。老酿酒厂被汽车头灯很快照了一下。在家里这些高年级学生一直还在就着晚餐喝可可粉，他们用怀疑的眼光看着全家福，照片上他们作为八岁的男童手执弹弓在花园里站在父母中间。

秋天来得很突然。这些高年级学生站在运动场上冻得直哆嗦，而其他人则在围着场地跑圈。今天又是暖和的一天，在临近中午时分天变得阴暗了。就在马上从阴沉沉的云里落下雨点之前，一个女孩站在被风吹弯的花楸树旁边。她的针织羊毛衫仅由最上面的一颗纽扣束紧着。她是克劳迪娅。

这些高年级学生参加了一次由德国社会问题研究中心举办的有奖征文活动，活动的主题是探讨边缘青少年问题。他们的投寄起初已经入围关键评选阶段，然后却遭到了一群反动势力的阻挠。相反本次活动的胜出者是一名被同化的扎领带的学生，他做牙医的父亲用金钱帮助他在一所私立学校顺利通过了高年级关卡。他父亲也够不容易的，战后的纷乱使得他未能获得博士学衔并进行正规的医学专业学习，因此他现在虽然可以钻牙和拔牙，但却无法获取麻药，这就使注射麻醉剂变得不可能了。在战后的二十四年里这种情况给他制造了很大的困难，毕竟娇生惯养之风开始波及越来越广泛的民众群体。候诊室里空无一人。即使是口头宣传（他自称从盟军以前的战争储备里私藏了一些笑气）也仅仅使几名公职人员光顾了他的诊所，他们跪在地上爬过诊疗室，为了能够找出相应的玻璃瓶或者器皿。不过确有一些弹壳被存放在工具棚里，铁锹和野营用火炉把它们遮挡得严严实实。在这种情况下由德国社会问题研究中心颁发的奖项对他儿子来说来得正是时候。作文是在支付了五十马克的报酬之后由来自平行班的一名女生代写的,文中涉及的不是边缘青少年,这一概念更多的是被应用在舞会上所谓的墙边之花身上,这些都已显得不重要了。相反,评审委员会在颁奖原因里恰恰突出和赞扬了这种令人耳目一新的、非政治的、对于青少年来说完全得当的立场,反之却认为这些高年级学生的作文深入分析了资本主义就业市场令人信服的法则和养猪国家的再生产方式,把它严厉批评为"向卑劣本能进行呼吁的德摩斯梯尼演说(抨击性演说)"。随后这些高年级学生在公共汽车上把牙医儿子的眼镜从鼻梁上打掉,往他父亲的工具棚里扔了一颗燃烧弹,事先他们不知道笑气弹壳就存放在那里,以至于工具棚在一场无法形容的爆炸中飞向临近数百米远的莱茵河岸,从空中像雨点一样坠落的碎片伤到了几名在那儿避暑的人。当晚他们在共同的日记里写道:现在已经没有退路了。

　　这些高年级学生在快过十八岁生日的时候在位于莱茵高大街的施罗姆普驾校给自己报了名。与众不同的是他们好像更对理论课程感兴趣而不是对驾驶课时。许多来自乡村地区的男孩子多年来已经在开拖拉机,在当地范围内也开他们父辈的汽车,他们恰恰相反对理论学习感到很吃力,有一种相应的自卑感,因此在驾校课程结束后他们就会伏击那些狂妄自大的高年级学生,当这些人(高年级学生)在对面的公共汽车站等4路车、为了一直坐到亨克尔公园的时候。那些因为干农活而身强力壮的小伙子们绕着石砌的、早已关门的售货亭把这些相比之下身体单薄的高年级学生催逼到科隆－杜塞尔多夫码头停泊处,威胁说要把他们扔进冰冷和布满油污的河水里。我们到底怎么惹你们了?这些高年级学生用愤怒的声音喊道,完全没有认清他们处境的严重性。因为那些小伙子想不起该怎样回答,于是他们干脆动起手来。打完之后他们登上一辆白色欧宝创纪录,驶过冰激凌咖啡店开车回家。这种情况一直持续了三周,然后那辆白色欧宝"创纪录"在来驾校上理论课的路上因为车轴断裂脱离了路面,飞速撞进一家昔日轮胎制造商的办公楼里。因为车辆超载(里面坐了六个人),乘客卡在车里出不来,最后全都烧焦了。理论课时现在完全属于这些高年级学生,他们深挖自己真正的兴趣,能够精确分析汽车后备厢的不同容量。除此之外他们感兴趣的事情也不多。对于教员提出的一个相关问题这些高年级学生回答说,有时不掌握交通规则甚至是有好处的,因为这样的话人们就不被故意颠倒的路标和总是设定为红色的交通灯所迷惑了。

大概在同一时期这些高年级学生被征调参加服兵役前的体格检查。对他们来说穿过乡镇征兵局就像是决定整个未来的一次彩排一样。第一次他们看到自己的敌人确确实实地坐在一张桌子后面,桌子上面悬挂着德国国旗。这些高年级学生只需穿着内裤在寒冷的走廊里等候。人们否认了他们具有成为山地步兵的能力,除此之外他们的体格是完全达标的。起初他们打算不拒绝服兵役。不这样做的话人们什么时候还能这么容易地接触到武器呢?但是紧接着上下铺和兵营里摆放《士兵》连载小说和豌豆汤的窄柜令他们感到恶心,豌豆汤里还连带煮有治阳痿的药剂,于是他们把第一个住处迁到了柏林。

这些高年级学生查明,人们在一个协会里是不能毫无顾忌地进行大搜捕的,因此他们在位于克莱斯特大街的聚集地也安装了一块相应的牌子。所有一直以来就光顾这里的人,无论是为了抽点儿烟、喝点儿茶,还是为了点一份水果拼盘,如果他们带够钱的话,都会得到相应的俱乐部会员卡。如果人们在游荡时突然咳嗽发作,这可能会预示着大咯血的危险。

这些高年级学生在用酿酒厂的宣传画裱糊他们的房间,这些宣传画是他们从一名贴海报的工人那儿用一小包 HB 香烟游说来的。中午放学之后,当他们的父母还在上班的时候,他们给自己加热一罐亨氏茄汁焗豆,在吃饭的时候他们就不停地把糖倒进罐里。他们从烟盒里敲出高卢金丝烟,先用舌头沿纵向把烟身舔一遍,然后才把烟点着。

为何这些高年级学生还要和父母去度假呢?反正在度假期间他们只是住在一家小型膳宿公寓里,坐在一个疗养浴场里,那儿真的没什么好玩的。第一次单独待在家里,这些高年级学生每天都吃夏威夷烤面包片。上午他们沿比伯里希林荫道向下去埃内瑟尔音像品店,在那里取了平克·弗洛伊德乐队的新专辑,接着他们在客厅的电唱机上聆听这张专辑。第一面上的第一首歌非常好听,其余的不如说是令人失望了。窗外洋槐树叶在阳光下闪闪发光。在这十天里没有其他事情发生,他们也不用去想任何特别的事情,恰恰是这一事实事后构成了这段时间的无与伦比之处。到了第二年夏天他们就在想一个女孩,那个时候她正和她的姑姑在赖特伊姆温克尔度假。之后总归一切至多都是与结构和纲领的抗争。

借助相应的侦查器具人们能够从一架直升机上辨认出那些高年级学生,他们正身处奥登瓦尔德山区的一个训练营里。他们在那里学习生火、煮豌豆汤和辨认踪迹。一枝折弯的树枝可能会使整个计划失败。用蘸湿的食指人们可以检测风向。把耳朵贴在铁轨上人们可以听到正在驶近的火车,这样就能够及时把自己撤到安全的地方。如果在沙漠里找不到水,人们就用大砍刀劈开仙人掌,在不得已时也可以切开骆驼的驼峰,尽管还有储备的水源,尽管动物的眼睛看上去无比悲伤,当它斜躺在地上死去的时候。几乎没有人能够成功地用原始工具掏空一头骆驼的内脏并让自己躲进去，为了让侦察机看不到自己而从头顶呼啸而过。十四天之后这些高年级学生的父母来探视他们。他们（父母们）向帐篷里张望，看到睡袋整齐地摆放在气垫上。中午这些高年级学生用他们的固定刀玩投掷比赛。谁要是有一把三刃匕首，他就不把它拿出来展示。就连三刃匕首的梳齿也能意想不到地帮人们大忙。这些高年级学生的母亲暗中塞给他们一块圆台形中空蛋糕，他们马上把蛋糕藏进自己的背包。晚饭提供的是切得太厚的面包片，在肝肠下面还抹着黄油。星星从无与伦比的景观上空飞驰而过。脚下的沙砾在沙沙作响。父母最后一次从林边向他们挥手，然后就登上他们的轿车离去了。这些高年级学生把烟吸进肺里，给其他青少年讲述他们班一个被称作豪斯的家伙，仅仅是为了让他们能够想象一下，那个家伙有一个多么宽的腰骶骨。

这些高年学生能够在黑暗中拆卸一支冲锋枪，然后再把它重新组装好。他们用一根金属线和两个土豆装配了一台发报机。他们猜一张任意抽取并插回牌堆里的扑克牌。

多愁善感的感觉让这些高年级学生感到很难堪，这种感觉在他们聆听奇想乐队《我与众不同》这首歌时侵袭了他们。可是当这首歌碰巧从收音机里传来时，他们还是站在窗边，朝楼下的街道望去，街上人们从停靠的车辆和雪堆旁边走过，边走边把大衣领子竖起。空气驱赶着灰蒙蒙的雾气从张开的车库出口飘过冻硬的门前花圃。一个女孩把她的自行车推进一个低矮的车棚。在她把锁套在后轮上的时候，她柔顺的长发向前滑落遮挡在她的脸前。带有流苏的挎包搭在她的后背上。她的山羊皮大衣有擦蹭的痕迹。牛仔裤上的镶边是从一条旧的吉他背带剪裁的,那是她父亲当年行游吉他上的背带。现在这把乐器立在仓库里,它的边板上有一道裂缝。这个女孩的头发闻起来有刺蕊草的味道,她的呼吸带有口香糖和拉贝罗唇膏的味道。但是这些高年级学生不会靠她这么近。他们去找那些已经上大学的女性。她们坐在大学公寓的床垫上,呷着一杯红葡萄酒。女大学生们的舌头宽得令人吃惊,她们用舌头在这些高年级学生的嘴里来回搅拌。有时候集体公寓里有人不敲门就走了进来,从写字桌上拿了几张用胶版誊写版印刷的纸张。这些高年级学生闭上双眼,尝试去感受女大学生的身体。但是在他们脑海里浮现的只有那个女孩的画面,她伴着"我与众不同"的歌声消失在楼宇之间。路灯灯光照在刷有绿漆的拍毯杆上。一辆有轨电车驶过。这些高年级学生点燃了一支"吉卜赛女郎"牌香烟。

对于这些高年级学生来说,他们个人的不幸是一种由社会促成的不幸。渴望就意味着缺乏理论渗透。特别是在晚上他们越来越频繁地听命于变化无常的情绪。然后生活就会以某种精确绽放自我,用错误的发展模式欺骗人们。周游世界。表演一次"魔法智利"这首歌的独唱。缔结和平。但是跟谁呢?还没有人向他们宣战。

那些静止不动的夏季午后再也没有来过,当初在那些下午里课堂授课都是在拉下的百叶窗后面进行的。紧接着又背着书包去逛娱乐场和玩碰碰车。夜幕在摩天轮身后开始降临。桦树树叶在闪闪发光。从高速公路桥下面回家。房门敞开着。走廊里还挺暖和。就着晚餐母亲把满满一勺雀巢巧克力粉倒进一杯牛奶里。她自己只吃了一块番茄酱面包。

这些高年级学生乘坐夜班火车去曼海姆。他们站在火车站旁边一家餐馆里的弹球游戏机旁边。坐在吧台的一个人想知道,他们是男孩还是女孩。

十四岁生日刚过这些高年级学生的扁桃体在没有全身麻醉的情况下被切除了。他们看到那两团沾满血的东西放在自己身边的一个碗里。人们向他们承诺的大份冰激凌只在美国电影里才有。一位朋友给他们捎来了《切·格瓦拉日记》。他们在一本黑白艺术画册里欣赏阿列克谢·雅弗伦斯基（Alexej Jawlensky）笔下风格化的面孔。如果天下雨，他们有时就去博物馆旁那家美国租书铺。然后他们就犹豫不定地面对各种杂志闲站着，希望不要有人跟他们打招呼。手术过后最糟糕的就是口渴。

这些高年级学生一再打算中断他们的生命，无论这具体来说可能会意味着什么。他们只是在很短的时间内写日记，很快再把页码撕掉，因为他们认为上周才刚刚写过的东西是令人无法忍受的。他们几乎无法想象还能挺过下一年。尽管如此夏天还是一年又一年地过去了。不久他们就不得不考虑怎样开始度过假期。在某一年里这些高年级学生确实能够给自己示范些什么。他们和其他人一道再次乘车去阿尔萨斯地区，用一架柯达傻瓜相机互相照相。或许我们明年甚至去罗马，坐在纳沃纳广场上，他们在参观斯特拉斯堡大教堂时这么想道。他们从克勒贝尔广场上的非洲人手里买下一条腰带，就像在柏林诺伦多尔夫广场边上的比萨饼店里那样喝着加汽水的啤酒，只是这种混合饮料在这里（斯特拉斯堡）有着不同的名称而已。

这些高年级学生住在一个建于三十年代的住宅区，它位于瓦尔德大街附近，在这条街道的拐角有家面包店。火车东站在隔两条街远的地方，但是几乎已经不再被使用了。晾衣竿立在院子里未动过的沙箱之间。往下走是去田野方向，往上走则是去美国佬方向，他们过圣诞节时会在营房房顶安装一个巨大的圣诞老人造型。

这些高年级学生给来自低年级的学生辅导功课。对于低年级学生来说这太棒了，因为他们可以在这些高年级学生的房间里吸烟，能够把平克·弗洛伊德乐队的第五张专辑《原子心之母》(Atom Heart Mother)借回家录制。谁也不知道，为什么这些高年级学生的拉丁语很好。辅导一小时收费五马克。这些低年级学生在家里对她们的父母说是六马克，这样他们就可以用多出来的一马克在去参加辅导课的路上给自己买一小包十一支装的"塔林"牌香烟了。如果这些高年级学生休息期间在校园里凑在一起，那些参加辅导课的学生就不打招呼地从他们身边走过。这样最好。

还没有脱离学校，尖锐刺耳和支离破碎的城市嘈杂声就在这些高年级学生的耳际响个不停。他们以前不也沿着这些街道走过、抄近道穿过家具店的院落、从叉车旁边经过去往公共汽车站吗？但当时他们的思想还在其他方面。他们把书包夹在胳膊下面，从后门上车，站到公共汽车中间稍微摇晃的平台上。坐车回家的仅仅是他们，而不是所有从位于火车站大街的埃克保险公司大楼里蜂拥而出的成年人，因为家必须由另一个人创立，而不是被自己。感到幸福的是那些人，他们因为有工资收入得以搬入城郊的一处新建住宅区，在搬迁过程中他们有着与当时在园子里支帐篷时同样的感受。人们拒绝让这些高年级学生拥有类似的幻想。在过节放假的周六下午他们穿过空荡荡的大街，感觉自己年纪轻轻就已经很孤独，在这样的年纪其他人还在倔强地摔打自己玩具汽车不起作用的遥控装置。但是心怀这种绝对必要的感受离家出走？然后人们就能马上背离整个城市，而且也能背弃欺骗虚假的制度。尽管如此这一切都还没有定论。这就好比是那场现代音乐会，人们曾经在学校为这场音乐会发放过免费门票,在一个星期四的晚上他们也去听了这场音乐会。总体来说音乐会挺有意思,乐音跟城市的嘈杂声挺相似的,小提琴高亢并一再被中断的尖细音,不想融入旋律的笛音,突然被猛力乱奏的打击乐声,然后又是出其不意的寂静,寂静中只有笛键的啪嗒声和刚一弹拨马上又被抑制的大提琴琴弦的震颤声能够被听到。当这些高年级学生从音乐会演出大厅里出来的时候,外面又冷又黑。他们把长围巾在脖子前面打成结,在去公共汽车站的路上吸一支烟。那些人们听第一遍就能马上跟着哼唱的知名音乐显得无聊和单调,甚至无法在他们内心唤起某种忧伤的感觉。但是新的和不习惯的事物对这些高年级学生来说又显得冷漠和缺乏结构。即便是当他们从音乐图书馆借出了两张唱片,一张是泽纳基斯(Xenakis)的,另一张无论如何只是阿尔班·贝尔格(Alban Berg)的,并给自己布置了这样的任务,即每张唱片的每一面都要连续听五遍,那种重新认出的感觉也不想在他们身上产生。他们把每一面又听了五遍,可还是没有发生任何变化。新事物的本质就在于它总是让人感到不习惯并保持陌生吗?音乐成功地创造了新事物本身吗?这些高年级学生也会取得类似的成功吗?没有结构和重新识别能行吗?还是相反只能通过不断地变化?人们为此不得不忍受一种陌生感,这种情况是不可避免的吗?

幸运的是,人们无法从空中看到这些高年级学生成长的那些住宅区,也无法看清它们的全貌。这样他们就能至少偶尔想象一下,路在下一个拐角处后面会笔直地通向一片未被开发的风景区,从那里又会越来越远地向远处延伸,在晚风的吹拂下途经剥蚀的栅栏和瘦骨嶙峋的苹果树枝直到那片土豆田,它闻起来总是有雾气、灰烬和污浊的烟雾的味道。事实上人们从一架运输直升机上看到的是毫无希望的彼此重叠的破旧房子，它们从左右两边与工厂厂房和仓库接邻。如果定睛细瞧，人们还能辨认出在被破坏的游乐场旁边有几个扔掉的床垫。

当这些高年级学生开始深入探讨时代问题时，这从根本上来说已经太晚了。有时他们认为，凭借一种合适的理论能够更好地理解这样或者那样的事情。但是一台弹球游戏机有什么可理解的？它立在诺伦多尔夫广场边上的一个游戏厅里，在那儿独自闪烁发光，同时从吧台后面的两部扬声器里播放着苏西·奎特罗（Suzi Quatro）和克里斯·诺曼（Chris Norman）的二重唱《坠入情网》（Stumblin' In）。人们投入一马克硬币，得到五个弹球，然后就可以玩耍了。这是游戏机的基本原理。这些都是工业界想出的无用的小玩意儿，它们有两个游戏层面，顶部还额外有一对弹球游戏机，人们总是忘记使用这样的额外设备，"转换成数字"，这只是些随机特征，仅仅是为了迷惑游戏者。这些高年级学生难道只想在内心阻止这个句子即：我不再理解这个时代了？仿佛人们曾经理解过它，身处过这个时代，顺应过时代的潮流，就像在第一个春日里呼吸后院的空气那样呼吸过时代的气息？灰色的烟雾悄悄散去，光秃秃的树枝在寒冷中颤抖，几乎带有几分羞怯。

在一次打架中红色的女士假发滑落了下来，让人看到下面稀疏和鼠灰色的头发。被从手里打掉之后，带有消音器的贝雷塔手枪斜向滑过铺有亚麻油地毡的地面，在护壁镶板处停了下来。戴在橡胶手套里的双手开始轻微出汗，此外人们对细微的动作技能没有感受力，比如固定一个小齿轮或者捻搓两根不同颜色的金属线。

就连离这些高年级学生最远的相识也曾经在夜里被按铃唤了出去，对方说了一句"我们在危难中需要你帮忙"之后，便把一个浑身湿透、有时甚至受了伤的人推进了门厅。谁要是运气好的话，第二天早晨就会在厨房桌上发现几张钞票，它们被压在盛果酱的玻璃瓶下面。但是经常会少一些衣物，没过多久会有几名官员站在房间里，因为疏忽而开枪打掉了天花板上的灰泥。

后来人们个别指责这些高年级学生，说他们在过去两年的恐怖活动中，也就是从他们的第一次作案（炸毁了牙医花园里的工具棚）直到他们在古斯塔夫斯堡的旧铁路桥边被捕，做过秘密警察的不情愿的傀儡。否则的话怎么能够解释这一事实，即保存在金斯海姆城外一个谷仓里的全部武器弹药库都是用完全没有危险的材料换来的？此外这些高年级学生每天在博纳梅斯城区的不伦瑞克打保龄球时向人们展示的那些高清照片又是从哪里来的呢？

磨洋工，这极有可能是一个时代内在性的唯一标志。长长的房屋墙面彼此邻接。折断的树枝在墙面上留下一道白线，这些高年级学生正低着头在缸砖上擦蹭树枝。夹在胳膊底下的书包很沉，因为这些高年级学生早已不按每天的课程表整理书包，总是把所有的书本都背来背去，就连《迪尔克世界地图册》也在其中。这纯属单方面的负担。仿佛生活本来并未构建在这样的负担之上。八岁的孩子背着他们的书包会远离死亡。他们脚下的每一片树叶都是不朽的。

人们观察这些高年级学生，看他们是怎样把两打装有剩余聚苯乙烯泡沫塑料的蓝色垃圾袋扔进一个高层住宅区的大垃圾箱里的。因为他们在改装一辆逃跑用车时在车库门紧闭的情况下让发动机运转，因此他们不得不用尽最后的力气把自己拖到外面的院子里，他们躺在那里不省人事，邻居们通知了一名急救医师，后来他在警方的通缉照片上认出了这些漫无目标、四处游荡的高年级学生，尽管其他同志还很快在他们的鼻子下面夹上了斯大林夹鼻器。

对这些高年级学生的威胁来自两个方面。一名市议会议员认为警方的通缉方法过于松懈，于是他假造自己被人绑架，在多次为男士固定客菜慷慨解囊并暗中两次塞了五十马克之后，让两个在布鲁姆咖啡店偶然结识的人把自己绑在城市公园的一棵橡树上。这场闹剧持续了整整两天，然后当局在伪造的供认书上发现了这名议员的指纹，查明这些指纹与他的打字机上的指纹完全一致。反正鉴定专家立即就注意到了供认信上非同寻常的表达"母猪制度"，而非一般性措辞"猪制度"。另一方面那些无目的的极端化组织也会给这些高年级学生制造事端，这些组织不加选择地冲击大使馆，枪杀经济参赞，在安装梯恩梯炸药时因操作不当也把自己炸上了天。因为在公众面前所有的事件都被归咎于这些高年级学生，他们很快就被迫面临这样的处境，即更多地发表自己的意见，而这显然令他们很不高兴。这样他们就会损失宝贵的时间，而同时下水道的盖子又会被特种部队焊死，直升机通过从空中对由四辆闪着蓝灯的警察巡逻车从两侧包围的住宅区进行拍照，把城市切分成地图上的方格网。

确切地说这些高年级学生都是具有活跃困难症的面色苍白的人，他们倾向于采取暴力策略。他们很早就被鼓励做出攻击性行为，同时他们又不允许发展一种潜意识中的父亲偶像。超我的空缺能够使他们更容易忽视内化的标准和价值观。但是他们的行为主要是由一种所谓的痛苦嫉妒心理所决定，这种心理满足了由延期教育引发的自我辩解需求。此外这些高年级学生的个性发展呈现出单元化特征，这与无论怎样而形成的社会现实之间无任何真正的关联。

为了尽管无法阻止人质对他所处的环境进行描述，但至少相应增加他这么做的难度，这些高年级学生在一间普通的堆放煤炭的地下室墙壁上铺了石膏板。他们在隔墙上挖了假想的窗洞，给它们遮上从旧货市场上买来的窗帘。类似于在埃及的墓室里他们还设计了假门，他们在参加完一次训练的归途中曾参观过这样的墓室。在最初心血来潮的驱使下安上的装饰物又被用其他颜色涂盖，并被一张质朴无华的印有切·格瓦拉头像的宣传画所取代。

如果不使他完全丧失食欲，那么这样的一名人质能吃些什么呢？为了对所有可能发生的情况做好应对准备，这些高年级学生在一家药房谎称想为一次旅行收集必备药品，在那里买了活性炭药片和退烧药。"千万别忘了：水一定要烧开！"女药剂师还在他们身后喊道，但是他们已经拐过街角不见了，登上被一名未公开的女友借来的福特全顺车扬长而去了。

当这些高年级学生往地下室里搬运一箱苹果汁和几袋咸味长条饼干时，他们在一刹那间觉得想要回忆起什么，但却不知道是什么事情。如果还有彩色纸带挂在墙上的话，他们或许就会想起些什么。但是过去孩提时代的玩乐已经永远逝去了。

这些高年级学生感觉自己被困在虚度光阴的贫瘠当中，除了把时间的流逝重新解释为一种潜伏着危机的运动之外，他们看不到任何其他的解脱途径。为了利用下午间隙规划一天余下的作息安排，这些高年学生连续几年几乎每天都要观看在影院上映的影片，他们从影片中所了解到的那种结局对他们来说是值得去克服的。

在波鸿大学附属医院的胸外科、心脏外科和血管外科室里，这些高年级学生向一名女助理医师提出一些看似不使人为难的问题，为了以后能够（如果必要的话）通过有针对性的刺入胸腔左侧下四分之一处对心包进行穿孔，而且这样做还是用一把普通的手术刀。

这些高年级学生穿越威廉大街朝疗养公园方向走去,他们在路边发现了一名男子,他扛着一部电影摄影机,蹲在一辆欧宝士官生汽车后面。他们循着他的目光望去,看到一对夫妇正在往马路对面搬东西。这些高年级学生闲荡了这么久,直到那名摄影师在一次拍摄间隙里跟他们打招呼,并请求他们帮个忙。这些高年级学生应当在威廉大街17号的那栋房子前面模拟一次非法集会。当摄影师不仅看到这些高年级学生愿意充当群众演员,而且还看出他们身上蕴含的革命潜能时,他自我介绍说是东德公民。人们要在这里为著名的电视连续剧《史无前例的刑事案件》补拍一起劫持事件,但是拍摄工作必须偷偷进行,而且不能让西德当局或者民众知道,因为否则的话人们可能要面临麻烦。这些高年级学生最熟悉劫持事件了。在长达三年的时间里他们在市政厅一楼去往城市图书馆的路上看到了许多通缉令,其悬赏金额从两千马克、一万两千马克最后到五万马克不等。除此之外还有捉拿于尔根·巴尔奇的通缉令。他们在哪儿也没看过张贴着印有他们自己头像的通缉令。人们用黑色记号笔在那些被抓获或已死亡的通缉犯照片上打上叉,这一点他们也没亲眼见过,仅仅听别人讲过。

在这些高年级学生的孩提时代,皮克勒侯爵冰激凌的家用包装盒上有褐色、白色、红色这样的颜色排列,这些高年级学生从道姆面包店买来这些冰激凌,把它们包在报纸里带回家,到家后把它们放进没有冷冻柜的冰箱,直到午饭过后它们变得松软爽口为止。这些高年级学生用勺子舀着所有三种颜色的冰激凌吃,因为这么掺着吃对他们来说正合适。后来道姆夫人离开了她丈夫。再后来她又回来了,重新站在店面的柜台后面。

星河夹心牛奶巧克力如此轻质,以至于它甚至能够在牛奶里漂浮。

归根结底对于这些高年级学生而言，这是一幅令人无法理解、近于荒谬，但正因如此却让人更容易记住的画面。能在饭前吃甜食，这一革新也受到这些高年级学生的欢迎，但他们并不理解这样做所带来的文化和社会方面的深远含义。将来他们在读到这个句子："先吃饭，然后再讲道德"的时候会回忆起星河夹心牛奶巧克力的。并且他们还将回忆起，士力架最初是裹在深红色的包装纸里出售的，一段时间里还有一种名叫"凯迪"的巧克力条和爆米花一道出售，就连"黄油指"这种巧克力条也在德国市场上短暂出现过，但是即刻又消失不见了，仅仅是为了数十年后再次现身，只不过这一次人们听到的消息是，现在在生产这种巧克力条时使用了转基因配料。

这些高年级学生还没有死，关于他们的传奇故事就已经开始流传了。据说他们把小口径步枪藏在排水管道里，用一台电唱机制作了无线电收发机，尽管有最严厉的隔离囚禁和监视，他们不仅能够彼此收到对方的秘密通信，还能继续定期与外界联络。此外就在他们临死前的头一天夜里，这些高年级学生甚至从上了双层锁、用横木板堵挡的牢房里逃脱了几个小时，为了再次返回他们的故乡，在那儿穿过宫殿花园下到莱茵河河岸，为了站在那个以前曾是一个售货亭的地方（花五芬尼人们就可以从那里买到两种颜色的橡皮精灵），然后向莱茵河对岸望去，他们惦念着对岸一家工厂的塔状建筑。在他们不在的这段时间里发生了这么大的变化。那家先前非常现代化的餐馆已经消失了，那是一座建在木桩上的平房，它半伸在河面上，那家餐馆他们只是在十六岁的时候去过一次，当时人们刚开始和朋友们下馆子吃饭。同样消失的还有驾校和电影院，电影院有一个通向狭窄岔路的后门，岔路上只能看到没有窗户的房屋背面。街道变窄了，在通往市郊途中交通线路也发生了变化,班里的两名女同学以前就住在市郊。她们的生活轨迹与他们的平行运行,她们或许还远未到达生命的终点,现在正和她们的丈夫躺在自家小楼的床上,这些楼房建在城市另一侧一个更好的居住区里。她们的孩子慢慢成长起来,现在同样正在安睡。一切都在沉睡。只有这些高年级学生在他们短暂而又朴素的生命的最后一夜里,再一次站在回忆抛弃他们的那个地方,在那儿他们开始更多地关心未来而不是当前。现在在几小时之内一切都赶上了他们,并且就跟怎样来的完全一样,又将再次和他们一起消失。仅仅是鞋底凹槽里的一些沙子就会令细心的观察者起疑心,但他很快又会把这个当作不重要的事情搁置一旁。甚至莱茵河里的一颗小石子也会在规定的尸体剖验过程中从这些高年级学生的鞋里掉出来。但是病理学家们可能会对这种石子的特殊气味感到一筹莫展。他们无法用舌头感觉那种带粉色硬馅的狭长的华夫饼干的味道,这种饼干只有在圣灵降临节体育运动和游戏比赛期间花二十芬尼从胸前挂着托盘的小贩那儿才能买到。在漫长的暑假里的一天上午,他们没有看到光线在威廉－卡勒大街上的房屋背后突然变向,一瞬间几乎一切都变得黑暗了。那里的房子太雄伟气派了,以至于普通人简直无法在那儿出生在那儿生活。人们拜访会修理录音机的朋友们,他们跟这些高年级学生完全不一样,后者好像总忙于一件事,也就是总是沉浸在自己的生活当中。忘记存在是一种慈悲,这些高年级学生在这最后一夜里才明白这一点,当他们从未发生变化的冰激凌咖啡店旁边走过,尝试透过黑暗的窗玻璃辨认出里面罩有蓝色人造革坐垫的座位时。但是如果人们恰好在生命的终点想再次返回,为了找到一些类似家乡的元素,结果只在少量未发生变化的东西里发现了它,那么这些高年级学生的开端或许基本上是错误的？他们能够看到各种变化在不停地发生，当然这也取决于一切在朝什么方向变化。那两家邮局都关门了。就连取代了电影院的那个饮料市场在此期间也不见了。改衣裁缝铺搬进了烟草制品店的店面。后者也出售车票和小本子，后来这家裁缝铺也必须收拾东西撤离。仔细看去，人们在某些房屋身上还能看出商店入口大门和橱窗的痕迹，现在它们都被用砖砌住了。但是大多数情况下人们已经在这些痕迹上抹了灰泥。这些高年级学生可以一直这么走下去，但是时间快到了，清晨越来越近，他们必须返回牢房，在那里迎接死亡。如果就连那些还得吃力地找寻过去的足迹，并对每一样剩余的东西都会感到高兴的人也不再有所发现的话，那么在他们也离去之后还会剩下什么呢？这些高年级学生可以免除年岁的磨难，但却无法避免残酷的认识。他们做梦也没有想过他们会回忆起莱茵河河岸，回忆起他们甚至都没有爱上过的文具店老板的女儿，回忆起那些他们只是路过的其他学校的校园，回忆起他们童年时代那些不知名的食品店和面包店，它们只隔了几条街远，但还是显得无法企及，因为出于某种说不出口的原因人们从未踏进过这些店铺。但这不是在做梦。生活曾经以简单的方式开始了自己的历程，不是没有负担，但就是没有疑问，因为人们没有问过，这些高年级学生想很快（还没有过去几年）改变和摆脱这种生活，在这种生活里总是不断出现这样的画面：道路、人、公共汽车站、天上的云、云前的树木剪影、一座桥、一个公园和名字，这种生活现在必须被终结，或者它使自己走向终点。这些画面久久不肯消散。在生命慢慢结束的同时，他们应当干脆一直注视着这些画面？还是应当最后一次亲自动手？

44
为了让人们知道哪儿是前面哪儿是后面

病房护士一再告诉我，说我什么准备也不用做。但是你是知道的，我总是事先未做任何准备就去了某个地方，而且你也知道这样做的后果是什么，即经常一切只会变得更加糟糕。因此我现在需要那个小箱子，你务必并且必须尽快把它带给我，因为我必须把全部材料再浏览和审阅一遍，并且是在我第一次被检查之前，在第一次检查时不出任何差错，也就是说预先进行充分的准备，这对我来说至关重要，因为事后我还可以让自己过度劳累，但这都将不算什么了。所以我请求你，接到这封信之后马上把那个小箱子带给我。在这之前我不清楚将要做些什么。因为我不想通过拒绝医生会诊而给人留下一种错误的印象。因此我在自己的腘窝处割了一个小口子，往伤口上涂了一些从公共活动室的烟灰缸里取来的烟灰，为了让伤口感染化脓。这样我就有借口不去参加第一次医生会诊了。我赢得了时间。这是我迫切需要的时间。我生气自己没有从一开始就想到这么做。没有想到再多等一两天，为了在家里不被打扰地浏览、筛选和审阅小箱子里的东西。因为我担心，他们会检查箱子里的东西，担心他们可能根本不允许让我得到箱子里的东西，就跟现在一样，虽然我在这里可以穿着自己的衣物到处乱跑，但却是在不扎腰带和不穿便鞋的情况下,而且我也接触不到剪子或者刀具,与此相应的是我在自己的腘窝处割一道口子也很费劲儿。因此你必须尝试亲手把那个小箱子交给我。你必须尝试向他们阐明,因为小箱子他们没什么可担心的,更多的可能是因为箱子里装的东西。或许最好你把所有的东西转装到塑料袋里,因为他们一般只留意箱子上的扣环,最后对这样的小玩意儿会置之不理。或者更好的做法是,你带着小箱子来,但是随身携带一个正好能容纳箱子里东西的塑料袋。因为这样既能把他们的注意力引到小箱子上来,同时又能转移他们对箱子里所装东西的注意力。如果他们说,这样不行,因为箱子上有扣环,那你就取出随身携带的塑料袋,当然塑料袋必须要有相应的大小并足够结实,当着他们的面把箱子里的东西塞到塑料袋里。万不得已时你也可以让他们自己这么做。但一定注意不能有纸张散落或者掉到地上或者折叠。你也可以带两个塑料袋,如果一个不够装的话。但那样的话你就必须看仔细了,你是在什么地方拆分页码的,页码经常是双面书写的,往往还没有编号,因此人们很快就会失去概览,如果把一堆纸张随意从某个地方分开、再把它们分装进两个不同的塑料袋里的话。一旦你要使用两个塑料袋,那么还是在塑料袋上做上记号吧,这样人们就知道哪个在前哪个在后了。你干脆用记号笔在前一个、也就是第一个塑料袋上画一个叉号,在第二个塑料袋上画两个叉号。然后你从箱子里取出前一半纸张,也按最上面的一页在上的顺序把它们塞进第一个塑料袋,人们看见这个塑料袋时就会看到上面画的叉号。箱子里的后一半纸张你也完全按照这一程序转移。然后我就能够把这两个塑料袋并排放到桌子上,让画有叉号的一面朝上,首先我从画有两个叉号的塑料袋里取出纸张放到床上,然后再从画有一个叉号的塑料袋里取出纸张,把它们直接摞在第一堆纸张上。这样做就恢复了原先页码的正确顺序。

我把这件事托付给你。你知道我信任你,我也知道你将会做成此事,将会成功地把小箱子,也就是把箱子里装的东西(我主要在意的就是这个)送到这里来,这样我就能够进行准备工作了。如果腘窝里的切口还不够严重,我会再想出其他办法的。但是再久的话或许我就无法拖住他们了。万不得已时,一旦第一次医生会诊已经发生,你必须尝试在我拿到那些材料之后,马上把我转到另一名医生那儿去。现在我想不出充分的理由能够解释为何要采取这一步骤,但是我将会继续思考,然后告诉你想出的原因。昨天夜里我几乎没睡,因为尽管吃了药,一想到必须在没有任何准备的情况下去接受第一次医生会诊,我就特别紧张不安。这种可能性使我安静了下来,那就是一旦小箱子未能及时到达,我还是有机会进行拖延的,当然我也不能太过夸张,也就是不能切太大的口子,否则我会给别人造成一种完全错误的印象。然后他们就会认为我受到了危害,因为我在伤害自己,这当然是不对的,我只是出于某种特定的原因才这么做的,除此之外我永远也不会产生这样的想法。为何要有这样的思想呢?我觉得换医生的事肯定是能够做到的。当然你必须注意语言表述,别让人觉得受到了侮辱或者冷落,也就是说不要唤起这种感觉,好像人们不信任他的主治医师或者怀疑他的能力。在塑料袋这件事上我刚刚想起来,人们可能会错误解读不同袋子上的叉号,会认为它们涉及的是你想让我收到的某一秘密消息。或许这样做更好,也就是你不在塑料袋上画叉号,而是用一个打孔器在第一个袋子的正面左上角打一个孔,在第二个袋子的正面左上角打两个孔。这些孔洞不大,肯定会被忽略的。但是你不能把孔打在太靠近袋子边缘的地方,因为否则的话袋子可能会扯破,这样我就无法再区分哪个是第一个哪个是第二个袋子了。

45
不一样的青春期1：小马克斯·雷格

我母亲生下我之后就去世了，我父亲对天主教非常虔信，仅仅是因为他不断复发的神经崩溃这一点，他就不再有能力继续抚养我了，此外作为管风琴师和教堂乐师，他几乎不可能把一个孩子拉扯大，因此我是在外公外婆家长大成人的。我被取了跟父亲同样的名字，这种关系从表面上看总是引发恼怒的一个起因，或者如果人们愿意的话，也可把它称为一个公开的秘密，我很早就知道去否认这种秘密，我向其他儿童，也包括向那些就一种亲属关系询问我的成年人指出，即使在教会圣徒当中也会碰巧出现名字相同的情况，不可能只有唯一的一位圣徒名叫托马斯、弗朗茨或者约翰内斯，虽然我的解释只能令极个别人感到信服，但却至少能够使他们不再提那些令人不快的问题，因为我用深度信仰的假象出其不意地难倒了他们，令他们不敢再继续逼迫我了。

我父亲每月来看我一次。我父亲胖得令人难以置信，仅仅是因为他庞大的身躯我就觉得他很陌生，尽管在他身旁我感觉还是非常舒适的。他总是星期天来看我，之前他还要在教堂演奏弥撒曲，他先是开车带我去设在市政厅地下室的餐馆，在那儿他习惯于对服务员说："请您半小时后把肉排送来。"这是他点菜的方式。事实上他至少要吃八块肉排，有时甚至更多，而我只能勉强吃掉一块。就着肉排他喝汽水。每次只喝汽水。汽水都是装在大腹车料玻璃瓶里，每次他都整瓶整瓶地喝。接着我们去疗养公园散会儿步，然后去布鲁姆咖啡店，在那儿他点了两整块蛋糕，其中一块据说是给我点的，就着蛋糕喝的又是汽水。其间他给我讲述他的半音音阶复调音乐。当然我从五岁开始上钢琴课，从八岁开始上管风琴课，开始的时候我也非常勤奋，每天坚持练习，从未缺过一次课，或许是因为我想象有一天作为势均力敌的钢琴师和管风琴师，能够和我父亲共同弹奏，甚至和他一道出场表演，但是因为我父亲在相聚时从不打听我在音乐方面的进步，好像完全不在乎我在整个一周里都做了些什么，相反他总是向我阐明他当时令我无法理解的作曲理论，用这些理论他打算逐渐颠覆音乐的调性，因此我的音乐抱负开始减弱，不久便彻底熄灭了我的希望，即通过在音乐领域的成就能赢得他对我的好感并获取他的认可。

当我进入青春期时，我尝试（可能跟大多数孩子一样）让自己有意识地和父亲划清界限。首先在我们星期天郊游时我拒绝用餐。因为这么做好像并未对我父亲造成太大妨碍，甚至他可能不再感受到这一点，因此令我祖父母感到震惊的是，我在平时也开始越来越频繁地拒绝吃饭。同时我在自己动手搞一项发明。它应当涉及一件全新的乐器，其音色人的耳朵此前从未听过，只有我才能用这种乐器达到一种高超的演奏技巧。一开始我用不同的木料和金属废料来做试验，它们都是我在城里闲逛时收集到的。后来在我祖父母用上电灯之后，我尝试用电磁线圈和电阻制造出最初的音色。

我十六岁生日刚过去两天，那是在一个星期天，我父亲死了。当他中午没有按约定的时间来接我时,我就自己骑着自行车去了圣博义教堂。或许是一次合唱排练或者其他一种典礼妨碍了他,我这么想道。但是在我临近十二点半到达的时候,教堂大门已经关闭了。从里面还能听到管风琴轻微的嗡嗡声,因此我向通往廊台(教堂中唱诗班的席位)的门走去。在我沿铁质的盘旋梯上楼期间,管风琴的嗡嗡声越来越大了。那声音听起来就仿佛是管风琴的一个或者多个音栓被同时钩住一样。我小心翼翼地打开门,然后被吓了一跳,因为我看到父亲的脑袋耷拉在管风琴椅上,面部表情扭曲,双眼毫无生气。我跑到他身边发现,他可能是在起身时不幸跌倒,在倒地过程中双脚一定是卡在管风琴的踏键里了。我把所有的音栓拨回原位。教堂里寂静得叫人害怕,虽然那种沉闷的和弦好像一直还在回荡。然后我尝试搬动父亲庞大的身躯,让它换作一种不太抽搐的姿势。但是我的尝试是徒劳的。我跑下楼梯,跑向那边的教士住宅。但是我父亲救不活了。一切迹象表明他在弹奏的尾声心脏病突发。几年之后我在战壕里再次听到了类似沉闷的一连串音响以及随后突然出现的寂静,当低空飞机贴着我们从上空呼啸而过的时候。父亲死后我个人的音乐事业也戛然而止。虽然我又能正常吃饭,而且饭量也比以前大了,但是我的听觉对所有C小调以上的音级都变得非常敏感。

在接下来的时间里我把兴趣更多地转移到电学上,开始用烤蛙腿模仿著名的伽伐尼实验。战争期间我在营房的漫漫长夜里应用了这种能力,为了使战友们被截去或者撕裂的肢体短暂地重获新生。当时我第一次感受到一种性刺激,因此即使在战争结束之后我也无法摆脱对于电学的激情。几乎每个夜晚我都在火车站周围游荡,和年轻小伙子打招呼,尝试说服他们跟我回家,为了在家给他们接通电源。为了与人相识，我购买了一个寻开心的小玩意儿，它是一个带电池的烟盒，能够使触碰它的人遭受轻微的电流脉冲。我首先把烟盒递给那些我打了招呼的男孩子们，观察他们是怎样对电击做出反应的。尽管所有的人都吓了一跳，但有些人脸上也同时掠过一丝短暂的微笑，其他人会愉快地颤抖，也有些人不由自主地去抓自己的阴茎，仿佛他们感受到一种从那里涌上来的刺激。我给这些人钱，把他们带回到离市区稍远的祖父母的房子里，这栋房子安然无恙地挺过了战争的洗礼。我的祖父母在此期间已经去世了，因此我可以不受干扰地从事自己的爱好。

我的实验指的是一种刚开始还比较模糊，但在随后几个月里越来越严格规定的仪式，仪式中男孩子们必须脱掉衣服，腹部朝下趴在厨房用桌上。臀部肌肉对所施加电流的反应是最有效的。至少人们注意到它们的抽搐是最明显的。以臀大肌为例，所谓的后续抽搐最长可持续十五秒，频率为每秒抽搐四下。这是一个令人印象深刻的场面，它使我产生这种感觉，即就像演奏一件乐器一样去操作我这些被保护者的臀部。当然还需要一段时间，直到我弄明白那种完美的技术，也就是说怎样正确分配电流的剂量。我也必须查明，身体里好像存在一种电压的累积形式，尽管我在相关文献里找不到关于这一主题的任何说明。在实践中这就意味着，我的几名男孩在仪式过程中死去了，尽管我不像在最早的实验中那样使用了过多电流，而是因为我好像使他们连续遭受了过多轻微的电流脉冲。后来人们自称在我祖父母的地下室里发现了一些尸体，但是报纸上关于这些尸体数量的说明却是过分的夸大其词。同样错误的还有那种宣称，据此我的祖父母不是自然死亡的，而是极有可能被我杀害的，为了在他们尸体上实施最早的电流及电子实验。此外我也没有试图逃脱逮捕。在我意识到自己所作所为的程度和残暴之后，我更希望的是能够探访东德区域，因为在那里人们还没有废除死刑。

对于东德处决罪犯的真实情况不甚了解，我只是认为再通过一两次暴行，最终能够实现在电椅上被处以死刑的愿望。一方面我想以相同的方式死亡，就跟那些确切地说是因为无意间出错而使其丧命的男孩子一样，另一方面我希望通过一种从未了解过的形式、最后以最终通牒的方式在自己身上感受那种肌肉和肢体抽搐的快感，因为那样的快感不会再有止境、克制和限制了。我终于可以感受一次那种性欲高潮的颤抖，因为生殖器官的另类畸形，这样的感觉我一辈子也不曾有过。

在东德人们通过所谓出其不意的近距离射击处决犯罪者，在处决之前人们通知一名被判刑者，对他的行刑马上就要执行，为了在同一刻用一把瓦尔特P38手枪朝他的后脑勺开一枪而直接处决他，这种情况我是在1957年9月27日才得知的，当人们在莱比锡监狱以这种方式对我执行死刑判决时。但是之前在我的协助下，人们拍摄了一部旨在还原所谓作案现场的教学影片，影片中我可以把在东德犯下的五起罪行以及几起来自西德的案例再复制一遍。一方面这部影片应当被用作针对西德的宣传材料，另一方面它也应向人们展示，暴力犯罪和性犯罪早已在东德消亡，仅仅是那些从西德旅行前来的不法之徒在做这样的坏事，并把这些罪行拖拽至这里。不过通过国家安全力量警惕的眼睛和果断的干预，这些受天性折磨的家伙们的卑劣行径很快就得到了制止。在这部教学影片中我扮演我本人的角色。几名非常帅气的国家人民军士兵扮演我的受害者。只是在拍摄进程中流经人体的不是真正的电流，尽管人们一开始考虑过要使用电流，当然是在采取一切得当的安全防范措施的情况下。最终放弃使用电流不是出于针对当事群众演员的人性考虑，也不是为了拒绝再让我经历一次实验的快感，而仅仅是因为充当拍摄地的临时木板房里的电线无法再为实验提供合适的电容，这间木板房位于靠近法兰克福（奥德河畔）的一片树林里，它已经为聚光灯和摄影机提供电源了。

46
询问自杀这个话题

为什么您不能简单地澄清事实，交代过去是什么情况，尤其现在又是怎样一回事，并为您的所作所为承担责任呢。还是您想效仿您的伟大榜样海德格尔，他在记录本里每天早晨和晚上都要声明拥护元首，在自己死后几十年才让人出版他那些混乱无绪的记录本，也就是当蛆已经把腐蚀工作做得非常扎实、当不再有残存的节骨可供人们问责的时候，因为人们以前做过这样的事情，当时所有的独裁者、教皇和恐怖分子都再次被从坟墓里挖出，以半腐烂的状态被拽上法庭。但是我离题了。

海德格尔是我的榜样？如果您说的是马尔库塞……

啊，您认识他？

什么叫我认识他？

那好吧，我本来以为您只看关于解构主义的瞎胡闹的作品，为了从中拼凑出适合自己的意识形态。马尔库塞，他是一位真正的哲学家。没有一天晚上我不至少浏览一下他的《论据和药方》。或者《幸福哲学》，这本书您应当看一下。

我指的是赫伯特·马尔库塞。

啊，原来是这样，那当然。不过他也是海德格尔的学生。

在我看来应该是阿多诺。

当时女大学生们用撩起的上衣冲他……他是一个相当拘束的人，尽管这种类型当然也与您相匹配。

拘束？这我不知道。可能是吧。尽管他有过一位情人。

就跟您一样。

您不觉得您的审讯方法对我有些要求过低吗？总是不假思索地用会话中刚刚出现的某些片段来反驳我，无论这些片段正确与否。

难道不对吗？

是的，当然不对的。

那克劳迪娅呢？

克劳迪娅怎么了？

作为您的格尔妮卡我将会感到非常嫉妒的。

这都是四十多年前的事了。

那情况就更严重了。您怎么也忘不掉这个女人。

当年她还是个女孩，什么叫"忘掉"？我能回忆起许多当年的事情。

可就是回忆不起我们所谈的这件事。

我不明白您说的。

您非常明白我的意思。您不断变换方向，总是偏离话题，但是对关键的事情总是闭口不谈。

在这方面我破例地赞同您的说法：关键的事情总是没有被谈及。

但是情况大可不必如此。

我也一直都是这么想的，但是我认为：情况必须如此。情况必须如此。

为什么您如此充满激情地重复这句话？

贝多芬的第 16 号弦乐四重奏，这是贝多芬在他侄子做出自杀尝试之后创作的。这是在很困难的情况下做出的决定。

是的，自杀，本来我也想再次谈起这个话题。它好像也是这么一种自青春期阶段开始您就不曾摆脱过的诱惑力，这些都表明了您的某种不成熟。但是我的用意根本不在于此。恐怖和自杀，两者属于同一个整体，这种情况不是近来才有，而是当时在红军派时期就已有之，当年红军派的所有成员都自杀身亡……

……

您压根什么也不说。

我该说些什么呢？

那好吧，我刚刚谈起红军派，说该组织的所有成员都自杀身亡了。

……

还有什么？

什么还有什么？我听到了您刚才说的。

也就是说您也认为当年在施塔姆海姆发生的是自杀事件？

对此我不发表任何意见。

啊，有意思，那么请允许我引用一下您在 1978 年秋天对此……

您不要费力气了。或许我最好应该这么说：对此我不再有任何意见。

但是"自杀"这个字眼还是不断地在您的所言和所写中出现。例如那个小马克斯·格雷格，人们在专业文献中把他的情况称作"强行自杀"。

这确实是一个大胆的论点。当然他去了东德，因为在那里死刑还没有被废除，但是……

这是他自愿的决定。

也谈不上是特别自愿。他被警方通缉。他不想进监狱。他的生命最终走进了死胡同。

对您来说原来这就是问题的所指。

所指什么？

那些无法挽回的生命，它们应当让人注意到您自己无法挽回的生命。看来所有这些都是您发送的紧急呼救信号。是您发出的呼救声。

您能如此看问题真是太好了，但是我对这件事、对所有这一切的感受不太一样。

最终人们也能理解这一点。您把自己孤立起来。非自愿地孤立起来，不得不承认这当然也不是一件容易的事情，也就是在您这个年纪再次从这种生活结构中退出，从这种质薄轻柔的织物中（如果我能这样表述的话）退出。但是我们给您提供的正好就是这个。

我们？您这么说话仿佛是想要招募我，要我接受您的计划而退出自己的行当。但这些都不过是老生常谈而已。

恰恰是您说这样的话？如您所言如果这一切真的都是老生常谈的话，那为何您要坐在这里呢？

47
不一样的青春期2：克里斯托夫·冈斯塔勒

1972年9月11日奥运会的闭幕式在慕尼黑举行。我父亲当时是体育场播音员，我可以跟他坐在看台高处的贵宾室里，所有的社会名流都在那里进进出出，也包括主办者和教练员。体育场里挤满了人，当时是晚上7点钟左右，突然广播里通知，说一架芬兰客机、一架私人飞机正向体育场飞来。六天前所有的以色列人质和劫持他们的匪徒刚刚在菲斯滕费尔德布鲁克机场被击毙，因此人们现在当然变得特别小心。尽管如此他们让我父亲来决定，体育场是否应当被清空。我父亲反对这样做，因为他认为，清空体育场将会在下面引发一场大规模恐慌，因为所有的人都被9月5号的悲惨事件和一天之后的悼念活动搞得精疲力竭。但是父亲把我打发到贵宾看台下面。他说我应该离开体育场，到后面停车场上的房车里去，我们的东西都在那里放着，然后我在车里等他。起初我不愿意走，但接着我意识到，他简直有太多的事物要去料理，现在还必须要做出这样的决定，人们把决定权干脆推到他身上，这本来就是一种厚颜无耻的做法。或许他们认为：他在那么多影片里演过警官的角色，对现在这样一种情况他应该也能胜任。然后我摆出一副好像要走出体育场的样子，但在外面的通道上藏在了一只巨大的瓦尔迪猎犬后面。短腿长身的猎犬瓦尔迪是当时奥运会的吉祥物。如此带有彩色条纹的猎犬在四周随处可见。从瓦尔迪身后我观察和看到了体育场内的一切,就像我父亲从贵宾看台上所做的那样。我非常钦佩父亲,同时也相当嫉恨他,因为在这一刻我觉得自己清楚地意识到,我这辈子几乎不可能达到像他那样的成就了。然后人们就可以马上饮弹自尽了。但是当时我当然还不像现在这样感受得这么真切。当时就是一种简单的由钦佩和憎恶构成的混合心理。也就是对钦佩对象的憎恶。我更愿意在那一刻让自己感到疼痛。把手指夹伤或者把一只叉子刺进腿里等等。相反我只是打开我的照相机,把曝光的胶卷从卷轴里抽了出来,胶卷上都是我在中午精心拍摄的社会名流、政治家、运动员和演员的照片。那是一种奇怪的感觉,根本算不上是令人不快,尽管在那一刻我也夺走了自己的一些东西。

后来我一再找寻这种感觉,但是只是在多年以后才再次感受到了它,那个时候我正和妻子在缅甸,我们陷入了一个封锁区,突然被一群全副武装的士兵所包围。他们没有打搅我妻子,这可能是和他们的宗教信仰有关,但我却受到了他们的折磨,被他们推来推去。恰恰是因为情况真的很危险,我又感受到那种憎恶和钦佩的复杂情感,在彻底绝望的同时我又想设法解救自己,虽然我也对这样做感到害怕。但尽管如此在那一刻人们也能产生一种愉快的感觉,这一点无论如何让我有所思考。

2003年年初我患了肠脱垂,医生先是对我进行了错误的治疗,然后我必须经历二十一次手术的磨难,但我并未因此而丧命。事后我才意识到,我在缅甸的那次遭遇也是发生在9月11号。2001年之后9月11号对于许多人来说是一个特殊的日期,但是对我来说它从1972

年开始、当那架飞机朝慕尼黑体育场方向飞去的时候,就已经具有特殊意义了。一年之后的1973年,同样是在9月11号这一天在智利爆发了政变,当时所有的军用飞机也都朝首都圣地亚哥飞去。1974年9月11日14名英国士兵在一次北约军事演习中因为疏忽而跳进了北海-波罗的海运河,在美国发生了历史上最严重的飞机坠毁事件之一,事件致使七十人丧生。或者在以前的历史上也是如此,例如1926年9月11日无政府主义者对墨索里尼发动的炸弹袭击事件。但是半数以上在9月11号这一天发生的灾难都有飞机的参与。例如1982年也不例外,当时一架军用直升机坠落在海德堡和曼海姆之间的第656号高速公路上,机上所有人员(超过四十人)都在这起事故中遇难。

在缅甸的那次突发事件之后我对被动性这个问题思考了很久。作为异性恋男人人们只能对被动性有很糟糕的感受,特别是当你一直就以某种方式在搪塞这种缺陷,因为你在这方面无法达到像样的标准。因此,这是我个人的理论,这种被动性也一直是从外界被强加给我的,比如通过疾病,因为我不能有意识地也就是说主动地去感受疾病。无论怎样这么说也是有逻辑性的,因为如果我能够主动地接受惰性,那么这个问题在某种程度上也就得到了解决。至少我是这么想的。只是它没有起到任何帮助。相反我患了抑郁症,这也是被动性的一种表现形式,因此人们也说,抑郁症原本是一种妇科病。但是人们应当调查分析,看抑郁症的表现形式在男人和女人身上是否没有差别。人们应当搞清楚,男人变得抑郁是因为他们无法消极,而女人变得抑郁则是因为她们必须消极。

1978年在一次马戏团盛装表演期间,我父亲被一只黑猩猩咬伤,染上了严重的肝炎。他在隔离病房里躺了将近半年。当然各大报纸上报道的净是这样的消息。记者们包围了我们家的房子，给我和我母亲拍照，当我们离开家乘车去医院的时候，在那儿我们反正也只允许通过窗玻璃探视父亲。我们给他寄到医院里的信件事先必须被消毒，他从医院里给我们寄出来的信也是如此。换作其他人会在这一刻抓住机会的。我的意思是我当时已经成年了。本来我是在那一年成年的，但是联邦政府早在三年前就使我达到了法定成人年龄。准确地说我是在1975年成年的，把法定成人年龄下调到十八岁使这一年成年的人获益最多，如果人们可以这么说的话。当然我现在是在事后说获益，当时我觉得这样太早，因为前面已经说过，我那个时候确切地说是缺乏自信、绝望、消极等等。我也无法看到我父亲同样感到绝望和抑郁。他也不知道该如何继续。1971年他拍摄了自己的最后一部影片，是否电视台会不断聘请他拍片，这一点还很值得怀疑，他把自己的荣誉归功于影片，因此他们才聘请他加入电视摄制组，但是一旦有什么意外，或者就跟现在一样他长时间不参加摄制工作，他就很快又会脱离这个行业。十年之后重返电影业或者类似行业，这也不是没有困难的。

当时我也同时被确诊为糖尿病。这也堪称一次打击，不仅对我来说，对我父母也是如此。我父亲说，这给了他坚持到底的力量。为了照顾我，他现在务必要恢复健康。这种情况也跟以前类似。我生病了，因为他患了病，他恢复了健康，因为我得病了。我最愿意又躲到一只巨大的瓦尔迪猎犬后面去。但是这是不可能的。然后我开始演奏一些音乐。但我不是那种真正乐意站在舞台上的人。同时你又成长在一个就看重这一点的家庭里。在那儿你根本没有自己的观念，你只是在想：这个我也想做。一直以来我也就是这么想的。因此有一点很清楚，在音乐方面是搞不出什么名堂的。我清楚这一点。我父亲也清楚这一点。

尽管如此他还是支持我，让我上他的节目。但这不是真正的帮助，因为我总是作为他的儿子登场。到了某个时候，大概是三十出头吧，我对过往的人生做了一番总结，问自己我究竟拥有什么，我是由什么构成的，而我唯一想起的就是我患有糖尿病。这种病只属于我一个人，我没有和任何人分享过它。我指的是没有和家里的任何人。然后我便贪婪地扑到这个主题上，开始著书（烹调书之类的）和做报告。

十一年前我认识了我妻子。她是演员，能够站在舞台上表演，或者在照相机前为《花花公子》杂志脱衣，或者让《图片中的女人》以及所有叫不上名字的报刊记者记录我们不同的旅行，尽管你每时每刻都不是一个人在旅行。所有这些我父亲也会，虽然这在当时的五六十年代、即使到了七十年代都远不像现在这么疯狂。因此她填补了我不会的空白，在这种情况下人们原本可以认为现在一切都回归正常了，我指的是我的性欲，和她在一起我应该能够找回性欲才对，她主动、外向、好自我表现，而我则消极、内向、拘谨。但是然后就出现了我患肠脱垂这件事，我不明白这是怎么回事，因为人们当然也无法做到真正理解，此外如果人们得了这样的病，其原因往往不止一种。再加上错误治疗（它让整个事情无限期拖延下去）和众多后续手术，对此我真的无能为力。

我父亲当时情况很糟糕。我父母移居到了新西兰，也就是说在一定程度上，当然他们一直还保留着位于布兰克内泽城区的这栋房子，这也是他单方面针对不懂得赏识自己真正明星的德国低能文化的一种抗议形式。那些人也理解不了，某人是会改变自己的，不想为4711香水做一辈子广告。接着我和父亲一道为德国电视二台拍摄了关于新西兰的影片。我们俩都学过驾驶飞机，我禁不住想到了格日梅克的儿子米夏埃尔，他也跟他的父亲共事合作了一辈子，和他拍摄了关于塞伦盖蒂的影片，为此也学过驾驶飞机，然后年仅二十五岁他就在坦桑尼亚失事坠毁了。飞机的机翼擦碰到一只秃鹫，因而飞机坠落了。这确实颇具讽刺意味，因为他和父亲为致力于动物保护做了那么多努力。他的死让他出了名，人们甚至以他的名字命名了德国的一些学校。作为一位著名父亲的儿子，你很快死去或许是再合适不过的事情了，这样你还能获得自己的荣誉，得到人们的尊敬。但是我已经五十三岁了，这个年龄虽说不是特别大，但无论如何对于一名年轻的悲情英雄来说是太大了，我其实就曾是这样的悲情英雄。因为所有的人都具有一些悲情色彩，只要他们无法过自己想要的生活，无论是出于何种原因。

　　在死亡当晚我还参加了一个专家论坛，地点是在库姆巴赫，论坛的内容涉及传媒和我父亲，也涉及我和我的糖尿病。就在我死前几个小时，我还说了这些话语：如果我开始毫无意义地信口乱说、面色苍白或者突然发汗，这时人们问我，你需要糖吗？而我则说：不，不，我不要紧，那么这就已经是神经阻滞的先兆了，那样的话你就不再有能力说"救命"了。这其实是对我人生的一个美好总结，因为尽管受尽了磨难我或许也无法说出"救命"的话。然后我还和众人一道去了一家餐馆，之后乘出租车朝宾馆驶去，那个时候已经是夜里1点了。出于某种原因我总是专注于9月11日这个日期，因为我觉得将来在这一天我会出事，但是幸运的是今年的9月11号我已经挺过来了。可能正因为如此我变得有点儿漫不经心了。专注于这样一个日期，然后臆想在这一天可能会发生些什么，这当然是非常愚蠢的事情。但是我父亲的确是在某年的9月11号死亡的，这一点我是经历不到了。否则我会清楚地意识到，这个日期涉及的根本不是我，而是他。其实我也应该自己想到这一点，因为这对我的人生来说如此典型。不管怎样我在十月份的这天夜里，在库姆巴赫参加完专家论坛之后，不知怎的突然失去了导向。下了出租车我没有走几米进入宾馆，而是从宾馆旁边经过步入夜色。当我掏出手机想给我妻子打电话时，手机从我手里掉落，在黑暗中我无法再找到它。然后我就干脆一直往前走。流经库姆巴赫的是米尔溪流，不知怎的我在河岸加固不是很好的一个地方滑倒了，紧接着掉入河里。河水在这个季节已经相当凉了。但是我一点儿也不感到冷。因为它的质地也很柔软，我指的是河水。我当然想再回到岸边。但我肯定是在黑暗中走错了方向。然后我又被绊了一下，然后我就在河水中溺亡了。

48
询问空位这个话题

我觉得您不仅是对我,而且对所有其他人,但是首先是对您自己在恣意说谎。所有这些到底有什么样的意义呢?

您指的是什么?

嗬,就是所有关于青春期和被扰乱的性欲的那些感人故事。其中一则故事里的主人公发现他的父亲被卡在管风琴上,由此他患了一种耳鸣,必须用电击的方式来杀害别人。另一则故事里的主人公必须躲在一只用厚纸板制成的瓦尔迪猎犬后面,紧接着患了肠脱垂和糖尿病,让几名阿拉伯人对自己施暴,因为他的人生过得并不如意。

缅甸。

什么?

因为您刚才说到了阿拉伯人,在此期间您可能是联想起了"9·11"事件。缅甸不是阿拉伯国家。

是的,归根结底就是9月11号这个日期,它在这里也被纠缠不休地滥用了。这一切都仅仅是为了抹去痕迹,转移人们对自己的注意力。

这些事情不早都已经过了法定时效期吗?

谋杀没有时效期。

谋杀？您能不能说得具体点儿。

到底是谁投掷了燃烧瓶并对警官造成了致命伤害呢？

反正不是我，如果您这么认为的话。

是的，您总这么说。当然您无法颠倒是非，自己也只是个可怜虫而已，在谈恋爱方面处处碰壁，因此去埃布拉进了监狱，为了在那里能够真正发作。但是这可能也没有奏效，毕竟人们不会这么快就卸掉拘谨的枷锁。

我没有去埃布拉，而是在疗养院里。或者也可能是在天主教寄宿学校里，这些情况我脑子已经记不清楚了。

没错，您的记忆力总是很差。当时您应该也不会在赫尔普。那个阿希姆·希尔施贝格尔肯定把8点之后在电视里播出的所有影片都讲给你听了。难怪你有那么多荒诞不经的想象。

我觉得我总在围绕同一个问题思考吧？

是的，总是只围绕自己。就是变换着花样而已。我表现出如此极度的忍耐，您应该对此感到幸运才是。在这里我也可以采取非常严厉的措施。

是吗？隔离囚禁？禁止外出？

这会正合您意，这样您能更容易把自己刻画成殉难者。不，我不会帮您这个忙的。

那要怎么做？

我只需在这里让您的女士们列队而来就行了。

我的女士们？

嗯，您知道我指的是什么。这对双方来说都将是很不愉快的。

可我不明白？

好吧，您听好了，我相信您非常清楚我是什么意思。像您这样非常拘谨的类型，总归就像左翼人士以及所有标榜伟大解放的人那样，他们都是非常拘谨的人。如果我们大家都简单了解一下您的性生活，这肯定将是极其有趣的事情。

您这么认为？

我是这么认为的。那样您很快就会供认，比您想象的要更快。

随便您怎么认为吧。

当然我就这么认为。我现在就能生动地想象这一切：一方面是幻想被强暴和捆绑，紧接着又会感到悲痛绝望和无力勃起。这一切那些可怜的女人们一定也参与做过。

您在说谁呢？是格尔妮卡？

也包括她。

我不知道您还想把谁牵扯进来……

不牵扯任何人，如果您不希望的话。这完全取决于您。

我不知道这可能会带来什么样的重要启示。

为了不至于使您理解错误。例如当时在阿尔斯特之家百货公司里的情形，当您的女朋友想给您买一件套头毛衫的时候？天哪，这是多么富有戏剧性啊。没有任何原因。

是的，这让我也很难堪，但是我当时如此……

是的，您总是这样……这也使得这种事情不可能在您身上发生，因为这种情况，据说您不是这种类型，只发生在您的想象当中。您生活在一个平行世界里。

这难道不是叫平行社会吗？

您在此最想建立的就是这样的平行社会，而不是把您的精力投入到一些有建设性的事情中去。那样也就很容易找到解决您其他问题的答案。

一个解决方案？为我的私人问题？

当然了。毕竟人们不能把社会问题和私人问题彼此割裂开来，如果我可以引用您的话来说。

您怎样想象这种情况呢？和一个女人在一起，她给我买衬衣以及所有的一切，回家后把所有的东西一股脑放在新铺好的夫妇用双人床上？就像我们的父母和祖父母所习惯做的那样。我不清楚自己所穿衣物的大小尺码，因为所有这些很久以来都是她来解决的。但是幸亏今天这种情况不再有了。我们不希望再有的恰恰也正是这个。

是不再有了还是我们不想再有了？

两者都是。

正因为如此才会有整个恐怖活动？

那可不是因为这个。

那其实也是一场相当无用的行动，因为这样的事情今天很有可能还继续存在。您只需审视正确的方向，不要总是给自己选择不合适的女人。克劳迪娅也已经断定了这一点，您自己肯定也是。

克劳迪娅？

我相信，她对您的了解比我们所有的人加在一起还要更多。

了解所有这些仅仅是为了知道有人给我买衬衣？既然已经谈到了精神错乱，那么这是我多年来所听到的最不合情理的事情。

您一向也生活得很好。您瞧，您索性匆忙否定掉数百年来久经考验的事情。人们在此期间又重新意识到这一点。问题很简单就在于，您无法用一种可信的替代方案来占据由您创造的空位。拒绝,这谁都会。

您能用一种可信的替代方案来填补这一空位?

当然了。就像也能填补您人生中众多的其他空位一样。

49

不一样的青春期3：埃坦·龙德科恩

伊利沙①大街离曼哈顿下城的布鲁克林大桥②不远，我叔叔就在那里的一块闲置的地皮上经营他的二手车交易③，过去几天的降雨④给伊利沙大街上的房屋挂上了深褐色的斑点。虽然在此期间天空⑤又被漆成了蓝色，木片瓦在阳光的照射下发出嘎吱嘎吱的声音，但有时从他销售用临时木板房上凑合着涂了沥青的接缝处和雨水槽的生锈处，还会有一股细细的水流⑥淌下，溅到停靠车辆的车顶上。有时在我玩完回家的路上，我特意借道穿过他的销售场地和后面的垃圾场⑦，那是一片像丘陵一样起伏的场地，每个人都把他的垃圾扔在这里，尽管这样做是被禁止的。如果我来得早并且恰好他不是很忙，我叔叔有时就把我牵扯进一种虚构的销售会谈⑧中去，当我表现得完全不感兴趣并且听不进任何论据时，这样的会谈就会最令他感到开心。如果我来晚了，挂有小旗的那根红色的绳索已经在门柱之间被撑开，门旁窗前带有窄条纹的"侯爵夫人"窗帘在写字台灯的黄色灯影下闪着微光，这时他就会从他正在算账的铁皮屋里向我喊一个口信，让我在回家的时候把它捎给他的姐姐。经常这样的消息不外乎是"告诉她我马上就来"或者"给我留一些牛腿肉"。

在十一月份的一天下午我却透过窗户看不到他。我敲了敲门,但是他没有回应。在我小心翼翼地把门打开之后,我看到他从椅子上半滑到写字桌下面,衣领撕裂,满脸通红,拼命喘气。我开始害怕起来。他的右手使劲抓着一个空的管状小药盒。我把空药盒从他的手指里拧出来,立即向洗衣店旁边的那家药店跑去,去年夏天我的另一位姨姨就在洗衣店里做过临时工。药剂师认识我们,在人们喊他之后他立即就从后屋里跑了出来,为了陪我前去查看叔叔的情况。幸运的是我们到得还挺及时。药剂师抬起我叔叔的头部,在他的鼻子底下搓碎一些嗅盐,然后呼唤他的名字⑨。在我叔叔逐渐恢复知觉并睁开眼睛的时候,药剂师给了他一些喝的,接着让他服下两片药。慢慢地扎伊迪赫又能正常呼吸了。药剂师把窗户打开。

"我对你也包括你姐姐已经说了多少遍了:这些药品的药力简直太强了,不能像你这样不规律地服用它们。为了能够有规律地跳动,心脏⑩也需要定期定量服药,"他对我叔叔说道,"为什么你就不能养成早晨在吃早饭、在晚上用晚餐时服药的习惯呢?莎拉可以给你把药溶解在茶里,这一点儿也不碍事。"我叔叔打手势表示拒绝。

"啊,拜赛姆⑪,难道你认为我在这儿是为了开玩笑才这么做的吗?"然后他看了看我,笑着说道,"但是从现在开始伯伊特西克尔将会总让我回想起这件事,不是吗?"他用滚烫和虚弱的手拂过我的脸面。

我们四个人⑫住在隔几条街远的一处面积不大的住房里;我,我叔叔赛特,我姨姨莎拉⑬和另一位姨姨喇合⑭。其实我叔叔赛特和我姨姨莎拉是我祖母的兄弟姊妹,也就是说是我的姨婆和叔祖,而姨姨喇合是年龄比他们小得多的我母亲的表妹,也就是说是我真正的姨姨,因此我也管莎拉姨姨叫布贝赫,管赛特叔叔叫扎伊迪赫,因为他们对我就像是祖父母一样。相反,穆里赫·喇合是完全不一样的。

"普里门尼克,小家伙,你能给我送一杯茶来吗?"她习惯于下午对我这么喊,当她下班回家的时候。虽然我有很多姨姨、姨婆和表姐妹,但对我来说她还是来自另一奇特的世界。我非常惊奇地注视着她高挑而又妩媚的身姿,看她总是抬起头直视前方,从她的房间里沿着狭长的过道走来,为了坐到厨房里和我们共同用餐。有时候我在想,她不可能属于我们的家庭成员,而是或许作为外人被接纳,只是我不知道这件事而已。

每周一次,是在星期三⑮,当她只上半天班时,她要专门抽出时间洗衣服,这样她就会定期把一个晾衣架放在她房间门口的过道上,因为她的房间太小没有地方。然后在我放学后悄悄地从晾衣架旁边溜过时,我就能够感觉一下她那些白色上衣的面料,感受略微潮湿的面料是怎样从我手上滑过的。每次她挂在那里的都仅仅是那些白色的上衣,有时或许会晾几双长筒袜或者一件裙子。但我从未在那儿见到过胸罩。当她晚上拥抱我并道"晚安"时,我尝试感觉扎入我上臂的是否是用鲸须制成的弹性条状物,并用搭在她肩上的手⑯在她的后背小心翼翼地摸索背带必定相交的地方。但是没有任何结果。我的双手在颤抖。我嘴唇干涩,看着她沿过道走回到自己的房间。毫无疑问,喇合姨姨在我们悠久和分支众多的家族史上占据着非同寻常的地位。我们宗族再无其他女性成员拥有类似丰满浑圆的乳房;即便有也是被按压在紧身胸衣后面,藏在围裙下面,而不是在几乎透明的上衣面料里绽放。

"普里门尼克,普里门尼克!"单单是这种呼喊就足以使我心醉神迷。我跑进厨房，倒了一杯茶，把茶杯放到一个托碟上，小心翼翼地从没有门的厨房上三个台阶进入过道，然后慢慢地、一步一步地朝她的房间走去。我看到了那个晾衣架，上面挂着她那些白色的上衣。她房间的门只是虚掩着。背对着我，胸脯上[17]松散地围着一条毛巾，她将坐在那里给自己梳理长发。她会朝我转过身来，在稍不留神的那一刻让毛巾滑落下来。她会一边微笑着一边弯下身子去捡毛巾，她丰满的乳房将会屈服于重力，在她弯腰时也会跟着下垂，从而变得更加丰满和柔软：轻柔的波涛，由又白又嫩的皮肤构成的涌流。我颤抖起来，不慎把茶泼了出来。

"普里门尼克，普里门尼克！"我很快跑回厨房，用洗碗布把托碟拭干。那样的一条毛巾有多小啊，我心里在想。即便她把毛巾夹在胳膊底下，它也不可能遮住她的胸部，它不可能足以覆盖她的全部胸围。恰恰相反：就像正常毛巾该有的尺寸那样，那条狭窄的毛巾将会把她浑圆的双峰向上挤压，让一道山谷出现在两座丘陵之间，那是一道裂缝、一条沟槽、一处深渊。喇合姨姨丝毫没有理由在我、一个小男孩面前掩饰自己。她将坐在那儿抿她的茶喝，在她浓重的气息中，有时我会恍惚觉得看出她那白色底面上褐色的乳头，当然是模模糊糊的，只是隐约看见，只看到那么一丁点儿。一道华美的影子映在白色的雪地上。雪是那样的白，在纽约人们根本找不到这样的白雪，白色松软的雪花，贯穿我一生的白雪，因为那是一个大雪纷飞的日子，那一天我在十一岁时第一次过主显节。

当时在我面前显现的不是上帝，因为我不相信上帝会在同一个人极其短暂的人生中两次出现在他面前。但尽管如此那还是一次真正的主显节，它彻底改变了我的人生。那个时候我配了一副眼镜，每天早晨都要把摇晃不稳的镜架戴在鼻梁上,很快它就成了考验我温厚和耐心的试金石。每天上午在去上学的路上以及每天下午在放学回家的路上,我都被别人嘲笑、辱骂和踢打。扎伊迪赫·赛特尝试安慰我。他把我称作霍扎赫[18],说拥有四只眼睛[19]是一些非常奇特的现象。我能够看到其他人看不见的东西。先知们也曾经都是预见者,一开始人们也经常讥讽和愚弄他们。但最终有道理的还是他们,而那些无信仰者则因为他们的愚蠢坠入永恒的堕落。扎伊迪赫给我讲述传奇和故事,向我报道耶利米和丹尼尔的情况,但是当我独自一人翻开带插图的《塔纳赫》历史读本时,我从未见到过戴眼镜的先知,而只看到留着长发和飘垂胡须的老男人,他们把目光投向远方。我问我叔叔这是怎么回事,但是他认为这些图片并不一定与事实相符。他对我解释说,先知的图片都产生于一种感觉,因为当时还没有真正的图片。每一幅图都是正确的,如果它是由一名信徒所画的话。"这样看来以赛亚也可能是戴着一副眼镜?"我问道。"当然了。"[20]他微笑着说,跟以往一样抚摸了一下我的头。

我回到自己的房间,不停地重新审视我读本里的插图。最后我从书包里取出彩笔,给第一名先知戴上了一副眼镜。我恐怕自己亵渎神灵,因为我担心,我的信仰不足以让自己画出真实的先知图片。因此在我用一支土黄色的彩笔在先知以西结的眼睛上画了第一副眼镜之后,我很快把目光移向旁侧,害怕读本会因为我不可饶恕的行为而化为尘土。但是这种情况并未发生。相反一种嗡嗡声在房间里萦回。那是一种只有我姨姨塞满白色上衣的电动双把洗衣木桶才会发出的嗡嗡声,但是强度要大得多。我把这种声响解读为是一种赞同,在接下来的几个晚上我忙于给一位接一位先知画上眼镜。据说上帝是根据与他相似者的模样创造了我[21]，但是他自己从不露面，也不允许被展示给众人。在摩西看来上帝是以燃烧的荆棘丛形式出现，先知以利亚把他看作是轻拂的微风，对我来说上帝就是独一无二的嗡嗡声。看到他的人必须死亡，还没有人真正面对面地看见过上帝[22]。但是或许这一切根本就不对，人们之所以不许描绘上帝，可能是因为他的长相根本就不像人们所期待的那样美好，因为就连他自己可能也有一些人们能够视为缺陷的东西，因为可能他自己甚至也戴着一副眼镜[23]。不，这不可能，上帝没有缺陷，此外他无所不知，能够看到和听到一切。可是在我完成了自己的作品、当晚又把所有的插图慢慢翻阅了几遍之后，过去几天赋予我的那种慰藉效果却很快消散了。我让我的榜样们向我看齐，光这样做是不够的，我自己必须向他们看齐。于是我决定自己也做出一些预言。

在我做出上述重大决定之后的第二天早晨，我比平时早起了半个小时。我穿好衣服，把自己编辑的先知故事本塞进书包，没有吃一点儿东西也没喝一口水，就朝学校方向走去。我肯定是不由自主地想起了一幅哭墙的画面，因为在到达学校教学楼之后，我把脸贴在入口大门旁边的墙上[24]。我摘掉眼镜。我的心怦怦直跳。我不知道说些什么，不知道应该预言些什么，但是决定一经做出，我就不再有退路了。那天早晨天气很冷，我的手冻得直疼，因为我一时紧张把手套忘在了家里。我用伸出的手臂把眼镜举到高处，仿佛它应当替我预见什么。冻得非常结实的墙面石块凉爽宜人地顶在我滚烫的前额上。我在等着话语自己从嘴里说出来，但是我的嘴巴就像干涸了一样。上下嘴唇紧紧地粘在一起。我清了清嗓子，用一种在更小的时候和一个朋友在玩耍时想出的语言小声嘟囔了些什么。或许从这种喃喃自语中会产生出有意义的话语，如若不行，那么我理解不了的东西或许对其他人来说是能够被理解的。我听到身后有校车停车的声音。其他学生越走越近，他们一边大声交谈一边哈哈大笑。我的呼吸停滞了㉕。现在已经没有退路了。我的声音开始嘶哑、变尖，最后汇成一种哭诉的腔调。我的几名同班同学停下来故意做作地模仿我。我几乎要流出眼泪了。第一个雪球击中了我的后脑勺。然后帽子被从头上打掉了。我一直还伸展的手臂被弯了下来，眼镜也被从手里夺走了。人们把雪涂擦在我身上。因为我不想停止哼唱，他们就剪断我的鞋带，把我的衬衣从裤子里拽了出来。我什么也看不见。我的眼镜找不到了，我的眼睛被雪㉖晃得直流眼泪㉗。我尝试站起身来，但是越来越多的雪球砸中了我。最后我就像是被用石块砸死㉘一样栽倒在地。鲜血从我的鼻子里流了出来，淌在冻得硬邦邦的地面上。当我低着头跪在那里浑身发抖时，我明白了不是因为我是先知才被嘲笑的，而是因为我尝试成为先知，因为人们在嘲讽我。我明白了是自己亵渎了神灵，我正想伸展四肢躺在雪地上，为了让自己冻死而殉难，这时一缕阳光冲破了上午的炭黑和烟雾，反射在我被打碎的眼镜上。于是我拾起眼镜，捡起被撕坏的围巾和被踩得脏兮兮的书包，就这样回家了。那天上午只有喇合姨姨在家，她把我拥在怀里，脱去我的衣服给我洗澡。在浓密的水蒸气㉙和甘菊气味之间，我第一次注意到了她的乳房。

从这一天开始我的生活被改变了。我不再感知别人的嘲讽。我轻松地漫步穿过我们学校的过道，因为我听到喇合姨姨在召唤我，几乎等不及临近傍晚再给她送一杯茶去。在我们之间很快形成了一种固定的惯例，也就是说在我给她把茶送到房间之后，我可以坐在她身旁多待一会儿，看她是怎样慢慢地、一口一口地喝完茶的。这些特殊的日子里也包括那样的时光,在那些下午里她的上衣就像升起的旗帜在门口过道的晾衣架上随风飘扬。今天就是这么一种情形。

起初我生气自己不慎把茶泼了出来㉚,这样我不得不跑回厨房,用壶里的茶水把茶杯重新加满,但接着我意识到,这种拖延是怎样使得我的内心变得更加激动的。我的眼镜蒙上了一层雾气。我必须集中心思。当我想用手绢把镜片擦干净时,茶杯从我手里滑落,掉在地上摔碎了㉛。我很快把碎片扫进簸箕,很高兴还能在矮长的餐具柜上发现第二个杯子,因为我很难够着吊橱,然后我往这个杯子里注满茶水,再一次离开厨房,这一次步伐缓慢、小心翼翼。

"普里门尼克,普里门尼克!"我姨姨的声音朝我迎面而来。过道在半明半暗中显得有些庄严,白色的上衣像彩带一样㉜装饰着她的屋门。这一次一点儿茶都没有泼出来。我打开房门进到屋里。喇合姨姨站在镜子前面。她的上衣一直敞开到快要看到乳房的地方。我的心跳开始加速。我知道那一刻终于在今天来到了:她将让我参与分享她整个外形的华美。我把茶杯放到桌子上。现在还什么也看不到,上衣的绷紧程度被控制得恰到好处,以至于半敞开的纽扣边框就像是自行把自己束紧一样。但是一旦她开始走动,那么至少这道缝隙也会开裂,上衣纽扣就会一个接一个地……她朝我转过身来。

"喂,你今天让我久等了。"她微笑着说。我也吃力地朝她微笑。"我真是渴得要命。"她端起茶杯,不像平时那样小口地抿着喝,而是一口气喝光了杯里的茶水。"真解渴。"她用手背擦了下嘴唇。然后她坐到镜子前面,为了梳头或者也可能是为了再解开一个上衣扣子。因为紧张我站在原地一动不动。我屏住呼吸,当她的双手真的慢慢向纽扣边框移动、当她用隆起的双手抚摸自己胸脯的时候。但是在她面容扭曲地朝我转过身来时,我才从自己的梦境里清醒过来,意识到情况有些不妙。她想说些什么,但却发不出声音。一种战栗流遍她的全身。她的眼睛瞪得溜圆。她的头部通红。她的前额渗出了汗水。她从凳子上滑落,当着我的面瘫软在地上。我下意识地向旁边退了一步。然后我朝她弯下身子,摇动她的肩膀和脑袋。

"穆米赫,穆米赫!"我大声喊道,但是她躺在地上一动不动。她断气了。她的死是为了使我免于犯罪,是为了拯救我的清白。我不知道我应当做些什么。最后我跑出房间,跑出住房,冲下楼梯,奔到临街房屋里去找布比赫·莎拉的一位熟人。

晚上在邻居们和医生走了之后,一种可怕的寂静在房子里蔓延开来。晾衣架被从过道里清走了,喇合姨妈的房门也被锁上了。我坐在通往过道的台阶上,听布比赫·莎拉和扎伊迪赫·赛特两个人在小声交谈。

"A broch tsu mir,"㉝赛特叔叔说道,"所有这些……所有这一切都是因为我。"

"Oleho hasholem㉞。谁把你装有药品的杯子放到那里的?"莎拉姨姨问道。

"因为我平时总忘记那个杯子。"赛特叔叔摇着头说,"A klog iz mir!㉟为了我自己的侄女我必须吟诵珈底什(犹太教为死者祈祷时唱的赞美诗)。"两个人都不说话了。因为温良他们丝毫没有预料到我们的罪孽,丝毫没有想到喇合姨妈是为我而牺牲的。一种极度的悲伤侵袭了我。我再也听不到那熟悉的"普里门尼克,普里门尼克!"的呼唤声了,再也看不到她的晾衣架了。我的脖子抽搐了起来。为什么我让事态发展到这种程度,以至于必须有另一个人为我牺牲㊱?我难道一直还是那个人们出于正当理由要把他打倒在地、用乱石砸死的伪先知[37]吗？慢慢地我站起身来走进厨房。莎拉姨姨的眼睛都哭肿了。

"布比赫。"我轻声说。莎拉姨姨用失神的目光看着我。"布比赫，"我清了清嗓子，"我能最后一次，我能跟穆米赫·喇合道个别吗？"莎拉姨姨点了点头，把脸又埋进手里。赛特叔叔用沉重的手抚摸了一下我的头。"去吧，伽迪谢尔，去吧。"他说道。我慢慢地转过身去，登上那三个台阶[38]。我拖着更加缓慢的脚步吧嗒吧嗒地向过道后面喇合姨姨的房间走去，我在心里发誓这是我最后一次踏进她的房间。

我的心又怦怦直跳，当我打开门走进屋里[39]的时候。我知道，喇合姨姨把房间钥匙挂在镜子后面的一个钩子上。我在黑暗中摸索到钥匙，从里面把门锁上。窗帘被拉上了。喇合姨姨面容安详地躺在新铺的床上，胳膊并排放在身体旁边。我从镜子前面取来她一直坐的那个小凳，把它放在床边，接着打开床头灯。她看上去很漂亮。她的头发刚被梳过。我的眼里噙满了泪水，我不得不把头转过去一会儿。然后我在她身边坐了下来。她上衣的原貌没有任何改变。最上面的几个纽扣一直还是解开的，但是纽扣边框已经合上了。那种永远失去了她的感觉再次卡住了我的喉咙。我再也不能看到她、听到她或者拥抱她了。我再也高兴不起来了。因为我的罪孽[40]，从现在开始我要独自和无助地遭受世人的残暴了。不会再有人安慰我了。我所面临的一切都是暂时的、必死的和痛苦的。然后我看到，那颗关键性的纽扣在她跌倒时肯定是半穿过了扣眼，现在它被绊在扣眼上。我稍微闭了下眼睛，以至于一切都只能隐隐约约地被觉察出。我小心翼翼地伸出手去。我只想看看到底能否用手够到那颗纽扣。结果我真的能够用指尖触到那颗纽扣。我把手抽了回来，闭上双眼，再次伸出手去，这一次没有用眼睛去看。我食指的指尖又一次触摸到那颗横斜的纽扣。我轻轻按压了一下它。纽扣在我的手指下面向上竖起。我加大按压的力量，纽扣继续沿垂直方向竖起，然后穿过扣眼滑进衣内。上衣裂开了几厘米。我的眼睛一直还半闭着。我的心跳得厉害。我又向前弯了弯身子。现在我又眯起眼睛，手沿着纽扣边框向下移动，很快但又像是顺便解开最后两颗纽扣，用仿佛是偶然做出的一个猛然使劲的动作，我把她的上衣向两边拽开，与此同时又把手抽了回来。我把双手平放在腿上，又吸了口气。然后我睁开眼睛。灯的微光照在喇合姨姨白皙的皮肤上。它们（乳房）裸露着躺在那儿，浑圆柔软，比我以前想象的还要柔软得多，还要大得多。它们丰满浑圆，彼此紧挨着，我不仅看见了乳头的影子，而且还看到了整个乳头和褐色的乳晕。我看到了一切，让自己淹没在那些波涛当中，那些巨大、柔软、白色和浑圆的波涛源源不断地向我袭来。我从椅子上跳了起来。就算是用双手我也无法握住她的一只乳房。无论用什么人们也无法握住这样的乳房，不管用什么都不行。我的呼吸变得不均匀。我感觉越来越头晕目眩。我感觉到最终的、一次性的、诀别和不可撤销的时刻的来临。喇合姨姨的乳房像汹涌的波涛在我眼前翻滚、漩涡、水流的吸力、裂缝、丘陵和拍岸的浪花。一股战栗不停地流经我全身，就跟喇合姨姨临死前的战栗相类似。但是我不再害怕死亡了。现在不再害怕了。我向门口跑去，用钥匙打开门，穿过通道从厨房旁边跑过，跑出住房，冲下楼梯跑到房子外面。我朝黑夜里跑去，边跑边大声喊叫，就跟当时在墙边一样含混不清地大声喊叫，只是这一次叫喊的一切都有意义。我就是那个伪先知，是天主的替罪羊，在其短暂的人生当中，天主赐予他的唯一恩典就是让他走上罪恶之路[41]。另一个人替我死去了，为我奉献了生命。我绕着自己旋转起来。我把衬衣撕破。我不停地大声喊叫㊷。然后情况就发生了。那是在雅各布大街,离位于曼哈顿下城的布鲁克林大桥不远的地方。我没有看到梯子和天使,也没有看到那辆白色的福特跑车,它撞了我并把我横着甩过马路。但是我看到了上帝㊸。上帝出现在一个用灯火编织的花环里,他自己解开上衣说道:"来吧,普里门尼克,到我这儿来吧!"㊹

注 释:

① 伊利沙害了三种疾病:害第一种病是因为他唆使熊去攻击小孩,害第二种病是因为他用双手推开了基哈西,最后害了第三种病并要了他的命,因为有记载说:伊利沙患了那种疾病,最终也死于那种疾病。本章注释皆为作者原注。

② 世界就像一座倒塌中的桥梁。

③ "看呀,天主将会带着火种前来,他的车就像是一场暴风雨。"《以赛亚书》66:15。

④ 阿巴胡拉比说:"比死者的复活更了不起的是下雨天;因为复活仅仅为义人,而雨水则一视同仁地落到义人和罪人身上。"

⑤ 阿基巴拉比说:"如果你来到纯粹的大理石板这个地方,请不要说:水,水!因为大理石板上写着:说谎的人不应在我眼皮底下停留。"

⑥ 所有的河流都流向大海,但是大海永远也不会满盈。

⑦ 在为耶路撒冷城制定的十条"特殊规章"里,就包括不允许设立垃圾场的禁令。

⑧ 亚伯拉罕在宁录国王面前提供了在修辞方面无法超越的"销售会谈"的典范。当国王说:"因为你们不崇拜偶像,所以你们应该朝拜火。"

亚伯拉罕回答道："我们更应该朝拜水，因为它熄灭了火。"当宁录同意（因为亚伯拉罕好像也赞同他的观点）给予犹太人崇拜水的特权时，亚伯拉罕说道，朝拜云更有意义，因为是它们带来了水。在他的这一观点得到认可之后，他又指向了风，是风把云驱散开来，等等等等，直到他触及原本的目的即造物主本人，而他的解释总是得到宁录的赞同。

⑨ 三种东西能够使人重新恢复知觉，它们是：声音（呼唤）、目光和气味。

⑩ 法师说："我愿意忍受任何疾病，只有肠病除外；愿意忍受各种绞痛，只有心绞痛除外；愿意忍受任何疼痛，只有头痛除外；愿意忍受各种邪恶，只有恶毒的女人除外。"

⑪ 神医，魔法师。

⑫ 数字"4"代表着完美。例如四字神名就是由四个字母组成的。四根手指是人的象征，它们面对的是类似于天主的大拇指，只有与大拇指一道它们才能从事有意义的活动。

⑬ 我们的大师这样教导："世上有四个极其漂亮的女人，她们是莎拉、喇合、亚比该和以斯帖。但是谁要是说：以斯帖是稍带绿色的，他实际上是忽略了以斯帖，相反让法施提取而代之。"

⑭ 我们的大师这样教导：喇合用她的名字诱惑别人。

⑮ 这是上帝创造万物的第四天，在这一天天体被创造，白昼与黑夜得到了区分。

⑯ 《犹太圣经注释》里提到六处服务于人的身体部位。其中三处即眼睛、耳朵和鼻子不受人的意识所控制，但是另外三处即嘴巴、手和腿却可能受意识的操控。因此埃坦的行为还算不上是犯法，他用眼睛感知他姨姨的乳房，但却必须控制住自己的双手。在这种情况下手增

399

强了他用眼睛感受到的刺激。

⑰ "我是墙，我的双乳像其上的楼。"《雅歌》8, 10。

⑱ 预言家，和罗伊赫一样都是《塔纳赫》里对一位先知的常用名称。

⑲ 只不过扎伊迪赫向他的侄子隐瞒了，患有特定眼疾的男人是不允许在犹太教会堂里供职的，就跟具有相同缺陷的动物也不适合用作牲畜献祭品一样。人们列举了三种疾病，即吉本症：缺少双眉或者一道眼眉，或者眉毛盖住了眼睛。达丘症：角膜浑浊。泰巴鲁症：白色跨越了深色边缘，最终过渡为黑色。

⑳ 证明在犹太教法典里出现过眼镜或者类似眼镜的器具，所有这方面的尝试都被认为是失败的。Ispaqlarja 是用一只碗做成的，因此它可能只是一个凹面镜。借助 Schephapheret 加姆利法师能够看两千码远，但它是一个望远镜。Okselith 也是一个无法被精确辨认的外来词，虽然它曾被翻译为"眼镜"，但之后也被翻译成"眼罩"甚至"畜栏"。

㉑ 《哈格篇》16a 按相同比例把人比作天使和动物。在人的六种能力当中，有三种（理解、直立行走、操用神圣的语言）是人与天使共享的，另外三种能力（饮食、繁衍、排粪）是人与动物共享的。在《创世记·拉巴》8:11 里又补充了两种能力，即人与动物分享的死亡能力以及人与天使分享的预见能力。

㉒ 人们普遍宣称这一点，这一说法也由《圣经》中的不同地方得到了印证，在那些章节里上帝自己也指出，任何生者都不允许看到他的脸面(《出埃及记》33:20)。但是在《出埃及记》33:11 里是这么说的："耶和华与摩西面对面说话，好像人与朋友说话一般。"《出埃及记》24:9 里也记载说，摩西和亚伦率以色列七十长老登上西奈山，见到了上帝并且未受到惩罚（"他没有朝着以色列的贵人伸出手去"）。

只不过他们好像只感知到了上帝双脚周边的区域，因为只有这一区域得到了描述："他脚下仿佛有平铺的蓝宝石，如同天色明净。"人们一方面可以把这种情况解读为，上帝站在天上，他们从下面只能看到他的双脚，但另一方面也可以把它看作是转移话题的描述，为了不谈及上帝的面孔，但同时他们也确实看到了他的脸。

㉓ 犹太人不允许人们给上帝画像，这不是因为上帝的光辉形象无法以艺术的形式加以描述，也不是因为他们不希望通过雕塑限制对上帝的信仰，一种并非无关紧要的解释尝试是，这一禁令仅仅是为了隐瞒上帝的一个缺陷。如果人们回忆一下在先前的注释里所提到的那些矛盾之处，那么这种对隐瞒缺陷的怀疑是不能完全被否定的。

㉔ "希西家就转脸朝墙，祷告耶和华说。"《以赛亚书》38:2。

㉕ "他们必不信我，也不听我的话，必说：'耶和华并没有向你显现！'"《出埃及记》4:1。

㉖ "耶和华又对他说：'把手放在怀里。'他就把手放在怀里，及至抽出来，不料，手长了大麻风，有雪那样白。"《出埃及记》4:6。

㉗ "我的眼泪装在你的皮袋里。这不都记在你的册子上吗？"《诗篇》56:8。

㉘ "把那咒诅圣名的人带到营外，叫听见的人都放手在他头上，全会众就要用石头打死他。"《利未记》24:14。

㉙ 透过蒸气埃坦第一次把他的姨姨感受为是女人，这就跟摩西经历到神是在一片云里出现的一样。

㉚ "我们都是必死的，如同水泼在地上，不能收回。"《撒母耳记下》14:14。

㉛ "我被人忘记，如同死人，无人记念。我好像破碎的器皿。"《诗篇》

31:12。

㉜ 在此人们回想起关于所罗门王为约柜修建圣殿的描述。"殿里一点石头都不显露，一概用香柏木遮蔽，上面刻着野瓜和初开的花。"《列王纪上》6:18。同时对挂有上衣的晾衣架的不断强调，又能被解读为是列维纳斯哲学意义上讲的迹象。为了规避绘画禁令，人们用带翅膀的宝座来描绘上帝，同样挂在晾衣架上的上衣也象征着喇合姨姨。埃坦对他的姨姨并没有概念，他没有凭空想象她的形象，而是依循没有画面的迹象，希望以此到达神圣的境地，最终他也成功地做到了这一点，尽管和预期的可能不大一样。宝座指向的正是上帝在创世时不在场的情况下所留下的空位，这就跟埃坦姨姨的上衣指向的是她的身体所留下的空位一样。埃坦在这种迹象里游移，因此他在这方面的动机是未加伪装和"纯粹"的，只是随着一种图像的不断确定和形成才被腐蚀的。鉴于这种意图按照犹太人的法律理解来看是至关重要的，这样一来他就能够被看作是清白无辜的，因为他作为不成熟的少年又额外缺乏这种经验，即出于最美好的愿望而选择的道路有可能会成为歧途。

㉝ 我应该遭到诅咒。

㉞ 愿她在和平中安息。

㉟ 我真伤心啊！

㊱ "履行这些戒律会创造生命，忽视这些戒律则会招致死亡。"于是年迈的拉比阿基巴拒绝在狱中进食，因为他无法在饭前清洗双手。

㊲ 《塔纳赫》里提到了两类伪先知，一类是那些呼吁人们进行偶像崇拜的先知，另一类是那些先知，他们声称以以色列神的名义来行事，但却提出错误的命题，宣扬异教邪说。埃坦属于后者（如果情况确

实如此），因为他自认为是被上帝选中的，可他并不遵守戒律。

㊳ 以下场景按照犹太人的礼俗来说是不可能的，因为从进入死亡状态直到安葬，逝者就不再被单独放置。尸体也不是衣物完好地被放在床上，而是裹在一块亚麻布里被安放在地上。对于文中错误的描述归根结底只有两种可能性解释：或者埃坦想再次、这一次好像是间接把自己揭露为谎言家和伪先知；或者这一段叙述是由一名非犹太人撰写的，他不熟悉犹太人的惯例，根据自己基督教的经验财富设计了这一情节。

㊴ "恶"是人做坏事的倾向，"善"是他做好事的能力。然而米德拉什很清楚，人的性冲动不仅是值得诅咒的，而且也是生活必需的。经书上就能读到这样的话："如果不存在恶，没有男人会娶妻、盖房子和养育孩子。"

㊵ 有记载说："如果恶人想要说服你：犯罪吧，上帝将会宽恕你的，那你不要相信他。"（《哈格篇》16a）但是埃坦在这里运用的是另一种辩解逻辑：因为他反正已经犯了罪，反正已经遭到了诅咒，因此他也可以继续造孽。这是一种合理化形式，它经常出现在惯犯身上，他们使已犯下的罪行成为继续犯法的基础。

㊶ 亚伯拉罕在十三岁那年反对偶像崇拜，雅各布在十三岁那年决定毕生研究《妥拉》。只有从十三岁开始人的"善"才能够完全显露出来，因此犹太人的成人礼是在男孩过十三岁生日时庆祝的。因为埃坦还未满十三岁，而是只有十二岁，根据犹太法律他还没有能力遵守所有的戒律。他臆想的对自己犯罪的认识产生于对自己性欲的觉醒和认识。两者彼此相连，因为它们只能由人们在成长过程中隐约意识到。恰恰是出于这一原因，埃坦绝不可能依据他的年龄对自己的行

403

为道歉。如果他以年龄为依据，他就会充分意识到自己的行为，也就会因此而有罪了。但正因为他感觉自己有罪，人们必须把他看作是清白无辜的。

㊷ 可惜太晚了。大声喊叫或者发出警报在旨在反抗罪孽的犹太教宗法传统里意义重大。有很多这方面的讲述，在这些叙述里比如一位拉比被独立安置在一个房间里用餐，突然他大声喊道："一个贼，一个贼！"只是为了告知那些急匆匆赶来的人，他感到有这样的需求，即想要一些不属于自己的东西。例如人们报道了暗兰拉比的情况，他在夜里起床，在没有人帮忙的情况下独自把一根梯子（"十个男人也无法举起它"）靠在房屋最顶层，妇女们就是作为客人被安顿在那里的，然后他顺着梯子往上爬，爬到一半时大声喊道："暗兰拉比的房子着火了！"通过公开表达自己的犯罪意图，我使善良战胜了邪恶。为了避免犯罪，我必须把自己视为另一个人，像对待他人一样对待自己。为了能够再度做到这一点，我必须放下所有的虚荣，放弃任何双重道德。我公开自己的犯罪意图是为了不犯下罪行，但同时我也会有意识地忍受别人现在把我看成是罪人，尽管我恰恰没有犯罪。

㊸ 如果人们从上帝的格言出发，即"因为人见我的面不能存活"（《出埃及记》33:20），那么看到上帝和自身的死亡同时发生只能是合乎逻辑的结论了，甚至死亡必须先于看到上帝而发生。鉴于这种"看到上帝"主要是指看到上帝的面容，所以这种启示还是能够发生的，如果有一些可以使观察者把注意力从上帝的脸面上移走的东西存在，文中这种情况是通过解开上衣纽扣而发生的。是上帝解开了上衣（总归美语原文在使用"恤衫"这个概念时会产生更大的矛盾心

理），为了让垂死之人看到他的胸脯，以此转移他对招致死亡的面容的注意力，这种假设会显得有些凡俗。更可信的假设是，对于埃坦来说解开上衣的动作就昭示着他被上帝所接受，他徒劳地尝试从受自己性欲决定的行为中获得，甚至迫使自己得到这种感觉。绘画禁令针对的也是上帝片面和僵硬的规定，这种规定与人的施为活动相对立。

㊹ 就跟在阅读《妥拉》时四字神名不允许被说出来一样，独一神也不能直接被赋予属性或者被描述。相反人们使用一种表达方式，它应该通过隐喻和类比，向人们介绍上帝是什么或者更确切地说上帝不是什么。如果说在父权结构社会（《塔纳赫》经卷就产生于这样的社会）毫无疑问占主导地位的是男性隐喻，如父亲隐喻、武士隐喻或者雄狮隐喻，那么同期归属女性的特征描述也出现了，如正在生育、正给孩子哺乳或者正在抱怨的女性形象。类似于独一神的住处，锡安的女儿也时而被看作是寡妇、母亲、新娘或者女王，时而被视为是妓女、女通奸者或者女叛徒。尤其是先知以赛亚交替使用涉及造物主的男性和女性隐喻，并在文中辟出一处把它们汇聚在一起，在这里上帝对他创造的万物言说，他时而把自己描述成生身父亲，紧接着又把自己描述为分娩者（45:10）。这样看来把上帝想象成女人的思想绝对不能被认为是错误的或者与经卷相悖的，埃坦的这种想象并非源于他对《妥拉》的研究或者对《塔纳赫》的阅读，而是他真正感受到并将之作为上帝的启示经历到了这一点。

405

50
询问交错配列这一概念及其应用

不得不承认，关于伪先知的介绍我挺喜欢的。这是您用来自我描述的一种新的变化形式。描述中也不无自我批评的成分。向您表示敬意。不过您偏偏要把这一切纳入犹太人环境，嗯，这当然就是一件棘手的事情了。

为什么呢？

是这样的，作为具有纯正日耳曼血统、对天主教极度虔信的辅弥撒者，您的这种与受害者的共鸣会让其他人感觉有些奇怪。

共鸣？

好了，您对犹太教的吸收程度如此之深，并且自上而下呈现出这么一种殖民主义视野……

顺便说一下，这是您的第二个花招，您极力使自己吸收一种隐语，就像您先前所说的，然后把它认定为是我的，为了以此故意激怒我。

但是您必须承认，那是一种具有异国情调的视野。对于具有犹太风情的纽约人们就是这么想象的，如果他是在比伯里希长大的话。一切都像是在木刻版画里所描述的那样，虽然它们最终指向的都是一回事：青春期阶段不正常的性欲。对您来说最后的结果都是这样。这应当能够对您的处境起到缓和作用。我把迄今我们所了解到的归纳一下：首先是一名变态的同性恋强奸犯，其次是一名身心性同性或者至少异性恋者，他已不可救药，就像人们在东区所说的那样，您对东区也有某种亲合性，无论它是最后的还是在此期间仅是幻想的退路，现在还要再算上一名乱伦的恋尸癖者。您有什么打算？用自己的话把克拉夫特·埃宾（德国精神病学家，二十世纪性学运动之前的早期性研究者之一）的思想再复述一遍？

您总是让人感觉到，仿佛是我凭空捏造了这些人物传记，撇开这个不谈，这些人物的图片可都是您自己拿给我看的。但是必须承认的是，这些人的经历与我的生平有某些相似之处，只是不在您说的那种平庸的层面上。

最显著的相似之处是，它们都是这样的生活经历，其目的在于分散我们对于真正感兴趣的那些生活经历的注意力，即克劳迪娅、贝尔恩德、沃勒以及所有其他人的生活经历。当然我能够理解，您不愿意谈论这些事情，因为您非常残酷地背弃了您的两名最亲密的伙伴。在贝尔恩德那家伙临时夺走了您的女朋友之后，他索性溜到了法国，在那里假装自己是伟大的心理学家，而克劳迪娅则认为自己可以安然逃脱，如果她只是背离文明世界的话。但是这就是全球化的好处，也就是说即使人们是在太平洋的一个小岛上，它与外界的联系仅仅是每周一次的邮船，即使在这样的小岛上人们也能被美国国家地理空间情报局发现踪迹。

美国国家地理空间情报局？

您没有必要记住这些机构的名称，它就类似于美国中央情报局。总而言之，您可谓是你们当中唯一一事无成的人，这从某种意义上来说也是前后一致的结果，因为还在当时您就是被人同情的对象，如果情况确实如此，一个可怜虫，为了其他人的目的……

您还是别说了。我曾经是整个组织的创建人，然后又仅是一个随大流者而已。您必须要选择一种策略了。

策略？这您完全理解错了。对您我没有采取任何策略。我只是想简单地跟您聊天。就像一名治疗医师所做的那样。您应该对此很熟悉。您总认为我对您不感兴趣，但是您可以把所有的事情都讲给我听。您就放心地向我倾诉吧。

好吧，是这样的，我禁不住要经常想起格尔妮卡，尽管我好几个月没有和她说过话。

精确地说是一个半月。

没错。有时这会对我产生一种奇怪的效果。

然后您遁入了幻想世界，但这完全是可以理解的。

是的，然后，然后不知怎的整个过去都在跟着一起浮现，就仿佛它与格尔妮卡也有所联系，这当然都是胡说八道了，但我就是有这么一种感觉，然后我最喜欢……根据您的经验，您觉得真有这种情况吗？也就是说某人想承认他根本就没有做过的事情？

不像相反的情况那样频繁发生，但也会出现这种情况。

相反的情况？

也就是说某人不想承认他做过的事情，一种简单的交错配列，从您崇拜的马克思那儿您肯定知道这一点，这可是他最受欢迎的修辞形式：决定人的存在的不是人的意识，而是相反，人的社会存在决定人的意识。或者：批判的武器不能取代武器的批判。等等等等。

如果听您这么引用，我真的会变得易动感情。我也不知道这种思想从何而来，但那就是一种感觉，一种我只有在听歌曲时才会有的感觉。您知道吗，在我很久以后比如说又听到蒂姆·摩尔（Tim Moore）演唱的《第二大道》（Second Avenue）时，很明显歌词大意是指不幸的爱情，人们会变得情绪忧伤，这几乎是不言而喻的，但是在听到马克思时我也会有这样的感触……这难道意味着，社会变革也在离我远去，就跟我曾经想象的爱情一样？

可能是您这两次坠入的都是一种幻觉。

一种幻觉？好吧，或许是吧。但尽管如此还是有这回事和另一回事之分。有爱情，但同时也有革命。

有些人这么说，其他人又那么……

不，但是不开玩笑了。除此之外它指的又是什么呢？

是啊，除此之外它指的又是什么呢？

409

51
不一样的青春期 4：米盖尔·加西亚·巴尔德斯又称费利普

一块被擀过的透明渗油的香肠皮，它是很久以前一位闲散的土著神在告别时越过肩膀扔到自己身后的，这就是伊玛纳丘的天空。几百年来这个地方已经变得僵硬和呆板了，在它后面人们能够认出一道苍白的天际，天际处有一条在寻找银矿的过程中被挖空的山脉，仙人掌长在部分光秃的草地上，在大片休耕地之间遍布着人工培育的长势不佳的变种植物，妇女们步行用枝条把身形消瘦的黄牛赶往那些休耕地。伊玛纳丘这个地方没有马，因为它们忍受不了这里的气候，耳朵后面会生出肿块，这些肿块使它们丧失了平衡感，变得脾气暴躁。它们会转着圈跑好几个小时，瞳孔向内翻转，露出淡青色的布满细微裂缝的牙齿，直到人们开一枪了结它们的性命，用车把它们的尸体运到屠宰工人那里，让人把尸体肢解掉。因此骑马牧人们不得不将就着开吉普车，如果是短途的话他们就都到处骑着骡子，骡子们心里清楚，它们在自己的同类中总是能够挺到最后。

宽阔的柏油马路上没有划分割线。女秘书们在短暂的咖啡休息时间里到外面抽两三支烟，她们用前一支烟的烟蒂再把下一支烟点着炽热的太阳投在没有树的街巷上。如果有人从门拱里或者庭院入口处出来,他们就会不由自主地缩紧脑袋。在交谈时人们很少把话题引到这个国家的工程师大学上来。倘若有其他人谈起这个话题,那么在一名行人几乎还未进入他们视野的时候,他们就会突然默不作声了。就连出租车人们也会避开,并训练自己对于发动机声响的辨音能力,为了即使隔得很远也能够把它和其他发动机的声响区分开来。

载有水箱的卡车被临时改装成洒水车,在运动场和足球场上绕圈作业。男孩们溜向边缘城区,他们在被停用的火车站的站前广场上会面,为了把他们缝补过的皮球踢向上了插销的铁门。国家的行政机构受到削减,对小型事务的调控被交由地方登记处处理。因为没有把握、要求过分、主要是缺乏必需的权限,地方登记处对于材料本来就不短的处理时间又比平时多出了两倍。一大早过道里就挤满了人,他们闷闷不乐地靠在没有座椅的走廊墙面上,手里捏着需要盖章或者公证的材料。于是人们缩短了对外办公时间,但尽管如此即便到了晚上,当各办公部门都已关门的时候,一直还有人在过道里滞留。他们吸烟、玩掷色子或者打扑克牌,当清洁女工们前来打扫卫生时,他们就和她们开起玩笑,或者出于寻开心帮她们把垃圾桶搬到下一个楼层。香烟烟雾、熏鱼和橄榄酱的味道穿过各个办公室,有时就连公职人员们也经不住诱惑,他们走到办公室外面,以想要浏览一下材料为借口,加入那些吃客当中,后者也热情地向这些先生们提供他们随身携带的伙食。这些经办人员急匆匆地站着吃完,然后又消失在他们的办公室房门后面,并诅咒让他们面临没有公章和规章目录这一处境的那些人。人们责令护照局普遍停止签发护照和证件,但并不正式宣布这一规定,而是仅仅通过把制证费提高到一名小职员的月平均工资水平,让上述规定听命于一种自然的自我调节机制。

通货膨胀还没有完全结束。为了多多少少控制通胀,人们在"七点钟新闻播报"节目里通知了应当在钞票上添加的零的数量。因为只有极少数居民拥有收音机,所以出现了仓促售卖的现象,它们在场面上往往堪比对财产的没收。在人们从官方方面想到这个主意之前,也就是把原先印在钞票上的面值保留为基础价值,仅仅让它每天早晨与国有超市里商品的价格相适应,大城市里的资产分配状况虽然没有本质上的变化,但却得到了极大的拓展。那些小商店的所有人不再开车去大型批发市场,而是一大早就把国有超市的停车场塞得严严实实。最初为了让自己以官方价格为导向,零售商们很快养成了自己去超市采购商品、通过相应的附加费再把这些商品在自己商店里继续出售的习惯。这样一来超市就变成了一种批发贸易场所,尽管官方从未做出过这样的规定,孩子们和家庭主妇被身穿制服的安全警卫人员逐出超市,而那些大型批发市场则通过被政府描述为自我调节和自我净化的结构调整,使自己转变成配备了保护关税和进口关税的新出现的保护主义堡垒。后来政府在经济方面的错误决定像伪造的无光泽的珍珠一样把自己穿在项链上,使得项链越来越紧地套在国家干枯的脖子上,但是在我所谈到的那些年月里,经济问题对于民众来说却是最轻微的不幸,无论这一点在普遍蔓延的贫困状态下听起来是多么的令人无法置信。人们几乎可以认为,政府的专断仅仅是一种手段,为了把民众的注意力从不断折磨他们的痛苦身上移走,这就好比是人们向一个哭闹的孩子展示或者给他一些好玩的东西,只不过这里涉及的是一些令人不快和不大美观的事情,它只是应当转移民众的视线和分散民众的思维。当几乎没有或者只有少许抗议活动出现时,政府意识到最初出于政治原因而采取的压制措施，同时也减轻了贯彻经济荒谬的难度。独裁制度似乎以此给自己创造了经济基础。

在周边邻国（我自己就来自西边的某个国家），人们带着或多或少的紧张心情在等待即将到来的国家结构的瓦解。首先人们关闭了边境，继而在边境修筑防御工事，最后又环绕国家建起了所谓的半透膜，也就是在一定程度上半透明的围篱，它们（当然只在交纳高昂费用的前提下）允许自由入境，但却禁止任何形式的出境。最晚在这个时候政府应当寻求与邻国进行谈判才是，但是因为人们不无道理地担心，其他国家将会提出某些令人厌烦的要求，所以人们为了对内镇压干脆放弃对外寻求保护。尽管边境壁垒好像和其他地方操用的语言不一样，这个国家还是从边缘处就遭到啮咬，大片区域不仅从经济上，而且也从语言和文化上被强占，因此首都虽坐拥港口与海洋连接，但却很快就像是一座越来越与广阔的后方相分离的岛屿了。虽然在此期间谁都知道，我说的是哪个国家和哪段时期，但我还是想放弃给我的故事（它描写的不外乎是我后来的不成熟）配上具体的人名和年月顺序，因为这些只能把人们的注意力从故事所散发的朦胧气息上引开，而我最注重的就是这种气息，一种在磷光中闪烁的消极的气息，朽木在夜里就会发出这样的磷光。此外我也想保护一些人，因为历史进程从不是在真正封闭的意义上发生的。虽然多年来我自己生活在一座很小的城市里，它与很多年前我的故事所发生的那个国家相隔甚远，但还是有足够多的人留了下来，快速变化的政治氛围的旋涡很容易侵袭并将他们卷走。

还在很小的时候我就注意到，许多人从跟他们面对面的人身上看不出无知和缺乏经验的程度，如果人们通过巧妙的评论使他们相信，人们早已经历和克服了自己事实上一窍不通的事情。专家们的行话也是服务于类似目的的，也就是既使我们惊愕又使我们胆怯，因为我们认为，一位研究手套在一个特定国家的法制当中以及在某一特定时期的意义的历史学家，能够一个人找到想要的答案，在他把所有国家和之前所有时期的普遍法制都做了深入研究之后。在此过程中没有什么比获取专业知识更为容易，也没有什么比认识普遍知识更为困难的了。

  如果说我在青春期阶段因为患形成中的哮喘而得以掩饰这一情况，即无法按照真实年龄继续发育，那么周围的人糟糕的记忆力又帮助我能够一下子作为年轻男子立足于社会。不必深入分析青春期阶段令人难以领会的现象，这或许正合我家人的心意，因为我通过患病转移了他们的注意力，这就跟一名魔术师相像，他用右手完成了一个特别的动作，只是为了隐藏关键性的左手动作，或者类似于一名戴假发的男子，他在第一次戴着假发走到人们当中之前，会让自己长出大髭须以迷惑人们的视线，所以他们（家人）甚至都不会想到，我的生长发育可能缺少关键性要素。就连我自己也没有想到这一点，至少没有刻意想过，假如我没有选择去一个陌生的城市甚至去国外留学（这样做或许正是为了弥补我成长中错过的东西），我可能会直到生命的终点一直保持纯洁和清白之身，对外则一直给人一种淡泊和博学的印象，甚至可能会通过出版几本著述或者创立自己的哲学体系而出名，因为另一方面人们不允许低估不受拘束的能量，没有深入研究过性欲、爱情和死亡问题的人懂得去运用这样的能量。不是我放弃了对自己出书的希望，也不是我对一种不管以什么方式而形成的制度不抱希望，但是现在我知道了，只有当我创造了一种基础，把所有我欠缺的经验都弥补回来，我才会取得成功。

事实上我对留学地点的选择绝对是巧妙的。通常情况下富有家庭的孩子会去欧洲留学。巴黎、伦敦、马德里或者慕尼黑，根据不同的个人喜好。而我却留在了我们大陆，虽然跨越了边境，但既没有变换语言也没有改变习俗，而是能够在不引发太大恼怒的情况下继续走自己的路。至少我在过十八岁生日的时候就是这么想和这么计划的，因为尽管做任何事情非常拖沓，我好像天生就具有某种实践才能。但是夏天过后我几乎还未离开父母家并把自己安顿在塞罗那萨吉达附近的伊玛纳丘，我就禁不住又发觉，那些在我青少年时代被忽略的主题是怎样以缓慢和小心翼翼的步伐再次向我靠近的。起初我认为，在我自行选择的流亡地的女人和在我家乡的女人是不一样的，而事实上我看她们的目光也跟以前不一样。从社会环境和父母家规定的社交礼仪中解脱出来，在专题讨论课和讲座课上和那些家庭出身及知识程度完全不同的大学生聚集在一起，不得不承认也是第一次开始了强度更大，尤其是更为规律的酒精消费，在这种情况下好像是忽然之间就在我心里产生了一种此前从未有过的要求，即让自己有不知道某事的权利。如果说一开始它还只是一种适应形式，因为我不想在同学面前显得无所不知，因为我足够了解这种吃力不讨好的我行我素者角色，那么很快我就对装傻感起了兴趣，最终不得不意识到，这种装傻不仅仅是表演出来的，而且还指向一系列我的确一无所知的领域。于是正好在喝醉酒的状态下，当交谈的话题总是围绕女性的时候，我再一次注意到了那个这么多年我一直深藏不露的秘密。我好像清醒了过来，自打九岁以来第一次我开始用一种毫无成见的眼光来观察女人。

如果说起初我看到的都是女人的胸脯及其各式各样的形状，那么很快我就注意到着装女人身体上的其他部位了。胸罩在后背上的搭扣我现在比以往任何时候看得都更加清楚，迄今为止我从未过多留意过它，甚至可能把它当作突出的腰椎骨刺而未予理睬。我在接近裙腰顶端的地方看到了某些凹痕，然后看到在大腿上也有一些。但是这些还不够。我在这方面的目光还没有变得敏锐，越来越多隐蔽的线条和素描画就开始朝我迎面而来，直到女人的身体，就跟我在城里大街上、在去听讲座课的路上上百次看到的穿着衣服的那种一样，好像和那些不清晰的、轮廓不分明的裸体女人的图片没有任何共同之处了，我把那些裸体图片装在一个狭窄的烟盒里，保存在床后面一块松动的地板底下。

我是在一本探讨儿童语言习得的社会语言学著述的最后几页里偶然发现的这些图片，在教堂前的集市上我以微不足道的价格买下了这本书，该书主要涉及的是儿童在语言习得过程中对人称代词的使用情况。售书者是一名长着大髭须的年轻男子，他坐在售书台后面两个摞在一起的啤酒箱上，幸运的是他自己都不想再翻一下这本书，而是从他坐的高处随便给我喊了个价。我多少可以肯定，这本书一定不是他自己的。仔细观察会发现，那七张图片也不是私人照片，而是大量生产的蹩脚的洗印照片而已。我可能是中了一名专业销售员的圈套，他懂得以这种方式把即使是最严重的滞销商品推销给顾客？我摒弃了这种想法，虽然我又有几次在类似的情况下遇到了那名长着大髭须的男子。但是那几次他卖的不再是图书了，而是电池和镀铬的水龙头。

那些图片上的女人涉及的是三个不同女人，她们两次摆出两种、一次摆出三种不同的姿势，她们把双腿紧紧夹在一起，胳膊紧贴着身体，肩膀高高耸起。她们就这样坐在一张床的边缘上，床上罩着褪色的格子呢床单，或者她们伸展四肢躺在床上。这种被公开展示的裸露通过相应的整饬又额外增强了裸体效果，它让我觉得女性的身体都具有相当统一的形态，没有太大的奥妙和秘密可言。但是这一点丝毫没有回答我的问题，而仅仅是进一步拉大了赤裸身体和着装身体之间的距离，因为在两者之间达到一种哪怕是近似的一致现在对我来说简直是不可能的。不仅仅是穿了衣服的女性身体被各种不同的线条和束紧切割得面目全非，而且衣服本身看来也被划定了不同层次。有时我在一块裸露的肩膀上看到三根甚至四根背带。这些背带固定的都是什么呢？是一个胸罩、一条衬裙，或许又一个胸罩，又一条衬裙、一件小衬衫、一件紧身胸衣？人们在皮肤上穿一件，再在上面套一件，为了掩盖吊袜围腰留下的凹痕？先是腰带，然后是吊袜带，最后是长筒袜自身。我简直理解不了这种加固的意义，只能隐约感到控制一个女人的身体好像是一件复杂的事情。它需要好几层内衣和衬裙、固件和背带，这样一个女人一旦穿好了衣服就不会再被拆散。但是男人怎样以及什么时候学着去阐释女人身体的装束呢？还是其他男人也跟我一样不清楚，真正隐藏在那些套头毛衫、短裙和连衣裙后面的都是些什么呢？但是当男人们看到这样的装束时，是什么牢牢地吸引住了他们？难道真的是摆脱了现象学分析、通过束紧、描画和切割抵制所有的推断，以此驱使男人似乎不可避免地进行形而上空想的那种浑然不知？

在我端详这七张图片、尝试找到针对我内心那些迫切问题的答案时，我眼前不由得越来越清晰地浮现出教堂集市上那名大髭须男子的画面，直到我认为从他身上识别出那个懂得破解这一秘密的人，他就类似于斩断戈尔迪之结的亚历山大，不是借助于敏锐深刻的反省，这种做法面对上述对象肯定会落得悲惨的下场，而是通过纯粹的行动。他不会根据衣着的各组成部分来分析女人，而是凭借他粗壮双手的力量让她们回归裸露的纯洁本源。无论人们用多少背带,用多少扣环、纽带和搭扣来阻碍他——因为这种人为和奇特的复杂化把身体密封了起来,为了让我对缠裹在诸多层次里的本性心生更多的揣测——大髭须男子都将使用他粗大的双手,只猛地用一下力,便将所有那些乱七八糟的东西统统除去。他不会像我一样在探究衣物的歧途上迷失方向,而是穿过装点着缎带和镶边的层次开辟自己的独特路径。绦带将会挣脱,搭扣被弄弯,松紧固件失去了弹性,缎带被扯坏,一小堆无用的解不开的材质被丢在后屋冰冷的地面上,大髭须男子把他的牺牲品都会驱赶到那里。难怪图片上的那些裸体女人会胆怯地夹紧双腿,胳膊紧贴着身体,肩膀高高耸起,当大髭须男子拿起相机,把揭开的秘密定格下来,紧接着使它(揭开的秘密)丰富多姿,再把它打发到世上,为了完成一项类似启蒙的使命,就像当初狄德罗《百科全书》里的铜版雕刻家那样。因为这些照片的目的不可能在于刺激男性,我对它们粗浅的第一印象迷惑了我。只需仔细看一遍人们就会立即察觉,它们不是色情图片,而是类似于警方拍摄的通缉照片。它们涉及的是对证据的记录,是对证明材料的解释。男人们,不要再欺骗自己了,女人的赤裸就是这么质朴。

但是从教堂集市上买来的这本便宜书被证明为又隐含了一处麻烦,因为我必须承认自己再一次暴露出性格上一种奇特的软弱形式,它使我不可能不去读一段文字,无论我对这样的文字多么不感兴趣。于是我只好埋头于这篇陈旧的、关于对人称代词的语言习得过程的研究性文章,了解到儿童在说"我"时绝非指的并描述的是他自己的身体,而更多的是一种直觉的精神状态。也就是说在使用"我"这一人称代词时,儿童实际上指的是一种愿望、希望和担忧,虽然一开始这一断言使我感到惊愕，但在短暂的思考之后它对我来说就显得完全可信了。当然"我"只能是那种受意愿所决定的"我"，即仅仅被想象为一种潜能，但却并不真实存在。相反对于自己身体的名称，儿童采用了其他人对于身体的描述，因此他用昵称或者自己的名来谈及自己身体上的"我"。我刚想认为甚至能够从这种自己强加给自己的阅读中获得益处时，作者，一位名叫杰姆斯·卡拉威·罗莱的北美儿童心理学家，却举了一个让我觉得奇特的例子。他发现自我被划分成一个精神上的意愿者（就连小孩也知道用"我"来描述它）和一个身体上的存在者（小孩用分配给他的名字来命名它），为了更为详尽地调查研究他的这一发现，他让一个一岁半的小女孩照镜子，接着小女孩指着镜中的自我，说了"宝宝"一词。在另一起实验中，罗莱在书中简短地写道，小女孩化妆之后再次照镜子，她又指向镜中的自我，但是这一次说的却是"我"。我非常惊讶，不是对实验结果感到吃惊，而更多的是对人们给孩子化妆这一事实。在被戴上了一种面具之后，孩子突然用一般对意愿的精神领域负责的人称代词来描述自己。罗莱在一处脚注里阐明，人称代词的主格"我"、人称代词的宾格"我"或者物主代词"我的"之间的区别在这个年龄显得并不重要，它们被这个年龄的孩子交替使用。因为才疏学浅，我在这里只好同意作者的观点，但是我却有这样的想法，即那个孩子是否真的不想命名一种占有物，这在某种程度上是从这个意义上来说的，也就是如果小女孩从镜子里看到的面孔应当属于她所有的话，那么先前已经在精神意愿层面上的"我"和事实存在的"我"之间做出的区分也能够保留各自的语言名称。

我几乎觉得提到这一点是多余的，即很快这两个错综复杂的主题（衣物对女人身体的扭曲以及使用人称代词）就混杂在我的思想当中，我在考虑这样做是否有意义，在治疗措施范围内甚至可能是得当的，也就是对我们一般描述为"我"的那个概念进行更为精确的区分，或许用更多数量的人称代词来细化它，为了不仅对我们自己，而且也对我们与其他人的交往做出不同的评价。另一个我这学期特别要下大力气研究的主题在这里也掺和了进来，即马塞尔和布伯的哲学思想。因为如果人们对"我"进行了相应的区分，而仅让一个唯一的"你"就能够应对这些多重的"我"，那么这对我来说几乎显得是不可能的。在我这天晚上为"我"和"你"之间的多价关系设计出了第一幅草图之后，我想再次出门到外面去，但在楼梯上摔了一跤，左脚脚踝伤得如此严重，以至于它必须要静养才行，所以我几乎三个星期都不能离开房间了。

　　我前面提起在三月份发生了两件不寻常的事情，它们虽然没有为我揭开女人的秘密，也没有让我为此厘出头绪，但却给予我初步的指导，让我明白了另一个性别世界是怎么回事。对于这两件事中的第一件我已经报道完毕，也就是我在从教堂集市上买来的书里发现了那七张裸体图片。第二个经历涉及我的女房东伊利斯·萨奇达夫人。但是在我开始讲述之前，我想插入一小段评论，它能够阐明我在1956年夏季学期开学时的精神状态。一位名叫伊曼纽尔·列维纳斯（Emmanuel Levinas）的近代哲学家（他的著作可惜还没有被翻译过来）据说找到一个新的途径，以探究在当时围绕我多时的"他者"问题，我是在大学听到并在一个大学生哲学社团用胶版誊写版印刷的刊物上读到这一点的。从对马塞尔、罗森茨威格和布伯（我正准备使自己熟悉他们的哲学思想）的批判出发，据说他在形而上学层面上对"他者"概念进行了革新。只是我无法获悉更多这方面的情况。南美哲学月刊和季刊三年来一直深陷一场大规模的语言哲学争论,北美唯一的哲学杂志(我们几乎要晚三个月才能收到)也把存在主义形而上学这一主题束之高阁,相反却在探讨与托克维尔的思想一脉相承的新民主和法治理论。

可能我们每个人一生当中都会有一次带着一种近乎确信的可靠性觉察到,在世界的某个地方存在一种原理,它不仅会促进我们的思维,还能够把思维提升至一个全新的维度。人们骑马巡视土地,在关键时刻人们只需要一个名字、一个概念、围绕一种理论的尚显混乱的知识,为了能够插下一棵秧苗,让它开始萌芽。对我来说这棵秧苗就是伊曼纽尔·列维纳斯。

我一再阅读那几行被我收集在一个本子里的内容贫乏的陈述,但是它们更像是阻断了而不是开启了我的认知之路。我干脆无法想象,列维纳斯在他者身上看到了什么不一样的地方,我越努力基于类似情况的哲学构想让自己有所领悟,我就越发变得不自信了,即使在面对不久前还自认为非常肯定的东西时也是如此。我花了将近三周的时间,完全埋头于探究重新定义"他者"的可能性,这样做仅仅是为了作为对策让自己再一次深入研究谢林的启示哲学论,在这之后的一天夜里我突然产生了那个十分重要的想法,那天我正好喝了不少酒,和几名同学坐在其中一个当时还存在的非正式酒吧间里,那些酒吧间都位于城北的房屋废墟里,房屋的入口都被用木板钉死了。大学内严格的性别划分使得人们在教室和阅览室里很少能够遇见女性同学,这让我首先是在自己真真切切的生活当中,毫不犹豫地把女人视为他者本身。但是这种情况对我来说如此普通、如此正常,以至于如果我想要信赖这一客观事实,即列维纳斯在面对他者时开辟了一条新的道路,那么只可能存在一种真正激进的新理念:他者必须被设想为是男性。当我因为酒精而显得沉甸甸的脑子里突然闪过这个念头时,我正在去上厕所的路上,厕所只不过是一个天棚塌陷、地板被抽掉或者可能被烧掉的房间,在这里每个人都可以随处大小便。这个阴沟臭气熏天,让我几乎透不过气来,我很高兴终于闻到了自己小便的味道。我生活在一个男人的社会里,生活在一个陌生人的社会里,远离自己的家庭、自己的母亲、自己的姐妹、自己的姑姑姨姨。在这一刻我肯定无法再清醒地思维,但是我确信地知道,这个他者,也就是女性,被列维纳斯用男性取代了。但这仅仅是第一步。我扣好裤子走到外面,回到乌烟瘴气的酒吧间里。酒馆在当时是非法的,所以柜台后面甚至连一名女服务员都没有。我看到的都是些红通通的、大汗淋漓的男人的脑袋,他们情绪激动、口齿不清地说个不停,一边说一边相互敬酒。我尝试让自己把思想集中起来。如果列维纳斯用男性取代了天然他者即女性的位置,那么他这么做不是为了给我一面镜子,不是为了让我看到对面的兄弟、父亲和酒友,因为这些人几乎不适合充当他者,而是为了使我自己变成女人。列维纳斯哲学思想的极端性就在于此。这件事涉及的就是这个而不是别的。因为他者与我相似,它就把我自己改变成了那个极端的他者[①]。因为他者都是相同的,我就成了它的他者。我自己变成了女人。

这种想法以一种无法拒绝的力量向我袭来,以至于我没有告辞就从废墟酒吧间里冲到室外,一刻不停地一直往前跑,直到来到那栋房子前面,我的房间就在这栋楼的三层。我用手往裤兜里掏,但却找不到房门钥匙。房间的窗户里都没有点灯。入口处也没有门铃。我没有别的办法,只能呼喊萨奇达夫人的名字。我张开嘴,原本以为从沙哑的喉咙里只能喊出嘶哑的声音,但是令我自己吃惊的是,我听到自己是怎样用清澈的嗓音清晰地喊出她的名字的。走廊里那盏忽明忽暗的灯被打开了,我听见她穿着带镶珠饰物的拖鞋从台阶上往外走的脚步声。钥匙被插进锁里,门打开了,萨奇达夫人穿着长睡衣站在我面前。我不是第一次这样看到她,但是作为男人,即使是作为没有经验的年轻男子(我也的确如此),迄今为止我一直都拒绝了她的示好,但是现在通过与他者的形而上相遇我自己也变成了女人,因此我从她在夜风里轻微飘动的、在走廊微弱灯光的照射下显得透明的衣衫里只看到了我自己。当我从她身边走过时,我感觉到了她的呼吸。我伸手去抓楼梯扶手,没有抓到并摔倒在地。我上身半直起趴在最下面几节台阶上,下身蹲坐在走廊冰冷的地砖上。萨奇达夫人把门锁上,向我转过身来,这时我感到一波刺激涌了上来。同时我醉得又太厉害了,以至于根本感觉不到自己的阴茎,更不用说让它勃起了。但是在这一刻恰恰是这种情况向我迎面而来。萨奇达夫人朝我弯下身子,我配合地接受了她的示好,就在这儿的台阶上,我吸收了她的身体,她的乳房挤进我的嘴里,她的阴部以一种抑制不住的节奏撞击我的生殖器。随着每一次撞击,她在我头脑里体现的不仅仅是形而上的他者,而且还在我身上实现了《旧约》的信仰,这种信仰表现为先知以赛亚所说的一句话,在萨奇达夫人脉冲式的身体抽动下,我一边呻吟一边向夜间的走廊里说出了那句话:我可能是沉默了许久,一直在安静中克制自己。但现在我想像分娩中的女人一样喊叫,我想大声呼唤和喊叫。

注 释:

① "每个人都是他者,没有人是他自己。"海德格尔在《存在和时间》里如是写道,1927年版,第128页。在此我想起了没人、无人和傻

瓜的玩笑，所有三人都住在同一栋房子里，一天他们向窗外张望。没人向住在底层的傻瓜头上吐唾沫。于是傻瓜报警并对警官说："没人向我头上吐唾沫，无人看到这一幕。"听完后警官问他："您是傻瓜？""是的，是我本人。"维特根斯坦认为，撰写一部仅仅由玩笑组成的哲学作品，但是让它显得非常严肃而绝非荒谬，这一点是可能的。从这个方面来看或许人们可以重新阅读或者改写海德格尔的思想？——作者原注

52
询问被白白浪费的存在主义的可能性

您流鼻血了。给，您用我的手绢吧。您没意识到吗？血都已经滴到您的衬衣上了。

喔，谢谢。这种情况有时会发生在我身上。

要不我们休息一下？

休息？我以为我们很快就会结束的。

这完全取决于您。您尝试在这里虚构一个动听的恐怖冒险故事，故事的主人公都是来自各宗主国的处于青春期阶段的精神紊乱者，现在只缺一名爱斯基摩人了，但是他肯定也会出现的，如果我对您劝说得当的话，事实上您简直无法承认，那些主人公都完全与外界隔绝，是孤独和无足轻重的。啊不，在这个问题上我不得不让您失望了，有很多人，我甚至想说是绝大多数人，他们都是非常正常和特别能干的年轻人，他们也能很好地应对这一不大容易（这一点人们必须承认）的人生阶段，让自己成长为能被派上用场的社会成员。您收集的那些深陷青春期的失败者也跟您一样，为了紧接着用可疑的向往和对宏伟壮丽的不完美的自恋想象来折磨自己的人生，这也没能使您避免，必须为您作为自己的经历而加以虚构的故事承担责任。您对存在主义哲学家也赞赏有加，例如加缪和萨特，尽管您不懂法文，您的专注度也不足以应对那些长篇大论，因此您总是只在加缪的日记里翻来翻去，但在那里也写着足够多的存在主义学说的精髓，主要涉及的是有意识地接受自己的存在，对存在承担责任，而非总是以一种自欺欺人的方式给人这样的印象，仿佛过着这种生活的人根本不是他自己。

是的，那些红色的罗沃尔特版本，《反抗者》《西西弗斯神话》，虽然由罗沃尔特出版社出版的《德意志百科全书》是黑色的，它是当时我和德国袖珍图书出版社出版的《荒诞派戏剧》一起买的，尤内斯库，阿拉巴尔①，您根本就不知道，是一种什么样的希望把我和这些书籍联系在了一起。萨特，这是后来才有的，他与先前的截然不同，目标更为坚定，但是《荒诞派戏剧》，也许人们过快地抛弃了这些，在当时，因为原本……

好了，请您不要再一次陷入这种回忆的泥潭而不能自拔了，我们正处在正确的道路上，刚刚想要重新确定当前的位置，采取的办法是虽然我们认可和接受过去，但仅仅是作为过去，不能一而再再而三地让过去的事情重新泛起。这是今天的一种记忆文化，我觉得这样的文化极其可疑。受这种文化的影响，人们看待新事物的视线被所有可能性的旧有的钙片药瓶和轻松愉快的袖珍图书所遮蔽……

《哥伦布蝴蝶》。

您说什么？

那是第一本轻松愉快的袖珍图书，它在两年前让人心生类似的希望。其实这是很奇特的现象。还是所有这些我只是现在、在事后才这么认为的？

回忆是一回事，在这个问题上学者们的观点分歧很大。

但您不是希望我回忆过去吗？

是的,是希望,但不是这么回忆的。我觉得您过于纠结于过去,总是追逐一些幻象,但是在此期间我们已经生活在二十一世纪了。而且在感情上您也一直停留在过去,这些我已经说过好多遍了。您一直还在希望得到挚爱,因此您在现实的夫妻关系中大发脾气,总是对女人们牢骚抱怨。是的,您用不满、紧张和歇斯底里把她们折磨得筋疲力尽,如果我可以说得这么性别中立的话,同时您梦想得到一个不一样的社会,对这样的社会您自己也不知道它应当是什么模样,所以您漫无目标的反叛就总是游移在听天由命、宗教神秘主义的逃避现实和幼稚愚蠢的抗议之间。尽管晚了几十年,但您终于还是证明一下您在一定程度上的成熟吧。

通过我与您合作的方式?

这将是一个开端。我不能剥夺您个人的身心发展,也无法满足您追随某人的渴望,所有的左翼人士都怀有这样的渴望,但除此之外……有一个办法也能使您从完全陷入困境的生活当中解脱出来,使您从回忆中解脱出来,为此您根本不必再去要求人们把您宣布为是对自己行为不能负责的。

终于能够过上正常有序的生活,有妻子、房子、孩子和狗,还能肩负一项被相应给付酬金的社会责任,这听起来是挺诱人的。

这样您的身体状况也将逐渐好转。您无须再服用药片,不必再去急救室,您也能和其他人一样每天吃三顿饭,并在用餐时就着喝一杯啤酒。

我好像能变得长生不死了。

嗯,至少在社会福利方面有了保障。

我原本以为今天不会再有这种情况了。

您也曾经想过,不会再有女人给您买衬衣了。您只需向正确的方向展望。有足够多的领域还保留了所有这些现状,作为男人人们一直还能开始新的生活,组建新的家庭,使一切从头再来,在您这个年纪也是可能的。您看看我,我也是这么做的。

也就是说,您以前也是……

以前我们都是跟现在不一样的,事情本来就是这样的。

但是我不认识您,是不是?

对此我无法给出详细说明。

您长得和我认识的人都不像,但是过了这么多年谁又知道呢。曾经有人对我说过,人们能够从说话的方式认出某人。

这些也都能相应地被改变。人们只需察觉原因,那好吧,这在您身上是显而易见的……

什么?

对所有这一切的原因。

也就是说?

也就是说那种共性,您讲述的所有那些关于离奇青少年的故事都有的共性。

这种共性是?

在这些故事里都没有出现母亲。

没有出现母亲?

是的。您没有注意到这一点吗?故事里有父亲和祖父母,有叔叔、姨姨,甚至有姨婆和叔祖,所有可能性的人物都有,就是没有母亲。

您在影射血亲相奸。《哥伦布蝴蝶》。

不,我影射的是空位,那里通常情况下是母亲的位置。

但这又是另一种形式的空位,不是据说被从我们身上强行除去的那种。

是的，不太一样，更确切地说是一种欠缺，您描述了一个没有母亲的社会。

反正我从未觉得关于没有父亲的社会的描述有什么真正了不起的地方。此外对我来说这听起来太像是没有祖国的小伙子们。

格尔妮卡当着您的面也这么评论过……

什么？

说您不放过任何说母亲们坏话的机会。

说母亲们的坏话，亏您说得出口。

我引用她的原话：你总在背后说母亲们的坏话，这真的令人无法忍受。

但这和我们谈话的主题毫不相干呀。

人们总喜欢这么说。其实两者还是有关联的……

空位。您刚刚谈到过一种空位。或许这是对的。

这将会解释很多问题。

至少解释几个问题。

是的，几个吧。然后这一切都只是填补这一空位的尝试，用想象和哲学，或者出于彻底幻灭之后的孤独，甚至用自己的生命。

这将是令人伤心的事情。

这的确是可悲的，我亲爱的。而且不只是可悲。这是唯一的不幸。

注　释：

① 阿拉巴尔（Fernando Arrabal,1932—　），西裔法国荒诞派戏剧家。

53

坐在攀缘架上抽烟

这个人就是位于下面和上面之间的衔接环节，下面是《忏悔镜》描述的地方，而圣饼则从上面掉入张开的嘴里。但是地平线会从中间穿过他的身体，成为他肉体里的硬刺，在陌生人面前他的身体就是狭窄的小巷、通道和迷宫一样的试验。他不断地被叫到黑板前面，又一次把手插在裤兜里，默不出声、没有才华地站在那里，直视同样没有才华的老师们，希望能够从他们的眼睛里觉察出什么。他混淆了圣水盆和玛利亚的圣盆，把她纯净的贞洁和他自己编造的独特的幸福的罪恶混为一谈，并尝试用费尽气力从古埃及搜集到的数据来证明这一点，这样做仅仅是为了惨死在魏玛共和国，当时一切都变得失去了数据，孩子们还在上幼儿园的时候就被以教学诗谣的形式灌输了历史的遗忘，在这些诗里是这样说的：这是拇指，它把李子从树上摇落下来，因为这种拇指相对显得是被附加上的，所以它事实上已经在描述食指了，这样一来孩子们大脑里所有有意义的东西都永远变得含混不清了，因为在每一次造物之初都会预设没有性格的假定，就像拇指只是被肯定而已，而所有紧随其后的手指则通过不同的行为活动被区分开来。虽然应该是拇指对人和动物进行了区分，可上帝却是用食指根据与自己相似者的模样造出了人并赋予他生命，因此人们也禁止儿童用食指去指别人，因为这样做他们在嘲笑上帝创世的同时，也是在讥讽他的创造物，并通过这种方式把自己刻画成造物主，尽管夜里因为害怕，他们（儿童）总是尝试绝望地吮掉没有性格的拇指，为了永远成为动物，不负担任何责任，这样他们就不再被叫到黑板前，不必再在墙边罚站，当时机来临时只要被拉去屠宰就行了。因此这名少年也在观察那些高年级学生，因为他无法想象，对他们来说重要的只是在课间休息时站在那儿吸烟，出于同一理由少年也在观察克里斯蒂安妮和她的小集团，也正因如此当其他孩子早已跑到校园里休息时，他总是一个人站在新打过蜡的走廊里，清点衣帽钩的数量并在心里问自己，为什么挂在那里的总是一顶帽子或者一件带风帽的厚夹克，为什么人们总是用连接衣服的风帽把厚夹克挂在那里，而从不用母亲们额外缝在领子上的搭环把它们挂在衣钩上。当上课铃响起时，少年才发觉自己忘记吃间食了，没办法只好饿着肚子继续上课了。还在上下一堂课的时候他就禁不住问自己，为什么他的回答总是错误的，而其他人的回答却总是正确的，尽管他们经常只是重复了他刚刚说过的话。少年预感到，所提问题涉及的可能不是规则本里的公式，不是单词本里的词汇，也不是历史书里的数据，而是一种除他之外其他人都知道的背后隐藏的信息。因此补习功课和严词威胁对这名少年都不起作用，宗教信仰方面的指导也帮不上忙，因为他反正也只是依次浏览忏悔镜上的罪过录，就像人们教给他的那些儿童短诗，在此期间当他再一次肚子痛的时候，那些短诗能够帮助他很快入睡。但是不仅是因为他在宗教仪式的鹦鹉学舌过程中会迷失自我，少年还欠缺一些更为基本的知识，比如为什么人们在红灯时停下来、在绿灯时继续前行，为什么人们要坐在宫殿花园里的长椅上观赏池塘，为什么人们要回忆自己没有任何理由而做的事情，并尝试找到所有这些背后的原因。因此少年独自一人穿行在这个世界。这就是原因。唯一的原因。找到一个原因来解释所有这一切，让事先规定的事情得以实现是不可能的。因为他知道这一点。因为这是他唯一的知识和他唯一的确信。正因为如此他才变得疲倦。然后红军派也就产生了。这名少年是想不出这样的组织的，但尽管如此他还是臆造了红军派。人们通缉红军派成员，在海报上公示他们的图片，少年把这种情况阐释为共性的标志。跟他一样他们也在黑板前站过，一句话说不出来。他们准备使用击发的武器，也就是说他们同样坐在餐桌上摆放的面包前面，但却不知道应该怎样切面包，在逃亡途中他们也不知道，应该怎样进入教堂，怎样着装，怎样照镜子，在学校里应该怎样就座，怎样穿过小巷，怎样和其他人坐在攀缘架上吸烟。针对他们的说法没有别的。针对他们的说法就是这些。少年清楚地意识到，人们必须为这种无知付出代价，就像他一样每天都在为此付出代价。在这一刻少年明白了，终于有人向世界宣告自己的无知，简单地表达出自己的无知，但对此并不感到羞愧。不求更多。仅仅是这一点就已经让少年感到满足了。他一直还对此感到满足，即便是当他意识到他估计错了，当他意识到他将带着跟儿时一样的无知看着他们死去，但却没有对自己或者对世界有不一样的理解。但是因为在片刻之间一切都好像得到了解释，少年还会长时间并且一直继续抱定这一点。

54
虚构的友好1：摘自形而上学小词典

心病得用心药医：用思想治疗思想，以此驱除思想。

夜里一辆调车机车拖得长长的鸣笛声使我陷入一种多愁善感的心境。它像是人们越过走廊听到的煮水壶发出的声音，像是在一个雨下个不停的周六下午从足球场另一端传来的发出颤音的哨声，但是这种鸣笛声主要还是——这样思想的圆周就闭合了，仿佛所有的思维都总是在寻找最初感知的起点——和我在少年时代对天体发出的声音的想象相像，我把天体想象为是宇宙中的圆盘，它们在旋转时相互摩擦，由此制造出一种类似于白浪轰鸣声的均匀的频谱，或者这种声音也可能是这样产生的，当一根打氧用的胶皮软管从固定它的夹具里弹出，或者当主动脉从左心室滑落时：一种令人感伤的啾啾声，紧接着是暖热宜人的大量出血而死。

我观察在我体内展开的不同的炎症疫源地，带着一种由猜疑、活跃的兴趣和惊慌失措的恐惧交织在一起的复杂心理，尽管这些疫源地也没什么特别的：链球菌、衣原体属、支原体属、立克次氏体属和其他微生物，我就是它们的宿主，它们中没有谁不能用一种广谱抗生素从这个世界上，或许不是直接从这个世界上，但至少是能够从我的身体里被清除掉①。但尽管如此我还是有疑虑。难道就没有其他手段和途径了吗？或许通过对它们的名字进行可视化处理的方法，也就是说我把它们的名字划分成音节和切分成最小的意义单位，为了以此杀死它们。但是我究竟怎样才能变得这么自私——把善良人的思想演绎到一个新的极致——消除微生物或者服用一些杀死我体内其他物质的东西呢？

把自己的身体作为文化加以审视，在审视过程中就像开明的人种学家那样再度观察自我，运用所有的作用与反作用，这一点由作为客体和主体的双方交替完成。

我在走廊里早就需要被修理的衣帽架前面独自说着这句空洞的言辞"我有所付出因此……"。在说了大约二十五遍之后我又换到"您或许会感到惊讶……"上来，这一句我重复了将近十二遍。然后我不由自主地开始思考，我上一次真正感到惊讶是在什么时候。

神的特征：上帝是唯一不把自己和我进行比较的人。如果不是这样创世对我来说是不可想象的。

对于衬衣袖口来说我只是手、对于衣领来说我只是脖子、对于衬衫来说我只是胸脯吗？衣服在早晨把我穿好，在白天悄悄地向我发号施令？

如果人们多少还算诚实的话，他们就必须把被碾平的动物尸体拴在一根绳上在自己身后拖拽。他们必须给一块石头套上一个颈圈或者把一台电视机拖过马路。但是动物？我们对动物又知道些什么呢？如果把词源学尽可能往回追溯，人们就能想到我们对于动物概念的真正含义了：动物就是人们必须要拴紧的有生命之物。

活活地掏出某人的心脏，这种风俗今天究竟又是怎样的呢？

有时唯一一个单词就足够了：电台儿童节目。

我用手洗了自己蓝色的套头毛衫，把它挂到浴缸的边缘上晾干。当我晚上查看时，发现在浴缸底部有一片干燥后形成的水痕，它的形状就像是一条伸出手张开手指的胳膊。此时我的脑子里不由得闪过"那只手在向你示意"那句话。自己连最荒唐的思想都不能不予理睬，这就是真正的可怕之处。比如还有在那一刻紧随那句话而出现的吞食一切的邪恶阴沟人的形象。父母逃脱了所有的精神病，因为他们有机会在孩子们身上以及与孩子们一道尽情享受那些精神疾病，和他们一样我也需要身边有一个人，这样我就能够用玩具熊和自己童年时代的鬼怪来诓骗他，为了不让自己因为这些东西而走向毁灭。

精神错乱就意味着身边没有人能够听到自己讲述。夸大狂则是：所有的人都在听自己讲述。

原子论者认为，原子结构不间断地从物体上脱落，然后以画面的形式侵入人的灵魂。虽然他们说的完全正确，而且我们的全部思维都由物体的原子化所决定，但是原子理论在过去和现在都未得到足够的重视。越多的原子从物体上脱落，物体本身也就愈加无法辨认。最后那些脱落的画面以空前的程度从因为脱落而发生变化的物体身上分离出来，以至于它们最终失去了与生产它们的物体的联系，并变得失去控制。通过不断与物体剥离的画面，人的思维方式也发生了变化。很快人们就不无道理地认为，物体就其本身而言根本无法再被辨认了，很快人们就开始尝试，以实证主义方法修复幸存的画面，或者用语言的映像理论超量运载这样的画面，最后人们认为，人们处在模拟物当中，它们无法再指向原型。这样看来哲学的历史就是一段原子论的历史。只有不幸的恋人才会知道，他周围的一切都在消解、散化成无法再被捕捉的点。这种情况涉及的不是心灵的幻象，而是因为爱情的痛苦而变得自由和敏锐的看待现实的目光。用不了多久，我将穿墙而过。

我们的进化史分四个步骤：

1. 浅表烧焦在各浅表烧焦之间。

2. 表征在各浅表烧焦之间。

3. 浅表烧焦在各表征之间。

4. 表征在各表征之间。

绝对是彻底与物体剥离的画面，它于自由游动和偏离圆心中飘荡而去。物体因为从它身上脱落的画面而遭到破坏。因此围绕我们的那些绝对画面都是无条件的。人要是追求绝对，他就必须脱离他的物质存在，必须完全成为画面。为此我引入"形成"这一概念。"形成"就意味着从各种存在关系中分裂出去。哲学不可能达到绝对，因为它一直在忙于解决（solvere）问题，而不是脱离（ab-solvere）它们。其原因在于哲学上代遗下的债务，也就是害怕返回到它最初产生的那种状态，也就是害怕回归虚无。习惯了用二元对立概念思考问题，人们认为联想只可能与一种分裂相对立。人们继续认为，一旦人们不再解决任何问题，人们就将消解死亡。我们知道哲学发展到了何种程度。我知道我成长到了何种阶段，我被"构成了"，也就是说被分离了，因此我变得绝对了。以下就是检验：

1. 我没有被关联吗？

没有，因为格尔妮卡离开了我，这只是作为我无关联性的最显著的征兆。

2. 我是无条件的吗？

是的，因为我离开了作为物体的自我，对于其他人以及对于我自己来说作为画面继续存在。

3. 我不是被造成的吧？

不是，因为我自己决定了我的状态。我独自一人承担责任。

4. 我是不受限制的吗？

是的，是的，再说一遍是的。作为分离出来的画面我在飞翔。我在飘荡。我是不受时代限制的。这就像是一场梦。现在我终于知道一切了。

小时候我发明了哥特式油画板绘画。小块的向内卷曲的景观，持续中断的远景，因为组成生活的各个部分还没有合理地嵌套在一起。画上总是有围墙，墙后面一条路通向远方，窗拱从里面划分出外界，让两者都显出一种不完整的效果。画上出现的动物和人都非常独特，无法被归入任何物种或者人种。每个人或者是圣人或者是罪人。一切都跟一切联系在一起。有时同一个人可以在不同的地方被看到。人物确定地点，上帝对他们而言无处不在，甚至会出现在鹿角里。

对我们来说没有什么比没有面目的东西显得更加可怜、能够在我们内心唤起更大同情的了。心理学家们自称发现了，我们会带着好感对小鼻子和大眼睛做出反应，因为这唤醒了我们的保护本能，但是他们只是对不同的面孔做了比较。可是没有面目的东西却能唤起我们更为强烈的怜悯之心，这种感觉几乎深入到灵魂未被区分的领域。当我比如说观察我烟灰缸里吸剩的烟蒂时，它们裹在几乎无法被看见的带有细条纹的白色薄皮里，作为面目全非的小生命蜷缩在这种旧式托盘中的大摊灰烬里，这时一股强烈的同情心侵袭了我，它比我向一个无助地盯着我看的人所能够给予的还要更甚。

正因为我们忍受不了这种同情感，我们必须立即并随处又重新识出面孔：那两个吸剩的烟蒂在圆形烟灰缸里弯曲成两道眼眉，楼房的凸出部位变成了房子的鼻子，屋顶成了房子的皮肤，上面一轮圆月露出了笑脸。一切对我们来说都成了面孔，以至于我们能够随时在任何无定形的形体上毫厘不差地指出缺少的眼睛、鼻子、嘴巴和耳朵所在的位置。

一张面孔向我们展示的难道不只是它的承载者认为向前的方向？

包装箭牌口香糖的锯齿形锡纸：就连这个也要被设计出来并不断改进。

相比我在清醒状态下的思维，那种看似混乱、无意识和充满了各种象征的对于梦境的臆测是一种不自然和相当勉强的模仿，确切地说它与一种不是特别富于想象力的讽刺性模仿可以相比较，总之它是一种陈词滥调，总是用相同、极易被识破的花招尝试制造困惑和不安，为了把它极其乏味的口信通知给那个男人，也就是通知给我。这条口信的内容是：使自己适应！为梦境的丰富多彩和欢快的荒谬，也包括其令人惊恐的精确而着迷和失去理智吧，这样的梦境会召唤你使自己适应。

他们尽管去膜拜和记录他们的梦境、把它们评价为一条扎根于他们内心深处的创造性之河吧。真正的创造性仅仅产生于把梦揭露为社会制度，唯有从这个意义上讲我才会记录自己这样或者那样的梦境，为了根据记录揭示那些被称为是远古力量的倒行逆施，那些力量推行的无异于通过创立一种二价圣像学来磨灭个体性，因为每一幅画面都能够溶解在一种被指派给它的阐释之中，并由此而显得是可逆的。（牙脱落：某人死了。某人死了：牙齿脱落了。）

我们作为白发老人来到世上，从此便久病不起。

在我们体内的这位白发老人对所有的事情都了解得更加透彻，可他还是什么也做不了，每过一小时他的体力就会丧失一点儿，但同时又让他警告的声音洪亮地响起，令我陷入恐慌、惊惧和瘫痪。应该把他放逐到哪一座山上、推进哪一条深谷呢？

我们对固有、孤独的生活感到绝望，因此我们给自己设计了一个坐标网，它的连接点把我们与时间、空间和其他围绕我们的人联系起来。为了把自己固定住，心脏投下了伪装的圈套和黏糊糊的绳索，这样它就可以以为自己是长生不死的了，因为它现在感觉到，其他人的血液怎样吃力地拖着自己流过他们的血管，感觉到生命怎样以无限和善良的公正来平均分配它的残酷，尽管从表面上看对我们来说总会显出这样的情形，即我们要遭受更多的苦难，因为我们在内心承载了生活必需的希望，那就是少吃苦甚至可能完全避免吃苦，为达此目的而采取的方法是，我们更加关心其他人的疾苦，使自己转向他们的苦难，就像吃得过饱的蜘蛛使自己转向被织网缠住的储备那样。

"对我来说这是纯粹的裁决，即谁要是只会表演自己，那他还算不上是演员。谁要是不能向意义和形象倾诉衷肠，那他就配不上这样的称号。"这句话是无可争辩和不引发歧义的，正因为如此它出自我们最伟大的德国文豪之口。当然人们用这句引言可以把整个电视行业清扫得干干净净，但是表演自己并真正表达自己所有的方面，而又不沦为那种诱惑，或者说得更确切一些那种强迫的牺牲品，即强加给自我一种形式，让他者有机会看出那实际上是一种自我表现，这难道不是最难的事情吗？

有那么一些日子，在那些日子里我对他者的思考又会变得烦冗、费时和迷惘，但我又说不出为什么会是这样。经常在说完第一个句子之后我就清楚地意识到了这一点。一方面我想停止思考,当我感受到我的思想变得混浊不清时,另一方面这恰恰又刺激我从中得出这样的认识,即混浊是思想独具的特性。

尝试让自己再三考虑,就是跨越自己思想的疆界去思考。

一方面是这种暂时性的感觉,另一方面出于某种原因,我又坚持在自己有能力做成一些事情之前,必须首先找回我的笔记。或许这就是人们对"上代遗下的债务"的理解吧。最残酷的遗产总是人们强加给自己的遗产。

我给回忆录所下的定义是:琐碎的、自我封闭和不能再被划分的回忆单位,它们沉积在每一个身体里,最终在达到一定的规模之后,开始导致身体的辞世。在身体腐烂过程中那些被积累起来的回忆录得到释放,为后世构成了世界和事件,后人重新吸收了它们,为了让自己再度因为这些回忆录而走向灭亡。

相似性只不过是一些片断而已。谁要是认为看出了相似性,例如从面孔上,那他仅仅是选取了某一个片断罢了。这一片断被随意移动,直到它被挪到据说与它相似的位置上。这样一来一个肘窝就变成了一块香蕉皮,然后又变成一个女人闭拢的嘴巴或者甚至是阴部褶皱(真的存在这个单词吗?)。但是促使我们去寻求这些相似性的是回忆录(见上文),当然还有我们的孤独和持久的渴望,是它们吸引我们在有必要认为所追求之人是无与伦比的,并希望能够任意复制或者重新找回这种无与伦比之间来回奔波。

必要性:在困境中能够很快转向其他事情的能力。当然这样做是为了分散自己的注意力;因此任何必要性都总是一种注意力的转移。但是怎样才能看出真正必要的是什么呢?

过去几天里我在大街上从看上去往往是完全不一样的、往往让人感觉无关紧要得可怕的陌生女人的脸上,越来越频繁地遇见了格尔妮卡的面孔。给我的感觉几乎是,仿佛在我孤寂的时日里,我体内那些几乎完全摆脱了现实调整的回忆录从陌生女人的脸上选取了一个细微的片断,它们把这一片断作为共性提出,为了让我想起我惦念的那种共性。(精神错乱总是与一种调整措施的缺失有关。天才也是如此。当然也包括爱情,它在这方面做得更加巧妙,假托拥有调整措施,然后让自己选择的对象不受限制地击败这些措施。)

我也想煞有介事地大声在大街上乱嚷些什么,尤其是想嚷多久就嚷多久,并且一再这么去做。可能在某些人看来说话(最好是大声喊叫)就是目的本身,因为说话只有通过自身才显得重要,才不具任何交际意义,因此说话也就不会在"被听"中实现自我,或者在一种回答中成为多余。

地点比人物存在的时间更长,但是我们回忆起的却全都是人物,仿佛我们只能够以不同变种的形式感知我们自己。人在感知方面比任何动物和植物都要显得更加头脑狭隘,它们(动植物)把我们缩小成素描画,八倍成蜂房里的蜜蜂,或者把我们感受为热场。对于动物或者植物而言,我们至少是另一种它们逃离或者接近的动植物,而我们却只回忆起相同的对象,也就是我们自己。马脖子谦恭的弯曲让我回想起字母 B,同时长长的睫毛和看似无动于衷的眼神以及母牛也有的同样的眼睛又更倾向于是字母 A。垂死挣扎的蛾子在厨房地面上旋转,这种运动我是从字母 C 了解到的。乌鸦在鸣唱时昂起的头像是字母 E。孤零零生长但又骄傲地立在那里的山楂树像是字母 D,等等。在一切当中我们都会发现一种运动、一个姿态、一次脸部的表情变化,因此我们会立即喜欢上整个一种物种或者人种。

宁肯用隐喻和象征使整个世界超载——并以此保持世界之于我们的可支配性（因为可解释性）——，也不愿把他者真正察觉为是不一样的。

这条街道，这种味道，太阳，风，黎明或者黄昏，一个女人飞奔而过的身形：这种令我们忧伤的场景是对我们行为的报应，因为我们在一种平均化过程中使泥土听命于我们，通过这种方式不断重新把我们自己排除在外。一切对我们来说都是相同的，最终我们对我们自己来说也变得相同了。（这就跟解释上代遗下的债务一样，通过随后对之不予评价，一切对我们来说都变得同样有效，直到我们自己对自己都无所谓了。）在一切当中我们只看到一个面孔，直到云层像是一层变成黑色泥煤的泥土一样非常近地从我们头顶飘过，现在我们在这层泥土下面长眠，变成跟泥土一样的东西，而此前我们曾尝试使泥土化为我们。

每次当我外出的时候，我都会经过一家在此期间已经关门一个多月的空荡荡的立饮咖啡店，从橱窗里仓促之间被丢下的面包筐身上，人们能够观察到造型和配色方面最细微的变化情况。灰尘慢慢渗漏到柜台上，也渗漏到那个印有令人无法理解、难以辨认的数据及工作日代码的灰色纸板箱上，它否认了自己最初作为盛装聚酯纤维衬衫衬布的功能，上端的棱角被磨成了圆形，开口朝下被挂了起来。因为春天的阳光松开了窗户上四根霉绿色绝缘带条中的两根，所以外面的路牌以同驶过的多轴车相同的步调在屋里发黄的那堆日报上晃动，一位可惜已经死去的艺术家只要在捆报纸的绳结上固定一个用红色封蜡制成的十字架就行了。

尝试使自己熟悉作为我绝对反面的英雄形象。英雄正在朝一些东西移动；悲情英雄比如说正向他失去的东西移动。他是一种更加深刻的思想、原型、神话形象等的代表，但我自己却不允许知道，为何他表现得这么无望和笨拙。相反，英雄姿态刻画的却是非英雄特征。归根结底英雄别无选择。他的英雄气概是添加上的，因为我们把一种选择强加于他。或许英雄气概不是别的，而仅仅是对自己欲望的错误动机的信奉。英雄声明，为他人表现出和为自己不一样的地方。正如我从自己身上所能看到的，不采取英雄姿态，表现得无助和笨拙，这样做还显得不够，因为我了解英雄本来的情况，所以我永远也不可能成为英雄。英雄的历史不是被书写出来的，而仅仅是被记下来的，它的强度和明确性体现在事件的发生过程中。英雄史诗与恐慌性黏液可以相互比较，被一只乌鸦从浸软的耕地里拖拽出来的蚯蚓通过分泌这种黏液，警告所有在它身后跟过来的蚯蚓勿要重蹈它的覆辙。

引人注目的是，一旦人们在哲学领域要谈及一样物体，被援引的例子大多都是桌子或者椅子。难道没有桌子和椅子这两样东西，哲学根本就不再是可能的了？

从这种意义上讲"首先"这种套话又意味着什么呢？究竟有没有在所有事物之前就已存在或者在这之前就能被想到的东西呢？

从这些思想出发，我创立了以下"使对立具体化的十八条定理"：

0. 跟我们相反，或许物体承认它们是有边界的，并默默地坚持这一看法。虽然它们能够讲话或者飞行，但它们却刻意不这么做。有时物体会同情我们，暂时对我们优于它们的愿望做出让步。我们把这种现象称作念力或者普遍称之为奇迹，把物体对我们狭隘性的让步归功于我们的能力，我们把这些能力描述为"超人的"，对此"物的"或许是一个更为贴切的表达，因为超人的就是物的。

1. 对我们来说物体经常显得粗糙和静止，但是不恰恰是它们比我们更拥有变革的能力吗？而我们甚至连自己的思想和情感都无法修正。此外物体的变革能力不恰恰在于它们能够随时被改变吗？而我们却往往拒绝被改变，甚至把被改变解释成一种软弱的标志。我们认为，改变必须是内生的，因为只有以这种方式改变才是自我反省和意志力的表现。但是我们认为的内部变化或许只不过是同一个东西在时间交替中的稳定？我们不应该像物体那样过渡到更多的让自己从外部发生变化、把注意力转向外部、就像我们一生中可能只有唯——次在爱情里所发生的那样吗？简言之：物体不发生变化，是因为它们没有看到变化的必要性，但它们随时能够被改变，随时愿意奉献自己。（谁能付出更多的爱，是改变别人的那个人，还是让别人改变自己的那个人？）

2. 物体的思想就是它们在空间里的形态。

3. 物体的爱就是它们能够被改变的能力。

4. 我们一直想知道一个物体里面有些什么，我们检验它是空心的还是实心的，是封闭的还是敞开的。我们从来不看在物体形态以外的是些什么，尽管我们问题的答案可能就在那里。（正如答案可能总是处在待解决之物以外的地方，不能用我们自己的思想和情感来对付我们自己，同样也不能用仇恨制服仇恨，或者干脆一吐为快，用爱情解决爱情。）

5. 对女性具体化的批判难道不是在对物体女性化的过程中达到了出人意料的高潮吗？一种生物具体化的可能性不恰恰证明了它有能力去爱、去奉献，更有甚者，有能力去存在、去在自我中存在作为现世存在吗?

6. 人在寻找物体。衡量一个物体价值的标准是,人们须以何种迫切的程度寻找它。人们不必寻找的东西,也就没有任何价值。

7. 物体什么也不寻找。衡量一个物体内在价值的标准是,它寻找人的必要性有多小。如果一个物体大量存在,它就好像是在找人,这样它就不具任何价值了。

8. 虽然是人自己赋予了物体一种价值,即通过他寻找这种物体的劳动,但他好像恰恰是通过寻找受到该物体的制约。人与物体关系的矛盾性在于,尽管他首先通过寻找创造了物体的价值,但他无法再摆脱寻找过程、由此也就无法再摆脱物体对他的价值性,因为他对物体的感知不是通过观察、触摸、使用等,而是仅仅通过他的寻找进行的。一旦他占有了物体,他就不再把它感知为物体了,而是把它感知为自我的延展,感知为是有用的,很快又会感知为是无用的。

9. 此外就连人的思想和言语好像也与物体紧密联系在一起,这一点能够非常形象地通过以下情形得到证明:在德语中我们怎么也想不起一个人的名字,还在我们思考的时候,我们突然不由自主地把他描述为是物体的,在此需要强调不是描述为物体,而是用第二格(相当于汉语"……的")描述为物体的某人,仿佛我们与之相连或者等同的物体还在它自己的属性和特征形成之前,就已经在我们头脑里出现了。如果人以一种这样的力量和欲望到处寻找物体,以至于他找到的是物体自身而不是被寻找的人,那么这无异于就意味着,人总而言之通过他的寻找才创造了物体。

10. 人对物体的创造也是一种对它的清除,因为人通过寻找过程创造了物体,但这种寻找过程是以被寻找对象的不存在为前提的。

11. 但是赋予物体价值和通过寻找清除物体不会像人们认为的那样，最终归结于找到了物体，而是更确切地说归结于对物体的废除。对物体真正价值的失望就在于找到了物体，价值仅仅通过寻找过程被创造出来，因而也只在寻找期间才得以持续，在物体被找到时价值就消失了。对在寻找过程中被清除的物体真正价值的失望在物体被找到的瞬间得到了体现。找到是寻找的目的，这只不过是一种有用的虚构，也就是说是一种不真实的假设，它通过佯称一个在现实中不存在的目的，启动了人在与物体的关系中所固有的一种无意识过程，如果不佯称一个虚构的目的，这种过程是不可能发生的。

12. 如果寻找者的假定在找到时与现实不相符合，寻找者就会断定，他的假定涉及的不是被找到的物体，而仅仅是被寻找的物体，这样就产生了使对物体的清除超越为对物体的废除的可能性。这就意味着，人在寻找物体，但却不想找到它们。谁要是在汇聚成对想要找到物体的幻想感到失望的过程中创造了物体，那他实际上就是清除了物体；谁要是在寻找物体，但却不想找到它们，他就废除了物体。

13. 想要废除物体就意味着，把自己排除在所有社会及语言约定过程之外，因为好像离开了找到的意愿就不存在寻找过程，尽管那个在寻找而又不想找到的人考虑到了人与物体之间的内在联系，但却没有假借一种只是看似逻辑的构想来掩饰自己的行为。人与物体的关系看上去几乎是更为原始和更具决定性的关系，而人与其他人的关系都是在模仿这种关系的基础上才产生的。

14. 仅仅通过寻找物体而不是通过找到它们来创造物体的价值，因为大多数人都忍受不了对他们这一幻想的失望，所以他们无法成功地使清除物体演变成废除物体。他们更多的是复归到一种移除物体的形式，也就是说他们把其他人找到的物体移除掉，为了把其他人重新开始的对从物体上被移除的那种东西的寻找侵占为价值。认为寻找的价值就在于找到，因为对这一错误假定的失望，他们失去了先前存在的个人寻找（作为一种清除物体的形式）的价值，用通过他们对物体的移除而引发的他人寻找的价值取代了这种价值。因为是移除者招致了对被移除物体的寻找，所以他不仅能够把这种寻找的价值据为己有，而且也同时能够醉心于这种幻想，即这一价值是直接通过他对物体的移除，而不是间接通过移除物体引发的他人对物体的寻找产生的，这给令他感到失望的幻想（物体的价值在于找到了它）提供了新的养料，因此他现在认为，对于寻找的失望不在于找到了物体，而在于他找不到这个物体，因为另一个人在他之前找到了它。

15. 对物体的移除可以直接通过抢劫或者偷窃，或者隐藏在广告、有奖竞猜和拍卖活动中、最终以不同形式的购买而发生。通过移除物体来创造物体的过程孕育了这样的幻想，即仅仅是人们自己在找到物体方面失败了，而寻找的普遍意义好像仍然存在于那个人们估计但却发现不了的地方，即找到物体，因此偷窃和消费、无论以何种形式对他人物体的侵占就成了一种基于速度和进步的社会结构的重要稳定因素。（因为通过一种循环论证，活动和进步就被解释成一种寻找物体过程的结果。）

15a. 最晚从这里开始不由得产生了一种与我们对爱情的想象相似的情况，因为我们在此探讨的也跟一种假设的保存形式有关，这种假设的重要性好像是生活必需的，尽管它被体验为是错误的。如果我们不是总在爱情上受挫，如果我们不是尽管如此还认为，现实中肯定有一些与我们对爱情的想象相适应的情况，只是这些情况发生在其他人身上，因此我们将来不再把注意力放在自己的爱情上面，而是专注于其他人的爱情，根据各人不同的天性，我们现在开始尝试去掠夺、收买或者毁灭他们的爱情。

16.然而那些移除物体的人不仅替换了他们自己失去的寻找意义，而且还助长了另一些人失去的寻找意义，这些人面对的是找到的无意义，在他们的寻找过程到达某一终点之后，因为他们面临的是被移除物体的缺失，他们往往陷入重新置办的状态，人们错误地把这种状态描述为想要重新发现的状态，尽管被剥夺者事实上很高兴，因为他不再对自己发现物的无意义感到失望，能够重新开始寻找过程。

"幻想"（Illusion）这个词的字形难道不是很奇特，以至于人们禁不住要产生怀疑吗？

我想象：我一直活下去，直到有一天我瓦解消散。我的生命是一个不断积累思想、经历、概念、主意、情感、观点等的过程。我什么时候能停下来，这其实是每一位收藏家最高兴的事情，为了从容不迫地欣赏自己收集的东西，除去罩在它们身上的灰尘，对它们进行修复呢？原因难道在于，我不能把自己理解为藏品，我的身份开始动摇，我更愿意总是继续吞咽一切，因为我不允许成为藏品，而是只能作为收藏家，不断处于运动之中，为了在某个时候变得空虚，然后在我的藏品当中垮掉？

就像是默契使然，那个平时很安静的家庭在过去几周期间关门的声音好像比以往更大，在它通知解除寓所的租约之后。

这是一种什么样的解脱啊，不必再需要某物，因此把它用坏，也就是说能够利用它：一件物品，一段友谊，一次恋爱，一个婚姻。只有人们不需要的东西，人们才能够利用它。

云像脱纱的纤维一样向四处分散,挂在细细的雨线上。我想向云挥手,就像一个孩子站在高速公路桥上向下面的汽车挥手那样。父母需要他们的孩子以使自己变得童真,对于这样的父母我说了些什么呢?他们牵引着孩子的小手说:"看下面的汽车",等长大以后人们只可能往下面扔石子了。

总要不断地去往某处,这一经验使生活变得如此糟糕。这些单词必须组成一个句子,然后它们的确也不断地组成句子,阴茎在阴道里的抽动应当导致射精,疲倦导致睡眠,饥饿导致饮食,饮食再度导致恶心、把呕吐的东西冲洗干净、把垃圾清理掉,直到我们在这种组合中只能想到死亡,生命正在缓慢地朝着死亡游移:只不过死亡不再会有任何后果了(至少人们曾经有过这样的想法),或者只会有对其他人而言的后果,这会让人平静下来。这时候宗教开始施加它的影响,夺走了无后果死亡带给我们的慰藉,宗教假托想要忽略我们行为的后果来安慰我们,总归它没能成功地做到这一点。相反,我们一下子要对自己行为的目的性负责,因为据说是我们自己掌控着我们死后的轨迹,可其实我们连现在的人生轨迹都无法决定。

如果我们停止在自己的行为过程中总去偷看后果,那么一切都将像是奇迹一般,我们会像牧场上的奶牛一样驻足,惊叹自己竟然还存在着,在所有其他同类当中。因此语言和人的发展或许只不过是一次牵制行动,从中似乎是作为副产品,形成了那种我们也为之自豪的所谓的对自己必死性的意识。

采购:这是何等的发明!在回家的路上天开始下雨了。起初空中划过一道闪电,然后是透过六月阳光的小口子,就像不留血痕地仅仅割断皮肤表皮的锋利纸张上的切口一样。停下脚步,眯起眼睛抬头望天，看是否至少有几只甲虫或者蝗虫作为某一平行世界残余的祸害正向我们挤压过来。

我找了个地方避雨。雨水落到几只被儿童的跳跃和醉汉的脑袋撞出凹痕的垃圾桶上。在均匀的降落过程中，蒙蒙细雨背景处的远景像是在人的错觉中一样颠倒了过来，在错觉中那些刚才还指向观察者的立方体，现在却变得空洞和虚幻了，楼梯摆脱了半搭在它们上面的脚，古希腊双耳陶瓶把自己转变成两个人的剪影，他们面面相觑地沉默着，因为他们不知道该说些什么，在沉默中他们变得彼此更加相像了。他们仅仅是被翻开的罗夏墨迹检测图片中的一页，他们不再关心自己是谁，而仅仅是由分割线所决定。他们的相似程度越高，他们就会越沉陷在背景处，与此同时位于他们之间的作为裂隙的东西却强烈地决定性地向前涌来。这难道不是对爱情的贴切描述吗？通过相互适应，我们越来越清晰地构造出我们之间那道对称的裂缝，直到那只酒杯出现，从杯里我们喝下苦涩的毒人参酒。爱情也似一杯毒酒：我们在完全清醒的时候就会窒息而亡。

开始以其他方式来描述过程，为了改变我对这些过程的感觉。不再用由骄傲（认为自己的身体总归有能力描述经验，也就是说并非一切都是它想象出来的）、讽刺和纯粹的格伦·古尔德式的惊恐交织成的复杂心理来审视我腿上的蓝色斑点，而是直截了当地声称，恰好是血红蛋白经发酵之后把自己转变成青绿色的颜料。

当我在湖边睡着的时候，她拿起铺在我身下的桌布，把我连人带桌布慢慢地拖进水里。一瞬间我感觉自己漂浮了起来。我睁开眼睛，搞不清楚自己仍在继续做梦还是已经醒了，醒来的感觉是这般奇特。就连湖水涌进我嘴里时，我也不是特别肯定。当时我正在写一则模仿洞穴比喻的寓言。它讲的是一些鱼儿,它们从水里跳出,但总是因为高度不够而无法看清水面上的东西。如果它们想在空中停留更长时间,为了查明水面上那些模糊的东西,它们就必然会死去。两年后我又一次拜访了她。我们带着她六个月大的女儿驱车去同一个湖边,在那里绕湖转了两圈。在她当时趁我睡觉时把我拖入水里的那个地方,至少我认为又认出了那个地点,她用双臂把孩子高高举起并旋转起来。阳光从她女儿光秃秃的小脑壳上滑落,射入湖水里。我弯下身子捡起一颗橡子,摘去它上面的菌盖,菌盖正好能扣在婴儿的鼻尖上。最先有的是巴门尼德还是上帝呢?最早的哲学是宗教还是总是训斥呢?

一旦被写出来,我就把这些句子看作是内容空洞的。最高程度的抽象就是:变得内容空洞。内容空洞注定要成为永恒。它(内容空洞)比我活得长久。

在一个冬天的傍晚,我在一个陌生的地方偶然来到一栋房子里,房子里有一个地方博物馆。展览室由唯一一个灯光昏暗的房间组成。展室中央有一个玻璃柜,里面陈列着满是灰尘的这个村庄的模型。小路和街道。在运动中被冻结的小人造型。回忆看上去跟其他地方的没什么两样。比伯里希和卡斯特尔以及横亘在它们之间的道路。比绍夫斯海姆,古斯塔夫斯堡,金斯海姆。在朋友家和他们的父母坐在同一张桌边别扭地共进晚餐。坐火车返乡。当我十点半在黑暗的房间里打开折叠床的时候,收音机里正播放着戴夫·派克的专辑。

我穿着补过的袜子、一件旧衬衣和一件有磨损的套头毛衫。在我的柜子里放着新袜子、一件新衬衣和一件新的套头毛衫。我穿旧的东西,为了不把新的东西穿旧。当我从抽屉里取出旧袜子时我在想,只有在值得的时候我才穿新的。

门开了。女人走到一个行列式住宅小区外面的路面上。就像以往的十一月份那样，天空在七点半就已沉闷得令人透不过气来。朝向结冰花园的阳台窗户没有挂窗帘。山谷里数米高的吊车立在未完工的混凝土墩柱旁边。人们在下午喝咖啡和利口酒间隙就会向那里望去，在这一周像是被一小间售票处放下的卷帘隔开之后。过渡仪式。被四面的停车场框住的训练场地。为研究在公共区域吵架夫妇的姿态而搭建的蜂房。被打掉的车辆尾灯。孩子们站在小水塘四周。一块刻有名字的木头从眼前滑过。我不让人们注意到我轻微的窘迫。

在恐慌中那种正常、有序的世界会让我平静下来，也就是说它与那种归根结底引发我恐慌的要素并无二致。

我的精神错乱或许表现在，在其他人丧失理智的地方，我却保持得非常正常。这种情况不是游戏性或者试验性的联想活动，而是客观事实，在这样的事实中我能够感受到的不是别的，只有完全的正常性。

我用不同的步态移动着穿过房间。在此过程中我想象不同的动物。一种蹑手蹑脚的行走，盘旋而行，滑行，拖着行走。我的身体就像是一个塞满了骨头和内脏的袋子，无论是盛装生物降解垃圾、废纸还是残余垃圾的垃圾桶都不对这样的袋子负责：因此我只得继续前行，直到永远没人理的垃圾场。中世纪的生活感受，生活的不公正以旧约全书式的风格得到了鞭挞和刻画。年仅二十岁就已经在满口无牙地出声地喝着面包汤，得了腺鼠疫和脓肿，在这种情况下怎么可能发展出一种思想呢？（或许是唯一的幸福。）一种匍匐而行，爬行，蟹行，佝偻着身子行走。我作为生命在生物进化及隔代遗传性的跳跃式演进过程中的创造和总和。避开卧室。一直低着头，直到我耳朵里发出像是海浪澎湃的轰鸣声。尝试和波涛一起骑在浪尖的里侧，尝试用比说话更快的速度来进行思维。用城市名和国名来替换句子。委内瑞拉。老施泰滕。我又开始迟疑了。(更深的含义?) 让自己转向另一个方向。避开浴室。加拉加斯。世界就是象征。这个世上所有的城市都只说一句话：我爱你。其他人现在可能正从任意某处偷来一首旋律来配这句话，可能已经创作好了他们的流行歌曲，而我才刚刚开始这方面的努力。

沙丘后面是周围栽有小块菜畦的房屋。还没有进到村里，储蓄所门前就已经有五个男人站成一圈。屋顶窗开着。下面是穿着短裤、撞破了膝盖的八岁孩童。面包店橱窗玻璃后面的一扇遮光帘在咯咯作响。周三下午面包店关门。在空的玻璃柜台上放着一个边缘被折起的纸质尖头面垫。

肯定有治感情冲动的泻药、通便剂和催吐剂。这将会起到真正的净化作用。为什么通常每天夜里心脏会跳得这么快？因为有一些东西想出来但又出不来。与此相反人们又往里面填塞了一些东西。因为医生给我开的安定药都用完了，所以只能服用缬草属（人们在18世纪还把它当作兴奋剂开给病人）。

我向下打量自己的身体。我在盯着身体看而不是在看我。为什么器官没有在皮肤上设置一些检查站，这样每天早晨它们就可以很快巡视一番，为了不至于非得每年一次问心有愧地逃避那种体检恶作剧。为了与汽车工业的发展保持同步，人的健康系统也在不断地膨胀。被全德汽车俱乐部及其修配厂培训过的客户认为这是理所当然的，即人们对自己的身体也无能为力了。没有相应的工具就更谈不上这一点了。如果说在汽车身上还能体现出物种多样性的话，虽然在外观上这种多样性只能从尾灯边框上看出，那么性别之间的差异则只局限于乳房X线照相术和前列腺医学超声检查了。

这些在六十年代被粗制滥造的四层高的板材建筑，证明了脆弱之物奇妙的坚固性。在未来的一二十年里，人们将会领着旅行团参观我们的街道，然后那些游客将会摇着头断言，人们当时是多么富于冒险精神。当年因为发展水平的地下人们只得铤而走险了。人们不禁会把这种情况与铅质的酒器进行比较，不禁会想起用水银作为治疗梅毒的药物。

在粘有糨糊的油毛毡上进行平衡动作表演，油毛毡下面涌动着混乱不堪的情景，就像我们体内那种不可驯服的呼唤永恒生命的转嫁法。在修辞学里转嫁法是一种语言形式，它把对于一些事情的责任转移到其他人身上。在医学里情况也是如此。（"什么也做不了了。一切都充斥着转嫁法。"）不，说得更好一些，至少这一概念也具有了一些后现代气质：人们转嫁责任的形式本身又变成了责任载体。人们用来相互沟通的工具即语言本身又变成了令人无法理解的东西，等等。

空气里有一股味道，仿佛在某个地方正好有一家中型企业被烧毁了。自从消防人员在18世纪初发现可以用水作为灭火工具、这样就不再只是一味地挖坑以阻止火势以来，这种情况的发生就仅仅是个时间问题了，即塑料和合成橡胶一旦被点燃，就不会再受到水这种初始元素的解毒力量的影响，直到它们大摇大摆地让自己完全熔化为止。就跟每一次进步过程一样，未知元素也同时把自己创造了出来。最后一切又回到了发展的起点：火焰接受物体，给它们空间，让它们烧毁，对财产不抱希望，对生命也是如此，与自然暴力协调一致，后者至少能够给我们提供一种奇妙的终结，当它们把我们刮到空中打旋、跟雪崩一道拖泥带水地把我们卷入山谷的时候。据说上帝是不存在的，因为整个家庭或者村庄一下子就被清除了？如果上帝存在，那么这就是唯一有说服力的证明。

然后是那种信誓旦旦的个性，而我们则蹑手蹑脚地穿过城市，就像穿过一家管理非常完善的康复中心一样。下一次应用个性是在什么地方呢？

如果我真的有一次从内心向外看，而不是从外部打量我自己，尽管我的精神很乐意把我想象成是它的傀儡，那么生命这种东西又是什么呢？如果不是那条穿过我体内、让我抓着它双手交替向前移动穿越所有时间和地点的绳索，那么我的生命究竟是什么呢？或者那种斜穿过我体内的铁棍的形象难道不是更恰当吗？在和其他人玩桌上足球游戏时我总是想着同样的问题：用我的封闭型腿我究竟能不能踢到球？如果人们总是只围着自己转圈，这也能被称之为运动吗？

即使人们尝试从其他人的日记里了解到一些关于自己的信息，人们在那里只会找到一些关于迄今为止人们还不认识的人，也就是所谓第三者的信息。但是人们自己在那里从来不会被提及。（其实对于自己的日记来说也是这种情况。）

制造雕刻偶像的尽都虚空；他们所喜悦的都无益处。（《以赛亚书》44：9）人们不应当过于表明自己的关切，如果人们不想马上出卖自己的话。内容是显而易见的：异教徒和他们的神像是多么不幸啊。但是被唾弃的部分又经常会翻转过来。在阅读完《以赛亚书》之后我想成为异教徒。当然不是一名从民族意识出发而到处呻吟的新异教徒，而是一名处于整体和同一性世界中的异教徒，当宗教信仰还不是与异教不一样的信仰时，当整体虽然也是错误的，但却错误得不一样并且不知怎的要更加毫不在意时。因为就连以赛亚也把异教徒描述为是百折不挠的人：他伐木取材，用其中一半木头生火，以便烤面包和炖肉，而用另一半木头雕刻了一具神像。异教徒这么做不仅直接向帮助他获取食物和温暖的那个人供奉了祭品，此外他还通过使保存他生命（即身体）的一部分成为神的映像，保留了它神一样的特征。他没有使身体与精神相分离，没有让祈祷与进食相脱节。对于基督徒来说神就是地地道道的舶来品。神是自上而下被赐予他的，神作为吗哪（基督教《圣经》中记载的以色列人经过旷野时获得的神赐食物）落到凡间，对他进行管束。

就连无法想象的事情我也能想象，只要我感受不到这一点，它就算不上是高深的艺术。例如我能够想象，我的思想和用于推想的全部力气，其意义仅仅在于安慰我的心灵和转移我的情绪。我完全可以这么认为，只要我也感受不到这一点的话。一旦我感受到这种思想，它就会直接导致身体的虚脱。

心神经机能症是那则古老的疯子笑话在身体上的改写。（医生：但是您知道您不是老鼠。疯子：但是否猫也知道这个呢？）当然我知道，还没有人死于心神经机能症，但是否我的心脏也知道这个呢？（通常情况下这种考虑，或许我得的是其他疾病？会让症状显得合理，这些症状的阴险之处就在于欺骗人们。最终真正阴险的却是：那些因为应发生但未发生而显示出的症状。）

如果心身医学继续取得进步，不久就将发展出另一种器官语言。长着大鼻子或者粗脖子，这对于身体而言很快就将显得过于平庸了。在被分析化验和被人们所意识到之后，疾病将依循另一种系统，重新摆脱人们对其采取的行动。如果无意识真的据说就像一种语言一样被结构化了，那它从来就不是我们所操用的那种语言。它是他者的语言。（因此也就只能用来描述身体，只要身体是他者的身体。）也就是说更确切地讲：无意识就像一门外语一样被结构化；即就是说我能够接近这门外语，但永远也不会掌握它。它也许是我的母语，我指的是我母亲的语言，我的母亲语。（祝福！祝福！我母亲的语言在我父亲的国度里从我的嘴里喊出。祝福！）

对联想和感受以及对非理性同情的分析，恰恰不是对它预先确定要阐明的对象的分析，而是对精神的安慰，因为精神觉察到自己无法以一种清楚易懂的形式支配思想和情感。它（精神）建立了一种象征语言和联系史以取代它无法支配的那些东西，以此使自己继续远离非理性，它在自己内部持续感觉到非理性的跳动，但却不知这样的非理性指的是什么。

我发现了一条新的通向艺术的通道：我欣赏丢勒的名画《祈祷的手》和《兔子》，我听《小夜曲》，紧接着又听披头士乐队的《顺其自然》（Let It Be），然后我阅读《摩西十诫》。做所有人都做的事情，知道每个人都知道的东西，从最陈腐的事物中得知我存在的柔弱的灵魂，这是一种多么神化的感觉啊。

我越来越频繁地在装有栅栏的电视商店的橱窗前度过晚上的时光，在那里我盯着不出声的电视机荧光屏，上面以白南淮堆叠式先锋艺术风格播放着丰富的电视节目。站在我旁边的是移民家庭的孩子们，他们是从人员拥挤的收养所和住房里被赶出来的，就跟我是从我空荡荡的家里被赶出来的一样（世上没有平衡）。晚春的风从远处的雷雨那儿吹来一些热气。它闻起来到底还是像我们童年时代那些小村庄的味道，我们所有的人都尝试逃脱那些村庄——无论我们事实上是在哪一栋高楼里长大的。因为无声的电视影片我们好像也同样变聋了，但是我们当中谁也不想逃离这种聋哑状态，回到自己有着固定轮廓的语言领域,于是我们感到我们之间共性的纽带受到了这种最轻声话语的威胁,以至于当我们中有人离开他的位置时,其他人连目光都不会从闪光的布里洛盒子上移走,作为告别的姿态他们仅仅是把放在两腿之间的塑料袋夹得更紧一些。

一夜一夜地我熄灭灯,沉陷在地下的一个石方里。我四周都是些假门。它们不是为了迷惑盗墓者,而是为我的灵魂设置的。灵魂缓慢地从我的身体里爬出,若有所思地坐在床沿上,向那些门看去,在给自己设想一条逃跑路线,以便向上去往自由和没有世纪约束的时间,在这样的时间里枣树和无花果树在蔚蓝的阳光里静默,风轻轻拂过我的女伴们裸露的肩膀。但是灵魂太狡猾了,以至于它不会朝其中一扇门走去。它只是简单地坐在床边,每天夜里都重新开始。后来不知什么时候它就不再这么做了。

屋前花园里发炎的甲床在边缘处流出的脓液滴进黄色的水仙花里。前面是皮屑脱落的皮肤,上面铺有嵌着开裂的焦油气泡的路面。马路后面是带有发红、渗水和结痂损伤的板材建筑,每天晚上天空软骨的复发性炎症都会从这些建筑上空飘过。行列式住宅的窗户带着肿胀的眼睑凝视着夜晚。黄色的厨房灯光作为颗粒状的分泌物从木质十字架和窗帘之间照射到外面。蕨类植物的维管束套圈盖满了后院的茧皮。

"或说,'你的罪赦了',或说'你起来行走',哪一样容易呢?"(《路加福音》5:23)尝试借助话语行为理论对上述问题做出回答。上面两句话涉及的分别是以言行事行为还是以言成事行为呢?此外把这两句话对立起来进行相互比较,这究竟是什么意思呢?

动物种类从树林里消失,饼干品种从货架上消失。这就是市场规律。结实有力的人会要求名望和酒精。他想健康地生活,想由医保公司负担费用让有害的毒素从体内被清洗掉,然后他又想毁灭自己,因为他把自己感受为是一种构造,也就是说没有绝对存在的必要。谁要是达到这种反省程度,抱定一种坚定的信仰,他就会被赐予祝福。

证明上帝的存在被指点参阅上帝的神谕所接替。人们注意到举起的手指,它们在文艺复兴时期的绘画作品里大量出现。很快人们混淆了手指和手指指向的月亮,就像禅宗里所说的那样,于是上帝就消失了。

走到一件事情的背后:有时我甚至连来到一件事情的前面都做不到。

高度赞扬这名法国浪荡子,唯独他从持续稳定的状态中看出一种经久的烫发发型,从看不透(不可渗透)的东西上联想到一件雨衣,对他本人来说天主教的临终涂油礼就是一次临终敷圣油,生命的全部苛求即使在生命逝去时也不会停止,并最后一次在这个单词里得到了显现。

他什么都知道。甚至知道何谓死亡。因为他当时作为便衣警察开过救护车。

相比那种看不见的东西,就像如幽灵般出没在三四十年代的电影中那样,他自己的隐身却令人怀疑叫人害怕,因此很快他就要求得到漂白薄纱布,为了用它把自己缠绕起来。因为对我们自己来说看不见的东西必须是可视的,神圣的东西必须是公开的,所以它对我们而言只存在于对其本身的参照之中,也就是以隐身帽、漂白薄纱布和藏匿者的形式。

蠢人们在建造市政厅时忘记了安窗户,相反他们却想到了这个主意,即把光线装在袋子里抬进室内,在墙上打洞作为透气孔,为此人们必须要责怪那些蠢人吗?他们内心难道不渴望一个不被破坏的空间、那种封闭的空间、那种盖在我们世界上面的玻璃罩吗？我们不也总是怀有这样的渴望吗？

总有一天人们将在那些修建隧道和修建桥梁的文化之间进行区分。

帽子使人们能够在相互交往中确证某种恭敬，也就是说通过人们在彼此相遇时脱帽的方式。即使在好朋友当中，短暂地触碰一下帽檐也同时是尊重和亲密的信号。脱帽的不同程度描摹了社会等级，塑造了不同社会群体彼此之间的关系。比如说有那种暗示性的触摸帽檐，它指的是手虽然朝帽子方向移动，但并不真正触碰帽子，然后是真正的触碰帽子，而这又有长短不一的触碰时间。接着还有那种暗示性的稍稍脱帽，它与长时间碰帽的区别不是通过帽子的运动，而仅仅是通过手势表现出来的（在触碰帽子时是食指冲前、手棱朝帽檐方向移动，而在稍稍脱帽时手以僵硬的抓取动作朝帽顶方向移动）。脱帽的不同程度从触碰帽檐、暗示性的稍稍脱帽、四分之一度、二分之一度、四分之三度稍稍脱帽一直上升到摘下帽子，后者又再度被细分为不同的时段，在这些时段里人们把脱掉的帽子举在头顶，或者把脱掉的帽子伸向前方（不鞠躬和鞠躬），或者把帽子完全摘掉放在胸前或肚子前面，并同时鞠躬。男人和女人对待帽子的方式也有所不同，因为女人们在问候时不摘掉或者触碰帽子，即便在教堂里她们也是戴着帽子坐在右侧，而男人们则摘下帽子在左侧就座。女人的做法让人觉得仿佛帽子不是变化不定的附属品，因为一旦她们戴上帽子，在公共场合就不再改变它的位置了。相反男人则把帽子用作是保护性头盔，但却愿意在问候时以细微的程度变化放弃这种保护，并在特定社会约定的框架下把自己移交给对方。

比德语中所有其他语言变革更为重要的或许是，在使用表示"知道""认为"和"相信"这样的动词时引入一个部分语助词。也就是不说"我认识他"，而说"我知道他的情况"，不说"我知道这是什么"，而说"我知道这种情况从何而来"。

人们怎样才能认真地希望活得"更有意识"？它里面应当包含何种希望呢？生活得更加无意识，也就是说没有任何理由而简单地活着，这难道不是一种真正的愿望吗？你们看这些百合花，即使在赏花的时候我也禁不住要在完全清醒的状态下偷师鲜花的一些东西。

没有疑虑和异议。一种就像是在民歌里的生活。《那肯定是正派的米勒》或者《上帝想给谁真正的恩惠》，就这样一直唱下去。规定事项非常简单，然后人们就出发去往广阔的世界。奇特的是，我在第一刻想到的竟然是，那首歌的名字叫《谁想给上帝真正的恩惠》。语言不会把自己放错位置，也从不会被迁移，但如果涉及的是这种情况，那么词汇之间会非常相似，只需更换一个字母就能远离一种致命的误解。

吉卜赛人的生活是轻松愉快的，法里亚法里亚胡。这是民歌的另一种智慧，它通过运用拟声法而对上帝的赞美不加理睬。每一首有内涵的歌曲早晚都会爆发成一种"嘿呦，嘿呦，嘿呦"。人们甚至都不清楚这个词应该怎样拼写，因此它涉及的不可能是上帝的词语。上帝不要求灵魂爆发为这种反复用常声和假声的调子歌唱的形式。西姆萨拉 巴萨拉 杜萨拉 蒂姆。《吹拂的风》的革命元素。

极度幸福的时代，在这样的时代里下午时光伴随着一轮城市、乡村、河流的世界结构化进程而流逝。但是很快这三种结构元素就显得不再够了：名字、动物、植物、职业和演员必须补充进来。但是这样人们建造不了世界。人们是用城市、乡村、河流来建造一个世界的，并且是按照红、白、蓝，或者是按照黑、红、金的顺序。这就是我认为的世界。在这样的世界里三角旗欢快地在其他三角旗上随风飘动。他者在遇到人们后也马上跟着融入一种远离上帝的模糊不清的说话当中：顿雅，顿雅 提萨，巴斯 玛达 瑞姆 特瑞姆 科迪亚尔等等。

可能这就是为什么流行歌曲爱好者喜欢带外国口音的歌手的原因：歌的内容变得无法辨认，但那还是自己的语言，也就是说他们不必拒绝他者，不必接受自我。（马略卡岛效应。）

既然已经谈到了民歌这个话题：爱情就像熊身上的污垢一样黏糊糊的，人们无法把它从心里清除掉。熊使粪便显得高贵，仿佛人们是在狩猎大型野兽时踩进了粪便。不过现实却要乏味得多：爱情就像鸽子粪一样黏糊糊的，人们无法通晓心里在想什么。

我在想象，人们以前是唱着歌坐在营火旁规划未来的人生，后来就坐在电视机荧光屏前面了（在我已经八岁那年我们家买了第一台电视机）。当时电视里几乎没有广告，看电视的时间反正也被压缩在半小时以内。尽管如此几十年后有时我一直还能想起当年看过的节目：《够了，只可惜这件漂亮的棉衬衣》以及《给一名男子一块柴郡干酪》。

然后人们长途步行，边走边唱得有模有样，并把手伸到一个崭新的烘制华夫饼干的铁模上，让它发出咝咝的声音。另一个人精神恍惚地在和草地上的一只蝗虫聊天。浪漫派的理想看上去究竟是怎样的呢？它是肺结核、渴望还是躁狂症？浪漫派把古典的东西称作是病态的？还是它根本就不提及后者，以此最终赞同古典派，而把自己视为是精神错乱的？（如果这样那么我就是浪漫主义者了。）

要求归还被他人占据的财物：赐福给那个能够自称出于工作原因从事这种活动的人吧，这是多么了不起的力量啊！

死亡状态里蕴含何种解脱性的献身精神？终于不用再节省体力了，而是让自己筋疲力尽地倒下，先是进入坟墓，然后来到熙来攘往的蛆堆里。毫无疑问，这肯定是从天上掉下来的一块美食。

注　释：

① 也不能从体内清除掉，身体仅有10%由真正的人体细胞组成，其余90%都是由细菌（大约90×10^{18}个）组成的。

55
克劳迪娅和贝尔恩德以及来自沙尔阿基先生的问候

我们穿着衣服睡着了，当沃勒和其他人第二天早晨来到房间的时候。他们带来了罂粟长条饼干和撒有盐粒的棒状糕点以及可可饮料。奥尔龙把一台手提收音机放到窗台上，拔出天线并打开收音机。从里面传出从电话机到麦克风的声音。把这些乌七八糟的东西关掉吧，贝尔恩德说道，但是我禁不住想起，我是怎样总听到这样的节目的，当时我卧病在床，我母亲把收音机放在小餐桌上给我推到床边，收音机里的人们总说：向录音资料保管室致以美好的问候，因为播音员总提到录音资料保管室，人们想听的歌曲就是从那里被找出来的，与此同时他还要与打电话的人交谈。某些人根本就不知道播音员总说的那句话是什么意思，他们只是那么跟着学舌，因为刚好所有的人都这么说，就像那个里泽也在鹦鹉学舌一样，但是因为他们没有理解正确，不知道那句话指的是什么，于是他们就说成了：向沙尔阿基（录音资料保管室 Schallarchiv 的错误谐音）先生致以美好的问候。我把这种情况讲给了阿希姆听，然后我们在放学后告别的时候就总说：向沙尔阿基先生致以美好的问候。每当有人问我们，某些事情我们是从哪儿知道的,然后我们就会说:从沙尔阿基先生那儿。这件事我们觉得非常滑稽,但是现在我只觉得它傻里傻气的,生气自己现在甚至想听这种无聊的节目,因为我不知道是否我将再次听到这样的节目,因为在寄宿学校或者教养院里是没有收音机的。即便是几名年龄稍大的学长自己动手用土豆和金属线拼凑了一台收音机,就像在给男孩子的手工制作指导教程里所描述的那样,他们肯定也不会让别人跟着一块儿听的。可能会让我听,如果他们得知我作为某一无政府主义组织的成员进过教养院。除非他们正因为如此不让我跟其他人在一起,因为他们认为我会施加不利影响,就跟我父母不希望我和戈特弗里德以及格拉尔德来往一样,因为担心他们也会对我产生不利影响。原本他们也不希望我和赖讷碰面,因为他留在了公立学校,明年要开始学徒期。明爱会那位女士说,赖讷得到了自己心爱的教育,但是我不知道什么是心爱的教育,也不想向明爱会那位女士打听。现在我知道那样做是对的,因为明爱会那位女士总爱说谎,欺骗了我们所有的人。其实我们也可以索性回家揭露这件事,因为她和来自东区的其他人杀害了那名流浪汉,虽然不是直接故意的,因为他们原本是想杀死我们,但最终这也都无所谓了。在我正想这件事的时候,奥尔龙说道:你们不要再胡说八道了,把收音机音量开大点儿,因为正开始新闻播报。

新闻里首先播报的是那则消息:三名蒙面青少年在大清早抢劫了毛厄夫人的杂志和烟草制品商店。他们三个都戴着佐罗面具和披头士假发,用绿色透明的水枪威胁毛厄夫人。但是毛厄夫人不知道那不是真枪,因此她把两千多马克当面交给了案犯,这笔钱的数额之大非同寻常,因为一般情况下她的钱箱里顶多只有五百马克,但是在事发当天的下午应当有一批雪茄和卷烟到货,因此警方认为,案犯熟知这一情况,并对这家商店踩过点儿。你瞧,这些狭隘的媒体又在胡乱编造些什么,德拉龙说,奥尔龙也说:这些猪猡,因为事实上那些钱正好才四百马克,再加上几张破碎的钞票,而不是他们所报道的两千马克。是的,克劳迪娅说道,我也只索要了一万马克赎金,然后到处都在传是十万马克。这些猪猡,奥尔龙又一次说道,但是所有这些我们都会回敬给他们的。真的是你们干的?贝尔恩德问道。那当然,沃勒说。但是新闻里只报道了三个人。德拉龙在给我们望风。啊,原来是这样的,贝尔恩德说,接着又补充道:太传奇了。是的,沃勒说,必须这样,我们可不能把这种事情栽赃到你们头上。什么?我问道。不就是整个那些谣言嘛,说你们杀害了那名流浪汉,等等。

  沃勒从他的挎包里取出一块字模。瞧这个,他说,你现在把你们的标志画到上面,然后我们再考虑给它配一段文字。事后我们把它拿去印刷,再在火车站和毛里求斯广场散发印刷品。但是这样的话他们就会认出你们,贝尔恩德说道。胡说,当然是在不引人注目的情况下这么做,此外几名同伴也会帮助我们的。好了,赶紧开始吧。我取出那个标准A4笔记本,把带有纵向RAF(红军派)三个字母、顶端是1913这一年份数字的标志画到字模上。这看上去太棒了,沃勒说,现在必须在标志下面再配上文字。一段什么样的文字呢?不如这样写:创立于1913年的红军派对抢劫毛厄杂志和烟草制品商店一事负责。这一抢劫事件应当暗示西德欺骗性的资本主义和帝国主义政策,但是也应当暗示东德同样具有欺骗性的修正主义政策,因为这两个国家都在谋害那些拒绝社会成绩压力的人,大概就是这样的措辞。

56
工厂主的嗜好

没有任何海洋的深度能够没过这名工厂主的膝盖,无论他去过多远的地方,他饱经风霜的皮肤始终没有丧失对他的女秘书们的吸引力,这名工厂主正站在架在黑色页岩之间最高处的摇晃不稳的桥上。一旦他要走下桥,探照灯就应当照射在他身上。几名穿着新西服的工人在到处穿梭,出于检查之目的拍打电缆和变压器。他们戴在头上的黄色安全帽显得很不稳当,因为他们在匆忙之中忘了取出帽子里的泡沫塑料衬里。

这名工厂主踉踉跄跄地从一家小酒馆里出来。他鞭打那些在饮饲槽前面打瞌睡的马儿,直到马屁股上留下一道道堆在一起的白色鞭痕,直到它们的肌肉在不由自主地颤抖。他把摞在一起的酒桶乱丢乱放,用脚踹它们,直到它们全都经过院子的铺石路面朝谷仓方向滚去。他暴怒地跑出大门,右拳里一直还紧握着皮鞭,边走边用鞭子抽去花的脑袋。他一跃从小溪最宽处跳了过去,站在一片飞廉地中间。在继续狂奔中他不断地用左手把几米长的主根从地里拔出。他用力踢树,为了检验它们的结实程度,终于找到了一棵,它最高处树枝的粗壮程度足以经得住他的重量,并在这棵树上上吊自杀。上吊过程中他大声喊叫，吐出胀得发青的舌头。我拿着从我的玩具消防车上扯下的小梯子跑了过去，可是梯子太小了，甚至连树根的第一段末梢都够不着。他的阴茎在血液的最后一次沸腾中冲破了裤子，向着天空裸露在外面。我说服自己让自己相信这只是场梦，而工厂主则从高处吼道，出于对他以及对他的死亡的敬意，我应当唱那首复活的上吊者之歌。因为我既不知道歌词也不会曲调，我就干脆一个人小声哼唱起来，边哼边从地上捡起被拔掉的飞廉，它们比我还高，根茎散发出的苦涩的气味让我回想起化脓的伤口。

战后这名工厂主凭空变出了自己的工厂，因此他也能随时再把它夷为平地。如果他现在上吊自杀，这种情况就等同于充分就业的终结。它等同于小家庭的终结，这样一来也就等于终结了我。我既不能待在这片被疾风抽打的飞廉地里，也不能回到布满灰尘的家里，在那里我母亲和明爱会那位女士甚至连我的小弟弟都养活不了。

工厂主从树上挣脱了下来。他笑着说，我甚至连死亡都不知道是什么。上吊的意义不多不少，仅仅在于提升他的生殖能力。他凭自己的力量上吊，也靠自身的力量解救了自己，他一边不停地使我信服，一边把扯破的绳索像做游戏一样缠在我的脖子上。明天我们给你找一棵树，他说，一棵适合你的小树，因为该是让你成为一名男子汉的时候了，而不是整天没完没了玩你的玩具消防汽车，那些消防车甚至连一根梯子都没有。是啊，是啊，他又说道，它们根本不可能外出执行任务，说完笑了起来。在此过程中他压低了我的头，查看我脖颈上的毛发是否已经长到必须被剃去的程度。那是人类最古老的感觉，它比薄薄的大块浮冰在裸露的胳膊上的摩擦感、植物的刺扎进脚后跟的刺痛感以及手指在结冰的禾秆上的划破感还要古老。它甚至比脚对于地面以及手对于空气的感觉还要古老。我说的是头处在工厂主膝盖之间的那种感觉。由此也会产生出宗教信仰和一种人生哲学，这种人生哲学与荒诞不经发生摩擦，它起源于那种萌芽思想，即必须向下俯身、穿过自己的双腿观察世界。我朝地上吐了些唾沫，它看上去像是在湖中央被冻住的那只幼鸭的不透明的淋巴液，我们在湖上围着它滑冰，直到有一天在谁也没有碰它的情况下，它的脑袋掉了下来，以很快枯竭的小波浪形式滴落到我们脚跟前的不是血液，而是一种被冻成透明果汁冻的液体。

工厂主要看晨报，一名消瘦的男孩给他送去了报纸。接着工厂主带着一种眼神往男孩手里塞了一枚五十芬尼的硬币，他的眼神里透出一种毫不掩饰的对我的轻蔑。工厂主蔑视我，是因为给他送报纸的不是我，因为我并不贫穷，不会为了自己负担生活费而在街头卖报，在高速公路桥前面，正好在溪流消失在地下的那个拐角处，在那片飞廉地前面，田地远处种着那棵被折断了树枝的高大橡树，不久前工厂主还在那根树枝上上过吊。假如是我给工厂主送去了晨报，他对我的轻蔑程度肯定不会更大，但也不会更小。

工厂主从报纸的经济版上读到，全世界都在按照他设计的模式仿造高桥，这种桥建在两面黑色的页岩壁之间。他笑着合上报纸。我太了解他了，知道在这一刻他已不再对这个项目感兴趣了。这是给你的投资，他说道，为了日后。

我带着我的颜料盒和彩笔坐在存放东西的顶楼上，在起波纹的活页画图纸上笨拙地画着逃跑设计图。

工厂主只知道一些疾病的名称。一次他在我眼前剪断了自己的舌头，他能够随时把剪掉的舌头再接到舌根上。我把他拔掉的飞廉随手带回了家，这些飞廉对他来说正好合适。他把它们跟他的阴茎进行对比，一边微笑着一边往一个草稿本上记下一些数字。我应该玩耍，他说道，但在玩的时候不能使用双手，也不能用嘴把积木搭建起来。如果有敲窗户的声音，我不能去瞅那里，因为如果看到站在那儿敲窗户的是什么，这对一个孩子来说简直太可怕了。只有工厂主一个人能够经得住这种恐惧。他会抓住那个东西，把它拖到地下室里，在那里肢解它，蒸煮后把它密封罐装，和保存带有鞭痕的马肉的那些罐头盒放在一起，只有他早餐时才会吃这样的东西。因为强制性的一动不动，我的双手感到疼痛。我双膝跪地滑到柜子跟前，用下巴拉出抽屉。抽屉里躺着那两只兔子。我看到它们是怎么变了模样。首先是兔毛脱落，然后下面的皮肤开始腐烂。它们使自己成为树叶和青草的形状。灰色的腱肉成了一根芦苇秆，红眼睛变成了花楸果，牙齿俨然是竖在公路边的里程碑，耳朵就像是要把我拖向湖底的车轮。我让自己向后倒下，仰面躺在地上练习憋气，直到工厂主过来一脚把抽屉关上。

我把兔子的躯干浸在一个盛了水的盆里，为了把它们身上的蛆虫冲洗出来。工厂主推着一辆木制手推车咕隆咕隆地在走廊上转悠。他刚从页岩那儿回来，在那儿不加选择地采集了一些树枝和小动物。当然他不必采集任何东西。正因为如此他才这么做。那是他的癖好。因为这么做是他的癖好，所以这样的事情必须毫无意义。他把采集到的东西倒在我脚前，为了让我对它们进行整理和编目。不，不要这么简单地把动物和动物放在一起，把草茎和草茎归成一类，他喊着说。你必须认识到，真正把这些东西联系在一起的是什么。他把一个方格本和一支铅笔扔给我。然后他推着手推车又朝页岩方向飞奔而去。我用美术字在方格本的第一页上写下：人们能够卷在地毯里的东西。在这一行字下面又写道：第一个母亲。

没过多久工厂主又推着手推车来到我的房间。他在头上戴着一顶用兔毛做成的帽子。手推车上放着一块卷起来的地毯。我看了你往本子里乱写了些什么，他吼道，推着手推车围着我转了起来，让那块地毯一直保持冲前的样子，就好像它是他的阴茎一样。我没有必要把某人裹起来，他一边喊一边把真正卷在地毯里的东西抖落在我的脚前面：人们在哪儿都找不到的螺钉、不生锈的钢弹簧、我想要的那么多兔爪、兔耳朵的石膏模型、来自所有宗主国的火柴盒，等等。他把本子摔到我的脚跟前，命令我重新把所有的东西工整地记在本子上。我看到本子缺了第一页，是他笨手笨脚地把那一页撕去了，撕的时候他甚至把后面连在一起的另一半都没有扯去，因此顶端露出了流苏状的磨损边缘。

我作为蛇躺在床上。红色的兔眼睛发着亮光，在我半张开的嘴里来回滚动。我在等工厂主。阅读台灯已经熄灭了。算术练习本躺在地上，上面一个字也没写。虽然我既没有脖子也没有四肢，但我还是能够精确地感受一切。我听见走廊上有一声动静，于是我慢慢地把含有兔眼的嘴巴闭上，这样房间里就一片黑暗了。工厂主冲进房间。他用皮鞭抽向电灯开关。我有些害怕地在羽绒被下面把舌头像蛇那样缩进吐出，工厂主一下子就把被子从我没有防护的身上扯了下去。他哈哈大笑，因为他认为我想通过我的象征形式嘲笑他，或者通过我有两个生殖器官这一事实质疑他的生殖能力。他想马上看一下我的两个阴茎。首先他让我把毒牙磕进一个蒙着亚麻布的密封大口瓶里，然后用瓶子一直使劲顶住我的上颚，直到最后一滴毒液滴落出来。接着他把我仰面翻过身来，这样我就彻底丧失了抵抗力，把细小的皮肤皱纹拨向一边，让我的两个阴茎凸显出来。他又笑了起来，从写字桌上拿来我的测量三角板，量出2.5厘米的长度。好吧，我们就大方点儿，就说是3厘米吧，他对我小声说道，与此同时他从地上拾起那个算术练习本，把这个数字登记在上面。他又接着说道，虽然这样做其实并不十分合理，但是还是总数乘以2，就算是6厘米吧。他在第一个数字下面又写了一个"3"。然后他从口袋里取出一个捕蛇器，把金属夹张开卡住我身体上他认为是脖子的部位，把金属夹收紧，最后把我举起来顶在墙上。在他就这样用左手固定着我的同时，他用右手解开了他的裤子。从裤子里一下子跳出来三根粗壮的阴茎。测量三角板的长度不够，他大声吼道，然后一把抓过我的直尺。他漫不经心地用直尺比量他的阴茎，后者远远超过了直尺的测量范围。哎呀，我们可不想这样，他笑着说：足足30厘米。他弯下身子，为了把这个数字同样登记到我的本子上。再乘以3就是90厘米。他又系上裤子，松开了捕蛇器的叉子，以至于我头朝下摔到床上，不由自主地让兔眼从我嘴里滚了出来。然后他啪的一声把算术本摔到我脸前。我希望，他大声喊道，你周一把这个给你的女老师看看。他把亚麻布从盛装我毒液的密封大口瓶上扯掉，一口气把瓶子里的东西喝得精光。然后他从房间里冲了出去。